W0364630

Burg Torva

Träume und Visionen

(Band 1)

von

Ursula Gruß

© 2023 Copyright by Ursula Gruß

Impressum

Text & Cover: © 2023 Copyright by Ursula Gruß

Technische Unterstützung: Boris Hofferbert

Schriftzug Cover: Ursula Gruß

Schrift Briefe: Maike Dinslaken, Ursula Gruß, Anne Morenz

Verantwortlich für den Inhalt:

MimaMagister/ Ursula Gruß
Düppelstraße 15 ● 50679 Köln

E-Mail: post@mimamagister.de

Internet: https://www.mimamagister.de/

1. Auflage Köln: **MimaMagister 2023**

ISBN: 9798851803895

Druck durch Amazon KDP

Imprint: Independently published

Das Werk und seine Teile sind urheberrechtlich geschützt. Jede Verwertung in anderen als den gesetzlich zugelassenen Fällen bedarf deshalb der vorherigen schriftlichen Einwilligung.

Hinweis zu § 52a UrhG: Weder das Werk noch seine Teile dürfen ohne eine solche Einwilligung eingescannt und in ein Netzwerk gestellt werden.

Ein großes **Dankeschön** möchte ich an dieser Stelle an alle aussprechen, die mich bei der Umsetzung dieses Romans unterstützt haben!

Besonders möchte ich dabei meine Testleser (in alphabetischer Reihenfolge) nennen:

Maike Dinslaken

Maria Eichelseder

Boris Hofferbert

Stephanie Lorenz

Anne Morenz

Johanna Prall

Marianne Prall

Mirjam Schröder

Björn Slabik

Eure Meinung, euer kritischer Blick und eure wertvollen Anmerkungen haben enorm dazu beigetragen, meinen Roman zu dem zu machen, was er heute ist.

Es ist großartig, so aufmerksame und engagierte Menschen zu kennen, die sich die Zeit genommen haben, meine Arbeit zu lesen und zu verbessern. Ihr seid einfach spitze!

1. Kapitel – Der Traum

Sarah befindet sich wieder in diesem fremden Haus und schaut sich um. Obwohl sie in Wirklichkeit noch nie einen Fuß in dieses Haus gesetzt hat, steht sie doch mittendrin. Es ist hell und groß und mit teuren Möbeln sowie allerlei prächtigem Schnickschnack bestückt, wie sie es sonst nur von Bildern kennt – ein richtiges Bilderbuchhaus eben.

Aus ihrem Bezirk kannte Sarah so eine Einrichtung nicht. Ganz sicher handelte es sich um ein Haus, in das jemand aus ihrer Kaste niemals hineingebeten würde. Und dennoch stand sie mitten in diesem Haus. Es war immer derselbe Traum:

Sarah sieht sich flüchtig um und bevor sie mehr herausfinden kann, legen sich ruckartig und ohne Vorwarnung zwei Hände von hinten über ihre Augen. Doch Sarah empfindet keine Angst. Ganz im Gegenteil, sie fühlt sich erstaunlich leicht und unbeschwert, gerade so, als würde sie mit ihrem Freund herumalbern. Aber es sind nicht die Hände ihres Freundes. Sie sind kleiner und – obwohl sie sich zart und weich anfühlen – von einer eigenartigen Kälte. Sarah umfasst die fremden Hände mit ihren eigenen, führt sie sanft nach unten und dreht sich langsam um. Doch bevor sie jemanden erkennen kann, ist der Traum vorbei.

Seit drei Wochen träumte Sarah immer wieder den gleichen Traum, der sich viel echter anfühlte als alle bisherigen Träume. Und jedes Mal endete er an der gleichen Stelle. Sarah setzte sich aufrecht in ihr Bett und schaute nach links neben sich. Da lag ihr Freund

Michael und schlief tief und fest. Sarah nahm ein Haargummi von ihrem Nachttisch, band ihr schulterlanges braunes Haar zu einem Zopf und schlich leise aus ihrem Zimmer, um ihn nicht zu wecken. Die Treppe zur unteren Etage war alt – wie alles in dem Haus – und damit die Holzstufen nicht knarzten, trat Sarah mit ihren nackten Füßen ganz vorsichtig auf. Und doch war da ein kleines Knarzen - oder vielmehr ein Quietschen. Sarah hielt kurz inne. Das Geräusch kam nicht von der Treppe, sondern aus dem Schlafzimmer ihrer Eltern. Vorsichtig ging Sarah weiter. Je näher sie dem Schlafzimmer kam, desto mehr klang das Geräusch nach einer Stimme – nach einem Wimmern oder einem gequälten Stöhnen. Sarahs Blick wanderte zur Tür. Der Schlüssel ihres Vaters hing noch nicht am Haken, er war noch immer auf der Arbeit. Zwei Berufen ging er gleichzeitig nach. Er hatte es vor 15 Jahren schon einmal geschafft, von einer Kaste in die nächsthöhere zu wechseln und er tat alles, um das Geld für einen erneuten Aufstieg seiner kleinen Familie zu verdienen. Sarah wusste, dass er das hauptsächlich ihretwegen tat, um ihr ein besseres Leben zu ermöglichen. Studieren sollte sie. Sarah musste bei dem Gedanken lächeln und den Kopf schütteln. Nicht, weil sie nicht klug genug gewesen wäre. Sie hatte als Zweitbeste ihres Jahrgangs die Schule abgeschlossen und gerade gestern ihr Zeugnis feierlich überreicht bekommen. Aber die Universität kostete Geld und in ihrer Kaste konnte es sich niemand leisten, zu studieren. Allein der tägliche Fahrtweg in eine andere Kaste wäre finanziell nicht zu stemmen und ein Studentenheim wäre erst recht nicht bezahlbar. Nein, in der dunkelgrünen Kaste und darunter gab es einfach keine Studenten und so sehr ihr Vater auch schuftete, er würde in den nächsten Jahren sicherlich nicht noch einen Aufstieg erreichen.

Da war es wieder: Das Geräusch aus dem Elternschlafzimmer riss Sarah aus ihren Gedanken. Sie erkannte nun die Stimme ihrer Mutter. Bestimmt litt sie unter starken Schmerzen. Vor drei Wochen hatte sich der Zustand ihrer Mutter stark verschlechtert – ungefähr zu dem Zeitpunkt, als Sarahs immer wiederkehrender Traum begonnen hatte. Während Sarah auf die Tür des Schlafzimmers zuging, um nach ihrer Mutter zu sehen, veränderte sich die Stimme und sie hörte ihren Namen. „Sarah, Sarah, du darfst die Einladung nicht annehmen“, flehte die kränkliche Stimme der Mutter. „Du darfst nicht.“

Sarah, die inzwischen die Tür erreicht hatte, griff vorsichtig nach der Türklinke und drückte diese kaum hörbar nach unten. Da lag ihre Mutter mit geschlossenen Augen im Bett und wälzte sich hin und her: „Du darfst sie nicht annehmen, Sarah. Die Einladung. Du darfst nicht.“

Ihre Mutter hatte noch nie im Schlaf gesprochen, zumindest hatte Sarah das bisher nicht erlebt. Und obwohl sie genau wusste, dass ihre Mutter schlief, wollte sie mehr erfahren. „Welche Einladung, Mama? Welche Einladung soll ich nicht annehmen?“, fragte sie.

Mit einem Mal war jede Bewegung aus dem Körper der Mutter gewichen und sie lag ganz still und starr im Bett. Ängstlich und behutsam beugte sich Sarah nach vorn und legte ihr Ohr an die Brust ihrer Mutter.

Da öffnete diese schlagartig die Augen, packte Sarah an der Schulter, setzte sich auf und sagte mit fester strenger Stimme: „Die Einladung nach Burg Torva darfst du nicht annehmen."

Anschließend schloss sie die Augen, fiel wieder ins Bett, drehte sich um und schlief weiter - nicht mehr im Schlaf sprechend, aber immer noch leicht wimmernd. Sarah stand da wie angewurzelt. Der Schreck saß tief in ihren Gliedern und sie konnte sich für einen Moment nicht bewegen. Dann begann es in ihrem Kopf zu rattern. Die Einladung nach Burg Torva sollte sie nicht annehmen? Der Arzt hatte gesagt, dass so etwas passieren könnte. Durch den Tumor im Kopf. Dass sie anfangen könnte, zu fantasieren. Dinge zu sagen, die keinen Sinn ergaben. Das hatte wohl nun begonnen, denn Burg Torva war eine Universität. Das allein war schon absurd, aber das war noch nicht das Verrückteste daran. Gerade Burg Torva war eine der besten Universitäten der Kastenlande. Jeder wünschte sich, dort hinzukommen, unabhängig davon, aus welcher Kaste man kam. Burg Torva war jedoch eine Universität, in die man sich nicht einmal mit all dem Geld der Welt einkaufen konnte. Es war auch gar nicht möglich, sich dort zu bewerben. Entweder erhielt man eine Einladung oder eben nicht. Und aus den unteren Kasten hatte die Uni noch niemand gesehen. Selbst der genaue Standort der Universität war unbekannt und auch durch Zufall hatte sie noch keiner entdeckt. Es kursierten die verrücktesten Geschichten und Legenden über Burg Torva, da sie für alle, die noch nie dort waren, ein großes Rätsel darstellte. *Die Einladung nach Burg Torva darfst du nicht annehmen.* Warum ihre Mutter gerade das in ihrem Wahn ausrief, war für Sarah unverständlich.

„Warum bist du wach?“, fragte Sarahs Vater, der unbemerkt nach Hause gekommen war. „Und was machst du hier unten?“

„Ich bin aufgewacht und wollte nur ein Glas Wasser aus der Küche holen, da hörte ich Mama“, antwortete Sarah leise.

„Hatte sie so starke Schmerzen?“, fragte Sarahs Vater besorgt. Sarah dachte einen kurzen Moment nach, ob sie ihrem Vater von dem bizarren Vorfall erzählen sollte. Sie sah in sein müdes, bekümmertes Gesicht und wollte ihm nicht noch mehr Grund zur Sorge geben. Sie antwortete mit einem kurzen „hm“ und wechselte geschickt das Thema: „War viel los heute Nacht?“, fragte sie.

„Es war“, ihr Vater stockte einen Moment, als wolle auch er nicht die ganze Wahrheit preisgeben, „nichts Besonderes. Die Patienten haben die meiste Zeit geschlafen. Es war alles ruhig, also ich musste keinen von den Blauen anfordern.“

Sarahs Vater, Arthur Hollander, mochte „die Blauen“ nicht. Deshalb nannte er sie auch *die Blauen.* Aber in ihrer Kaste, in der Dunkelgrünen, da wohnten keine Ärzte und die, die hier arbeiteten, verbrachten ihre Nächte lieber zu Hause in ihrer eigenen Kaste. So musste man stets einen Arzt anfordern, wenn es einen Vorfall gab.

„Also ein Patient hat …“, fuhr ihr Vater nach kurzer Pause fort, um dann doch wieder das Thema zu wechseln. „Habe ich dich eigentlich mal mit in die Klinik genommen?“

„Nein“, erwiderte Sarah verwundert über die Frage, „als ich dich einmal begleiten wollte, hast du gesagt, du möchtest nicht, dass ich auf die Patienten treffe."

„Ja, richtig“, grübelte Arthur weiter, „kranke Menschen können einen ganz schön erschrecken, gerade nachts. Dann, dann habe ich vielleicht einfach von dir erzählt oder er meinte eine andere Sarah.“

„Eine andere Sarah? Was meinst du damit? Hat jemand von mir gesprochen? Was hat er gesagt?“, forschte Sarah direkt nach.

„Also, nein, das kann ja nicht sein“, lachte ihr Vater leicht gespielt. „Natürlich meinte er eine andere Sarah. Wie sollte er denn dich meinen? Also, alles gut. Ich hätte nicht davon anfangen sollen. Kranke Menschen reden kranke Dinge. Ich mache schon seit fünfzehn Jahren Nachtschicht in dieser Anstalt und dennoch schaffen die Patienten es immer noch, mich aus dem Konzept zu bringen. Aber jetzt rasch ins Bett! Die Nacht ist gleich schon wieder vorbei und in zwei Stunden muss ich in die Bäckerei, um die ersten Brötchen aufzubacken.“

Obwohl Sarah merkte, dass ihr Vater vom Thema ablenken wollte und obwohl ihr die Antwort eigentlich nicht ausreichte, bekam sie doch bei dem Anblick ihres müden und erschöpften Vaters Mitleid und wollte ihn nicht weiter mit Fragen löchern.

„Aber das kann ich doch machen, Papa“, bot sie liebevoll an.

„Was machen?“, gähnte Arthur, während er sich langsam auf sein Bett niederließ. „Na ja, die Bäckerei aufschließen, die ersten Brötchen backen ... Heute ist doch mein erster Tag ohne Schule und ich habe dir in den Ferien schon mehrfach geholfen. Ich weiß genau, wie es geht und ich habe nichts weiter vor und“, Sarah stockte, „ich habe ehrlich gesagt sowieso keine Ahnung, was ich in Zukunft machen soll… also warum sollte ich dich nicht in der Bäckerei unterstützen? Vielleicht werde ich sie ja irgendwann einmal übernehmen."

Das war nun wirklich nicht das, was sich Arthur für seine einzige Tochter wünschte. Klar, Sarah war geschickt, besonders im Konditorbereich. Sie machte nach der Schule schon immer die schönsten Torten, sodass sogar Leute aus der blauen und einmal sogar aus der violetten Kaste im Laden vorbeischauten und eine Torte für einen besonderen Anlass bestellten. Violette sah man eher selten bei den Dunkelgrünen, aber man erkannte sie natürlich an der Farbe. Jede der zwölf Kasten hatte ihre eigene Farbe, das lernte man schon im Kindergarten mithilfe eines Wasserfarbkastens. Man begann von links nach rechts und natürlich von unten nach oben. So begann die untere Kaste mit Schwarz, gefolgt von Braun, Ocker, Hellgrün, Dunkelgrün und Cyanblau. Ab Dunkelblau war man schon in der oberen Kaste und dort folgten dann Violett, Magenta, Rot, Orange und Gelb. Es war eigentlich nicht verboten, in seiner Kaste Kleidung in einer der anderen Farbe zu tragen, aber es durfte in den unteren Kasten nur Kleidung in der jeweiligen Farbe verkauft werden und das zu einem guten zur Kaste passenden Preis. Selbst, wenn man es sich hätte leisten können, in eine andere Kaste zu reisen, um dort einzukaufen, bliebe die Kleidung einer höheren Kaste unbezahlbar. Natürlich war es möglich, Kleidung aus niedrigeren Kasten zu kaufen und zu tragen, aber wer wollte das schon? Und wer in einer höheren Kaste lebte, wollte dies natürlich auch gerne zeigen. Obwohl die Menschen in der violetten und in der magentafarbenen Kaste es sich leisten konnten, das ein oder andere Kleidungsstück in einer der vier höherliegenden Farben zu tragen, blieb ihre eigene Farbe dennoch vorherrschend. Lediglich in den drei höchsten Kasten trugen die Menschen jegliche Farben, die sie tragen wollten, sogar solche, die das Kastensystem gar nicht enthielt.

Aber vielleicht waren das auch nur Gerüchte, denn wer aus den unteren Kasten hatte jemals jemanden aus den Kasten zehn bis zwölf gesehen? Hier waren alle dunkelgrün. Und auch das hatte sich Arthur Hollander hart erkämpft. Seine hellgrüne Kleidung ließ er beim Aufstieg zurück, selbst den Anzug, den er bei seiner Hochzeit mit Jenny getragen hatte. Und nun setzte er alles daran, um auch das dunkle Grün zu verlassen und zu Cyanblau zu wechseln, die er eigentlich wegen ihrer Arroganz gegenüber den Grünen genauso wenig leiden konnte, wie die Blauen aus der oberen Kaste. Nachts arbeitete er als Pfleger in der psychiatrischen Anstalt und von morgens früh bis abends stand er in der Bäckerei. Ein solches Leben wünschte er sich nicht für seine Sarah. Da er aber auch keine andere Lösung wusste und Unterstützung gut gebrauchen konnte, willigte er ein, dass Sarah mit ihren 17 Jahren die Frühschicht übernahm. Dann legte sich Arthur Hollander in sein Bett und schlief völlig erschöpft ein.

Sarah hielt kurz inne. Ihr Vater hatte sich nicht mal die Schuhe ausgezogen. Sanft hob sie einen Fuß nach dem anderen an, streifte die Schuhe von seinen Füßen, stellte sie neben das Bett und deckte ihren Vater zu. Anschließend schlich sie aus dem Schlafzimmer und schloss die Tür vorsichtig hinter sich zu. Das Wimmern ihrer Mutter war durch die geschlossene Tür immer noch leise zu hören. Sarah ging in die

Küche, trank einen Schluck Wasser und beschloss, sich auch noch einmal zwei Stunden hinzulegen, bevor sie den Tag in der Bäckerei starten würde. Nachdem sie leise die alten Holzstufen nach oben gestiegen war, fiel ihr Blick auf ihren Freund.

Michael hatte von all dem nichts mitbekommen und schlief noch immer friedlich in ihrem Bett. Sie beneidete ihn um seinen tiefen und festen Schlaf. Er sah so friedlich aus. Mit ihrer Hand strich Sarah durch sein schwarzes glattes Haar, legte sich neben ihn und kuschelte sich in ihre warme Decke. Kaum war sie eingeschlafen, träumte sie den gleichen Traum erneut.

Wieder steht sie in dem Haus. Sarah sieht die teuren Möbel und schaut sich um. Bevor sie etwas Nennenswertes entdecken kann, legen sich die beiden Hände vor Sarahs Augen. Fast automatisch führt Sarah die ihr fremden und doch so vertrauten Hände mit ihren eigenen sanft nach unten, dreht sich um und dann ganz plötzlich steht sie vor ihr – die fremde Frau.

2. Kapitel – Die fremde Frau

Seit drei Wochen hatte Sarah nun immer den gleichen Traum und stets endete er auf dieselbe Weise. Jetzt plötzlich hatte die fremde Person ein Gesicht.

Sarah steht einer Frau gegenüber, die sie noch nie im realen Leben gesehen hatte. Sie trägt ein kurzes enges Trägerkleid, das vollständig mit kleinen silbernen Pailletten besetzt ist. Ihr Haar ist weinrot, wie es in der Natur gar nicht vorkommt. Und im Kontrast zu ihren weinroten langen Locken wirkt das ohnehin schon helle Gesicht noch blasser, aber dennoch voller Leben und mit einem umwerfenden und mitreißenden Lächeln. „Na, wie sehe ich aus?“

Noch bevor Sarah im Traum antworten konnte, brachte sie ein lautes Klingeln zurück in die Realität. Michael schaltete den Wecker aus und betrachtete seine Freundin, die völlig perplex aufrecht im Bett saß.

„Alles okay, Sarah?“, fragte er besorgt. „Du siehst aus, als hättest du einen Geist gesehen.“

„Was? Ja, schon okay. Ich bin nur …, es war nur wieder der gleiche Traum“, tat Sarah die Frage ab, um nicht weiter darauf eingehen zu müssen. Michael schien Sarah ihre Verwirrtheit auch nicht weiter anzumerken. Mit einem „Guten Morgen mein Schatz“ drückte er ihr einen Kuss auf die Wange, gähnte und schaute verwundert auf die Uhr: „Warum um Himmels willen geht denn an unserem ersten freien Tag der Wecker so früh?“

„Ich übernehme die Frühschicht in der Bäckerei“, erklärte Sarah, während sie sich ein grünes Sommerkleid aus dem Schrank heraussuchte. „Leg dich ruhig noch etwas hin.“

Das ließ sich Michael nicht zweimal sagen: „Danke, ich mach’ auch nur nochmal kurz die Augen zu und schau dann später im Laden vorbei.“

Die letzten Worte gingen in einem großen Gähnen unter und schon war Michael wieder eingeschlafen. Ja, darum konnte man ihn wirklich beneiden. Sarah huschte leise ins Bad und machte sich fertig. Das Bild der fremden Frau bekam sie nicht aus ihrem Kopf. Leise stieg sie die alte Holztreppe hinunter, schnappte sich den Schlüssel und verschwand aus der Haustür. Zum Frühstücken war es zu früh und überhaupt war ihr gerade eigentlich so gar nicht nach Essen. Draußen war es noch ein wenig dunkel, aber die zwitschernden Vögel kündigten den Sonnenaufgang bereits an. Eine frische Sommerbrise wehte und Sarah genoss die Stille und die Einsamkeit auf den noch leeren Straßen. In der Bäckerei angekommen, band sie sich direkt die weiße Schürze um ihr grünes Kleid. Bestimmte Arbeitskleidung durfte weiß sein und es war mitunter eine nette Abwechslung für die Augen, die im Alltag sonst nur grüne Stoffe sahen. Von einer weißen Schürze hatte Sarah sich einmal einen dünnen Streifen abgeschnitten und eine Schleife daraus gemacht. Diese trug sie aber niemals, denn die Arbeitskleidung wurde gestellt und durfte nicht anderweitig genutzt werden. Lediglich, wenn sie allein im Zimmer war, nahm sie die Schleife aus ihrer kleinen Schachtel im Nachttisch hervor und betrachtete sich damit im Spiegel. Wie schön es doch wäre, alle Farben nach Belieben tragen zu können. Und sogar seinen Haaren eine andere Farbe geben zu können? War das möglich? Sarah hatte so etwas noch nie gesehen, aber die Frau im Traum, die hatte so weinrotes Haar, dass es gefärbt sein musste. Andererseits war es auch nur ein Traum, auch wenn er noch so real schien. Immer wieder landeten Sarahs Gedanken bei der fremden Frau aus dem Traum, während sie Teig zubereitete, Brötchen formte, den Ofen anschmiss und alles fürs Tagesgeschäft bereitmachte.

Gerade als der Duft von frisch gebackenen Brötchen den Raum erfüllte, drehte Sarah das *Geöffnet*-Schild nach vorne und schloss die Tür für die Kundschaft auf. Sarah legte die frischen Brötchen und Teilchen in die Auslage und bediente mit ihrer stets freundlichen Art die ersten Kunden. Morgens früh war immer der größte Andrang. Als Sarah etwas Leerlauf hatte, ging sie an die Schublade mit den Fondant-Vorräten. In präziser Kleinarbeit begann Sarah – immer, wenn kein Kunde im Geschäft war – aus Fondant kleine Waldtiere zu formen: einen kleinen braunen Hasen, eine Rehmutter mit ihrem Rehkitz, einen schlafenden Fuchs und ein Eichhörnchen, das an einer Eichel knabberte. Die Figuren sahen beeindruckend aus. Dafür hatte Sarah wirklich ein Händchen. Vorsichtig stellte sie die neuen Figuren zu anderen fertigen Fondant-Figuren in die Vitrine und betrachtete die bereits geformten Brautpaare, die auch dort standen. Die meisten Paare trugen grüne oder blaue Kleidung, aber es gab auch Paare in schwarzen Anzügen und weißen Kleidern. Es gab ein Paar aus zwei Frauen und eins aus zwei Männern, aber die meisten Paare waren gemischt, da diese am häufigsten gekauft wurden. Sarah betrachtete die beiden Bräute. Eine Frau fürs Leben konnte sie sich grundsätzlich auch vorstellen, aber das bedeutete in ihrer Kaste auch kinderlos zu bleiben. So etwas wie Adoption konnte man sich hier nicht leisten und was die Altersvorsorge anging, war man ohne ein Kind auch sehr viel schlechter dran. Zum Glück musste sich Sarah darüber keinen Kopf machen, denn sie mochte Männer auf die gleiche Weise und mit ihrem Michael hatte sie wirklich Glück. Ihn konnte sie sich gut als zukünftigen Ehemann vorstellen. Also irgendwann mal. Sarah stelle die Figuren zurück. Da fiel ihr ein Bräutigam in einem schwarzen Anzug ins Auge, der noch allein dastand. Sarah nahm ihn aus dem Regal und legte ihn vor sich hin. Dann schnappte sie sich ein weiteres Stück Fondant in einer hellen Farbe, um den Kopf und das Gesicht einer Frau und zwei dazugehörige Arme zu formen. Aus weißem Fondant formte sie ein schlichtes, aber dennoch prachtvolles weißes Brautkleid, das sich in ihrer Kaste niemand hätte leisten können. Ganz zum Schluss fehlten noch die Haare. Vorsichtig brach Sarah ein winziges Stück schwarzes Fondant ab und knetete es zu einer Kugel. Anschließend fügte sie ein großes Stück roten Fondant hinzu und knetete beides zusammen, bis es einen wunderschönen weinroten Farbton ergab. Sarah vollendete die Brautfigur gerade mit weinroten Locken, als die kleine Glocke an der Eingangstür bimmelte. Mit einem überschwänglichen „Hallo fleißige Frau“ stürmte Michael in den Laden und gab ihr über den Tresen auf Zehenspitzen stehend einen Kuss. Er wurde von zwei Freunden aus ihrer Abschlussklasse begleitet. Da war Toni, ein lustiger und schlitzohriger Lockenkopf mit schwarzem Haar, dessen Klugheit und Finesse sich leider nie in seinen Schulnoten widerspiegelte. Und dann war da noch Linda, eine hübsche große Frau mit langem blondem Pferdeschwanz, von der so mancher vorurteilsbehafteter Mensch nicht erwarten würde, dass sie es war, die in ihrem Jahrgang den besten Notendurchschnitt erzielt hatte. Alle drei polterten gut gelaunt in den Laden und packten eine Plastiktüte mit vier Portionen Pommes Frites auf den Tisch. „Wir dachten uns, du hast bestimmt noch nichts zu Mittag gegessen und könntest etwas Gesellschaft gebrauchen“, erläuterte Linda das Geschehen.

Es war schon Mittag? Sarah war so vertieft in ihre sorgsame Arbeit gewesen, dass sie gar nicht auf die Uhr geschaut hatte. Komisch, dass ihr Vater noch nicht aufgetaucht war. Aber anderseits wusste er ja, dass der Laden bei ihr in guten Händen war und eine Pause tat ihm sicher gut.

„Ihr seid klasse“, sagte Sarah geschmeichelt, mit einem Lächeln auf den Lippen.

„Was ist das?“, fragte Toni verwundert, als er sich dreist die Brautfigur mit den roten Haaren schnappte. „Sowas kauft doch keiner. So eine Haarfarbe hat doch niemand, zumindest nicht bei uns Grünen oder in den Nachbarkasten.“

Noch bevor sich Sarah eine Antwort einfallen lassen konnte, fuhr Toni neckend fort: „Ohhh, oder bist das etwa du und ihr habt uns etwas verheimlicht? Dann hast du dich aber auch im Farbton vergriffen. Und dieser Bräutigam ist viel zu blass um die Nase und die Augen sind zu rund.“

„Ha, ha“, brummte Michael in einem genervt sarkastischen Ton, denn es war nicht das erste Mal, dass Toni mit blöden Witzen darauf anspielte, dass Michaels Vorfahren jenseits der Kastenlande aus der östlichen Hemisphäre herkamen. Aber wie jedes Mal, ließ er Toni diese Geschmacklosigkeit durchgehen, da dieser selbst noch einen viel dunkleren Teint hatte als er.

„Es ist nichts dergleichen geplant“, fügte Michael noch hinzu.

„Naja“, nun stieg auch Linda in das Spielchen mit ein, „man weiß ja nie. So richtig wissen wir doch alle nicht, wie es ab heute weitergeht. Da ist eine Hochzeit nicht die schlechteste Option. Oder habt *ihr* schon konkrete Pläne?“

„Konkrete Pläne?“, Toni lachte laut.

Aber Michael schien etwas Quälendes loswerden zu wollen, weshalb Linda ihn forschend ansah.

„Ich mache ab heute ein Praktikum“, druckste Michael heraus.

„Machst du?“, fragte Sarah völlig überrascht und gleichzeitig verwirrt. „Warum hast du nichts davon erzählt?“

„Oh, oh!“, alberte Toni weiter herum. „Es wird doch wohl bei unserem Traumpaar nicht kriseln.“ Michael schien ein schlechtes Gewissen zu haben, dass er Sarah von dem Praktikum gar nichts erzählt hatte, aber genaugenommen kam ihm die Idee erst gestern und eigentlich steckte auch etwas ganz anderes dahinter. Aber das konnte er ihr nun wirklich nicht erzählen. Sarah war irritiert, da Michael bisher wie ein offenes Buch für sie war. Noch nie hatte er irgendetwas verheimlicht.

„Ich habe noch nichts gesagt, weil…“, begann Michael zögerlich, „ich wusste nicht, wie du reagieren wirst. Es ist, es ist in der Anstalt.“

Für einen Moment war Stille. Dann platzte ein lautes Lachen aus Toni heraus: „Ja, da passt du doch super rein.“

Michael stieß Toni an der Schulter an und konnte sich selbst ein Grinsen nicht verkneifen. Selbst Linda schmunzelte.

„Aber wie kommst du darauf, dass ich etwas dagegen hätte? Du hättest mit mir reden können“, sagte Sarah leicht enttäuscht.

„Tut mir echt leid“, druckste Michael heraus. „Kam mir irgendwie komisch vor. Weil doch dein Vater dort arbeitet und er dich davon fernhalten möchte und nun, na ja, ich wollte dich nicht enttäuschen und erst mal schauen, ob das was für mich ist.“

„Ich wusste gar nicht, dass du dich dafür interessierst, ein Pfleger zu werden, noch dazu…“

„In einer Irrenanstalt voller Verrückter“, vervollständigte Toni Sarahs begonnenen Satz.

„Noch dazu in einer Anstalt mit Menschen, die psychisch erkrankt sind, wolltest du wohl sagen“, tadelte Linda.

„Ja, ja“, gab Toni nach, „genau DAS wollte ich sagen.“

„Ich war gestern Abend da, weißt du, ich wollte deinem Vater zum Abendessen einen Apfel aus unserem Garten vorbeibringen, bevor ich zu dir kam. Es war gerade einer reif und er isst sie doch so gern und da bin ich kurz mit rein auf Station und …“, Michael stockte kurz, dann fuhr er fort „dann fand ich's eben so interessant, dass ich mich beim Rausgehen bei der Leitung gleich für ein Praktikum beworben habe. Und ich darf diese Nacht schon anfangen, weil's eh zu wenig Personal gibt.“

„Gut, dann hätten wir das auch geklärt“, hakte Toni das Thema ab, „und können endlich Mittagessen.“ Toni schnappte sich die Pommes und legte los, während Linda den Kopf schüttelte und erst einmal Sarah und Michael ihre Portionen hinstellte, bevor sie selbst zugriff.

„Hast du denn Pläne, Linda?“, fragte Michael interessiert und bereute es im selben Moment, weil er die Antwort eigentlich kannte. Linda schüttelte nur traurig den Kopf. Sie hatte mal erwähnt, wie gerne sie Ärztin werden wollte, aber obwohl sie als Jahrgangsbeste die Schule abgeschlossen hatte, war es für sie unmöglich, einen Studienplatz zu bekommen.

„Und du?“, fragte er schnell Toni, um die angespannte Stimmung zu lockern.

„Klar“, meinte Toni.

„Wirklich?“, fragten die beiden Frauen wie aus einem Mund.

„Klar“, wiederholte Toni, kletterte auf den Tresen, legte seine Hand auf die Brust und verkündete feierlich: „Ich studiere auf Burg Torva.“

Alle lachten so laut los, dass sie das Glöckchen an der Tür gar nicht hörten und irgendwie bemerkten sie auch die zwei Gestalten, die sich langsam dem Tresen näherten, erst, als diese direkt hinter ihnen standen. Linda zuckte zusammen, Michael räusperte sich in Richtung Toni, der schnell vom Tresen stieg und Sarah starrte einfach nur auf die kleinere der beiden Personen. Da war sie. Die Frau aus ihrem Traum. Noch nie zuvor hatte Sarah sie gesehen und nun stand sie vor ihr. Ein umwerfendes Lächeln umgeben von weinroten Locken. Es war wie in ihrem Traum. Nur der Ort und die Kleidung stimmten nicht. Die Frau trug eine hellblaue Jeanshose, die – obwohl sie zerrissen war – irgendwie neu aussah. Die Hose endete kurz unter ihrem Bauchnabel und darüber trug sie ein gelbes, eng anliegendes T–Shirt mit weinroten Herzen, die zu ihren Haaren passten. Sarah konnte einen kurzen Moment - und doch eine gefühlte Ewigkeit - ihren Blick nicht abwenden, bis die zweite Person sich bemerkbar machte: Ein junger Mann mit einer dunkelblauen Jeanshose und einem grauen Shirt. Er hatte dunkelbraunes Haar, das ihm wie Michael leicht ins Auge fiel. Die Haut war so blass wie die der Frau und er sah ihr auf gewisse Weise ähnlich. „Hollander richtig?“, fragte er.

Noch immer perplex versuchte Sarah sich zu sammeln und möglichst professionell zu antworten: „Ja, Hollander ist mein Nachname und der meines

Vaters. Ihm gehört der Laden. Wie kann ich Ihnen helfen?“

Sarah kam sich komisch vor, die beiden zu siezen, die ungefähr im gleichen Alter waren, aber sie kannte sie nicht. Offensichtlich kamen sie aus einer hohen Kaste und beide hatten eine ungewöhnlich starke Ausstrahlung. Linda, Toni und Michael starrten die beiden Fremden weiterhin an und Toni schüttelte fassungslos den Kopf. Solche Kleidung hatte er noch nie gesehen. Die mussten mindestens aus der zehnten Kaste sein. Anstatt eine Antwort von dem jungen Mann zu erhalten, stürmte die junge Frau zur Vitrine und betrachtete die kleinen Fondant-Waldtiere. „Magie, oder?“, erkundigte sie sich neugierig.

„Wie bitte?“, fragte Sarah verwirrt.

„Die Figuren. Das ist Magie“, fügte die junge Frau hinzu.

„Danke“, äußerte Sarah zögerlich.

„Und was ist das?“, stieß die Frau begeistert aus und griff nach der Braut mit den roten Haaren. „Das könnte ja ich sein.“

Sarah lief etwas rot an und wusste nichts zu sagen. „Wunderschön, was soll die kosten?“, wollte die fremde Frau wissen.

Sarah streckte ihr auch noch den Bräutigam entgegen: „Ein Paar kostet 15 Groschen.“

„Hier“, die Frau überreichte Sarah 50 Groschen, „den Rest kannst du behalten und den Bräutigam auch. Ich will nur diese.“ Feierlich hielt sie die Zuckerfigur wie einen Pokal vor sich hin in die Luft. Sarah starrte auf das Geld in ihrer Hand. Noch nie hatte sie Trinkgeld bekommen und nun direkt in dieser Höhe.

Der junge Mann machte sich wieder bemerkbar: „Eigentlich sind wir wegen etwas anderem hier, Ella."

„Natürlich ja, Bruderherz. Also wir wollten fragen, ob du sie annimmst. Also, ich meine natürlich machst du das, wer würde sie ablehnen, aber ich meine, hast du schon…?", erkundigte sich die junge Frau und schaute Sarah erwartungsvoll an.

„Was habe ich?", fragte Sarah irritiert. „Na, die Einladung angenommen?", ergänzte Ella.

„Einladung?", entfuhr es Sarah und Michael gleichzeitig und sie wurden beide etwas bleich um die Nase.

„Anscheinend hat sie sie noch gar nicht erhalten, Ella", erklärte ihr Bruder.

„Oh, aber das kommt schon noch. Dein Name steht auf der Liste und ich musste dich unbedingt treffen. Wir kommen nochmal wieder, Sarah Hollander", verkündete Ella fröhlich. Und bevor Sarah überhaupt nachfragen konnte, von welcher Einladung und von welcher Liste die Frau gesprochen hatte oder woher sie ihren Vornamen kannte, waren die beiden geheimnisvollen Fremden bereits so schnell und fast unmerklich durch die Tür verschwunden, wie sie hereingekommen waren und ließen vier ahnungslose und teils bleiche Gesichter zurück.

„Was ist denn da gerade abgegangen?", durchbrach Toni die Stille. „Sowas Verrücktes hab' ich noch nie erlebt. Wovon haben die gesprochen?"

„Keine Ahnung", gab Sarah als Antwort.

„Aber als sie von einer Einladung gesprochen haben, bist du ganz bleich geworden und Michael auch", wandte Linda ein, „Verheimlicht ihr uns was?"

„Ich weiß nicht, was hier gerade passiert ist", antwortete Sarah nun etwas gefasster und lenkte das

Gespräch glaubwürdig in eine andere Richtung. „Aber was noch viel seltsamer als diese Begegnung ist, ist die Tatsache, dass mein Vater, der niemals auf Arbeit fehlt, immer noch nicht aufgetaucht ist. Ich denke, ich schließe den Laden früher und schaue zu Hause nach dem Rechten.“

„Ich begleite dich“, beschloss Michael ohne groß aufzuschauen.

„Okay, alles Gute. Lasst mal hören, was los war“, druckste Toni, dem ernste Situationen Unbehagen verursachten. Die Freunde verabschiedeten sich, nachdem Sarah den Laden geschlossen hatte, und liefen in unterschiedliche Richtungen nach Hause. Michael und Sarah jedoch gingen schweigend nebeneinanderher. Es war eine unangenehme Stille – nicht, wie die wohltuende Stille am frühen Morgen. Auf halbem Weg war es Michael, der mutig das Wort ergriff: „Wir sollten uns unterhalten, oder?“ Sarah nickte wortlos. „Okay, dann mach' ich wohl mal den Anfang“, fuhr Michael fort. „Ich habe dir nicht alles erzählt. Als ich gestern kurz mit einem Patienten allein war, der nur so da lag, wollte ich sein Glas Wasser auffüllen und er griff mich plötzlich am Arm und schaute mir eindringlich in die Augen. Dann, dann sagte er: ‚Sie darf‘“, Michael stockte.

Mit einem starren Blick war es Sarah, die den Satz vollendete: „Die Einladung nicht annehmen.“ Michael blieb stehen und starrte sie an: „Ja. Woher weißt… Dir ist das also auch passiert? Wer…?“ Michael hielt erneut inne und Sarah schluckte. „Es war deine Mutter, oder?“, fragte Michael besorgt. Sarah nickte nur.

„Hat der Patient meinen Namen gesagt?“, forschte sie nach. „Ja, also, deinen Vornamen. Aber ich dachte natürlich direkt an dich, aber ich wusste nicht, wovon er spricht. Ich habe versucht, mehr herauszufinden, um was für eine Einladung es sich handelt und warum du sie nicht annehmen solltest, aber der Patient legte sich danach wieder hin und war nicht mehr ansprechbar. Heute Abend wollte ich es nochmal versuchen."

„Deshalb das Praktikum", stellte Sarah fest.

„Ja", murmelte Michael, „bist du böse?"

„Nein, ich verstehe es jetzt. Und ich denke, dass der Patient auch mit Papa gesprochen hat." Sarah setzte den Heimweg fort. Ihr Vater hatte ihr nicht alles erzählt. Michael hatte ihr nicht alles erzählt und sie, sie hatte wohl auch noch nicht alles erzählt.

„Er hat nicht gesagt", fragte Sarah zögerlich, „der Patient… er hat nicht gesagt, wofür die Einladung ist?"

„Nein, wieso?", wollte Michael wissen und fuhr entsetzt fort „Deine Mutter? Sie hat gesagt, um welche Einladung es geht."

„Ja, aber sie muss durcheinander gewesen sein, denn das kann nicht sein."

„Burg Torva?", fragte Michael zögerlich.

„Woher weißt du…?", begann Sarah ihren Satz.

„Na ja, kurz nach dem Schulabschluss wird über eine rätselhafte Einladung gesprochen und du sagst, dass es nicht sein kann. Das schien mir so unmöglich wie passend." Michael überraschte Sarah immer wieder mit seiner raschen Auffassungsgabe.

„Aber, du hast keine erhalten, oder?", erkundigte er sich vorsichtig. Sarah schüttelte den Kopf und sie gingen schweigend und nachdenklich weiter. Je näher sie dem Haus kamen, umso unruhiger wurde Sarah. Sie überkam ein schreckliches Gefühl, wie sie es noch nie zuvor verspürt hatte und da sah sie auch schon den riesigen Krankenwagen stehen. Die Haustür stand weit offen. Von nun an fühlte sich alles an, wie in einem falschen Film. Sarah stürmte ins Haus, stieß dabei einen Sanitäter um und rannte durch bis ins Schlafzimmer. Ihr Vater saß weinend am Bett und hielt die Hände seiner Frau. Und sie – ihre Mutter – lag regungslos da, mit starrem Blick in die Luft. Der Arzt, der über sie gebeugt stand, schloss mit seiner Hand die leblosen Augen der Mutter und schüttelte dabei den Kopf in Richtung eines Kollegen. Sie war tot. Sarahs Mutter war tot.

3. Kapitel – Die Beerdigung

Sarah nahm kaum wahr, wie ihr Vater immer wieder jammerte, dass der Krankenwagen früher hätte kommen müssen und wie ihm mehrfach versichert wurde, dass man auch früher nichts mehr hätte machen können. Sarah war blass, sie zitterte und dennoch liefen ihr Schweißperlen über die Stirn. Sie lief aus dem Schlafzimmer und übergab sich auf den Dielenboden. Michael eilte zu ihr und sprach auf sie ein, aber auch das nahm Sarah kaum wahr. Alles schien so unwirklich. So schrecklich. Sarah rannte zurück zu ihrer Mutter und wollte sie halten oder schütteln oder irgendetwas tun, um dem Spuk ein Ende zu bereiten, aber eine Hand hielt sie fest: „Die Leiche nicht bewegen." Die Leiche nicht bewegen. Das war doch ihre Mutter, von der da gesprochen wurde. Sie musste doch mit ihr sprechen, sich verabschieden. Ihr ein letztes Wort mitgeben. Ein letztes Wort erhalten. Die Einladung nach Burg Torva darfst du nicht annehmen. Sollen das die letzten Worte einer Mutter an ihre Tochter gewesen sein?

„Sind Sie die Tochter? Entschuldigen Sie, sind Sie die Tochter?“, eine unbekannte Männerstimme holte Sarah aus ihren Gedanken.

Sie starrte den Sanitäter neben ihr an, der – wie ihr jetzt erst bewusst wurde – sie immer noch am Arm hielt.

„Ist sie“, antwortete Michael für Sarah, die immer noch nicht ganz bei sich war.

„Bin ich“, sagte sie fast apathisch hinterher.

„Wir sind schon eine längere Zeit hier. Wir müssen uns jetzt auf den Weg machen. Ihr Vater ist nicht ansprechbar.“

Sarah schaute auf den schluchzenden Vater, der immer noch beteuerte, dass sie früher hätten kommen müssen, und blickte dann wieder zurück zu dem Sanitäter. Der Arzt hatte das Haus schon längst verlassen.

„Brauchen Sie noch etwas, bis der Leichenwagen eintrifft?“, fragte der andere Sanitäter fürsorglich.

„Nein, nein, wir kommen klar“, antwortete Sarah mechanisch. Sie verabschiedete sich von den beiden Sanitätern und schloss die Tür hinter sich. Dann blieb sie reglos vor der Tür stehen und brach zusammen.

Vier Tage lang dauerte es, bis alles geregelt war. In einer Zeit, in der eigentlich die Trauer an erste Stelle stehen sollte, drückte Organisatorisches die Gefühle beiseite und man regelte alles, was eben geregelt werden musste. Man sprach das Nötigste, man weinte, wenn man abends im Bett lag, aber über die wichtigen Dinge sprach man nicht. Und nun stand die Beerdigung an. Engste Freunde und Familie standen grün in grün am offenen Grab, als der Sarg hinuntergelassen wurde. Die Familie väterlicherseits war durch ihre hellgrüne Kleidung leicht von den anderen zu unterscheiden. Arthurs jüngerer Bruder mit seiner vierköpfigen Familie und auch Sarahs Großeltern hatten den Sprung in die nächste Kaste noch nicht geschafft. Auf der Familienseite von Sarahs Mutter gab es keine Verwandten. Die Freunde kamen alle aus der gleichen Kaste. Man behielt seine Freunde aus der früheren Kaste selten. Es war aufwendig und immer mit Kosten verbunden, sich zu treffen und es stand stets unausgesprochenes Mitleid im Raum, das man den Zurückgebliebenen entgegenbrachte, gepaart mit einer gewissen Schuld, es selbst weiter geschafft zu haben. Dieses Gefühl brauchten beide Seiten nicht und so war Familie meist das Einzige, das kastenübergreifend Bestand hatte. Ein Pfarrer in einem weißen Arbeitsgewand sagte nette Worte über die verstorbene Jenny Hollander, die er nicht kannte. Er hatte blaue Schuhe an, damit man ihn nicht mit der grünen Kaste in Verbindung brächte. Sarah stand in erster Reihe und hielt Michaels Hand und die ihres Vaters fest. Als der Pfarrer endete, traten die Freunde und Familienmitglieder vor und richteten Sarah und ihrem Vater ihr Beileid aus und drückten ihnen Karten mit Umschlägen in die Hand. Danach warfen sie eine Kleinigkeit in das Grab. Das war hier so Tradition. Als Michaels Mutter an der Reihe war, streichelte sie wortlos erst über Sarahs und dann über Michaels Wange. Sie war mit Jenny gut befreundet gewesen. Sie hielt ein Foto der beiden in der Hand, wie sie lachend gemeinsam im Garten saßen. Michaels Mutter warf das Foto ins Grab und ging schluchzend weiter. Irgendwann standen nur noch Sarah, Michael und Arthur am Grab. Sarah öffnete ihre Hand und warf ihre kleine weiße Schleife auf den Sarg in dem Grab. Dann drehten auch sie um, während ein Arbeiter des Friedhofs direkt damit begann, das Grab zuzuschaufeln. Freunde und Familie warteten schon vor dem Haus. Es war üblich, dass man sich nach der Beerdigung zusammensetze und gemeinsam aß. Während die Stille am Tisch langsam durch die ersten Gespräche gebrochen wurde, lachte Michaels Mutter laut auf. Alle drehten sich zu ihr um. „Ja, das war so lustig. Als Jenny und ich einmal zu viel getrunken hatten im grünen Keller. Wir waren ja oft dort, man kannte uns da, aber an dem einen Abend war es wirklich schlimm. Mir war so übel, dass ich nicht mehr aufstehen konnte und Jenny sah auch nicht besser aus. Unser Lieblingskellner wollte schon den Krankenwagen rufen, da stellte sich Jenny mehr oder weniger senkrecht vor ihm hin und verkündigte großspurig, dass es uns bestens ginge und dann kotzte sie ihm vor die Füße, lachte, entschuldigte sich und lachte so herzlich, dass sogar der Kellner, der sich wirklich ekelte, mitlachen musste."

Alle im Raum mussten lachen und konnten sich bildlich vorstellen, wie die Frohnatur Jenny sich aufstelle, kotzte und lachte. Ab dem Zeitpunkt erzählten alle nacheinander die schönsten und lustigsten Anekdoten und es fühlte sich langsam und allmählich so an, als könne man nun Abschied nehmen, wo Jenny doch im Herzen aller so lebendig blieb.

Allmählich wurde die Wohnung leerer und die Gäste verabschiedeten sich. Zurück blieben Sarah und ihr Vater, die sich gegenübersaßen, und Michael. Sarah und ihr Vater hatten sich seit dem Todestag noch gar nicht über das Vorgefallene unterhalten und schauten sich nun an. Michael wollte den beiden etwas Ruhe gönnen und begann im Hintergrund aufzuräumen.

„Sie hat dich unendlich geliebt, weißt du?“, begann Arthur.

„Ja, das weiß ich“, antworte Sarah und hielt die warme Hand ihres Vaters, „und dich auch.“

„Ja, das weiß ich“, versicherte ihr Vater ebenfalls. „Ihr Tumor war zu groß, der Arzt hätte nichts mehr machen können, selbst wenn er früher gekommen wäre. Das ist mir jetzt klar. Ich war wütend, weil es so lange gedauert hatte. Wenn bei den Blauen so etwas ist, reagieren sie bestimmt schneller. Aber eigentlich war sie schon tot und das machte mich so wütend. Sie war so lebensfroh und freundlich. Sie hat es nicht verdient.“

„Ist sie an dem Morgen gar nicht mehr aufgewacht?“, wollte Sarah wissen. „Doch, doch. Und sie war erstaunlich klar. Ich sagte ihr, dass du dich um den Laden kümmerst, und ich wollte sie mit einem Frühstück überraschen. Sie sagte, dass sie mich liebt und dass sie dich liebt und dass ich auf dich aufpassen sollte. Ich denke, sie hat gespürt, dass es mit ihr zu Ende ging. Dann schlug der Tumor durch. Sie redete wirres Zeug und wand sich hin und her. Als sie zur Ruhe kam, wiederholte sie, dass ich auf dich aufpassen solle und bewegte sich ab dem Zeitpunkt nicht mehr. Ich spürte an ihrer Hand, die ich hielt, dass das Leben aus ihr gewichen war. Ich wollte es nur nicht wahrhaben.“

So viel hatte Arthur noch nie über Gefühle gesprochen. Sarah hörte zu, während sie weiter seine Hand hielt. Sie war froh, dass die letzten Worte ihrer Mutter so liebevoll waren und sie sich zumindest von ihrem Ehemann verabschieden konnte.

„Und das wirre Zeug, Papa, das sie gesagt hat, was war das?“, forschte Sarah nach, als ihr Vater seine Erzählung beendet hatte.

„Ach nichts Wichtiges.“

Sarah hatte das Gefühl genau zu wissen, was sie gesagt hatte, aber ihr Vater wollte nichts preisgeben und sie wollte ihn nicht weiter belasten.

„Ich gehe jetzt ins Bett“, sagte Arthur, als er gähnend aufstand. „Danke, Michael, für deine Unterstützung – heute und auch die letzten Tage.“

„Kein Ding“, antwortete Michael und ärgerte sich selbst über seine Antwort, aber die richtigen Worte wollten ihm nicht so recht einfallen.

„Was ist mit den Karten?“, erkundigte sich Sarah.

„Ach, die packt ihr mal aus. Ich brauch’ nicht noch mehr traurige Worte heute“, murmelte Arthur, während er das Wohnzimmer verließ.

Sarah und Michael öffneten die Karten, lasen sie und legten sie in eine kleine Holzkiste, die wie eine kleine Schatztruhe aussah. Ganz am Ende lag noch ein Briefumschlag auf dem Tisch und Michael und Sarah schauten ihn an. Er war zwar auch handschriftlich geschrieben, aber nur an Sarah adressiert. Sarah Hollander stand in weißer Schrift auf einem schwarzen leicht glänzenden Umschlag. Sarah, die alle Briefe entgegengenommen hatte, konnte sich nicht erinnern, einen solchen Umschlag erhalten zu haben. Es stand jedoch auch nicht ihre Adresse darauf. Der Brief musste ihr persönlich übergeben worden sein oder er lag bereits in ihrer Wohnung oder jemand hatte ihn daruntergemischt, als sie die Umschläge beim Hereinkommen ablegte. Egal welche Erklärung Sarah zu finden versuchte, sie schien nicht zu passen. Sie warf einen Blick auf Michael, der ebenfalls ratlos wirkte, denn schwarze Umschläge hatten beide in noch keinem Geschäft in der Nähe gesehen. Sarah drehte den Umschlag vorsichtig um. Der Brief war mit weinrotem Wachs verschlossen, in das ein Siegel gedrückt worden war. Das Siegel bestand aus einem Wappen, das nach unten spitz zulief. Innen war ein Herz zu sehen, auf dem eine Hand lag, auf der wiederum ein Auge zu sehen war. Der Rand des Wappens wirkte wie ein Rahmen aus zwei Bändern, die unten übereinandergelegt endeten und sich oben an beiden Seiten in Verschnörkelungen verloren. Ein kleiner Teil einer Burg zierte oben mittig das Wappen. Ohne dieses Siegel je gesehen zu haben, war Sarah und Michael schlagartig klar, woher der Umschlag kommen musste.

4. Kapitel – Die Einladung

Das ist sie. Das muss die Einladung sein. Es gibt tatsächlich eine Einladung. Für Sie, Sarah. Warum? Wer waren die fremden Geschwister in der Bäckerei und warum wussten sie von der Einladung? Warum wusste ihre Mutter davon und ein Patient, den sie gar nicht kannte und warum sollte sie sie nicht annehmen? Unzählige Gedanken schossen Sarah durch den Kopf, während der Umschlag mehrere Sekunden und doch eine gefühlte Ewigkeit vor ihr lag. „Willst du ihn“, Michael machte eine kurze Pause, „nicht öffnen?“ Mit einem leichten, kaum merklichen Zittern in den Händen griff Sarah wortlos nach dem schwarzen Umschlag. Ihre Finger strichen vorsichtig über das in Wachs gepresste Siegel und dann brach sie es auf. Sie zog ein weißes Papier heraus, das im Gegensatz zum

Umschlag fast langweilig und normal wirkte. Dann las sie:

Sehr geehrte Frau Sarah Hollander,

wir gratulieren zu Ihrer Aufnahme an der Universität Burg Torva. Das Semester beginnt am 1. Oktober. Ein Wohnheimzimmer, welches Sie zu zweit oder dritt beziehen werden, steht für Sie auf Burg Torva zur Verfügung. Außerhalb der Semesterferien ist es Ihnen bei Annahme des Studiums lediglich zu Feiertagen und besonderen Anlässen gestattet, das Gelände zu verlassen. Selbstverständlich können Sie während Ihres Studiums auch durchgehend auf Burg Torva verweilen. Bevor Sie im Hauptstudium Ihr Studienfach wählen, absolvieren Sie – wie alle Studenten – das gleiche Grundstudium mit Ihrem persönlichen Schwerpunkt. Melden Sie sich bitte innerhalb von drei Tagen zurück, ob Sie die Einladung annehmen. Eine Ablehnung ist endgültig und es ist nicht möglich, das Studium zu einem späteren Zeitpunkt aufzunehmen. Sollten Sie zu Semesterbeginn keine Mitfahrgelegenheit haben, holt Sie ein Sammelwagen ab. Wir freuen uns, Sie an unserer Universität begrüßen zu dürfen und warten auf Ihre Rückmeldung. Bis dahin und zur Rückmeldung selbst tragen Sie die Einladung bitte bei sich.

Hochachtungsvoll

F. Salentin

Universitätsleitung

Sarah wendete den Brief und da auf der Rückseite nichts weiter stand, wendete sie ihn wieder und untersuchte den Umschlag: Keine weiteren Informationen, keine Adresse. Sie las den Text noch zweimal durch und auch Michael hatte ihn schon von der Seite mehr als einmal studiert. Der Brief gab Sarah keine Antworten, sondern warf noch mehr Fragen auf. Was ist ein persönlicher Schwerpunkt? Wie und wo soll sie sich denn bitte zurückmelden und wie sollte sie diese Entscheidung ohne weitere Informationen in drei Tagen treffen? Obwohl Michael die gleichen Fragen im Kopf hatte, hing er der Tatsache gedanklich nach, dass er Sarah mehrere Monate nicht sehen würde, wenn sie die Einladung annehmen würde. Aber was heißt, wenn? Sie muss sie doch annehmen. Noch nie hatte jemand, den er kannte, die Chance, auf eine Universität zu gehen, noch dazu auf die beliebteste Universität der Kastenlande. Das konnte er ihr nicht ausreden und das wollte er auch nicht. Er musste nun stark sein und der Freund sein, der sie in allem unterstützt, selbst wenn ihm das schwerfallen würde. So hätten sie beide die Chance auf eine bessere Zukunft und könnten vielleicht sogar mehrere Kasten aufsteigen.

„Solch eine Chance durfte man sich doch nicht entgehen lassen“, dachte auch Sarah, „oder etwa doch?“

Warum wollte ihre Mutter nicht, dass sie die Einladung annimmt? Was konnte sie wissen, das Sarah nicht wusste? Sie wird sie nicht mehr fragen können. Und mit einem Mal kam die Trauer schlagartig zurück. Sarah brach in Tränen aus und Michael, der nicht wusste, was gerade in Sarah vorging, legte einfach den Arm um sie, um sie zu trösten. Eine lange Zeit saßen sie beieinander und sagten nichts. Dann plötzlich platze es aus Sarah heraus: „Du hast doch einen Schlüssel, oder?“

„Was, wofür?“, fragte Michael verwirrt.

„Für die Anstalt“, murmelte Sarah verschwörerisch. „Da ich Mama nicht mehr fragen kann …“ Sie schaute nach unten, statt weiterzusprechen. Aber das war auch nicht nötig. Michael verstand sofort, worauf sie hinauswollte. Ihre Mutter konnte Sarah nach der Einladung nicht mehr fragen, aber sie war ja nicht die Einzige, die davon gesprochen und gleichzeitig abgeraten hatte. Da war noch der verrückte Patient. Michael antworte kurz und knapp: „Ja, ich habe einen.“

„Leihst du ihn mir?“, bat Sarah ihren Freund.

„Auf gar keinen Fall“, erwiderte dieser, aber er fügte hinzu: „Wir gehen gemeinsam.“ Sarah wäre lieber allein gegangen, aber Michaels Blick sagte ihr, dass sie ihm dazu schon die Schlüssel im Schlaf aus der Tasche ziehen müsste. Und obwohl das kurz als Option in Sarahs Kopf aufblitzte, wollte sie eine schnelle Lösung. Außerdem war eine Begleitung bei ihrem nächtlichen Ausflug in eine Anstalt sicher nicht verkehrt. Also stimmte sie zu und die beiden standen leise auf, um Arthur nicht zu wecken. Sarah wollte schon hinausstürmen, als ihr die Einladung wieder in den Sinn kam. „Bis dahin und zur Rückmeldung selbst tragen Sie die Einladung bitte bei sich.“ Nach einem kurzen Zögern ergriff sie den Brief samt Umschlag, packte ihn in die Tasche ihrer dünnen grünen Sommerjacke und streifte sie über. Dann folgte sie Michael, der schon vor der Tür wartete. Wieder lief Sarah in völliger Stille durch die Straßen und wieder war es eine andere Stille, die ihr fremd und neu war.

Gemeinsam erreichten Sarah und Michael den Haupteingang der Anstalt. Michael schloss die Tür auf und verwickelte den müden Georg, der im Eingangsbereich hinter einer Scheibe saß und Wache schob, in ein kurzes Gespräch, sodass Sarah gebückt und unbemerkt an ihm vorbeihuschen konnte. „Nett, dass du nach dem Patienten schaust, obwohl du heut‘ gar nicht dran bist“, sagte Georg, „Du bist genau richtig für diesen Job, glaub mir.“

Michael bedankte sich, obwohl ihm nicht ganz klar war, ob ein Dank an der Stelle angemessen war und folgte Sarah, die bereits auf die Patientenzimmer zusteuerte. „Welches Zimmer?“, flüsterte sie.

„Hier, das Sechser“, antwortete Michael und klopfte leise an. Von innen war kein Geräusch zu hören. Die Patienten schienen zu schlafen. Leise drückte Michael die Türklinke nach unten und beide schlichen in das dunkle Zimmer, in dem lediglich ein kleines Licht über der Tür leuchtete. Sarah schloss die Tür hinter sich, während Michael eine kleine Lampe anschaltete, sodass sie zumindest die Patienten sehen konnten.

„Die liegen hier zu sechst, weil die eh nicht mehr viel mitbekommen. Die meiste Zeit sind sie weggetreten“, erklärte Michael.

Und von denen hat mich einer erwähnt?“, fragte Sarah.

Michael nickte und zeigte auf einen dürren Mann mit schütterem grauem Haar und einigen Falten im Gesicht. Sarah kannte ihn nicht. Er war ihr völlig fremd. Woher sollte er sie dann kennen? Ob er mal in der Bäckerei war, als Sarah ausgeholfen hatte? Aber woher wusste er von der Einladung?

„Entschuldigen Sie“, flüsterte Sarah, „Können Sie mich hören? Ich bin Sarah. Ich habe eine Einladung erhalten. Sie haben gesagt, ich solle sie nicht annehmen.“

Der hagere Mann regte sich nicht. Auch sonst war es sehr still in dem dunklen Raum. Lediglich das Atmen der Patienten war zu hören und gelegentlich eine Bewegung im Schlaf. Sarah zog den Umschlag aus ihrer Tasche und hielt ihn dem schlafenden Fremden vor die geschlossenen Augen. Dann fuhr sie mit festerer Stimme fort: „Hier ist die Einladung von Burg Torva. Warum soll ich sie ablehnen?“

Wieder erhielt sie keine Reaktion. Dafür tauchte draußen vor der Tür ein Geräusch auf. Schritte, die näher kamen. Sarah und Michael warfen sich einen eindringlichen Blick zu.

„Ich sehe nach, bleib du hier“, flüsterte Michael und legte seinen Finger auf die Lippen.

Sarah schaute Michael nach, wie er die Tür hinter sich schloss und hörte, wie er mit jemandem ins Gespräch kam. Als sie sich wieder im Halbdunkel dem Patienten vor ihr zuwandte, saß dieser aufrecht im Bett und starrte sie mit weit geöffneten panischen Augen an. Sarahs Herz schlug ihr bis zum Hals und sie konnte gerade so einen Aufschrei verhindern, als der Mann nach ihrem rechten Handgelenk griff, in der sie den Umschlag hielt. Er starrte Sarah direkt in die Augen und hielt sie mit aller Kraft fest, ohne ein Wort zu sagen. Sarah drehte ihr Handgelenk und versuchte sich aus dem festen Griff des Mannes zu befreien. Da dies nicht gelang, nahm Sarah mit rasendem Puls ihren Mut zusammen und fragte mit lauter, aber zittriger Stimme: „Wer sind Sie? Woher wissen Sie von der Einladung? Kannten Sie meine Mutter?“ Der Mann schwieg. Seine Augen, die Sarah bis gerade fixierten, wanderten nicht weniger eindringlich nach rechts und starrten nun auf etwas, das sich hinter Sarah zu befinden schien. Angst stieg in Sarah auf und die Härchen auf ihren Armen sträubten sich nach oben. Ganz langsam drehte sie sich in die Richtung um, in die der Mann starrte, der nach wie vor nicht von ihrem Handgelenk abließ. Die fünf übrigen Patienten standen neben ihren Betten und starrten Sarah an. Ein Chor brach über Sarah hinein, als sie alle einen Schritt auf sie zugingen: „Du darfst die Einladung nicht annehmen.“ Das war zu viel für Sarah. Sie schrie aus voller Kehle und dann wurde es dunkel.

Michael unterhielt sich gerade mit seiner Kollegin Kathrin, die nach den Patienten schauen wollte und erklärte ihr nachvollziehbar, warum er an seinem freien Tag vor Ort sei und bereits nach den Patienten gesehen habe, weshalb seine Kollegin guten Gewissens an dem Zimmer vorbeigehen könne, als er seine Freundin angsterfüllt schreien hörte. Leider blieb auch seiner Kollegin Kathrin der angsterfüllte Schrei einer Frau auf dem Zimmer mit sechs männlichen Patienten nicht verborgen und beide stürmten hinein. Durch das Licht im Flur, konnten ihre Augen im Dunkeln erst nichts erkennen, weshalb Kathrin sofort das Licht einschaltete. Die sechs

Patienten lagen wieder in ihren Betten und auf dem Boden lag Sarah, die ihr Bewusstsein verloren hatte. Michael rannte zu ihr hin und kniete sich auf den kalten, glatten Boden neben sie. Er sprach auf Sarah ein, aber sie antwortete nicht. Kathrin kam hinzu, um den Puls zu messen und die Atmung zu kontrollieren. Die Werte waren in Ordnung, aber Sarahs Stirn fühlte sich plötzlich heiß an. Auf ihrem Handgelenk zeichnete sich noch der feste Griff des Patienten ab und ihre Hand hielt krampfhaft den schwarzen Umschlag fest. Bevor die verwunderte Kathrin nach dem Umschlag greifen konnte, nahm Michael den Umschlag mit den Worten „Das ist nur eine der Trauerkarten" an sich und verstaute ihn in seiner hinteren Hosentasche. Sarah war weiterhin nicht ansprechbar.

„Sie hat sicher viel durchgemacht, die letzten Tage. Dafür bekommt der Körper irgendwann die Quittung. Du hättest sie nicht herbringen dürfen, Michael", sagte Kathrin vorwurfsvoll. „Soll ich einen Arzt anfordern?"

Michael schüttelte den Kopf. Wie Arthur traute er keinen Ärzten und wollte auch auf keinen warten. Allein nach Hause bringen konnte er Sarah jedoch nicht und Arthur wollte er nach dem heutigen Tag erst recht nicht fragen. Schon gar nicht, weil dieser ausrasten würde, wenn er erfahren würde, dass Sarah in der Anstalt war. Den wirklichen Grund konnte er ja schlecht nennen und so blieb Michael nichts anderes übrig, als einen Freund anzurufen und ohne Erklärungen um Hilfe zu bitten. Michael brachte Sarah mit Kathrins Hilfe nach draußen an die frische Luft. Der müde Georg nahm den unerwünschten ohnmächtigen Besucher gar nicht war, aber von

Kathrin musste sich Michael gerade noch anhören, wie verantwortungslos er gehandelt habe und dass das Ganze ein Nachspiel haben könnte, als Toni mit einem Bollerwagen um die Ecke kam. „Alles Einsteigen“, sagte er in seiner gewohnt spaßigen Art. Michael bedankte sich und sie hoben Sarah in den Wagen hinein.

„Hat sie eine Spinne gesehen, oder was?“, scherzte Toni weiter.

Kathrin ging kopfschüttelnd zurück in die Anstalt und schloss die Tür hinter sich. Linda kam mit vier Bechern Kaffee um die Ecke.

„Was machst du denn hier?“, entfuhr es Michael.

„Auch schön, dich zu sehen“, entgegnete Linda eingeschnappt. „Toni hat mir Bescheid gegeben, dass du Hilfe brauchst. Mir sagt ja keiner was.“

Michael fühlte sich sichtlich unwohl, dass er nun direkt zwei Personen erklären musste, was vorgefallen ist, obwohl er doch selbst nicht alles mitbekommen hatte. Und von der Einladung konnte er doch wirklich nicht sprechen. Oder doch? Lieber erzählte er vorerst nichts und ließ Toni seine Späße machen. Linda sagte recht wenig, da sie immer noch ein wenig beleidigt war. Nachdem Michael Toni auf dem Weg mehrfach versichert hatte, dass Sarah nicht betrunken sei und nicht zu viel gefeiert habe, erreichten sie das Haus. Gemeinsam trugen Sie Sarah die Holztreppe nach oben und verursachten ein derartiges Knarzen, dass es wirklich ein Wunder war, dass Arthur nicht aufwachte. Aber die letzten Wochen hatten auch bei Arthur seine Spuren hinterlassen und nach der Abschiedsfeier schlief er endlich noch einmal richtig fest. Linda deckte Sarah zu, während Michael ein feuchtes Handtuch holte, um die Stirn seiner Freundin zu kühlen.

„Also erfahren wir heute noch, was los war?“, fragte Toni neugierig, woraufhin Linda ihn in die Seite stieß und ihn darauf aufmerksam machte, dass es nun ja erst einmal wichtiger wäre, dass es Sarah wieder gut gehe.

Die Sonne ging bereits langsam auf, als Sarah plötzlich tief nach Luft schnappte und ihre Augen öffnete: „Wo bin ich?“

„Du bist zu Hause, alles ist gut“, beruhigte sie Michael.

„Wo ist die Einladung?“, stieß sie panisch hervor. „Sie war in meiner Hand.“

„Ich habe sie, alles ist in Ordnung“, antwortete Michael, während er den Umschlag hervorzog und ihn Sarah zurückgab.

Jetzt erst bemerkte Sarah, dass auch Toni und Linda anwesend waren und sie mit großen fragenden Augen ansahen. Und so gut es Michael vermieden hatte, irgendwelche Details preiszugeben, hatte Sarah mit einem Mal viele Fragen bei den beiden Helfern aufgeworfen, die nach Antworten verlangten.

5. Kapitel – Ein ehrenwerter Blauer

Toni und Linda wollten alles ganz genau wissen. Auch, wenn es sich anfühlte, als gäben Sarah und Michael ein Geheimnis preis, das man nicht hätte preisgeben dürfen, war es dennoch erleichternd, die ganze Geschichte mit guten Freunden zu teilen. Im Anschluss saßen alle im Kreis auf dem Boden in Sarahs Zimmer und starrten auf die Einladung, die in der Mitte lag.

„Und du hast von der Frau geträumt, die wir im Laden gesehen haben, bevor wir sie getroffen haben?“, hakte Toni abermals nach. Sarah nickte.

„Krass“, meinte Toni.

„Das findest du an der ganzen Geschichte am krassesten?“, fragte Linda ungläubig, „Sie hat eine Einladung an eine Uni und dann auch noch nach Burg Torva. Sie wird studieren und ihren Traumjob bekommen. Welcher ist das überhaupt?“

„Darüber hab‘ ich mir noch gar keine Gedanken gemacht“, antwortete Sarah und bekam ein schlechtes Gewissen gegenüber Linda, die alles dafür geben würde, ihren Traumjob ausführen zu dürfen.

„Na ja, hast ja anscheinend noch ein ganzes Grundstudium Zeit, das zu entscheiden. Erst mal lernst du ja …, irgendwelche Grundlagen?“

„Ich weiß doch noch gar nicht, ob ich annehme“, gestand Sarah.

„Was? Wie kannst du nicht?“, entfuhr es Linda sichtlich geschockt. „Manche würden alles für so eine Chance geben.“ Dass Linda besonders sich selbst damit meinte, erleichterte es Sarah nicht, ihr zu antworten. Daher war sie ganz dankbar, dass Toni sich direkt einmischte: „Na ja, vielleicht wegen der Verrückten, die ihr davon abgeraten haben.“

„Verrückte, du sagst es“, erwiderte Linda. „Nur Verrückte haben ihr davon abgeraten.“

„Und meine Mutter!“ Mit diesem Kommentar von Sarah wurde es wieder still.

„Dieses Geschwisterpaar aus der Bäckerei“, brach diesmal Michael das Schweigen, „das hat von der Einladung gesprochen. Wer weiß, wem sie noch davon erzählt haben. Vielleicht dem Verrückten, vielleicht deiner Mutter. Ich weiß nicht, wem, aber sie haben auf jeden Fall Informationen, die wir nicht haben.“

„Toll! Fragen wir sie doch einfach“, warf Toni scherzhaft ein. Denn wie sollten sie Ella und ihren Bruder wohl ausfindig machen? Nie zuvor hatten sie die beiden gesehen. Auf keinen Fall lebten sie in ihrer Kaste und sie konnten ja nicht so ohne Weiteres durch alle Kasten reisen – auf der Suche nach dem mysteriösen Geschwisterpaar.

„Wir müssen sie nicht suchen“, fiel Sarah ein. „Sie haben gesagt, sie kommen wieder. Vielleicht muss ich einfach in die Bäckerei.“

„Wir“, betonte Toni, „Wir müssen in die Bäckerei.“

„Na, hoffentlich beeilen die sich dann aber mit dem Wiederkommen“, gab Linda zu bedenken. „Du hast ja jetzt nur noch zwei Tage, um dich zu entscheiden. Oder bis wann genau musst du dich zurückmelden und wo?“

Sarah blickte selbst ahnungslos in die anderen fragenden Gesichter: „Ich weiß auch nicht mehr als ihr.“

„Na, dann öffnen wir die Bäckerei wohl doch heute schon“, sagte Michael und zog sich die Schuhe an. Die anderen taten es ihm gleich.

„Ihr wollt sicher alle mit?“, fragte Sarah etwas verunsichert, ob das eine gute Idee war.

„Klar!“, bestätigte Toni. „Das wollen wir uns nicht entgehen lassen. Da passiert in unserer Kaste endlich mal was Spannendes und wir haben doch eh nichts Besseres zu tun.“

Nachdem Sarah ihren Vater kurz geweckt und ihm erzählt hatte, dass sie sich ablenken müsse und die Bäckerei heute schon wieder öffnen wolle, machten sich die Freunde auf den Weg zur Bäckerei. Linda hing vorsichtig den Zettel ab, auf dem stand, dass die Bäckerei wegen eines Trauerfalls in der Familie noch geschlossen bliebe. Währenddessen begann Sarah, die Brötchen zu backen und alles für das Tagesgeschäft vorzubereiten. Michael half ihr so gut er konnte und Toni spielte mit den Fondant-Figuren und trug dadurch zumindest erheblich etwas dazu bei, die Laune bei den anderen zu heben. Der Tag verging wie im Flug und jedes Mal, wenn die Tür sich öffnete, hofften die Vier, dass es die rothaarige junge Frau mit ihrem Bruder war. Doch der erhoffte Besuch blieb aus. Passend zu der Enttäuschung begann es auch noch in Strömen zu regnen.

„Na toll! Das hat uns gerade noch gefehlt. Hätte der Regen nicht noch etwas warten können, bis wir zu Hause sind?“, meckerte Linda.

Sarah wollte gerade das Türschild auf „geschlossen“ wenden, als er mit einem dunkelblauen Schirm hineinrauschte: „Habt ihr noch geöffnet?“

„Ich wollte eigentlich gerade schließen, aber wenn es schnell geht…“, sagte Sarah freundlich.

„Das ist wirklich nett“, freute sich der junge Mann, während er seinen Schirm schloss. Sarah hatte ihn in ihrer Kaste noch nie gesehen. Und das war auch kein Wunder, denn seine dunkelblaue Kleidung verriet, dass er in einer oberen Kaste wohnte. Der Mann hatte trotz Dreitagebart ein gepflegtes Äußeres und ein freundliches Lächeln. Er war schätzungsweise Mitte Zwanzig und sah ziemlich gut aus.

„Ich hätte so gern noch ein Brötchen. Bis eben hatte ich ein Bewerbungsgespräch und davor war ich einfach zu aufgeregt, um etwas zu Essen“, plapperte der Mann in Blau los. Während Sarah ihm nach seinen Wünschen ein Brötchen belegte, wollte sie mehr erfahren: „Sie haben sich hier beworben? In unserer Kaste?"

„Oh ja, ich bin Arzt", fuhr er fort. „Gerade mit dem Studium fertig – und ihr habt ein wirklich nettes Krankenhaus hier und einen großen Ärztemangel."

„Weil die meisten Blauen hier nur arbeiten, wenn sie es müssen", brachte Toni ein. „Ja", sagte der junge Mann sichtlich bedrückt, „das ist schade. Hier werden ja genauso Ärzte gebraucht wie anderswo. Also eigentlich noch mehr. Und ich denke, es ist meine Pflicht als Arzt genau dorthin zu gehen, wo ich am meisten gebraucht werde."

„Das nenn' ich mal einen ehrenwerten Blauen", sagte Toni anerkennend und Linda schwärmte: „Wow, das finde ich toll. Ich würde selbst so gern studieren und Ärztin werden, aber…" Sie brach mitten im Satz ab, aber wie immer war es auch nicht notwendig, weiterzusprechen.

„Du bist gerade mit der Schule fertig?", fragte der junge Mann und Linda nickte, „Also in eurem Krankenhaus werden noch Pfleger gesucht, habe ich gesehen. Die sind genauso wichtig wie Ärzte. Im Krankenhaus werden Pfleger ausgebildet, die dann übernommen werden. Und ehrlich gesagt, ist so mancher Pfleger ein besserer Arzt. Vielleicht wäre das etwas für dich."

„Darüber habe ich noch nicht nachgedacht", sagte Linda.

„Nun, falls du es dir überlegst, dann sehen wir uns dort. Denn ich hab' den Job bekommen."

Die vier Freunde gratulierten dem jungen Mann, auch wenn es sie nicht überraschte, dass ein Dunkelblauer den Job in der dunkelgrünen Kaste bekam, den hier niemand ausüben konnte. „Ich bin übrigens Leon", sagte der junge Mann und fügte hinzu: „Ich dachte, ich sag's mal, weil wir uns ab jetzt ja möglicherweise öfter hier sehen. Das soll die beste Bäckerei in dieser Kaste sein."

Sarah bedankte sich und alle stellten sich reihum vor, bevor sie sich auch gleich wieder verabschiedeten. Auf dem Heimweg meinte Linda: „Ich glaube, das mit dem Pflegeberuf könnte mir gefallen. Das schau' ich mir auf jeden Fall morgen mal an."

„Klar", sagte Toni, „Wenn es dort so gutaussehende Ärzte gibt. Wer weiß, vielleicht kannst du dir ja einen schnappen und kommst doch noch 'ne Kaste höher."

„Ha, ha", entgegnete ihm Linda, „Als wenn ich meinen Job von gutaussehenden Kollegen abhängig machen würde."

„Du vielleicht nicht", scherzte Toni weiter, „aber ich weiß, wo ich mich morgen für eine Ausbildungsstelle bewerbe." Und obwohl sich hier Spaß und Ernst vermischten, so verabredeten sich Toni und Linda doch für den nächsten Tag am Krankenhaus, um sich für eine Ausbildungsstelle zu bewerben. Als sich ihre Wege trennten, gingen Michael und Sarah wieder recht schweigsam weiter. Was sie sich von dem Tag erhofft hatten, war nicht eingetroffen.

Auch Michael verabschiedete sich für diesen Abend und ging zu sich nach Hause, nachdem seine Mutter schon scherzhaft gefragt hatte, ob er denn überhaupt noch bei ihnen wohnen würde. Als Michael zu Hause ankam, lag ein Brief für ihn bereit – ein Brief von der Anstalt. Der Brief war lang und voller Paragrafen, hochgestochener Wörter und dergleichen, aber die Botschaft war klar. Nach dem Vorfall der letzten Nacht würde Michael sein Praktikum dort nicht beenden dürfen und generell rate man ihm davon ab, Pfleger zu werden. „Na, dann eben nicht“, dachte sich Michael. Eigentlich war das ja auch nie sein Plan gewesen. Ihm würde schon noch was einfallen. Michael schlief jedenfalls schnell ein und so fest wie eh und je.

Bevor sich Sarah schlafen legte, las sie sich noch einmal die Einladung nach Burg Torva durch: Melden Sie sich bitte innerhalb von drei Tagen zurück, ob Sie die Einladung annehmen. Keine Ahnung, wann die drei Tage begonnen haben sollen. Wie lange lag die Einladung wohl am gestrigen Tage schon auf dem Tisch, bevor sie sie entdeckt hatte? Und zählen die drei Tage ab Erhalt oder ab dem Zeitpunkt, an dem sie sie gelesen hat? Wer könnte das denn nachvollziehen und kontrollieren und wie und wo sollte sie sich überhaupt zurückmelden? Das Organisatorische schien schon sehr verwirrend, aber noch unklarer war Sarah, ob sie die Einladung überhaupt annehmen sollte. Mehrere Stunden lag sie wach in ihrem Bett, bevor sie der Schlaf schließlich übermannte und auch sie fest einschlief.

6. Kapitel – Das geheimnisvolle Amulett

Seit Sarah Ella getroffen hatte, hörten die Träume über sie schlagartig auf. Sarah schlief fest und lange und irgendwann wurde sie von warmen Sonnenstrahlen im Gesicht geweckt. Als sie die Augen öffnete, stellte sie fest, dass die Sonne schon sehr tief stand. Sofort saß sie vor Schreck aufrecht im Bett und schaute auf ihren kleinen grünen Wecker, der auf dem alten hölzernen Nachttischschrank stand. Es war schon Mittag. Wieso hatte der Wecker nicht geklingelt? Was, wenn Ella und ihr Bruder gerade heute Morgen wiedergekommen waren, als sie nicht da war? Sarah machte sich schnell frisch, zog eins ihrer grünen Sommerkleider über, das rechts und links kleine Taschen hatte. Sie verstaute in der Rechten ihre Einladung und machte sich einen Zopf, während sie gleichzeitig die knirschende Holztreppe herunterpolterte. Die Schlafzimmertür ihres Vaters stand offen. Er war schon weg. Sarah wollte sich schnell noch einen Kaffee holen, als sie einen kleinen Zettel auf dem Küchentisch fand, mit der Handschrift ihres Vaters:

Meine liebe Sarah,

mach dir keine Sorgen. Ich habe deinen Wecker heimlich ausgestellt. Du hast so fest geschlafen und brauchtest etwas Ruhe nach den letzten Wochen. Ich gehe wieder arbeiten und du solltest nun die Freizeit nach deinem Schulabschluss genießen, bevor der Ernst des Lebens beginnt. Die letzten Wochen hast du dich mehr um mich gekümmert, als ich mich um dich. Auch wenn du in ein paar Wochen volljährig wirst und jetzt schon so erwachsen handelst, bist du doch meine Kleine und ich sollte mich um dich kümmern. Also genieß den freien Tag. Wir sehen uns heute Abend zu Hause. Ich bin der stolzeste Vater von allen Kasten.

Papa

Sarah entfuhr ein Seufzer. Das war so lieb von ihrem Vater, jedoch gleichzeitig ein furchtbar schlechter Zeitpunkt. Der zweite Tag war schon halb vorbei und drei Tage hatte sie nur Zeit, um die wichtigste Entscheidung ihres Lebens zu treffen und sich gegebenenfalls zurückzumelden. Wie auch immer das aussehen sollte. Die Gedanken wirbelten nur so durch Sarahs Kopf, als sie die Straße zur Bäckerei entlanglief. Immer wieder wurde sie von freundlichen Gesichtern gegrüßt und sie musste einige Gesprächsversuche mit einem „Tut mir leid, ich bin spät dran“ abwürgen. Sarah wünschte sich die früh morgendliche Stille zurück, aber dafür war sie zu spät dran. Mittags tobte das Leben der Dunkelgrünen bereits in allen Ecken und das liebe Mädchen, das in den Ferien in der Bäckerei ihrem Vater aushalf, das kannte und mochte jeder. Abgehetzt riss Sarah die Tür zur Bäckerei auf und lief dabei fast einem Kunden in die Arme, der die Bäckerei in dem Moment verlassen wollte.

„Hoppla“, sagte der Kunde freundlich, „heute so stürmisch, Sarah?“

„Oh, entschuldigen Sie mich bitte, ich…“, Sarah wusste gar nicht, wie sie diesen Satz beenden sollte. Zum Glück unterbrach der Kunde sie und verließ mit den Worten „Kein Problem. Schönen Tag noch“ die Bäckerei.

Sarahs Vater stand mit einem Lächeln hinter dem Tresen und fragte: „Warum denn so eilig, Sarah? Du sollst doch deinen freien Tag genießen.“ Sarah grübelte einen Moment, was sie sagen sollte, legte ein gespieltes Lächeln auf und legte los: „Ach, ich war die letzten Tage hier so allein, da habe ich mich so darauf gefreut, mit dir zusammenzuarbeiten.“

Die sonst so ehrliche Sarah fühlte sich schlecht dabei, ihrem Vater nicht die Wahrheit zu sagen. Die letzten Wochen hatte sie viel verheimlicht und kleine Notlügen haben sich immer wieder eingeschlichen. Aber wie sollte sie ihrem Vater das Ganze auch erklären?

Arthur lachte: „Na, wenn das so ist. Es kam eben eine Bestellung rein für ein Brautpaar in dunkelblau. Du kannst gerne schon mit den Figuren beginnen. Sie hat blondes, schulterlanges Haar und er hat schwarzes, kurzes Haar. Hier ist ein Foto.“ Sofort bedankte sich Sarah, nahm das Foto und holte passende Fondant-Sorten aus dem Schrank. Noch bevor sie den ersten Kopf formte, forschte sie vorsichtig nach: „Und heute Morgen, war bisher irgendwas Besonderes?“

„Was soll denn hier Besonderes passieren?“, fragte ihr Vater. „Ich meine“, forschte Sarah unauffällig weiter, „war jemand für mich hier?“ „Ach ja, ganz vergessen“, erwiderte Arthur beiläufig, „es waren tatsächlich ein paar junge Leute für dich da.“ „Wer denn? Was wollten sie?“, fragte Sarah aufgeregt mit weit aufgerissenen Augen.

„Nun“, fuhr ihr Vater verwundert fort, „Linda, Toni und natürlich Michael. Welche jungen Leute hast du denn erwartet? Sie dachten, du wärst hier. Ich weiß nicht, was sie genau wollten. Sie konnten gar nicht glauben, dass du heute nicht da bist. Hab's ihnen erklärt und dann sind sie gegangen. Aber sehr zögerlich, wenn ich so Recht darüber nachdenke. Was habt ihr ausgeheckt?“

Sarah, die schon enttäuscht war, als sie merkte, dass nur ihre Freunde da waren und nicht das mysteriöse Geschwisterpaar, speiste ihren Vater mit einem „Nichts“ ab und widmete sich wieder ihren Fondant-Figuren. Sie war allerdings nicht ganz bei der Sache und der Kopf der Braut fiel ihr aus den Händen und rollte unter die Theke. Als sie sich bückte, um danach zu greifen, stieß ihre Hand auf etwas Glattes, Kaltes und Festes. Sie zog es vorsichtig hervor. In ihrer Hand hielt sie ein ihr unbekanntes Amulett. An einer goldenen Kette hing ein goldenes Oval mit einer kleinen abgebildeten schwarzen Spinne in der Mitte. Es sah alt und wertvoll aus.

„Was ist das, Papa?“, erkundigte sie sich mit einem seltsamen Gefühl in der Magengegend.

„Ach das“, Arthur geriet ins Stocken und man merkte ihm an, dass ihm nicht wohl dabei war, dass Sarah das Amulett gefunden hatte. „Jetzt, wo ich es sehe, fällt es mir wieder ein. Es war doch noch jemand hier für dich, ganz früh. Ein komischer Typ. Hat nach dir gefragt. Ich sollte dir das geben.“

„Wie sah er aus? War auch noch eine Frau dabei?“, forschte Sarah aufgeregt nach. „Wie viele komische Leute hast du denn erwartet?“, fragte Arthur etwas bissig, fuhr dann aber fort: „Nein, nur ein Typ. Keine

Ahnung, wie er aussah, hab‘ nicht so genau hingeschaut. War nicht aus unserer Kaste.“

Obwohl Sarah sich sicher war, dass ihr Vater mehr wusste, als er sagte, konnte sie keine weiteren Informationen aus ihm herausbekommen. Da sie nicht lockerließ, musste ihr Vater ganz plötzlich noch eine Lieferung machen. Er packte willkürlich verschiedenes Gebäck in braune Papiertüten und verließ die Bäckerei. Zurück blieb eine aufgewühlte Sarah, die nun noch mehr Fragen hatte als zuvor. War Ellas Bruder der unbekannte Besuch? Hatte das Amulett etwas mit der Rückmeldung zu tun? Warum sollte er ihr so etwas Wertvolles schenken? Er kannte sie ja gar nicht. Während Sarah überlegte, verspürte sie ein leichtes Kitzeln auf ihrer rechten Schulter. Reflexartig griff sie mit ihrer Hand an die Stelle und spürte etwas seltsam Weiches, dass sie dabei von ihrer Schulter fegte. Es landete mit einem Plumps vor ihr. Eine ausgewachsene Vogelspinne. Sarah schrie laut auf, schüttelte sich und kletterte panisch auf den Tresen. Dabei ließ sie die Spinne nicht aus den Augen. Eine Vogelspinne kannte sie nur aus Büchern. Die lebten nicht in ihrer Kaste. Sie hatte gelesen, dass diese Spinnen beißen konnten. Eine gruselige Vorstellung, wo sie schon vor normalen Spinnen Angst hatte. Wie kam so ein Tier hierher? Die Spinne begann indes langsam, aber zielstrebig den Tresen hinaufzukrabbeln. Zur Tür war es nicht weit und Sarah würde schnell laufen können. Sie drehte sich um und wollte zum Sprung nach unten ansetzen, als ihr auch von der anderen Seite des Tresens eine Vogelspinne entgegenkam. Und dann noch eine und noch eine vierte und plötzlich kamen sie aus allen Ecken und liefen zielstrebig auf den Tresen zu. Sarah hatte panische Angst und sah sich nach allen Seiten um. Es war ausweglos. Fast gleichzeitig erreichten auf allen Seiten des Tresens die ersten haarigen Beine die Platte, auf der Sarah kauerte. Sie war so von Angst erfüllt, dass sie die Glocke nicht hörte und erst Ellas Stimme bemerkte, als diese in der Tür stand.

„Wo ist er?“, schrie sie und als Sarah es nicht begriff, fügte sie hektisch hinzu: „Ein Ring, eine Kette, ein Amulett. Irgendwas.“

Sarah merkte, dass sie das Amulett immer noch fest in der Hand hielt und warf es – ohne nachzudenken – in Ellas Richtung. Die fing es, schmiss es auf den Boden und trat mit einer fast übermenschlichen Wucht darauf. Das Amulett zerbrach und die Spinnen verschwanden wie durch Zauberhand. Eine düstere, verzerrte Stimme erfüllte den Raum mit den Worten: „Bleib, wo du hingehörst!“

Sarah hockte immer noch wie versteinert auf dem Tresen und regte sich nicht. Ella sprintete zu ihr und legte den Arm um ihre Schulter, während sie Sarah langsam vom Tresen hinunterhalf: „Alles okay mit dir?“

„Ich, ich…“, stotterte Sarah, „ich glaube schon. Was war das?“

In dem Moment trat Ellas Bruder ein und hob das zerbrochene Amulett auf, während sein Blick auf die immer noch verängstigte Sarah fiel. Er schaute seine Schwester fragend an: „Ein Zauber?“

Ella nickte.

„Von wem hast du das?“, fragte Ellas Bruder.

„Ich, ich weiß es nicht. Es wurde für mich abgegeben.“

„Vogelspinnen“, erklärte Ella ihrem Bruder, „und eine Botschaft.“

„Ja, damit haben wir gerechnet."

„Was? Womit habt ihr gerechnet? Was ist da gerade passiert?"

Sarah verstand nichts von alledem. Ella atmete tief durch und vergewisserte sich mit einem Blick zu ihrem Bruder, ob sie wohl preisgeben dürfte, was sie wusste, und dann legte sie los: „Du hast eine Einladung von Burg Torva erhalten. Das ist in unteren Kasten äußerst unüblich. Es gibt Personen, die finden das nicht gut und versuchen alles, damit Burg Torva frei bleibt von…"

„Menschen aus unteren Kasten", ergänzte Ellas Bruder den Satz.

Sarah merkte, dass das wohl nicht das Wort war, an das Ella gedacht hatte, als diese fortfuhr: „Sobald du die Einladung nach Burg Torva annimmst, stehst du unter dem Schutz der Universität, also wird vorher alles versucht, um dich davon abzuhalten. Daniel und ich hatten es schon befürchtet und haben die Bäckerei in regelmäßigen Abständen beobachtet."

Sarah schaute zu Daniel und Ella und fühlte sich auf gewisse Weise sicher. Und nun wollte sie Antworten haben: „Warum habt ihr mir nichts gesagt? Wo kamen diese Spinnen her und wo sind sie hin? Warum helft ihr mir?"

Diesmal war es Daniel, der antwortete: „Es war noch zu früh. Du hättest uns nicht geglaubt, dass es Magie gibt, bis du sie selbst erlebt hättest."

„Magie?", fragte Sarah ungläubig.

„Sie glaubt es ja nicht mal jetzt", stellte Ella fest. „Daniel und ich tun unser Bestes, um dich zu beschützen, aber wir wissen nicht, wer dahintersteckt. Auf jeden Fall solltest du zu deiner Sicherheit die Einladung so schnell wie möglich annehmen." Den letzten Satz hatte Arthur noch gehört, als er blass in der Tür der Bäckerei stand. „Welche Einladung?“, fragte er mit weit geöffneten Augen seine ebenso erschrockene Tochter.

„Na die nach Burg Torva“, teilte Ella freudig mit, die den Ernst der Lage nicht erkannte.

Sarah sah sie erschrocken an, Arthur blickte noch erschrockener zu Sarah und Daniel warf Ella einen warnenden Blick zu.

„Was denn?“, verteidigte sich Ella. „Das ist doch wohl kein Geheimnis. Oder etwa doch?“

„Also, anscheinend hat mir meine minderjährige Tochter diese Information vorenthalten – während zwei Fremde, die ich hier noch nie gesehen haben, darüber bestens Bescheid wissen“, stellte Sarahs Vater verärgert fest.

„Papa, ich wollte…“

„Nein, das diskutieren wir hier nicht vor Menschen, die ich nicht kenne“, unterbrach Arthur seine Tochter und warf Ella und Daniel einen vielsagenden Blick zu.

Daniel nickte, entschuldigte sich und schob Ella die Tür hinaus. Sarah wusste erst nicht, wie sie reagieren sollte. Als die Tür zufiel und ihr Vater gerade zu sprechen ansetzte, rannte sie mit einem viel zu verspäteten „Wartet“ hinter den beiden Geschwistern her. Sie riss die Tür auf und schaute nach rechts und links. Auf der Straße war niemand mehr zu sehen. Sarah hatte doch nur ein paar Sekunden gezögert. Wie konnten sie da schon außer Reichweite sein? Sarah fluchte.

„Kannst du mir vielleicht mal erklären, was hier vor sich geht?“, forderte ihr Vater in scharfem Ton.

Sarah merkte, dass sie ihrem Vater die Situation erklären musste. Aber wie? Alles konnte sie ihm auf keinen Fall erzählen. Aber noch mehr Geheimnisse? Wie würde er reagieren, wenn er es später erführe? Wie würde er reagieren, wenn er es jetzt erführe? Sarah überlegte kurz und mischte ein Fünkchen Wahrheit mit ein bisschen Fantasie und begann mit doppelt schlechtem Gewissen, ihrem Vater eine passende Version zu erzählen: „Es tut mir leid, ich wollte es dir heute Morgen sagen, aber du hattest meinen Wecker ausgestellt. Ich habe eine Einladung zu dieser Uni erhalten.“ „Zu der besten Uni der Kastenlande“, ergänzte ihr Vater. „Und du hast mir nichts erzählt.“

„Ich habe sie am Tag der Beerdigung bekommen. Du lagst schon im Bett, da hab‘ ich sie erst entdeckt. Müssen wir wohl vorher im Briefkasten übersehen haben. Ich wollte dich nicht mehr wecken. Und dann ging es dir noch nicht so gut, da wollte ich dich nicht belasten. Heute hätte ich es dir erzählt. Deshalb wollte ich unbedingt mit zur Arbeit.“

Sarah stieg eine leichte Röte in ihr Gesicht und sie schaute zu Boden. Lügen war nicht ihr Ding. Arthur schien allerdings etwas besänftigt und interpretierte Sarahs Haltung als schlechtes Gewissen.

„Und wer waren diese Leute?“, fragte er weiter.

Sarah fuhr fort: „Ich kenne sie auch nicht so richtig. Sie haben irgendwas mit der Uni zu tun und haben eine Liste von allen eingeladenen Studenten gesehen. Sie sind schon einmal zu mir gekommen. Da hatte ich aber noch keine Einladung und wusste nicht, wovon sie sprechen.“

Arthur ließ nicht locker: „Und du hast doch nach ihnen gefragt heute Morgen, oder? Du hast damit gerechnet, dass sie heute wiederkommen. Wieso?“

„Sie haben gesagt, sie kommen nochmal wieder und man muss sich bis morgen zurückmelden. Ich hatte gehofft, sie sagen mir, wie und wo – also falls ich mich entscheiden sollte, hinzugehen.“

„Das hast du gar nicht zu entscheiden“, sagte Arthur bestimmt. Sarah schaute ihn entgeistert an.

„Nun, wenn du dich bis morgen zurückmelden musst, bist du noch nicht volljährig. Das heißt, die Entscheidung liegt bei mir.“

Sarah stand mit großen Augen da und wusste nicht, was sie sagen sollte. So energisch hatte sie ihren Vater noch nicht erlebt.

„Und was…“, setzte Sarah vorsichtig an, als ein Kunde die Tür öffnete. Ihr Vater unterbrach sie: „Darüber reden wir heute Abend zu Hause.“

7. Kapitel – Die Entscheidung

Noch nie war die Stimmung in der Bäckerei so bedrückend gewesen. Wenn Kundschaft im Laden war, blickten die Hollanders freundlich drein, aber sobald sie allein waren, schauten sie sich nicht an und wechselten kein Wort miteinander. Die Zeit bis zum Ladenschluss verging unendlich langsam. Und auch auf dem Heimweg gingen beide schweigend nebeneinanderher. Erst als sie zu Hause am Tisch saßen, brach Sarah das Schweigen: „Und, was denkst du?“

„Ich denke, du hättest es mir sagen müssen“, begann Arthur mit ruhiger, gefasster Stimme. „Zeig mir die Einladung!“

Zu Arthurs Überraschung musste Sarah die Einladung nicht holen. Da sie sie stets bei sich trug, zog sie den schwarzen Umschlag wortlos aus der

Tasche in ihrem Kleid und übergab sie ihrem Vater. Dieser staunte nicht schlecht über den sonderbaren Umschlag, zog das Papier heraus und las es. Dann wendete er es, las die Einladung erneut und schaute Sarah irritiert an: „Das ist alles an Informationen?“

Sarah nickte.

„Das kommt mir nicht seriös vor. Die Oberen kommen sich immer so toll vor. Denken, sie können sich alles erlauben. Eine Frist von drei Tagen, keine weitere Erklärung, wenn du absagst, dann für immer, wenn du zusagst, kannst du erst mal nicht mehr weg. Und warum wurdest du eingeladen? Da steht nichts, was die Aufnahme an die Uni irgendwie erklären könnte. Außerdem …“ Arthur stockte. Er dachte an den Patienten in der Klinik, der ihm eindringlich sagte, Sarah solle die Einladung nicht annehmen.

Sarah schien zu wissen, was ihr Vater dachte, und diesmal war sie es, die – ohne um den heißen Brei zu reden – loslegte: „Du machst dir Sorgen wegen eines Patienten, der gesagt hat, ich solle die Einladung nicht annehmen.“

Erschrocken und verwirrt sah Arthur seiner Tochter in die Augen: „Woher weißt du…?“

Aber Sarah ließ ihn nicht ausreden: „Ich war selbst dort. Mit Michael. Ich habe ihn auch gehört.“

„Du warst was?“, entfuhr es Arthur.

Sarah ließ sich nicht beirren: „Ich weiß, ich sollte das nicht. Michael durfte das auch nicht. Deshalb ist sein Praktikum nun beendet. Wenn du die nächste Nachtschicht hast, wird man dir das sowieso erzählen.“

Arthur war sprachlos.

„Aber es war nur ein Patient, der im Kopf nicht ganz gesund ist“, log Sarah diesmal schon ohne rot zu werden. „Und woher sollte er das wissen? Wer weiß, wer diese Liste, von der die beiden sprachen, noch gesehen hat und davon wusste. Vielleicht der Patient selbst. Weißt du, aus welcher Kaste er ursprünglich kommt? Vielleicht hat er die Liste gesehen und fand es einfach nicht gut, dass jemand aus einer niedrigeren Kaste einen Platz bekommen hat und er selbst – oder jemand, der ihm nahestand – nicht. Reiner Neid von den Oberen."

Sarah wusste, wie man ihren Vater überzeugen konnte. Die „Oberen", wie ihr Vater alle oberen Kasten nannte, schlecht darzustellen, brachte immer seine Zustimmung. Und während Sarah ein flammendes Plädoyer für Burg Torva hielt, wurde ihr selbst erst bewusst, dass sie gerade ein flammendes Plädoyer für Burg Torva hielt. Anscheinend hatte sie unterbewusst längst eine Entscheidung getroffen und erst die Aussicht, nicht zur Uni zu dürfen, machte ihr diese Entscheidung bewusst. Sie wollte dorthin. Sie wollte raus aus dem immer selben Trott und etwas Neues erleben. Sie wollte, dass ihr die Welt offensteht, mit allen Farben und allem, was sie zu bieten hatte. Und sie wollte Antworten haben. Noch nie hatte sie so viele Fragen. So beängstigend die letzten Wochen auch waren, sie waren gleichzeitig die spannendsten und so fuhr Sarah fort: „Du hast dir immer gewünscht, dass ich mal werden kann, was ich möchte und du arbeitest so hart, um nochmal eine Kaste aufzusteigen. Es ist fast egal, was ich studiere, wir werden auf jeden Fall etwas höher aufsteigen. Stell dir vor, deine eigene Bäckerei in einer oberen Kaste! Wer würde die Chance auf solch eine Uni ausschlagen? Würden wir es nicht für immer bereuen? Würden wir uns nicht immer fragen, was wäre, wenn?

Das ist ein Traum, den unzählige Menschen träumen und für uns kann er wahr werden."

Arthur war schon längst überzeugt. Wie sollte er seiner Tochter so etwas verwehren? Obwohl er ein mulmiges Gefühl hatte und obwohl er Sorge hatte, dass er seine Tochter so lange nicht sehen würde, konnte er ihr diese Chance doch nicht nehmen. Welcher Vater würde so etwas tun? Er beschloss zumindest, ein solcher Vater nicht zu sein und atmete tief durch.

„Nun, dann müssen wir wohl herausfinden, wie das mit dem Zurückmelden funktioniert", gab sich Arthur geschlagen. Sarah riss die Augen auf, quietschte vor Freude und fiel ihrem Vater um den Hals. Einen kurzen Moment hielten sich beide ganz fest und sowohl die überschwängliche Freude als auch eine aufsteigende Angst machte sich in beiden breit.

„Ich gehe an eine Uni", rief Sarah aus. „Du gehst an eine Uni", bestätigte Arthur. „Nach Burg Torva", ergänzte Sarah und auch Arthur wiederholte: „Nach Burg Torva."

„So, und wie geht das jetzt mit der Rückmeldung?", fragte Sarah, während sie nach der Einladung auf dem Tisch schaute.

Auf dem Platz, auf dem sie zuvor lag, war sie nicht mehr. Arthur folgte ebenfalls Sarahs suchendem Blick und sah sich um. Sie suchten auf dem Tisch und unter dem Tisch und sogar an sich selbst in ihrer eigenen Kleidung. Sie stellten das ganze Haus auf den Kopf. Die Einladung war einfach so verschwunden.

8. Kapitel – Rückmeldefrist

Sarah lag in ihrem Bett. Sie schlief nicht. Zu viele Gedanken rasten durch ihren Kopf. Die Ereignisse des Tages und vor allem die verschwundene Einladung ließen sie immer wieder aufschrecken, wenn ihr Kopf müde wurde und abschalten wollte. Die Einladung sollte man bis zur Rückmeldung bei sich tragen. Immer wieder stand Sarah aus dem Bett auf und tastete ihr grünes Kleid ab, als hätte sie die Einladung vielleicht einfach nur übersehen. Dann legte sie sich wieder hin. Eine unangenehme Hitze und ein gleichzeitiges Zittern überkam sie. So verbrachte sie mehr schlecht als Recht ihre Nacht und erst gegen Morgen siegte die völlige Erschöpfung und Sarah schlief ein. Eine halbe Stunde später stand Michael in ihrem Zimmer und weckte sie: „Hey, guten Morgen Schlafmütze. Normalerweise bist du doch vor mir auf! Dein Vater hat mich reingelassen. Tut mir leid, dass ich gestern nicht mehr vorbeigekommen bin, aber du wirst nicht glauben, was ich gestern erlebt habe."

Während Michael losplapperte, musste Sarah erst einmal richtig wach werden und ihre Gedanken sortieren. Ihr ist gar nicht aufgefallen, dass sie Michael am Tag zuvor gar nicht gesehen hatte. Es war so viel los und anscheinend war Michaels Tag auch nicht völlig ereignislos an ihm vorbeigezogen: „Ich bin früh aufgestanden, um schon zur Öffnungszeit an der Bäckerei zu sein. Toni und Linda waren auch da. Aber dein Vater hat uns erzählt, dass er dich schlafen lassen wollte und hat uns weggeschickt. Toni und Linda sind dann einfach früher zum Krankenhaus gegangen und ich wollte nach dir schauen. Auf dem Weg zu dir habe ich die Müllentsorgung gesehen.

Sonst gehe ich um die Zeit nie da lang. Es war ein grauer, langer Wagen. Vorne saß eine Frau drin und hinten stand auf einem kleinen Vorsprung ein Mann, nicht viel älter als ich. Beide in Grau gekleidet. Ist wohl deren Arbeitsfarbe, sagte mir Nick. Nick ist der Mann, also eigentlich Nicolas, aber die kürzen sich ab. Auf jeden Fall wurde ich auf die beiden aufmerksam, als Nick laut *„Toni"* rief und ich dachte irgendwie, jemand ruft unseren Toni. Aber er meinte die Frau. Heißt wohl Antonia. Jedenfalls rief er sie, weil er eine Mülltonne nicht allein anheben konnte. Macht wohl normal sein Kollege Leo, aber der ist inzwischen zu alt und die haben noch keinen Ersatz. Da habe ich meine Hilfe angeboten und ehe ich mich versah, fuhr ich mit denen mit. Das war so aufregend. Wir waren nicht nur in unserer Kaste, sondern auch in Cyan. Kannst du dir das vorstellen? Und ich bekam den alten Anzug von diesem Leo, also natürlich gewaschen. Der passte mir perfekt. Und niemand wusste, aus welcher Kaste man kommt. Toni und Nick kommen wie ich aus dunkelgrün. Sie meinten, die meisten kommen aus den unteren Kasten. Die Oberen wollen den Job nicht. Dabei ist der Job der Hammer. Man arbeitet fünf Tage und kommt an verschiedenen Tagen und Wochen auch in verschiedene Kasten. In die Oberen sogar öfter. Die machen wohl mehr Müll. Und was die alles wegschmeißen. Manches davon ist gar kein Müll. Und was man findet, darf man behalten. Toni hat da 'ne Sonnenbrille her. Ich war den ganzen Tag mit unterwegs und abends saßen wir noch in der Ockerkaste mit anderen Müllentsorgern und Fahrern zusammen und haben uns ausgetauscht. Das war fantastisch. Ich habe sogar den Chef kennengelernt. Netter Typ. Jedenfalls hab' ich denen direkt zugesagt.

Ich brauch' gar keine Ausbildung oder so. Alles, was ich wissen muss, habe ich gestern schon gelernt. Hätte nie gedacht, dass mir das so viel Spaß macht. Die Fahrer haben die Entsorger dann nach Hause gefahren. So spät wollte ich dann doch auch nicht mehr vorbeikommen. Aber was sagst du dazu? Oh, und wie war es bei dir gestern?"

Sarah fühlte sich völlig überrannt. Michael hatte noch nie so viel am Stück gesprochen. Ihr Schädel brummte vor Schlafmangel, Sorge und neuer Informationen. Sie rieb sich die Augen und gratulierte Michael zu seinem neuen Job.

„Jetzt steh' ich hier die ganze Zeit und hab' dir doch 'nen Kaffee mit hochgebracht", sagte Michael. „Ich hoffe, er ist jetzt nicht kalt."

Sarah nahm den Kaffee dankend an. Sie saß aufrecht im Bett und überlegte, wo sie anfangen sollte. Wie im Reflex fühlte sie nach der Einladung und schon traf es sie wie ein Schlag. Vor Sorge war sie nun wach und fokussiert und erzählte Michael alles, was am Tag zuvor passiert war. Michael hörte gebannt und erschrocken zu. Als Sarah ihre Ausführungen beendet hatte, meinte er: „Und da lässt du mich zuerst erzählen?"

Sarah antwortete nichts darauf. Hätte sie direkt loslegen wollen, wäre es wohl nur schwer möglich gewesen, Michael in seiner Euphorie zu bremsen.

„Ich hätte in der Bäckerei dabei sein müssen, um dich zu beschützen", ärgerte sich Michael.

„Und was hättest du gegen magische Spinnen unternommen?", fragte Sarah nach und wollte darauf gar keine Antwort haben.

„Aber heute weiche ich nicht von deiner Seite“, sagte Michael, „wegen der Gefahren bis zur Rückmeldefrist. Morgen beginne ich dann schon offiziell mit der Arbeit.“

An die Gefahren hatte Sarah gar nicht mehr gedacht. Aber auch nicht daran, dass Ella und Daniel sie in der Bäckerei beobachteten, um sie zu beschützen. Sie musste so schnell wie möglich in die Bäckerei. Wenn ihr überhaupt einer helfen konnte, dann sicher das Geschwisterpaar. Michael stimmte Sarah zu und die beiden machten sich eilig auf den Weg in die Bäckerei. Vor der Tür warteten bereits Toni und Linda.

„Wir wollten nicht reingehen ohne dich“, erklärte Linda, „weil wir gestern schon nicht wussten, was wir deinem Vater sagen sollten.“

Sarah brachte die beiden auf den neuesten Stand und erklärte ihnen ganz genau, was ihr Vater wusste und was nicht. Dann betraten sie die Bäckerei. Einen kurzen Moment überlegte Sarah, ob sie ihrem Vater anbieten sollte, nach Hause zu gehen, aber im selben Moment wusste sie, dass er das heute auf keinen Fall annehmen würde. So sagte sie vorerst nichts. Während Sarah das Fondant-Brautpaar vom gestrigen Tage weiter formte, blickte sie ständig nervös zu der Tür. Michael erzählte mit gleichem Elan den beiden Freunden von seinem neuen Job und dann berichteten auch Toni und Linda von ihrem Besuch im Krankenhaus und dass sie nach den Ferien ein Praktikum absolvieren würden, das in eine Ausbildung überginge.

„Also, wenn wir uns nicht ganz blöde anstellen“, fügte Toni dem Bericht noch hinzu. Und Linda, die das so nicht stehen lassen konnte, kommentierte wiederum Tonis Kommentar: „Was zumindest mir nicht passieren wird.“

Während Michael, Toni und Linda freudig über ihre Zukunftspläne plauderten, verging die Zeit für sie wie im Flug. Währenddessen war es für Sarah, deren Zukunftspläne noch nie so ungewiss waren, gefühlt der längste Tag ihres Lebens und toppte sogar noch den gestrigen Tag in der Bäckerei. Nach Ladenschluss waren auch die drei Euphorisierten und Arthur gedanklich wieder ganz bei Sarah. Irgendwann nun endete gleich die Rückmeldefrist und es gab keine Spur von der Einladung oder von Ella und Daniel. Selbst die drohenden Gefahren blieben aus. Toni beschloss, dass sie alle gemeinsam zu den Hollanders nach Hause gehen und gemeinsam nach der Einladung suchen sollten. Obwohl sie nicht optimistisch waren, schien das dennoch das Einzige, das sie tun konnten. Und so suchten sie bis nach Mitternacht vergeblich. Während Arthur sich irgendwann mit einer wortlosen Umarmung seiner Tochter in sein Schlafzimmer zurückzog und die vier Jugendlichen nacheinander im Wohnzimmer verteilt einschliefen, war die Rückmeldefrist längst verstrichen. Natürlich war es Sarah, die zuletzt die Augen schloss und so konnten die anderen die Tränen nicht mehr wahrnehmen, die Sarah geräuschlos in den Schlaf begleiteten.

9. Kapitel – Geburtstagsplanung

Am nächsten Morgen beschloss Arthur, wieder allein in die Bäckerei zu gehen. Diesmal hatte niemand der Jugendlichen Einwände. Michael war selbst schon früh aus dem Haus gegangen, um seinen neuen Job anzutreten. Linda und Toni nahmen sich indessen vor, Sarah abzulenken und aufzuheitern und beschlossen, Sarahs anstehenden Geburtstag zu planen. Sarah war weder nach Feiern noch nach einer Partyplanung zumute, aber wenn sich ihre Freunde etwas in den Kopf gesetzt hatten, konnte man sie nur schwer davon abbringen. Ehe sich Sarah versah, saßen sie draußen auf einer weiten Wiese auf einer Decke und gingen ihre Ideen durch. Linda saß mit einem Notizbüchlein und einem Stift gegenüber den anderen beiden und notierte Gäste, Getränke, Essen, Dekoration und was ihr noch so einfiel. Toni äußerte immer wieder weniger hilfreiche Sachen und Sarah stimmte einfach Lindas Ideen zu. Sie hatte eigentlich immer gern ihren Geburtstag gefeiert und gerade auf den 18. hatte sie lange hin gefiebert. Nun schien alles sinnlos und seinen Glanz verloren zu haben. Aber ihre Freunde, die so bemüht waren, sie aufzuheitern, wollte sie nicht enttäuschen. Das Einzige, für das sie keine Lösung zu finden schienen, war die perfekte Location. Außer den Häusern, in denen sie lebten, schien es keine bezahlbare Option zu geben. Für Toni waren die Elternhäuser allerdings absolut untauglich: „Also unsere Eltern können ja anfangs mitfeiern, aber dann müssen sie auch mal verschwinden. Und zwar nicht ins Nebenzimmer, von dem sie immer wieder auftauchen, um uns zu sagen, wir sollten doch ein wenig leiser sein." Diesmal stimmte Linda Toni zu: „Es muss doch irgendein Gebäude geben, das wir nutzen können."

„Wie wäre es, mit der schicken Villa hier in der Nähe?"

Linda wollte gerade antworten, dass die zwar wunderschön sei und perfekt, weil es rundherum keine anderen Häuser gab, aber dass sie niemanden kenne, der das Gebäude je von innen gesehen habe, als sie merkte, wer diesen Vorschlag gemacht hatte.

Es war Ella, die wie aus dem Nichts hinter Toni und Sarah aufgetaucht war. Ella trug einen hellblauen Jeansrock, der auf der einen Seite kurz war und in eine längere andere Seite überging. Dazu hatte sie wieder ihr gelbes enganliegendes T–Shirt mit weinroten Herzen an, das sie bei ihrem ersten Aufeinandertreffen trug. Abgerundet wurde dieses Outfit mit einem irgendwie unpassenden, schwarzen Spitzensonnenschirm.

„Ella?", rief Sarah überrascht aus, als hätte sie eine alte Freundin getroffen, die sie Jahre nicht gesehen hatte.

Fast schämte sie sich für ihren Ton in der Stimme, aber die wirbelige Ella schien es nicht zu stören. Stattdessen schnappte sie sich die Liste aus Lindas Hand.

„Da fehlt ja noch mein Name", sagte sie in einem frechen, gespielt verwunderten Ton, schnappte sich Lindas Stift und beseitigte diesen Irrtum, indem sie ihren Namen dick unter die anderen schrieb. Sarah wusste gar nicht, was sie zuerst fragen sollte, aber Linda war ohnehin schneller als sie: „Woher kennst du denn die alte Villa hier um die Ecke?"

„Ach", sagte Ella, „Die haben mein Bruder und ich gekauft. Als Ferienhaus quasi."

„Ihr kauft ein Ferienhaus in einer unteren Kaste? Gibt's keine schönen Ferienhäuser in den oberen Kasten oder sogar außerhalb der Kastenlande?", schaltete sich nun Toni ein.

Ella schien den unhöflichen Ton in Tonis Fragen nicht zu stören und so erklärte sie ganz freundlich: „Doch, doch. Haben wir. Aber wir waren die letzten

Tage sowieso hier in der Nähe und brauchten eine Unterkunft und da haben wir diese Villa entdeckt, die seit Jahrzehnten leer steht und haben sie gekauft und auf Vordermann gebracht. So kann ich auch in den Semesterferien immer mal meine neue Studienfreundin besuchen."

Mit diesen Worten strahlte sie Sarah an, der eine Antwort äußerst schwerfiel: „Ich gehe nicht nach Burg Torva."

„Was? Natürlich gehst du. Wenn du nicht weißt, wie du hinkommst, das ist kein Problem. Daniel studiert dort schon seit einem Jahr. Er fährt uns beide."

„Die Rückmeldefrist ist vorbei und die Einladung … sie, sie ist verschwunden."

Ella schien die Problematik nicht zu erkennen: „Ja, richtig, und?"

Die anderen drei starrten sie an, als habe sie die einfachste Sache der Welt nicht verstanden. Da machte es bei Ella Klick: „Achsooo. Oh! Es tut mir so leid. Ich dachte, das hättest du gewusst. Wenn man die Einladung bei sich trägt und sich für die Uni entscheidet, dann sagt man zu und die Einladung reist zurück in die Uni. Sie liegt längst auf dem Zusagenstapel."

Sarah, Linda und Toni starrten Ella an, doch diesmal mit weit aufgerissenen ungläubigen Augen.

„Das heißt ich …", begann Sarah und konnte die Frage kaum aussprechen, „ich bin eingeschrieben, aber wie …?"

„Magie", erklärte Ella wie selbstverständlich.

„Wenn ich das wem erzähle, das glaubt mir keiner", platze Toni heraus.

„Ja, richtig", stimmte Ella ihm zu. „Deshalb solltest du das auch wirklich nicht tun. Dafür sind schon Menschen in der Anstalt gelandet."

Sarah konnte ihr Glück immer noch nicht fassen. Sie wusste überhaupt nicht, wie ihr geschah, und alle Fragen, die sie fragen wollte, verloren irgendwie ihre Bedeutung. Es war nur noch eins wichtig: Sie würde nach Burg Torva gehen. Für Linda war noch nicht alles geklärt und so nahm sie sich Stift und Notizbuch von Ella zurück und fragte sie: „Und wir können also euer Ferienhaus für die Feier nutzen?"

„Klar", antwortete Ella, „wenn es euch gefällt. Es ist ja direkt hier um die Ecke. Kommt doch mit und schaut es euch an."

Das ließen sich die drei nicht zweimal sagen und so folgten sie der jungen quirligen Frau mit dem weinroten Haar zu der alten Villa.

10. Kapitel – Ein einfaches Ferienhaus

Als Sarah, Linda und Toni die Villa betraten, staunten sie nicht schlecht. In so einem Gebäude waren sie noch nie gewesen. Der Raum war perfekt zum Feiern. Man betrat das Haus und nach einem eleganten Eingangsbereich betraten sie ein gigantisches Wohnzimmer, das ohne Trennung in eine geräumige Küche überging. Es war hell und groß und mit teuren Möbeln und allerlei prächtigem Schnickschnack bestückt. Als Sarah aus dem Fenster sah, zuckte sie zusammen, schaute sich abermals zu allen Seiten um und da war ihr klar, dass sie dieses Haus schon mal gesehen hatte. Unzählige Male. Es war das Haus aus ihrem Traum. Und sie stand nun mittendrin. Ganz in Echt. Mit der Frau aus ihrem

Traum. Die einzigen Unterschiede waren, dass Ella andere Kleidung trug und die schöne Atmosphäre durch laute staunende Ausrufe von Toni durchkreuzt wurde. Sarah wusste nicht, wie sie diese Situation einordnen sollte und war für einen Moment vollkommen durcheinander. Ella merkte, dass etwas nicht stimmte, interpretierte die Situation jedoch ganz anders: „Oh, es ist nicht das, was du dir vorgestellt hast, oder? Wir haben das Haus gerade erst gekauft und hatten nicht wirklich Zeit, schon viel daran zu ändern. Es ist halt nur ein einfaches Ferienhaus.“

„Was?“, Sarah wurde aus ihren Gedanken gerissen, „nein, es ist wunderschön, ich war nur mit den Gedanken woanders. Es ist perfekt.“

Ella freute sich und kramte sofort ein paar Gläser, Getränke und Snacks hervor, um ihre spontanen Gäste zu bewirten. Sie selbst aß nichts und kramte stattdessen weiter in irgendwelchen Schränken. Plötzlich stand Daniel im Raum. Er trug nur eine schwarze Boxershorts und sein Blick verriet, dass er nicht auf Besuch eingestellt war.

„Oh, wir haben Besuch?“, stellte er überrascht fest.

Dass er für Gäste etwas unpassend gekleidet war, hielt ihn nicht davon ab, an den Kühlschrank zu gehen, sich eine silberne Edelstahlflasche zu holen und langsam und ausgiebig daraus zu trinken.

„Möchtest du dir nicht ein Hemd anziehen?“, lachte Ella.

„Muss er nicht. Stört uns nicht“, warf Toni ein, dem der gutgebaute Oberkörper von Daniel nicht entgangen war.

Linda und Sarah waren leicht verlegen und Ella interpretierte Tonis Kommentar wieder völlig anders: „Ach schön, dass ihr euch auch direkt wie zu Hause fühlt. Macht es euch bequem. Ihr könnt gerne hier die Geburtstagsfeier weiterplanen. Direkt vor Ort ist leichter, da sieht man, was geht."

„Geburtstagsfeier?", fragte Daniel verwundert.

„Ja", rief Ella freudig aus, „Wir feiern in drei Wochen Sarahs Geburtstag hier bei uns."

„Wenn das nicht passt, können wir…", warf Sarah entschuldigend ein, aber Daniel unterbrach sie direkt: „Nein, nein, passt schon. Ich war nur überrascht. Aber kein Problem. Es ist nur ein Ferienhaus. Wir müssen morgen sowieso erst mal wieder abreisen und noch einiges erledigen, bevor das Semester beginnt. Ella kann auch allein hierher zurückkommen."

„Du kannst gerne mitfeiern", bot Sarah an, ohne zu wissen, ob das überhaupt interessant für ihn war. Während Ella wie ein offenes Buch wirkte, war Daniel schwer einzuschätzen.

„Ja, vielleicht mach' ich das. Danke", überlegte Daniel und verließ den Raum. Während Linda die weitere Planung anstieß und Ella fortlaufend Ideen einwarf, was sie besorgen und vorbereiten würde, war Sarah immer noch irritiert, dass sie in dem Haus aus ihrem Traum war. Normal würde sie mit Michael darüber sprechen, aber der war gerade nicht da und sie wusste auch gar nicht, wie lang seine Arbeitszeiten waren. Würde er überhaupt außerhalb der Wochenenden noch Zeit für sie haben? Wie blöd, dass er das gar nicht vorher mit ihr abgesprochen hatte. Aber was hätte es geändert? Hätte sie ihm davon abgeraten, wo er doch so glücklich damit schien? Und wozu? Um egoistischerweise noch die Ferien mit ihm verbringen zu können, bevor sie ihn dann für Monate allein lässt? Nein, das wäre nicht fair.

„Fällt dir noch etwas ein, Sarah?“, Linda riss Sarah erneut aus ihren Gedanken. „Was? Nein, das klingt alles toll“, sagte sie, ohne so Recht zu wissen, was im Detail besprochen wurde.

„Super“, rief Linda aus und klappte ihr kleines Notizbuch zu. Sie schien sichtlich zufrieden. Auch Ella war begeistert. Als sich Sarah, Linda und Toni auf den Weg machten, stand sie noch lange fröhlich winkend im Türrahmen.

Auf dem Rückweg plauderten Linda und Toni über den ereignisreichen Tag. Dass Sarah recht schweigsam war, bekamen sie gar nicht mit. Als Sarah zu Hause ankam und ihr Vater sie fragte, ob sie endlich ihren freien Tag mal gut genutzt hätte, da wurde ihr wieder bewusst, was sie heute erfahren hatte. Sie würde nach Burg Torva gehen. Bis auf die Tatsache, dass sie das Haus, in dem sie heute war, bereits aus ihrem Traum kannte, erzählte sie Arthur alles. Der freute sich aufrichtig für seine Tochter, obwohl in ihm erneut ein seltsames Gefühl der Sorge aufstieg, das er schon vergessen glaubte. Er und Sarah sprachen noch bis tief in die Nacht. Danach lag Sarah lange wach. Michael kam wie gedacht nach der Arbeit nicht mehr vorbei. Sie würde ihm erst am Wochenende alles erzählen können. Die Menschen in den oberen Kasten besaßen bessere Kommunikationsmöglichkeiten und Sarah sehnte sich danach, ebenfalls solche Optionen zu haben. Aber vielleicht würde sie das bald ja. Diese Uni könnte ihr alle Türen öffnen. Alles, was sie sich je erträumt oder gar nicht erst zu träumen gewagt hatte, schien plötzlich in greifbarer Nähe. Während vor ihren Augen immer wieder die nachmittäglichen Szenen vorbeizogen, schlief Sarah mit einer Mischung aus

Erleichterung, Freude, Neugier und auch wieder ein bisschen Angst ein. Die positiven Gefühle überwogen jedoch. Sarah hatte das Gefühl, dass mit Ella an ihrer Seite gar nichts so Schlimmes passieren konnte. Und so kam es, dass sie diese Nacht wieder träumte.

Sie steht wieder in dem Haus, das sie nun kennenlernen durfte. Sarah sieht die teuren Möbel und schaut sich um. Es ist bis auf ein paar neuer Bilder alles so wie sie es heute vorgefunden hatte. Bevor sie sich weiter umschauen kann, legen sich wieder die beiden Hände vor Sarahs Augen. Fast automatisch führt Sarah mit ihren Händen die anderen Hände sanft nach unten, dreht sich um und schaut Ella an. Es ist dieselbe lebensfrohe Ella, die sie bisher kennenlernen durfte. Nur ihre Kleidung ist neu und wirkt anders – irgendwie erwachsener. Sie trägt wie im letzten Traum ein kurzes enges Trägerkleid, das vollständig mit kleinen silbernen Pailletten besetzt ist. Mit einem umwerfenden und mitreißenden Lächeln fragt sie erneut: „Na, wie sehe ich aus?“

„Bezaubernd“, hört sich Sarah selbst im Traum sagen, „und ich?“

„Bezaubernd“, antwortet die Traum–Ella und streichelt ihr mit der Hand sanft über ihre Wange. Langsam bewegen sich ihre Gesichter aufeinander zu.

Dann brach der Traum ab und Sarah wachte auf. Was sollte ihr denn diese Fortsetzung des Traumes sagen? War das eine Art Blick in die Zukunft, ein Wunschdenken oder einfach nur wirre Bilder, die ihr Kopf aus den Ereignissen des Tages zusammengestellt hatte?

„Vermutlich Letzteres“, dachte sich Sarah. Sie hatte sich heute so sehr über Ella gefreut und über Michael geärgert, dass ihr Verstand ihr einen Streich spielen musste. Aber eigentlich war sie gar nicht sauer auf Michael. Oder vielleicht war sie es doch, sollte es aber nicht sein? Musste Michael den Job wirklich jetzt schon annehmen, wo sie doch bis zum Semesterbeginn nur noch so wenig Zeit hatten? Andererseits, vielleicht wäre der Job dann anderweitig vergeben worden. Sarah wusste es nicht. Sie hatte auch nicht nachgefragt. Zu sehr war sie mit ihren eigenen Problemen beschäftigt. Vielleicht sollte sie sich einfach über die gemeinsamen Wochenenden freuen und es so akzeptieren, wie es war. So nahm sie es sich vor und als Sarah noch einmal einschlief, träumte sie nichts.

11. Kapitel – Die bunteste Geburtstagsparty

Am nächsten Wochenende erzählte Sarah Michael alles, was passiert war, bis auf die Wiederkehr und Fortsetzung ihres seltsamen Traums. Michael freute sich ehrlich und aufrichtig für Sarah, die nun doch studieren würde. Vermutlich konnte er sich gerade deshalb so für Sarah freuen, da er inzwischen selbst wusste, was er mit seinem Leben anfangen sollte. Er erzählte Sarah, was er unter der Woche erlebt hatte und Sarah, die langsam doch ihre alte Geburtstagsvorfreude wiedergefunden hatte, erzählte ihm alles rund um die Party, die allein schon aufgrund der Location die tollste Party werden würde, die sie je erlebt hatten. Dann genossen sie einfach ohne Fragen und Vorwürfe ihre gemeinsame Zeit und den Sommer. Unter der Woche gingen die beiden getrennte Wege und die Wochenenden liefen alle ähnlich ab. Die Zeit verflog und schon war Sarahs

Geburtstag gekommen. Es war ein schöner milder Sommersamstag und Michael weckte Sarah mit einem kleinen selbst gemachten Kuchen. Von Arthur hatte er ein wenig Fondant erhalten und mühevoll einen wiesengrünen Kuchen gezaubert, mit kleinen Sonnenblumen und einer gelben, strahlenden 18 in der Mitte. Obwohl man sah, dass Michael kein Konditor war, war es offensichtlich, wie viel Mühe und Liebe in dem Kuchen steckte und Sarah freute sich sehr. Zusammen mit Michael aß sie schon morgens ein großes Stück Kuchen. Dann öffnete sie Michaels Geschenk. Es war eine lederfarbene schicke Umhängetasche für die Uni. Innen war ein Tintenfleck und Sarah war klar, wie Michael an dieses besondere Stück gekommen war. Sie freute sich, denn man sah den Fleck nur von innen und sie hatte sich noch gar keine Gedanken gemacht, was sie wohl alles für die Uni benötigen würde. Im Anschluss besuchte sie ihren Vater in der Bäckerei, um Baguette für die Party abzuholen. Auch Arthur hatte ein besonderes Geschenk für sie. Es war kleiner als das von Michael und in altes Zeitungspapier gepackt. Sarah öffnete das Papier und hielt eine hübsche Kette in der Hand. Sie war golden und hatte einen ebenfalls goldenen Anhänger in Herzform. Das Herz konnte man öffnen. Innen befanden sich zwölf kleine bunte Steinchen auf goldenem Samt. Jeder Stein hatte die Farbe einer Kaste. Sarah fühlte mit den Fingern über die Steine und war sprachlos. Wie kam ihr Vater an solch eine Kette?

„Die gehörte Mal deiner Mutter“, antwortete er ihr auf Sarahs unausgesprochene Frage. „Sie hat sie vor deiner Geburt oft getragen und wollte, dass du sie bekommst, wenn du volljährig bist. Natürlich wollte sie sie dir eigentlich selbst übergeben …“ Arthur verstummte und auch Sarah wurde sehr emotional. Immer wenn sie sich ihren 18. Geburtstag vorgestellt hatte, war ihre Mutter selbstverständlich anwesend.

„Ich wünschte, sie wäre dabei“, flüsterte Sarah mit zittriger Stimme.

„Das ist sie, mein Schatz“, tröstete Arthur seine Tochter, als er sie fest in seine Arme schloss. „Hier in unserem Herzen.“ Er legte seiner Tochter die Kette an und drückte ihr im nächsten Moment ein paar braune, mit Baguette gefüllte Tüten in die Hand. „Jetzt macht euch mal fein für heute Abend“, bestärkte Arthur seine Tochter und kehrte sie und Michael aus dem Laden.

„Leichter gesagt als getan“, dachte Sarah, als sie wieder zu Hause vor ihrem Kleiderschrank stand. Alles war so eintönig grün. Da zog Michael noch ein Ass aus dem Ärmel bzw. ein Halstuch in sattem Pink. Vielleicht kannst du das irgendwie kombinieren? Sarah nahm das pinke Tuch an sich und staunte über die Breite und die satte Farbe.

„Ist schon gewaschen“, erklärte Michael. Sarah probierte einiges mit dem Tuch aus, bis sie die zündende Idee hatte. Sie wickelte das Tuch als ärmelfreies Top um ihren Oberkörper, legte es einmal noch um den Hals und band es am Rücken zu. Dazu zog sie mangels Alternativen einen kurzen grünen Rock an. Die Haare trug sie ausnahmsweise offen.

Michael und Sarah waren die Ersten, die das Ferienhaus von Ella und Daniel erreichten. Ella stand schon aufgeregt in der Tür. Sie trug ein schwarzes kurzes Trägerkleid, auf dem kleine rote Lippenstifte wie Punkte abgebildet waren. Die beiden jungen Frauen freuten sich sehr, sich wiederzusehen. Ella gratulierte Sarah mit einer festen Umarmung und fügte hinzu: „Du siehst fantastisch aus. Die offenen Haare stehen dir auch sehr gut. Du könntest die Haare öfter so tragen, wenn es dir gefällt.“

Sarah fühlte sich geschmeichelt: „Danke, vielleicht mache ich das.“

„Es ist schon alles vorbereitet“, sprudelte Ella los. Und damit hatte sie nicht untertrieben. Das Ferienhaus war voller Ballons und Girlanden und einem gigantischen Buffet aus feinen kleinen Köstlichkeiten. Sarah war überwältigt.

„Tut mir leid, wir wollten zusammen vorbereiten, oder? Ich wollte eigentlich nur schon mal anfangen, aber ich kann mich dann so schlecht bremsen“, entschuldigte sich Ella, obwohl gar keine Entschuldigung nötig war. Das musste Sarah ihr mehrfach versichern. Sie war einfach nur begeistert.

„Oh gut“, beruhigte sich Ella. „Darf ich dir dann dein Geschenk geben, bevor die Gäste kommen?“

„Klar“, sagte Sarah noch mehr überrascht und schon hielt sie fünf Geschenktüten in der Hand. Peu à peu öffnete sie die Tüten, in denen sich Kleidungsstücke in unterschiedlichsten Formen und Farben befanden.

„Ich wusste nicht, was dir wohl am besten gefällt, da hab’ ich mal von allem etwas eingepackt“, erklärte Ella. „Dann musst du nicht in Grün zur Uni.“ Sarah freute sich so sehr, dass sie sich gleich mehrmals bedankte und ihr Glück gar nicht fassen konnte. Sie tauschte ihren grünen Minirock direkt gegen eine kurze Jeanshose und sah zum ersten Mal nicht nach unterer Kaste aus. „Oh und hier ist noch eine Kiste für die Gäste“, fuhr Ella fort. Sie zeigte Sarah und Michael eine Kiste, die sie vorbereitet hatte. Darin waren allerlei bunte Accessoires wie Tücher, Hüte,

Krawatten, Stulpen und Fliegen. Für die Gäste, die allmählich eintrafen, war dies ein absolutes Highlight. Jeder stattete sich mit ein, zwei Accessoires aus und obwohl die Farbe Grün noch vorherrschte, war es die bunteste Geburtstagsparty, die eine untere Kaste je erlebt hatte. Als es später wurde und die Eltern von Sarah und Michael nach Hause gingen, stand Daniel plötzlich im Raum. Sarah hatte gar nicht mehr nachgefragt, ob er nicht mitgekommen sei und freute sich, ihn zu sehen. Daniel trug wie immer wesentlich unscheinbarere Kleidung als seine Schwester. Diesmal hatte er allerdings ein weißes T–Shirt zu seiner langen schwarzen Hose an. Daniel gratulierte Sarah und verschwand auch schon wieder aus dem großen Wohnzimmer. „Er mag Partys inzwischen nicht mehr so“, kommentierte Ella das Geschehen, drehte die Musik lauter und begann zu tanzen.

„Inzwischen?“, fragte Toni kritisch, der die Unterhaltung mitbekommen hatte. „Wie viel hat er denn in dem einen Jahr Vorsprung an der Uni gefeiert?“

Ella lachte nur und zog ihn auf die Tanzfläche. Die Gäste ließen sich anstecken und von diesem Punkt an wurde getanzt, gefeiert und gelacht. Erst gegen 5 Uhr morgens wurde es langsam leerer. Michael unterhielt sich mit Nick und Toni auf dem Sofa und Linda und der männliche Toni verabschiedeten sich gerade von Sarah und Ella. Sarah sah sich um. Es war eine fantastische Party, aber danach sah es auch aus. „Das räumen wir morgen weg“, sagte Ella ganz entspannt. Die beiden setzten sich zu den anderen aufs Sofa, lachten und quatschten und als Toni und Nick sich auf den Weg machten, schlief Michael auf dem Sofa ein.

„Ich hoffe, du hattest einen schönen Geburtstag“, flüsterte Ella.

„Den besten“, antwortete Sarah. „Danke!“ Mit einem breiten Lächeln schliefen die beiden Frauen ebenfalls fest ein.

12. Kapitel – Ein weiter Weg

Die letzte Woche bis Semesterbeginn verging wie im Flug. Sarah versuchte noch so viel mit ihren Freunden aus der grünen Kaste zu unternehmen, wie sie konnte und verbrachte auch mit Michael nochmal ein traumhaft schönes Wochenende. Am Sonntagnachmittag jedoch verabschiedete sie sich schon von ihrem Vater und Michael, um zu Ella und Daniel in das Ferienhaus zu gehen. Sie wollten am ersten Tag der Woche schon früh losfahren, da sie einen weiten Weg vor sich hatten. Michael brachte sie noch dorthin und trug ihren Koffer. Das war ziemlich albern, denn Sarah hatte eigentlich kaum etwas eingepackt. Ihre neue Kleidung, die sie zum Geburtstag geschenkt bekommen hatte, befand sich noch im Ferienhaus und von ihrer grünen Kleidung hatte Sarah nur wenige Teile eingepackt, die man unauffällig mit anderen Sachen kombinieren konnte. Die Kette ihrer Mutter trug sie um den Hals und die Ledertasche von Michael über der Schulter. Darin waren ein Block und Stifte. Sarah hatte nicht die geringste Ahnung, ob das angemessen war oder was sie überhaupt für ein Studium benötigte. Wenn sie Ella fragte, sagte diese nur, sie solle sich keine Sorgen machen, sie brauche eigentlich nichts. Der Abschied von ihrem Vater fiel schon schwer, aber der von Michael war noch schlimmer. Eigentlich wollte sie ihn gar nicht loslassen. Sie würde nun so lange nichts von ihm hören. Das war kein schönes Gefühl. Sarah wischte sich ein paar Tränen aus dem Gesicht, während Michael es schaffte, seine Tränen zurückzuhalten, bis er außer Sehweite des Ferienhauses war.

„Pass auf dich auf", hatte er als Letztes zu Sarah gesagt und sie erwiderte nur „Du auch."

In dieser Nacht schlief Sarah allein auf dem Sofa – wobei schlafen wohl der falsche Ausdruck war. Sie war so aufgeregt, traurig und fröhlich zugleich, dass sie sich hin und her wälzte und kaum Ruhe fand. Als sie endlich einschlief, setzte sich das Chaos in ihrem Kopf in ihren Träumen fort. Sie sah zusammenhanglose Bilder vorbeiziehen:

Da ist Ella, wie sie das erste Mal in der Bäckerei auftaucht und die rothaarige Fondant-Braut bestaunt und im nächsten Moment steht Ella im silbernen Paillettenkleid im Ferienhaus und kommt Sarah sehr nah, bevor ein Haufen Vogelspinnen auftaucht und Michael auf einem grauen Müllwagen am Haus vorüberfährt und „Pass auf dich auf" ruft. Im nächsten Moment sind die Spinnen verschwunden, die Einladung nach Burg Torva fliegt wie ein Vogel an ihr vorbei und Sarah befindet sich in einem Irrgarten. Vor ihr stehen drei Türen. Ein kleines Mädchen mit brünettem Haar, das Sarah nur von hinten sieht, geht mit den Worten „Die rechte Tür ist gerade recht" auf die rechte Tür zu und öffnet diese. Das Mädchen wird von einem Pfeil durchbohrt und zerfällt zu Staub. Im nächsten Moment befindet sich Sarah in der Anstalt und sechs Patienten und ihre Mutter stehen im Kreis um sie herum und rufen eindringlich: „Du darfst die

Einladung nicht annehmen.“ Dann hört Sarah Ellas Stimme: „Aufwachen, du Schlafmütze.“

Es brauchte einen Moment, bis Sarah begriff, dass Ella nicht im Traum, sondern in Wirklichkeit neben ihr stand.

„Hast du schlecht geträumt?“, fragte Daniel besorgt, der plötzlich neben Ella stand. Sarah berappelte sich und beruhigte ihn: „Nichts Besonderes.“

„Bist du schon aufgeregt?“, fragte Ella euphorisch. „Also ich bin vollkommen aufgeregt.“

„Lass sie erst einmal wach werden und etwas frühstücken“, Daniel verwies auf einen reichlich gedeckten Tisch.

„Ich würde mich gern erst mal frisch machen“, gähnte Sarah und schleppte sich ins Bad. Sie schaute in den Spiegel und bemerkte, wie müde sie aussah. Das musste behoben werden. Mit eiskaltem Wasser erfrischte sie ihr Gesicht und schaute erneut in den Spiegel. Da sah sie hinter sich ein fahles, altes Gesicht einer Frau. Sarah erschrak fürchterlich und schrie auf. Sie drehte sich um, aber da war niemand im Bad. Eine Sekunde später standen Ella und Daniel im Bad.

„Alles in Ordnung?“, fragte Ella nun auch besorgt.

„Ich dachte nur, ich hätte etwas gesehen“, offenbarte ihnen Sarah. „Mein Kopf ist noch nicht ganz wach.“

„Was hast du gesehen?“, hakte Daniel mit einem Ton nach, der Sarah irgendwie das Gefühl gab, dass es wichtig sein könnte, was sie gesehen hatte. Also antwortete sie ehrlich: „Eine alte Frau.“

Ella und Daniel sahen sich ideenlos an. Damit konnten sie nichts anfangen. Sarah war die Situation unangenehm, weshalb sie das Thema wechselte: „Also ich könnte jetzt wirklich ein gutes Frühstück gebrauchen.“ Die drei gingen zurück in den großen

Raum und setzten sich an den runden Tisch in der Essecke. Während Sarah aß, unterhielten sich die beiden Frauen darüber, was sie an dem wichtigen Tag anziehen würden. Irgendwann bemerkte Sarah, dass sie die Einzige am Tisch war, die aß. „Wollt ihr nichts?“, fragte sie irritiert. „Hab‘ gerade keinen Hunger“, antwortete Ella und fuhr fort: „Ich weiß, dass ich es oft trage, aber es ist einfach mein absolutes Lieblingsoberteil.“

„Mit den roten Herzchen auf dem gelben Shirt wirst du selbst auf Burg Torva heute herausstechen“, bemerkte Daniel, „Die meisten ziehen sich am ersten Tag eher unauffällig an.“

„Ach, das ist mir egal“, tat Ella Daniels Bemerkung ab. „Hauptsache ich fühle mich wohl.“

Während die Geschwister miteinander sprachen, fiel Sarah auf, dass sie die beiden eigentlich noch nie hatte Essen sehen. Sie waren beide schlank und blass, aber krank sahen sie nicht aus. Sarah hoffte, dass sie keine Essstörung hatten. Sie würde das an der Uni auf jeden Fall beobachten. Nach dem Essen machten sich die drei fertig und packten ihre Sachen. Daniel trug eine schwarze Hose und ein schwarzes Shirt. Ella trug ihr Lieblingsoberteil und dazu einen schwarzen kurzen Lederrock und gelbe Springerstiefel mit roten Blümchen darauf. Sarah zog einen schwarz–weiß–grau–karierten Rock an und dazu ein schwarzes einfaches Top. Sie schaute sich im Spiegel an und zog ihren Haargummi aus den Haaren, um sie wieder offen zu tragen. Obwohl sie ungewohnt fremd aussah, fühlte sie sich extrem wohl. Es war noch sehr früh und die Sonne war noch nicht ganz aufgegangen, als die drei ihre Koffer in Daniels Auto luden und losfuhren. Obwohl die Scheiben von Daniels Auto von außen sehr dunkel waren, konnte man problemlos hinausschauen. Sarah konnte nicht aufhören, aus dem Fenster zu blicken. Die drei Studenten fuhren an sämtlichen oberen Kasten vorbei und manchmal sogar mittendurch. Je näher sie ihrem Ziel kamen, umso Ungewöhnlicheres entdeckte Sarah. Da waren Menschen, die kleine Hunde in Taschen ausführten, die die verschiedensten Haarfarben trugen, die – genau wie Ellas Haarfarbe – in der Natur nicht vorkamen, bunte Kleidung und Technik, die ihr völlig fremd war. Nach der zwölften Kaste fuhren sie einen Waldweg entlang. Der Weg wurde dünner und kleiner und Nebel stieg auf. Sie näherten sich einem dunklen Moor, durch das eine alte klapprige und nicht sehr vertrauenerweckende Brücke hindurchführte. Gleich mehrere alte Schilder mit Warnhinweisen steckten am Ufer, man solle fern bleiben aufgrund von Lebensgefahr. „Wir sind gleich da, nicht erschrecken“, bemerkte Daniel nüchtern.

Bevor Sarah fragen konnte, wovor sie sich erschrecken könne, trat Daniel aufs Gas und fuhr mit voller Wucht über die alte Brücke. Diese hielt erstaunlicherweise das Auto aus, jedoch endete sie viel zu plötzlich mitten im Moor und das Auto landete schwungvoll im Wasser und sank ein. Sarah konnte sich nicht mehr halten und schrie laut auf. Auch Ella schrie in dem Moment. Sarah schossen tausend Gedanken durch den Kopf und Angst stieg schlagartig in ihr auf. So lange kannte sie die beiden doch nicht. Bei wem war sie da ins Auto gestiegen? Durch die Scheiben sah sie, wie das dunkle Wasser viel zu schnell über ihre Köpfe stieg und für einen kurzen Augenblick war alles schwarz. Dann gelang ein kleiner Lichtspalt durch die Fenster, obwohl sie sich nicht mehr bewegten. Das Wasser schien zu sinken und alles um sie herum war heller und klarer. Der dichte Nebel hatte sich gelegt und statt in einem dunklen Wald befanden sie sich am langen Ufer eines großen Sees. Mittig vom Ufer aus begann ein steiniger Weg, der geradeaus auf eine gigantische Burg zulief. Einen Moment standen sie dort und die jungen Frauen staunten. In einiger Entfernung erhob sich majestätisch die Burg aus schimmerndem, hellem Stein. Ein Hauch von Erhabenheit und Geschichte umgab die imposante Festung, die stolz auf einem leicht erhöhten Felsplateau thronte. Jedes einzelne der runden Türmchen der Burg war mit einem spitz zulaufenden Dach in einem eleganten Grauton gekrönt. Die helle Ringmauer, die das Anwesen umschloss, war zusätzlich mit Mauertürmen verstärkt. Die gesamte Burg wirkte bereits aus der Entfernung mächtig und imposant. Daniel fuhr gelassen weiter. Rechts und links des Weges erstreckten sich viele kleine Gebäude und Geschäfte. Es sah aus, wie ein richtiges kleines Dorf.

„Willkommen in Torva“, sagte Daniel gelassen.

„Fantastisch“, staunte Ella. Sarah fehlten die Worte. Sie versuchte ein paar Geschäftsschilder zu lesen, während sie den Weg zur Burg fortsetzten.

„Magisches Gebäck“, „Lebenssaft“, „Zur Kräuterhexe“ waren nur einige Geschäftsnamen, die Sarah aufgriff. Sie staunte über die Kreativität und hätte gern in einige Läden hineingeschaut. Daniel schien ihre Gedanken erahnen zu können und sagte: „Dafür ist die Tage noch genug Zeit. Wir werden ja eine Weile hier sein. Jetzt müssen wir uns beeilen. Wir sind spät dran.“

„Man darf während der Uni hierher?“

„Also nicht während den Seminaren“, lachte Daniel. „Aber ja, das gehört alles zu Torva. Man kann ja schlecht ein ganzes Semester nur in der Burg bleiben, obwohl sie echt gigantisch ist.“

Sarah war hin und weg, aber je näher sie der Burg kamen, mischten sich auch wieder ein paar Ängste mit unter. „Du darfst die Einladung nicht annehmen“, schoss ihr immer wieder durch den Kopf. Nun, dafür war es jetzt ohnehin zu spät. Sarah versuchte, die negativen Gedanken beiseitezurücken. Ella merkte, dass Sarah ein wenig Mut brauchte, drückte ihre Hand ganz fest und lächelte ihr zu. Sarah fühlte sich etwas besser. Was auch immer sie erwarten würde, sie war nicht allein. Daniel fuhr mit dem Auto über die breite, einladende Brücke durch das Tor und hielt direkt vor dem Eingangstor eines großen Gebäudes. Dort ließ er die beiden Mädchen mit ihren Koffern aussteigen: „Ich parke noch. Wir sehen uns später. Ihr solltet euch beeilen. Eure Einführung startet gleich.“

Sarah und Ella standen vor einem großen halbrunden offenen Tor. Über dem Tor prangte groß in Stein gemeißelt das Wappen, das Sarah bereits von dem Umschlag ihrer Einladung kannte: Im Wappeninneren war ein Herz zu sehen, auf dem eine Hand lag, auf der wiederum ein Auge zu sehen war. Der Rand des Wappens wirkte wie ein Rahmen aus zwei Bändern, die unten spitz zulaufend übereinandergelegt endeten und sich oben rechts und links in Verschnörkelungen verloren. Oben mittig zierte ein kleiner Teil der Burg das Wappen. Unter dem Wappen stand eine alte Inschrift: Dreisam ist stärker als einsam. „Ein seltsames Motto für eine Uni“, fand Sarah, als sie von innen ein „Herzlich willkommen, liebe Erstsemester, auf Burg Torva“ hörte.

13. Kapitel – Burg Torva

Sarah und Ella huschten durch das große Tor und befanden sich direkt in einer Art riesigen, pompösen Aula. Der Boden bestand aus großen hellen quadratischen glänzenden Fliesen, in denen sich mehrere Kronleuchter spiegelten, die an der hohen Decke hingen. Das Hauptgebäude war sieben Stockwerke hoch und die Decke der Aula reichte im Inneren bis ganz nach oben. Zwei der Wände bestanden aus aneinandergereihten, verschnörkelten Bögen. In einigen Bögen waren Türen, in anderen waren Steinfiguren oder Wasserspender. Neben dem Tor, durch das sie gegangen waren, ging rechts und links eine goldverzierte Treppe in die höheren Stockwerke. Gegenüber dem Eingang führte in der rechten Ecke eine weitere Treppe nach oben. Daneben, mittig im Raum befand sich eine Bühne, von der aus eine tiefe Männerstimme sprach. In der großen Aula standen knapp 100 junge Menschen mit ihren Koffern, die genau wie Sarah und Ella nicht wussten, wo sie zuerst hinschauen sollten und die in dem großen Raum schon fast verloren wirkten. Ob das alle Studenten für ein Semester waren? Während sie sich umsahen, lauschten sie der Stimme des Mannes, der sich als Direktor Professor Friedemann Salentin herausstellte. Salentin war ein Mann Mitte 50 mit dunklem schütterem Haar und Dreitagebart. Sein kleines Bäuchlein schien sein weißes Hemd und seine schwarze Anzughose sehr zu fordern. Neben ihm, aber ein paar Schritte weiter hinten, standen noch andere Professoren, die Salentin nacheinander vorstellte. Da war Professorin Martha Ankum – eine sportliche kleine Frau – in einem schicken lachsfarbenen sportlichen Hosenanzug. Mit ihren strengen Gesichtszügen wirkte sie etwas älter als Salentin. Ihr braunes, dünnes Haar hatte sie zu einem kleinen Zopf gebunden. Etwa zehn bis zwanzig Jahre jünger wirkten die Professorinnen Daria Demir und Theresa Gellhorn. Demir war eine schmale großgewachsene Professorin mit einer schwarzen kantigen Brille. Ihr Haar verbarg sie unter einem geblümten Kopftuch, welches das gleiche Muster wie ihre Bluse hatte, zu der sie einen schwarzen langen Rock trug. Auf ihren blassen Wangen hatte sie etwas viel Rouge aufgetragen und ihre großen Augen waren von langen Wimpern umrahmt. Theresa Gellhorn, die nicht dick, aber auch nicht wirklich dünn war, hatte als Einzige ein Kleid an. Es war knielang und grau mit weißen Punkten. Darüber trug sie einen langen rosafarbenen Cardigan aus Wolle. Ihr langes, glattes, dunkelblondes Haar fiel offen über ihre Schultern. Sie strahlte eine gewisse Wärme aus und wirkte genauso freundlich und aufgeschlossen wie Professor Otis Harling, der neben ihr stand. Genau wie Gellhorn schien auch er mit Ende 30 oder Anfang 40 zu den jüngeren Professoren zu gehören. Sein volles braunes Haar sowie seine dunkelblaue Jeans und sein schwarzes kurzärmliges Hemd untermauerte diesen Eindruck. Professor Boris Petrow war ein großer schlanker Mann, dessen lange schwarze Haare sein Gesicht noch blasser erscheinen ließen. Sein Alter war schwer zu schätzen. Er war komplett in Schwarz gekleidet und sein langer Mantel wirkte fast wie ein Umhang. Im Gegensatz dazu trug Professor Vincent Stauf tatsächlich einen beigen, leicht glänzenden Umhang über den Schultern, der leicht golden glänzte. Er hatte dunkle Haut, schwarzes, lockiges Haar und einen Vollbart. Seine Erscheinung neben Professor Petrow wirkte eigenartig. Die verschiedenen Eigenarten der Professoren, sich zu kleiden, schien außer Sarah niemand ungewöhnlich zu finden. In den oberen Kasten trug wohl jeder das, worauf er Lust hatte und folgte keinem bestimmten Modeprinzip, wobei die angehenden Studenten, genau wie Daniel voraussagte, größtenteils unauffällig gekleidet waren und oft nur durch ihre Haare oder Accessoires herausstachen. Während Sarahs Blicke die Mitstudenten streifte, fiel ihr ein kleines Mädchen von vielleicht zehn Jahren auf. Auch sie stand mit einem gepackten Koffer im Raum und lauschte den Worten der Universitätsleitung. Sarah war irritiert. Durfte man kleine Geschwister zu so einer Veranstaltung mitbringen? Ella hatte Sarah berichtet, dass sie mit Daniel noch nie zuvor auf Burg Torva war. Und schon blickte Sarah wieder auf Ella, die trotz des kleinen anwesenden Mädchens mit ihrem Outfit am meisten herausstach. Genauso, wie es Daniel vermutet hatte. In dem Moment, als Sarah an Daniels Worte dachte, huschte dieser eine der goldenen Treppen hoch und stand auf einer Empore in der zweiten Etage. Erst jetzt bemerkte Sarah, dass auf den Emporen der zweiten bis siebten Etage ungefähr die gleiche Zahl an Studenten stand, wie in der Aula. Alle schauten zu ihnen nach unten. Nachdem Salentin die anwesenden Kollegen vorgestellt hatte, fügte er hinzu, dass es weitere Professoren gibt, die sie in den späteren Semestern noch kennenlernen würden. Dann sprach er über den neuen Jahrgang. 84 Einladungen gingen dieses Jahr raus und 83 wurden angenommen. Ein Gemurmel durchzog die Aula. Wer würde denn solch eine Einladung ablehnen? Über der Bühne und somit auch über den Professoren an der Wand war eine große schwarze Tafel in einem goldenen Rahmen, auf die Salentin nun hinwies. Und wie durch Zauberhand erschienen auf der Tafel die 83 Namen der Erstsemester. Neben jedem Namen war die Farbe der Kaste abgebbildet und ein weiteres freies Feld. Sarah bekam Magengrummeln. Sie war die Einzige in grün. Das hatte sie sich schon gedacht, aber als sie sah, dass es gar keinen anderen Studenten aus den unteren Kasten gab, machte sich ein ungutes Gefühl in ihr breit. Es gab drei Dunkelblaue, viele aus den Kasten in violett, magenta, rot und orange. Zu Sarahs Überraschung gab es nur fünf aus der gelben Kaste. Das hatte Sarah nicht erwartet. Automatisch las sie die Namen, aber sie waren ihr unbekannt. Erst in diesem Moment fiel ihr auf, dass sie Ella nie nach ihrer Kaste oder ihrem Nachnamen gefragt hatte. Es war ihr etwas unangenehm. Sie ging die Liste durch und fast am Ende fand sie, wonach sie suchte: Ella Wohlgemut – orange Kaste. Das war die zweithöchste Kaste.

Salentin wiederholte nochmal das, was bereits in der Einladung stand. Alle würden das gleiche Grundstudium mit ihrem persönlichen Schwerpunkt absolvieren. Doch was dann kam, war völlig neu: „Ihre Unterkunft und somit auch die Zimmerverteilung richtet sich nach Ihrem persönlichen Schwerpunkt. Sie werden entsprechend in drei verschiedenen Flügeln untergebracht und erhalten dort Ihre Stundenpläne und alle weiteren Informationen sowie das benötigte Unterrichtsmaterial.“

Unterrichtsmaterial? Sarah kam sich vor wie in der Schule. Die Größe des Jahrgangs erinnerte ebenfalls eher an eine Schule als an eine Universität. Während

Sarah ihren Gedanken nachhing, ging es plötzlich und unvermittelt los, als Salentin weitersprach: „Die Seher gehen bitte nun zu der Treppe links neben uns zu Professorin Gellhorn, die Magier gehen zu der gegenüberliegenden Treppe zu Professor Stauf und die Nachtgestalten zu der übrigen Treppe zu Professor Petrow.“ Noch bevor Salentin den Satz beendet hatte, teilten sich die Studenten bereits auf und ordneten sich den verschiedenen Gruppen zu. Sarah sah sich um und war sowohl über die existierenden Gruppen überrascht, als auch über die Tatsache, dass jeder zu wissen schien, wo man hingehörte.

„Wohin soll…“, setzte Sarah in Richtung Ella an, doch die unterbrach sie: „Das findest du heraus. Nur zu den Nachtgestalten gehörst du nicht. Wir sehen uns in der Pause auf dem großen grauen Hof.“

Mit diesen Worten verabschiedete sich Ella von Sarah, gab ihr einen kleinen Kuss auf die Wange und ordnete sich der Gruppe rund um Professor Petrow zu. Sarah fühlte sich sichtlich unwohl und ehe sie sich versah, hatten sich drei große Gruppen gebildet und sie stand mit drei anderen Studenten noch immer verloren in der Mitte der großen Aula. Auf der großen Tafel erschien nun neben der Kastenfarbe jeweils eins der drei Symbole. Neben Ella war ein Herz. Vier Namen hatten noch kein Symbol. Die entsprechenden vier Studenten wurden sogleich von allen angestarrt. Sarah spürte, wie sich ihre Wangen rot färbten. Den übrigen drei schien es nicht anders zu gehen. Für einen kurzen Moment herrschte eine für Sarah unerträgliche Stille. Professorin Gellhorn ging auf die übrigen Vier zu und begann freundlich: „Sie kennen Ihren Schwerpunkt noch nicht?“ Sarah und zwei männliche Studenten schüttelten den Kopf. Die Studentin, die

Sarah am nächsten stand, antworte laut und selbstbewusst: „Nein, keine Ahnung.“

Gellhorn fuhr fort: „Das macht nichts. Das finden wir schnell heraus.“

Sie wendete sich als Erstes ausgerechnet an Sarah: „Wie ist Ihr Name?“

Sarah versuchte trotz ihrer Nervosität möglichst souverän zu antworten: „Sarah Hollander.“

Die Mitstudenten in den Gruppen am Rand schauten auf die Tafel und fanden schnell Sarahs Namen mit dem grünen Feld daneben. Ein Gemurmel breitete sich aus. Es wurde jedoch schnell von einem Studenten der Gruppe rund um Professor Stauf unterbrochen: „Die Grüne. Das war ja klar.“

Der Student hatte eine modern wirkende Frisur, bei der die gestylten Haare auf dem Kopf etwas länger waren als an den Seiten. Zudem waren die Haare zu einer Hälfte schwarz und zur anderen grün. Der Student kassierte mit seinem Kommentar von einer kleinen Gruppe, die eng um ihn herumstand, ein paar Lacher. Ella ging aus ihrer Gruppe heraus und auf ihn zu: „Na gegen die Farbe Grün scheinst du ja nichts zu haben. Halt dich einfach raus!“

„Wer hat dich denn gefragt, Blutsauger? Lern erst mal, dich wie eine Erwachsene zu kleiden.“

Ellas stets freundliches Gesicht wurde wütend und Sarah hatte trotz der Entfernung das Gefühl, dass sich ihre Augen rot färbten. Ellas Zähne blitzen ungewöhnlich spitz hervor, als sie den unverschämten Studenten fast schon anknurrte. Petrows Hand hielt Ella plötzlich zurück. Er sah sie an, schüttelte den Kopf und verwies sie ohne ein Wort zu sprechen zurück zu ihrer Gruppe. Die Hand von Professor Stauf lag auch schon auf der Schulter des schwarzgrünhaarigen Studenten, um ihn zurückzuziehen. Dieser schüttelte die Hand ab, gab jedoch vorerst Ruhe. Professorin Gellhorn, wandte sich unbeirrt Sarah zu: „Sarah, ist Ihnen in den vergangenen Wochen etwas Seltsames passiert?“

Sarah war mit der Frage völlig überfordert. Wo sollte sie da anfangen? Die letzten Wochen war einfach alles komplett seltsam. Gellhorn schien zu wissen, was sie dachte, denn während sie Sarah mit geschlossenem Mund anlächelte, hörte Sarah Gellhorns Stimme in ihrem Kopf: „Hast du etwas gemacht, dass dir magisch vorkam oder etwas gesehen, das andere nicht gesehen haben?“

Sarah war so irritiert über die Stimme in ihrem Kopf, dass sie sich gar nicht darüber wunderte, plötzlich mit *„du“* angesprochen zu werden.

Sie überlegte. Ihr ging durch den Kopf, wie Ella ihre Fondant-Figuren betrachtete. „Magie, oder?“, hatte sie gefragt. Die Frage ergab für Sarah auf einmal Sinn. Aber das war doch keine Magie, oder? Und gesehen hatte sie so viel Verrücktes, aber was davon sollten andere nicht gesehen haben?

„Was war das Allererste?“, hörte sie Professorin Gellhorns Stimme wieder ausschließlich in ihrem Kopf. Dabei lächelte die Professorin sie weiterhin freundlich an und wendete den Blick nicht von ihr ab. Da fiel Sarah ein, womit alles anfing. „Da war ein Traum“, antworte sie.

„Sehr gut. Wovon handelte der Traum?“, fragte Gellhorn nun wieder für alle hörbar. Sarah fühlte sich immer unwohler. Jetzt sollte sie auch noch ihren Traum vor allen ausbreiten? Sie versuchte so wenige Informationen wie möglich preiszugeben, als Gellhorn ihr bestärkend zunickte: „Ich habe wiederholt von einer Frau geträumt, die ich so noch nie gesehen hatte und dann war sie irgendwann in unserem Laden." Sarah sah kaum auf, doch sie konnte erkennen, dass Ella ihr altes Lächeln wiedergefunden hatte. Wahrscheinlich hatte sie sich erkannt. Sarah lief erneut rot an. „Dann sind Sie bei uns Sehern genau richtig", sagte Gellhorn freundlich, als hätte sie gar kein anderes Ergebnis erwartet. Auf der Tafel erschien neben Sarahs Namen und dem grünen Feld ein Auge.

„Sie weiß nicht mal, was sie ist, und kommt aus einer unteren Kaste. Sie gehört überhaupt nicht hierher", schimpfte der gleiche Student wie zuvor. Doch bevor einer der Professoren eingreifen konnte, trat eine Studentin aus seiner eigenen Gruppe vor ihn und wies ihn überraschenderweise und mit wenigen Worten zurecht: „Sie ist hier. Dann gehört sie auch hierhin."

Die Studentin war genau wie der Student ganz in Schwarz gekleidet und ihre Haare waren seltsamerweise ebenfalls zweigeteilt. Während die eine Seite ihres braunen Haares bis zum Kinn ging, war die andere Seite auf ein paar Millimeter abrasiert. Der vorlaute Student schien von den wenigen Worten eingeschüchtert und entschuldigte sich bei seiner Studienkollegin: „Tut mir leid, von Limburg. Du hast Recht."

Sarah warf erneut einen Blick auf die Tafel: Laika von Limburg. Neben diesem Namen war eins der fünf gelben Felder. Sie gehörte zu den Wenigen aus der obersten Kaste. Sarah, die noch völlig neben sich stand, war überrascht, dass sie ausgerechnet jemand aus der obersten Kaste verteidigte. Sie ging mutig ein paar Schritte auf Laika zu: „Ich danke dir für deine Worte."

„Das hab‘ ich nicht für dich getan, Seher. Wir sind keine Freunde. Aber Burg Torva entscheidet, wer zu Burg Torva gehört. Niemand sonst“, antwortete Laika.

Darauf hatte Sarah keine Antwort mehr. Mit dem Gefühl, dass jeder auf jeden ihrer Schritte achtete, ging sie zurück zu ihrem Koffer, um sich der Sehergruppe anzuschließen. Die Studentin, die ebenfalls noch in der Mitte stand, unterbrach die unangenehme Stille: „Also, ich hatte auch echt schräge Träume, die dann wahr wurden. Ich geh’ dann mal mit.“

Sie schnappte ihren Koffer, hakte die vorbeiziehende Sarah ein und nahm sie einfach mit zu Gellhorns Gruppe. Obwohl Sarah sie nicht kannte, fühlte sie sich gleich viel wohler.

„Ich bin Kim“, stellte sich die Studentin Sarah vor. Neben dem Namen Kim Schulte und einem dunkelblauen Feld erschien ein Auge.

„Sarah“, antwortete Sarah.

„Weiß ich doch“, grinste Kim. Sie trug einen grauen langärmligen Pullover und eine kurze beige Hose. Ihre Beine hatte sie nicht wie die meisten Frauen rasiert, was Sarah überhaupt nicht als störend empfand. Es passte zu Kim und Sarah mochte ihre selbstbewusste Art. Ein erneuter Blick auf die Tafel enthüllte, dass die verbleibenden zwei Studenten ebenfalls der dunkelblauen Kaste angehörten. Schon an ihrer durchgängig blauen Kleidung hätte man es erahnen können. Professorin Gellhorn hatte sich längst an die beiden gewandt und herausgefunden, dass der Magier von den beiden aus Wut versehentlich sein Elternhaus angezündet hatte und der andere Student, der noch ein Seher war, den Selbstmord seines Vaters hatte vorhergesehen – ohne dass er eingreifen konnte. Aufgewühlt von schrecklichen Erinnerungen, die er vor den ganzen Mitstudenten preisgab, flossen ihm einige Tränen über seine Wangen, als er sich der Gruppe näherte. Kim warf einen Blick auf die Tafel, um seinen Namen zu erfahren, legte ihm die Hand auf die Schulter und sagte: „Du konntest nichts tun, Colin, aber wir haben eine Gabe, mit der wir vielleicht irgendwann andere vor so einem Schicksal bewahren können.“ Wahrscheinlich konnten Colin Waldeck diese Worte aktuell nicht trösten, aber auch er fühlte sich durch Kims Anteilnahme nicht ganz so verloren.

„Nun, dann hätten wir ja alle verteilt“, sagte Gellhorn, als sie zu ihrer Gruppe zurückkehrte. Professor Salentin richtete noch einmal das Wort an die Erstsemester: „Folgen Sie Ihren Professoren in die Flügel. Alles Weitere erfahren Sie dort. Und noch einmal herzlich willkommen auf Burg Torva.“

Aus den oberen Stockwerken erklang ein schallender Applaus der älteren Studenten, als die Erstsemester hinter ihren Professoren die Treppen hinaufstiegen. Sarah sah zu Ella hinüber, die ihr freundlich winkte. Was für ein blödes Gefühl, dass Ella nicht den gleichen Schwerpunkt hatte. Und was hatte sie da überhaupt für einen Schwerpunkt? Nachtgestalten? Blutsauger hatte sie der Student genannt. Sarah hatte Bücher über Vampire gelesen. Aber sowas gab es doch nicht, oder? Sarahs Gedanken rasten, als Ella ihrem Blick entschwand.

14. Kapitel – Der Schwerpunkt Sehen

Am Ende der oberen Treppe führte eine weitere auf die Etagen darüber. Mit steigender Semesterzahl würde das wohl ziemlich sportlich werden. Nach links führte eine Tür zu der Empore und nach rechts eine zu dem Flügel der Seher. *„Flügel der Seher"* stand sogar über der dunkelbraunen Tür, auf der ein großes goldenes Auge abgebildet war.

„Es ist nur Sehern erlaubt, diesen Flügel zu betreten", begann Gellhorn. „Es wird Ihnen auch nicht möglich sein, die anderen beiden Flügel zu betreten. Der Zutritt zu den Flügeln ist unterschiedlich und zum jeweiligen Schwerpunkt passend. Bei uns ist es die neueste Technik gepaart mit ein wenig Torvamagie. Ihre Netzhaut wird gleich einmal gescannt und abgespeichert. Stellen Sie sich dazu bitte in einer Reihe auf."

Während sich die jungen Seher nacheinander aufstellten, um ihre Netzhaut scannen zu lassen, erklärte Gellhorn noch, dass man zwar Seher aus höheren Semestern mit in den Flügel bringen dürfe, aber niemanden aus einem anderen Schwerpunkt. Wer da zuwider handle, müsse mit einem Universitätsverweis rechnen. Sarah war als Vorletztes an der Reihe. Sie sah kurz in das braune Auge. „Sarah Hollander – neuer Seher ist gespeichert", sagte eine elektronische weibliche Stimme. Die große Tür öffnete sich und sie ging hindurch. Die Aussicht, dass Ella und sie sich nicht einmal auf ihren Zimmern besuchen durften, gefiel Sarah nicht. Zum Glück hatte sie aber keine Zeit, darüber weiter nachzudenken, denn Gellhorn folgte dem letzten Studenten durch die Tür und fuhr mit ihren Erklärungen fort: „Dies ist unser Hauptseminarraum. Gegenüber sind mehrere Toiletten. Neben den Toiletten befindet sich ein Gemeinschaftsraum nur für Seher. Hinter dem Hauptseminarraum ist mein Büro. Beachten Sie bitte die angeschlagenen Sprechzeiten. Ich habe ebenfalls allgemeine Sprechzeiten in meinem Büro, das von der Aula aus für alle zugänglich ist. Dort verfügen alle Professoren über ein zweites Büro und Sie können dort einsehen, wer, wann und wie erreichbar ist, auch wenn es einen Notfall geben sollte. Neben dem Gemeinschaftsraum ist Professorin Ankums Büro. Jeder Jahrgang hat zwei Professoren für jeden Schwerpunkt als Hauptansprechpartner. Am Ende des Gangs führt eine Treppe nach draußen zu einem kleinen Garten, der ebenfalls nur für Seher zugänglich ist und von dort gelangen Sie in Ihr Bettenhaus. Damit Sie sich erst einmal kennenlernen können, wird die Zimmerverteilung nach der Mittagspause stattfinden. Sie können Zimmer zu zweit oder zu dritt belegen. Geschlechterzugehörigkeiten spielen dabei keine Rolle. Entscheiden Sie selbst. Sie sind erwachsen. Bis zur Zimmerverteilung stellen Sie ihre Koffer bitte hier im Seminarraum ab.“

Gellhorn öffnete die Tür des Seminarraums. Sarah hatte noch nie einen Seminarraum gesehen, aber so hatte sie ihn sich nicht vorgestellt. Der Raum hatte einen grauen Steinboden. Vorne hing eine Tafel und davor stand ein Rednerpult aus dunkelbraunem Holz, das aufgrund seiner Verzierungen sehr alt wirkte. Vor dem Pult war ein Stuhlkreis aufgebaut und hinter dem Stuhlkreis führte eine Treppe zu weiteren Sitzreihen nach oben. Diese bestanden ebenfalls aus dunkelbraunem, verziertem Holz.

„Wenn Sie die Koffer an der Seite abgestellt haben, setzen Sie sich zunächst in den Kreis. So arbeite ich meist lieber“, fügte Gellhorn hinzu und nahm selbst auf einem Stuhl Platz. Die Studenten setzten sich in den Kreis und die Stühle rechts und links neben der Professorin wurden zögerlich zuletzt besetzt.

„Bei mir werden Sie viel über Ihren Schwerpunkt lernen, aber auch über die Gefahren, die von den anderen Schwerpunkten ausgehen können“, erklärte Gellhorn. „Gefahren?“, entfuhr es Colin.

Ein paar Studenten schmunzelten. Eine Studentin mit blondem Pferdeschwanz kommentierte Colins ängstliche Reaktion: „Ja, die anderen Schwerpunkte haben ganz schön was drauf. Wir haben den Looserschwerpunkt gezogen.“ Professorin Gellhorn, die bisher immer freundlich lächelte, setzte nun ein ernstes Gesicht auf und blickte die Studentin eindringlich an: „Lea Schwarzenberg, orange Kaste. Der Vater ein Seher, die Mutter eine Magierin – eine außergewöhnlich seltene Mischung. Sie hatten die Hoffnung, dass Sie die Kräfte der Mutter geerbt haben oder, was noch unwahrscheinlicher ist, die von beiden Elternteilen. So wären Sie etwas ganz Besonderes gewesen. Aber Sie wissen bereits, dass höchstens die Kräfte des Vaters später auftauchen und da Sie diese schon besitzen, sind Sie Seher. Nichts Weiteres. Das ärgert Sie, weil Sie denken, das wäre die schwächste Kraft. Aber es kann die stärkste sein. Sie müssen sie nur zu nutzen wissen. Ihre erste Vision zeigte Ihnen, dass ihre Freundin schwer stürzen und sich ein Bein brechen würden. Sie hatten es als Vision verstanden und hätten es verhindern können. Aber das wollten Sie nicht. Erklären Sie der Klasse doch bitte, wieso!“

„Ich wollte ihre Rolle in einer Theateraufführung haben und so bekam ich sie“, antwortete Lea wie in Trance.

Die Studenten starrten Lea an. Professorin Gellhorn blickte wieder freundlich in die Runde und Lea sammelte sich und versuchte, das Gesagte rückgängig zu machen: „Ich meine, ich wusste nicht, dass sie wirklich fällt. Ich. Wie haben Sie das gemacht? Woher wissen Sie das alles?“

Professorin Gellhorn erklärte freundlich: „Unsere Gabe ist sehr mächtig. Das war lediglich eine kleine Demonstration dessen, was wir lernen können. Sie müssen den Schwerpunkt nur für sich akzeptieren und daran arbeiten.“

Die übrigen Studenten schauten sich erstaunt um und ein Murmeln zog durch die Reihen. Ein „Pssst“, das sie nur in ihren Köpfen hörten, brachte wieder Ruhe in den Raum. Gellhorn fuhr mit ihren Erklärungen fort: „Genauso wichtig wie die geistige Fitness, ist die körperliche. Aber da ist Professorin Ankum die richtige Ansprechpartnerin. Im ersten Semester werden Sie in erster Linie mit uns beiden arbeiten. Im zweiten Semester folgen auch Grundlagen im Bereich Magie, denn es gibt einige Tricks und Tränke, die man sogar als Nichtmagier erlernen kann.

Hier ist ein Willkommensbeutel für jeden von Ihnen. Er enthält einen Stundenplan, eine Taschenuhr – denn ich erwarte Pünktlichkeit – und einen Torva–Schlüsselanhänger. Sie sind heute entweder mit Bekannten aus einem höheren Semester angereist oder mit dem Sammelwagen. Sie alle hatten diesen Anhänger in ihren Fahrzeugen. Ohne ihn kann man Burg Torva weder erreichen noch verlassen.

Vergewissern Sie sich vor jeder Fahrt ins Moor oder in den See, ob Sie den Schlüsselanhänger bei sich tragen. Das kann sonst böse bis tödlich enden." Während Gellhorn die Beutel verteilte, betrachteten die Studenten, die bereits einen in der Hand hielten, den Inhalt. Auch Sarah bestaunte den Anhänger. Deutlich war das vertraute Symbol darauf zu erkennen. Im Auto von Daniel war es ihr zuvor nicht aufgefallen, aber immerhin saßen sie und Ella auch auf dem Rücksitz.

„Wenn ich das richtig sehe", fügte Gellhorn hinzu, „haben wir drei Seher, deren Eltern selbst keinen Schwerpunkt haben."

Die Studenten schauten direkt zu Sarah, Kim und Colin. Kim entspannte die Situation direkt wieder, indem sie die Hand hob und „schuldig" ausrief. Die meisten Studenten wechselten ihr Starren in ein freundliches Lächeln.

„Das ist selten. Drei in einem Semester hatten wir bisher nicht", fuhr Gellhorn fort. „Sie haben sicher einige Fragen, die wir beantworten müssen, bevor wir mit dem allgemeinen Unterricht starten können. Für Sie und für andere Interessierte werde ich nun eine Fragerunde anschließen. Die anderen können früher in die Pause starten. Sie dürfen dafür gerne unseren Garten nutzen. Zusätzlich steht ein großer gemeinsamer Hof zur Verfügung, der als der "große graue Hof" bekannt ist und von allen Studenten genutzt werden kann. Sowohl diesen Hof als auch die Mensa erreichen Sie durch die Aula. Nach der Mittagspause versammeln wir uns erneut hier, um die Zimmereinteilung vorzunehmen und die wichtigsten Angelegenheiten zu besprechen." Kaum hatte Gellhorn ihren Satz beendet, huschten die Studenten bereits aus der Tür. Nur Sarah, Kim und Colin blieben zurück.

15. Kapitel – Nachhilfe in Sachen Mystik

„Komisch“, begann Gellhorn, als der letzte Student die Tür hinter sich ins Schloss fallen ließ, „nie hat sonst jemand Fragen. Die haben wohl schon alle ihren Eltern Löcher in den Bauch gefragt.“

„Die brauchen keine Nachhilfe in Sachen Mystik“, warf Kim ein.

„Das denken sie, ja“, stellte Gellhorn fest, „aber ob sie die Fragestunde wirklich nicht benötigen, wage ich zu bezweifeln. Die meisten Familien haben nur den Blick auf ihren eigenen Schwerpunkt. Studenten, welche die *‚Nachhilfe‘* annehmen“, Gellhorn schaute Kim bei dem Wort Nachhilfe lächelnd an, „wissen nachher oft mehr als die anderen. Nun, ich sehe, dass Sie viele Fragen haben. Schießen Sie einfach drauflos.“ Gellhorn sah die drei intensiv an und in ihren Köpfen hörten sie noch einen weiteren Zusatz: „Sie können alles fragen. Es bleibt unter uns. Wenn Sie aber etwas nicht vor den anderen besprechen möchten, können Sie dies auch in meiner Sprechzeit allein nachholen.“

Colin, der noch gar nicht viel gesagt hatte, begann als Erster: „Diese Nachtgestalten. Sind das Vampire?“

Sarah blickte auf, als ginge es um sie persönlich. Das wollte sie genauso dringend wissen. Vielleicht noch dringender als Colin.

„Nun, so solltet ihr sie nicht nennen, aber im Grunde ja.“

„Aber, ich dachte, sie vertragen kein Sonnenlicht", unterbrach Sarah. „Aber ich habe gesehen, dass ein V…, eine Nachtgestalt tagsüber draußen war."

„Oh, du hattest schon Kontakte zu anderen Mystikern? Nun, du darfst dir Nachtgestalten nicht so vorstellen wie in den Büchern über Vampire. Das ist mit ein Grund, warum sie den Begriff *‚Vampire'* nicht mögen. Es gibt zweierlei Nachtgestalten: Die, die als Nachtgestalt bereits geboren wurden und die, die als Mensch geboren und zu einer Nachtgestalt gemacht werden."

„Weil sie gebissen wurden?", fragte Colin unsicher.

„Der Prozess ist etwas schwieriger, Colin Waldeck. Ein Biss genügt nicht. Die Nachtgestalt muss dem umzuwandelnden Menschen das Blut bis zu einem ganz bestimmten Punkt aussagen – dem Punkt, wo es sich entscheidet, ob der Mensch lebt oder stirbt. Dann bietet die Nachtgestalt dem Menschen sein eigenes Blut an. Trinkt dieser, verwandelt er sich innerhalb der nächsten 24 Stunden. Aber Sie können beruhigt sein, Colin Waldeck. Es gibt Regeln. Es ist verboten, andere Mystiker zu beißen, selbst wenn diese es wünschten."

„Warum ist das verboten?", fragte Sarah geradeheraus, so wie es ihr in den Kopf schoss.

„Diese Regel wurde von der Regierung der Kastenlande aufgesetzt. Mystiker sind sehr stark, auch wenn es da große Unterschiede gibt, aber Mystiker, die mehr als einen Schwerpunkt haben, sind gewissermaßen unbesiegbar. Das kann etwas Gutes, aber auch etwas Schlechtes sein, sowie es unter allen Nichtmystikern und Mystikern gute und schlechte Menschen gibt. Aus Angst hat man diese Regel aufgestellt."

„Wer ist die Regierung?“, fragte Kim. „Was tut sie, außer Regeln aufzustellen?“

„Nun, die Regierung ist die zwölfte Kaste, *die Gelben*, wie sie oft genannt werden. Die gelbe Kaste ist die Kleinste und Viele haben gar keine Kinder. Daher gibt es bei uns so wenige Gelbe. Wenn Gelbe nach ihrem Studium einen anderen Beruf ausüben, steigen sie ab.“

„Kann man auch aufsteigen?“, fragte Colin interessiert.

„Mein Vater ist mal eine Kaste aufgestiegen“, platze Sarah heraus. Gellhorn griff den Kommentar auf:

„Nun, das ist sehr selten der Fall. Die Regierung entscheidet, wer aufsteigt, unabhängig davon, in welcher Kaste man lebt.“

„Mein Vater hat gesagt, er hat genug gespart“, fährt Sarah fort. „Er spart immer noch, um noch einmal aufzusteigen.“

„Ja, das ist das, was man den Menschen erzählt.“

„Dann hat die Regierung entschieden, dass mein Vater aufsteigt?“, überlegte Sarah irritiert. „Warum das?“

„Das erfährt man meist nicht. Sicher hatten sie ihre Gründe“, tat Gellhorn die Frage ab und lenkte das Gespräch in eine andere Richtung. „Aber wir sind ganz vom Thema Nachtgestalten abgekommen. Nachtgestalten haben zwei Regeln: Die eine Regel, dass sie keine Mystiker zu Nachtgestalten umwandeln dürfen und die andere Regel, dass sie keine Minderjährigen umwandeln dürfen.“

Während Sarah eigentlich noch gedanklich mit der Regierung und dem Aufstieg ihres Vaters beschäftigt war, schoss ihr plötzlich das Bild des kleinen Mädchens in der Aula in den Kopf und sie sah

Gellhorn mit großen Augen an. Auch bei den anderen beiden hatte das Wort „minderjährig" direkt den Zusammenhang zu dem kleinen Mädchen hergestellt. „Sie denken alle richtig", bestätigte Gellhorn ihre Gedanken, was sich schon fast nicht mehr sonderbar anfühlte. „Tina Kesse haben Sie heute gesehen. Sie wurde mit neun Jahren gebissen. Ein furchtbares Verbrechen. Die entsprechende Nachtgestalt wurde dafür zur Rechenschaft gezogen. Inzwischen ist es zehn Jahre her, aber gewandelte Nachtgestalten altern nicht mehr. Sie behalten stets den Körper, den sie zum Zeitpunkt der Umwandlung hatten, während sich der Kopf weiterentwickelt. Sie können sich vorstellen, was das für solch ein Wesen bedeutet."

„Die anderen altern ganz normal?", wollte nun Kim wissen.

„Nein, nicht ganz", erläutere Gellhorn geduldig. „Geborene Nachtgestalten altern, bis sie ungefähr 25 Jahre alt sind. Danach behalten sie ihr Aussehen bei. Sie können selbst Kinder zeugen, jedoch ausschließlich mit anderen geborenen Nachtgestalten. Allerdings kommt eine Schwangerschaft bei ihnen nicht so einfach oder häufig vor, wie es bei den meisten Menschen der Fall ist. Licht ist schädlich für sie, tötet sie aber nicht sofort. Sie können der direkten Sonneneinstrahlung kurz standhalten oder sich mit Sonnenschirmen und ähnlichem schützen. Die Gewandelten hingegen zerfallen beim kleinsten Sonnenstrahl direkt zu Staub."

„Und wie ist das mit dem Bluttrinken?", fragte Colin leicht angewidert?

„Blut ist ihr Lebenselixier. Das ist wahr. Aber die Nachtgestalten haben gelernt, mit den Menschen zusammenzuleben und kultivierte Nachtgestalten trinken lediglich das Blut von Tieren. Das kann man auf Schlachthöfen legal kaufen und im Kühlschrank lagern oder einfrieren."

Colin war gleichermaßen beeindruckt wie angewidert. Auch Kim wollte mehr erfahren: „Und sind sie echt unsterblich?"

Gellhorn nickte: „Im klassischen Sinne ja. Aber wenn man ihnen das Herz durchbohren oder ihren Kopf abtrennen würde, dann würden selbst die geborenen Nachtgestalten zu Staub zerfallen. Das wäre dann aber Mord. Komisch, jedes Jahr beantworte ich Fragen zu allen drei Schwerpunkten und immer wird zuerst nach den Nachtgestalten gefragt."

Die drei Studenten waren überwältigt von den vielen Informationen und für einen Moment war es ganz ruhig im Raum. Aber da es noch viel mehr Fragen gab, die herausmussten, blieb es das nicht lange. Kim war es, die nun doch etwas zu den eigenen Kräften wissen wollte: „Werden alle unsere Visionen wahr? Alles, was uns stärker vorkommt, als ein Traum?"

„Das ist eine gute Frage", antwortete Gellhorn, „aber so genau ist sie nicht zu beantworten. Manchmal sehen wir Zukünftiges, manchmal können wir Zukünftiges so noch ändern und manchmal nicht. Teilweise sehen wir nur Fragmente, die wir nicht einordnen können und manchmal mischen sie sich mit ganz normalen Träumen oder sind sogar einfach nur ganz normale Träume. Das zu unterscheiden wird nicht immer machbar sein, aber wir können es üben und besser darin werden. Eins ist aber sicher: Es gibt immer einen Grund, warum wir etwas sehen."

„Was war der Grund dafür, dass ich gesehen habe, dass sich mein Vater umbringt? Ich war zu weit weg. Ich konnte es nicht verhindern. So oft ich darüber nachdenke und überlege, was ich hätte tun können, ich finde keine Antwort."

Obwohl Colin diese Tatsache sehr sachlich formulieren konnte, brach er jetzt wieder in Tränen aus. Kim und Sarah legten gleichzeitig den Arm um ihn.

„Wir verstehen den Grund nicht immer. Manchmal ist es eine Warnung, manchmal bereitet es auf etwas vor und in so jungen Jahren ist es oft einfach noch nicht ausgereift. Wenn Sie irgendwann möchten, schauen wir uns die Vision gemeinsam an und versuchen herauszufinden, was sie eigentlich sagen wollte. Aber zum jetzigen Zeitpunkt ist das Leid noch zu groß. Das Wichtigste im Moment ist nur das, was Sie bereits selbst erkannt haben: Sie hätten nichts tun können."

„Eine Vision gemeinsam anschauen?", hakte Sarah irritiert nach. „Ist das nur so gesagt oder möglich?"

„Es ist fast alles möglich, Sarah Hollander", antwortete Gellhorn mit einem Lächeln.

„Und waren alle Mystiker auf Burg Torva?", wollte Kim indessen wissen.

„Es werden oder wurden zumindest alle eingeladen, sobald sie volljährig sind. Bei den Nachtgestalten sieht es etwas anders aus, da es welche gibt, die älter als Burg Torva selbst sind. Sie wurden nicht alle gleichzeitig eingeladen, vermutlich, da die Burg nicht die Kapazitäten hat und stets auf eine gute Mischung der Schwerpunkte wert gelegt wird. Daher kann es sein, dass die Nachtgestalten erst später in ihrem langen Leben eingeladen werden. Manchmal wechseln Mystiker auch von außerhalb in die Kastenlande. Dann folgt die Einladung ebenfalls später. Feststeht aber, dass sie eine erhalten. Selten wird eine Einladung ausgeschlagen, aber es wird auch niemand gezwungen. Die meisten erben die mystischen Fähigkeiten von ihren Eltern und wissen, dass sie diese nur hier wirklich ausbauen können. Wer mit seinen Kräften nicht umgehen kann und sie nicht versteht, wird leicht verrückt. Auch Menschen, die mit Mystik in Berührung kommen oder davon erfahren, erleiden dieses Schicksal oft. Daher behalten Mystiker diese Dinge für sich. Nicht, weil es verboten wäre, darüber zu sprechen, aber um die Nichtmystiker zu schützen."

„Man kann dadurch verrückt werden?", forschte Sarah nach und dachte unweigerlich an ihre unheimliche Begegnung in der Anstalt.

„Stellen Sie sich vor, Sie erfahren, dass es Personen gibt, die alles mit Ihnen und Ihrem Kopf anstellen könnten und Sie wüssten, dass Sie dem nichts entgegenzusetzen hätten. Die meisten Mystiker würden nichts dergleichen tun, aber es gibt immer Ausnahmen und man könnte sich nie in Sicherheit wiegen, da man nicht weiß, wer Mystiker ist und wer nicht. Die meisten Geisteskrankheiten erwachsen aus mystischen Begegnungen oder nicht verstandener eigener Fähigkeiten."

Gellhorn sah Sarah nach ihrer Erklärung intensiv an und Sarah vernahm ihre Stimme in ihrem Kopf: „Deine Frage hat einen tieferen Grund, nehme ich an. Wir können in der Sprechstunde über das reden, was du erlebt hast."

Sarah sah auf und obwohl sie irritiert war, dass Gellhorn sie erneut mit einem *„du"* ansprach, nickte sie ihr zustimmend zu.

„Gibt es sonst noch Fragen?", wollte Gellhorn wissen. „Sie können auch immer wieder zwischendurch etwas fragen – im Seminar oder danach oder allein in der Sprechstunde.

„Was ist der stärkste Schwerpunkt?“, wollte Kim noch wissen.

„Das kann man nicht sagen. Es ist mehr eine persönliche Sache. Es kommt darauf an, wie gut ein Mystiker sein Handwerk beherrscht. Und dafür sind sie ja nun hier, um dies zu lernen.“

Gellhorn hängte sich eine graue Filzstofftasche über die Schulter und es war klar, dass sie das Ende der Nachhilfestunde einläutete: „Gehen sie nun noch ein wenig raus bis zum Mittagessen in der Mensa. Lernen Sie ihre Mitstudenten kennen. Auch wenn ich schon vermute, wie bei Ihnen die Zimmerverteilung aussieht.“

Gellhorn, die während ihres letzten Satzes aufgestanden und zur Tür gegangen war, hielt den Studenten die Tür auf und verließ dann selbst den Raum.

16. Kapitel – Pause auf dem großen grauen Hof

„Also, wo geht’s jetzt hin? Sehergarten oder großer grauer Hof?“, wollte Kim wissen.

„Wenn es okay für euch ist, würde ich gerne auf den Hof mit den anderen“, äußerte Sarah vorsichtig.

„Ah, du kennst jemanden von den anderen, oder?“, horchte Kim nach. „Wir können uns auch später wiedertreffen.“

Sarah, die zwar unbedingt Ella treffen wollte, aber es genauso genoss, in dieser neuen Umgebung nicht allein zu sein, antwortete schnell: „Nein, also ja, ich bin gewissermaßen verabredet. Aber, es wäre cool, wenn ihr einfach mitkommt. Ihr werdet Ella mögen.“

„Klar“, rief Kim aus und bog in Richtung Treppe zur Aula ab. Colin folgte ihr und Sarah, obgleich er ein wenig blass um die Nase wurde: „Und diese Ella, ist sie Magierin oder …?“

„Nachtgestalt!“, antwortete Sarah. Dabei beschlich wohl nicht nur Colin ein komisches Gefühl. Warum hatte Ella das nicht erwähnt? Daniel musste dann ja auch … Sarah ging einen Schritt schneller. Sie wollte ihre Freundin sehen und mit ihr sprechen, aber vor allem eine Erklärung haben. Die Tür, die zum Hof führte, war gut ausgeschildert und so befanden sich die drei kurzerhand auf dem großen grauen Hof. Weshalb der so hieß, wurde schnell deutlich: Es war ein wirklich großer Hof mit asphaltiertem grauem Boden. Entlang der Wand war alles dunkel und überdacht. Dann kam ein großer Teil unter freiem Himmel, mit ein paar Tischen und Bänken in der Sonne. Vom Rand führten zwei steinige Tunnel in die Mitte des Hofs. Dort war eine Überdachung auf mehreren Säulen, die auf dem Boden mit Steinbänken verbunden waren, auf denen Studenten saßen. Das Ganze wirkte wie ein Gebäude, das nur aus Fenstern bestand, auf deren Fensterbänken Menschen saßen, um die Sonne zu genießen. Allerdings waren die Plätze auf den Steinbänken komplett im Schatten und eher dunkel. Sarah war nun klar, dass sie dort nach Ella suchen musste. Das war allerdings erst gar nicht so einfach. Der Hof wurde von allen Semestern genutzt und im Gegensatz zu den Erstsemestern, die farblich wenig auffallend gekleidet waren und Ella herausstach, war das Innenleben des grauen Hofs voller bunter Menschen. Ein Anblick, den keiner der drei aus der eigenen Kaste so kannte. „Hierher“, rief eine Stimme, die Sarah kannte, und schon sah sie auf einer der Steinbänke Ella eifrig winken. Bei Sarah stand eine junge Studentin mit dunkler Haut und schwarzem lockigen Haar, die etwas nervös aussah. „Das ist Hanna“, erklärte Ella.

Sarah stellte sich Hanna vor und bevor sie ihre neuen Bekanntschaften vorstellen konnte, nahm Kim das schon in die Hand und stellte sich selbst und Colin vor. „Schön“, sagte Ella, „da haben wir ja ein nettes Trüppchen beisammen. Und ihr seid also alles Seher?“

Colin, der einen gewissen Abstand zu Ella hielt, entgegnete etwas zaghaft: „Ja, und du also … eine… Nachtgestalt.“

„Ja“, lachte Ella, „aber keine Angst, ich werde dich schon nicht beißen.“

„Warum…“, begann Sarah und wusste dann nicht, wie sie den Satz beenden sollte, ohne enttäuscht zu wirken, was sie, wie sie in dem Moment merkte, war.

„Warum ich nicht gesagt habe, dass ich etwas bin, von dem du gar nicht wusstest, dass es existiert? Nun, du hättest wahrscheinlich Angst gehabt oder mir nicht geglaubt. Aber wir wären ganz sicher keine Freunde geworden. Und das wäre doch Mist. Ich bin ja immer noch die gleiche Ella.“

Ella hielt ihre Arme auf, um Sarah zu drücken. Sarah ging auf sie zu und ließ sich in den Arm nehmen, aber ein wenig nagte die Sache trotzdem an ihr. Irgendwie hatte sie das Gefühl, dass alle mehr über alles wussten, als sie selbst.

„Ich sehe kaum jemanden von heute Morgen“, stellte Kim fest, als sie sich umsah und wohl auch, um das Thema zu wechseln.

„Die fühlen sich für den Anfang auf ihren Pausenhöfen sicherer“, erklärte Ella selbstverständlich.

„Sicherer?“, entfuhr es Colin. „Ist es hier etwa nicht … sicher?“

„Es ist überall gleich … sicher, aber weil hier alle Schwerpunkte gemischt sind, kommen die Erstsemester auf dumme Gedanken. Hanna hier hatte Sorge, dass sie jemand in die Sonne schubsen könnte.“

„Warum sagst du das?“, entfuhr es Hanna und Sarah wusste nicht, ob die Sorge, man könne etwas Falsches über Hanna denken überwog oder die Sorge, Ella könne noch jemanden auf dumme Gedanken bringen.

„Dann bist du also eine gewandelte Nachtgestalt!“, stellte Kim mehr fest, als dass sie fragte.

„Blöde Frage“, murmelte Hanna sichtlich eingeschnappt.

„Oh, Hanna, das war nicht blöd gemeint von Kim“, nahm Ella Kim – die sie kaum kannte – in Schutz. „Die wissen das wirklich nicht.“

„Was wissen wir nicht?“, fragte nun Sarah, die sich in ihren Gedanken bestätigt fühlte, dass alle mehr wussten als sie.

„Es gibt keine geborenen Nachtgestalten mit meiner Hautfarbe. Die sind alle blass.“

„Warum nicht?“, fragte Colin inzwischen mehr interessiert als ängstlich.

„Ach, blöde Vampirgeschichte“, tat Ella die Sache ab und die drei Seher wunderten sich darüber, dass Ella den Begriff Vampir verwendete. Ella schien das zu merken und fuhr mit einer kleinen Erklärung fort: „Die ersten Nachtgestalten hatten helle Haut und so ists dann geblieben, weil man sich ja nur mit anderen Nachtgestalten vermehren kann.“

Hanna schaute betrübt zu Boden und keiner wusste so richtig, was er sagen sollte. Obwohl sich Colins Angst etwas gelegt hatte, wollte er das Thema wechseln, und erkundigte sich nach anderen Gründen, sich zu fürchten: „Wovor haben denn die Seher Angst?“

„Wovor hast du denn Angst?“, fragte Ella zurück, die merkte, dass Colin Abstand zu ihr gehalten hatte.

Colin, der bisher stand, setzte sich nun zu Ella auf die Steinbank und antworte erstaunlich ehrlich: „Vor etwas, von dem ich vielleicht gar nichts weiß, was aber eine Gefahr bedeuten könnte. Für mich ist das hier alles neu und ich habe das Gefühl, alle wissen mehr über … alles.“ Sarah schaute Colin an und fühlte sich etwas erleichtert, dass es ihm genauso ging.

„Hm“, Ella vollzog Colins Antwort nach. „Das klingt erstaunlich, weise.“

„Tut es das?“, Colin wurde neugierig.

„Klar, du weißt, es könnte eine Gefahr bestehen, die du nicht kennst. Das ist klug, auf der Hut zu sein. Aber lass dich nicht von der Angst beherrschen. Auf diese Weise werden die Leute verrückt.“

Ein lautes Klingen einer alten Glocke, die unter dem Dach hing und erst durch ihre Lautstärke im Halbdunkel bemerkt wurde, ertönte.

„Essenszeit“, eröffnete Ella und sprang auf.

„Woher weißt du das schon wieder?“, fragte Sarah.

Ella griff in Sarahs Tasche und zog deren Uhr und ihren Stundenplan heraus. Sarah musste bei Ellas Anblick, die mit einem süßen Lächeln einfach nur die beiden Dinge nebeneinander hielt, schmunzeln: „Okay, verstehe.“

„Ja“, bestätigte Ella, die Sarahs Sachen wieder in deren Tasche steckte, „Und das wirst du bei allen anderen Sachen auch. Das geht nur nicht alles auf einmal. Du sollst ja nicht verrückt werden."

Ella legte den Arm um Sarahs Schulter und ging vor in Richtung Steintunnel. Sarah fühlte sich etwas besser. Sie hatte wieder den Eindruck, bei Ella sicher zu sein. Die kleine Fünfertruppe ging für Hanna durch den dunklen Tunnel, dessen Innenwände nur mit ein paar Kerzen beleuchtet wurden. „Neueste Technik, Netzhautscan und dann Kerzen", stellte Kim kopfschüttelnd fest.

„Netzhautscan?", staunte Ella überrascht. „Wow, besser als Blut."

„Blut?", fragte Sarah nach. „Ja, nur beim ersten Mal. Wir mussten 'nen Tropfen Blut dalassen, um für unseren Flügel eingespeichert zu werden. Zukünftig müssen wir das Herzsymbol nur noch berühren."

„Warum ausgerechnet Blut?", wollte Colin wissen. Er wurde blasser als eine Nachtgestalt und man merkte, dass das nicht sein Thema war.

„Bei uns ist es immer Blut", erklärte Hanna, „unser Lebenselixier."

Die Fünf kamen von dem großen Hof in eine noch beträchtlichere Mensa. Hier waren auch wieder alle anderen Erstsemester versammelt und schauten genau, wie die höheren Semester vorgingen. Die Fünf machten es genauso, holten sich ein Tablett und reihten sich an einer der beiden identischen Theken ein.

„Na, wie läuft der erste Tag?" Sarah, die gerade ihr Essen auswählte, hörte die ihr vertraute Stimme neben ihr: „Daniel!"

„Der bin ich", bestätigte Daniel Sarahs Ausruf, als müsse er dies bestätigen. „Viele Infos am ersten Tag, oder?"

Sarah antwortete: „Du hast ja keine Vorstellung."

Dann bereute sie das Gesagte, da Daniel ja letztes Jahr auch Erstsemester war. Dieser schien ihre Gedanken aber zu kennen und beruhigte sie: „Das stimmt. Für mich war es schon überwältigend und ich war viel besser darauf vorbereitet. Aber du machst das schon."

Daniel schlüpfte in die Reihe zwischen Sarah und Ella und orderte bei der Dame hinter dem Tresen: „Einmal Rind für Nachtgestalten, bitte!"

Daniel bekam einen blickdichten Becher mit Deckel gereicht und verschwand im Getümmel. „Muss man gar nicht bezahlen?", erkundigte sich Colin, der verwirrt ein Portemonnaie in Händen hielt.

„Ist nicht nötig. Hier wird man komplett versorgt", antwortete Ella und orderte das gleiche wie ihr Bruder für sich und Hanna, die noch etwas nervös wirkte. Sarah studierte die Essensauswahl. Es standen fertig gedeckte Teller mit allen möglichen Gerichten bereit. Sarah hatte zuvor erst einmal ein Restaurant besucht, aber so schick sah es dort nicht aus, wie in dieser Mensa. Colin wählte ein Steak mit Zwiebeln und Petersilienkartoffeln und Kim nahm sich Ente mit Rotkohl und Klößchen. Darauf hatte Sarah auch Lust, aber Kim bekam den letzten Teller in der Auslage. Sarah wollte sich gerade umentscheiden, als die Dame hinter der langen Theke lächelte und ihre Arme hob. Konzentriert schaute sie auf die leere Auslage und ließ beide Hände von unten nach oben rotieren. Dabei bewegte sie die Finger, als spiele sie seitlich auf einem Klavier. Fünf neue Teller erschienen und die Dame reichte Sarah einen gut gefüllten Teller an. Mit ihren Tabletts in der Hand sahen sich die fünf Studenten um. Es gab runde Vierertische mit Stühlen an den Rändern und innen lange Tische mit ebenso langen Bänken. Kim steuerte einen langen Tisch Richtung Rand an und die anderen vier folgten ihr. In ihrer Nähe – an einem Vierertisch – saß Laika von Limburg aus der gelben Kaste mit einem anderen Studenten. Kaum hatten die Fünf Platz genommen, fiel Ella noch etwas ein. Sie richtete sich mit einem frechen Grinsen an Sarah: „Du hast also von mir geträumt?"

„Was?", Sarah lief rot an. Zu ihrer Erleichterung musste sie nicht antworten, da die Blicke der anderen am Tisch sich in Richtung Laika von Limburg bewegten, wo gerade der unverschämte Student mit den grünschwarzen Haaren auf ebendiese zukam: „Ist hier noch frei?", fragte er Laika und den Studenten, der mit ihr am Tisch saß. Er war schon im Begriff, sich zu setzen, als die beiden gleichzeitig ihre Taschen aufnahmen und jeweils auf die anderen beiden freien Stühle stellten.

„Nein, Kramer, schon belegt", erwiderte Laika und würdigte ihn keines Blickes. Sarah schaute schnell weg, aber Lukas Kramer bekam noch mit, dass sie und die anderen die Szene mitbekommen hatten. Er steuerte auf ihren Tisch zu und ließ seinem Frust freien Lauf: „Na wen haben wir denn da? Die Untere Kaste, zwei blaue Seher, eine Gewandelte und der Blutsauger, der sich wie ein Kleinkind kleidet. Ist das der Tisch der Freaks? Fehlt nur noch der Blutsauger, der wie 'ne Zehnjährige aussieht."

Ohne zu sehen, wo sie herkam, stand die als Kind gewandelte Nachtgestalt neben dem Tisch und hob lediglich mit ihrer rechten Hand den unsympathischen Magier an seiner Kehle in der Luft. Dieser strampelte und lief rot an.

„Ich mag aussehen wie ein Kind, aber ich bin keins. Vergiss das nicht“, sagte die kleine Nachtgestalt laut und deutlich, mit ausgefahrenen Fangzähnen und mit roten funkelnden Augen. Sie setzte Kramer wieder ab, bevor Professorin Demir eingreifen konnte. Dann spuckte sie Kramer, der sich räuspernd den Hals hielt, vor die Füße und verschwand so schnell, wie sie gekommen war. Sofort sammelte sich eine kleine Gruppe Magier um Kramer und umsorgten ihn. „Ich komme klar“, fauchte dieser und setzte sich mit seiner kleinen Gefolgschaft an einen Tisch am anderen Ende der Mensa. Die Anspannung, die von diesem Moment ausging, saß noch in allen Knochen. Ausgerechnet Colin war es, der sich als Erstes wieder fing: „Diese roten Augen und die Zähne, die sah man vorher nicht.“

„Sollte man auch nicht“, antwortete Hanna, „Das passiert nur im Angriffsmodus.“

„Ach so, nur im Angriffsmodus“, bemerkte Colin ironisch zustimmend. „Na, dann.“

Die anderen schmunzelten etwas und Ella nutze die Situation direkt, um Sarah weiter auszufragen. Grinsend bohrte sie nach: „Also, als du von mir geträumt hast, was hab’ ich denn da gemacht? Etwas, das schon passiert ist?“

„Ich sag’ da gar nichts zu“, antworte Sarah nun etwas selbstbewusster und stopfte sich den Mund mit Klößchen. Die Fünf saßen beieinander, aßen und quatschten und man merkte, wie das gegenseitige Misstrauen auf allen Seiten langsam schwand. Kim sah auf ihre Uhr und bemerkte, dass die Pause gleich schon vorbei war. Dass die Zeit so schnell verflog, hatte Sarah gar nicht gemerkt. Sie wollte so gerne noch etwas Zeit mit Ella verbringen. Doch die rettete die Situation, indem sie schon die nächsten Pläne schmiedete: „Also, wenn ihr nach dem Unterricht und der Zimmerverteilung fertig seid, treffen wir uns doch wieder, oder? Es gibt im Hauptgebäude auch einen Gemeinschaftsraum für alle Schwerpunkte."

Sarah freute sich über den Vorschlag, wollte aber gleichzeitig unbedingt noch in Gellhorns Einzelsprechstunde. Vielleicht mussten jedoch nicht alle Fragen gleich am ersten Tag beantwortet werden. Also sagte Sarah Ella zu – genau wie die anderen auch. Gemeinsam gingen sie über den Hoftunnel zurück in die Aula und von dort aus in ihre jeweiligen Flügel.

17. Kapitel – Die Gefahren der Schwerpunkte

Wie selbstverständlich gingen die drei Seher per Augenerkennung durch die große schwere Tür. Auch die anderen Studenten schienen etwas lockerer. Während beim ersten Mal eine – für solch eine große Gruppe – untypische Stille herrschte, unterhielten sich die meisten, während sie den Hauptseminarraum betraten. Gellhorn war schon im Raum und die Stühle vom Stuhlkreis standen nun aufeinandergestapelt am Rand. Die Studenten sollten sich diesmal in die Reihen setzen und blickten aufmerksam nach vorne.

„Ich hoffe, Sie konnten in der Pause schon ein paar Kontakte knüpfen", begann Gellhorn. „Seien Sie unbesorgt, falls nicht. Das kommt noch. Wer hat denn die Pause in unserem Sehergarten verbracht?"

Ein beträchtlicher Großteil der Seher zeigte auf.

„Das ist anfangs immer so", erklärte Gellhorn. „Man wird zu Hause vor den anderen Schwerpunkten gewarnt und geht vorerst auf Nummer sicher. Da man die anderen Studenten nicht kennt, ist man misstrauisch. Und das mag grundsätzlich ein guter Rat sein. Jedoch, wenn wir Vertrauen zu anderen Mystikern fassen können, birgt dies eine große Chance. Burg Torvas Leitspruch ist schließlich nicht grundlos *‚Dreisam ist stärker als einsam'*. Man muss nur wissen, welche Gefahren es gibt, um sie zu registrieren und auch um zu erkennen, wem man vertrauen kann. Das gilt aber genauso für die eigenen Reihen."

Für Sarah ergab der Leitspruch nun erst Sinn. Dass sich das Wort *„Dreisam"* auf die Schwerpunkte bezog, war ihr vorher nicht klar.

„Beginnen wir doch direkt mal mit den Nachtgestalten, denn das interessiert Sie ohnehin am meisten, nicht wahr?", bemerkte die erfahrene Professorin. „Also, welche Gefahren kennen Sie?"

Zu Sarahs Erstaunen wussten einige schon einiges.

„Nachtgestalten haben wie alle Mystiker übernatürliche Kräfte. Sie haben aber eine körperliche Stärke, die andere nicht haben", antwortete Lisa Fischer, eine dünne, blasse Studentin mit zwei geflochtenen dunkelbraunen Zöpfen und einer dicken schwarzen, eckigen Brille.

Sarah hatte direkt wieder das Ereignis mit der kleinen Nachtgestalt in der Mensa vor Augen, die einen größeren Studenten mit nur einer Hand hochhielt und ihm die Luft abdrückte.

„Richtig!", bestätigte Gellhorn. „Sie sind körperlich stärker und schneller und ihre Reflexe, Sinne und Instinkte sind viel ausgeprägter. Sie hören, riechen und sehen besser. Besonders im Dunkeln finden sie sich gut zurecht. Was fällt Ihnen noch ein?" „Der Selbstheilungsprozess ist besser", warf Benin Boukari

– ein durchtrainierter, dunkelhäutiger Student mit kurzem Haar ein. „Sie können sich von allen Verletzungen heilen und sind unsterblich.“

„Außer ihr Herz wird durchbohrt oder ihr Kopf wird abgetrennt“, fügte Colin stolz das hinzu, was er heute gelernt hatte. Die Art und Weise jedoch, wie er dies mitteilte, wirkte auf die anderen Studenten eher bedrohlich – als habe sich Colin ausreichend damit beschäftigt, wie man wohl eine Nachtgestalt erledigen könne. „Aber, das wäre ja Mord“, fügte Kim mit einem eindringlichen Blick Richtung Colin hinzu. Dieser reagierte diesmal etwas bedachter: „Ja, das wäre schrecklich. Also normal sollten sie ewig leben.“

„Ich habe gehört, sie zerfallen in der Sonne zu Staub“, bemerkte Ivan Schacht, ein dicklicher, freundlicher junger Mann mit blondem kurzem Haar.

„Nur die Gewandelten“, ergänzte Lisa Fischer. „Die Nachtgestalten, die als solche geboren wurden, halten Sonne eine Zeit lang aus und können sich mit Decken und Schirmen schützen. Wenn sie der Sonne direkt ausgesetzt sind, werden sie langsam immer schwächer und würden zusammenbrechen, bevor sie zerfallen.“

Nun schauten alle Lisa mit dem gleichen Blick an, der zuvor Colin galt. Dieser wirkte sichtlich erleichtert, dass er nicht mehr im Fokus war.

„Ich sehe, Sie alle haben sich schon viel angelesen“, reagierte Gellhorn passend. „Was Sie noch wissen sollten, ist, dass Nachtgestalten – genau wie wir – Gedanken lesen und einzelne sogar beeinflussen können.“

Ein großes Gemurmel entstand, welches auch von Sarah, Kim und Colin genährt wurde. Die drei wussten nicht, worüber sie mehr verwundert sein sollten: Dass Nachtgestalten Gedanken lesen und beeinflussen konnten oder dass sie das selbst können sollten oder können werden. Sarah fragte sich, ob Ella wohl schon mal ihre Gedanken gelesen hatte und der Gedanke verunsicherte sie kurz.

„Damit Sie sich nicht Sorgen müssen“, beruhigte Gellhorn die schwatzenden Studenten, „werden wir hier lernen, wie Sie merken, dass jemand in Ihren Kopf eindringt und ebenfalls, wie Sie dies abwehren können. Das Gleiche lernen die anderen Schwerpunkte übrigens auch, aus Sorge vor uns. Vergessen Sie das nicht. Und so – wie die meisten von Ihnen das noch gar nicht können – geht es Ihren Mitstudenten der anderen Schwerpunkte. Mystiker außerhalb dieser Mauern, können Ihnen auf Torva übrigens nichts anhaben und selbst außerhalb der Mauern haben Sie, sobald Sie die Einladung angenommen haben, einen gewissen Schutz vor hypothetischen mystischen Angriffen.“

„Wenn wir vor Mystikern außerhalb der Mauern geschützt sind, heißt das, vor Mystikern innerhalb der Mauern nicht? Und nach dem Studium sind wir gar nicht mehr geschützt?“, fragte Colin ängstlich.

„Nun“, Gellhorn lächelte, „Was haben Sie denn von Ihren Mitstudenten zu befürchten? Sie werden viel von ihnen lernen. Und auch nach dem Studium lauert nicht an jeder Ecke ein Mystiker, der Ihnen, etwas Böses will. Es ist eine Art Selbstverteidigung, die man lernt, selbst wenn man sie im besten Fall nie anwenden muss. Und nach dem Studium sind Sie nicht mehr auf den Schutz von Burg Torva angewiesen, da Sie dann selbst Ihr bester Schutz sein werden.“

Colin schien wenig überzeugt, aber Gellhorn fuhr im Thema fort, wohl aber etwas bedachter: „Kommen wir nun zu den Magiern. Was für potenzielle Gefahren gibt es, auch wenn Sie diesen vielleicht nie begegnen?“

„Alle“, platze es aus Benin Boukari heraus, was die meisten zum Schmunzeln brachte.

„Sie lachen, aber Boukari hat recht. Bei Magiern muss man auf alles gefasst sein. Sie sind in der Lage, Zauber zu wirken, die sowohl physische als auch psychische Auswirkungen haben können. Zudem vermögen sie Gegenstände zu bewegen oder Wesen heraufzubeschwören, wie beispielsweise Schlangen oder Skorpione.“

„Oder Spinnen“, warf Sarah ein.

„Ja, oder Spinnen“, ergänzte Gellhorn und schaute Sarah fast besorgt an. „Man muss im Grunde mit allem rechnen.“

Sarah hörte Gellhorns Stimme wieder nur in ihrem Kopf: „Ich denke; du solltest meine Sprechstunde heute wahrnehmen.“ Sarah bekam ein komisches Gefühl in der Magengegend. Hätte sie das nicht einwerfen sollen? Haben die Spinnen eine besondere Bedeutung? In ihrem Kopf arbeitete es wieder, während Studenten Beispiele brachten, von denen sie mal gehört hatten, was irgendwo, irgendwem mal mit einem Magier widerfahren wäre.

„In Ordnung“, unterbrach Gellhorn irgendwann. „Ich denke, wir haben hinreichend Beispiele gehört. Kommen wir nun noch zu dem letzten Schwerpunkt. Welche Gefahren gehen von Sehern noch aus, außer dass sie Gedanken lesen und beeinflussen können?“

Gellhorn schaute in fragende Gesichter. Obwohl die meisten Studenten einer langen Linie von Sehern abstammten, wurde offensichtlich wenig darüber gesprochen, welche Gefahren in den eigenen Reihen lauern könnten.

„Gut, ich helfe Ihnen auf die Sprünge“, fuhr Gellhorn fort. „Natürlich ist das Beeinflussen von Gedanken und die dadurch mögliche Manipulation die bekannteste Gefahr. Wer seinen Schwerpunkt jedoch besonders lernt zu beherrschen, könnte Menschen oder andere Mystiker mit falschen Visionen, Alpträumen oder immer wiederkehrenden Bildern plagen oder in den Wahnsinn treiben. Man könnte Jeden dazu bringen, alles für einen zu tun. Und daher ist es albern, vor den anderen Schwerpunkten mehr Angst zu haben, denn diese fürchten uns am meisten.“

Die Studenten schauten sich mit großen Augen um. Sogar Lea Schwarzenberg, die am Morgen noch am schlechtesten über den eigenen Schwerpunkt dachte, staunte nicht schlecht.

„Und das Wichtigste zum Schluss“, fügte Gellhorn hinzu. „Jeder, der diese große Macht erreicht, erhält automatisch eine genauso große Verantwortung. Nehmen Sie dies niemals auf die leichte Schulter. Nutzen Sie Ihre Kräfte niemals, um anderen zu schaden, auch nicht im Spaß. Sollte ich so ein Verhalten während Ihres Studiums erleben, dann werde ich Sie augenblicklich von meinem Unterricht ausschließen. Aber so weit wird es ja wohl nicht kommen. Gehen wir also zur Zimmerverteilung über.“

Diese klare Ansage und die völlig abweichende Überleitung ließen die Studenten erst einmal stumm und nachdenklich zurück. Gellhorn musste sie schon fast etwas antreiben, um sie von den Plätzen zu bewegen, denn es sollten nun alle aufstehen und nach vorne kommen: „Finden Sie sich bitte zu zweit oder zu dritt zusammen, so wie Sie Ihre Zimmer belegen möchten. Sie haben fünf Minuten Zeit."

Sarah, Colin und Kim standen bereits nebeneinander und nickten sich zustimmend zu. Auch um sie herum hatten sich bereits ein paar Zimmerteams gebildet, andere gingen noch allein umher und sprachen einander an. Als die Zeit vorbei war, fragte Gellhorn, wer noch keinem Team angehöre. Es meldete sich Lisa Fischer. Noch bevor Gellhorn etwas sagen konnte, bot Lea Schwarzenberg ihr an, mit ihr und einer anderen Studentin das Zimmer zu teilen. Lisa lehnte dankend ab: „Wenn es in Ordnung ist, würde ich lieber allein bleiben. Ich fühle mich unwohl, wenn ich nachts nicht für mich sein kann."

„Das ist äußerst unüblich", sagte Gellhorn nachdenklich. „Es wird schwieriger für Sie sein, Anschluss zu finden."

„Ich komme tagsüber gerne auf euch zurück", ergriff Lisa wieder das Wort und schaute Lea dabei freundlich an. „Aber wenn es erlaubt ist, würde ich nachts wirklich lieber allein sein."

„Nun, wenn das so ist, bespreche ich das mit meinen Kollegen. So einen Fall hatten wir noch nicht. Aber wenn nichts dagegenspricht und ich die nächsten Tage sehe, dass Sie nicht den Anschluss verpassen, ist es für mich in Ordnung", erwiderte die freundliche Professorin. „Dann schnappen Sie sich mal alle Ihre Koffer und folgen mir ins Bettenhaus!"

Aufgeregt und voller Erwartungen zogen die Studenten Gellhorn hinterher.

18. Kapitel – Ein Zuhause für die nächsten Jahre

Der Weg zum Bettenhaus führte durch den Sehergarten. Der Garten sah wunderschön aus: Vereinzelt standen dort Bäume mit Hängematten und es gab kleine Bänke mit und ohne Tischen vor farbenfrohen Blumenbeeten. Auf einer großen Wiese standen Liegen, auf denen kleine Wolldecken lagen. Man hörte Vögel zwitschern und alles lud zum Verweilen ein. Sarah war gleichzeitig begeistert, aber auch traurig, dass Ella hier nicht her durfte. Sie würde daher hier wohl nicht so häufig anzutreffen sein. Der Eingangsbereich des Bettenhauses glich einem alten prunkvollen Schloss. Ein riesiger Kronleuchter mit echten Kerzen hing hoch über den Köpfen der neugierigen Studenten, die sich staunend umsahen. Eine breite Treppe führte zu den unterschiedlichen Etagen. Rechts und links von der Treppe hingen Kerzenleuchter und Gemälde.

„Jeder Jahrgang hat seine eigene Etage. Ihre Etage ist die Zweite. Die behalten Sie bis zum Ende Ihres Studiums“, erklärte Gellhorn, während sie die Treppen zum zweiten Stock hinaufstieg.

Die Türen zu den Zimmern waren aus Holz und zu jeder Tür gehörte ein kleines leeres Schild mit einem Rahmen auf Augenhöhe. Gellhorn startete die Zimmerverteilung: „Sie beide“, sagte sie zu Lea und der anderen Studentin, „nehmen dieses Zweierzimmer.“

Nachdem die beiden Studentinnen die Tür hinter sich geschlossen hatten, erschien wie von Zauberhand ein Text auf der zuvor leeren Tafel. In der ersten Zeile stand Lea Schwarzenberg, in der zweiten Zeile stand

Runa Eida und darunter 1. Semester. „Sie drei“, Gellhorn wies auf Sarah, Kim und Collin, „nehmen dieses Dreierzimmer.“

Kim und Sarah stürmten fast gleichzeitig durch die Tür, während Colin ihnen in aller Ruhe folgte und die Tür hinter sich zuzog. Die drei sahen sich um und staunten nicht schlecht. Hinter der mittelalterlichen Tür in diesem alten Gebäude erwartete sie ein überraschend modernes Zimmer. Zwei gemütliche Sofas und zwei Sessel standen um einen kleinen Tisch neben einem gemütlichen Kamin. Eine Kommode und ein dünner, hoher Schrank standen ebenfalls dort. Durch einen kleinen Torbogen ging es halboffen in ein anderes Zimmer weiter. Hier standen an der einen Wand in drei Nischen drei geräumige Betten mit einem Nachttisch, einem Schreibtisch und einem Stuhl, dahinter befand sich jeweils ein großes Fenster. Durch die Nischen hatte man ein wenig Privatsphäre. Die Betten waren schnell verteilt. Kim nahm die Nische, die der Öffnung zum Wohnraum am nächsten kam, Sarah nahm die mittige Nische und Colin nahm die hintere Nische. Gegenüber den Betten standen drei geräumige Kleiderschränke. Sarah öffnete ihren, um ihre Kleidung direkt einzusortieren. Im Schrank war ein Fach, über dem das Wort *„Schmutzwäsche“* stand. Das Fach führte nirgends hin. Auch Colin hatte dies schon entdeckt und fragte irritiert: „Kommen die hier rein und holen die ab?“

„Glaub’ ich nicht“, Kim schüttelte den Kopf, zog sich den grauen Pullover über den Kopf und schmiss ihn in ihren Schrank in das entsprechende Fach. Sie schloss es wieder, öffnete es erneut und der Pullover war weg.

„Hm, glücklicherweise ists warm draußen, obwohl ich mich mit Pulli wohler fühle“, tat Kim sorglos ab, während Sarah und Colin mit großen Augen in das leere Fach starrten, wo eben noch ein Pullover war.

Unter dem Pullover trug Kim ein weißes Shirt, das trotz seiner Weite erkennen ließ, dass Kim nicht gerade kleine Brüste hatte. Kim schloss den Schrank und öffnete ihn wieder. Da lag der Pullover frisch und gefaltet in einem der Regale.

„Irgendwie dachte ich mir so was“, erklärte Kim. „Genau da hätte ich ihn auch platziert.“ Sie nahm den Pullover wieder heraus und zog ihn über ihr weites weißes T–Shirt.

Sarah war fasziniert von diesem Zauber. „Lass uns sehen, was das Zimmer noch kann“, rief sie begeistert und sah sich weiter um. Sie entdeckte ein Telefon auf ihrem Schreibtisch, das aus einer Ladestation bestand und einem Teil, das man in die Hand nehmen konnte. Sie nahm das Telefon in die Hand und strich mit der Hand darüber.

„Du weißt schon, dass das keine Magie ist, sondern Technik, oder?“, fragte Colin in einem vorsichtigen Ton.

Sarah lachte: „Ja, das weiß ich. In unserer Bäckerei haben wir auch eins. Aber zu Hause kann sich das kaum einer leisten. Und wenn doch, lohnt es nicht, eins zu kaufen, denn man kennt ja keinen, den man anrufen könnte.“

Sarah blickte zu Boden und dachte zum ersten Mal an diesem Tag an Michael. Sie spürte, dass sie ihn vermisste und hatte ein schlechtes Gewissen, weil sie sich hier so glücklich fühlte. Ja, sogar mehr als das. Erstmals in ihrem Leben hatte sie das Gefühl, dass sie irgendwo genau richtig ist.

Kim, die inzwischen schon den Wohnraum auf den Kopf gestellt hatte, riss Sarah mit einem Ausruf aus ihren Gedanken: „Der Wahnsinn!“

Colin und Sarah flitzten zu ihr. Wenn Kim von etwas begeistert war, hatten sie das Gefühl, dass es etwas Besonderes sein musste, da sie sich bisher nicht durch viel aus der Ruhe bringen ließ. Kim stand vor dem Kühlschrank und neben ihr auf dem Schrank standen ungefähr 20 verschiedene Getränkeflaschen. „Ich hab' in den leeren Kühlschrank gesehen und da ist dieser Knopf. Ich dachte gerade, wie gern ich Zitronenlimonade hätte, hab draufgedrückt und dann stand sie auch schon drin. Ich wollte sehen, ob es Zufall war, aber egal, woran ich denke, es klappt.“

„Das muss ich auch probieren“, rief Sarah freudig aus und versuchte an etwas zu denken, was sie noch nie getrunken hatte und von dem sie gar nicht wusste, ob es existierte. Sofort erschien eine Flasche im Kühlschrank. „Wow, das stimmt im Detail“, staunte Sarah. Kim betrachtete das Etikett der transparenten Flasche mit lila, bräunlichem Inhalt und las vor: „Melonen–Vanille–Heidelbeer–Karamell–Bananenlimonade. Und das soll schmecken?“

„Keine Ahnung“, antwortete Sarah, öffnete die Flasche und nahm einen großen Schluck: „Köstlich!“

Colin wollte sich selbst überzeugen, nahm einen großen Schluck und spuckte die Limonade direkt wieder aus: „Das ist voll ekelhaft.“

„Ja“, lachte Sarah, aber ich wollte, dass ihr auch probiert. Kim nahm freiwillig einen Schluck der seltsamen Limonade und schluckte sie – genau wie Sarah zuvor – ohne eine Miene zu verziehen hinunter: „Ja, eindeutig widerlich. Die kommt direkt mal hier in das Fach für leere Flaschen.“

Kim öffnete den Mülleimer und warf die Flasche halbvoll hinein. Kaum war der Deckel zu, verschwand die Flasche. Colin begutachtete derweil den Kaffeeautomaten: „Der wird wahrscheinlich auch nie leer. Klasse.“

„Was, wenn man nachts Hunger bekommt?“, fragte sich Kim.

„Du bekommst nachts Hunger?“, fragte Colin irritiert.

„Manchmal. Ich probiere mal, ob's klappt.“ Kim drückte den Knopf im Kühlschrank und es erschien ein köstlich aussehendes Käse–Sandwich.

„Der Wahnsinn“, Colin schüttelte ungläubig den Kopf. „Na ja, geht so“, entgegnete Kim. „Gedacht habe ich an Käsemakkaroni.“

Dennoch biss Kim genüsslich in ihr Sandwich. Während die drei weiter ihr Zimmer bestaunten und alle von Kims hergedachten Getränken probierten, ließ sich Sarah zufrieden in einen der weichen Sessel fallen: „Das ist jetzt also unser Zuhause für die nächsten Jahre.“

19. Kapitel – Der Gemeinschaftsraum

„Oh, wir waren doch verabredet“, fiel Colin plötzlich auf. Sarah schreckte hoch und hatte ein schlechtes Gewissen, dass ihr das nicht eingefallen war und gleichzeitig dachte sie daran, dass sie auch in die Sprechstunde von Professorin Gellhorn sollte. „Na, worauf warten wir dann?“, Kim war die Erste, die Richtung Tür ging.

Die anderen beiden folgten ihr. Als sie im Flur standen, fragte Colin besorgt: „Haben wir eigentlich einen Schlüssel für die Tür? Nicht, dass jemand an unsere Sachen geht."

„Was gibt's denn Besonderes bei dir zu holen?", alberte eine Stimme, die sie aus dem Gang hörten.

Colin, Kim und Sarah drehten sich um. Da standen Lea, Runa und Lisa im Gang. Es war Lisas Stimme, die sie gehört hatten, denn nun fuhr sie fort: „War ein Witz Waldeck. Die Türen können nur von denen geöffnet werden, deren Namen draufstehen. Hier, ich zeig's dir."

Lisa drückte die Türklinke herunter, aber konnte die Tür nicht öffnen. Colin schien das sehr zu beruhigen und so zogen sie alle durch den Garten zurück ins Hauptgebäude, während sie sich über das austauschten, was sie in den Zimmern entdeckt hatten. Lea schien dabei wenig beeindruckt. Sie ließ immer wieder durchscheinen, dass ihre Mutter ja eine Magierin sei und deshalb nichts für sie neu sei. Als sie an Gellhorns Büro vorbeikamen, standen dort schon mehrere Studenten an. Sarah dachte sich, dass es dann vielleicht heute ohnehin keinen Sinn machte und ging mit einem etwas weniger schlechten Gewissen weiter. Sie hörte gerade noch, wie Benin Boukari aus der Sprechstunde kam und zu einem anderen Studenten sagte: „Anscheinend gibt's auf dem Zimmer keine warmen Mahlzeiten, weil man dazu in die Mensa gehen soll."

„Das erklärt mein Sandwich", stellte Kim fest, als sie den Seherflügel durch die Tür verließen. Lea, Lisa und Runa wollten auch in den Gemeinschaftsraum und gemeinsam gingen sie durch eine der prachtvollen Aulatüren hinein. Der Gemeinschaftsraum war ähnlich groß wie die Mensa, allerdings viel gemütlicher und auf gute Weise turbulenter. Es gab kleine Ecken mit Sofas und Sesseln, Sitzkissen auf dem Boden, Gruppentische mit Stühlen und zwei Billardtische. Der Raum war hell und freundlich, obwohl ein Teil der großen Fenster abgedunkelt war. Jedes Fenster hatte ein großes, breites Fensterbrett, das an den grauen Hof erinnerte. Und anscheinend schien sich Ella auf ebendiesen einfach am wohlsten zu fühlen. Von einem abgedunkelten Fenster aus winkte sie aufgeregt den anderen zu: „Da seid ihr ja endlich, wir warten hier schon ewig."

„Eigentlich sind wir in unserem neuen Zimmer versackt und auch erst seit fünf Minuten hier", entkräftete Hanna die Aussage.

„Sag' ich doch", fuhr Ella unbeirrt fort, „ewig."

Sie grinste Sarah an und zog sie neben sich auf die Fensterbank: „Jetzt erzählt mal, wie es bei euch war."

Munter tauschten sich die Fünf aus und obwohl sie feststellten, dass die Zimmer eigentlich gleich aufgebaut waren, erörterten sie in allen Details, was sie entdeckt hatten. Das führten die Studenten fort, bis sie ein lauter Schrei aus den Gedanken riss, der alle Anwesenden bis ins Mark erschütterte. Reflexartig drehten sich Sarah, Ella und ihre neuen Freunde um und erblickten den Magier aus der blauen Kaste, der aus Versehen sein Elternhaus angezündet hatte, wie er vor einem Sessel stand und sein ganzer Körper mit Vogelspinnen überrannt wurde. Da den Schrei auch alle anderen bemerkt hatten, breitete sich innerhalb kürzester Zeit Panik und Hektik aus. Die meisten Studenten schrien, kletterten auf Tische oder verließen den Raum. Sarah war wie gelähmt und starrte weiter in Richtung des armen Studenten, während ihre Sicht durch umherlaufende Studenten zwischendurch unterbrochen wurde. Daniel kam wie aus dem Nichts und versuchte, dem Studenten zu helfen. Dass die Spinnen auf ihn übergingen, hielt ihn nicht davon ab, zu versuchen, sie von dem Studenten abzuschütteln. Kaum bemerkte Ella ihren Bruder, folgte sie seinem Beispiel. Daniel zertrat eine Spinne und aus dem Boden erhoben sich zwei Neue. „Nicht zertreten, das machts schlimmer“, warnte er seine Schwester davor, den gleichen Fehler zu begehen.

Der Student stand regungslos da und sprach nicht mehr, da die Spinnen mittlerweile seinen Kopf erreicht hatten. Er wimmerte lediglich, während Ella und Daniel ihm immer wieder die Spinnen aus dem Gesicht und vom Körper fegten. Erst als Kim helfen wollte, löste sich Sarah aus ihrer Angst und reagierte schnell und besonnen. Sie fasste Kim am Handgelenk und hielt sie auf: „Nicht. Dir können die Bisse etwas anhaben. Such mit mir nach einem Ring, einem Amulett, irgendetwas hier im Raum und zerstöre es. Colin und Hanna, schafft alle anderen hier raus! Die Spinnen gehen anscheinend nicht auf sie los.“

Obwohl Colin ebenfalls starr vor Schreck war, waren Sarahs Worte so klar, dass sowohl er als auch Kim und Hanna ohne die Anweisung zu hinterfragen, reagierten. Colin und Hanna führten schrittweise alle Studenten aus dem Gemeinschaftsraum, während Kim und Sarah alles durchsuchten. Da die Studenten teils hektisch und ängstlich den Raum verließen, landeten viele Dinge auf dem Boden und erschwerten die Suche. Sarah und Kim zertraten alles, das sie erwischen konnten. Zuletzt führte Colin Lisa aus dem Zimmer, die immer noch in einer Ecke kauerte: „Hol Hilfe! Finde einen Professor“, gab er ihr mit auf den Weg und wollte gerade suchen helfen, als bereits Professorin Gellhorn und Professor Harling im Raum standen. Glücklicherweise hatten sie andere Studenten bereits informiert.

„Zeig dich!“, rief Harling mit lauter Stimme aus. Er streckte seine Hand aus und aus einer Ecke flog ein Ring auf ihn zu. Den Ring in der einen Hand, entfachte er mit der anderen Hand ein Feuer und der Ring verpuffte. Die Spinnen lösten sich wie in der Bäckerei in Luft auf und Sarah vernahm die gleiche düstere, verzerrte Stimme, die den Raum erfüllte: „Geh zurück, wo du hingehörst! Sonst wird es dir schlechter ergehen als ihm.“

Sarah stand mit aufgerissenen Augen im Raum, während der blaue Magier in sich zusammensank und zu Boden fiel.

20. Kapitel – Sprechstunde für alle

Professor Harling, der sonst immer ein Lächeln auf den Lippen hatte, sah sehr besorgt aus. Vorsichtig hob er den jungen Studenten hoch und trug ihn aus der Tür heraus. Dabei schien er absichtlich an Sarah vorbeizuschauen. Sarah stand immer noch wie angewurzelt da. Diese Nachricht galt ihr. Ein Student wurde gequält und verletzt, weil sie die Einladung angenommen hatte.

„Es ist nicht deine Schuld“, hörte sie Gellhorns Stimme in ihrem Kopf.

Sarah drehte sich um und Gellhorn sah sie im Vorbeigehen an. Sie schenkte Sarah ein zaghaftes Lächeln, was ihr angesichts der ernsten Situation nicht leicht zu fielen schien. „Kommen Sie mit!“, forderte sie die Fünfertruppe und Daniel für alle hörbar auf. „Sie alle!“

Gellhorn folgte Harling aus der Tür und die anderen schlossen sich Gellhorn an, ohne ein Wort zu sagen. Als sie durch die Tür in die Aula kamen, starrte eine große Menge Studenten auf die kleine Gruppe. Gellhorn atmete tief durch: „Der Gemeinschaftsraum ist sicher. Es ist nichts passiert. Sie können ihn wieder nutzen – oder gehen Sie in Ihre Schwerpunkträume oder Zimmer, aber stehen Sie hier nicht weiter herum."

Die Studenten regten sich leicht verwirrt und begannen, sich umzusehen und zu murmeln, aber Gellhorn schenkte ihnen keine Beachtung mehr und folgte Harling in sein Büro. Als die sechs Studenten, die immer noch recht blass um die Nase waren, ebenfalls in dem Raum angekommen waren, schloss Gellhorn einfach die Tür hinter ihnen und entzog der murmelnden und sich langsam auflösenden Menge den Blick auf sie.

In Harlings Büro stand eine große Regalwand mit auffällig vielen, unterschiedlichen Fläschchen. Eine Holztür führte offensichtlich an einen angrenzenden Raum. Außer einem Schreibtischstuhl vor seinem Pult verfügte Harling in seinem Büro noch über ein kleines Sofa und zwei Stühle. Vorsichtig legte er den immer noch bewusstlosen Studenten auf das Sofa. Dann widmete er sich den Wänden seines Zimmers, murmelte etwas und bewegte seine Hände. Ein leichter, kaum merkbarer Schleier, legte sich von oben nach unten auf die Wände und verpuffte im Boden.

„Jetzt sollte uns keiner hören", erklärte Harling und widmete sich dem blauen Magier, der nicht ansprechbar auf seinem Sofa lag. Die Haut des Studenten war mit Bissen übersät, die als große geschwollene Beulen zu sehen waren. Harling hob seine Hände über ihm und begann wieder etwas zu murmeln.

„Schaffst du es, Otis?“, fragte Gellhorn besorgt.

„Ich bin im Heilen nicht so gut wie Vincent, aber es wird schon gehen. Je weniger involviert sind, umso besser“, antwortete Harling, während er sich weiter auf den Studenten konzentrierte.

Sarah, deren Gedanken ohnehin schon rasten, verstand nichts mehr. Wer sollte lauschen? Warum durfte Professor Vincent Stauf nicht davon erfahren? Würde er das nicht ohnehin bei den vielen Studenten, die die Situation mitbekommen hatten? Es dauerte einige Minuten, da zogen sich die Wunden langsam zurück. Der Student kam allmählich zu sich, richtete sich dann ruckartig auf, während er tief nach Luft schnappte und mit weit aufgerissenen Augen schrie. Harling versuchte ihn zu beruhigen, aber der junge Mann begann, wild um sich zu schlagen. Hilfesuchend schaute Harling Gellhorn an, die sich augenblicklich auf den Studenten konzentrierte und ihn intensiv anstarrte. Sarah wusste, dass sie nun entweder in seinem Kopf sprach oder sogar mehr eingriff. Zu gerne hätte sie gewusst, was genau passierte. Nachdem der Student zur Ruhe gekommen war, ließ Gellhorn den intensiven Blick fallen und setzte ein Lächeln auf: „Wie ist Ihr Name?“

„Stephan Bachem“, antwortete der Student leicht verstört.

„Geht es Ihnen besser, Stephan?“, fragte Gellhorn weiter. Der blaue Magier war noch immer etwas benommen: „Ich glaube schon. Was ist da passiert? Ich bin im Sessel eingeschlafen und plötzlich war alles voller Spinnen.“

„Ein böser Traum", beruhigte Gellhorn den Studenten.

Dieser schaute an sich herunter, prüfte seine Arme und Beine und da er keine Bisswunde – nicht mal eine Schramme – an seinem Körper finden konnte, freundete er sich mit dem Gedanken an, dass er wohl sehr schlecht geträumt habe. Aus der großen Regalwand mit den unzähligen Fläschchen, holte Harling derweil ein kleines transparentes Fläschchen mit olivgrünem Inhalt und winzigem Korken heraus und überreichte es dem noch leicht verdatterten Stephan: „Das hilft gegen schlechte Träume. Trinken Sie es ganz aus."

Stephan bedankte sich, nahm das Fläschchen an sich und trank es ganz aus. Danach schien er sichtlich gestärkt und beschloss, wieder auf sein Zimmer zu gehen, wenn niemand mehr etwas von ihm wollte. Mit einem Lächeln öffnete ihm Gellhorn die Tür und verschloss diese wieder hinter ihm. Dann ging sie wie selbstverständlich mit Harling hinter dessen Schreibtisch: „Setzen Sie sich doch bitte."

Sarah setzte sich auf einen der beiden Stühle vor dem Pult, während sich Colin, Kim und Hanna einen Platz auf dem Sofa sicherten. Ella und Daniel steuerten beide auf den noch freien Stuhl zu, weshalb Ella ihm den Vortritt ließ und sich auf der Lehne des Sofas neben Hanna niederließ. Sarah fühlte sich sehr aufgewühlt und unwohl, eigentlich hätte sie Ella gerne neben sich gehabt, da sie ihr immer ein Gefühl von Sicherheit gab. Daniel schien ihre Gedanken zu kennen und griff unbemerkt und ohne sie anzuschauen nach ihrer Hand und hielt diese fest. Ein komisches Gefühl, da Daniel bisher eher etwas distanziert war, aber trotzdem fühlte Sarah sich direkt etwas sicherer.

Professor Otis Harling saß auf seinem Stuhl hinter dem Schreibtisch und Professorin Gellhorn stand dicht daneben. Sarah hatte immer noch das Gefühl, dass Harling es vermied, sie anzuschauen. Auch war es Gellhorn, die das Gespräch eröffnete: „Nun, so kommen wir wohl doch noch zu unserer Sprechstunde, Hollander, wenngleich ich mir andere Umstände gewünscht hätte und weniger involvierte Personen."

Den nächsten Satz hörte Sarah nur in ihrem Kopf: „Ist jemand in diesem Raum, dem Sie vertrauen? Alle anderen sollten wir rausschicken."

Sarah überlegte gerade, ob sie die Antwort denken sollte, aber dann sprach sie einfach laut darauf los: „Allen fünf. Ich vertraue allen fünf."

Gellhorn atmete tief ein und aus: „Wenn das so ist. Dann kann ich Sie sowieso nicht davon abhalten, Informationen untereinander zu teilen. Aber seien Sie grundsätzlich vorsichtig mit Personen, die Sie noch nicht lange kennen. Sie alle."

Gellhorn blickte in die Runde und fuhr dann fort: „Sie haben im Seminar heute konkret Spinnen als Beispiel genannt, warum?"

Sarah sah nach rechts zu Daniel, der ihr ermutigend zunickte und so berichtete Sarah in aller Ausführlichkeit von ihrem Erlebnis in der Bäckerei, von dem Amulett, von Daniel und Ella, die zu Hilfe eilten und von der Stimme, die ihr sagte, sie solle die Einladung nicht annehmen. Gellhorn hörte aufmerksam zu, während Harling in irgendwelchen Unterlagen stöberte. Dann sah er zu Ella und Daniel: „Ella und Daniel Wohlgemut, richtig? Sie haben Sarah, obwohl Sie sie nicht kannten, aufgesucht und beschützt. Ihre Eltern waren Letizia und Markus Wohlgemut?“

Daniel nickte und auch Ella bejahte die Frage mit traurigem gesenktem Kopf. Ihre Eltern WAREN? Lebten Sie nicht mehr? Sie sollten doch unsterblich sein, außer … Sarah fiel auf, dass sie so viel nicht wusste und fühlte sich hin- und hergerissen zwischen dem Wunsch, mehr zu erfragen und dem Bedürfnis, ihr Beileid auszudrücken, aber sie kam weder zu dem einen noch zu dem anderen.

„Verstehe!“, äußerte Harling. „Danke!“

Während Gellhorn Harlings Hand umfasste und darüberstrich, als wolle sie ihn trösten, verstand Sarah immer weniger. Nun ergriff Daniel das Wort: „Wir wussten, dass Sarah vor ihrer Zusage in Gefahr war, und wollten in der Nähe sein, um zu helfen. Nach der Zusage sollte sie unter dem Schutz von Burg Torva stehen, wie alle Studenten. Wie konnte das heute passieren?“

Professorin Gellhorn atmete tief ein: „Mit der Zauberei ist es immer so, dass sie sich weiterentwickelt. Ein Zauber ist so lange ein guter Zauber, bis ein stärkerer Zauber entwickelt wird, um ihn außer Kraft zu setzen. Aber die Magie von Burg Torva ist alt und mächtig. Ihre Grenzen sind unüberwindbar.“

„Also muss es jemand gewesen sein, der hier drinnen ist, in diesen Mauern“, schlussfolgerte Daniel.

„Ja“, antwortete Harling, „Einer. Wenn wir Glück haben, nur einer.“

„Und alles aufgrund der unteren Kaste?“, fragte Ella irritiert?

„Ja, wenn wir Glück haben“, wiederholte Harling, „nur deswegen.“

„Was soll das bedeuten, wenn wir Glück haben?“, warf Daniel ein. „Was gibt es sonst für einen Grund?“

„Ihre Eltern haben Ihnen nicht alles erzählt“, fuhr indessen Gellhorn fort. „Das war klug. Man weiß nie, wem man begegnet. Sie beide wissen, wovon ich spreche. Sie haben auch nicht alle Informationen preisgegeben.“

Ella schaute auf den Boden, als hätte man sie bei einer Lüge erwischt und Sarah fühlte sich einmal mehr so, als wüssten alle mehr als sie. Dabei saßen Colin, Hanna und Kim ebenfalls völlig ahnungslos und überrascht auf dem Sofa und verstanden die Welt nicht mehr.

„Wichtig ist, zu wissen, ob die Person oder die Personen aus eigenem Antrieb handeln oder im Auftrag von außen. Sarah, du … Sie hatten im Seminar nachgefragt, ob man durch die Berührung mit übernatürlichen Kräften verrückt werden kann. Das hatte einen tieferen Grund. Welchen?“

Zumindest Gellhorn ließ nicht locker, bis sie die Informationen hatte, die sie wollte. In der Hoffnung, dass ihre Antworten auch wiederum zu neuen Auskünften führten, die Sarah selbst weiterhelfen, sprach Sarah erstaunlich offen über das Erlebte: „In der Anstalt in unserer Kaste waren Patienten, die auf mich einsprachen, ich solle die Einladung nicht annehmen. Ich kannte sie aber nicht. Ich dachte, vielleicht waren sie irgendwie hier und haben gesehen, dass ich auf der Liste stand und …“

„Unwahrscheinlich“, unterbrach Gellhorn sie. „Die Patienten wurden ganz sicher durch jemanden gelenkt. Ein Seher wird durch sie gesprochen haben. Das ist viel einfacher bei Menschen, in deren Köpfen ohnehin schon Chaos herrscht.“

„Wie bei meiner Mutter durch den Tumor“, fügte Sarah hinzu.

„Was?“, fragte Harling überrascht nach. „Ihre Mutter hat einen Tumor? Hat sie Ihnen auch abgeraten, die Einladung anzunehmen?“

„Hatte“, fügte Sarah traurig hinzu. Harling wurde etwas bleich um die Nase, schaute auf seine Uhr und murmelte: „Ich hab’ ganz vergessen … Ich muss kurz … Mein Beileid.“

Gellhorn sah Harling kurz nach, wie dieser den Raum verließ und setzte sich auf den freien Stuhl: „Wenn man durch jemanden spricht, kann man nicht allzu weit entfernt sein. In einer Anstalt ist dies leicht möglich. Bei dir zu Hause hatte es vielleicht andere Gründe. Und bestimmt wirst du die irgendwann erfahren – wenn du bereit dafür bist.“

„Aber, ich bin bereit dafür“, protestierte Sarah in ihrer Hilflosigkeit. Gellhorn sah sie intensiv an und Sarah spürte ein leichtes Stechen an ihrer Schläfe. Gellhorn legte los: „Die Frau aus deinem Traum war Ella. Zu Hause hast du einen Freund namens Michael. Du hast ein schlechtes Gewissen ihm gegenüber, weil du dich hier viel mehr zu Hause fühlst als dort.“

Sarah sah Gellhorn erschrocken an: „Warum tun Sie das?“

„Um dir zu zeigen, wie leicht du Informationen preisgibst.“

„Ich gebe gar nichts preis. Sie haben sich die Informationen einfach aus meinem Kopf geholt.“

„Das kommt aufs Gleiche raus“, erwiderte Gellhorn. „Du hast mich nicht davon abgehalten.“

„Ich weiß ja gar nicht, wie“, entgegnete Sarah.

„Und bis du das weißt, musst du verstehen, dass dir einige Informationen noch vorenthalten werden. Aber wir beginnen morgen im Seminar mit dem Training und du kannst mit erfahreneren Sehern oder mit Nachtgestalten üben. Machen Sie dies aber irgendwo, wo Sie unter sich sind."

„Und wo soll das sein?", wollte Ella wissen. „Hanna und ich dürfen ja nicht auf ihr Zimmer. Und Daniel auch nicht."

Ella sagte dies in einem so trotzigen Ton, dass Sarah nun erst bemerkte, dass Ella ebenfalls gerne ein Zimmer mit ihr geteilt hätte. „Nun, der Gemeinschaftsraum ist jedenfalls nicht der richtige Ort dafür", fuhr Gellhorn fort, während sie aufstand und zu dem Regal mit den vielen Gläschen ging. Sie holte zwei Fläschchen mit transparentem Inhalt aus dem Regal. Gellhorn öffnete eine kleine goldene Schachtel auf Harlings Pult, als wäre es ihr eigenes und holte eine kleine Nadel heraus. Sie öffnete das erste Fläschchen, nahm Sarahs Hand und piekte hinein. Sarah entfleuchte ein kleines „Au". Gellhorn drückte einen kleinen Tropfen Blut aus Sarahs Finger in das Fläschchen. Die Flüssigkeit verfärbte sich direkt rötlich. Das Gleiche wiederholte sie bei Kim und bei dem armen Colin, der direkt etwas bleich um die Nase wurde und seine Frage von vor ein paar Stunden wiederholte: „Warum ausgerechnet Blut?" Diesmal blieb die Frage unbeantwortet, aber sie war ohnehin eher rhetorisch. Gellhorn stöpselte den Korken auf das Fläschchen und schüttelte es. Dann nahm sie das zweite Fläschchen und stach Ella und Hanna in den Finger. Obwohl die beiden auch einen roten Tropfen Blut verloren, färbte sich die Flüssigkeit überraschenderweise blau. Dann ging Gellhorn auf Daniel zu und nahm ihm ebenfalls einen

Tropfen Blut ab: „Falls Sie mal gebraucht werden sollten.“

Nachdem Gellhorn auch dieses Fläschchen verschlossen und kräftig geschüttelt hatte, reichte sie Ella ihr Fläschchen und händigte Sarah das Fläschchen mit dem roten Inhalt aus. Anschließend fuhr sie mit ihrer Erklärung fort: „Die Flügel der anderen Schwerpunkte dürfen nicht betreten werden, aber hiermit könnt ihr euch für eine gewisse Zeit, auf dem Zimmer der jeweils anderen aufhalten. Dies funktioniert nur, wenn ihr euch gut absprecht. Wenn Hanna und Ella für zwei Stunden zu euch kommen möchten, trinken Sie jeder genau zwei Tropfen aus der Flasche. Zur gleichen Zeit trinkt einer von Ihnen zwei Tropfen aus Ihrer Flasche. Nur so wirken die Elixiere zusammen. Nach zwei Stunden befinden sich Hanna und Ella wieder in ihrem Zimmer. Ihr dürft auch nur von dort aus starten. Sollte Daniel dabei sein, geschieht dies ebenfalls von eurem Zimmer aus. Wenn ihr das Seherzimmer aus irgendwelchen Gründen vorzeitig verlassen müsst, zerschlagt beide Fläschchen gleichzeitig. Dadurch wird der Zauber aufgehoben.“

Die Art und Weise, wie Gellhorn sich durch ihre Hilfe mit den Studenten verbündete, führte offenbar dazu, dass sie mit dem Duzen und Siezen vollends durcheinandergeriet und Sarah merkte, dass es wohl nichts mit ihr persönlich zu tun hatte.

„Können wir damit auch auf Ellas und Hannas Zimmer?“, fragte Kim aufgeregt.

„Ja, das ist natürlich ebenfalls möglich, wenn ihr alle die entsprechende Anzahl von Tropfen nehmt und einer von den beiden. Das würde ich euch aber nicht raten. Ich darf den Flügel nicht betreten und kann euch nur im Seherflügel helfen, wenn einmal Hilfe benötigt wird. Ihr könnt das Zimmer im anderen Flügel nicht verlassen. Aber es kann natürlich von außen betreten werden.“ Daniel nickte.

„Wenn ihr sonst keine Fragen habt, würde ich euch nun in die Mensa schicken“, beendete Gellhorn das Gespräch. „Das Abendessen steht bereit und ich kann euch das Brathähnchen empfehlen und euch raten, mit niemandem über die Vorfälle heute zu sprechen.“

Gellhorn öffnete die Tür und die sechs Studenten gingen mehr oder weniger verwirrt und voller Gedanken durch die Tür in die Aula und anschließend Richtung Mensa. Gellhorn verschloss die Tür und Sarah wunderte sich darüber, dass sie einen Schlüssel von Harlings Büro besaß.

21. Kapitel – Ein fast unspektakuläres Abendessen

Der Weg zur Mensa fühlte sich viel länger an als am Mittag, denn die sechs Studenten gingen schweigend nebeneinanderher. Die ersten Worte kamen bei der Essensbestellung heraus und stellten sich dann vorerst wieder ein.

„Meldet euch, wenn ihr mich braucht.“ Mit diesen Worten setzte sich Daniel mit seinem Abendtrank zu Kommilitonen aus seinem Jahrgang und die Fünferclique setzte sich an den gleichen Tisch wie bei der vorigen Mahlzeit. Das machten Viele so, besonders die Erstsemester. Ein bereits genutzter Platz vermittelte eine Art von Sicherheit. Während die Fünf sich beim Mittagessen heiter ausgetauscht hatten, sprach die erste Zeit niemand. So viele Eindrücke waren in den Köpfen und keiner wusste so richtig, wo er anfangen sollte und was man in der Mensa überhaupt noch sagen durfte. Als Kim das von Gellhorn empfohlene Brathähnchen aufgegessen hatte, brach sie das Schweigen: „Nach dem Vorfall heute Nachmittag ist es viel zu ruhig. Es müsste viel mehr los sein."

„Wir sollen doch nicht über den Vorfall sprechen", flüsterte Colin halb ängstlich und dennoch nachdrücklich.

„Weiß ich doch. Wissen aber die anderen nicht. Warum spricht keiner von ihnen darüber?"

Kims Frage brachte die anderen vier dazu, sich genau umzusehen. Es war eine ähnliche Stimmung wie beim Mittagessen. Es gab keine allzu ängstlichen Gesichter und alles wirkte recht unspektakulär.

„Die erinnern sich nicht", Lisa Fischer setzte sich mit einem leeren Tablett neben die Gruppe. „Entweder ein Zauber oder einfach im Kopf abgeändert."

Sarah erinnerte sich, wie Gellhorn den Studenten sagte, dass nichts passiert sei und sich die Stimmung in dem Moment änderte. Hatte sie so viel Macht? Würde sie selbst so etwas eines Tages auch können? Wurde ihr Gedächtnis schon mal auf diese Weise manipuliert? Sarah verstand immer mehr, wie leicht man wohl mit solchen Gedanken verrückt werden konnte und war froh, dass Hanna ihre Gedanken auf eine viel entscheidendere Frage lenkte: „Warum bist du nicht betroffen, Lisa?"

„Ich dachte mir, dass die Professoren den Vorfall so nicht stehenlassen würden und hab' mich weit von der Masse entfernt", erklärte Lisa leise. „Ich lasse mir nicht im Kopf herumpfuschen. Also, was haben Gellhorn und Harling gesagt?"

Lisa schaute in fünf große geöffnete Augenpaare. Dann schauten Hanna, Ella, Kim und Colin fast gleichzeitig zu Sarah, als solle sie etwas sagen oder entscheiden, was sie preisgeben wolle. Sarah fühlte sich einen Moment überfordert. Wann war sie zum Anführer der kleinen Truppe geworden? Oder war sie das gar nicht? Irgendwie hatte ja alles mit ihr zu tun. Mehr Vertraute könnten nicht schaden, aber sie sollte niemandem vertrauen, den sie gerade erst kennengelernt hatte. Wobei dies eigentlich auf fast alle anderen am Tisch auch zutraf.

„Hallo?“, Lisa schaute ebenfalls zu ihr und winkte vor Sarahs Augen hin und her. „Bist du mit deinen Gedanken noch bei uns?“

„Ein böser Streich“, erklärte Sarah bestimmt und fuhr selbstbewusst weiter fort: „Jemand hat ihm einen Streich gespielt, weil er nur aus der blauen Kaste kommt. Kim, Colin und ich wurden gewarnt, dass wir ebenfalls mit solchen Streichen rechnen müssten, und die Professoren haben uns erklärt, was wir dagegen tun können.“

Ella, die Sarah von allen am längsten kannte, versuchte ihre Verwunderung zu verstecken. Dass Sarah so überzeugend lügen kann, war ihr nicht klar. Sarah war selbst völlig von sich überrascht. Lisa schien tatsächlich nichts zu merken und schaute glücklicherweise nicht zu Ella, deren weit aufgerissene Augen von einem zum anderen wanderten. Colin blickte auf sein Essen, da er Sorge hatte, sich zu verraten, während Hanna und Kim bestätigend nickten.

„Und was sollt ihr tun?“, hakte Lisa weiter nach.

„Oh, das dürfen wir leider nicht sagen. Und wenn wir es doch tun, verliert der Zauber seine Wirkung.“

Sarah war wie in einem Rausch und Ella kam sich vor, als wäre sie im falschen Film.

„Was ist mit den beiden?“, Lisa deutete auf Hanna und Ella. „Die sind aus hohen Kasten. Warum waren sie dabei?“

„Uns wollte man für unseren mutigen Einsatz danken“, übernahm Hanna nun, die an dem Spielchen Gefallen fand. „Wir sind so etwas wie unsichtbare Helden.“

Aus Lisas Gesichtszügen konnte man nicht erkennen, was sie über die Sache dachte: „Na dann, sagt mir Bescheid, wenn euch jemand einen Streich spielt. Vielleicht kann ich helfen.“

„Klar“, Hanna nickte. „Je mehr Helden, desto besser.“

Lisa verließ den Tisch und die fünf Studenten schauten einander an. Ella hob das kleine Fläschchen an: „Vielleicht sollten wir das heute schon nutzen. Ich würde sagen, in einer halben Stunde zwei Tropfen.“

„Machen wir“, stimmte Sarah ihr zu und beendete ihr Abendessen mit einem köstlichen, cremigen Nachtisch, von dem sie gar nicht wusste, was es war. In dem Moment kam Stephan an dem Tisch vorbei und blieb stehen, als etwas merklich in seinem Kopf ratterte: „Danke“, richtete er an die Gruppe.

„Wofür?“, fragte Kim. Stephan grübelte und setzte sich: „Ich weiß nicht. Irgendwie hat mir mein Gefühl gerade gesagt, ich schulde euch großen Dank. Wahrscheinlich hat mir mein Unterbewusstsein einen Streich gespielt. Im Traum habt ihr mir alle geholfen. Also mit den Spinnen.“

„Nichts zu danken“, sagte Kim. „Würden wir im Traum wohl jederzeit wieder tun. Schätze ich.“ Sie lächelte und Stephan lachte ein wenig.

Das Lachen des Studenten, der zuvor so gelitten hatte, tat gut und dennoch bereitete es Sarah gleichzeitig auch Unbehagen. War es erlaubt, so mit der Erinnerung von Jemandem zu spielen? Sie müsse schnell lernen, sich nicht angreifbar zu machen. „Was habt ihr eigentlich im Büro gemacht?“, horchte Stephan nach.

Stephan gegenüber fiel es Sarah deutlich schwieriger, unehrlich zu sein. Ella schien dies zu bemerken und während sie vorher nur verwundert umhergeschaut hatte, übernahm sie diesmal das Wort: „Wir hatten versucht, dich zu wecken. Weil wir es nicht geschafft haben, hatten wir Hilfe geholt. Gellhorn und Harling wollten wohl noch ein kleines Lob dafür aussprechen.“

„Dann war es ja doch richtig von mir, mich bei euch zu bedanken“, stellte Stephan mit einem kleinen und halb traurigen unerklärbaren Lächeln fest. „Komisch. Ich habe eigentlich einen recht leichten Schlaf und hatte nie Probleme mit Alpträumen.“

„Ist vielleicht die Aufregung heute“, beruhigte Kim ihn.

„Ja, wahrscheinlich“, bestätigte Stephan nicht vollständig überzeugt. „Jedenfalls abermals danke.“ Er nickte allen einzeln zu und verließ den Tisch.

„Das hat jetzt keinen Spaß mehr gemacht“, äußerte Hanna. Auch Sarah hatte ein furchtbar schlechtes Gewissen. Es fühlte sich falsch an, Stephan nicht die Wahrheit zu sagen. In diesem Moment nahm sie sich vor, dies irgendwann nachzuholen. Irgendwann, wenn Gras über die Sache gewachsen war und wenn sie herausgefunden hatte, wer sie nicht hier haben wollte, und was dahintersteckte. Wenn Gellhorn und Harling meinten, sie sei noch nicht dazu bereit, würde sie es selbst herausfinden. Und gleich würde sie damit beginnen. Sie sah auf die Uhr, die sie heute erhalten hatte. Die verabredete halbe Stunde war schon zur Hälfte verstrichen. „Noch eine Viertelstunde“, sagte sie bestimmt, stand von ihrem Platz auf und brachte ihr Tablett in die dafür vorgesehene Ablage. Es verschwand augenblicklich. Ein schöner Zauber, den Sarah gerade im Moment nicht zu würdigen wusste. Die anderen folgten Sarah bis in die Aula. Dann trennten sich die Wege der Nachtgestalten und der Seher.

„Bis gleich“, Ella warf Sarah einen freundlichen Blick zu. Dieser kurze Blick tat gut. Er fühlte sich an, als wolle sie sagen: „Alles wird gut. Mach dir keine Sorgen. Ich bin bei dir.“

„Bis gleich“, antwortete Sarah etwas weniger angespannt und steuerte auf die Sehertreppe zu.

22. Kapitel – Gedanken

Im Zimmer angekommen, setzten sich Sarah, Colin und Kim auf den Fußboden in einen Kreis. In der Mitte lag das kleine Fläschchen mit dem roten Inhalt.

„Wer von uns nimmt die Tropfen?“, fragte Sarah.

„Ich bitte nicht“, flehte Colin. „Mir wird schon bei dem Gedanken daran, Blut zu trinken, schlecht. Und wer weiß, was da noch drin ist. Mein Magen ist nicht der Stärkste.“

„Ich kann das machen“, sagten Kim und Sarah gleichzeitig. Sarah reichte Kim das Fläschchen: „Ich mach’s dann beim nächsten Mal.“

„Klar“, bestätigte Kim. „Kein Ding.“

Auf der Uhr waren es nur noch zwei Minuten. Alle drei Uhren gingen exakt gleich. Sarah, Colin und Kim sagten nichts mehr und starrten nur auf die Zeiger. So lange haben sich zwei Minuten noch nie angefühlt. Je näher der Zeiger ans Ziel kam, umso mehr machte sich bei allen ein mulmiges Gefühl in der Magengegend bemerkbar, das zunehmend höher stieg. Dann war es so weit.

„Prost", sagte Kim scherzhaft, streckte ihre Zunge raus und ließ zwei Tropfen darauf fallen. Sie schloss den Mund und schluckte.

„Und nun?", fragte Colin irritiert.

„Nun, sind wir da", sagte Ella, die mit Hanna plötzlich hinter dem Sofa auftauchte. Überrascht standen Sarah, Colin und Kim auf.

„Wow, das war …", Hanna konnte ihren Satz nicht zu Ende sprechen. Ihr wurde schlecht und sie rannte ins Bad.

„Transportationszauber können anfangs Übelkeit hervorrufen", erklärte Ella. „War bei meinem ersten Mal auch so."

„Du hast sowas schon mal gemacht?", fragte Sarah erstaunt.

„Ja, früher, mit meinen Eltern." Ella schaute traurig zu Boden. Colin versuchte darauf einzugehen: „Ich bin wohl nicht der Einzige, der mit einem Verlust zu kämpfen hat. Tut mir leid, mit deinen Eltern, Ella. Willst du erzählen, was passiert ist?"

Ella setzte sich auf einen der Sessel. Colin und Kim nahmen auf einem der Sofas Platz, während Sarah erst einmal wie angewurzelt stehen blieb.

„Meine Eltern waren nicht immer in der orangen Kaste. Sie wurden selbst in der violetten Kaste geboren und lernten sich dort kennen und lieben. Und obwohl violett natürlich höher ist als grün oder blau, planten sie, möglichst hoch aufzusteigen, insbesondere, bevor sie Kinder in die Welt setzen wollten. Einem wurde damals schon gesagt, dass – wenn man nur fleißig genug arbeitet und spart – man aufsteigen könne. Es wurde aber nie ein Betrag genannt und meine Eltern lebten 103 Jahre in der violetten Kaste und beantragten immer wieder einen Aufstieg. Viele wechselnde Frauen und Männer der Regierung wiesen sie immer wieder ab und erklärten, es sei nicht genug. Sie kannten auch sonst niemanden, der aufgestiegen war, den sie hätten fragen können. Irgendwann gaben sie auf, nahmen einen Teil ihres Gesparten und machten einfach Urlaub in der orangen Kaste. Dort verbrachten sie einige Tage am Meer. Natürlich genossen sie den Strand abends nach Sonnenuntergang. Eines Nachts blieben sie besonders lange draußen. Sie hörten von weiter weg eine junge Frau weinen und sahen eine weibliche Gestalt in weißem Kleid auf das Wasser zulaufen. Sie lief immer tiefer hinein, bis sie in den Wellen verschwand. Meine Eltern waren sofort zu Stelle und retteten ihr das Leben. Die Frau schaute sie vorwurfsvoll an und sagte, sie wüssten nicht, was sie getan hätten und wurde bewusstlos. Zwei Männer aus der gelben Kaste kamen angerannt und bedankten sich vielmals. ‚Danke, dass ihr meine Schwester gerettet habt. Sie weiß nachts nicht, was sie tut', erklärte der jüngere der beiden Männer mehrfach. Dann erkannte er meine Eltern aus den Aufstiegsgesprächen. Er war es, der ihnen zuletzt mitgeteilt hatte, dass ihr Erspartes nicht ausreiche.

‚Ich bin so froh, Sie zu sehen', fuhr er fort. ‚Nicht nur, weil Sie meine Schwester gerettet haben, sondern auch, weil ich Ihren Antrag erneut durchgegangen bin und weitergereicht haben. Ihre Anstrengungen waren mehr als genug und Sie hätten längst aufsteigen müssen.‘ Meine Eltern waren völlig überrascht und so glücklich, dass das Schicksal sie auf diese Weise zusammenführte, dass sie das System nicht mehr hinterfragten. Ohne Weiteres durften sie direkt bis in die orange Kaste aufsteigen. Dort fanden sie schnell Freunde und erhielten ihre Einladungen nach Burg Torva. Nach einem Jahr wurde Daniel geboren. Meine Eltern und die beste Freundin meiner Mutter waren im zweiten Semester auf Burg Torva, als meine Mutter wieder schwanger wurde. Ihre beste Freundin vertraute ihr an, dass sie auch schwanger sei, dass sie dies aber niemandem mitteilen dürfe. Meine Mutter war verwundert, da ihre Freundin nie etwas von einem Freund erzählt hatte und ihr sonst immer alles anvertraute. Weiter nachhaken wollte meine Mutter aber nicht, sondern ihrer Freundin die Zeit lassen, die sie brauchte, bis sie bereit wäre, alles zu erzählen. Dazu kam es aber nicht mehr. Die Freundin verschwand plötzlich und ohne jegliche Erklärung. Auch ihre Eltern wussten nicht, wohin die Tochter verschwunden war. Meine Eltern versuchten alles, um sie zu finden. Sie wollten herausfinden, wer der geheimnisvolle Vater war und was mit ihr geschehen war. Sie fanden es aber nie heraus. Vor zwei Jahren, als Daniel nach Burg Torva kam, baten sie ihn, die Akte der Freundin zu stehlen, in der Hoffnung, darin endlich Antworten zu finden. Daniel gelang dies, ohne erwischt zu werden. Daraufhin waren meine Eltern oft unterwegs und gingen irgendeiner Spur nach. Sie sagten, sie würden arbeiten gehen, aber wir wussten, dass das nicht stimmte. Sie arbeiteten beide als Architekten und waren früher nie so oft zur gleichen Zeit unterwegs. Wir wussten nie, wo sie waren. Und eines Tages …“ Ella machte eine Pause, „kamen sie nicht zurück. Wir erhielten stattdessen die Nachricht, dass sie bei einem Arbeitsunfall ums Leben kamen. Es stürzte ein Gebäude ein, an dem sie angeblich arbeiteten. Das konnte nicht stimmen. Sie arbeiteten nie am gleichen Projekt. Aus Prinzip nicht. Also wollten wir herausfinden, was wirklich passiert war. Und obwohl es normalerweise nicht erlaubt ist, die Uni auf Burg Torva zu pausieren, wurde es Daniel gestattet, um sich erst mal um mich und alles andere zu kümmern. Er nahm dann letztes Jahr sein Studium im ersten Semester wieder auf.“ Ella beendete ihre Geschichte.

„Und?“, fragte Kim. „Habt ihr herausgefunden, was passiert ist?“

„Nein“, antwortete Ella, „noch nicht.“

Sarah hörte die ganze Zeit aufmerksam zu, während Ella so viel von sich preisgab. Sie wusste nicht, dass sich Ella ebenfalls mit etlichen ungelösten Fragen rumschlug. Sie setzte sich zu Ella auf den Sessel und legte ihren Arm um sie: „Wir helfen uns gegenseitig, Antworten zu finden.“

Ella lächelte Sarah an und umarmte sie eine Weile. In dem Moment kam Hanna endlich von der Toilette: „Was hab’ ich verpasst?“

„Erklär’ ich dir später“, sagte Ella. „Wir wollen unsere zwei Stunden doch gut ausnutzen. Und bisher habe ich nur von mir erzählt.“

Hanna setzte sich auf das freie Sofa.

„Na, dann sprech‘ ich mal aus, was alle denken“, eröffnete Hanna. „Die Situation heute mit dem blauen Magier war, abgesehen von meinem beeindruckendem Rückwärtsessen gerade, wirklich das Widerlichste, was ich hier bisher erlebt habe.“

„Ich fand's auch furchtbar, ihn anzulügen", fügte Sarah hinzu. „Ich würde ihm so gerne irgendwann die Wahrheit sagen."

Ella pflichtete ihr bei: „Geht mir auch so. Sicher können wir das irgendwann. Wenn wir – genau wie er – in der Lage sein werden, Geheimnisse in unserem Kopf zu verbergen."

„Ja, deshalb sollten wir uns doch treffen", stellte Colin fest. „Um das zu üben. Aber wir wissen ja gar nicht wie."

„Wir starten morgen im Seminar mit den Übungen", räumte Kim ein. „Danach wissen wir bestimmt mehr."

„Und bis dahin vergessen wir nicht, dass hier zwei wirklich talentierte Nachtwesen am Start sind", rief Ella aus. Sie stellte sich hin und fragte wieder in ihrer gewohnt fröhlichen Art: „Also, wer will beginnen?"

„Ich!", rief Kim aus und bevor jemand anders reagieren konnte, stand sie Ella gegenüber.

„Okay, also denk jetzt mal an etwas und verhindere, dass ich die Gedanken lesen kann", bestimmte Ella.

Die beiden sahen sich tief in die Augen.

„Du zeichnest gerne", las Ella nach wenigen Sekunden.

„Wie hast du das so schnell gemacht?", fragte Kim enttäuscht.

„Ganz einfach", sagte Ella. „Da war überhaupt keine Barriere. Ich kam einfach durch."

„Und wie mache ich eine Barriere?", wollte Kim wissen.

Ella erklärte: „Wenn du merkst, dass ich in deine Gedanken eindringen will, musst du dich konzentrieren. Stell dir eine Barriere wie eine Mauer hinter deinen Augen vor, die du immer größer werden lässt."

„Aber ich habe das gar nicht gemerkt“, offenbarte Kim verunsichert.

Sarah erinnerte sich an ihr Gespräch mit Gellhorn: „Hattest du nicht auch so einen kleinen stechenden Schmerz im Kopf?“

Kim schüttelte nur den Kopf. Ella grübelte: „Irgendwie ist bei uns Nachtgestalten das Gedankenlesen ja schon in die Wiege gelegt. Und als kleines Kind mit Daniel hab’ ich schon beim Spielen gelernt, wie ich Gedanken lese und verhindere, dass man meine liest. Aber das läuft alles ganz automatisch inzwischen.“

„Nun, nicht alle Nachtgestalten bekommen das in die Wiege gelegt“, griff nun Hanna ein. „Ich musste mir das hart erarbeiten. Es ist leichter, wenn du zuerst lernst, andere Gedanken zu lesen. Dann weißt du, wie du in den Kopf gelangst und kannst das bei dir leichter verhindern.“ Alle schauten beeindruckt auf Hanna. Die stellte sich nun vor Kim auf: „Woran denke ich?“

Kim schaute sie konzentriert an: „Weiß ich nicht.“

Hanna ermutigte sie: „Du musst mir tiefer in die Augen schauen. Konzentriere dich nur darauf. Vergiss alles drumherum. Sieh in meine Augen, sieh dahinter. Lies!“

Plötzlich machte Kim große Augen, grinste und sagte: „Ja, das glaub’ ich dir.“

„Was?“, wollte Colin wissen. „Hat es geklappt?“

„Sag du es ihnen!“, ermutigte Hanna Kim. Etwas zögerlich – mit einem leicht fragenden Ton – sagte Kim: „Hanna würde sich gerne die Zähne putzen.“

„Ja, gut gemacht“, lobte Hanna sie. „Das war total krass“, fuhr Kim jetzt wieder in ihrer bekannt selbstbewussten Art fort. „Ich konnte die Gedanken hören, sogar mit deiner Stimme.“

„Super, jetzt machen wir es umgekehrt.“ Hanna sah Kim an. Diesmal spürte Kim ein leichtes Stechen im Kopf und hielt ihre Finger daran, um ihr Vorhaben mit dem Körper zu unterstützen.

„Wow!“, staunte Hanna. „Du hast es geschafft. Ich habe gerade ein Bild gesehen und bevor ich es erkennen konnte, hast du es weggenommen.“

„Du hast ein Bild gesehen?“, fragte Kim irritiert. „Ich hab’ nur Worte gehört.“

„Ja, wenn du an ein bestimmtes Ereignis denkst oder dich an etwas erinnerst, dann sieht man das oft bildlich vor sich und dann kann ich das Bild auch abgreifen.“

Colin schaute dem Ganzen irritiert zu: „Also, wenn mich einer so intensiv ansieht, kann ich dann nicht einfach wegsehen oder die Augen schließen?“

Nun ergriff Ella wieder das Wort: „Wir üben noch. Mit der Zeit wird man besser. Auf beiden Seiten. Es gibt Nachtgestalten und vor allem Seher, die schaffen das mit kurzem Blickkontakt im Vorbeigehen. Genauso stark müssen die Barrieren werden. Man kann sich nicht rund um die Uhr um eine Barriere kümmern, aber ihr werdet merken, wenn ihr übt, dass sie immer schneller und leichter entsteht und irgendwann fast automatisch erscheint.“

„Puh“, äußerte Kim. „Das war schon anstrengend. Wie lange dauert sowas?“

„Das ist ganz unterschiedlich“, erläuterte Ella. „Kann man nie genau sagen.“

„Ich habe es auch nur ganz leicht versucht“, erklärte Hanna. „Aktuell hätte ich deine Barriere noch durchbrechen können, wenn ich gewollt hätte.“

„Jetzt würde ich das gern‘ mal ausprobieren“, platze Sarah heraus.

Colin war ebenfalls interessiert und so begannen sie gegenseitig, ihre Gedanken zu lesen und zu verhindern, dass die anderen die Gedanken lasen. Sie dachten sich lustige Sätze oder Situationen aus, die die anderen zum Lachen brachten. Gerade war Sarah wieder an der Reihe, Ellas Gedanken zu lesen. Ella sah auf die Uhr und blickte dann in Sarahs Augen. Sarah las und merkte, dass Ella es ihr absichtlich leicht machte: „Ich hab‘ dich echt lieb.“

Sarah las die Gedanken, ohne sie auszusprechen, und in dem Moment verschwanden Ella und Hanna. Die zwei Stunden waren um.

23. Kapitel – Die erste Nacht auf Burg Torva

Sarah, Kim und Colin standen für einen Augenblick wie angewurzelt da.

„Krass“, meinte Kim, ging zum Kühlschrank, drückte den Knopf und entnahm eine dunkelgrüne Limonade. Dann ließ sie sich aufs Sofa fallen: „Was für ein erster Tag.“

„Ja“, Sarah nickte. Kaum zu glauben, dass sie heute Morgen das erste Mal Burg Torva betreten hatten. Seitdem war so viel passiert. Nun war sie hier. Auf einem Zimmer mit zwei anderen Sehern, die ihr so vertraut wirkten, obwohl sie diese zu Beginn des Tages noch nicht kannte und auch nicht wusste, was ein Seher ist oder dass sie selbst eine Seherin ist. Colin gähnte und verabschiedete sich ins Schlafzimmer. Er wollte noch seine Mutter anrufen und sagen, dass bei ihm alles in Ordnung ist.

Sarah setzte sich auf einen Sessel, während ihre Gedanken wieder kreisten. Warum hat Ella auf die Uhr geschaut, bevor sie ihre Gedanken lesen sollte?

Sie musste ja gesehen haben, dass sie gleich verschwinden würde und hätte etwas sagen können. Dann hätte man sich doch verabschieden und eine gute Nacht wünschen können. „Ich hab' dich echt lieb." Ja, sie sind wirklich gute Freunde geworden. Das war keine neue Information. Oder war es anders gemeint?

„Hättest du gern jemanden angerufen?", riss Kim sie aus ihren Gedanken. „Also, wenn's in eurer Kaste mehr Telefone gäbe."

Sarah überlegte: „Meinen Vater hätte ich heute vielleicht mal anrufen sollen. Er war sehr besorgt und es fiel ihm schwer, seine Einwilligung zur Uni zu geben. Ich bin froh, dass er es erlaubt hat."

„Das ist schön", stellte Kim fest. „Spielt aber keine Rolle."

„Wie meinst du das?", wollte Sarah wissen.

„Nun, normalerweise müssen Eltern ihr Einverständnis geben und unterschreiben, wenn man noch nicht volljährig ist und man eine Universität besuchen will. Aber hier hat niemand irgendwas unterschreiben müssen."

„Du glaubst, ich hätte trotzdem hierhin gedurft?"

„Das *glaub'* ich nicht, das *weiß* ich", antwortete Kim.

„Woher?"

„Ich war auch noch nicht volljährig und meine Mutter hat ihr Einverständnis nicht gegeben. Ich wollte trotzdem unbedingt hin. Ich hatte mir über einen befreundeten Müllentsorger extra Kleidung besorgt, die nicht blau ist. Meine Mutter hat das herausgefunden und war total sauer. Die Einladung war dann verschwunden und ich war mir sicher, dass sie sie weggeworfen hat. Heute Morgen, als meine

Mutter noch geschlafen hatte, hielt ein Wagen am Haus. Er war sehr lang, eher wie ein Bus, aber trotzdem optisch wie ein Wagen. Ich war fünf Minuten vorher aufgewacht, da ich genau von diesem Fahrzeug geträumt hatte, obwohl ich ihn ja noch nie gesehen hatte. Ich bin im blauen Nachthemd nach draußen gegangen und die Fahrerin meinte, ich sollte schnell meine Sachen packen und einsteigen, wenn ich mit nach Burg Torva wolle.

Das habe ich gemacht. Hab' mich angezogen und meiner Mutter 'nen Zettel hingelegt und bin eingestiegen."

„Wow!", staunte Sarah. „Was stand auf dem Zettel?"

Kim schaute auf den Boden: „Bin da nicht so richtig stolz drauf, was ich geschrieben habe." Dann nach kurzem Zögern fuhr sie fort: „Fahre nach Burg Torva. Ging ohne dein blödes Einverständnis. Wünsche dir noch ein schönes Leben, Kim."

Sarah stand mit offenen Augen da: „Das hörte sich nach Abschied für immer an."

„Ja, das wollte ich in dem Moment. Und ich bereue es nicht. Ich werde nicht dorthin zurückgehen. Auch nicht in den Semesterferien. Aber ich hätte ihr gerne genauer erklärt, warum."

„Magst du es mir erklären?", Sarah schaute Kim mitfühlend an.

„Meine Mutter ist Narzisstin. Alles muss genau nach ihrem Willen laufen. Und dafür will sie dann noch Lob und Anerkennung. Oft hat sie grundlos geschrien. Wenn sie etwas falsch gemacht hat, hat sie alles so herumgedreht, dass ich mich am Ende entschuldigen sollte. Das Zusammenleben war die Hölle. Mein Vater verschwand, als ich sieben Jahre alt war. Er hat es nicht ausgehalten. Er wollte mich mitnehmen. Hat sie nicht zugelassen. Ich habe gesagt, ich wollte mit, aber sie hat auch vor Gericht ihren Willen bekommen. Sie konnte nach außen alles so darstellen, als sei sie eine liebevolle, fürsorgliche Mutter. Aber sie war krank und hätte Hilfe gebraucht. Sie wollte immer etwas aus mir machen, dass ich einfach nicht bin. Hat mich in schicke blaue Kleider gesteckt, obwohl ich Kleider hasse. Hat mir einfach nichts anderes gekauft. Ich habe irgendwann einen der Müllentsorger kennengelernt und habe heimlich andere Kleidungsstücke bekommen. Einmal hat meine Mutter alles gefunden. Sie wurde vollkommen hysterisch und hat alles verbrannt. Ich habe dann neue Kleidung zusammengesammelt und sie woanders versteckt. War nicht so leicht, da sie meine Sachen immer durchsucht hat. Seit Jahren wollte ich da raus. Als die Einladung kam, war ich so glücklich. Kurz vorher fingen die Träume an. Von einem besseren Leben. Ich wusste in dem Moment, das ist der Weg hier raus."

Sarah überlegte einen kurzen Moment, wie sie die Stimmung etwas heben konnte. Mit einem Lächeln sagte sie: „Du hast also nicht vor, heute noch zu telefonieren."

„Nein", lachte Kim. Beide unterhielten sich noch etwas und ließen sich dann in ihre Betten fallen. Colin lag bereits unter der Decke und schlief tief und fest.

„Dieser Freund von dir, Michael?", fragte Kim. „Den hast du gar nicht erwähnt. Hättest du ihn nicht gern angerufen?"

„Doch", entgegnete Sarah. „Doch natürlich."

Die beiden wünschten sich eine gute Nacht und Sarah überlegte, warum sie in Wahrheit ganz froh war, dass sie Michael nicht anrufen konnte. Was sollte sie ihm sagen? Konnte sie ihm alles erzählen? Würde sie riskieren, dass er verrückt wird? Würde er verstehen, dass sie trotz allen Vorfällen froh war, hier zu sein? An einem Ort, an den er niemals gelangen könnte… Sie hatte ein furchtbar schlechtes Gewissen und ihr Kopf war mit den Ereignissen des Tages so beschäftigt, dass es noch einige Zeit dauerte, bis sie einschlief. Und dann träumte sie:

Da ist Ella, genauso, wie sie das erste Mal in der Bäckerei auftauchte und die rothaarige Fondant-Braut bestaunte und im nächsten Moment ist es die Ella aus ihrem Traum im silbernen Paillettenkleid, die ihr sehr nahekommt. Als Ellas Stimme in Sarahs Kopf „Ich hab' dich echt lieb", sagt, wird Ella von unzähligen Vogelspinnen überrannt. Sarah kämpft dagegen an und versucht, Ellas Gesicht freizubekommen. Unter den Vogelspinnen befindet sich aber plötzlich Stephans Gesicht – voller Bisse und apathisch – als die verzerrte Stimme zu hören ist: „Geh zurück, wo du hingehörst! Sonst wird es dir schlechter ergehen als ihm." Sarah befindet sich plötzlich in grüner Unterwäsche in der Aula und alle Studenten sehen sie an und lachen. Ganz vorn steht Lukas Kramer mit seinen Anhängern. Laika nimmt Sarah an die Hand und zieht sie aus der Aula. Sarah bedankt sich, woraufhin Laika erwidert: „Wir sind keine Freunde. Aber Burg Torva entscheidet, wer zu Burg Torva gehört. Niemand sonst." Und schon befindet sich Sarah wie in der Nacht zuvor in einem Irrgarten. Vor ihr erscheinen drei Türen. Ein kleines Mädchen mit brünettem Haar, das Sarah nur von hinten sieht, geht mit den Worten „Die rechte Tür ist gerade recht" auf die rechte Tür zu, öffnet sie, wird von einem Pfeil getroffen und zerfällt zu Staub. Im nächsten Moment befindet sich Sarah in der Anstalt und sechs Patienten sowie ihre Mutter stehen im Kreis um sie herum und rufen eindringlich: „Du darfst die Einladung nicht annehmen.“

Schweißgebadet wachte Sarah auf und saß aufrecht im Bett. Colin stand vor ihr und starrte sie mit leeren Augen an. Sarah schrie kurz auf, woraufhin auch Kim aus dem Bett fuhr: „Was ist passiert?“

Sarah zeigte im Halbdunkel auf Colin, dessen Blick so starr war, dass es beide junge Frauen erzittern ließ.

„Colin“, sprach Kim mit fester Stimme: „Colin, ist alles in Ordnung?“

Colin wendete seinen Blick fast mechanisch zu Kim – ohne ein Wort zu sagen – und schaute dann erneut zu Sarah. Langsam hob er seinen Finger und zeigte auf sie: „Du hättest nicht hierherkommen dürfen.“

„Ich hole Gellhorn“, rief Kim und rannte zur Tür.

„Halt“, Sarah stoppte sie und erhob sich aus ihrem Bett. „Jemand spricht durch Colin. Jemand hier auf Burg Torva, jetzt in diesem Moment. Das ist nicht Colin.“

Sarah sah ihm tief in Augen: „Wer spricht da?“

Colin wiederholte: „Du hättest nicht hierherkommen dürfen.“

„Du wiederholst dich. Wer bist du? Warum versteckst du dich? Bist du so feige, dass du mir das nicht ins Gesicht sagen kannst? Wer bist du?“

„Colin.“

„Nein, du bist nicht Colin“, entgegnete Sarah laut und wütend. „Wer bist du?“

Für einen Moment verstummte Colin, brach dann in schallendes Gelächter aus und brach zusammen. Sarah und Kim eilten besorgt zu ihm hin und sprachen auf ihn ein. Langsam kam Colin zu sich: „Was ist passiert? Warum habt ihr mich geweckt?“ Sarah und Kim atmeten tief aus und ließen sich zu ihm auf den Boden fallen. Dann erzählten sie ihm, was passiert war.

Kim ergänzte begeistert: „Sarah war so cool und stark. Jetzt wissen die, dass sie ihr so keine Angst machen können.“

„Ja, vielleicht“, antwortete Sarah nachdenklich. „Vielleicht wissen die, dass sie mir so keine Angst machen können, aber was werden sie als Nächstes versuchen und wer sind die? Und gehen wir nun davon aus, dass es auf jeden Fall mehrere Personen sind?“

Kim bremste ihre vorherige Begeisterung: „Ich fürchte, ja. Das im Gemeinschaftsraum muss ein Magier gewesen sein. Aber durch jemanden sprechen? Das ist doch eher ein Seher, oder nicht?“

Sarah und Colin stimmten ihr zu. Nur wer dahinterstecken könnte und warum, das war unklar. Und auch, ob das alles mit den Ereignissen in der grünen Kaste zusammenhing.

„Wir kriegen die Arschlöcher“, stieß Colin aus.

Kim und Sarah schauten erstaunt zu Colin. „Niemand benutzt meinen Körper, wenn ich schlafe und kommt ungestraft davon.“

Die Drei sahen sich an und dann mussten sie aufgrund der Wortwahl lachen. Die angespannte Situation lockerte sich langsam auf und sie beschlossen, sich noch einmal für die letzten Stunden schlafen zu legen. Es dauerte, bis sie schliefen, aber diesmal schlummerten sie fest, bis ihre Uhr sie aus dem Schlaf weckte.

24. Kapitel – Der erste Vormittag nach Stundenplan

Ziemlich gerädert von der kurzen Nacht, standen Sarah, Kim und Colin auf und machten sich frisch für den Tag. Während sie noch gähnend den Seherflügel entlangschlenderten, wurden sie im Hauptgebäude etwas munterer und unterhielten sich über den Stundenplan, den sie gestern erhalten hatten. In diesem waren große Abkürzungen eingetragen, die unten in einer kleinen Zeile erläutert wurden. So standen zwischen Frühstück und Mittagessen die Stunden TUV – *Träume und Visionen* sowie AS – *Andere Schwerpunkte* auf dem Plan. Nachmittags gab es heute die Seminare GLUB – *Gedanken lesen und bewahren* sowie DISA, zu dem es seltsamerweise keine Erklärung gab und das nur einmal in der Woche auftauchte, während TUV und GLUB täglich ihren Platz hatten. Im Stundenplan standen an anderen Tagen noch die Seminare MEUA – *Magie erkennen und abwehren*, GES – *Geschichte der Schwerpunkte*, RUG – *Regeln und Gesetze* und ohne Abkürzung einfach nur SPORT. Die Seminarnamen lasen sich eher wie Buchtitel, während sich die Abkürzungen so anhörten, als stammten sie aus den Köpfen fauler Studenten, denen die eigentlichen Namen einfach viel zu lang waren und man hätte sich irgendwann einfach damit arrangiert. Vielleicht war es ja auch so. Während die Drei noch darüber sinnierten, kamen sie in der Mensa an, wo Ella und Hanna schon auf sie warteten. Das Frühstücksangebot war genauso vielfältig und köstlich wie die anderen Mahlzeiten. Während sich Hanna und Ella ihre Becher Blut orderten, packten sich Kim und Sarah die Teller voll mit frischen Brötchen, Käse, Lachs, Wurst, Spiegeleiern, Rühreiern, Würstchen, gebratenen Champignons und Tomaten. Solch ein Frühstück hatten beide noch nie gegessen. Colin verlor sich derweil in einem Süßrausch und packte neben einem Croissant und Marmelade auch noch Pancakes mit Sirup, Schokocreme und frische Waffeln mit heißen Kirschen, Schlagsahne und extra Puderzucker aufs Tablett.

„Wenn sie sich nicht durch schlichte Kleidung outen, dann erkennt man die Erstsemester spätestens beim ersten Frühstück“, schmunzelte eine Studentin hinter ihnen, die offensichtlich aus einem höheren Semester stammte und sich gerade mal zwei Brötchen mit etwas Aufschnitt und frischer Gurke auf den Teller legte. Colin lief rot an und auch Sarah und Kim fühlten sich irgendwie wie ertappt.

„Keine Sorge“, sagte die Studentin mit einem freundlichen Lächeln. „Ging uns allen so. Genießt es. Oh, und willkommen auf Burg Torva.“

Die Fünferclique bedankte sich und setzte sich wieder an den gleichen Tisch, der sich jetzt schon sehr nach „ihrem“ Tisch anfühlte. Sie sprachen über die Stundenpläne und verglichen die Fächer der Seher mit denen der Nachtgestalten. Die meisten Seminare waren gleich. Statt TUV hatten die Nachtgestalten allerdings SUS – Stärken und Schwächen.

„Wisst ihr, was DISA ist?“, fragte Sarah die beiden Nachtgestalten.

„Nö“, Ella schüttelte den Kopf. „Aber das Seminar haben wir heute alle, also werden wir es bald wissen.“

„Steht bestimmt für irgendwas Schräges wie Düstere Interessen der Schwerpunkte“, Colins ungewöhnlich schneller Aussprache zufolge zeigte der viele Zucker

seine Wirkung. Während die fünf frühstückten und quatschten, sprach keiner über den gestrigen Abend oder die gestrige Nacht. Sie wussten nicht, wer vielleicht zufällig die Ohren spitzte und wollten nichts riskieren. Sarah wäre ebenfalls gerne auf Ellas letzten gedachten Satz eingegangen, aber andererseits fragte sie sich, was genau sie fragen oder sagen wollte. Während sie darüber nachdachte, kam sie zu dem Entschluss, dass es vielleicht gar nicht so schlecht war, dass sie sich gerade nicht dazu äußern konnte. Aber über die Nacht wollte sie auf jeden Fall sprechen. Ella schien ihre Gedanken zu lesen oder las sie diese gerade sogar wirklich? „Wir verbringen den Abend heute wie gestern, ja?“, brachte sie mit einer Selbstverständlichkeit hervor, die die Frage eigentlich überflüssig machte. Trotzdem nickten die übrigen Vier.
„Klar, klar, klar“, brachte Colin hastig hervor und stopfte sich den Rest des Croissants in den Mund. Es war wie bereits am Vortag ein blödes Gefühl, ohne Ella in den weiteren Tag zu starten, aber der Ausblick, sie mittags und abends zu sehen, machte es erträglicher. Auch die wachsende Freundschaft zu Colin und Kim trug ihren Teil dazu bei.

Im Hauptseminarraum angekommen, setzten sich die Drei wieder in den vorhandenen Stuhlkreis, in dem bereits Lea, Lisa und Runa nebeneinandersaßen.

„Wie war denn eure erste Nacht?“, fragte Runa? Sarah zuckte innerlich. So eine einfache, nette Frage brachte sie völlig aus dem Konzept. Glücklicherweise blieb Kim ziemlich cool: „Ganz okay. Haben noch lange gequatscht.“

„Ich bin eigentlich direkt eingeschlafen. Beziehungsweise, wenn man’s genau nimmt, habe ich noch mit meiner Familie telefoniert, also mit meiner

Mutter, aber danach bin ich dann direkt eingeschlafen", Colin schnatterte immer noch wie eine kleine Aufziehfigur.

„Bei uns ähnlich", bestätigte Runa.

„Ich bin recht schnell eingeschlafen", fügte Lisa hinzu. „Der Vorteil eines Einzelzimmers."

In dem Moment betrat Professorin Gellhorn den Seminarraum und die Studenten stellten allmählich ihre Gespräche ein und richteten den Blick nach vorne.

Gellhorn begrüßte alle freundlich und erklärte, worum es dieses Jahr in TUV gehen wird: „Sie werden üben, Träume und Visionen zu unterscheiden, auch wenn dies nicht immer vollständig möglich ist. Sie werden tiefer in deren Bedeutungen eintauchen, obwohl Sie nicht immer alles deuten können werden. Sie werden üben, Visionen zu steuern und gezielt hervorzurufen, wenngleich diese Fähigkeit nicht immer kontrollierbar sein wird. Manche von Ihnen werden die Techniken früher erlernen, während es bei anderen etwas länger dauern könnte. Dieses Seminar wird Sie Ihr gesamtes Studium begleiten und auch nach dem Studium werden Sie immer wieder dazu lernen. Lassen Sie uns daher direkt beginnen. Könnten Sie mir bitte den Unterschied zwischen einem Traum und einer Vision erklären?"

Ein paar wenige Hände noch verschlafener Studenten erhoben sich zögerlich, während Colins Hand nach oben schnellte und fast schon bettelte, dran genommen zu werden. Gellhorn erteilte jedoch Ivan Schacht das Wort: „Also, ich glaube, das Gehirn verarbeitet dann irgendwas, das man erlebt hat, oder etwas, das einen beschäftigt. Und dann erlebt man halt je nachdem sehr schräge Sachen, die einem im Traum aber gar nicht so schräg vorkommen. Eine Vision ist ein Blick in die Zukunft und die kann sogar erscheinen, wenn man nicht schläft."

„Sie haben wichtige Punkte angesprochen, Schacht", bemerkte Gellhorn anerkennend. „Der Traum sowie die Vision sind ein Erleben. Träume treten auf, wenn der Körper in einem Zustand der Ruhe ist. Die Visionen finden dann auch leichter ihren Zugang, weshalb sie zu Beginn oft nachts auftauchen und sich mit den Träumen vermischen. Visionen nehmen wir im Gegensatz zu Träumen immer wahr. An die meisten Träume kann man sich gar nicht erinnern, obschon wir Seher grundsätzlich intensiver und bewusster träumen als andere Menschen. Sowohl Träume als auch Visionen sind oft Abfolgen von Bildern und Ereignissen. Bei beiden können Emotionen und Gedanken präsent sein. Und ja, häufig sind Träume schräg – wie Sie sagen –, denn unser kritisches Bewusstsein erholt sich nachts normalerweise."

„Die Logik geht da flöten", warf Benin ein.

„Danke Boukari für dieses anschauliche Bild, aber ja, die Kontrollinstanzen werden abgestellt. So ist es nachts leichter, Visionen zu empfangen. Unser Geist ist aber ebenfalls anfälliger dafür, übernommen zu werden."

„Übernommen?", platzte es nun einfach aus Colin heraus. „Was bedeutet das? Und was kann man dagegen tun?"

„Nun", Gellhorn sah Colin kritisch an, „Ihre zweite Frage lässt vermuten, dass Sie die Antwort auf die erste Frage bereits kennen. Es gibt klare Regeln, die besagen, dass so eine Übernahme – bis auf wenige Ausnahmen - nicht erlaubt ist. Das werden Sie im

Seminar *Regeln und Gesetze* besprechen. Aber sollte dies doch jemand tun – jemand Kriminelles in dem Fall, da es verboten ist – ja dann muss man sich schützen."

„Wie kann man das machen, wenn man doch schläft?", hakte Colin weiter nach. „Wenn wir schlafen, setzen – wie zuvor erwähnt – die Kontrollinstanzen aus, sie müssen sich auch ausruhen. Jedoch kann man lernen, kleine Instanzen im Wechsel auf Abruf zu halten. Das müssen Sie sich wie einen kleinen Wächter vorstellen, der Wache schiebt und bei Einbruch alle anderen alarmiert."

„Und wie mache ich das konkret?", Colin folgte mit großen Augen und offenen Ohren Gellhorns Worten und war in seinem Fragerausch nicht zu stoppen.

„Auch das werden wir üben. Im Seminar *Gedanken lesen und bewahren*. Aber alles zu seiner Zeit."

Bevor Colin noch etwas sagen konnte, schaute Gellhorn Colin intensiv an. Sie schien ihn etwas zu fragen oder ihm etwas zu sagen, was seinen spontan ausgebrochenen Wissensdrang vorerst stoppte. Das restliche Seminar über durften die Studenten von ihren ersten Visionen, die sie hatten, berichten und wer es schon konnte, ebenfalls darüber, wann sie gemerkt hatten, dass es sich um eine Vision und nicht um einen Traum handelte. Bei den meisten jedoch trat noch alles ziemlich durcheinander auf. Colin schwieg den Rest der Stunde und brachte die Vision von dem Selbstmord seines Vaters nicht noch einmal mit ein. Als das Seminar beendet war, hatte wohl auch der übermäßige Zucker seine Wirkung verloren und Colin schlief mit weit geöffnetem Mund auf seinem Stuhl, den Kopf auf Kims Schulter gelehnt. Gellhorn schickte die Studenten für eine Pause nach draußen, als Sarah Colin freundlich aufweckte. Sie wollten gerade mit Kim als Letztes den Raum verlassen, als Gellhorn sie zurückrief: „Sie drei, könnten Sie mir mit den Stühlen helfen?“

Sarah drehte sich um, während Ivan Schacht noch schnell durch die Tür huschte, glücklich nicht mehr mit angesprochen worden zu sein.

„Für das nächste Seminar benötigen wir keinen Stuhlkreis.“ Gellhorn begann die Stühle zu stapeln, während Sarah, die direkt verstand, dass die Stühle nicht wirklich der Grund waren, die Tür fest hinter sich schloss. Gellhorn stoppte, holte ein kleines silbernes Fläschchen aus ihrer Tasche und schüttete es vor die Tür. Ein silberner Nebel trat heraus und legte sich über die gesamte Tür. „Sie hatten eine nicht ganz uninteressante Nacht, wie mir scheint“, begann Gellhorn freundlich, aber ernst. Zögerlich erzählte Sarah von der gestrigen Nacht, während Kim diesmal ihre Begeisterung für Sarahs Verhalten für sich behielt. Sie hatten alle drei ein schlechtes Gewissen und rechneten mit einer Zurechtweisung, da sie keine Hilfe geholt hatten. Gellhorn reagierte jedoch anders als gedacht: „Nun, wir haben so etwas vermutet. Gehofft haben wir etwas anderes, aber wir haben es vermutet. Ihr habt gut reagiert. Es war auch gut, dass Sie uns letzte Nacht nicht direkt informiert haben. So macht es den Eindruck, Sie regeln die Sache selbst und unsere Unterstützung bleibt unentdeckt. Lassen Sie mich solche Vorfälle jedoch im Nachhinein immer wissen und wenn Sie mit einer Situation nicht klarkommen, spielen Sie nicht den Helden und rufen mich sofort.“

Die drei Freunde nickten.

„Wir wissen nicht, mit wem wir es zu tun haben“, ergänzte Gellhorn. „Es ist jedoch keine Einzelperson und wir wissen nicht, ob jemand außerhalb dieser Mauern dahintersteckt. Wir müssen sehr vorsichtig sein.“

In diesem Moment klopfte es an der Tür, der silberne Nebel löste sich auf und Lea, Runa und Lisa betraten den Raum.

„Ah, ausgezeichnet, Sie drei können auch gleich mit den Stühlen mithelfen“, sprach Gellhorn und wandte sich ab, ohne sich etwas anmerken zu lassen. Sarahs Gedanken überschlugen sich jedoch. War das jetzt ihr Alltag auf Burg Torva? Sollte sie hier nicht sicher sein? Wie lange sollte das alles dauern? Und obwohl sich Sarah sorgte, fühlte sie sich trotzdem immer noch so, als hätte sie hier ihren Platz gefunden. Alles war besser als die triste Zukunft, die sie sonst erwartet hätte.

Das AS-Seminar knüpfte an den vorherigen Tag an und es wurden noch einmal Gefahren besprochen, die von anderen Schwerpunkten ausgingen. Im Anschluss ging es verstärkt um Magie. Die Studenten lernten, dass Magie Dinge verwandeln oder herzaubern kann, nicht aber etwas aus dem Nichts erschaffen.

„Und das Essen in der Mensa?“, forschte Lea nach. „Ist das hergezaubert oder verwandelt?“

„Beides“, antwortete Gellhorn. „Unter der Mensa ist ein Keller mit einer großen Küche. Dort lagern verschiedene Lebensmittel. Die Magier, die dort arbeiten, zaubern aus den Zutaten im wahrsten Sinne des Wortes herrliche Gerichte. Die Magier in der Mensa zaubern diese dann nach oben.“

„Und was ist mit den Getränken und den Snacks auf dem Zimmer?“, wollte Ivan wissen, „Ich hab‘ mir echt absurdes Zeug gewünscht. Ist das alles auf Lager?“

Gellhorn lächelte: „Bei den Getränken ist es sehr einfach, denn jede Flüssigkeit kann in eine andere Flüssigkeit verwandelt werden, ausgenommen Gifte und Zaubertränke. Aber aus Wasser kann jedes andere Getränk entstehen. Bei den Snacks werden Sie merken, dass diese eingeschränkter sind. Ist nichts Passendes auf Lager, erhalten Sie eine Alternative.“

Bevor Ivan noch weitere Fragen zu magischem Essen stellen konnte, war die Zeit vorbei und Gellhorn beendete das Seminar. Sarah, Kim und Colin verließen den Seminarraum besonders langsam, da sie das Gefühl hatten, Gellhorn könne sie noch für wichtige Informationen zurückhalten.

Vielleicht, weil Ivan noch etwas blieb, da sein Wissensdurst nicht ganz gestillt werden konnte, vielleicht auch, weil es erst mal keine weiteren Informationen für sie gab, beachtete sie Gellhorn jedenfalls nicht. Die drei Seher gingen in die Mensa, genossen ein weiteres Festmahl und tauschten sich mit Hanna und Ella über den Unterrichtsvormittag aus. Lediglich Colin war beim Essen etwas zurückhaltend und verzichtete sogar gänzlich auf Nachtisch. Als sich die Mensa langsam leerte, schauten die fünf Freunde auf die Uhr. Es blieb noch etwas Zeit bis zum nächsten Seminar.

„Ich denke, ich ruf’ mal meine Mutter an“, entschied Colin. „Seit ich hier bin, ist sie ganz allein zu Hause, ihr wisst schon…“

„Wolltest du nicht auch deinen Vater in der Bäckerei anrufen?“, fragte Kim Sarah. Die fühlte sich etwas überrumpelt, obwohl sie eigentlich dankbar für diese

Erinnerung war. Später am Abend hätte Sarah sonst wieder ein schlechtes Gewissen gehabt, wenn sie sich nicht melden würde. Aber so wirklich anrufen wollte sie nicht und die wenige Freizeit, die sie hatte, hätte sie gerne mit Ella verbracht. Ob es Ella ähnlich ging? Sarah begann zögerlich, Kim zu antworten: „Ja, danke, du hast recht. Eigentlich wollte ich …“

Sie sah zu Ella hinüber und versuchte, deren Reaktion zu lesen, bevor sie weitersprach – als würde sie ihre Antwort noch anpassen wollen, wenn Ellas Gesichtsausdruck nicht der Gewünschte wäre.

„Grüß deinen Vater mal von mir“, unterbrach Ella sie mit ihrer gewohnt freundlichen Art. „Hanna und ich waren noch gar nicht in dem ganz eigenen Raum für Nachtgestalten. Den schauen wir uns in der Zeit mal an.“ Und mit diesen Worten zog Ella Hanna hinter sich her, zwinkerte den drei Sehern zu und verschwand aus der Mensa.

„Na, dann geh' ich wohl mit euch aufs Zimmer“, entschied Kim. „Ich wollte eh nochmal kurz die Augen schließen, bevor es weitergeht.“

25. Kapitel – Ein Telefonat nach Hause

Während Sarah den Hörer vom Telefon abnahm, durchfuhr sie eine große Unruhe. Die Nummer der Bäckerei kannte sie auswendig. Unzählige Male hatte sie sie an Kunden weitergegeben, aber selbst noch nie gewählt. Wie denn auch ohne ein Telefon zu Hause? Von der Zeit her passte es, gerade nach dem Mittagsgeschäft anzurufen, aber was sollte sie sagen? Sarah wählte mechanisch die Nummer und hörte das Piepen in ihrem Ohr, während sie überlegte, was sie ihrem Vater überhaupt mitteilen konnte. Jedes zurechtgelegte Wort schien falsch und war sowieso hinfällig, als das Piepen einer wohlbekannten Stimme wich: „Hier bei Bäckerei Hollander, Chén am Apparat.“

Chén am Apparat? Sie sprach mit Michael. Das heißt, bisher hatte er nur gesprochen. Sarah sagte erst mal nichts. Ihr steckte ein großer Kloß im Hals. Michael bedeutete ihr so viel und sie wusste nicht, wie sie ein Gespräch beginnen sollte. Michael bemerkte die Pause auf der anderen Seite des Hörers: „Sarah, bist du das?“

„Ja“, schoss es plötzlich ganz automatisch aus ihr heraus. „Ja, ich bin's, wie hast du …, also woher wusstest du … Wieso bist du in der Bäckerei? Musst du nicht arbeiten? Wie geht es dir?“

„Also nein, hast du denn an der Uni nicht gelernt, dass man nicht so viele Fragen auf einmal stellt?“, lachte Michael und Sarah lachte mit. Es war ein echtes, aufrichtiges und wohltuend befreiendes Lachen, als wären ihre Bedenken und ihr schlechtes Gewissen Michael gegenüber jauchzend über Bord gesprungen. Ein Satz von Michael und es fühlte sich wieder normal an. Michael erklärte ihr, dass er sich heute freigenommen hatte, da er und Arthur fest damit rechneten, dass sie sich heute meldete.

„Am ersten Tag kommt man zu sowas ja nicht“, rief ihr Vater in den Hörer und Sarah lief eine kleine Träne über die Wange, als sie seine Stimme hörte. Sie liebte die beiden Männer am anderen Ende der Leitung und sie liebte es, hier auf Burg Torva zu sein. Das eine schloss das andere nicht aus und vielleicht brauchte sie auch gar kein schlechtes Gewissen zu haben. Den beiden schien es gutzugehen. Arthur erzählte vom Geschäft und Michael ausgiebig von seinem gestrigen

Arbeitstag. Dann wollten sie von Sarah wissen, wie es ihr erging und, wie es so auf der Uni sei und, was es mit dem persönlichen Schwerpunkt auf sich habe. Sarah stockte. Was konnte sie denn erzählen? So gerne hätte sie einfach alles erzählt, aber in ihrem Kopf schwirrte Gellhorns Warnung, dass das Wissen über die Schwerpunkte Menschen ohne diese Kräfte in den Wahnsinn treiben könnte. Sie wollte auch nicht erzählen, dass es nicht ganz ungefährlich ist und sie nach wie vor bedroht wird. Michael und ihr Vater sollten sich keine Sorgen machen. Sarahs Fröhlichkeit verschwand, aber sie ließ sich nichts anmerken und erzählte viel von dem Gebäude und von Ella und den neu gewonnen Freunden. Sie richtete Ellas Gruß aus und erklärte kurz und knapp: „Mein Schwerpunkt ist Träume deuten, ich hab' ja immer so verrückte."

„Sowas kann man studieren?", fragte Arthur in einem gleichermaßen bewundernden sowie fassungslosen Ton.

„Ja, es ist quasi ein wenig wie …", Sarah überlegte kurz, „wie Psychologie."

„Das klingt gut", bemerkte Arthur beruhigt. „Psychologie kann den Menschen helfen."

„Und was ist mit dem ganzen schrägen Zeug?", forschte Michael nach. „Gibt's da irgendwas Magisches?"

„Hm", Sarah wählte ihre Worte behutsam und klug: „Vielleicht kommt da noch was. Auf jeden Fall ist das Essen magisch."

Sie begann zu lachen und Michael und Arthur fielen in das Lachen mit ein.

„Schön, dass du gut versorgt bist", merkte Arthur an. „Jetzt, da ich weiß, dass du in guten Händen bist, kann ich beruhigt weiterarbeiten. Ich lass' euch noch etwas quatschen. Bestimmt habt ihr viel zu erzählen."

Und mit einer Erklärung, wie stolz er sei und wie sehr er sie liebte, zog sich Arthur zurück und knetete etwas Teig, nur um irgendetwas zu tun und die jungen Leute – wie er zu sagen pflegte – nicht zu stören.

So viel hatten sich die beiden aber gar nicht mehr zu erzählen. Michael hatte bereits in aller Ausführlichkeit über sein neuestes Müllentsorgungsabenteuer berichtet und Sarah wusste nicht, was sie noch preisgeben konnte oder wollte. So schwiegen sie sich erst einmal kurz an.

„In den Ferien kommst du nach Hause, oder?", fragte Michael in die Stille hinein.

„Ja, klar", bestätigte Sarah – ohne darüber nachgedacht zu haben.

„Das ist gut", fuhr Michael fort. „Ich freu' mich auf dich. Und in der Zwischenzeit lern was Anständiges und pass auf dich auf!"

„Das mach' ich", antwortete Sarah bewegt. „Pass du auch auf dich auf!"

„Kennst mich doch", gab Michael zum Besten.

„Vielleicht können wir uns nochmal zum Telefonieren verabreden", schlug Sarah vor, deren schlechtes Gewissen wieder ein Stück weit wuchs.

„Du, ich kann mir wirklich nicht nochmal zum Telefonieren freinehmen. Das spar' ich mir lieber auf, wenn ich dich sehe. Und du hast doch tagsüber bestimmt viel zu tun. Ich denke auch so an dich und weiß doch, du vergisst mich ebenfalls nicht."

„Okay", Sarah wusste nicht, was sie sagen sollte. Sie hatte wirklich wenig an Michael gedacht. War das normal bei dem, was sie erlebte? Hätte sie mehr an ihn denken müssen?

„Ich liebe dich", Michael riss sie aus ihren Gedanken und automatisch hauchte sie ein leises „Ich dich auch" in den Hörer und meinte es auch so. Dann legten beide auf.

26. Kapitel – GLUB und DISA

Wieder im Hauptseminarraum angekommen, wurden Sarahs Gedanken schnell durch neue verdrängt. Dies war jedoch gut, denn das heutige Seminar *Gedanken lesen und bewahren (GLUB)* behandelte speziell das Thema Gedankenlesen. Die Studenten berichteten zunächst, wer schon einmal Gedanken gelesen hatte und wie sich das angefühlt hat. Im Anschluss begann Gellhorn damit, bei den einzelnen Studenten, einen gedachten Satz zu lesen, damit diese erfuhren, wie es sich anfühlte. Sie merkte, dass dies für Kim, Colin und Sarah nicht neu war und schickte ihnen gleichzeitig eine Nachricht in den Kopf: „Ich sehe, Sie haben keine Zeit verloren und begonnen zu üben. Das ist gut."

In einer nächsten Runde sollten die Studenten gegenseitig ihre Gedanken lesen und in einem zweiten Schritt versuchen, eine Barriere aufzubauen. Colin, Kim und Sarah schnitten besonders gut ab und holten sich als niedrigste Kastenbewohner die Anerkennung des gesamten Seherkurses. Bevor das Seminar endete, erklärte Gellhorn, wie es am heutigen Tage weitergehen würde: „DISA findet teilweise an verschiedenen Orten und mit unterschiedlichen Professoren statt. Meist starten Sie in der Aula. Dort begeben Sie sich auch heute nach einer kleinen Pause hin."

„Wofür steht DISA?", fragte Lea nach.

„Das können Sie mir nachher selbst sagen“, antwortete Gellhorn fast geheimnisvoll und wies den Studenten freundlich, aber bestimmt den Weg aus ihrem Seminarraum. In der Aula angekommen, stellten die Seher fest, dass auch Nachtgestalten und Magier anwesend waren. Die Aula füllte sich wie am gestrigen Tage mit allen Erstsemestern, nur blieben die Schwerpunktgruppen im Großen und Ganzen unter sich. Ein irritiertes Gemurmel zog sich durch den hohen offenen Raum. Eine fröhliche Ella winkte Sarah, Kim und Colin zu und gesellte sich mit Hanna zu ihnen.

Sarah hoffte auf mehr Informationen: „Wisst ihr, was hier passiert?“

„Nein, keine Ahnung“, Ella schüttelte den Kopf. „Daniel hat mir nicht erklärt, was DISA ist. Ist wohl so ein *Muss–man–selbst–rausfinden–Ding*.“

„Liebe Erstsemester, ich begrüße Sie an Ihrem zweiten Tag an Burg Torva“, Direktor Salentins tiefe Stimme erhob sich in einer Lautstärke in der Aula, die den gesamten Raum erfüllte. Hier war eindeutig wieder Magie im Spiel, aber daran hatten sich alle schon gewöhnt und richteten aufmerksam den Blick Richtung Bühne, auf der Salentin nun stand. Neben ihm befanden sich bereits die Professoren Gellhorn, Stauf und Petrow. „Die DISA–Stunden werden Sie stets gemeinsam absolvieren. Weshalb dies so ist, werden Sie mir am Ende der Stunde erklären.“

„Alles klar“, flüsterte Kim den anderen zu, „Das G in DISA steht nicht nur für *gemeinsam*, sondern auch für *geheimnisvoll*.“ Die anderen vier konnten sich ein Lachen nicht verkneifen und obwohl sie nicht mal von den umstehenden Studenten gehört wurden, blieb dies nicht unbemerkt.

„Ihre Scherze können Sie am Ende des Seminars machen“, warf Gellhorn ein und blickte Kim mit ernster Miene an.

Die anderen Studenten wandten sich verwirrt in die Richtung, in die Gellhorn schaute. „Kommt nicht wieder vor“, erklärte Kim kurz und bündig. Ihre selbstbewusste Art mochte Sarah. Sie selbst wäre wahrscheinlich rot angelaufen. Aber viel wichtiger war in Sarahs Kopf die Information, dass dieses Seminar immer mit Ella zusammen stattfinden würde. Sie freute sich und ein Blick zu Ella reichte aus, um zu wissen, dass sie genauso dachte. Während Salentin weitersprach, rollten Petrow und Stauf einen goldenen, schmalen, aber hohen Brunnen auf die Bühne. Das hochsprudelnde Wasser landete in einer runden Schale, die ungefähr die Höhe eines Waschbeckens hatte und wurde von dort wieder hochgepumpt.

„Der Brunnen, den Sie hier sehen, ist so alt wie das Gebäude selbst“, erklärte Salentin. „Genau wie Burg Torva besitzt er ganz eigene magische Fähigkeiten, auf die wir keinen Einfluss haben. Wir nutzen ihn heute, um Gruppen zusammenzustellen. Der Brunnen legt die Gruppen nach Kriterien fest, die er für passend hält. Ihre Gruppe wird aus einem Seher, einem Magier und einer Nachtgestalt bestehen. Da die Schwerpunkte nicht gleich verteilt sind, wird es zwei Vierergruppen geben.“ Sarah war etwas enttäuscht. Sie hatte gehofft, ihre Gruppenmitglieder frei wählen zu können. Vielleicht würde der Brunnen ja erkennen, dass sie mit Ella am besten zusammenarbeiten konnte und sie käme mit ihr in eine Gruppe. Dass der Brunnen das erkennen – dass er denken und entscheiden konnte, war ein komischer

Gedankengang. Doch Sarah wurde von Salentin aus ihren Gedanken gerissen: „Die Seher werden alphabetisch aufgerufen. Sie haben die Aufgabe, Ihren Kopf in das Wasser des Brunnens zu tauchen. Der Brunnen teilt Ihnen dann die Namen mit, die Sie bitte laut aussprechen, um sich dann mit ihrer Gruppe zusammenzufinden.“

„Kopf unter Wasser? Dabei habe ich mir so viel Mühe mit meiner Frisur heute gegeben“, scherzte Benin Boukari mit seinen kurzen Haaren. Benin fing sich einen bösen Blick von Gellhorn ein.

„Mei Akari“, eine hallende Stimme, die sich anhörte, als spräche eine tiefe Männerstimme und eine hohe Frauenstimme komplett synchron, ging von dem Brunnen aus. Mei Akari, eine hübsche Seherin mit schwarzem glattem Haar und einem hellbräunlichem Hautton, zuckte zusammen und blickte in die Richtung, aus der ihr Name kam. Gellhorn schaute sie freundlich an und gab ihr mit einer Geste zu verstehen, dass sie nach vorne kommen solle. Zögerlich ging Mei auf die Bühne und auf den Brunnen zu. Sie holte einen tiefen Luftzug und tauchte unter. Nach wenigen Sekunden tauchte sie wieder auf: „Denis Boyko und Ella Wohlgemut.“

Ella schaute kurz Richtung Sarah und warf ihr einen Blick zu, der gut als „schade, vielleicht beim nächsten Mal“ zu deuten war und ging mit einem freundlichen Lächeln Mei entgegen. Boyko, ein dunkelblonder Magier gesellte sich zu den beiden und begrüßte sie freundlich.

„Benin Boukari“ schallte es als Nächstes und Benin ging selbstbewusst nach vorne und tauchte seinen Kopf unter Wasser. Als er wieder auftauchte, zögerte er kurz und sagte: „Josef Wimmer und Aurelie Durand.“

Josef Wimmer, ein dürrer, langer junger Mann mit grünem kurzem Haar, der offensichtlich zu Lukas Kramers engstem Kreis gehörte, sowie Aurelie Durand, eine wunderschöne Nachtgestalt mit langem, dunkelbraunem Haar wollten sich gerade auf den Weg machen, als der ganze Raum von einem lauten Donnern erschüttert wurde. Der Boden bebte und das Licht erlosch. Rote Blitze zuckten auf und die Studenten begannen in Panik auszubrechen. Einige wollten die Aula verlassen, doch es schlossen sich blitzartig alle Türen. Das Gefühl, eingesperrt zu sein und nicht zu wissen, was gerade passiert, verstärkte die Angst. Bei jedem aufzuckendem Blitz sah man die Panik in den Augen der Studenten, die man im Dunkeln nur hören konnte. Sarah fasste Colin und Hanna, die neben ihr standen, an den Händen und Colin ergriff Kims Hand. Sie versuchten ruhig zu bleiben, aber in jedem Falle beieinander. Sarah schaute nach den Professoren. In den kurzen Momenten, in denen die Aula im roten Licht erleuchtet wurde, konnte sie nicht viel erkennen. Doch es sah so aus, als blieben diese ganz ruhig stehen. Die Stimme des Brunnens ertönte wutentbrannt: „Diesen Namen der Nachtgestalt habe ich nicht genannt.“

„Tut mir leid, tut mir leid“, entschuldigte sich Benin laut, der am ganzen Körper zitterte. „Tina Kesse. Tina Kesse ist in meinem Team.“

Der Donner verstummte, die Blitze blieben aus und das Licht kehrte zurück. Auch die Türen, die zuvor offenstanden, öffneten sich wieder. Die Studenten merkten, dass keine Gefahr drohte und kamen langsam wieder zur Ruhe. Salentin wirkte recht entspannt, vielleicht war in seiner Miene sogar ein selbstgerechtes Grinsen zu erkennen, das er tunlichst zu verstecken suchte: „Nun, der Brunnen kann es gar nicht leiden, wenn jemand versucht, sein System zu brechen. Fast jedes Jahr finden die Studenten das auf die harte Tour heraus.“

Benin, der immer noch ein leichtes Zittern zu verstecken suchte, ging von der Bühne an Aurelie Durand vorbei und versuchte, seinen Fehler zu überspielen, in dem er ihr zuzwinkerte: „Einen Versuch, war‘s wert.“

Aurelie Durand warf ihm einen bösen Blick zu und wandte sich ab. Doch dieser Blick war nichts im Vergleich zu dem, was Benin nun sah. Dort, wo gerade noch Aurelie stand, kam Tina Kesse zum Vorschein, die er hatte austauschen wollen. Er spürte ihren ganzen Hass auf ihn in nur einem kurzen Blick, den sie ihm zuwarf.

„Tut mir leid, es war nicht deinetwegen. Es war nur, schau dir die doch mal an. Das musste ich versuchen.“ Benins Versuch, sich zu erklären machte es nicht besser.

„Lass gut sein“, Josef Wimmer versuchte in diesem Moment tatsächlich die Situation zu verbessern. Sarah, die alles genau beobachtet hatte, fragte sich, ob vielleicht nicht alle von Kramers Freunden, solche Idioten waren, wie er selbst. Aber warum sollte er dann mit ihm befreundet sein? Wahrscheinlich wollte er nur seine eigene Haut retten, denn als Gruppe hatten sie für ihre Zusammenarbeit jetzt schon schlechte Karten. Während Sarah wieder ihren Gedanken nachhing, teilte der Brunnen auf die gleiche Weise wie zuvor weitere Gruppen ein. Vor Sarah war Lisa Fischer an der Reihe, die mit Hanna und Stephan

Bachem in eine Gruppe eingeteilt wurde. Sarah seufzte innerlich. Mit diesen beiden hätte sie wirklich gern zusammengearbeitet. Dann nannte der Brunnen ihren Namen. Obwohl Sarah den Ablauf nun ein paar Mal beobachten konnte, war es dennoch ein mulmiges Gefühl, nach vorne zu gehen. Sie spürte, wie die Blicke der Studenten auf ihr klebten, als sie auf den Brunnen zuging. Schauten sie bei ihr intensiver hin als bei den anderen? Sie wussten, dass sie die Einzige aus der grünen Kaste war. Vielleicht hofften sie gerade alle inständig, nicht bei ihr zu landen. Wie schrecklich würde es werden, wenn sie die Namen nennt und zwei enttäuschte Gesichter auf sie zukämen. Sarah versuchte, die Gedanken abzuschütteln. Sie musste ihren Kopf frei machen, um die Namen zu empfangen, die der Brunnen ihr unter Wasser nennen würde. Sie holte kurz Luft und tauchte ihren Kopf unter. Als sie unter Wasser die Augen wieder öffnete, schien es, als wäre das Becken unendlich groß wie in einem Ozean. In ihrem Kopf ertönte die Stimme, die sie laut und leicht verzerrt draußen bereits wahrgenommen hatte, nun in einem weichen, fast freundlichen Ton: „Sarah Hollander, du bist in einem Team mit Lukas Kramer und Aurelie Durand."

Sarah durchfuhr der Name Lukas Kramer wie ein Stich in die Magengegend. Sie tauchte wieder auf und überlegte kurz, wie sie die Lage entspannen könnte, während sie alle erwartungsvoll ansahen. Sie erinnerte sich daran, wie es Kim stets mit Humor gelang, unangenehmen Situationen die Macht zu nehmen. Sie stellte sich hin und schaute zunächst zu Aurelie: „Aurelie Durand – diesmal wirklich."

Einige Studenten lachten und auch Aurelie kam ihr mit einem kleinen Lächeln entgegen.

„Und Lukas Kramer“ fügte Sarah hinzu und schaute mit Absicht nicht in seine Richtung. Stattdessen ging sie freundlich auf Aurelie zu und begrüßte sie. Sie nahm zwar ein Gemurmel und einen fluchenden Lukas Kramer wahr, versuchte dem aber keine Beachtung zu schenken, bis Lukas neben ihr stand. Sarah begrüßte ihn ebenfalls freundlich, woraufhin Lukas vor sich auf den Boden spuckte. Na, das konnte ja was werden. Während die anderen Gruppen verteilt wurden, sprach Lukas kein Wort und Sarah versuchte stattdessen ein Gespräch mit Aurelie aufzubauen. Aurelie war eine der wenigen, die aus der gelben Kaste kamen. Ihre Eltern lebten 95 Jahre außerhalb der Kastenlande. Aber als ihre Mutter schwanger wurde, zogen sie hier her. Hier sei es sicherer für Nachtgestalten. Sarah wusste nichts über die Welt außerhalb der Kastenlande. Die Kastenlande waren von Wasser umgeben und man sah am Rande auch nichts außer Wasser. Sarah wollte gerne mehr erfahren, vor allem, warum es für Nachtgestalten dort nicht so sicher war oder wie sie hergekommen waren und wie sie es in die gelbe Kaste geschafft hatten. Bevor Sarah ihre Fragen stellen konnte, wurde Colin als letzter Seher in eine Gruppe eingeteilt und Direktor Salentin ergriff wieder das Wort. Neben ihm stand Professor Stauf und während sich Gellhorn und Petrow von der Bühne zurückzogen, kam Professor Harling mit drei weiteren Professoren auf die Bühne, die sie zuvor noch nicht gesehen hatten. Die sechs Professoren stellten sich in einer Reihe auf und hoben ihre Hände. Sarah war sofort klar, dass es sich bei ihnen allen um Magier handeln musste. Salentins Anweisung war kurz und knapp: „Sie werden sich mit ihrer Gruppe gleich in einem Raum wiederfinden.

Verwenden Sie den Schlüssel und den Zahlencode gleichzeitig, um den Raum zu verlassen, bevor die Zeit abgelaufen ist."

Die sechs Magier hoben ihre Hände und ein weißer Nebel zog auf und verdeckte alles. Die Anweisung Salentins klang nicht schwer. Doch als der Nebel sich legte, war es stockdunkel. Trotzdem merkte Sarah, dass sie nicht mehr in der Aula stand. Die Luft war feucht und modrig. Sie versuchte, etwas zu ertasten. Dabei merkte sie, dass ihre linke Hand angekettet war. Ein harter metallener Kreis umgab ihr Handgelenk.

„Sarah? Lukas?", Aurelies Stimme war ganz in der Nähe. Sarah wollte ihr antworten, aber aus ihrem Mund kam kein Ton heraus. Ihre Stimme war weg. Stattdessen antwortete Lukas: „Was soll der Mist, wo sind wir hier? Erst erzählen sie einem zwei Tage, welche Gefahren von Sehern und Nachtgestalten ausgehen und dann stecken sie einen mit Zweien in einen dunklen Raum."

„Sarah, Lukas?", Aurelies Stimme klang langsam etwas verzweifelt. Hatte sie Lukas Antwort nicht gehört? Sarah konzentrierte sich. Wenn sie es schaffen könnte, in Aurelies Kopf zu sprechen, könnte sie ihr helfen. Bisher hatte Sarah ihrem Gegenüber immer in die Augen geschaut. Nun in völliger Dunkelheit gelang es ihr nicht.

„Lukas, wenn du da bist und mich hörst", versuchte Aurelie es weiter. „Kannst du nicht vielleicht einen Lichtzauber oder so etwas machen?" Lukas schwieg einen Moment. Er wäre wohl selbst gern auf die Idee gekommen. Sarah hörte ihn etwas murmeln und ein kleiner Lichtball flog erst umher, dann nach oben und wurde dort größer und erhellte den Raum so weit, dass die Studenten sich und ihre Umgebung sehen konnten.

„Bravo“, lobte Aurelie den Magier, der mit finsterer Miene dreinschaute.

„Das habe ich nicht für euch gemacht“, murmelte Lukas schnippig, aber Aurelie schien dies gar nicht wahrzunehmen. Die drei Studenten sahen sich um. Der Raum war nicht sehr groß und hatte dunkle, feuchte, glitschige Wände. Es gab weder eine Tür noch ein Fenster. Auf dem Boden war ein Gully und einzelne Stellen des unebenen steinigen Bodens waren mit Wasser bedeckt. Neben dem Gully war eine quadratische Holzplatte mit einem Schloss. Eine weitere Holzplatte hing direkt über Lukas Kopf, der auch mit seiner linken Hand an die Wand gefesselt war. Auf dieser Platte waren große Tasten mit großen Ziffern willkürlich verteilt. Alle drei Studenten standen auf einem kleinen Vorsprung und berührten den Boden nicht direkt. Aurelie, die an der Wand gegenüber von Sarah auf dem Vorsprung stand, schien sich frei bewegen zu können, ein Umstand, den Lukas viel schneller bemerkte als sie: „Was soll denn das für eine Übung sein? Wir hängen hier festgebunden als Fraß für den Blutsauger?“

Sarah wollte etwas erwidern, aber es kam kein Ton heraus. Sie versuchte nun im dämmrigen Licht noch einmal Aurelie zu erreichen, die glücklicherweise direkt zu Sarah hinübersah.

„Ich kann nicht sprechen“, sendete Sarah ihr als Botschaft in den Kopf. „Ich glaube, du kannst nichts hören.“

„Habt ihr denn was gesagt?“, fragte Aurelie verwundert.

„Bist du taub, oder was?“, höhnte Lukas von der Seite.

Sarah sendete erneut eine Botschaft: „Ich nicht, weil bei mir ja kein Ton herauskommt, aber er.“

Diesmal antwortete Aurelie in Gedanken: „Oh, dann höre ich wirklich nicht, was ihr sagt. Mich selbst höre ich aber. Was hat Lukas gesagt?“

„Nichts Wichtiges und auch nichts, was es zu wiederholen wert wäre“, erklärte Sarah. „Hätte ich auch nicht erwartet“, scherzte Aurelie und beide mussten schmunzeln. „Was gibt's da zu lachen?“, fragte Lukas irritiert. „Macht ihr so einen Gedankenscheiß?“

Sarah übersetzte Aurelie, was Lukas gesagt hatte, und bat sie, ihn aufzuklären. Aurelie schaute in Lukas Richtung: „Der Gedankenscheiß, wie du es nennst, hat uns gerade geholfen, die Situation zu verstehen. Sarah kann nicht zu uns sprechen und ich kann nicht hören, was du sagst.“

„Na toll, und wie kommen wir jetzt hier wieder raus, bevor die Zeit abgelaufen ist?“ Sarah leitete die Frage an Aurelie weiter und fügte hinzu, dass sie ja gar nicht wüssten, wie viel Zeit sie hätten. Die beiden Frauen überlegten, was zu tun sei. Während sich Sarah umsah, entdeckte sie genau hinter sich eine ganze Reihe von Ziffern. Sie zählte nach. Es waren 30 Ziffern. Ganz schön lang für einen Zahlencode, aber an dieser Situation war ja nun alles ungewöhnlich. Sie hatten also den Code, die dazugehörigen Tasten und ein Schloss. Fehlte nur noch der Schlüssel. Lukas, der aus den meisten Gesprächen ausgeschlossen war, und dem immer nur ein Bruchteil mitgeteilt wurde, hatte etwas Glänzendes im Gully entdeckt: „Das muss der Schlüssel sein.“

Er hob seine Hand und aus dem Gully kam ein Schlüssel hervor und flog auf ihn zu. Sofort versuchte

Lukas, seine Handschellen zu öffnen, aber der Schlüssel war zu groß.

„Versuch du es“, sagte er in Sarahs Richtung und warf ihr den Schlüssel zu.

Sarah nickte freundlich, aber Lukas verdrehte nur seine Augen. Auch auf Sarahs Handschellen passte er nicht. Das dachte sie sich aber schon.

„Der ist fürs Schloss“, erklärte Aurelie und betrat den Boden, um sich den Schlüssel bei Sarah abzuholen. Ein leises Rauschen entstand, das sogar Aurelie hören konnte. Die Ursache war schnell ausgemacht. Aus dem Gully stieg Wasser empor.

„Oh“, piepste Aurelie regelrecht und sprang wieder auf ihren Vorsprung. Das Wasser lief jedoch weiter und stieg langsam an. „Nun dürfte klar sein, wann die Zeit abgelaufen ist.“

„Probier‘ den Schlüssel“, sendete ihr Sarah mit Nachdruck, da sich die ganze Situation langsam sehr beklemmend anfühlte. Aurelie holte den Schlüssel und hockte sich in das inzwischen knietiefe Wasser. Ihr kurzes rotes Kleid sog sich voll und auch das Gesicht kam dem Wasser beim Tasten nach dem Schlüsselloch schon sehr nahe. „Passt, aber lässt sich nicht rumdrehen.“

„Die Zahlen müssen gleichzeitig eingegeben werden“, sagte Lukas – ohne es zu wissen – zur gleichen Zeit wie Sarah. Das Wasser stieg unaufhörlich und es war den Dreien schnell klar, dass der Schlüssel bei der langen Zahlenreihe unter Wasser umgedreht werden musste.

„Das ist dann wohl der Grund, warum gerade ich nicht angekettet wurde“, stellte Aurelie fest und wollte schon untertauchen.

„Warte“, hielt sie Sarah auf. „Lass uns gleichzeitig mit den Zahlen beginnen.“

Aurelie gab Sarahs Idee an Lukas weiter, dass sie eine Ziffer mit den Händen hochhalten würde und Lukas diese dann eingeben sollte. Lukas willigte ein und während das brausende Wasser bereits Sarahs Knie auf dem Vorsprung erreicht hatte, tauchte Aurelie ab und Sarah hielt mit ihrer Hand die Ziffer drei in die Luft. Lukas drückte die 3 und fluchte. Sarah wollte wissen, was passiert sei und überlegte, ob sie auch in Lukas Kopf eine Nachricht senden sollte. Dieser erklärte allerdings – nachdem er ausreichend kreativ geflucht hatte – von selbst, was passiert war: „Ich sehe nichts mehr.“

„Wie die drei Affen“, dachte Sarah, während das kühle Wasser ihren Bauchnabel erreichte. „Einer sieht nichts, einer hört nichts, einer sagt nichts.“

Nun, da half alles nichts, sie musste Lukas die Zahlen übermitteln. Sie konzentrierte sich und sah ihn an. Lukas fuhr sofort eine Barriere hoch: „Keine Chance, ich lass’ dich nicht in meinem Kopf rumpfuschen.“

Sarah wusste nicht, wie sie ihm erklären sollte, dass dies jetzt notwendig sei. Auch für ihn, der nicht viel größer war als sie, musste es langsam unangenehm werden. Dennoch weigerte sich Lukas. Sarah musste ihm etwas mitteilen. Sie versuchte, Aurelie zu erreichen. Durch das Wasser konnte sie nichts sehen. Sarah konzentrierte sich und in ihrer Wut über den störrischen Lukas hinaus, sah sie plötzlich – wie durch einen Tunnel durch das Wasser hindurch – und erreichte für einen kurzen Moment tatsächlich Aurelies Gedanken.

Die tauchte sofort auf: „Hast du was gesagt?“ Aurelie, die nicht mehr auf einem Vorsprung stand, musste sich bereits mit Schwimmbewegungen über Wasser halten. Sarah erklärte ihr kurz die Situation und ließ Lukas mitteilen, dass es nur diese Möglichkeit gebe und dass sie ihm vertrauen solle. Lukas lachte hämisch: „Klar, ich vertraue auch einem Gedankenverdreher. Selbst, wenn du nichts Böses vorhast, woher weiß ich, dass du nicht irgendwas durcheinanderbringst? Vor zwei Tagen wusstest du nicht mal, was ein Seher ist oder dass du einer bist und nun bist du Profi–Gedankenleser oder was? Ohne mich, dann schaffen wir die Aufgabe eben nicht.“

Sarah ärgerte sich noch mehr über Lukas unverschämte Art. Was würde es in diesem Fall bedeuten, die Aufgabe nicht zu schaffen? Sie machte auf das Wasser aufmerksam, das inzwischen schon ihren Hals erreicht hatte. Da Lukas und sie festgebunden waren, würden sie nicht schwimmen können. Dies war schon fast Glück im Unglück, denn Sarah hatte nie die Möglichkeit gehabt, schwimmen zu lernen. Wäre dies die Aufgabe gewesen, hätte sie direkt verloren. Aber darum ging es nicht. Wenn Lukas nur nicht so stur wäre.

„Die werden uns schon nicht ertrinken lassen“, sagte Lukas stur. Aurelies Versuche, Lukas zu überzeugen, scheiterten ebenfalls. Aurelie schwamm und Lukas war ein wenig größer als sie – Sarah würde also die erste sein, der die Luft ausging. Hätte sie sprechen können, wäre dies inzwischen auch nicht mehr möglich, denn das Wasser hatte ihren Mund bereits erreicht. Lukas hatte sicher recht. Nicht alle würden diese Aufgabe schaffen. Die können sie ja nicht alle ertrinken lassen. Sarah versuchte, sich dies einzureden, aber als das Wasser die Nase erreichte, fiel es ihr doch sehr schwer, ruhig zu bleiben. Sie stellte sich so hoch sie konnte, auf die Spitzen ihrer Zehen.

„Halte durch", hörte sie Aurelie noch sagen, als Sarah abrutschte und im dunklen Nass verschwand. Sie war von Angst erfüllt und wenige Sekunden versuchte sie, sich nach oben zu kämpfen – erfolglos. Plötzlich rauschte das Wasser an ihr herab und im nächsten Augenblick saß sie pitschnass auf dem Fußboden der Aula und schnappte nach Luft.

27. Kapitel – Stets für Überraschungen gut

Bevor Sarah sich umschauen konnte, hörte sie bereits von überall ein Husten, Prusten und ein Schnappen nach Luft. Als sie ihren Kopf hob, sah sie in der Aula Studenten verteilt hocken oder sitzen, die sichtlich viel Wasser abbekommen hatten. Ein paar Wenige standen.

„Geht's dir gut?", Aurelie stand tropfend vor ihr.

„Ja, danke, alles okay", erwiderte Sarah und im selben Moment bemerkte sie, dass sie wieder ganz normal sprechen konnte. „Das tut gut, wieder sprechen zu können."

„Und ich kann dich wieder hören" realisierte nun auch Aurelie.

In dem Moment bemerkten sie Lukas, der grimmig in ihrer Nähe saß. Sein kurzes Haar hatte das Wasser noch nicht berührt. Aurelie und Sarah warfen ihm einen kurzen abfälligen Blick zu und wendeten dann ihre Augen von ihm ab.

„Liebe Studenten, inzwischen sind Sie wieder vollständig in der Aula eingetroffen", Salentins

Stimme zog direkt die Aufmerksamkeit der Studenten auf die Bühne.

Dort standen neben Professor Salentin wieder die Professoren Gellhorn und Stauf, sowie einige Studenten. Ella! Da stand Ella auf der Bühne – triefend nass und trotzdem fröhlich und unbeschwert. Die heutige Aufgabe wurde von zwei Teams gemeistert. Das Team Lisa Fischer, Hanna Wolf und Stephan Bachem sowie das Team Mei Akari, Denis Boyko und Ella Wohlgemut. Nach einem kurzen Moment des Realisierens, was gerade passiert war, begannen die ersten Studenten zu applaudieren und auch Sarah berappelte sich und klatschte insbesondere Ella und Hanna zu.

„Wie ist Ihnen der Sieg gelungen?“, fragte Salentin.

„Wir haben einfach gut zusammengearbeitet“, antwortete Denis Boyko.

Mei Akari fügte hinzu: „Jeder von uns hat seine Fähigkeiten eingebracht. Wir brauchten alle Schwerpunkte, um diese Aufgabe zu lösen.“

„Das haben Sie beide gut auf den Punkt gebracht“, lobte Salentin. „Diese Aufgabe konnte nur bei guter Zusammenarbeit aller Schwerpunkte gelingen. Dreisam ist stärker als …“

„Einsam“, platzte es aus Ella heraus.

Salentin schmunzelte: „Ja, richtig, Frau Wohlgemut. Ich hoffe, dies beim nächsten Mal von allen Studenten zu hören.“

„Beim nächsten Mal?“, fragte Hanna irritiert.

„Nun, in Ihrem nächsten DISA–Seminar werden Sie natürlich wieder merken: ‚Dreisam ist stärker als‘ …“

In diesem Moment antworteten einzelne Studenten recht unmotiviert mit dem Wort „Einsam“, während

Sarah und ein paar anderen dämmerte, wofür die Abkürzung DISA stand.

„Dies ist nicht grundlos unser Schulmotto", fügte Salentin abschließend hinzu. „Obwohl Sie lernen, wie Sie sich vor bestimmten Dingen schützen können, sollten Sie wissen, dass der Großteil der anderen Mystiker keine Gefahr darstellt, sondern eine Chance, gemeinsam Großes zu erreichen. Nur weil es unter den Nichtmystikern beispielsweise Diebe gibt und Sie sich vielleicht gegen Diebstahl schützen, misstrauen Sie ja auch nicht gleich allen Nichtmystikern. Warum sollten Sie es hier anders handhaben? Denken Sie mal darüber nach! Und um dieses Umdenken zu fördern, vergeben wir an den Studenten, der bis Semesterende die meisten von 15 möglichen DISA–Punkten erlangt hat, einen besonderen Preis. Und da ich Sie nun in Ihren freien Nachmittag entlasse, würde ich Ihnen noch einmal den gemeinsamen Gruppenraum ans Herz legen, den bisher nur wenige Erstsemester besucht haben. Tauschen Sie sich aus und lernen Sie sich kennen. Denn spätestens nächste Woche werden Sie wieder zusammenarbeiten. Ach ja, noch eins …" Salentin hob seine Hände und plötzlich spürte Sarah, wie ihre Kleidung und ihr Haar trockneten. Den übrigen Studenten erging es genauso und Salentin, Gellhorn und Stauf verschwanden aus der Aula.

Ella kam mit Hanna im Schlepptau direkt von der Bühne auf Sarah zu, während auch Kim und Colin den Weg zu ihr fanden.

„Und wie lief es bei euch?", fragte Ella fröhlich, als hätte sie gerade ein lustiges Spiel gespielt.

„Offensichtlich nicht so gut wie bei euch", antwortete Kim trocken.

„Ja“, sagte Ella etwas gedämpfter, „aber war das nicht trotzdem ein großer Spaß?“

Die anderen vier sahen sie mit großen Augen an. Selbst Hanna, deren Gruppe gut zusammengearbeitet hatte, empfand die Aufgabe nicht als besonders lustig.

„Mit mir hat niemand gesprochen. Mein Versuch, eine Nachricht zu schicken, wurde abgewehrt und ich wurde dafür beschimpft“, antwortete Colin. „Am Ende dachte ich für einen Moment, ich ertrinke. Das war wirklich alles andere als lustig.“

„Das tut mir leid“, Ella legte ihren Arm um Colin. „Aber beim nächsten Mal weißt du, dass dir nichts passiert. Die Professoren passen ja auf.“

„Hurra“, rief Colin in einem sarkastischen Ton aus. „Ich kann das nächste Mal kaum erwarten.“

„Lasst uns doch wirklich in den Gruppenraum gehen“, schlug Kim vor. „Ich würde gerne von euch allen wissen, was genau in dem Raum passiert ist.“

Die anderen Freunde stimmten zu. Bestimmt würde es den drei Sehern guttun, über das Erlebte zu sprechen und sich auszutauschen. Und tatsächlich fühlte sich Sarah etwas befreiter, nachdem sie den anderen geschildert hatte, was passiert war. Von Lukas Kramer hatte niemand etwas anderes erwartet und Sarah fühlte sich besser, als die anderen über sein Verhalten herzogen. Den Part, den in Sarahs Team Lukas eingenommen hatte, übernahm in Kims Gruppe auf gleiche Weise Laika von Limburg. Sie wollte weder mit Kim noch mit der Nachtgestalt Timotheus Friedrichs zusammenarbeiten.

„Allein wären wir gar kein schlechtes Team gewesen“, fügte Kim hinzu, „Team Tim und Kim“.

Colin war in einer Vierergruppe mit zwei Magiern und einer Nachtgestalt und alle drei hatten ihn einfach ignoriert. Ella erzählte voller Begeisterung von Mei Araki, die sowohl ihr als auch Denis einfach klare Anweisungen in den Kopf geschickt hatte, und sie dadurch die ganze Aufgabe erledigt hatten, noch bevor Mei das Wasser bis zum Bauchnabel stand. Sarah hörte zu und verspürte einen Hauch von Eifersucht. Gerne wäre sie an Meis Stelle gewesen. Bei Hanna lief es nicht ganz so reibungslos ab, da Lea am Anfang nicht mit den anderen beiden zusammenarbeiten wollte. Sie erzählte nicht mal von den Zahlen vor ihr auf dem Boden. Hanna hatte sie selbst entdeckt, als das Wasser schon stieg und die Zahlen unter Wasser zu leuchten begannen, sodass die Seher sie noch ablesen konnten. Da Lea diejenige war, die eine Nachricht verschicken sollte und keine empfangen musste, willigte sie schließlich ein. Sie konnte die letzte Zahl gerade noch senden, bevor das Wasser ihre Nase erreichte.

„Schwesterherz", hörten die Freunde plötzlich eine vertraute Stimme hinter ihnen, „ich habe gehört, du hast den ersten DISA–Punkt verdient. Fantastisch. Ich habe das damals nicht beim ersten Mal geschafft. Und Hanna, dir ebenfalls herzlichen Glückwunsch!"

Ella strahlte ihren Bruder an, der mit einer ungewohnten Leichtigkeit im Gemeinschaftsraum auftauchte.

„Du bist ja gut gelaunt", stellte auch Ella fest. „Gibt es einen bestimmten Grund?"

„Ja, ich habe heute etwas im Dorf entdeckt."

„Und was?", forschte Ella nach.

„Das würde ich euch lieber zeigen als zu erzählen", erklärte Daniel mit einem Blick, der verriet, dass seine Entdeckung nicht für jedermanns Ohren gedacht war.

„Dann nichts wie los, oder?“, warf Kim motiviert ein. „Wir waren ja sowieso noch nicht im Dorf.“

Sie wollte gerade aufstehen, als Daniels und Ellas Mundwinkel nach unten fielen. Vor ihnen tauchten die Abbilder zweier junger Menschen auf, die etwas älter schienen als Daniel und Ella. Es wirkte, als schwebten sie leicht über dem Boden, statt darauf zu stehen. Sie waren nicht nur blass, sondern fast durchsichtig, als könne man einfach durch sie hindurchschauen. Von ihnen ging eine Kälte aus, die man fast greifen konnte. Ein leichter Nebel erfüllte den Boden und ließ die Studenten frösteln. In den Büchern, die Sarah gelesen hatte, wurden so Geister beschrieben. Aber die gab es doch nicht wirklich, oder etwa doch?

„Mama?“, Ella brach in Tränen aus und versuchte die Frau, die scheinbar ihre Mutter war, zu berühren, aber ihre Hand glitt einfach durch sie durch.

Auch die anderen Studenten sahen die beiden Gestalten und jedes andere Gespräch im Raum verstummte augenblicklich.

„Warum gebt ihr euch mit Gedankenverdrehern ab? So haben wir euch nicht erzogen!“, erklang die Stimme des Mannes dunkel und leicht hallend.

„Ich bin enttäuscht von dir Ella“, fügte die geisterhafte Frau hinzu.

Ella sagte nichts, während ihr die Tränen die Wangen hinunterliefen. Sarah hatte sie noch nie so gesehen. Ella wollte gerade antworten, da fasste Daniel sie an der Hand, schüttelte den Kopf und wandte sich an die beiden Gestalten: „Ihr seid nicht unsere Eltern. Sie hätten nie abfällig über Seher gesprochen. Die beste Freundin meiner Mutter war eine Seherin. Du bist eine billige Kopie, auf deren Meinung wir keinen Wert legen."

„Ist das so?", spottete die Frau und brach in schallendes Gelächter aus. Der Mann stieg mit ein und seine Art zu Lachen erinnerte stark an die von Colin, als dieser in Trance war.

Die beiden Gestalten lösten sich lachend in Nebel auf und formten sich zu zwei anderen Gestalten um. Zwei Männer von etwa 40 Jahren erschienen – einer mit heller und einer mit dunklerer Haut. Der Mann mit hellerer Haut begann: „Colin, ich wusste, dass du dich hier mit Blutsaugern abgeben würdest. Deshalb bin ich gegangen. Deinetwegen. Ich wollte die Enttäuschung, die du geworden bist, nicht miterleben."

Colin stockte und wurde blass. Er begann zu stottern, doch bevor er etwas sagen konnte, reagierte Kim, die alles genau beobachtet hatte: „Das ist nicht dein Vater, Colin. Hör nicht auf das, was er sagt."

„Und du", der andere Mann schaute zu Hanna: „Hätte ich gewusst, was aus dir wird – eine Freundin von Gedankenverdrehern – hätte ich nicht gezögert. Ich hätte dich umbringen sollen, als ich die Chance dazu hatte."

Hanna brach in Tränen aus.

„Hör nicht auf ihn", unterstützte nun Sarah die aufgelöste Hanna. „Das ist nicht dein…"

Sarah wusste nicht, wie sie den Satz beenden sollte. Sie wusste nicht viel von Hannas Vergangenheit.

„Dein was?", die Stimme hinter Sarah, ließ alles in ihr gefrieren. Sie drehte sich um und dort, wo zuvor die beiden geisterhaften Männer waren, schwebte jetzt eine Gestalt, die aussah und sich anhörte, wie ihre Mutter Jenny.

„Du weißt nicht, wie du den Satz beenden sollst? Du weißt die meiste Zeit nicht, was du tun sollst. Weil du nicht auf mich gehört hast. Ich habe dir gesagt, du sollst die Einladung nicht annehmen. Du gehörst nicht hier her. Wir alle haben es dir gesagt, aber du hast nicht auf uns gehört, du ungezogenes, undankbares Gör."

In Sarah zog sich alles zusammen, dennoch sah sie der Gestalt in die sonst so treuen Augen ihrer Mutter: „Du bist nicht meine Mutter und du weißt gar nichts über sie."

Die Gestalt lachte: „Nein, das bin ich nicht, aber DU bist es, die gar nichts über sie weiß."

Die Gestalt lachte und neben ihr tauchten die anderen vier Gestalten auf und lachten mit.

„Schluss damit!", Salentins Stimme erfüllte den Raum und die geisterhaften Figuren lösten sich auf. „Wer von Ihnen war das? Und zu welchem Zweck?"

Die übrigen Studenten sahen sich fragend an.

„Ich dulde an meiner Universität weder psychische noch physische Gewalt gegen Mitstudenten. Seien Sie gewarnt. Sollte so ein Vorfall noch einmal geschehen, dann lasse ich diesen von höchster Stelle untersuchen und dann wird der verantwortliche Seher oder Magier Burg Torva für immer verlassen."

In diesem Moment betraten Gellhorn und Harling den Raum, die mit großen Augen und nach Antworten suchend dreinblickten.

„Gut, dass Sie da sind, nehmen Sie doch die betroffenen Studenten auf ein Gläschen Wohlfühlsaft und ein paar Keksen mit."

Harling nickte: „Wer sind die betroffenen Studenten?"

Obwohl er es hätte ahnen können, versuchte er nicht in die Richtung von Sarah und ihren Freunden zu schauen. Er folgte mit seinem Blick erst Salentins Fingerzeig zu Sarah: „Hollander, Schulte und Waldeck habe ich mitbekommen."

„Wir auch", fügte Daniel hinzu.

„Na dann folgen Sie uns bitte in mein Büro", antwortete Harling und drehte sich um. Kim, die sich dachte, dass sie mit Daniels *„wir"* für Salentin hätte mit gemeint sein können, schloss sich einfach an. Gellhorn schloss die Tür des Gruppenraums und die Freunde hörten gerade noch, wie Salentin ein paar Worte über Toleranz und Gemeinschaft an die übrigen Studenten richtete und dem Täter die Möglichkeit bot, sich bei ihm zu melden, um die Sache wieder in Ordnung zu bringen. Gellhorn und Harling liefen mit den sechs Studenten schweigend in Harlings Büro. Erst nach der fast schon üblich gewordenen Prozedur, begann Gellhorn: „Wir waren heute zu spät. Nun ist Salentin informiert und wenn er einen weiteren Vorfall wahrnimmt, macht er ernst."

„Ist das nicht gut?", fragte Kim. „Dann würden wir erfahren, wer dahintersteckt." „Vielleicht würden wir das, wenn keine Personen von außen involviert sind. Wenn die Studenten jedoch von Mystikern außerhalb dieser Mauern instruiert wurden, dann öffnen wir denen Haus und Hof, wenn es zu einer Untersuchung kommt. Das kann gefährlich werden. Jetzt erzählt aber erst einmal genau, was passiert ist."

Gellhorn setzte sich auf Harlings Stuhl, während dieser Tee aufsetzte. Daniel, der von den Betroffenen am gefasstesten wirkte, erklärte genau, was und wen sie gesehen hatten.

„Nun, der Gemeinschaftsraum ist stets für eine Überraschung gut, wie mir scheint“, sagte Gellhorn wenig begeistert.

„Das waren wirklich keine echten Geister, oder?“, Colin war immer noch sehr verunsichert.

„Nein“, beruhigte Harling ihn. „Was du gesehen hast – was ihr gesehen habt – waren Erscheinungen, die ein Magier oder ein Seher herbeiführen kann. Dies funktioniert am einfachsten mit Körpern von Verstorbenen. Derjenige, der die Bilder heraufbeschwört hat, wusste, wen ihr verloren habt. Was die Erscheinungen gesagt haben, entsteht jedoch nur aus dem Wissen und Handeln des Mystikers, der dahintersteckt. Daniel, du hast schnell erkannt, dass eure Eltern so nicht gesprochen hätten. Das wusste der Mystiker nicht. Die wirklichen Geister eurer Eltern hätten dies nicht gesagt.“

„Die wirklichen Geister?“, Colins Stimme war zittrig und etwas höher als normal.

„Nun, sehr erfahrene Magier und Seher können gemeinsam tatsächlich Geister hervorrufen“, erklärte nun Gellhorn weiter.

„Aber es gibt eine Regel, dass man dies nicht einfach tun darf, um Chaos zu vermeiden. Geister herbeizurufen, muss beantragt und genehmigt werden. Daher wird dies auch nicht an der Universität gelehrt. Hier in diesem Gebäude werden euch also keine echten Geister begegnen. Wichtig ist gerade nur, ob die falschen Geister etwas gesagt haben, das der Wahrheit entspricht. Das wären nämlich Informationen, die die Mystiker, die euch hier übel mitspielen, über euch wissen.“

„Die uns übel mitspielen?“, fragte Sarah traurig. „Ich habe das Gefühl, dass die anderen wieder nur betroffen sind, da sie mit mir in Verbindung stehen. Ich habe das Gefühl, es tut niemandem gut, mit mir befreundet zu sein."

Harling sah sie mitfühlend an. Eigentlich sah er ihr das erste Mal so wirklich in die Augen: „Nun, der Magier, der gestern hier war, war nicht mit dir befreundet. Natürlich gehen diese Menschen deine Freunde an, denn allein bist du angreifbarer. Dich zu isolieren, wäre ein Gewinn für die. Jedoch wissen wir nicht, wer *die* sind und auch nicht, was sie wollen. Aber sie führen definitiv nichts Gutes im Schilde."

„Unabhängig davon", sprach endlich Ella wieder, „wirst du uns nicht los. Denn es tut sehr gut, mit dir befreundet zu sein. Das Drumherum nehme ich gerne in Kauf."

Ella drückte Sarah und auch die anderen Freunde stimmten ihr zu und umarmten sie. Sarah liefen ein paar Tränen über die Wange. Sie war in diesem Augenblick so gerührt und fühlte sich – trotz der unbekannten, drohenden Gefahr – für einen Moment sehr geborgen.

„Nun aber nochmal zurück zu dem, was die Erscheinungen gesagt haben", unterbrach Gellhorn den emotionalen Moment. „War davon irgendetwas echt?"

„Bei uns nicht", Daniel schüttelte den Kopf.

„Ich weiß es nicht", sagte Colin.

„Auf keinen Fall, Colin", beruhigte ihn Kim. „Ganz bestimmt nicht."

Colin schien nicht hundertprozentig überzeugt.

„Mein Angebot, Ihre Vision gemeinsam anzuschauen, Colin, steht noch", erinnerte Gellhorn ihn. „Vielleicht ist es besser, dies bald in Angriff zu nehmen."

Colin nickte.

„Kommen Sie morgen nach dem Seminar in meine Sprechstunde, wenn Sie sich bereit dazu fühlen."

„Alleine?", fragte Colin aufgeregt.

„Sie können mitnehmen, wen Sie möchten. Das ist Ihre Entscheidung."

„Okay", Colin nickte erleichtert.

„Was ist mit Ihnen beiden?", Gellhorn schaute Sarah und Hanna an.

„Meine Mutter hat wirklich gesagt, ich solle die Einladung nicht annehmen. Und andere auch. Ich habe nicht auf sie gehört. Das stimmt alles."

Sarah schaute auf den Boden und wurde traurig. Sie hatte das Gefühl, dass ihre Mutter wirklich von ihr enttäuscht wäre, wenn sie noch leben würde. Aber woher hätte ihre Mutter das überhaupt alles wissen sollen? Spielte ihre Krankheit ihr einen Streich? Jemand musste durch sie gesprochen haben. Ihre Mutter hätte ihr auch nie gesagt, dass sie von ihr enttäuscht wäre. Oder etwa doch?

„Nun, die Mystiker, die die Kranken haben sprechen lassen, stehen wahrscheinlich mit Studenten in Verbindung, die hier ihr Unwesen treiben – oder es sind die gleichen Personen", unterbrach Gellhorn Sarahs Gedankenwirrwarr. „Das hatten wir bereits vermutet."

„Und was ist mit meiner Mutter?", erkundigte sich Sarah.

Gellhorn und Harling sahen sich an.

„Sarah, es ist besser, wenn du noch nicht alles erfährst. Es ist sicherer. Wir wissen nicht, mit wem wir es zu tun haben. Wissen und Gedanken können gefährlich werden", erklärte Harling.

„Ich mache große Fortschritte“, verteidigte sich Sarah. „Ich kann Gedanken senden und abwehren. Bei der Aufgabe heute konnte ich Aurelie ohne Augenkontakt unter Wasser erreichen.“

„Ja, das haben wir gesehen“, antwortete Gellhorn. „Und das ist großartig. Aber je länger bestimmte Informationen unter Verschluss bleiben, umso besser und vor allem sicherer ist es für dich.“

Bevor Sarah noch etwas sagen konnte, wechselte Gellhorn das Thema: „Hanna, war bei dir etwas dabei, das der Wahrheit entspricht?“

Hanna nickte und die anderen sahen sie mit großen Augen an. Sie alle wussten nichts über ihre Vergangenheit. Hanna hatte bisher nichts von sich aus erzählt. Aber gefragt hatten sie auch nicht. Alle schauten sie erwartungsvoll an und es schien ihr sichtlich schwer zu fallen, darüber zu sprechen: „Ihr wisst ja, dass ich eine gewandelte Nachtgestalt bin. Ich war nicht immer so. Vorher lebte ich mit meinem Vater und meinem älteren Bruder außerhalb der Kastenlande. Dort gibt es keine Regelungen, was Mystiker angeht. Es gibt zwar Regierungen, aber die wissen nichts von uns. Die bestehen alle aus Nichtmystikern. Es kommt dort viel häufiger vor, dass Nachtgestalten Menschen wandeln oder bis auf den letzten Tropfen aussaugen. Das bleibt aber nicht bei allen unbemerkt. Meine Mutter wurde von einem V… von einer Nachtgestalt getötet, als ich drei Jahre alt war. Mein Vater wurde daraufhin zu einem Vampirjäger, wie man es dort nannte. Er bekämpfte Nachtgestalten. Er wurde mit der Zeit richtig gut. Kurz nach meinem 18. Geburtstag machte er einen ganzen Clan ausfindig. 14 Nachtgestalten schaltete er an einem Tag aus. Aber einer aus dieser Familie war nicht zu Hause. Er rächte sich bei meinem Vater, indem er meinen Bruder und mich wandelte. Mein Vater zögerte keinen Moment, meinem Bruder einen Pflock ins Herz zu jagen, aber bei mir wurde er einen Moment schwach und ließ mich laufen. Ich rannte von zu Hause fort und kam nie mehr zurück. Ich erfuhr nach ein paar Jahren, dass er bei der Jagd ums Leben kam. Ich habe erst vor kurzem erfahren, dass es die Kastenlande gibt und habe mich auf den Weg hierher gemacht."

Hanna schaute auf den Boden. Eine einzelne Träne lief über ihre Wange.

„Konnte das irgendjemand hier wissen?", fragte Harling mit ruhiger und mit Mitgefühl gefüllter Stimme.

Hanna schüttelte den Kopf: „Ich habe diese Geschichte überhaupt noch niemandem erzählt."

Harling und Gellhorn schauten sich an. „Dann gibt es eine Verbindung nach draußen", stellte Gellhorn fest. „Und der Kontakt oder die Kontakte draußen sind entweder selbst sehr mächtig oder haben sehr gute Verbindungen zu mächtigen Mystikern. Noch ein Grund mehr, vorsichtig zu sein."

Gellhorn sah Sarah an, als wolle sie deren Zustimmung dafür, dass sie ihr offensichtlich Informationen vorenthielt. Sarah schaute einfach in eine andere Richtung. Sie konnte ihre Emotionen gerade nicht ordnen. Sie war bewegt von Hannas Geschichte und überfordert mit den vielen neuen Eindrücken. Gleichzeitig fühlte sie sich, als behandle man sie wie ein kleines Kind. Harling drückte jedem einen Keks in die Hand: „Esst die."

Daniel schaute ihn fragend an.

„Keine Sorge, es beeinträchtigt nicht euer Gedächtnis. Es mindert für eine Weile die schlechten Gefühle. Salentin rechnet damit, dass wir euch etwas mit Magie aufheitern. Das Spiel sollten wir vorübergehend mitspielen, denn wer immer dahintersteckt, soll nicht wissen, was wir hier besprochen haben. Für die anderen Studenten seid ihr Opfer eines bösen Streichs geworden und ihr wurdet hier wiederaufgebaut."

Sarah war nicht wohl bei dem Gedanken, etwas zu sich zu nehmen, dass sie vorrübergehend manipuliert, aber Gellhorn und Harling bestanden darauf und versicherten, dass die Wirkung nach einer Weile nachlassen und ohne Nebenwirkungen aus dem Körper verschwinden würde. Sarah setzte als Letztes an und aß ihren Keks. Dann führte Gellhorn die sechs Studenten die Tür hinaus.

28. Kapitel – Hummer oder Kummer

Da standen sie nun in der Aula.

„Merkt ihr schon irgendwas?", fragte Daniel in die Runde.

„Ich merke, dass du ziemlich heiß aussiehst für einen Kaltblüter", sagte Kim in einem Tonfall, als hätte sie festgestellt, dass es heute nicht regnet, obwohl man mit Regen gerechnet hatte.

Dann lachte Kim laut los. Die anderen lachten mit.

„Mir ist auch echt heiß heute", stellte Daniel fest und alle gackerten erneut.

Einzelne Studenten, die zuvor im Gemeinschaftsraum waren, wurden auf die alberne Gruppe aufmerksam und schauten sich fragend an. Lisa, die ebenfalls unter den Studenten war, kam nah an die Gruppe heran und flüsterte: „Alles gut bei euch? Ich meine, erinnert ihr euch an …?“

„Ja, ja, alles gut“, unterbrach sie Hanna beschwingt. „Da hat uns doch jemand glatt einen Streich gespielt. Wir sahen ganz schön blass aus, oder? Und das sage ich.“ Und schon lachten alle erneut.

„Ihr meint, das war nur ein harmloser Streich? Habt ihr irgendwas in dem Büro gegessen oder getrunken?“

„Ja und ja!“, antwortete Ella. „Guten Tee und köstliche Kekse.“

„Ohhhh“, Daniel fiel etwas ein. „Wisst ihr, wo es noch köstliche Kekse gibt? Ich wollte euch doch was zeigen. Da gibt’s sooo leckere Kekse. Kommt mit!“

Daniel verließ die Aula durch die große Eingangstür und die anderen tollten lachend und fröhlich hinterher. Der Weg durch das Dorf war spannend. Die fünf Erstsemester hatten viel zu entdecken und in ihrer magischen Euphorie staunten sie noch einmal mehr. Vor einem kleinen, schicken Gebäude blieb Daniel stehen. Colin las den Namen des Gebäudes: „Hummer oder Kummer.“

Dann lachte er wieder los: „Das ist der verrückteste Name für ein Geschäft, den ich je gehört habe.“

„Das ist ein Restaurant“, erklärte Daniel und ging durch eine drehende gläserne Tür. Die anderen folgten ihm und drehten erst mal kichernd ein paar Runden.

Als sie in dem Restaurant waren, hörten sie keinen Ton. Obwohl sie recht auffällig hineinstolperten, achtete auch keiner auf sie. Die Menschen, die dort saßen, waren tischweise von großen Blasen umgeben. Sarah erinnerte sich daran, dass sie erst einmal in einem Restaurant war, das nur halb so schick war und ihr fiel ein, dass sie gar kein Geld besaß: „Das kann ich mir ja gar nicht leisten“, platzte sie heraus.

„Keine Sorge, beruhigte sie Ella. Wir laden euch alle ein. Unsere Eltern hatten viel gespart, um aufzusteigen und brauchten das Geld dann dann doch nicht vollständig dafür. Wir sind gut versorgt."

„Hummer oder Kummer?", fragte eine Kellnerin die Gruppe.

„Hummer", antwortete Daniel, der als Einziger wusste, was das zu bedeuten hatte. „Sie waren heute schonmal hier", erinnerte sich die Kellnerin.

„Ja", Daniel freute sich viel zu sehr, dass sie sich erinnerte. „Und da war's Kummer. Jetzt ist es Hummer. Erst Kummer, dann Hummer."

Die Kellnerin war leicht irritiert und gab einem Kollegen ein Zeichen, dass dieser Gast wohl schon zu viel getrunken habe. Sie führte die Sechsertruppe zu einem Tisch und nahm die Bestellung auf.

„Und du wolltest uns diesen Laden zeigen?", fragte Kim irritiert.

„Ja, schaut euch das an. Die Menschen unterhalten sich hier und niemand außerhalb der Blase bekommt mit, worüber. Die Leute gehen hierhin, um wichtige Geschäfte zu besprechen oder über irgendwelche Probleme oder Gefühle zu reden."

„Oh, deswegen Hummer oder Kummer", rief Ella aus.

„Ja genau", bestätigte Daniel. „Bei Geschäftsessen wird oft groß aufgefahren und man isst so etwas wie Hummer."

Die Kellnerin kam mit der Bestellung zurück, als Kim traurig feststellte, dass niemand von ihnen Hummer bestellt hatte. Die Kellnerin wunderte sich über diese verrückte Truppe und fragte, ob sie noch irgendetwas wünschten. Daniel schüttelte den Kopf fünfmal hin und her und setze noch ein klares „Nein" hinzu. Die Kellnerin konzentrierte sich, hob beide Hände hoch und eine riesige transparente, leicht glänzende Blase schloss die sechs ein.

„Passt jetzt mal auf", sagte Daniel aufgeregt. „Hey Kellnerin, Ihr Schuh ist auf."

Die Kellnerin reagierte nicht und ging lächelnd ihren Weg.

„Jetzt hört uns auch niemand. Hier können wir mal unbemerkt außerhalb der Zimmer sprechen."

„Wahnsinn", rief Colin aus und imitierte die Geräusche eines Esels, um die Theorie zu überprüfen.

„Oh und du warst heute schon mal hier wegen Kummer?", fragte Sarah. „Was macht dich denn so traurig? Das Leben ist so schön."

„Ich hatte keinen Kummer, aber die Frau, mit der ich hier war. Liebeskummer. Eine freundliche und hübsche Frau aus meinem Semester. Sie wollte mir hier sagen, dass sie sich in mich verliebt hat."

„Oh", schwärmte Hanna, „das ist aber schön."

„Ja, aber ich bin ja nicht in sie verliebt. Also ist es nicht ganz so schön für sie", erklärte Daniel.

Sarah lachte laut los. Die anderen blieben plötzlich ruhig und auch Sarah hörte schlagartig auf und entschuldigte sich für ihr Lachen.

„Alles gut", sagte Daniel mit ernster Miene. „Die Wirkung hat gerade nachgelassen."

Die Wirkung verflog ziemlich abrupt. Die sechs Freunde begannen schweigend ihr Essen.

„Nun worüber sprechen wir denn, wenn wir schon mal hier sind?", fragte Kim. „Es ist so viel passiert."

„Vielleicht darüber, dass mich jeder wie ein kleines Kind behandelt und mich außen vorhält."

„Aber das stimmt doch nicht", versuchte sie Ella zu beruhigen, die Sarahs Ärger, der gerade zurückkam, deutlich spürte.

„Doch, ihr wisst auch etwas, das ich nicht weiß und euch könnte man genauso aushorchen wie mich. Ihr traut mir weniger zu, weil ich keine Nachtgestalt bin."

Daniel und Ella sahen sich kurz und intensiv an. Dann atmete Ella tief durch: „Wir sind alle ein Team und stecken da zusammen drin. Zusammen sind wir stärker und wir sollten keine Geheimnisse voreinander haben."

Sarah horchte auf.

„Die beste Freundin unserer Mutter, die wir gesucht haben – und die unsere Eltern gesucht hatten – fanden wir in der grünen Kaste kurz bevor sie starb. Ihr Name war Jenny, geborene Vega, nun trug sie den Namen Hollander."

Sarah erstarrte für einen Moment: „Aber, das kann doch nicht sein, ihr habt gesagt, die Freundin sei eine Seherin gewesen."

Daniel nickte: „Das war sie, ja."

„Aber, das kann nicht sein. Das hätte ich doch gewusst. Warum wusste ich nichts davon?", Sarah fühlte sich völlig überfordert.

„Wir wissen selbst nicht mehr", erklärte Ella weiter.

„Vielleicht wusste sie es selbst nicht mehr. Vielleicht ein Zauber. Vielleicht wollte sie es nicht mehr wissen. Wir haben es noch nicht herausgefunden."

„Noch nicht", fügte Daniel zuversichtlich hinzu. „Aber das werden wir noch. Wir finden Antworten auf alle Fragen. Gemeinsam."

„Du hast gesagt, sie war schwanger, bevor sie verschwand“, Sarah konnte das Thema noch nicht ruhen lassen. „Mit mir?“

„Könnte zeitlich hinkommen“, antwortete Ella.

„Dann kannte sie meinen Vater schon? Das war ihr heimlicher Verehrer? Ein Nichtmystiker aus einer unteren Kaste? Ist sie deshalb abgehauen? Habe ich Großeltern, die noch leben? Meine Mutter hatte nie irgendwelche Verwandten. Hat sie die vielleicht doch? Wissen die von mir?“

Sarahs Fragen sprudelten nur so hinaus. „Das finden wir alles heraus“, beruhigte sie Daniel. „Das ist alles möglich und du hast tatsächlich Großeltern in der orangen Kaste, die du in den Ferien bestimmt kennenlernen kannst.“

„Aber, wenn die – wer auch immer *die* sind – so viel wissen, dann wissen sie, dass Jenny eigentlich aus einer hohen Kaste kommt und ich doch irgendwie hierher gehöre.“

„Das gehörst du so oder so, unabhängig von der Kaste. Du bist eine Mystikerin“, sagte Ella mit ruhiger, freundlicher Stimme. „Und wir finden heraus, wer denkt, dass dies nicht so sei.“

„Und wie?“, Sarah schien auf alles sofort eine Antwort haben zu wollen.

„Nun, wir könnten in den Semesterferien herausfinden, wer das Medaillon mit der Spinne in die Bäckerei gebracht hat. Dein Vater hat die Person gesehen. Da haken wir nach“, schlug Ella vor.

„Vielleicht bist du nicht die Einzige, die bedroht wurde“, fiel Colin ein. „Da ist doch noch der Student, der die Einladung abgelehnt hat. Vielleicht ist das aus Angst geschehen. Wir finden heraus, wer die Person ist, und statten ihr in den Ferien einen Besuch ab.“

„Wir?“, fragte Kim irritiert. „Also klar, ich bin dabei. Ich geh’ nicht mehr nach Hause und Hanna hat kein Richtiges… Aber du? Wolltest du nicht deine Mutter besuchen?“

Colin schien ein schlechtes Gewissen zu bekommen: „Ja, du hast recht. Aber die Ferien sind lang, ich kann doch beides machen.“

„Klar, cool!“, Kim nickte.

„Dann sind wir alle dabei“, freute sich Hanna. Sie hatte wohl genau wie die anderen das Gefühl, eine Familie gefunden zu haben.

„Und was machen wir bis dahin?“, fragte Sarah ungeduldig.

„Es gibt viel zu tun“, erklärte Daniel. „Ihr übt Gedanken lesen und Barrieren aufbauen so gut es geht. Und wir müssen an die Akte des 84. Studenten gelangen. Das wird nicht leicht. Seit ich die Akte deiner Mutter entwendet habe, sind die Sicherheitsvorkehrungen verstärkt worden. Es blieb wohl nicht unbemerkt, dass sie fehlt.“

„Außerdem können wir versuchen, herauszufinden, wer von den Studenten mit drinsteckt“, ergänzte Kim.

„Gibt also genug zu tun“, stellte Ella fest. „Und ein wenig dürfen wir wohl auch noch das Unileben genießen.“

Die sechs Studenten aßen auf und Sarahs Gefühlschaos schien sich in den weiteren Gesprächen etwas zu beruhigen. Als sie die Zeit abmachten, zu der sich die Erstsemester wieder im Seherzimmer treffen wollten, war Sarah mit ihren Gedanken plötzlich ganz woanders. Sie erinnerte sich an das, was Ella sagte, bevor sie in ihr Zimmer verschwand. Was das zu bedeuten hatte, wollte sie unbedingt wissen und sie setzte sich zum Ziel, genau das am heutigen Abend zu erfahren.

29. Kapitel – Wir könnten einen Magier gut gebrauchen

Im Zimmer angekommen, setzten sich Sarah, Colin und Kim – genau wie am Vortag – auf den Fußboden in einen Kreis. Diesmal nahm Sarah das Fläschchen mit dem roten Inhalt. Nachdem die ausgemachte Uhrzeit erreicht war, ließ sie zwei Tropfen auf ihre Zunge fallen, schloss den Mund und schluckte sie hinunter. Im selben Moment standen Ella und Hanna hinter dem Sofa. Hanna vertrug den Transportationszauber beim zweiten Mal deutlich besser. Da die Freunde sich im Restaurant bereits ausgiebig ausgetauscht hatten, begannen sie direkt mit den Gedankenübungen. Dazu würfelten sie den ersten Partner aus, um danach reihum zu tauschen. Sarah ging die erste Runde leer aus und so überlegte sie sich schon mal, was sie Ella für eine Botschaft senden würde, sobald sie sich gegenüberstünden. Zu Sarahs Glück, aber auch zu ihrer Überraschung, stand sie direkt in der zweiten Runde Ella gegenüber.

„Wer sendet zuerst?“, fragte Ella.

„Ich“, antwortete Sarah entschieden.

Ella war einverstanden: „Gut!“

Sarah schaute sie intensiv an: „Bevor du gestern gegangen bist, hast du mir eine Botschaft geschickt. *‚Ich hab‘ dich echt lieb‘* hast du gesagt. Wie war das gemeint?“ Ella lächelte und antwortete ihr ebenfalls in Gedanken: „Na, genauso, wie ich es gesagt habe. Ich hab’ dich halt echt lieb.“

Sarah wusste nicht, was sie sagen sollte. Diese Aussage half ihr überhaupt nicht weiter. Sie überlegte, was sie noch sagen konnte, als Kim – die diesmal keinen Partner hatte – einen Wechsel zur dritten Runde einforderte. Da das Gedankensenden und Gedankenempfangen so gut funktionierte, ging es in der nächsten Runde um das Blockieren. Und auch hier schafften es alle, eine starke Barriere aufzubauen. Wenn sie dies bis zu den Ferien jeden Abend übten, waren sie sicher gut gewappnet. Da waren sich alle einig. Nach getaner Arbeit saßen sie zusammen auf dem Boden, tranken schräge Limonaden und quatschten noch einmal über die Ereignisse des Tages.

„Was meint ihr, welche Studenten es sein könnten?“, fragte Kim irgendwann. „Es müssen mindestens ein Seher und ein Magier sein.“

„Ich vermute, welche aus höheren Semestern“, meinte Colin, fügte dann aber unsicher hinzu: „Oder meint ihr, jemand aus unserem Jahrgang?“

„Kann ich mir irgendwie bei den Sehern nicht vorstellen“, antwortete Sarah. „Wobei wir natürlich nicht alle kennen und gut kennen wir sowieso niemanden. Es könnte jeder sein. Aber einen Verdacht habe ich nicht.“

„Bei den Magiern sieht es auch nicht besser aus“, stellte Colin fest. „Da kennen wir ja fast niemanden.“

„Vielleicht sollten wir das ändern“, schlug Ella vor. „Denis wirkte sehr nett. Wir könnten einen Magier gut gebrauchen, vor allem für unser Vorhaben an die 84. Studentenakte zu gelangen.“

Sarah war sich unsicher: „Wir müssen aufpassen, wem wir vertrauen, meinte Gellhorn. Woher sollen wir wissen, wer es ehrlich mit uns meint? Was, wenn wir genau die Person ins Boot holen, die uns drangsaliert?“

„Vielleicht freunden wir uns einfach mit Stephan an“, schlug Kim vor. „Der arme Kerl steckt garantiert nicht mit drin.“

„Wäre eine Möglichkeit“, stimmte Sarah zu. „Aber lasst uns nichts überstürzen. Vielleicht ergibt sich in den nächsten Wochen automatisch etwas.“

„Was ist eigentlich mit Kramer und seinen treuen Fliegen?“, fragte Kim.

„Na, die werden wir wohl nicht ins Boot holen“, antwortete Ella.

„Nein, schon klar“, erwiderte Kim. „Aber meint ihr, die könnten da mit drinstecken? Kramer macht kein Geheimnis daraus, dass er Sarah nicht hier haben möchte.“

„Das wäre dann aber wirklich nicht sehr geheim, also äußerst unvorsichtig“, überlegte Hanna. „Außerdem traue ich ihm das nicht zu.“

„Ich glaube, zum jetzigen Zeitpunkt irgendwen zu verdächtigen, macht uns nur alle verrückt“, sagte Ella recht sorglos. „Nachher haben wir vor Allen Angst.“

„Vielleicht sollten wir das“, entgegnete Colin.

„Nein“, Ella schüttelte den Kopf. „Das sollten wir ganz sicher nicht. Der Großteil der Mystiker ist gut. Und die faulen Eier finden wir. Ganz sicher.“

Ella lächelte und im selben Moment waren sie und Hanna verschwunden. Sie hatten nicht auf die Zeit geachtet und die zwei Stunden waren um.

„Vielleicht sollten wir auch ins Bett gehen“, gähnte Kim. „Wir haben letzte Nacht nicht sonderlich viel geschlafen.“

Sarah und Colin stimmten zu. Als Sarah im Bett lag, gingen ihr unzählige Gedanken durch den Kopf.

Dass ihre Mutter eine Seherin sein sollte, konnte sie vom heutigen Tage am wenigsten fassen und begreifen. Vielleicht hatte sie keine Kräfte mehr und ihr Gedächtnis wurde manipuliert. Warum hatte sie Sarah nicht auf diese Welt vorbereitet? Vielleicht hatte sie gehofft, dass sie diese Kräfte nicht erbt. Vielleicht hat sie ihre die ganze Zeit versteckt und hatte eine Vision über die Einladung. Wer weiß, was sie noch gesehen hatte. Ob Sarah einen Fehler gemacht hatte, die Einladung anzunehmen, wo sich doch alles so richtig anfühlte – und das trotz der angsteinflößenden Ereignisse?

Sarah lag noch lange wach, bis sie übermüdet einschlief. Es dauerte jedoch nicht lange, bis sie wieder träumte:

Sarahs Augen sind von zwei Händen bedeckt und als sie sich umdreht, sieht sie Ella im silbernen Paillettenkleid, die ihr sehr nah kommt. Plötzlich rauscht Wasser ins Haus und steigt so schnell an, dass Sarah kaum reagieren kann. Sie will schreien oder rennen, aber beides ist nicht möglich. Das Wasser steigt über ihren Kopf und im Wasser sieht sie das fahle, alte Gesicht einer Frau, das ihr schon einmal im Spiegel erschienen ist. Im nächsten Moment befindet sich Sarah wie im vorherigen Traum in einem Irrgarten. Vor ihr stehen die drei Türen. Ein kleines Mädchen mit brünettem Haar, das Sarah nur von hinten sieht, geht mit den Worten „Die rechte Tür ist gerade recht" auf die rechte Tür zu, öffnet diese, wird von einem Pfeil getroffen und zerfällt zu Staub. Im nächsten Moment ist Sarah in der Anstalt und wird von ihrer Mutter und sechs Patienten umzingelt, während alle eindringlich rufen: „Du darfst die Einladung nicht annehmen."

Eine geisterhafte Version ihrer Mutter gesellt sich dazu und spricht wütend auf sie ein: „Ich habe dir gesagt, du sollst die Einladung nicht annehmen. Du gehörst nicht hier her. Wir alle haben es dir gesagt, aber du hast nicht gehört, du ungezogenes, undankbares Gör.“

Sarah wachte auf und schreckte hoch. Die kleinen Härchen an ihren Armen standen senkrecht und es fröstelte sie. Im Zimmer war es dunkel. Kim und Colin schliefen friedlich. Zumindest wurden sie diese Nacht von weiteren Angriffen verschont. Sarah holte sich ein Glas Wasser und legte sich wieder ins Bett. Sie versuchte, an etwas Schönes zu denken, aber in ihrem Kopf sah sie immer wieder Bilder aus ihrem Traum oder aus dem DISA-Seminar. Sie wälzte sich hin und her, bis sie endlich noch einmal einschlief.

30. Kapitel – Ein Morgen mit Professorin Ankum

Nicht nur Sarah hatte der gestrige Tag noch lange nachgehangen, auch die übrigen Freunde saßen recht müde und wortkarg am Frühstückstisch. Ella war die Erste, die ihre wache und muntere Art wiederfand und zückte ihren Stundenplan. GES (*Geschichte der Schwerpunkte*) und RUG (Regeln und Gesetze) sollten die Nachtgestalten heute Vormittag über sich ergehen lassen.

„Das klingt furchtbar langweilig“, stellte Ella fest. „Was gibt’s bei euch?“

Zu ihrer Enttäuschung stellte Ella fest, dass die Seher heute Morgen den gleichen beiden Fächern entgegenblicken durften.

„Vielleicht wird es ja ganz interessant“, warf Hanna ein. „Ich weiß sehr wenig über die Geschichte und vermutlich kenne ich auch noch nicht alle Regeln und Gesetze.“ Sarah fand diesen Gedanken nachvollziehbar, aber Ella drückte ihre Hände an die aufgeblasenen Wangen, streckte die Zunge raus und machte ein langes Furzgeräusch. Dann fügte sie hinzu: „Sowas ist nie spannend.“

Und größtenteils sollte Ella Recht behalten. Dabei begann es noch ganz interessant. Professorin Ankum wirkte etwas ernster und strenger als Professorin Gellhorn. Sie war ähnlich klein, aber äußerst schmal und obwohl sie schon über 50 Jahre alt war, wirkte sie von ihrem Kleidungsstil und ihrer ganzen Art noch sehr jung und fit. Ankum trug diesmal keinen Trainingsanzug, sondern einen türkisen Rock mit Blümchen und dazu ein rotes Trägertop. Von der Kleidung her hätte man sie glatt für eine Studentin halten können. Nachdem sie die Studenten begrüßt und sich nochmals kurz vorgestellt hatte, begann sie mit der Geschichte der Schwerpunkte. Seher und Magier habe es schon gegeben, soweit die Schriften reichen, aber von den ersten Nachtgestalten begannen die ersten Aufzeichnungen erst vor etwa 3000 Jahren. Ob es davor schon Nachtgestalten gab oder wie diese entstanden, war unklar. Auch – ob zu Beginn der Menschheit schon Seher oder Magier existierten –war unklar. Irgendwie war zu Beginn der Geschichte sehr viel unklar, aber natürlich gab es unendlich viele Ideen, Gedanken und Thesen der unterschiedlichsten Mystiker dazu und schon merkte Sarah, dass sie mit den Gedanken abdriftete. Das Glockenläuten ließ sie regelrecht zusammenzucken und sie schaute sich um, ob jemand mitbekommen hatte, dass sie nicht bei der

Sache war. Professorin Ankum schaute nur auf die Uhr: „Ach, die Zeit verfliegt so schnell. Nach der Pause geht es dann erst mal mit RUG weiter.“

Ein leichtes Stöhnen und Raunen erfüllte den Raum, das Professorin Ankum jedoch nicht weiter zu merken schien. Sarah war wohl nicht die Einzige, die bei den vielen geschichtlichen Theorien nicht mehr folgen konnte.

Sarah, Kim und Colin verließen diesmal fast als Erstes den Raum zur kurzen Pause.

„Ich hoffe, RUG wird spannender“, seufzte Kim und gähnte.

„Ich hätte tatsächlich gedacht, dass es etwas interessanter wäre“, fügte Colin enttäuscht hinzu.

„Kommt vielleicht noch“, ermutigte Sarah ihn, war aber selbst nicht besonders hoffnungsvoll.

Regeln und Gesetze startete ähnlich trocken. Professorin Ankum stellte kaum Fragen und bevor sie auch nur ein einziges Gesetz nannte, philosophierte sie darüber, warum Regeln und Gesetze wichtig seien und dass die Kastenlande, was Mystiker angehe, besondere Vorreiter seien. In anderen Ländern wäre ein so harmonisches Miteinander nicht sichergestellt. Sarah musste sofort an Hanna denken und dann war sie froh, nicht außerhalb der Kastenlande leben zu müssen. Sie erinnerte sich an die furchtbare Geistergestalt, die Hannas Vater darstellen sollte und ohne, dass sie es verhindern konnte, sah sie wieder die Geistergestalt, die wie ihre Mutter aussah, im Geiste vor sich. Eins führte zum anderen und den Rest der Stunde dachte Sarah erneut darüber nach, warum ihre Mutter ihr so viel verheimlichte und was wohl genau dahinterstecken könnte. Das Läuten der Glocken riss Sarah erneut aus ihren Gedanken. Sie würde sich bei

Professorin Ankum etwas einfallen lassen müssen, wenn sie diese beiden Seminare nicht komplett an sich vorüberziehen lassen wollte. Sollte es einen Test geben, müsste sie sich wirklich anstrengen, aufmerksam dabeizubleiben. Würde es denn Tests geben? Sarah wusste nicht genug über Universitäten und selbst wenn, so folgte Burg Torva ohnehin ihren ganz eigenen Regeln.

„Ihr beiden wart gedanklich ganz woanders, als es um die Länder außerhalb der Kastenlande ging“, sagte Kim, als die drei den Seminarraum verließen. „Ich musste kurz an Hanna denken und an das Erlebnis im Gruppenraum. Aber ich vermute, bei euch gings weiter?“

Sarah nickte und Colin brachte nicht mehr als ein kurzes Ja heraus. Ihm musste es ähnlich gehen wie Sarah. Auch Colin war auf der Suche nach Antworten. Aber ihm wollte Gellhorn welche geben, fiel Sarah ein. Er sollte ja heute in die Sprechstunde kommen. Ob er sie und die anderen wirklich mitnehmen würde? Sarah wusste nicht, ob sie wollte, dass andere ihre Träume oder Visionen sahen.

Kaum in der Mensa angekommen, war es Ella, die den Dingen wie immer direkt auf den Grund ging: „Und heute Nachmittag begleiten wir Colin alle zu Gellhorns Sprechstunde. Bleibt doch dabei, Colin, oder?“

„Ja“, erwiderte Colin überzeugt. „Auf jeden Fall. Ich will das nicht allein.“

„Musst du auch nicht“, Kim legte ihren rechten Arm um Colins Schulter und schaufelte sich mit der linken Hand etwas ungelenk Spaghetti in den Mund.

„Vorher stehen aber noch zwei Seminare an“, bemerkte Hanna etwas unmotiviert, „Professorin

Demir ist nett, aber die Seminare heute Vormittag bei ihr waren echt anstrengend."

„Bei uns das Gleiche", erwiderte Sarah. „Zum Glück wissen wir, was uns gleich bei Gellhorn erwartet."

Womit Sarah jedoch nicht rechnen konnte, war, dass Gellhorn gar nicht auftauchte. Während sie mit den anderen Sehern vor verschlossener Hauptseminartür stand, überkam Sarah ein nervöses Gefühl, das sie nicht zuordnen konnte. Klar, Professoren sind auch nur Menschen. Die können sich mal verspäten. Aber Gellhorn war bisher immer da – selbst außerhalb des Seminars. Dass sie nicht da war und vielleicht auch mal an anderer Stelle fehlen könnte, war ein blödes Gefühl.

„Entschuldigt die Verspätung", hörte sie die etwas kühlere Stimme von Professorin Ankum. „Professorin Gellhorn geht es nicht gut. Magenverstimmung. Ich vertrete sie, musste aber meinen anderen Kurs dafür ausfallen lassen und den Studenten noch ein paar zu bearbeitende Aufgaben vorbeibringen. Bei den Erstsemestern soll möglichst kein Seminar ausfallen."

Professorin Ankum erklärte alles kurz und knapp, sodass keine weiteren Fragen auftauchten. Sie war es anscheinend nicht gewohnt, Fragen zu beantworten und sprach lieber so, dass sie von vornherein alles im Detail erklärte. Das heißt, eine Frage musste sie dann doch stellen, da die plötzliche Vertretungssituation scheinbar keine Absprachen mehr zuließ: „*Träume und Visionen*. Was haben Sie denn da letzte Stunde gemacht?"

Ankum sah kaum darauf, wer sich meldete und rief einfach die Erste auf der Kursliste auf.

„Wir haben über den Unterschied zwischen einem Traum und einer Vision gesprochen und haben von unseren Visionen berichtet“, antwortete Mei Araki.

„Oder von dem, was wir für eine Vision halten“, ergänzte Boukari. „Weiß man ja nicht immer.“

„Ah ja“, äußerte Ankum in einem Ton, der weder erkennen ließ, ob sie dies nun erwartet hatte oder ob sie dies nun gut fand oder nicht.

„Dann melden Sie sich doch bitte, wenn Sie hier noch von keiner Vision berichtet haben“, forderte Ankum die Studenten auf.

Sarah, Colin und Kim hoben sehr zögerlich die Hand und auch die übrigen Studenten, die ihre Visionen noch nicht geteilt hatten, rissen sich nicht darum, dies jetzt nachzuholen.

„Nun, Colin Waldeck, Sie haben von einer Ihrer Visionen ja bereits am ersten Tag berichtet, soweit ich mich erinnere, Sie können den Finger wieder herunternehmen.“ Colin war im ersten Moment erleichtert, jedoch verließ ihn das gute Gefühl wieder, als er merkte, wie die übrigen Studenten ihn ansahen und flüsterten, da sie sich ebenfalls wieder daran erinnerten.

„Kim Schulte, Sie wussten doch auch nicht, dass Sie Seher sind und haben sich dann aufgrund einer Vision angeschlossen“, Ankums Gedächtnis war deutlich stärker als ihr Feingefühl.

Kim, die sonst sehr selbstbewusst schien, zögerte und murmelte ein paar halbe Sätze: „Weiß nicht, ob das jetzt wirklich eine Vision war. Vielleicht war’s nur ein Traum. Ist nicht eingetroffen. Oder nur so halb. Hab‘ geträumt, dass ich nach Burg Torva gehe und jetzt bin ich da. War vielleicht aber nur ein Traum, weil ich die Einladung bekommen habe.“

„Da steckt doch noch mehr hinter!“, hakte Ankum irritiert und gleichzeitig interessiert nach, als ob ihr gar nicht klar wäre, dass es Dinge geben könnte, über die die Studenten vielleicht nicht gerne offen sprechen wollten. Wahrscheinlich war es auch so. Kim schüttelte den Kopf.

„Überlegen Sie genau! Es geht ja darum, die feinen Unterschiede zwischen Träumen und Visionen zu erkennen. Wir können uns Ihre Vision sonst gerne gemeinsam anschauen.“

Ankums Vorschlag klang freundlich und unterstützend, wirkte auf Kim jedoch wie eine Drohung. Wenn sie jetzt nichts sagen würde, sollten es alle Studenten sehen? Kim fühlte sich sichtlich unwohl und sie versuchte Formulierungen zu finden, die nicht ins Detail gingen: „Ich habe mich selbst gesehen. Aber irgendwie anders. So wie ich wirklich bin. Und ich war glücklich. Das war ich bis zu dem Zeitpunkt in Träumen nie.“

„Sehr gut“, lobte Ankum, die sich freute, dass sie die Studentin doch noch zu einer ihr genügenden Antwort motivieren konnte. Kim schaute Sarah und Colin nicht an und blickte zu Boden. Es gab immer noch so viel, dass sie nicht voneinander wussten. Sarah nahm Kims Hand und drückte diese fest. Ohne sie anzuschauen, drückte Kim zurück – Ein kleines Zeichen, dass sie die Geste zu schätzen wusste. Den Rest der Stunde ließen sie die Hände nicht los. Zu Sarahs Glück erinnerte sich Ankum auch daran, dass Sarah vor versammelter Mannschaft bereits von ihrer Vision berichtet hatte. So musste Thomas Teuber, ein brünetter Lockenkopf, der sich bisher noch in keinem Seminar geäußert hatte, von seiner Vision berichten, in dem der junge Mann, in den er sich verliebt hatte, ihm einen Korb gegeben hatte und dies exakt so am nächsten Tag mit den gleichen wenig wertschätzenden Worten eintraf. Am liebsten hätte Sarah in dem Moment auch Thomas‘ Hand gedrückt, aber sie kannte ihn nicht und saß nicht in seiner Nähe. Sie schaute bewusst nicht in seine Richtung, denn mitleidige Blicke halfen ihm sicher nicht. Als Professorin Ankum Thomas lobte, meldete sich Lisa Fischer. Sie wollte freiwillig von ihrer Vision berichten. Doch als sie begann, merkten Sarah, Kim und Colin schnell, dass sie ein ganz anderes Motiv verfolgte und es ausnutzte, dass Professorin Gellhorn nicht anwesend war.

„Ich habe gesehen, dass ich auf Burg Torva im Gemeinschaftsraum war. Er war im Detail so in meinem Kopf, wie er wirklich ist. Ich kannte ihn vorher nicht. Da war ein Student. Er schlief auf dem Sessel und plötzlich tauchten unzählige Vogelspinnen auf und griffen ihn an. Er stand auf und schrie ganz fürchterlich. Innerhalb kürzester Zeit breitete sich eine Panik und Hektik aus. Die meisten Studenten schrien, kletterten auf Tische oder verließen den Raum. Ein paar halfen. Ich saß wie angewurzelt da und konnte mich vor Schreck nicht rühren. Ein Student half mir zur Tür und bat mich, Hilfe zu holen, aber Professorin Gellhorn und Professor Harling waren schon da und brachten alles wieder in Ordnung.“

Lisa endete mit einem Grinsen, während sowohl die Studenten als auch Professorin Ankum an ihren Lippen hingen.

„Das hast du alles so im Detail gesehen, bevor du nach Burg Torva gekommen bist?“, fragte Ankum mit großen Augen und sorgenvoller Stimme.

Lisa nickte und nur Sarah, Kim und Colin wussten, dass sie log. Niemand sonst konnte sich an den Vorfall erinnern.

„Ich werde mit Professorin Gellhorn sprechen“, entschied Ankum. „Wenn dies eine vollständige Vision ist, kann sie jederzeit eintreffen und wir sollten uns auf diesen Fall vorbereiten. Wer war der Student?“

„Das konnte ich leider nicht erkennen, Professorin Ankum“, log Lisa weiter. „Es waren ja überall Spinnen auf seinem Körper und seinem Gesicht.“

Die Glocken, die das Ende des Seminars bedeuteten, kamen wie aus dem Nichts und Professorin Ankum beendete das Thema und läutete die Pause ein: „Nun, Professorin Gellhorn und ich werden uns darum kümmern. Danke, dass Sie uns von dieser Vision berichtet haben. Machen Sie sich keine Sorgen und genießen Sie die Pause.“

Lisa stand grinsend auf, während es in Sarahs Inneren zu brodeln begann. Wütend folgte sie Lisa aus dem Seminarraum. Diese war schnell umringt von den anderen Sehern, die noch mehr Details wissen wollten. Sarah setzte ein falsches Lächeln auf und zog Lisa einfach, mit den Worten „Darf ich dich mal kurz sprechen“, aus der Mitte ihrer Zuhörer beiseite.

„Was sollte das?“, fragte Sarah Lisa vorwurfsvoll. „Bist du verrückt geworden?“

Lisa lachte: „Hey, das ist doch nicht unser Geheimnis, oder? Wenn Gellhorn meint, sie kann ihre eigenen Regeln machen, soll sie mit den Konsequenzen leben.“

„Das hat sie zum Schutz gemacht und du ruinierst alles“, entgegnete Sarah aufbrausend.

„Zum Schutz für wen?“, forschte Lisa aufmerksam nach. Sarah reagierte glücklicherweise blitzschnell und antwortete selbstsicher und ohne zu zögern: „Zum Schutz aller Studenten. Die fühlen sich dank dir nun unsicher hier. War es das, was du wolltest?“

„Ach, das bekommt Gellhorn schon wieder hin“, wehrte Lisa ihren Vorwurf ab.

Die Glocken läuteten das Ende der kurzen Pause ein und Sarah ging frustriert und sauer zurück in den Seminarraum. Sie wollte gerade Colin und Kim von ihrem Flurgespräch berichten, als Ankum sie bat für das GLUB-Seminar Zweierteams zu bilden. Da es jedoch 27 Seher in dem Jahrgang gab, meldete sich Sarah, um mit Colin und Kim ein Dreierteam zu bilden. Sie sollten sich gegenseitig Gedanken schicken und Sarah nutzte dies aus, um ihnen alles zu berichten. Was die drei Seher jedoch laut sagten, war natürlich etwas völlig anderes. So entstanden komische Situationen und Sarahs Wut legte sich zunehmen. Als Sarah die Situation geschildert hatte, schickte sie den Gedanken: „Die spinnt doch total.“

Kim sagte laut: „Es gibt Menschen, die muss man einfach lieben.“

Colin, der den gleichen Satz erhielt, tat, als hätte Sarah gesagt: „Du siehst heute wirklich sehr gut aus Colin. Was ist dein Geheimnis?“

So ging das Spielchen weiter, bis Professorin Ankum an die Dreiergruppe herantrat: „Sie scheinen das Gedankenlesen und Senden gut zu beherrschen. Nutzen Sie doch, dass Sie eine Dreiergruppe sind und senden Sie zwei Studenten eine Information gleichzeitig. Hollander, beginnen Sie einfach mal!“

Sarah war überrascht. Ging das denn? Konnte sie sich auf zwei Personen gleichzeitig so konzentrieren?

Was, wenn dann auch alle anderen mitlesen konnten? Der Satz musste auf jeden Fall gut überlegt sein, denn beide müssten ihn laut sagen. Sarah konzentrierte sich. Sie sah erst Kim an, dann Colin. Beide gleichzeitig intensiv anzuschauen, ging nicht. Die Situation in der DISA–Stunde kam ihr ins Gedächtnis. Sie hatte Aurelie nicht mehr gesehen. Sarah schloss die Augen. Die übrigen Studenten wurden aufmerksam und ließen ihre eigene Aufgabe fallen, um zuzuschauen, was wohl passieren würde. Sarah stellte sich Kim und Colin in Gedanken vor. Es war, als stehe sie plötzlich mit beiden in einem schwarzen gigantischen Raum, in dem es nichts gab, außer ihnen drei. Während sie in Wirklichkeit keinen Finger rührte, sah sie sich um und sagte: „Es ist dunkel. Und doch kann ich euch so deutlich sehen."

Mit einem Mal verschwanden die beiden aus dem Raum und auch Sarah wurde herausgerissen, als Kim und Colin im Hauptseminarraum beide gleichzeitig die gesendete Botschaft laut aussprachen: „Es ist dunkel. Und doch kann ich euch so deutlich sehen."

Sarah öffnete die Augen. Es war unnötig zu bestätigen, dass sie genau diese Worte gesendet hatte, obwohl das gar nicht ihr Plan war. Die Synchronität, mit der Colin und Kim die Botschaft wiederholten, zeigte ihren Erfolg und die Studenten klatschten hellauf begeistert.

„Wie hast du das gemacht?", wollte Runa wissen.

„Das war der Hammer!", bemerkte Benin.

Sarah versuchte, ihre Vorgehensweise zu erklären, aber was sie dabei fühlte und ihre Art der Konzentration konnte sie schlecht übermitteln. Alle wollten das gleichzeitige Senden ausprobieren, aber als die Glocke das Ende des Seminars einläutete, war es außer Sarah niemandem gelungen. Professorin Ankum sprach ihr beim Hinausgehen noch ein kurzes Lob aus und die Studenten belohnten Sarah mit anerkennenden Blicken. Ein gutes Gefühl – nachdem Sarah schon diversen anderen Blicken ausgesetzt war.

31. Kapitel – Ein unentdeckter Brief

Auch Colin und Kim waren von Sarahs Leistung beeindruckt und sprachen noch davon, als sie vor Professorin Gellhorns Büro im Hauptgebäude auf Ella und Hanna trafen. Kim und Colin erzählten den beiden Nachtgestalten von ihrem Vormittag und es sprudelte nur so aus ihnen heraus. Sarah sagte kaum etwas und genoss ihren Erfolg. Es war ein gutes, wohltuendes Gefühl und das kam nach dem ganzen vorherigen Gefühlschaos genau richtig.

„Wenn Professorin Gellhorn krank ist, dann sind wir umsonst hierhergekommen“, stellte Hanna nach den Erzählungen fest.

Darüber hatten die drei Seher gar nicht nachgedacht. Doch noch bevor sie überlegen konnten, was sie mit dem weiteren Tag nun anfangen sollten, öffnete sich die Bürotür und Professorin Gellhorn winkte die fünf schnell herein. Sie sah etwas blass aus, aber hatte wie immer ein freundliches Lächeln im Gesicht. Professor Harling war ebenfalls anwesend.

„Keine Sorge, ich bin nicht ansteckend“, begann Gellhorn. „Ich habe bloß etwas Falsches gegessen. Eine leichte Magenverstimmung.“

Colin, der etwas nervös war bezüglich seiner Vision, räumte großzügig ein, dass man den Termin ruhig verschieben könne, wenn sie sich nicht gut fühlte, aber Gellhorn schien es sehr wichtig, die Vision von Colin anzuschauen. Gellhorns Büro war ähnlich aufgebaut, wie das Büro von Harling. Erstaunlicherweise hatten sie seins schon mehrfach gesehen und waren jetzt das erste Mal in dem von Professorin Gellhorn. Auch hier gab es eine große Regalwand, allerdings mit mehr Büchern als Fläschchen und zusätzlich ein paar großen Glaskugeln. Eine Holztür führte wieder an einen angrenzenden Raum. Neben dem Schreibtischstuhl hinter dem Pult gab es hier ebenfalls ein kleines Sofa und zwei Stühle. Professorin Gellhorn holte eine kleine Holzschachtel aus einer Schublade und öffnete sie. Die Studenten sahen drei kleine goldene Taler und einen verzierten goldenen Schlüssel. Gellhorn zog an einem schwarzen Band über der Tür und eine weiße Leinwand kam zum Vorschein.

„Wir sehen uns die Vision echt an, also so richtig, wie im Kino?“, fragte Ella überrascht. Auch Sarah staunte nicht schlecht, denn sie hatte zwar über Kinos und Leinwände etwas gelesen, aber in den unteren Kasten gab es so etwas nicht.

„Es gibt Seher und Magier, die in technischen Bereichen arbeiten und der Fortschritt macht auch hier nicht halt“, erklärte Professorin Gellhorn.

„Im Normalfall funktioniert das Ansehen einer anderen Vision durch die Berührung zwischen zwei Sehern. Magiern und Nachtgestalten blieben diese Möglichkeiten verwehrt. Also arbeitete man an einer Lösung, hauptsächlich, um bei Gesetzesverstößen bessere Einblicke zu erhalten, denn man kann auf diese Weise ebenfalls Erinnerungen abrufen.“

„Krass“, stellte Kim fest. „Das ist der Hammer.“

„Ja“, stimmte Harling ihr zu, „solange die Technik in den richtigen Händen ist.“

„So, nun wollen wir aber beginnen“, fügte Gellhorn hastig hinzu, als wolle sie Harling seine Gedanken nicht weiter ausführen lassen. „Sind Sie bereit, Colin Waldeck?“

„Ich denke schon“, antwortete Colin, der nicht wirklich wusste, was ihn genau erwartete.

Harling schob ihm einen Stuhl hin, auf den er sich setzen sollte. Gellhorn setzte Colin rechts und links einen der goldenen Taler auf die Schläfe. Diese schienen mit seinem Kopf zu verschmelzen. Den kleinen Schlüssel steckte Harling in ein kleines Schloss oberhalb der Leinwand.

„Schließen Sie Ihre Augen, Colin!“, forderte Gellhorn ihn mit sanfter Stimme auf. „Schildern Sie uns zunächst die Vision aus Ihrer Erinnerung heraus. Nennen Sie jedes noch so kleine Detail, an das Sie sich erinnern!“

Colin holte tief Luft. Es fiel ihm immer noch sichtlich schwer, darüber zu sprechen: „Mein Vater sitzt an seinem kleinen Schreibtisch auf dem Dachboden und schreibt etwas. Ich kann nicht erkennen, was er schreibt. Das Papier faltet er zweimal und steckt es in einen Umschlag. Nun sieht er mich an, als ob er sehen könnte, dass ich ihn sehe. Im nächsten Moment ist der Brief weg. Mein Vater dreht sich um und steigt auf einen Stuhl. Ein Seil mit einer Schlinge hängt von der Decke. Es ist mir vorher nicht aufgefallen. Ich sehe ihn von hinten, wie er sich die Schlinge um den Hals legt und …“

Colin kann seine Tränen nicht zurückhalten und stoppt in seiner Erzählung.

„Das haben Sie sehr gut gemacht, Colin Waldeck. Ruhen Sie sich jetzt etwas aus“, Professorin Gellhorn setzte sich selbst den dritten goldenen Taler auf ihre

Schläfe und legte Colin die Hand auf die Stirn. Dieser sackte augenblicklich schlafend in sich zusammen. Im selben Moment leuchteten Gellhorns Augen weiß auf. Sie hob ihre andere Hand Richtung der weißen Leinwand und auf der Leinwand erschienen erst schwarze Fragmente und dann ein klares Bild von einem Mann am Schreibtisch. Die übrigen Anwesenden sahen genau, was Colin beschrieben hatte und darüber hinaus, wie Colins Vater den Stuhl beiseitetrat, zuckte und wieder zum Stillstand kam. „Schauen wir es nochmal an", sagte Gellhorn in unveränderter Position.

Sarah war es unbegreiflich, wie sie dies durchführen konnte, aber zum Unterrichten heute zu krank war. Sie verstand auch nicht, warum sie diese schreckliche Szene nochmal sehen mussten. Als Colins Vater in ihre Richtung blickte, stoppte Professorin Gellhorn das Bild: „Hier fehlt etwas, als hätte man die Vision beeinflusst, als hätte man ein Stück herausgeschnitten."

„Wie ist so etwas möglich?", fragte Kim.

„Nun, wenn niemand in Herrn Waldecks Kopf herumgedoktert hat, wurde ihm die Vision von seinem Vater bewusst so geschickt", antwortete Gellhorn – noch immer in der gleichen Position verharrend und mit weißen unheimlichen Augen.

„Welcher Vater tut so etwas?", platzte es aus Sarah heraus, der bei dem Gedanken ein kalter Schauer über den Rücken lief.

„Ich denke, es ist eine versteckte Botschaft", rätselte Gellhorn weiter. „Nur, wie kommen wir daran? Was ist ungewöhnlich an der Vision? Wieso schaut er Colin an, es ist niemand wirklich in dem Raum gewesen. Zurück! Vergrößern!"

Auf dem Bildschirm wurden die Augen von Colins Vater immer größer, bis sonst kaum noch etwas anderes zu sehen war. In dem Schwarz der Augen spiegelte sich etwas.

„Weiter“, Gellhorn sprach nur noch einzelne Wörter.

In den Augen spiegelte sich Colins Vater selbst, wie er den Brief in einen Umschlag steckte. Dann passierte plötzlich etwas Neues in der Spiegelung. Er nahm einen Stift, schrieb den Namen Colin auf den Umschlag und kniete sich auf den Holzboden. Er hob eine lockere Holzplatte an, verstaute den Brief darunter, setzte die Holzplatte wieder ein und blickte kurz zu den Zuschauenden. Anschließend verschwand die Spiegelung. „Stopp!“, Gellhorn nahm ihre Hände herunter und ihre Augen nahmen wieder ihre gewöhnliche Farbe an – blau mit einem Hauch grün und braun. So genau hatte zuvor keiner der Studenten ihre Augenfarbe betrachtet.

„Habt ihr das gesehen?“, fragte Gellhorn aufgeregt. „Es war eine versteckte Botschaft.“

Sie nahm Colin die goldenen Taler ab und berichtete ihm, was sie entdeckt hatten. Colin war völlig irritiert, wieso gerade er das nun nicht mitbekommen hatte, wenn die Botschaft doch an ihn gehen sollte.

„Vielleicht wusste Ihr Vater, dass Sie Unterstützung finden würden.“

„Ich muss sofort nach Hause“, Colin sprang hastig auf.

„Das geht nicht während des Semesters“, erinnerte ihn Harling. „Ich weiß, das fällt jetzt sehr schwer, aber Sie müssen warten.“

Colin sah seine Freunde verzweifelt an.

„Wir sind für dich da, Colin“, sagte Sarah und legte den Arm über seine Schulter. „Die Zeit vergeht bestimmt schneller als gedacht.“

„Wir müssen uns alle gedulden“, erklärte Gellhorn.

„Wieso?“, fragte Hanna irritiert. „Warum war Ihnen diese Vision so wichtig?“

„In erster Linie, weil ich Colins Leiden gespürt habe, in zweiter Linie, weil ihr eine untrennbare Gruppe seid. Vielleicht hat sein Vater etwas gesehen, das Sie alle betrifft.“

„Mein Vater war aber doch kein Seher“, erwiderte Colin verwirrt.

„Doch Colin, das war er.“

Colin verstand dies alles nicht: „Aber wieso hat er mir nichts gesagt?“

Sarah, die dieses Gefühl zu gut kannte, versuchte ihn zu beruhigen: „Das finden wir alles in den Semesterferien heraus.“

„Und bis dahin denken Sie bitte daran, nicht in der Öffentlichkeit über diese Themen zu sprechen“, erinnerte sie Gellhorn.

In diesem Moment fiel Sarah wieder die Situation im heutigen GLUB-Seminar ein. Das hatte sie in der Aufregung glatt verdrängt. Aufgeregt schilderte sie nun genau, was passiert war. Gellhorn schien wenig bekümmert: „Es gibt einen Grund, warum Martha Ankum normalerweise keine Erstsemester unterrichtet. Von Visionen sollte man nur freiwillig berichten.“

„Aber Lisa, was ist mit ihr?“, Sarah war verwundert, dass Gellhorn zu dem Vorfall keine Stellung bezog.

„Was soll mit ihr sein?“, fragte die Professorin. „Sie hatten Recht, Lisa Fischer hatte diese Vision nicht. Entweder wollte sie von einer wirklichen Vision ablenken oder sie liebt das Chaos. Ich vermute glatt beides. Die Studenten werden die nächsten Tage aufgeregt sein, also verplappern Sie sich nicht. Die angebliche Vision wird sich nicht erfüllen und in Vergessenheit geraten. Im besten Fall wirkt Lisa damit für die Zukunft unglaubwürdig."

Dass Professorin Gellhorn so gelassen reagierte, verblüffte die drei anderen Seher. „Aber", fügte Gellhorn hinzu, „es war unvernünftig von Ihnen, Sarah, mit Lisa Fischer auf dem Flur darüber zu sprechen. Wir wissen nie, wer mithört."

Sarah fühlte sich schlecht und merkte, dass Gellhorn sie soeben auch mit einem *Sie* ansprach. Ob das Absicht war, weil sie sich falsch verhalten hatte oder ob Gellhorn einfach nur willkürlich *du* und *Sie* durcheinanderwarf?

Sarah entschuldigte sich dafür, dass sie so unbesonnen reagiert hatte.

„So etwas passiert", beruhigte sie Gellhorn. „Aber arbeiten Sie daran, dass Sie Ihre Gefühle nicht in dumme Situationen bringen. Sie alle! So und nun würde ich mich gerne etwas ausruhen." Gellhorn setzte sich auf den Stuhl, auf dem eben noch Colin saß und Harling geleitete die fünf Studenten zur Tür hinaus.

32. Kapitel – Schadensbegrenzung

Da es schon bald Abendessen gab, schlenderten die Freunde langsam und nachdenklich Richtung Aula. Sie hatten neue Erkenntnisse zu verarbeiten, doch es waren vor allem die ungewissen Dinge, die ihre Gedanken am meisten in Anspruch nahmen. Es würde noch eine Weile dauern, bis sie am heutigen Abend in

Ruhe darüber sprechen konnten, daher schwiegen sie auf dem Weg zur Mensa. Sie sahen sich zwar an und seufzten gelegentlich, aber es fand sich einfach kein unverfängliches Thema. An der Mensa angekommen, öffnete diese gerade ihre Türen. Es warteten jedoch bereits zwei Studenten aus höheren Semestern vor der Tür: Eine Frau mit langen lilafarbenen Locken und ein Mann, der offensichtlich ihr Partner war, mit Glatze und schwarzem, kurzem Bart. Obwohl die beiden die fünf Erstsemester nicht kannten, suchten sie sofort das Gespräch. Der hagere Mann begann zu sprechen, während seine etwas fülligere Freundin mit breitem Grinsen danebenstand: „Habt ihr schon gehört? Eine Seherin aus dem ersten Semester hatte eine Vision, in der in unserem Gruppenraum ein Magier von Spinnen angegriffen wird. Kann jederzeit passieren."

„Man traut sich gar nicht mehr richtig rein", fügte seine Freundin immer noch lächelnd hinzu. „Wir sind ja Magier. Aber irgendwie sind wir heute trotzdem an dem Raum vorbeigeschlichen."

„Ja, aber in einen Sessel setzen wir uns dort nicht", erklärte der Mann kopfschüttelnd. „Der Student, der angegriffen wurde, saß wohl in einem Sessel."

„Seid ihr nicht auch aus dem ersten Semester? Wir haben euch am ersten Schultag gesehen", stellte die Frau fest. „Ihr drei seid Seher, habt es erst ganz zum Schluss gemerkt, richtig?"

Colin, Sarah und Kim brauchten gar nicht antworten, denn der Mann folgte ihnen mit seiner Freundin zur Essensausgabe und quasselte weiter auf sie ein: „Oh, dann wart ihr ja dabei, als Lisa Fischer von der Vision berichtet hat. Ich bin so neidisch. Erzählt mal, wie war das? Was hat sie noch gesagt?"

„Ach“, sagte Kim beiläufig. „Das haben wir nicht so ernst genommen. Lisa Fischer kann Traum und Vision nicht wirklich auseinanderhalten.“

„Ja, da würde ich auf das Gerede nichts geben“, fügte Sarah hinzu.

Colin, der mit einsteigen wollte, setzte noch eins drauf: „Ist nicht das erste Mal, dass sie sich irrt. Die macht sich gerne wichtig. Wer weiß, ob sie überhaupt etwas in die Richtung gesehen hat.“

Hanna und Ella bestätigten Colins Worte und sagten, dass sie genau das auch über Lisa Fischer schon häufig gehört hatten.

„Lisa Fischer?“, Daniel tauchte wie immer aus dem Nichts hinter ihnen auf und lachte. „Das haben wir Zweitsemester ja sogar schon mitbekommen, dass man auf ihre angeblichen Visionen nichts drauf geben darf. Erzählt das besser nicht weiter, sonst macht ihr euch selbst noch unglaubwürdig.“

Daniel zog mit den anderen fünf weiter an einen Tisch und ließ das sensationsgeile Pärchen mit langen Gesichtern zurück. Das hatten sie nicht erwartet. Als sie am Tisch saßen, fragte Ella ihren Bruder: „Und wer hat dir davon berichtet?“

„Jemand aus dem sechsten Semester, den ich nicht mal kannte. Hat ziemlich schnell die Runde gemacht.“ Daniel blieb bei den anderen am Tisch, um mit ihnen Schadensbegrenzung zu betreiben und so führten sie noch einige Gespräche dieser Art, während sich die Mensa zunächst füllte und anschließend wieder peu à peu leerte. Lisa Fischer selbst tauchte während des Essens nicht auf. Wahrscheinlich wollte sie geheimnisvoll bleiben oder dem Ansturm an Studenten entgehen, der sie mit Fragen löchern würde. Sarah und ihren Freunden kam dies sehr gelegen, denn so konnten sie Lisas Glaubwürdigkeit in Frage stellen, bis sie plötzlich in eine Situation gerieten, mit der sie nicht gerechnet hatten.

„Kann ich euch etwas zu der Vision von Lisa Fischer fragen?“ Vor ihnen stand Stephan Bachem – der Magier, der den Spinnen bereits zum Opfer gefallen war und sich aufgrund eines Zaubers und Gedankenkontrolle nicht mehr daran erinnern konnte. Die sechs anderen Studenten sahen ihn mit großen Augen an. Stephan setzte sich zu ihnen. Seine Frage schien ihm nicht leicht von den Lippen zu gehen: „Das, was Lisa gesehen hat, diese Vision, das war genau das, was ich geträumt habe. Ihr erinnert euch? Als ich im Gruppenraum ausgerastet bin.“

Die anderen nickten wortlos.

„Wie kann das sein? Ich bin kein Seher. Meine Eltern sind beide Magier. Wie kann sie das gesehen haben, was ich geträumt habe?“

Sarah sah sich ratlos um und auch ihre Freunde wussten nicht, wie sie reagieren sollten. Schon beim ersten Mal fühlte es sich falsch an, Stephan nicht die Wahrheit zu sagen. Und da sie nichts antworteten, fuhr Stephan fort: „Ich träume immer noch davon, sobald ich einschlafe. So etwas kenne ich von mir nicht. Ich dachte, es ist vielleicht die Aufregung, die neue Umgebung, aber irgendetwas fühlt sich falsch an, als wäre in meinem Kopf etwas nicht ganz richtig und ich habe Angst, dass ich den Verstand verliere.“

Inzwischen war niemand außer den sieben Studenten noch in der Mensa. Sarah traf eine Entscheidung: „Du wirst nicht verrückt“, begann sie.

Die anderen schauten sie erwartungsvoll an und fragten sich, was sie sich einfallen lassen würde.

Sarah sprach ruhig und mitfühlend: „Dein Traum fühlt sich so anders an, weil es keiner ist. Es ist dir leider wirklich passiert und damit es dir besser geht, haben dir Gellhorn und Harling die Erinnerung daran genommen. Aber es geht dir nicht besser damit und deshalb finde ich, hast du die Wahrheit verdient."

Nicht nur Stephan, sondern auch die anderen starrten Sarah für einen Moment einfach nur an.

„Danke", sagte Stephan und wiederholte es noch einmal mit leiser Stimme, die einen Kloß im Hals zu verbergen suchte. Er brauchte einen Moment, um sich zu sammeln und nicht in Tränen auszubrechen, aber es gelang ihm.

„Die anderen Studenten, wissen die … also, wissen es alle außer mir?"

„Nein", beruhigte ihn Sarah, „die können sich auch nicht erinnern. Nur wir wissen, was passiert ist. Ach ja, und Lisa Fischer. Blöderweise."

„Verstehe", sagte Stephan nachdenklich und fügte ein drittes Danke hinzu.

„Möchtest du darüber sprechen oder noch irgendetwas wissen?", fragte Sarah einfühlsam.

Stephan schüttelte den Kopf: „Nein, ich habe mehrmals im Traum gesehen, wie alles abgelaufen ist. Nur, dass es beim ersten Mal kein Traum war. Das musste ich wissen."

Obwohl Stephan keine Fragen mehr hatte, blieb er bei den anderen am Tisch sitzen. Keiner wusste so richtig, was er sagen sollte. Kim legte ihren Arm um Stephans Schulter: „Das wird wieder."

„Ja, weiß ich doch", bestätigte Stephan. „JETZT wird es auf jeden Fall wieder. Aber irgendwie fühlt sich die Tatsache, dass die Professoren einen auf diese

Art beschützen wollen, nicht wirklich beschützend an."

„Versteh' ich", stieg Daniel in das Gespräch ein und lenkte es in eine andere Richtung. „Es ist schwierig, wenn man nicht weiß, wem man vertrauen kann. Wir vertrauen auch nur einander. Hast du schon jemanden gefunden, dem du vertraust?"

Stephan war überrascht über diese Frage und überlegte: „Also, so schnell, so richtig eigentlich nicht. Es gibt ein paar Magier, die ganz nett sind, aber ich kannte vorher niemanden. Einige kennen sich aus ihren Kasten. Ist nicht so leicht, da Kontakte zu knüpfen."

„Also", fuhr Daniel mit seinem Vorhaben fort: „Wenn du mal jemanden brauchst, dem du vertraust, wir sind ab jetzt für dich da."

„Das ist wirklich nett", antwortete Stephan. „Und gut zu wissen. Danke!"

„Nichts zu danken", reagierte nun Sarah, die verstand, worauf Daniel hinauswollte: „Einen Magier können wir in unserer Mitte noch gut gebrauchen."

33. Kapitel – Ein ausgeklügelter Plan

Als sich die Sechsertruppe in der Aula trennte, vereinbarten sie direkt eine Uhrzeit für das allabendliche Treffen in Sarahs Zimmer. Auch Daniel wollte diesmal dabei sein. Eigentlich war Colin mit den Tropfen an der Reihe, aber die beiden Frauen hatten Mitleid mit seiner Abneigung gegen alles, was mit Blut zu tun hatte. Da es ihnen selbst nichts ausmachte und sie den armen Colin nicht quälen wollten, beschlossen sie, sich abzuwechseln und Kim träufelte sich pünktlich die Tropfen auf die Zunge. Ella, Hanna und Daniel erschienen sogleich.

„Oh man, was war das wieder für ein Tag“, begann Kim und schon ließen sie alles noch einmal Revue passieren – den Vormittag mit Ankum inklusive Lisa Fischers krönender Einlage, die unglaublichen Einblicke in Colins Vision und die neuen Erkenntnisse sowie die Schadensbegrenzung, die sie in der Mensa betrieben haben und schließlich das halbwegs offene Gespräch mit Stephan.

„Das war genau richtig“, kommentierte Ella Sarahs Entscheidung. „Ich wollte auch schon was sagen, wusste aber nicht, ob es dir recht ist.“

Sarah schaute sie irritiert an: „Wieso mir?“

„Naja“, antwortete Ella. „Irgendwer will dir ja schaden und da wollte ich nichts machen, ohne es mit dir abzusprechen.“

„Also, ich möchte wirklich nicht so eine Art Anführer oder Chef sein“, erklärte Sarah. „Wir stecken da ja inzwischen doch irgendwie alle drin.“

„Vielleicht sollten wir einfach alles vorher gemeinsam besprechen, wenn es die Situation zulässt“, warf Daniel ein. „Aber wenn wir schnell handeln müssen, dann machen wir das nach unserem besten Wissen und Gewissen.“

Die anderen stimmten Daniel zu.

„Ich denke, wir können Stephan vertrauen“, fuhr er fort. „Aber er muss vorerst nicht alles wissen. Nur so viel, dass er uns bei unserem Vorhaben hier vor Ort unterstützt.“

„Welches Vorhaben?“, fragte Kim irritiert.

„Wir wollten uns doch die Akte von dem Studenten beschaffen, der die Einladung abgelehnt hatte“, erläuterte Daniel. „Das sollten wir möglichst zeitnah angehen. Wer weiß, ob es klappt und wie viele Versuche wir benötigen."

„Klar, fangen wir an", Colin schien ungewohnt begeistert. „Was wir haben, haben wir."

Die anderen sahen ihn kurz irritiert an, freuten sich aber über Colins Tatendrang. Es war eine willkommene Ablenkung für Colins Gedanken, die sich immer noch um den Brief seines Vaters drehten, den er wohl erst in 15 Wochen suchen konnte.

„Und hast du schon einen Plan?", fragte Ella ihren Bruder.

„Tatsächlich ja!", verriet Daniel mit einem leicht stolzen Lächeln im Gesicht.

Die anderen sahen ihn gespannt an und die Spannung stieg weiter, als Daniel erklärte, wie sie vorgehen sollten. Das Sekretariat zu betreten und nach Akten zu suchen, würde auf zweierlei Weise funktionieren. Entweder müssten sie nachts einbrechen, wobei sie verschiedene Zauber und Sicherheitsvorkehrungen überwinden müssten. Oder – und man merkte Daniel an, dass er dies für die bessere Option hielt – man müsste unerkannt tagsüber ins Sekretariat gelangen.

„Wie soll das gehen?", fragte Hanna.

Daniel lächelte wieder: „Ich habe recherchiert. Es gibt einen Zauber, der einen vorübergehend das Aussehen und die Stimme einer anderen Person annehmen lässt."

„Dafür benötigen wir den Magier", ergänzte Sarah.

„Nicht nur dafür", fuhr Daniel fort.

In allen Einzelheiten erklärte er den anderen ausführlich seinen Plan.

„Kommt mir vor, wie eine DISA–Aufgabe", stellte Colin wenig begeistert fest.

Ihm lag das gestrige Seminar noch schwer im Magen. Daniel überhörte Colins Skepsis in der Stimme und antwortete begeistert: „Ja, die machen doch immer am meisten Spaß."

„Die können aber auch ziemlich schiefgehen", warf Sarah besorgt ein.

„Deshalb setzen wir den Plan bereits dieses Wochenende um", legte Daniel fest.

„So schnell?", Sarah war überrascht. „Wie sollen wir das denn so schnell organisieren? Und Stephan müssen wir auch noch einweihen. Den können wir hier nicht aufs Zimmer holen. Außer, wir fragen Gellhorn und Harling um ein weiteres Fläschchen, aber das wird nicht ohne Begründung möglich sein und unseren Plan werden sie sicher nicht gutheißen. Dann können wir sie auch direkt nach der Akte fragen. Wäre das keine Option?"

„Du machst dir zu viele Gedanken, Sarah", beruhigte Daniel sie. „Das wird schon klappen. Und nein, wir sollten Gellhorn und Harling dort nicht mit hineinziehen. Sie wollen aktuell nicht, dass wir mehr erfahren und wenn sie herausfinden, was wir vorhaben, werden sie es zu verhindern wissen. Das klappt schon."

Im selben Moment verschwanden die drei Nachtgestalten und die drei Seher blieben mit weit geöffneten Augen zurück.

„Oh, jetzt haben wir gar nicht mehr trainiert", stellte Sarah fest, als sie sich etwas gesammelt hatte.

„Du bist doch eh die Kursbeste", sagte Kim mit einem Lächeln und reckte sich. „Ich bin ganz schön müde."

Die drei Seher machten sich bereit für die Nacht, quatschten noch einmal über den Plan und legten sich dann ins Bett. Sarah lag wieder lange wach. In Gedanken ging sie alle Vorbereitungen durch. Für den Zauber benötigten sie einen Zaubertrank, der aus fünf Zutaten bestand. Damit niemand merkte, was sie vorhatten, sollte jeweils einer von ihnen eine Zutat besorgen. Daniel wollte mit Ella ins Dorf Torva in einen kleinen Laden gehen, der Fische in Gläsern verkaufte. Und so hieß der Laden auch: *Fische in Gläsern*. Dort würden sie so tun, als ob sie sich für zu Hause ein paar Fische kaufen wollten und würden eine siamesische Rüsselbarbe kaufen und – damit es nicht auffiel – je nach Situation noch zwei, drei andere Fische. Sarah sollte im Sehergarten umherstreifen und rein zufällig Goldregen entdecken, sich ein paar Blüten pflücken, ins Haar stecken und so unauffällig auf ihr Zimmer befördern. Kim, der man eine Blume im Haar nicht abnehmen würde, sollte im Dorf in dem Geschäft „Pflanzen pflanzen" eine Engelstrompete besorgen, die sonst nirgendwo wächst. Hanna, die keine Aufgabe in der Sonne, dafür aber problemlos unter Wasser, erledigen konnte, sollte nach Sonnenuntergang zum See gehen, hinuntertauchen und mit einer Taschenlampe auf Strudelwurmjagd gehen. Da dieser Zaubertrank ein äußerst giftiges Gemisch abgab, war die letzte Zutat ein magisches Gegengift, welches der Laden „Emils Elixiere" führte. Es trug nichts zu dem Zauber bei, sorgte aber dafür, dass die Person, die den Trank zu sich nahm, am Leben blieb. Colin sollte sich als überängstlicher Student ausgeben, der zu seiner Sicherheit eine Reihe von Gegengiften kaufen würde – darunter auch das gesuchte Mushonga. Daniel hatte an alles gedacht. Sarah hatte bei ihm vorher noch nie so große Begeisterung für irgendetwas gesehen. Ihm schien das richtig Freude zu bereiten, während in Sarah ein eher mulmiges Gefühl aufstieg, die Regeln auf diese Weise zu brechen. Was, wenn sie erwischt würden und man sie von der Uni werfen würde? Daran durfte Sarah nicht denken und tat es doch immer wieder. Erneut schlief sie viel zu spät ein und wieder träumte sie:

Sarahs Augen sind von zwei Händen bedeckt und als sie sich umdreht, sieht sie Ella im silbernen Paillettenkleid, die sie plötzlich anlacht und ihr einen Fisch entgegenhält: „Ich habe uns eine siamesische Rüsselbarbe gekauft."

Ella wirft den Fisch in ein Glas und er schwimmt mit dem Bauch nach oben. Colin steht plötzlich im Raum, betrachtet den Fisch und stellt nüchtern fest: „Da hat das Mushonga wohl nicht gewirkt."

In dem Wasserglas spiegelt sich das fahle, alte Frauengesicht. Sarah erschreckt sich und befindet sich im nächsten Moment in dem Irrgarten.

„Die rechte Tür ist gerade recht", sagt das kleine Mädchen, bevor es zu Staub zerfällt. Wieder taucht Colin aus dem Nichts auf und verkündet: „Da hat das Mushonga wohl nicht gewirkt.

Lisa Fischer erscheint und lacht auf: „Das habe ich in einer Vision gesehen."

Im nächsten Moment findet sich Sarah in der Anstalt wieder und sechs Patienten und ihre Mutter stehen im Kreis um sie herum und rufen eindringlich: „Du darfst die Einladung nicht annehmen!"

Professorin Ankum taucht auf und spricht ruhig und sachlich: „Lassen Sie alle an ihrer Vision teilhaben. Wir haben hier doch keine Geheimnisse."

Colins Vater hängt plötzlich mit einer Schlinge um den Hals von der Decke und starrt Sarah mit seinen kalten toten Augen an.

Schon lag Sarah wieder wach im Bett. Auf diese Träume könnte sie gut und gerne verzichten. Diesmal gelang es ihr jedoch schon schneller, sich zu beruhigen und wieder einzuschlafen.

34. Kapitel – Gut geplant ist halb gewonnen

Am nächsten Morgen eilten Sarah, Kim und Colin geradezu aus ihren Betten. Jeder hatte heute eine besondere Aufgabe zu erledigen und obwohl sie erst noch ein voller Stundenplan erwartete, spürten sie morgens früh schon eine gewisse Aufregung. Wie sich beim Frühstück herausstellte, ging es den drei Nachtgestalten nicht anders. „Gut geplant ist halb gewonnen“, rief Ella fröhlich aus.

Mehr sagte sie jedoch nicht, denn laut über den Plan zu sprechen, hätte den ganzen Plan zunichtemachen können. In der Nähe ihres Tisches saß Stephan mit drei anderen Magiern zusammen.

„Und wann fragen wir ihn?“, wollte Colin wissen.

Daniel hatte auch darauf eine Antwort: „Spätestens übermorgen würde ich sagen. Vielleicht ergibt sich bis dahin eine besonders gute Möglichkeit.“

„Finde ich gut“, bestätigte Sarah die Idee. „Wenn es die Situation vorher hergibt, schlagen wir zu.“

In diesem Moment entstand ein Gemurmel in der Mensa. Lisa Fischer, die sich am Vortag in der Mensa nicht mehr sehen ließ, hatte den Raum mit einem breiten Grinsen betreten. Doch was immer sie erwartet hatte, traf nicht ein. Die Studenten murmelten, tuschelten und schauten dann weg. Die Schadensbegrenzung hatte gewirkt. Niemand wollte von Lisa etwas über ihre Vision wissen. Ihr Lächeln versiegte, während Sarah und ihre Freunde ein

Grinsen zurückhalten mussten und versuchten, nicht in Lisas Richtung zu schauen. Lisa sah sich um und setzte sich dann zu Runa und Lea, die sie scheinbar über das neueste Gerede aufklärten. Zum Glück hatten die beiden über verschiedene Ecken von Lisas Unglaubwürdigkeit erfahren, sodass ihnen nicht klar war, wer dahintersteckte. Die Zeit verflog und schon mussten sie alle in ihr erstes Seminar eilen. Professorin Gellhorn war wieder da, auch wenn sie immer noch etwas blass wirkte. In *Träume und Visionen* ging es heute sehr theoretisch zu. Die Studenten erhielten die Aufgabe, ihren letzten Traum detailgenau aufschreiben. Jedes einzelne Detail sollte im Anschluss sortiert und in eine Tabelle eingeordnet werden. Unterschieden wurde zwischen erlebten Dingen und Gefühlen, die man im Traum verarbeitet, und neuen Aspekten, die in Richtung Vision gehen könnten. Das Gemaule der Studenten war zu Beginn sehr groß. Scheinbar war Sarah nicht die Einzige, die sehr intensiv träumte. Dies ging wohl mit der Seherfähigkeit einher. Doch während Sarah versuchte, ihren Traum auf diese Weise einzuordnen, fand sie Gefallen an der Aufgabe. So ausführlich hatte sie sich noch nie mit einem Traum beschäftigt und vielleicht würde diese Aufgabe etwas Licht ins Dunkel bringen. Sarah versuchte sich genau an ihren letzten Traum zu erinnern. Der Anfang des Traums war seit Wochen der Gleiche. Ella verdeckte ihr die Augen und als sie sich umdrehte, stand sie da im silbernen Paillettenkleid. Obwohl dieses Bild schon fast vertraut schien, war es ein Bild, das entstand, bevor Sarah Ella kannte. Ob es immer noch eine Vision war? Sarah wusste nicht, worauf es hinauslief und entschied sich „Ella im Paillettenkleid“ in die

„Visionspalte“ zu schreiben. Der Fisch, Colin und Mushonga waren eindeutig Dinge, die sie vom Tag verarbeitete. Sarah wollte sie gerade aufschreiben, als sie merkte, dass diese Informationen wohl besser nicht zu Papier gebracht werden sollten. Kim und Colin zögerten ebenfalls. Auch sie hatten nachts von dem Plan geträumt. Sarah übersprang die Stelle und sortierte alles ein, das nicht zu dem Plan gehörte. Am Ende der Stunde sagte Gellhorn, dass sich jeder seine Visionspalte genau anschauen sollte. Darüber würden sie am nächsten Tag nochmal genauer sprechen. Sarah sah sich ihre Visionsspalte an: Ella im Paillettenkleid – fahles, altes Frauengesicht – Irrgarten – kleines Mädchen zerfällt zu Staub. Sarah las die Spalte mehrmals durch. Was sollten ihr diese Dinge sagen? Warum waren die Ausschnitte, die sie sah, nicht länger, sodass sie etwas damit hätte anfangen können?

Die Glocke riss Sarah aus ihren Gedanken. Sie steckte ihre Unterlagen sorgfältig in die Tasche und verließ mit Colin und Kim den Raum, um sich in der kurzen Pause die Beine zu vertreten.

„Ich habe nicht alles aufgeschrieben, was in die erste Spalte gehörte“, offenbarte Colin mit furchtbar schlechtem Gewissen.

„Ich hab’‘ nicht mal alles aufgeschrieben, was in die zweite Spalte gehört“, erwiderte Kim schulterzuckend.

„Hast du nicht?“, fragte Sarah verwundert. „Wieso nicht?“

„Also, wenn ich das verrate, hätte ich es auch aufschreiben können“, lachte Kim.

In *Gedanken lesen und bewahren* ließ Gellhorn sich berichten, was am Vortag bei Professorin Ankum erarbeitet wurde und die Studenten berichteten von

Sarahs Leistung, zwei Personen auf einmal eine Nachricht zu schicken. Gellhorn schien überrascht und beeindruckt zugleich und Sarah hatte ein schlechtes Gewissen, dass sie das gar nicht erwähnt hatte. Hätte sie es denn erwähnen sollen? Gellhorn ließ sich zumindest nicht anmerken, ob sie diese Information gerne früher gehabt hätte. Sie lobte Sarah vor dem Kurs und teilte die Studenten diesmal in Dreierteams ein, um genau das zu üben. Außer Sarah gelang das doppelte Senden an diesem Tag auch noch Mei Araki, wodurch es sich für Sarah fast nicht mehr so besonders anfühlte. Sie sollte jedoch ihren Ruhm behalten, als Gellhorn Sarah und Mei fragte, ob sie versuchen wollten, dem ganzen Kurs eine Botschaft zu schicken. Beide zögerten kurz, stimmten dann jedoch zu.

Mei Akari wollte beginnen und Sarah war einverstanden. Als Mei ihre Augen schloss, schauten sie alle Studenten erwartungsvoll an und waren bereit, eine Nachricht zu erhalten. Es passierte eine Weile nichts, dann lief Mei plötzlich Blut aus der Nase. Gellhorn forderte sie sofort auf, abzubrechen und die Augen zu öffnen. Mei war sichtlich enttäuscht, dass sie es nicht geschafft hatte. Sarahs Motivation, es selbst zu versuchen, sank. Sollte sie es schaffen, ginge das wahrscheinlich sehr an die Substanz und Mei wäre noch unglücklicher. Wenn sie es jedoch nicht schaffte, wären alle anderen und am meisten sie selbst enttäuscht. Sarah versuchte die Gedanken auszublenden und erinnerte sich, dass sie Colin und Kim aus Versehen, den ersten Gedanken schickte, der ihr in den Kopf kam, als sie sich konzentrierte. Diesmal wollte sie ganz bewusst eine Nachricht senden. Doch was sollte man einem ganzen Kurs schicken? Sarah hatte eine Idee. Sie schaute sich zunächst jeden Teilnehmer des Kurses genau an und schloss dann die Augen. In ihren leeren dunklen Gedankenraum holte sie gedanklich nacheinander alle 26 Studenten und Professorin Gellhorn hinein. Dann schickte sie die Botschaft und lauschte. Der ganze Kurs sprach im Chor: „Vielleicht kann ich diese eine Aufgabe besser lösen, aber ich bewundere Mei Akari für ihren Fleiß. Sie ist eine großartige Seherin."

Sarah öffnete die Augen und freute sich. Der Kurs jubelte und Sarahs Worte entlockten Mei ein kleines Lächeln.

Professorin Gellhorn war beeindruckt: „Nun, das war wirklich brillant. Vielleicht sollten Sie in der nächsten Stunde versuchen, Gedanken von mehreren Personen zu empfangen. Dies ist vielleicht eine passende Herausforderung."

Sarah nickte. Sie hätte in diesem Moment allem zugestimmt.

Beim Mittagessen berichteten Kim und Colin erneut mit großer Begeisterung, was Sarah diesmal gelungen war. Hanna und Ella waren begeistert. Daniel saß mit Kommilitonen aus seinem Jahrgang zusammen, da es mittags nichts Neues zu besprechen gab.

Nach dem Mittagessen standen zwei neue Fächer auf dem Plan. In MEUA – *Magie erkennen und abwehren* – ging es um verzauberte Gegenstände, die Flüche hervorrufen konnten. Wenn etwas Schreckliches passierte, das übernatürlich schien, sollte man am besten nach einem Ring oder einem Amulett suchen und versuchen, den Gegenstand zu zerstören.

Sarah, Colin und Kim wussten genau, wovon Gellhorn sprach. Für Sie gab es in dem Seminar heute keine neuen Erkenntnisse.

„MEUA wird teilweise außerhalb unseres Flügels unterrichtet, damit ein Magieprofessor assistieren kann“, erklärte Gellhorn am Ende der Stunde. „Wir treffen uns jedoch stets hier, um gemeinsam zu starten.“

Das letzte Seminar war Sport. Und was Sport hieß, war auch Sport. Ankum jagte die Studenten regelrecht durch Haus und Hof. Eine Übung löste die andere ab und am Ende waren alle erledigt, verschwitzt und trugen ihre schweren Beine wieder den Seherflügel hinauf. Von dort aus durften sie direkt auf ihre Zimmer gehen. Und das war bitter nötig. Da sie nur eine Dusche hatten, ließ Sarah ihren Mitbewohnern den Vortritt, denn die mussten für ihre Aufgabe ja noch ins Dorf, bevor die Geschäfte schlossen. Auch hatte Sarah nichts dagegen, ihre Aufgabe etwas später zu erledigen. Sie war ohnehin schon etwas nervös und sich dann völlig ausgelaugt, mit knallroten Wangen, überzeugend eine Blume ins Haar zu stecken, wirkte gerade nicht wie ein Kinderspiel. So blieb Sarah – als sie an der Reihe war – etwas länger als nötig im Bad. Sie genoss es, ausgiebig warm zu duschen, denn in ihrer Kaste reichte das warme Wasser nie lange aus und sie mussten sparen, wo sie konnten. Als sich Sarah in Ruhe angezogen hatte, fühlte sie sich in jeder Hinsicht besser, atmete tief durch und verließ ihr Zimmer Richtung Sehergarten. Der Garten hatte an sich schon etwas Magisches. Die Vögel zwitscherten und in den Hängematten sowie auf den Liegen lagen oder saßen Studenten und genossen die Sonne. Der Garten strahlte eine Ruhe aus, die zum Krafttanken einlud. Sarah betrachtete die farbenfrohen Blumenbeete und fragte sich, warum sie nicht öfter herkam. Dann fiel ihr schlagartig wieder ein, dass Ella diesen Ort nicht betreten durfte und sie, selbst wenn sie herkommen könnte, die Sonne ja gar nicht genießen würde – von Hanna ganz zu schweigen. Sarah nahm sich vor, hierherzukommen, wenn sie Zeit für sich bräuchte. Und so handhabten es auch die anderen Seher, wie es aussah. Es saßen zwar ein paar gemeinsam an den Tischen, aber selbst diese Seher führten sehr ruhige Gespräche und waren eindeutig zum Entspannen hier. In dieser Atmosphäre schien es gar nicht mehr so schwer, sich verträumt eine Blüte ins Haar zu stecken. Sarah ging tiefer in den Garten, wo der Goldregen blühte. Sie bewunderte die prächtigen, leuchtenden Blüten und brach ein kleines Ästchen ab.

„Vorsicht“, mahnte eine bekannte Stimme hinter ihr. „Die sind giftig.“ Ausgerechnet Lisa Fischer stand hinter Sarah und sah sie mit einem herausfordernden Grinsen an. „Ich habe ja nicht vor, sie zu essen“, entgegnete Sarah wenig freundlich und etwas genervt.

„Was hast du denn damit vor?“, fragte Lisa mit einer bissigen Neugier.

„Nichts Bestimmtes“, improvisierte Sarah. „Die sahen schön aus, ich dachte, ich nehme welche mit, stelle sie mir vielleicht ins Zimmer oder stecke sie mir ins Haar.“

„Hm“, Lisa brach sich auch ein kleines Ästchen mit Blüten ab und steckte es sich in einen ihrer beiden geflochtenen Zöpfe. Das sah wahrlich nicht besonders schön aus und zog bereits irritierte Blicke anderer Seher auf sich.

„Wusstest du, dass Goldregen in manchen Zaubertränken genutzt wird?“, horchte Lisa Sarah mit viel zu lauter Stimme weiter aus.

„Wusste ich nicht", Sarah ging mit ihrer Blüte zurück in Richtung Bettenhaus.

„Ja, wirklich", fuhr Lisa fort und folgte ihr. „Du glaubst gar nicht, was man damit alles anstellen kann."

„Und das weißt du woher?", befragte sie nun Sarah.

„Bücher", antwortete Lisa kurz und knapp. „Ich lese viel. Wo sind eigentlich deine Freunde? Seit du hier bist, hab' ich dich noch nie allein angetroffen?"

„Ich wollte eigentlich mal für mich sein", erklärte Sarah mit Nachdruck in der Stimme. „Ah, geht mir auch oft so", fuhr Lisa unaufhörlich fort, die einfach den Wink mit dem Zaunpfahl nicht verstand.

„Aktuell gehen mir aber sowieso alle aus dem Weg. Niemand hält meine Vision für echt!"

„Ist sie auch nicht", erwiderte Sarah trocken, als sie in ihrem Stockwerk ankamen.

„Ja", antwortete Lisa, „wusste aber ja keiner, bis ihr es allen erzählt habt."

Sarah stoppte und sah sie an: „Woher …? Also ich meine, du weißt, dass wir …"

„Klar, wer sonst?!", Lisa beendete Sarahs Versuch, die Frage auszusprechen. „Ist schon okay. Ich versteh' das. Ich bin übers Ziel hinausgeschossen."

Sarah war überrascht über Lisas Selbstreflexion und ging weiter bis zu ihrer Zimmertür.

„Na dann noch einen schönen Abend mit deinem Goldregen", grinste Lisa mit Blick auf das kleine, mit Blüten besetzte Ästchen, das Sarah noch immer fest in ihren Fingern hielt.

„Danke, gleichfalls", erwiderte Sarah und verschwand in ihrem Zimmer.

Dort stellte sie sich vor den Spiegel und steckte sich die Blüten ins Haar. Ja, das hätte gut ausgesehen. Der

Plan hatte nur keine Lisa Fischer vorgesehen. Es war nun umso wichtiger, den Zauber unbemerkt auszuführen, denn wenn es irgendwie ans Licht käme, dass sich jemand als Salentin ausgegeben hätte, dann würden einige Seher angeben können, dass sie gesehen haben, wie Sarah mit einem Stück Goldregen in der Hand und Lisa mit einem Ästchen im Zopf durch die Gegend zogen. Sarah stellte den Goldregen in eine kleine Vase, die sie im Schrank bei den Gläsern fand, und fragte sich gerade, wie es wohl bei den anderen lief, als Kim und Colin gleichzeitig durch die Tür stolperten.

„Und wie liefs?“, fragte Sarah aufgeregt und versicherte sich, dass die Tür geschlossen war.

Kim zog eine Engelstrompete aus ihrem Pullover: „Hab’ ich heimlich gepflückt und geklaut. Die konnte man nicht unauffällig kaufen. Das sind riesige Pflanzen.“

„Und das hat keiner gemerkt?“, versicherte sich Sarah staunend.

Kim schüttelte den Kopf: „Nein, alles lief wie am Schnürchen. Hab sogar noch den hier gekauft, damit es nicht auffällt.“ Kim stellte einen kleinen Kaktus auf den Tisch. „Aber bei Colin lief es gar nicht gut“, fuhr sie fort.

„Was heißt das?“, Sarah wendete sich direkt Colin zu, der sich völlig fertig auf einen Sessel fallen ließ.

„Die totale Katastrophe“, begann er. „Wusstet ihr, wie viele Gegengifte es für alles Mögliche gibt? Unzählige. Der Verkäufer hat mir gewissermaßen alles empfohlen, außer das Mushonga. Und ich habe am Anfang alle Empfehlungen gekauft, damit es nicht auffiel. Als das Geld von Daniel knapp wurde, habe ich einfach gesagt, dass ich den Namen Mushonga gehört hatte und ob das vielleicht etwas ist, das man sicherheitshalber besitzen sollte. Da schüttelt der Verkäufer den Kopf, statt ein Geschäft zu wittern, und meinte, das braucht man nur für komplizierte Zaubertränke und darf an Studenten gar nicht verkauft werden. Er könne mir aber noch ein anderes Gegengift empfehlen. Also, das habe ich nun." Colin schüttete eine ganze Tasche kleiner Fläschchen vor sich auf den Boden.

„Ob Daniel dafür auch eine Lösung hat?", überlegte Kim. „Wir werden es wohl erst nach dem Abendessen erfahren", antwortete Sarah wenig optimistisch. „Können ja schlecht in der Mensa darüber sprechen."

Und mit Blick auf die Uhr machten sich die drei genau dorthin auf den Weg.

35. Kapitel – Halb gewonnen

Nach einem angenehm unspektakulären Abendessen saßen die drei Seher wieder auf ihrem Zimmer und warteten. Heute würden sie sich später treffen, da Hanna ihre Aufgabe erst nach Sonnenuntergang erledigen konnte. Die Warterei machte alle drei nervös. In Sarahs Kopf schwirrten so viele Fragen. Was würde passieren, wenn Hanna nicht pünktlich zurück wäre, würde dann heute keiner bei ihnen auftauchen? War es überhaupt ungefährlich, nachts im Dunkeln in einem See zu tauchen? Was wäre, wenn Hanna gar keinen Strudelwurm erwischte? Und wenn doch? War es vielleicht umsonst? Das Mushonga fehlte noch. Kim, die dauernd auf die Uhr schaute, während Sarah umherlief und Colin ständig seinen Sitzplatz wechselte, war noch am ruhigsten von den Dreien.

„Das wird schon“, sagte sie mit einem Kopfnicken, das ihre Zuversicht unterstreichen sollte. Und hätte sie es nicht so häufig wiederholt, hätte man ihr das vielleicht sogar abgenommen. Endlich war die vereinbarte Uhrzeit erreicht. Sarah nahm die Tropfen und im nächsten Moment tauchten die drei Nachtgestalten gesund und munter auf – zumindest teilweise – denn Hanna stand triefend nass im Raum. Zitternd bibberte sie: „Ich habe länger gebraucht als gedacht und bin den ganzen Weg zurückgerannt. Hatte keine Zeit mehr, mich umzuziehen.“

Sarah eilte zum Schrank und holte ein großes Handtuch für Hanna heraus. Kim brachte ihr einen dicken Pullover und Colin eine warme Wolldecke. Nach einer kurzen Zeit im Bad kam Hanna in einem weiten Pullover von Kim und eingewickelt in Colins Decke zurück ins Wohnzimmer.

„Aber du hast den Strudelwurm gefunden?“, fragte Colin mit der kleinen Hoffnung, dass es vielleicht nicht nur an seiner fehlenden Zutat mangelte.

Hanna nickte jedoch und holte aus der nassen Tasche, die am Boden lag, ein kleines Plastiktütchen heraus, in dem sich neben dem leicht trüben Seewasser drei Strudelwürmer tummelten. „Erst habe ich ewig gesucht, bis ich überhaupt einen entdeckt habe und dann war da plötzlich ein ganzer Haufen“, berichtete Hanna stolz.

Auch Ellas und Daniels Auftrag war die reinste Erfolgsgeschichte. Alles lief wie am Schnürchen. Als vorletztes berichtete Sarah davon, dass sie zwar die Blume hatte, aber nicht unbemerkt blieb und im Anschluss erzählte Colin von seinem misslungenen Versuch, das Gegengift aufzutreiben. Daniel schien beides wenig zu kümmern und richtete sich zunächst an Sarah: „Macht nichts. Ist sogar gut. Wenn irgendwas rauskommt, wissen auch alle, dass du nicht die Einzige bist, die Goldregen gepflückt hat. Und von den anderen Zutaten weiß niemand. Ich sagte doch, gut geplant ist halb gewonnen."

„Das hab eigentlich ich gesagt", warf Ella schmunzelnd ein.

„Aber", entgegnete Colin immer noch geknickt, „wir haben ja nicht alle Zutaten. HALB gewonnen trifft es da bestens."

„Das Gegengift brauchen wir nicht, wenn ich den Trank zu mir nehme", erläuterte Daniel. „Mir kann das ja schlecht was anhaben."

„Sicher?", hakte Sarah besorgt nach.

„Klar!", Daniel nickte zuversichtlich. „Wäre der Trank ein Vampirkiller, wüsste man das."

Die Seher schauten Daniel mit großen Augen an, ohne zu wissen, worüber sie mehr staunen sollten: Dass Daniel das Wort Vampir nutzte oder dass er überhaupt keine Angst hatte, dass ihm irgendetwas passieren konnte. Ein Blick in Ellas Gesicht verriet, dass auch sie sich überhaupt nicht sorgte. Hanna zitterte zwar immer noch ein wenig, aber das schien an ihrem Seebesuch zu liegen, da sie ebenfalls unbesorgt aussah. Vielleicht ging man mit Gefahren grundsätzlich lockerer um, wenn man im Prinzip unsterblich war.

Daniel, der seit Beginn des Plans nicht zu bremsen war, beschloss, den Trank direkt zu brauen, denn er musste ganze zwei Tage ziehen. Zum Zerkleinern hatte er einen Mörser mitgebracht. Colin, der vor wenigen Stunden noch Fisch zu Abend gegessen hatte, konnte dennoch nicht mit ansehen, wie dieser zerkleinert wurde. Der Trank war ohne das flüssige

Gegengift eher eine matschige Pampe als ein Trank. Ella füllte ihn in ein Glas mit Schraubdeckel und stellte das Ganze in den Kühlschrank.

Den restlichen Abend gingen sie den Plan noch einmal durch. Am Wochenende würde Daniel den Trank nehmen und sich mithilfe von Stephan äußerlich in Direktor Salentin verwandeln. Colin und Kim würden versuchen, die Sekretärin in ein Gespräch zu verwickeln, damit diese abgelenkt wäre und möglichst nicht merkte, wenn Sarah versuchen würde, ihre Gedanken zu lesen, um wiederum Daniel Botschaften zu schicken, sollte diese Verdacht schöpfen.

Ella und Hanna würden in der Zeit Schmiere stehen. Der Plan schien perfekt. Perfekt irrsinnig. Und der Abend verflog schnell, ohne dass sie ihrer eigentlichen Aufgabe nachgingen, Gedanken zu lesen und zu bewahren. Die drei Nachtgestalten verschwanden gerade, als Daniel erklärt hatte, dass sie am nächsten Tag noch den Magier Stephan ins Boot holen müssten und dies am besten bei einem Gespräch im Hummer oder Kummer zu bewerkstelligen wäre.

Wie jeden Abend ging Sarah mit tausend Gedanken, die ihr im Kopf herumschwirrten, zu Bett und schlief als letzte im Zimmer ein.

Im selben Moment steht sie wieder in dem Ferienhaus der Wohlgemuts und Ella verdeckt Sarahs Augen mit ihren Händen. Wieder steht sie da im silbernen Paillettenkleid und mit einem umwerfenden Lächeln. Als Ella auf sie zukommt, erbricht sie eine matschige Pampe, die wie der selbstgebraute Trank aussieht. Im nächsten Moment steht Daniel statt Ella vor ihr und erbricht unaufhörlich.

„Lade die Gedanken ein“, hört Sarah nun Professorin Gellhorns Stimme hinter sich. Sie dreht sich um und sieht in das fahle alte Frauengesicht. Sarah erschreckt sich und möchte weglaufen. Die Beine lassen sich jedoch nicht bewegen und Sarah versinkt immer mehr im Boden, bis sie komplett hindurchfällt und sich in dem Irrgarten befindet.

„Die rechte Tür ist gerade recht“, sagt das kleine Mädchen. Diesmal versucht Sarah, sie zu stoppen. Die Tür ist jedoch schon offen, als Sarah sich vor das Mädchen wirft. Ein Pfeil bohrt sich schmerzvoll durch Sarahs Hals. Sie kann nichts mehr sagen und vor Schmerz wird alles schwarz.

Zitternd und mit viel zu schnellem Herzschlag saß Sarah aufrecht im Bett. Das war neu. Noch nie hatte sie im Traum, so stark das Gefühl gehabt, zu sterben. Mit ihren Händen tastete sie den Hals ab, der in Wirklichkeit völlig unversehrt war. Was, wenn das eine Vision war? Würde sie so sterben? Sarah brauchte mehrere Stunden, bis sie sich beruhigt hatte und halbwegs zurück in den Schlaf fand.

36. Kapitel – Eine unerwartete Nachricht

„Hey, du Schlafmütze!“, Sarah wurde mit einem festen Kissenschlag am Kopf geweckt. „Du musst aufstehen, sonst verpasst du das Frühstück.“ Kim stand bereits fertig angezogen im Zimmer.

Sarah hatte wohl ihren Wecker überhört. Schlaftrunken eilte sie ins Bad und hielt ihren Kopf unter eiskaltes Wasser.

„Du hast wieder schlecht geträumt, oder?“, Colin stand etwas besorgt neben Sarah – mit einer

Boxershorts bekleidet und einer Zahnbürste in der Hand. Sarah hatte ihn beim Betreten des Badezimmers gar nicht bemerkt. Sie nickte nur.

„Ging mir auch so“, erklärte Colin. „Geht mir jede Nacht so, seit mein Vater …“ Colin konnte den Satz nicht beenden, aber das war auch nicht nötig.

„Hast du schon mal geträumt, dass …“, Sarah überlegte, wie sie ihre Frage am besten formulierte: „Bist du im Traum schon mal gestorben? Dass so richtig alle Lichter ausgingen?“

Colin nickte: „Ja, öfter, meist fällt irgendwas auf mich drauf. Die absurdesten Dinge.“

„Und“, Sarah forschte weiter nach „hast du mal den Schmerz dabei gespürt?“

„Zum Glück nicht“, versicherte Colin mit einem leichten Lächeln, bis er realisierte, woher die Frage rührte: „Ach du scheiße, du hast es gespürt?“

Sarah nickte: „Ein Pfeil durch den Hals.“

„Geht’s dir gut?“, fragte Colin besorgt. „Ich bin schnell aufgewacht, es war nur ein kurzer Moment, ich habe es sicherlich nicht in aller Gänze gespürt, aber ich möchte das trotzdem ungern nochmal erleben und schon gar nicht …“, Sarah stockte.

Aber Colin verstand ebenfalls, was sie sagen wollte. Er nickte: „Und schon gar nicht in Wirklichkeit.“

„Hey, ihr Schnecken!“, Kim steckte ihren Kopf durch die Badezimmertür. „Ich geh’ gleich ohne euch vor, wenn ihr so weiter trödelt. Ich habe keine Lust zu spät zu kommen.“

Colin und Sarah sahen erschrocken auf die Uhr. Sie zogen sich schnell etwas über und folgten Kim in den Seminarraum. Kaum waren sie durch die Tür, ertönte auch schon der Glockenschlag. Das Seminar begann und Professorin Gellhorn, die wieder etwas blass um die Nase wirkte, begrüßte die Studenten freundlich. Sarah war noch gar nicht ganz bei der Sache, als sie ihren Namen hörte. „Sarah Hollander, Ihnen ist es in der letzten GLUB-Stunde gelungen, Gedanken an mehrere Personen zu senden und Sie wollten in der heutigen Stunde probieren, Gedanken von mehreren Personen zu empfangen, richtig?“ Professorin Gellhorn sah sie erwartungsvoll an.

Sarah, die gedanklich noch nicht bei der Sache war und daher leicht zuckte, nickte mit dem Kopf. Sie war gerade eigentlich für überhaupt nichts bereit, aber das wollte sie sicher nicht vor dem gesamten Kurs erläutern.

Professorin Gellhorn schien jedoch zu merken, dass Sie noch nicht so weit war und sah Mei Akari an, die beschämt zu Boden sah, da ihr das Senden nur zu zwei Personen gelungen ist, worauf sie eigentlich schon hätte stolz sein können: „Mei Akari, Ihnen ist das Senden zu mehr als zwei Personen zwar noch nicht gelungen, aber wenn Sie möchten, dürfen Sie gerne auch Ihr Glück probieren.“

Mei Akari blickte freudig auf und nickte lächelnd.

„Schön“, Professorin Gellhorn lächelte zurück. „Möchten Sie vielleicht direkt beginnen?“ Mei sah zu Sarah hinüber, die ihr dankbar zunickte, und nahm das Angebot freudestrahlend an. Sie durfte sich zunächst zwei Personen aussuchen, die ihr einen vorgegebenen Satz senden sollten. Mei wählte ihre Zimmergenossinnen Lucia Muratori und Thandi Tunari. Die beiden erhielten zwei unterschiedliche Zettel mit einem Gesetz und begannen dieses gleichzeitig zu senden. Mei schloss die Augen und konzentrierte sich. Eine ganze Weile passierte gar nichts, aber der Kurs war so gespannt und still, dass man wahrscheinlich den Flügelschlag eines Schmetterlings hätte hören können, wenn sich einer in den Seminarraum verirrt hätte. Auch Sarah hing nicht mehr ihren eigenen Gedanken nach, sondern betrachtete aufmerksam das Geschehen. Dann, gerade als sich die ersten Studenten mit fragenden Blicken ansahen, grinste Mei und öffnete die Augen. Stolz verkündete sie: „Lucia, auf deinem Zettel steht: In den gesamten Kastenlanden ist es nicht gestattet, sich ungefragt anderer Gedanken zu bemächtigen. Und Thandi, auf deinem Zettel steht: Die Regierung behält sich vor, im Falle eines Gesetzesverstoßes oder bei der Vermutung eines solchen, die Gedanken des Delinquenten auch ohne dessen Einverständnis zu erörtern."

Thandi und Lucia hoben jubelnd ihre Zettel hoch und der gesamte Kurs jubelte und applaudierte. Sarah klatschte, versuchte aber gleichzeitig die beiden Gesetzestexte zu begreifen. Wenn sie das richtig verstanden hatte, konnte man bestraft werden, wenn man die Gedanken von jemandem ohne dessen Erlaubnis lesen würde. Die Regierung allerdings durfte dies, wenn sie jemanden einer Straftat verdächtigten. Ein Verdacht reichte also schon aus, um in den Kopf eines anderen einzudringen. Sarah wollte dem in der nächsten RUG-Stunde bei Professorin Ankum auf den Grund gehen. Nun musste sie sich konzentrieren, da sie an der Reihe war. Sie wählte Kim und Colin zum Senden aus, was niemanden überraschte, obschon der ein oder andere vielleicht gehofft hatte, selbst ausgesucht zu werden. Sarah sah erst Colin und dann Kim an, die beide versuchten, ihr etwas zu übermitteln. Gleichzeitig konnte sie beiden nicht in die Augen schauen, weshalb

Sarah genau wie Mei ihre Augen schloss. Zunächst war alles schwarz. Dann stellte sie sich Kim und Colin gedanklich vor, bis sie beide deutlich vor sich sah.

Es war, als stünden sie zu dritt in einem schwarzen, unendlichen Raum. Sarah sah nach rechts zu Colin und hörte, was er sagte und danach widmete sie sich Kims Worten. Sarah öffnete ihre Augen wieder. Alle anderen Blicke ruhten erwartungsvoll auf ihr.

Unbewusst lächelte Sarah ebenfalls: „Colin, auf deinem Zettel steht: Beziehungen zwischen Mystikern unterschiedlicher Art sind nach spätestens drei Monaten offiziell zu registrieren. Kim, auf deinem Zettel steht: Eine Schwangerschaft, die aus solch einer Beziehung resultiert, ist ohne Verzug anzumelden."

Kim und Colin hoben jubelnd ihre Zettel hoch. Die übrigen Studenten fielen in den Jubel mit ein. Während Sarah sich ein breites Grinsen nicht verkneifen konnte, hingen ihre Gedanken noch den Gesetzestexten nach. Ihr Lächeln fühlte sich plötzlich mechanisch und unecht an, was von außen niemand zu bemerken schien. Beziehungen zwischen Mystikern unterschiedlicher Art muss man nach drei Monaten registrieren und daraus resultierende Schwangerschaften unverzüglich melden. Dieses Gesetz fühlte sich falsch an. Solche Dinge sollten privat bleiben. Warum hatte Gellhorn diese Gesetze für diese Übung ausgewählt? Der Applaus um Sarah verstummte, als Gellhorn die nächste Aufgabe erklärte. Auch dieser Aufgabe widmete sich Mei als Erste. Sie schloss die Augen und Professorin Gellhorn wählte Ivan aus, um den Text zu senden. Mei wusste also nicht, wer den Text senden würde. Sich Ivans Gesicht vorzustellen, war demnach keine Option. Sarah fragte sich, wie man dies bewerkstelligen sollte und schaute mit den anderen Studenten gespannt auf Mei. Diesmal passierte eine längere Zeit nichts.

„Lade die Gedanken ein“, Gellhorns Stimme ließ Sarah zusammenzucken.

Die Worte klangen genauso wie in ihrem Traum. War es damit eine Vision? Oder nur ein Teil davon? Sarah spürte, wie sich ihr Hals zuschnürte. Das Schlucken fühlte sich beschwerlich an. Der Schlafmangel sowie der furchtbare Traum, von dem nun ein winziger – scheinbar unbedeutender Teil – wahr wurde, setzten Sarah deutlich zu. Ihr wurde warm und auf ihrer Nase bildeten sich kleine Schweißperlen. Den Gesetzestext, den Mei wiedergab, nahm sie nicht wirklich wahr. Sie fühlte sich, wie hinter einer Scheibe. Selbst der jubelnde Kurs wirkte gedämpft und ganz weit weg. „Sarah, Sarah“, Gellhorns Hand fasste Sarah an der Schulter und holte sie zurück ins Geschehen. „Geht es dir gut?“

Sarah sah sich um und musste sich zunächst bewusst machen, wo sie war. Obwohl es ihr nicht gut ging, nickte sie automatisch, als könne sie es selbst nicht aufhalten: „Ja, alles in Ordnung.“

„Möchtest du die Übung auch probieren, bevor wir mit dem Seminar fortfahren?“ Wieder waren alle Augen gespannt auf Sarah gerichtet. Kim nickte ihr ermutigend zu. Lediglich Colin sah etwas besorgt aus.

„Gerne“, äußerte Sarah laut, stand auf und versuchte die schlechten Gedanken abzuschütteln. Sie stellte sich nach vorne und schloss die Augen.

„Lade die Gedanken ein. Lade die Gedanken ein“, wiederholte Sarah für sich und versuchte sich darauf zu konzentrieren, etwas zu empfangen. Zuerst blendete sie alle Geräusche aus. Jedes Rascheln, jedes Ruckeln, selbst jeder hörbare Atemzug verschwanden und es entstand eine Stille in Sarahs Kopf, bei der sie ihr eigenes Blut rauschen hörte. Der schwarze Raum begann sich zu öffnen. Sarah stand dort ganz allein und sah, wie er sich immer weiter erstreckte und kein Ende in Sicht war. Sie sah außer sich selbst und der Schwärze niemanden.

„Lade die Gedanken ein!“ Ganz langsam manifestierte sich ein Schatten – dann ein Umriss, der zunehmend Gestalt annahm – die Gestalt von Benin Boukari. Er öffnete gerade den Mund, als zu Sarahs rechten Seite eine weitere Person Gestalt annahm. Diesmal ganz rasch und plötzlich. Sarah nahm lediglich ein Huschen wahr und dann stand sie dicht vor ihr – die alte Frau mit dem fahlen eingefallenen Gesicht. Sie stand dort in einem weißen, kaputten Kleid und wirkte fast wie ein Geist. Mit großen Augen sah sie Sarah an: „Hol mich hier raus, Sarah!“ Sie packte Sarah an den Schultern. Dann wurde alles schwarz. Sarah verlor das Bewusstsein und fiel zu Boden. Stille – keine Gedanken – kein Gefühl – ausgeschaltet.

37. Kapitel – Zeit zu zweit

Als Sarah die Augen öffnete, lag sie in einem fremden Raum. Sie schreckte hoch und saß aufrecht im Bett.

„Liegen bleiben!“, ein unbekannter weiß gekleideter Mann stand vor ihr und drückte Sarah an den Schultern sanft zurück. Er hatte blondes, glattes Haar und seine hellblauen Augen wirkten durch eine schwarz gemalte Kontur noch ausdrucksstärker. Seine Worte klangen bestimmend, aber gleichzeitig freundlich und weich: „Du musst dich ausruhen.“

„Ja, vertrau auf Alex. Der weiß, was er tut." Diese Stimme kannte Sarah nur zu gut. Sie war freundlich, fröhlich und inzwischen sehr vertraut – Ella lächelte sie von der Seite an und nahm ihre Hand: „Da bist du ja endlich. Wir haben uns schon Sorgen gemacht."

Sarah sah sich um. Sie war in einem Raum, der sie mit seinen vielen Betten, Geräten, Stühlen und kleinen Tischchen an die Anstalt erinnerte, in der ihr Vater arbeitete. Außer dem Bett, in dem sie lag, war jedoch sonst keines belegt. Ella und Alex, der ein Krankenpfleger zu sein schien, waren neben ihr die einzigen Personen vor Ort. Sarah erinnerte sich daran, dass alles schwarz wurde und vor ihren Augen verschwand. Was danach passierte, entzog sich ihrem Bewusstsein – vor allem aber ihr Gespür für Zeit. Vor ein paar Sekunden war sie gefühlt noch im Seminarraum und nun an einem völlig anderen Ort.

„Wie lange war ich weg?", fragte sie mit leiser, kratziger Stimme und räusperte sich im Anschluss, als müsse sie die Stimme erst einmal wieder aufwecken, um sie richtig nutzen zu können.

„Hm", Ella überlegte, „also Colin sagte, du seist ziemlich zu Beginn des ersten Seminars heute zusammengebrochen. Er war dann bis zum Mittagessen bei dir. Danach wollte ich ihn ablösen – durfte ich aber nicht. Dafür sollte ich im Seminar nicht fehlen. Professorin Ankum war da großzügiger, deshalb war Kim bis zum Ende der Seminare bei dir und danach durfte ich sie endlich ablösen. Dann aber auch nur ich. Mehrere Besucher waren nicht erlaubt." Ella warf Alex einen gespielt bösen Blick zu.

„Kennt ihr euch?", Sarah fragte einfach, was ihr zuerst durch den Kopf ging.

„Klar, wir sind alte Freunde“, scherzte Ella, während Alex den Kopf schüttelte: „Nein, aber Ella war schon eine ganze Weile hier, bevor du aufgewacht bist.“

Alex kam näher und leuchtete mit einer kleinen Lampe in Sarahs Augen. Dann legte er ihr eine Manschette um den Oberarm und pumpte Luft hinein. Der Druck der Manschette war unangenehm fest. Sarah fühlte sich schwach und kraftlos. „Ist noch sehr niedrig“, stellte Alex fest. „Heute Nacht bleibst du erst einmal zur Beobachtung hier auf Station. Ich gehe kurz zu Professorin Gellhorn. Sie hat mich gebeten, ihr Bescheid zu geben, wenn du aufwachst. Du bist hier derweil ja in guten Händen.“

Mit diesen Worten verließ Alex den Raum. Sarah und Ella waren allein. Es fühlte sich an, als sei es eine Ewigkeit her, seit sie das letzte Mal solch eine ungestörte Zeit miteinander verbracht hatten. Trotz der Freude über ihre feste Freundesgruppe wurde Sarah in diesem Augenblick klar, wie sehr sie die Momente vermisst hatte, in denen sie Ella ganz für sich allein hatte. Ella schien es genauso zu gehen und eine Zeit lang lächelten sie sich einfach nur an, bis Ellas Neugier wieder durchbrach: „Also, erzähl mal, was ist denn genau passiert? Colin hat erzählt, dir ging es nicht gut und du hast schlecht geschlafen und bist bei einer GLUB-Übung zusammengebrochen.“

„Ja, das fasst es ganz gut zusammen“, begann Sarah und erzählte Ella im Detail alles beginnend mit ihrem Traum bis hin zu der alten Frau, die ihr eine Botschaft gesendet hatte. Ella atmete tief durch: „Ui. Das sollten wir unbedingt in der Gruppe besprechen. Auf jeden Fall hältst du dich vorerst von mysteriösen Irrgärten fern.“

„Ich hatte nicht vor, einen aufzusuchen“, räumte Sarah ein. Ella überlegte weiter: „Wir müssen herausfinden, wer diese Frau ist und warum sie gerade dir eine Botschaft gesendet hat. Sie hätte ja auch Mei eine schicken können. Und wo sollst du sie rausholen? Das sind ganz schön viele offene Fragen. Zum Glück, hab’ ich da einen Bruder, der unheimlich gerne Fälle löst, die unmöglich scheinen.“

„Ja“, stellte Sarah fest. „Das ist mir auch schon aufgefallen. So aktiv und Feuer und Flamme für etwas habe ich ihn vorher nie erlebt.“

Ella nickte: „Ich denke, er braucht das irgendwie. Als unsere Eltern gestorben sind, hat er sich erst sehr hängenlassen. Er war total verschlossen und ging jeden Abend auf irgendwelche Partys. Kam oft erst im Morgengrauen nach Hause und hat kaum gesprochen. Ich studierte die Akte deiner Mutter, als Daniel eines Mittags in mein Zimmer kam. Er wollte wissen, was ich da mache, und ich sagte ihm, dass ich nach Anhaltspunkten suchen würde, wo sie sein könnte. Er setzte sich wortlos daneben und las mit. Dann entdeckte er ein Foto von ihr vor einem Geschäft in der orangen Kaste, das er schon mal gesehen hatte. Da sprang er auf und wir setzten unsere Suche nach der Wahrheit fort. Die Spur mit dem Geschäft führte uns zu den Eltern deiner Mutter, also zu deinen Großeltern. Das half uns zunächst nicht weiter, aber Daniel war von dem Zeitpunkt an wie besessen, das Rätsel zu lösen. Dieses Funkeln in den Augen hat er gerade wieder.“

Die Tür schwang auf und Professorin Gellhorn betrat gemeinsam mit Alex den Raum, nur um ihn anschließend darum zu bitten, ihn wieder zu verlassen, da sie kurz mit den Studentinnen allein sprechen wollte. Alex verdrehte die Augen, verließ aber ohne ein Wort das Krankenzimmer. „Wie fühlst du dich?“, fragte Gellhorn Sarah.

„Ging mir schon mal besser“, antwortete Sarah.

„Unfälle, die im Kopf passieren, können schlimme Auswirkungen haben. Du hattest großes Glück. Was genau ist vorgefallen?“, erkundigte sich Gellhorn besorgt.

Sarah sah zu Ella hinüber. Sollte sie erzählen, was passiert war? Und wenn ja, was genau? Sarah sah Ella intensiv an. Doch bevor sie Ella eine Nachricht senden konnte, ging Gellhorn vehement dazwischen: „Stopp, stopp, stopp. Auf gar keinen Fall überlastest du deinen Kopf durch Gedanken senden oder empfangen. Du sollst dich ausruhen. Außerdem weiß ich, dass etwas vorgefallen ist. Nasenbluten ist eine häufige Nebenwirkung, wenn Studenten mit einer GLUB-Aufgabe überfordert sind. Stechende Kopfschmerzen treten auch mal auf und bei den meisten passiert einfach nichts, aber noch nie hat ein Student sein Bewusstsein verloren. Also, was ist passiert, als du die Nachricht empfangen wolltest?“

Sarah sah zu Ella hinüber, die ihr zunickte. Für Sarah fühlte es sich ebenfalls stimmig an, zumindest diesen Teil der Geschichte zu offenbaren: „Ich sah Benin vor mir und dann tauchte eine andere Person auf.“

„Jemand hat gleichzeitig mit Benin gesendet? Aus unserem Kurs?“, erkundigte sich Gellhorn unruhig.

Sarah schüttelte den Kopf: „Ich kenne sie nicht. Es ist eine alte Frau, die ich zuvor in meinen Träumen gesehen habe.“

Gellhorn hakte weiter nach: „Welche Nachricht hat sie dir geschickt?“

„Hol mich hier raus, Sarah!“

„Sie kannte deinen Namen? Aber du kennst sie nicht? Wie sah sie aus?“, Gellhorns sonst so ruhige Art verschwand zunehmend.

Sarah versuchte die alte Frau zu beschreiben, was Gellhorn nur nervöser machte: „Das ist niemand von Burg Torva. Die Nachricht muss von außerhalb kommen. Wer hat denn die Kraft, eine Nachricht durch die Mauern zu senden? Was ist nach der Nachricht passiert?“

„Nach der Nachricht?“, überlegte Sarah.

„Ja, da muss noch etwas passiert sein“, forschte Gellhorn weiter nach, „In welchem Moment hast du dein Bewusstsein verloren?“

Sarah dachte nach, aber ihr Kopf war noch sehr angeschlagen.

„Sie hat dich an den Schultern berührt“, warf Ella ein. „Du hast mir eben gesagt, sie hat dich angefasst.“

Sarah nickte dankend, während Professorin Gellhorn einen kurzen Moment mit weit aufgerissenen Augen vor sich hinstarrte. Dann versuchte sie etwas gefasster zu sprechen, wohl mehr, um Sarah nicht weiter zu beunruhigen: „Ich danke dir, Sarah. Ich werde etwas nachforschen und wir sprechen uns, wenn es dir besser geht.“ Gellhorn lächelte kurz und verließ den Raum.

Für einen Moment waren Ella und Sarah wieder allein. „Gellhorn sorgt sich“, bemerkte Sarah. „Das ist kein gutes Zeichen.“

„Ach“, versuchte Ella, sie zu beruhigen. „Sie sorgt sich doch die ganze Zeit, oder? Das wird schon nichts Schlimmes zu bedeuten haben. Halt dich einfach nur von Irrgärten fern.“

Ella grinste und Sarah musste ebenfalls lächeln. Eigentlich war ihr nicht danach zumute, aber Ellas Lächeln hatte etwas beruhigend Ansteckendes.

„Oh nein“, Sarah schreckte hoch: „Was ist mit dem Plan? Wir wollten doch heute mit Stephan zu Hummer oder Kummer.“

„Das haben wir auf morgen verschoben“, erklärte Ella. „Heute Mittag konnten wir ihn nicht fragen, da waren wir zu abgelenkt.“

Sarah überkam ein schlechtes Gewissen, dass der Plan ihretwegen in Gefahr geraten könnte und Ella ahnte, wie so oft, was in Sarah vorging: „Mach dir keine Sorgen. Alles wird gut gehen. Du wirst schon sehen. Jetzt ist es erst mal wichtig, dass du wieder auf die Beine kommst.“

„So ist es“, Alex, der gerade den Raum betrat, hatte die letzten Worte mitgehört. „Die Besuchszeit ist langsam um, Ella.“

„Kann ich nicht noch einen Augenblick bleiben?“, bat Ella und klimperte absichtlich gespielt mit den Wimpern.

„Damit beeindruckst du mich nicht“, bemerkte Alex, der Sarah ein Tablett mit Abendessen hinstellte. „Aber da kein anderer Patient da ist, ausnahmsweise – noch eine Stunde. Ich komm’ nachschauen, dann bist du weg.“

Ella nickte dankbar und auch Sarah war froh, noch etwas Gesellschaft zu haben. Alex legte ihr ein kleines Gerät mit rotem Knopf in die Hand: „Wenn irgendetwas ist, drück diesen Knopf. Egal, was – egal, wann – einfach drücken und ich bin blitzschnell da. Und schonen, schonen, schonen. Vor allem den Kopf.“ Alex lächelte Sarah noch einmal zu und verschwand dann aus der Tür.

Ella stand auf und setzte sich neben Sarah auf das Krankenbett: „Mal sehen, was du heute Köstliches bekommst. Hm, eine Suppe, eine Scheibe Brot und ein Glas Wasser. Die Kranken müssen hier wohl doppelt leiden."

Sarah störte sich überhaupt nicht an der Essensauswahl. Die Suppe tat ihr gut und war wie alles auf Burg Torva köstlich. Die beiden Freundinnen unterhielten sich noch eine ganze Weile und da Alex entweder absichtlich nicht nach ihnen schaute oder es vergessen hatte, schliefen sie beide irgendwann nebeneinander ein.

38. Kapitel – Hummer, Kummer, Krankenlager

Sarah träumte in dieser Nacht nichts. Als Alex morgens den Raum betrat, schüttelte er bei dem Anblick der beiden Studentinnen nur den Kopf: „Na, das war so aber nicht abgemacht."

„Hoppla", lachte Ella. „War keine Absicht. Wir sind ganz bestimmt schon eingeschlafen, bevor die Stunde rum war."

„Ganz bestimmt", wiederholte Alex in einem ironischen Tonfall. „Du musst jetzt aber wirklich gehen. Du kennst Professor Petrow."

„Oh ja", bestätigte Ella Alex Worte und drückte Sarah einen Kuss auf die Stirn. „Wir sehen uns später." Lächelnd huschte sie aus dem Raum.

„Dann wollen wir doch mal schauen, wie es heute aussieht", Alex legte Sarah wieder die Manschette um. „Hm, ein wenig besser als gestern. Darf ich nachsehen, wie es im Kopf ausschaut?"

Sarah, die nicht genau wusste, was das bedeutete und einen Zusammenhang mit der kleinen Lampe in

Alex Hand vermutete, nickte. Alex aber nahm ihr Gesicht zwischen seine Hände und schaute sie intensiv an. Seine Augen färbten sich rot und Sarah verspürte einen leichten stechenden Schmerz. Dann ließ Alex sie wieder los: „Da ist noch einiges durcheinander. Konntest du heute Nacht träumen?“

Sarah schüttelte den Kopf.

„Ich lasse dich für die Seminarzeit noch hier“, entschied Alex. „Wenn sich dein Zustand nicht verschlechtert, kannst du dich am Wochenende dann auf deinem Zimmer ausruhen.“

„Gibt’s nicht irgendeinen Zauber, der mich wieder auf die Beine bringt?“, wollte Sarah wissen?

„Ich arbeite nicht mit Zauberei“, erklärte Alex.

„Es gibt ein paar Tränke, die einen aufpäppeln, aber die sorgen dafür, dass du dich wieder ins Getümmel stürzt, statt dich auszuruhen. Und Ruhe ist das einzige Heilmittel, das dein Kopf nun braucht.“

Sarah schien etwas enttäuscht. An einem Ort wie Burg Torva schien doch alles möglich. Stephan wurde innerhalb von kürzester Zeit von seinen Spinnenbissen geheilt, aber sie musste hier verweilen. Scheinbar auch als Einzige, denn die anderen Betten blieben weiterhin unbelegt. Sarah ärgerte sich allerdings nicht sehr lange, denn nachdem sie gefrühstückt hatte, schlief sie sofort wieder ein. Auch diesmal träumte sie nichts. Gegen Mittag wurde Sarah unruhig. Sie fühlte sich etwas fitter und fragte sich, wie der Plan wohl laufen würde, Stephan für den Nachmittag einzuladen. Von ihren Freunden hörte sie nichts und sie wartete einsam das Ende der Seminarzeit ab, während lediglich Alex gelegentlich nach ihr schaute: „Also du brauchst auf jeden Fall noch etwas Ruhe“, sagte er schließlich. „Bis alles wieder richtig rund läuft, wird noch eine Weile dauern. Wenn du mir aber versprichst, dass du dich nicht übernimmst, dann kannst du gern auf dein Zimmer gehen.“

Sarah nickte und stand auf. Ihr Kopf fühlte sich schwer an, aber sie wollte nicht länger auf der Krankenstation bleiben. Sie nahm ihre Tasche und Alex zeigte ihr den Weg aus dem Krankenflügel zurück in die Aula: „Ich hoffe, wir sehen uns nicht so bald wieder“, scherzte er.

„Das hoffe ich auch“, konterte Sarah.

„Aber im Ernst, wenn es dir schlechter geht oder es nach dem Wochenende nicht besser ist, dann komm bitte unbedingt wieder“, fügte Alex hinzu. Sarah nickte und ging Richtung Seherflügel. Sie wusste ohnehin nicht, wo ihre Freunde gerade waren, und sie hatte das Bedürfnis, sich zu duschen und umzuziehen. Als sie ihr Zimmer betrat, schloss Kim die Tür hinter ihr, bevor Sarah reagieren konnte. Im Zimmer waren nicht nur Kim und Colin, sondern per „Tröpfchenexpress“, wie es Kim inzwischen nannte, ebenfalls Ella, Hanna und Daniel.

„Wir dachten, wir müssen dich ja auf dem Laufenden halten“, Ella lächelte ihr zu und führte sie zum Sofa, auf dem sie sich mit ihr niederließ. „Ich habe die anderen schon informiert, was alles passiert ist. Ich hoffe, das war in Ordnung.“

Sarah nickte. Tatsächlich war sie Ella sogar dankbar, denn ihr Kopf schwirrte noch sehr und sie wollte nicht alles noch einmal erzählen. Lieber wollte sie wissen, was die anderen zu erzählen hatten.

„Es ist wieder alles in die Hose gegangen“, klagte Colin.

„Das würde ich nicht sagen“, erwiderte Daniel ermutigend. „Es lief nur anders als geplant.“

„Sag’ ich doch“, bekräftigte Colin seine eigene Aussage. „Und zwar in die Hose.“ Sarah schaute fragend zwischen den beiden jungen Männern hin und her: „Könnt ihr das bitte näher erläutern, was in die Hose ging oder auch nicht?“

„Also eigentlich haben wir vielleicht sogar zwei neue Verbündete“, verkündete Daniel fast schon pathetisch.

„Oder gar keinen oder wir fliegen auf“, fügte Colin weniger feierlich hinzu.

„Das war aber auch vorher schon eine Möglichkeit“, erwiderte Daniel.

„Aber die Chancen dafür haben sich verdoppelt“, warf Colin wiederum ein.

Sarah schaute nur zwischen den beiden hin und her. Ihr Schädel brummte ohnehin schon. Zum Glück setzte Ella dem Spiel ein Ende: „Da von den beiden gerade nichts Hilfreiches kommt, übernehme ich das Mal. Heute Mittag war niemand bei dir, weil wir uns in der Mensa noch beraten mussten. Kim und ich sind zu Stephan an den Tisch gegangen und haben ihn gefragt, ob wir ihn mal unter vier Augen sprechen könnten. Obwohl er gerade sehr beschäftigt war, hat er sofort zugestimmt.“

„Beschäftigt mit einer Kommilitonin“, ergänzte Kim.

„Wir haben ihm dann gesagt, dass wir seine Hilfe als Magier gut gebrauchen könnten, dass es aber nicht ganz vorschriftsmäßig wäre und er mit niemandem darüber sprechen dürfte. Dann hat er gesagt, dass er das grundsätzlich gerne machen würde, mit der

Einschränkung, dass er es einer Person erzählen müsse."

„Ja, scheint so, als hätte er doch schneller bei den anderen Magiern Anschluss gefunden als gedacht, zumindest bei einer", warf Kim ein.

Ella fuhr mit ihrer Erzählung fort: „Vor seiner neuen Freundin Julia habe er keine Geheimnisse. Er hat ihr auch die Wahrheit über den Spinnenvorfall erzählt. Wir haben dann um ein bisschen Bedenkzeit gebeten und uns beraten. Dann haben wir uns mangels Alternativen dafür entschieden, es heute im Hummer oder Kummer beiden zu erzählen."

Sarah schaute Ella mit großen Augen an. Es war schon riskant eine Person, die sie nicht gut kannten, einzuweihen und mit hineinzuziehen. Aber nun gleich zwei…?

„Wir haben entschieden, Stephan zu vertrauen und er vertraut Julia. Die Alternative wäre, jemand völlig anderen zu fragen. Da ist die Gefahr, an den falschen Magier zu geraten, wesentlich größer", untermauerte Daniel die Entscheidung.

„Ich denke, entweder macht er es oder beide oder sie lassen sich nicht darauf ein, aber behalten es zumindest für sich."

Hanna war von dem Plan, mit den beiden zu Hummer oder Kummer zu gehen, nicht so begeistert, aber eher, weil sie bei dem Essen nicht dabei sein konnte. Julia und Stephan waren abends noch verabredet und hatten nur Zeit, bevor es dunkel wurde, sodass es Hanna nicht möglich wäre, den Weg dorthin sicher zurückzulegen.

Obwohl Daniel einige haarsträubende Ideen hatte, wie man Hanna vom Auto ins Restaurant befördern könnte, ohne sie der Sonne auszusetzen, wollte Hanna nicht ihr Leben aufs Spiel setzen.

Sarah spürte, wie ihr Kopfschmerz stärker wurde, je mehr Informationen und Aussagen auf sie einprasselten. Sie konnte gerade nicht einmal sagen, ob sie eher Colins Sorge oder Daniels Optimismus teilte. Da die Freunde Stephan und Julia aber ohnehin schon eingeladen hatten, nickte sie einfach alles ab.

„Gut, dass du einverstanden bist“, freute sich Daniel. „Denn wir müssen gleich …“ Den Satz konnte Daniel nicht mehr beenden, bevor er, Ella und Hanna wieder verschwanden.

Also erläuterte Kim den Rest: „Wir müssen gleich schon los, wollte er vermutlich sagen. Wir treffen uns mit den beiden vor dem Tor.“

„Oh“, Sarah war überrascht, dass es nun schon losging. Sie fühlte sich überhaupt nicht fit für einen Ausflug. Kim und Colin merkten, dass sie zögerte.

„Fühlst du dich denn überhaupt gut genug, um mitzukommen?“, fragte Colin.

Kim fügte hinzu: „Wir schaffen das auch allein, falls du lieber hier…“

„Nein“, fiel ihr Sarah ins Wort, „nein, ich komme mit.“

Sie hatte heute schon so viel verpasst, dass sie das weitere Geschehen unbedingt mitbekommen und vielleicht sogar mitentscheiden wollte.

„Aber sag, wenn es dir zu viel wird“, räumte Colin ein. „Ich geh’ jederzeit mit dir zurück.“

Sarah nickte mit einem leicht erkämpften Lächeln auf den Lippen: „Wird schon gut gehen. Die frische Luft wird mir guttun.“

Sarah machte sich kurz frisch und ging mit Kim und Colin zum vereinbarten Treffpunkt. Die anderen standen bereits dort und warteten. Julia stellte sich direkt vor. Sie war ähnlich groß wie Sarah, hatte dunkelbraune Locken und einen silbernen kleinen Ring zwischen den beiden Nasenflügeln. Sie wirkte unglaublich freundlich und offen und Sarah verstand gut, warum Stephan sie so verliebt anschaute.

„Geht es dir etwas besser?", fragte sie Sarah einfühlsam.

Sarah nickte: „Das hat sich wohl schnell rumgesprochen, oder?"

Julia bestätigte Sarahs Vermutung mitfühlend: „Ich hab's leider nicht von deinen Freunden erfahren."

„Ach was soll's", warf Kim ein. „Dann giltst du jetzt eine Zeit lang mal nicht als die Kursbeste. Das wird wieder. Wir wissen, dass du die Beste bist."

Darüber hatte Sarah noch gar nicht nachgedacht. Sie hatte es tatsächlich genossen, wie die anderen sie bewundernd anschauten. An die Blicke, die sie nach dem Wochenende erwarten würde, mochte sie gar nicht denken. Ella und Colin hakten Sarah wortlos ein, um sie zu unterstützen. Obwohl Sarah es nur so daher gesagt hatte, um Kim und Colin zu beruhigen, tat ihr die frische Luft wahrlich sehr gut und ließ den Kopfschmerz in den Hintergrund treten. Als sie bei Hummer oder Kummer ankamen, war sie bereits mit den anderen in lockere Gespräche vertieft. Stephan und Julia bewunderten die Eigenheiten des Restaurants – genauso, wie Sarah vor ein paar Tagen staunte, als sie das erste Mal dort war. Als sie alle ihr ausgewähltes Essen vor sich stehen hatten und sich in der schützenden Blase befanden, verstummten die Freunde kurz und sahen sich an. Sie hatten gar nicht besprochen, wer den beiden die Situation erklären würde. Während sie sich fragend ansahen, ergriff

Sarah das Wort. Durch die frische Luft beflügelt, wollte sie sich nicht mehr außen vorfühlen und versuchte das Wichtigste in aller Kürze zu erzählen: „Als ich meine Einladung bekam, wurde ich bedroht. Ich solle sie nicht annehmen. Wir wissen nicht, wer dahintersteckt, aber wahrscheinlich sind es mehrere Personen. Darunter sind auch welche hier auf Burg Torva. Sie haben dich meinetwegen angegriffen. Weil ich hier bin. Sie möchten mich loswerden. Es ist unglaublich wichtig, dass wir herausfinden, wer diese Leute sind. So sind wir alle in Gefahr."

Sarah stoppte vorerst, um Stephan die Möglichkeit zu geben, das zu verdauen.

Er brauchte einen Moment, um seine Gedanken zu sortieren: „Danke für deine Ehrlichkeit. Es ist gut, dass du hiergeblieben bist. Du darfst dich von sowas nicht erpressen lassen. Stattdessen die Täter zu suchen, ist mutig von dir. Von euch."

„Und ihr habt einen Plan, wie ihr sie findet?", erkundigte sich Julia und ergriff Stephans Hand.

„Ja", fuhr Sarah fort. „Zumindest haben wir eine Idee. Es gibt eine Person, die die Einladung nicht angenommen hat. Vielleicht wurde sie von den gleichen Leuten bedroht und kann uns helfen. Wir müssen wissen, wer diese Person ist."

„Oh, diese Information rückt Professor Salentin bestimmt nicht raus", gab Stephan zu bedenken.

„Ihr wollt ihn gar nicht fragen, hab' ich Recht?", Julia schien etwas schneller zu begreifen. „Ihr wollt sie heimlich beschaffen. Das ist die Sache, die nicht ganz ‚vorschriftsmäßig' ist, wie Daniel es genannt hat."

„Es ist für eine gute Sache", merkte Ella an.

Stephan stimmte unerwartet rasch zu: "Wenn wir diesen Verbrechern auf diese Weise das Handwerk legen und dadurch andere Menschen vor ihnen schützen können, sollten wir es tun.“

„Ja, ihr könnt auf uns zählen“, bestätigte Julia die Aussage ihres Freundes, obwohl sie eigentlich keiner gefragt hatte, bei dem Plan mitzuwirken.

Aber Daniel, der in seiner Detektivrolle vollends aufging, nahm alles so, wie es kam. „Gut“, sagte er. „Wir wollen einen Gestaltzauber anwenden, sodass ich Salentins Aussehen annehmen kann. Dafür benötigen wir einen Trank, den wir bereits haben und…“

„Und einen Magier, der das Bild Salentins auf dich projiziert“, beendete Julia Daniels Satz.

„Ja“, Daniel war verblüfft. „Du kennst diesen Zauber?“

Stephan schien noch überraschter. Julia erklärte ihnen, dass ihre ältere Cousine sich mal verwandelt hat, um ihrer Exfreundin eins auszuwischen. Sie selbst habe zwar nur zugeschaut, aber mit Sicherheit könne sie diesen Zauber durchführen. Stephan, dessen einzige Zaubereierfahrung außerhalb des Unterrichts darin bestand, dass er unfreiwillig sein Elternhaus angezündet hatte, begrüßte die Idee, dass Julia statt ihm diesen Part übernehmen würde.

Als Daniel den Rest des Plans erläutert hatte, beschloss Stephan, mit Ella und Hanna Schmiere zu stehen und ein Ablenkmanöver zu starten, sollte jemand versuchen, zur gleichen Zeit das Sekretariat zu betreten. Sie sprachen noch eine ganze Weile über den aufregenden Plan – den sie bereits am nächsten Tag durchführen wollten – bis es Zeit war, zurückzugehen und sie die geheimniswahrende Blase zerplatzen ließen.

39. Kapitel – Die Akte

Der erste Wochenendtag auf Burg Torva unterschied sich deutlich von den Tagen zuvor. Bereits beim Frühstück fiel auf, dass viele Studenten einen langen Schlaf dem Frühstück vorzogen, wenn sie die Möglichkeit hatten, ihren Tag im Anschluss völlig frei zu gestalten. Das Wochenende wurde mit Ruhe und Gelassenheit begonnen, nur bei Sarah und ihren Freunden sah es innen drin ganz anders aus. Sie grüßten Stephan und Julia in der Mensa, setzten sich aber absichtlich nicht zusammen an einen Tisch.

Zum einen wollten sie heute nicht in der Konstellation gesehen werden, zum anderen war es so viel einfacher, nicht über die bevorstehende Umsetzung des Plans zu sprechen, der ihnen unaufhörlich durch den Kopf spukte und sie nervös machte. Nach dem Frühstück ging es dann endlich los, was die Nervosität nur noch weiterwachsen ließ. Ella und Hanna setzten sich in den Gemeinschaftsraum und warteten. Kim, Colin und Sarah gingen Richtung Sekretariat und positionierten sich auf dem Weg dorthin an verschiedenen Ecken, um mitzubekommen, falls der echte Salentin auftauchen würde. Daniel verschwand mit Julia und Stephan auf eine der Gemeinschaftstoiletten, um den Zauber durchzuführen. Nachdem sie sichergestellt hatten, dass niemand sonst in den Toilettenräumen war, zückte Daniel das kleine Gläschen und würgte die scheußliche Masse hinunter. Julia hob ihre beiden Hände und richtete ihre Handflächen zu Daniels Kopf hin. Sie konzentrierte sich so stark, bis ihre Hände zu zittern begannen und Daniel umhüllte ein schwarzer Nebel. Langsam sank Julia ihre Hände und ihren Blick, als forme sie Daniel von Kopf bis Fuß neu – mit Erfolg, denn aus dem schwarzen Nebel trat ein ernst blickender Salentin hervor. Stephan, der eigentlich Schmiere stehen sollte, war so erstaunt, dass er die Tür aus den Augen ließ und nicht bemerkte, wie Thomas Teuber die Toilette betrat. Tatsächlich war es Daniel, der ihn zuerst bemerkte und geistesgegenwärtig reagierte: „Nun, Herr Bachem und Frau Knopf, es ist schön, dass Sie sich hier auf Burg Torva als Paar zusammengefunden haben, aber der Austausch von Zärtlichkeiten auf öffentlichen Toiletten ist absolut tabu. Es war gut, dass Ihre Kommilitonen mich hergerufen haben. Folgen Sie mir bitte.“

Daniel verließ als Salentin erhobenen Hauptes die Toilette und Stephan und Julia gingen perplex hinterher. Julia musste etwas kichern – denn sie hielt Daniels Einfall für großartig – aber das verstärkte nur die Glaubwürdigkeit von Daniels Worten gegenüber dem irritierten Thomas.

Daniel ging mit den beiden Magiern am Gemeinschaftsraum vorbei, dessen Tür weit offenstand. Ella und Hanna warteten noch einen Moment und folgten den Dreien unauffällig in den Gang, in dem sich das Sekretariat und auch Salentins Büro befanden. Der Gang lag hinter einer der prächtigen Türen in der Aula. Colin wartete dort bereits und schloss die Tür hinter ihnen. In dem Gang war niemand mit Ausnahme von Sarah und Kim.

Die Verbündeten schauten sich an und nickten sich zu. Stephan, Ella, Julia und Hanna verteilten sich im Gang. Kim und Colin klopften an die Sekretariatstür.

Eine Frau – um die 60 Jahre – öffnete die Tür. Sie hatte ihr braunes Haar zu einem Dutt geformt und trug einen ähnlich gefärbten Rock zu einer lachsfarbenen Bluse. Über den Anblick der beiden Seher schien sie sehr überrascht, begrüßte sie aber in einem freundlichen, warmen Ton: „Guten Tag! Wie kann ich Ihnen helfen? Es ist ungewöhnlich, dass sich Studenten am Wochenende hier einfinden."

„Ich hoffe, wir stören nicht"; begann Kim in einem gleichermaßen freundlichen Ton: „Das ist alles so neu für uns hier und wir wissen so wenig über die Menschen, die hier arbeiten. Wir würden so gerne etwas über Ihren Beruf und über Sie erfahren." Colin nickte: „Ja, vielleicht wäre das auch ein späterer Beruf für uns – ein wichtiger Beruf, bei dem man unersetzlich ist."

Die Sekretärin lächelte, fühlte sich sichtbar geschmeichelt und bat den beiden Sehern an, hineinzukommen und sich zu setzen. Kim achtete darauf, dass sie die Tür weit genug offenstehen ließ, sodass Sarah unbemerkt hineinsehen konnte. Die Sekretärin stellte sich vor als Kirsten Kaiser und bot Kim und Colin Tee und Kekse an. Colin, dem die ganze Situation Bauchschmerzen machte, lehnte die Kekse ab, freute sich aber über den Tee und Kim nahm einfach alles an. Frau Kaiser hatte große Freude, von ihren Aufgaben zu berichten und verlor sich schnell in ein tiefes Gespräch mit den Beiden.

Daniel nickte Sarah zu. Bevor Daniel den Raum betreten würde, sollte sie Kirsten Kaisers Gedanken mitlesen. Sarah hatte den anderen nicht gebeichtet, dass sie genau das aktuell noch nicht tun sollte. Sie wollte weder schwach wirken noch sich ausgeschlossen fühlen. Sarah konzentrierte sich. Es dauerte einen Moment, aber es gelang ihr tatsächlich. Frau Kaiser entfuhr ein leichtes Stöhnen und sie fasste sich an den Kopf.

„Bestimmt dröhnt Ihnen der Kopf manchmal bei so vielen Aufgaben, die Sie koordinieren müssen“, warf Kim ins Gespräch ein.

„Ja, da sagen Sie was.“ Die überarbeitete Sekretärin fühlte sich so verstanden, dass sie den kurzen Kopfschmerz direkt wieder vergaß und weiter von ihren Aufgaben sprach. Daniel nickte Sarah zu und betrat den Raum gerade so, dass er nicht mehr mitbekam, dass Sarah ein kleiner Tropfen Blut aus der Nase lief. Sarah wischte sich das Blut mit der Hand aus dem Gesicht und konzentrierte sich. Sie wollte unbedingt, dass der Plan aufging. Als die Sekretärin Daniel sah, war sie sehr verwundert, da Salentin anscheinend über das Wochenende zu seinem Onkel fahren wollte. Sarah reagierte blitzschnell und legte Daniel die entsprechenden Worte in den Mund. Noch bevor Frau Kaiser ihre Verwirrung kundtun konnte, nickte Daniel den beiden Sehern zu und begrüßte die Sekretärin freundlich: „Guten Morgen Kirsten. Ich fahre etwas später zu meinem Onkel. Ich habe diese eine Akte im Kopf und wollte noch einmal hineinschauen, bevor ich mich auf den Weg mache.“

„Welche denn?“, fragte Kirsten. „Vielleicht kann ich dir helfen.“

„Die des Studenten, der die Einladung abgelehnt hatte.“

„Levi Gastrell!“, rief die Sekretärin aus. „Ich habe mir den Namen so oft durchgelesen. Es kommt ja nicht alle Tage vor, dass jemand eine Einladung von Burg Torva ablehnt.“

Daniel bedankte sich für die Information und ging in Richtung der Aktenschränke. Er wollte gerade eine Schublade öffnen, als Sarah ihm erneut eine Botschaft schickte:

„Sie fragt sich, warum du die Akte nicht herzauberst."

„Aber ich kann ja nicht zaubern", sandte Daniel eine Botschaft zurück. Sarah sah auf den Flur und schickte die Information zu Julia, die ihr am nächsten stand. Julia schlich so leise und schnell sie konnte zu Sarah und flüsterte ihr ins Ohr, Daniel solle seine Hand aufhalten. Gesagt, getan, zauberte Julia die Akte aus der Schublade hervor und beförderte sie in Daniels Hand. Daniel wollte sich gerade verabschieden, als Frau Kaiser diesmal ihre Gedanken direkt laut aussprach: „Aber die willst du doch nicht etwa mitnehmen, oder?"

Daniel blieb für einen Moment stehen und Sarah fügte die weiteren Gedanken hinzu: „Sie erwartet, dass du mit Magie eine Kopie erstellst."

Sarah schickte Julia die gleiche Botschaft, aber diese zuckte mit den Schultern und flüsterte: „Ich kann Sachen herbefördern, aber habe noch nie welche erschaffen. Und selbst wenn ich es könnte, müsste ich die Akte von Nahem sehen."

„Schick mir das Bild", sandte Sarah Daniel die Botschaft. Daniel antwortete zunächst der Sekretärin: „Nein, nein, ich wollte nur kurz ein Detail nachschauen, ich benötige nicht die komplette Akte."

„Es ist doch nur eine Seite", erwiderte Kirsten Kaiser. „Er ist ja nie hier angekommen, also gibt es nicht mehr Informationen."

„Ich brauche auch nicht die ganze Seite“, erklärte Daniel. „Ich habe schon gefunden, wonach ich gesucht hatte.“

Mit diesen Worten konzentrierte er sich auf das Blatt Papier in seinen Händen und sendete das Bild an Sarah. Das ankommende Bild bereitete Sarah starke Kopfschmerzen. Ein stechender Schmerz machte sich breit mit jedem Detail, das auftauchte. Noch bevor sie das Bild vollständig gesehen hatte, schoss ihr Blut aus dem linken Nasenloch und dann wurde wieder alles schwarz.

Das Zusammensacken im Flur blieb nicht ungehört und so stürmten Frau Kaiser, Daniel, Colin und Kim von der einen Seite zu Sarah und Ella, Hanna und Colin von der anderen. Julia hielt sie bereits im Arm.

„Ach du meine Güte“, die Sekretärin schlug die Hände über dem Kopf zusammen, „Was ist denn hier passiert?“

Julia versuchte zu retten, was zu retten ist: „Ihr ging es nicht gut, da haben wir sie hergebracht.“

Daniel reagierte ebenfalls geistesgegenwärtig: „Und da bringen Sie sie hier her? Sie gehört in den Krankenflügel. Folgen Sie mir.“

Daniel hob Sarah hoch, als wöge sie nicht mehr als eine Einkaufstasche. Die anderen setzten direkt an, ihm zu folgen und auch Frau Kaiser war besorgt und wollte dem Ausruf des vermeintlichen Schulleiters nachkommen.

Daniel drückte ihr die Akte in die Hand: „Sei so gut und leg die für mich zurück, Kirsten und halte hier die Stellung.“

Daniel ging so schnell er konnte mit den anderen zurück in die Aula.

„Bringen wir sie wirklich in den Krankenflügel?“, wollte Colin wissen. Daniel nickte: „Ja, aber ihr müsst das machen. Ich kann als Salentin nicht noch mehr Aufmerksamkeit auf mich ziehen.“

Ella und Hanna übernahmen Sarah und eilten mit Kim und Colin zum Krankenflügel, während Daniel, Julia und Stephan es unbemerkt in die Toilette schafften. Julia beendete den Zauber und Daniel war sichtlich erleichtert: „Zum Glück bin ich wieder ich.“

Im nächsten Moment drehte sich sein Magen um und er übergab sich vor den Füßen der beiden Magier. Danach fiel auch er zu Boden und war nicht mehr ansprechbar.

40. Kapitel – Ein hoher Preis für einen niedrigen Gewinn

Als Sarah ihre Augen öffnete, sah sie zunächst nur Umrisse. Es dauerte eine Weile, bis sie begriff, dass sie wieder im Krankenzimmer war. Schemenhaft nahm sie Alex Gesicht wahr. Seine Stimme klang weit entfernt und gedämpft, obwohl er vor ihrem Bett zu stehen schien. Seine Enttäuschung klang jedoch deutlich durch: „Das kommt davon, wenn man nicht auf mich hört. Du warst ganze zwei Tage weg.“

Sarah wollte reagieren, aber sie war so kraftlos, dass sich ihre Augen wieder schlossen. Als sie die Augen erneut öffnete, schien wieder etwas Zeit vergangen zu sein, denn plötzlich stand statt Alex eine ganze Gruppe von Menschen um sie herum. Zuerst sah sie in Ellas freundliches Gesicht und spürte, dass sie ihre Hand hielt. Auch Kim, Colin und Hanna waren da sowie die Professoren Harling und Gellhorn. Alex musste sie geholt haben, als sie kurz zu sich kam.

„Kannst du uns jetzt hören?“, fragte Professorin Gellhorn.

Sarah nickte und versuchte, sich aufzusetzen. Ella und Hanna halfen ihr sofort und Colin legte ihr ein zusätzliches dickes Kissen von einem leeren Nachbarbett in den Rücken.

„Wie geht es dir, Sarah?“, fragte Harling besorgt.

Sarah wusste nicht, was sie antworten sollte. Sie fühlte sich furchtbar – und noch schlechter als nach ihrem ersten Zusammenbruch. Das Ausmaß konnte sie aber noch nicht überblicken, weshalb sie statt einer Antwort von ihrem Zustand ablenkte. „Ich habe großen Durst“, wisperte sie. Colin wollte sofort den Raum verlassen, um ein Getränk zu besorgen, aber Professorin Gellhorn stoppte ihn: „Warten Sie, Colin. Halten Sie die Tür geschlossen, sonst müssen wir den Zauber erneuern. Ich habe eine Flasche Wasser in meiner Tasche.“

Gellhorn kramte eine Flasche Wasser heraus und übergab sie Sarah, die so wenig Gefühl in den Fingern hatte, dass Hanna die Flasche für sie öffnete.

„Bist du aufnahmefähig?“, fragte Gellhorn und Sarah sah an ihren Gesichtszügen, dass nun ein Donnerwetter folgen würde. Trotzdem nickte sie.

„Gut“, ergriff Gellhorn wieder das Wort. „Ich denke, ich muss nicht darauf hinweisen, dass es unverantwortlich von dir war, in deinem Zustand Gedanken zu lesen und zu empfangen. Es wird auch überflüssig sein, dir mitzuteilen, dass du deine Situation verschlimmert hast und dein Kopf nun einige Zeit länger braucht, bis er sich vollends erholt hat, denn das spürst du sicher.“

Sarah nickte und kämpfte dagegen an, nicht in Tränen auszubrechen.

„Aber weshalb ich wirklich wütend bin“, fuhr Gellhorn fort. „Ist die Gedankenlosigkeit von Ihnen allen.“

Gellhorn blickte die übrigen vier Studenten an. Sarah fühlte sich gleichzeitig schrecklich, dass Professorin Gellhorn wütend war, aber auch erleichtert, dass sie die folgenden Worte nicht nur an sie persönlich richtete.

„Professor Harling und ich sind vor zwei Tagen ins Sekretariat gegangen, um eine Akte zu suchen“, erzählte Gellhorn mit einem gereizten Unterton. „Da sagte uns eine nervöse Sekretärin, wir seien heute nicht die Einzigen, die nach einer Akte suchen. Zu meinem Erstaunen berichtete sie uns, dass Professor Salentin, den ich morgens früh bei einer Runde um die Burg selbst habe wegfahren sehen, sich eine Akte näher ansehen wollte und dann eine Studentin von vier anderen Studenten hergebracht wurde, da es ihr nicht gut ging und diese kurz vor der Tür mit blutiger Nase zusammenbrach. Salentin soll sich darum gekümmert haben. Als wir zur Krankenstation eilten, kamen uns zwei Magier entgegen, die aufgeregt nach Hilfe suchten – für einen Studenten, der sich auf der Toilette übergeben hatte und dann auch zusammenbrach.“

„Daniel“, entfleuchte es Sarah und sie bemerkte erst in diesem Moment, dass er in diesem Ensemble fehlte.

„Ja, Daniel“, bestätigte Gellhorn.

„Geht es ihm gut?“, fragte Sarah besorgt.

„Es wird ihm wieder gut gehen“, fuhr Gellhorn fort. „In ein paar Tagen vermutlich. Als ich ihn sah, wussten wir sicher, wer wohl die andere Studentin gewesen sein musste, wobei wir den Verdacht bereits vorher hatten.“

Sarah schaute mit schlechtem Gewissen nach unten.

„Hat irgendjemand von Ihnen überhaupt über die Konsequenzen Ihres Handelns nachgedacht?“, fuhr Gellhorn die Studenten an. „Nur, weil man unsterblich ist, heißt das nicht, dass Gift einer Nachtgestalt nichts anhaben kann. Nachdem sich das Gift langsam in Daniel ausgebreitet hatte, zeigte es seine Wirkung. Es wird noch ein paar Tage dauern, bis es seinen Körper vollständig verlassen hat. Und da ich eins und eins zusammenzählen kann, ist mir klar, woher der mysteriöse Doppelgänger Salentins kam. Was haben Sie gedacht, würde passieren, wenn Kirsten Kaiser das nächste Mal auf den echten Salentin trifft und ihn etwas zu der Akte fragt oder zu der Studentin im Flur, um die er sich gekümmert hat? Professor Harling und ich mussten der Armen ihre Erinnerungen an den Vormittag löschen.“

Obwohl dies alles schrecklich klang, war Sarah froh, dass Gellhorn und Harling ihnen trotz allem geholfen hatten. Gellhorn machte ihrem Ärger weiter Luft: „Ihr hättet allesamt von Burg Torva verwiesen werden können. Was aber noch schlimmer ist, dass ihr riskiert habt, von den Mystikern entdeckt zu werden, die es auf Sarah abgesehen haben. Und damit meine ich nicht, dass ihr zwei weitere Studenten in die Sache mit hineingezogen habt. Wir haben überlegt, auch deren Gedächtnis zu löschen.“

„Nein“, rief Sarah dazwischen. „Das haben die beiden nicht verdient.“

„Nun, wenn hier jeder das bekäme, was er verdient, sähe es für euch aktuell nicht gut aus, oder?“, erwiderte Gellhorn. „Aber ich sagte, wir haben es überlegt – und uns dann dagegen entschieden. Wir können es nicht verhindern, dass ihr andere in eure Geheimnisse einweiht, hoffen aber sehr, dass ihr wisst, wem ihr vertrauen könnt und wem nicht. Ich meinte jedoch, dass solch eine Magie leicht entdeckt werden kann, gerade wenn jemand auf der Suche nach etwas ist. Und ihr solltet wirklich nicht noch mehr Informationen besitzen, die man euch entlocken könnte. Sarah, du bist noch einige Tage ein leichtes Opfer. Das war leichtsinnig von euch.“

Sarah spürte, dass Gellhorns Ärger einer großen Sorge entsprang und sie sich ehrlich um sie sorgte.

„Es tut mir leid“, entschuldigte sie sich. „Es ist nur so belastend, nicht zu wissen, wer mir etwas Böses will und was das Ganze mit meiner Mutter zu tun hat und weshalb sie mir nicht gesagt hat, dass sie eine Seherin ist.“

„Wie hast du das erfahren?“, fragte Harling überrascht und Sarah begriff in dem Moment, dass dies wohl eines der Dinge war, die Harling und Gellhorn wussten und vorerst vor ihr geheim halten wollten.

Eine Antwort von Sarah war nicht nötig, denn Gellhorn war auch dies völlig klar. Sie schaute Ella direkt in die Augen: „Ihr habt euch also entschieden, euer Geheimnis preiszugeben.“

Ella nickte: „Sie hat die Wahrheit verdient.“ Dann ging sie noch einen Schritt weiter: „Niemand kann wissen, ob die Informationen bei uns sicherer sind als bei ihr. Wir wissen nicht mal, ob – wer auch immer hinter all dem Terror steckt – die Informationen nicht sowieso bereits hat. Warum sollten wir Sarah ausschließen, wo es sie doch am meisten betrifft? Wir sitzen alle in einem Boot und vielleicht bringt es uns ja sogar weiter, wenn wir einfach offen miteinander sprechen.“ Sarah bewunderte Ella in diesem Moment dafür, dass sie so klare Worte gegenüber den

Professoren fand, obwohl sie gemeinsam so dumme Entscheidungen getroffen hatten.

Harling schien sich Ellas Worte tatsächlich zu Herzen zu nehmen. Er öffnete seinen Mund, als ob er etwas Wichtiges sagen wollte, blickte dann aber zu Gellhorn, als erwarte er ihre Zustimmung. Diese gab Gellhorn aber nicht. Sie schüttelte den Kopf: „Nein, Otis. Ich verstehe dich. Aber es ist nicht der richtige Zeitpunkt."

Dann wandte sich Gellhorn Sarah zu: „Du wirst deine Antworten bekommen. Das verspreche ich dir. Bitte, hab' noch etwas Geduld."

Sarah wollte nicht warten, aber sie fühlte sich nicht in der Position, Forderungen zu stellen und war sich bewusst, dass Gellhorn diesen zum jetzigen Zeitpunkt ohnehin nicht nachgeben würde. Also nickte sie.

„Gut", äußerte Gellhorn. „Da wäre noch eine Sache. Ich würde dich normalerweise in deinem Zustand nicht fragen, aber es ist wichtig für unsere weiteren Nachforschungen. Diese Akte, die wir kopiert haben, ist fast 60 Jahre alt. Die damalige Studentin ist heute entsprechend älter, falls sie noch leben sollte. Sieh dir bitte das Bild an, ob es sich womöglich um die Frau handelt, die dir die Botschaft gesendet hat."

Aufgewühlt warf Sarah einen Blick auf das Foto. Die Frau auf dem Bild war deutlich jünger und fröhlicher, aber Sarah wusste es direkt im ersten Moment: „Das ist sie!" Sie hatte die gleichen Gesichtszüge und dieselben eindringlichen Augen. Gellhorn warf Harling einen besorgniserregenden Blick zu.

„Wer ist sie?", rief sich Sarah aufgeregt. „Woher wussten Sie, dass sie es sein könnte? Was ist mit ihr?"

„Beruhige dich!“, stoppte sie Gellhorn. „Du musst erst mal gesund werden. Gerade im Moment solltest du möglichst wenige vertrauliche Informationen mit dir umhertragen. Denn so stark du in dieser Woche auch geworden sein magst, jetzt gerade bist du völlig schutzlos.“

Sarah war enttäuscht – am meisten über sich selbst.

„Ruh dich jetzt bitte aus, Sarah“, sagte Gellhorn in einem freundlicheren Ton, „damit du bald wieder auf den Beinen bist. Dann sehen wir weiter.“

Professorin Gellhorn ging Richtung Ausgang und Professor Harling folgte ihr.

„Pass auf dich auf, Sarah!“, sagte er, bevor er durch die Tür verschwand.

Einen kurzen Moment sagte niemand etwas.

„Ich weiß, der Zeitpunkt ist nicht der richtige“, brach Hanna als Erste das Schweigen.

„Aber hat sich der Aufwand gelohnt? Hast du die Informationen erhalten?“ Sarah schüttelte den Kopf: „Bevor sie ganz da waren, wurde alles schwarz. Ich erinnere mich nicht mal an das, was bereits angekommen ist.“

„Dann haben wir nichts als einen Namen?“, fragte Colin enttäuscht. „Also nicht mal eine Kaste oder so?“

Sarah schüttelte den Kopf: „Aber vielleicht weiß Daniel mehr?“

Ella und Hanna warfen sich einen Blick zu, den Sarah nicht deuten konnte.

„Was ist mit Daniel?“, wollte Sarah wissen. „Kann ich zu ihm? Wieso ist er nicht bei mir im Krankenzimmer?“

Ella schüttelte den Kopf: „Du solltest aktuell nirgends hingehen. Aber selbst, wenn, zu Daniel kannst du nicht. Wenn Nachtgestalten erkranken, heilt sie nur Blut. Und frisches Blut ist immer besser. Er wird sich nicht unter Kontrolle haben, wenn ein Mensch den Raum betritt."

„Richtig erklärt", lobte Alex, der unbemerkt den Raum betreten hatte. „Außer Nachtgestalten darf niemand zu ihm rein und das auch nur, wenn ich anwesend bin. Und der Raum ist eher eine Art Gefängnis, denn es könnte übel werden, wenn es ihm gelänge, den Raum zu verlassen."

Sarah war entsetzt. Wie hätte sie all das ahnen können? So viel Schmerzen und Chaos für einen bloßen Namen. Sarah hätte am liebsten losgeheult und ihre Kopfschmerzen sowie ihre allgemeine schlechte körperliche Verfassung verbesserten ihren Gemütszustand nicht gerade.

„Iss etwas, damit du zu Kräften kommst", forderte Alex sie auf und stellte ihr ein Tablett mit einer Suppe und einem weichen Brötchen hin. „Und ihr verschwindet nun mal. Die Besuchszeit ist für heute rum. Sarah braucht nun viel Ruhe."

Die Freunde drückten Sarah und verließen notgedrungen den Raum.

„Ruf mich, wenn etwas sein sollte", sagte Alex freundlich und ging ebenfalls. Sarah blieb allein zurück mit ihren Gedanken. Sie aß zwei Löffel Suppe und biss einmal in das Brötchen, als sie ihre Gefühle nicht mehr zurückhalten konnte und ihr die Tränen über die Wangen kullerten. Eine ganze Weile lag sie schluchzend im Bett, bis sie schließlich einschlief.

41. Kapitel – Krankenlager 2.0

Die nächsten Tage fühlten sich für Sarah alle gleich an. Die meiste Zeit des Tages war sie allein auf dem

Krankenzimmer. Nachmittags kamen ihre Freunde und berichteten von ihrem Unterrichtsvormittag. Sarah hörte sich alles lächelnd an, aber innerlich hätte sie schon wieder weinen können. Sie verpasste so viel, aber durfte das Zimmer nicht verlassen. Im GLUB-Seminar gelang es nun immer mehr Studenten Nachrichten an mehrere Personen zu senden und ein paar Wenigen sogar, die Nachrichten von mehreren Personen zu empfangen. Kim und Colin gehörten inzwischen dazu, wie sie stolz verkündeten. Sie hatten das abendliche Üben mit Ella und Hanna wieder aufgenommen und da es keine Pläne gab, die sie davon ablenkten, machten sie große Fortschritte. Sarah freute sich für die beiden und gleichzeitig hatte sie das Gefühl, dass sie alle überholten. Dabei sollte sie doch Fortschritte machen, um gewappnet zu sein und um Harling und Gellhorn zu beweisen, dass die von ihnen zurückgehaltenen Informationen bei ihr sicher wären. Stattdessen lag sie nun schon seit Tagen hier – geschwächt, von Kopfschmerzen geplagt – ohne jegliche Träume oder Visionen. Das Zimmer durfte sie nicht verlassen, und sie hatte auch keine Absicht, darum zu bitten. Diesmal würde sie zumindest eine vorbildliche Patientin sein – selbst wenn sie dadurch alles verpassen würde. Besonders bitter war dies bei den Aufgaben, über die alle Freunde etwas zu berichten wussten: Die DISA-Aufgabe der dritten Uniwoche war so aufgebaut, dass eine Jury entschied, welches Team sie am besten gelöst hatte. Ella, Colin und Julia waren gemeinsam in einer Gruppe gelandet. Sie hatten mit Abstand das beste Ergebnis – kein Wunder, wenn man bedenkt, dass sie so manche Aufgaben bereits gemeinsam gelöst hatten.

„Diese Aufgabe hätte dir richtig Freude bereitet“, schwärmte Ella. „Es ging ums Zaubern und Verzieren von Torten. Julia sollte aus Zutaten eine Hochzeitstorte zaubern und dekorieren, aber die Zutaten waren nicht beschriftet. Man musste daran riechen. Probieren war nicht erlaubt. Da wir Nachtgestalten besonders ausgeprägte Sinne haben, war das für mich kein Problem. Außerdem liebe ich Torten.“

„Ich hatte so Angst vorher“, warf Colin ein. „Die erste DISA-Aufgabe war so schrecklich, dass ich dachte, ich werde in jedem DISA-Seminar Todesangst haben. Die Zweite war auch schlimm. Es war einfach nur dunkel. Ich habe nichts gehört und nichts gesehen und niemand ließ mich eine Botschaft senden. Aber diesmal saß ich auf einem Stuhl in einem normalen Raum und hatte das Bild eines Brautpaares in der Hand. Nur ich konnte es sehen, aber es war mir nicht möglich, zu sprechen. Ich habe das Bild Julia erst in Gedanken beschrieben und dann konnte ich ihr sogar das ganze Bild schicken. Stell dir das mal vor, Sarah, ich habe ein ganzes Bild übertragen. Julia hat dann die Figuren richtig perfekt hingezaubert. So was hast du noch nicht gesehen.“

Ella schien durch Sarahs bestätigendes Lächeln hindurch ihren Kummer zu bemerken und fügte hinzu: „Doch, Colin. So etwas hat Sarah tagtäglich gesehen. Sie kann das nämlich selbst perfekt. Und das sogar ohne Zauber.“

Auch Colin merkte, dass er vielleicht zu viel von der Aufgabe geschwärmt hatte und sprang auf den Zug mit auf: „Wow, das ist ziemlich cool. Das musst du mir mal zeigen … Irgendwann, wenn es dir besser geht.“

„Ja, wie geht es dir überhaupt heute?“, fragte Hanna, die ebenfalls keine Lust hatte, über die Aufgabe zu sprechen. Sarah antwortete jeden Tag das Gleiche: „Ein kleines bisschen besser.“

Das sagte sie für ihre Freunde, denn so wirklich stimmte es nicht.

„Du bist bald wieder auf den Beinen“, versuchte Kim, sie aufzumuntern.

Aber was Sarah wirklich half, geschah drei Tage später. Alex hatte ihr gerade ihr Frühstück gebracht, grinste sie an und verkündete: „Gleich gibt's Besuch für dich.“ Sarah war irritiert, da ihre Freunde alle ins Seminar mussten. Alex ließ sich keine weiteren Details entlocken und verließ den Raum. Nur wenige Augenblicke später war er zurück – mit Daniel.

„Du bekommst etwas Gesellschaft im Krankenzimmer“, grinste Alex. „Daniel ist stabil und kann sich nun hier weiter erholen.“

Sarah sah Daniel an und spürte, wie sie einen Energieschub bekam. Zwölf Tage hatte sie ihn nicht gesehen. Sie fühlte sich so glücklich, dass sie förmlich aufsprang. Alex grinste und verließ den Raum wieder, während Sarah Daniel um den Hals fiel und ihn fest umarmte. Obwohl sie Daniel, der anfangs so unnahbar schien, zuvor noch nie umarmt hatte, fühlte es sich genau richtig an und auch Daniel legte seine Arme um Sarah. Einen Moment standen sie einfach so da. Dann setzten sie sich beide auf ihre Betten und schauten sich an. „Es tut mir leid“, begann Daniel. „Dieser Plan war dumm. Ich hätte es besser wissen müssen.“

Daniels Enthusiasmus war verflogen und er wirkte deutlich verschlossener.

„Du musst dich nicht entschuldigen“, entgegnete Sarah. „Ich hätte euch sagen müssen, dass ich meine

Kräfte noch nicht einsetzen durfte. Damit habe ich den ganzen Plan gefährdet. Der Plan war … okay."

„War er nicht", lachte Daniel und nun musste auch Sarah lachen: „Nein, das war er nicht."

Eine Weile wussten sie nicht, was sie sagen sollten.

„Erinnerst du dich an irgendetwas außer dem Namen?", fragte Daniel vorsichtig. Sarah schüttelte den Kopf: „Nein, du?"

Daniel schüttelte ebenfalls den Kopf: „Dann war alles umsonst."

„Na ja, den Namen hatten wir vorher nicht", warf Sarah ein.

„Ja", bestätigte Daniel mit einer sarkastisch gespielten Begeisterung, „was ist schon ein Name bei zwölf Kasten? Vielleicht hatte er ja Verwandte, die auf Burg Torva waren. Wir müssen nur sämtliche Abschlussbücher durchblättern und nach dem Namen suchen."

„Was sind Abschlussbücher?", fragte Sarah erstaunt.

In dem Moment begriff Daniel, dass die Bücher vielleicht tatsächlich eine Chance wären, um voranzukommen. Mit einem neugewonnenen Blitzen in den Augen sprudelte er los: „Am Ende des Studiums wird ein Foto von dem Jahrgang gemacht, unter dem alle Namen stehen. Es gibt aber noch mehr Fotos und Artikel. Eine Gruppe von Studenten gestaltet das Buch selbst. Meine Eltern haben ihr Buch zu Hause. Da ist auf jeden Fall deine Mutter drin, auch wenn sie nicht bis zum Schluss geblieben ist. In der Bibliothek stehen alle Bücher aus den letzten Jahren. Wir können auch nachsehen, ob Colins Vater hier war."

Sarah und Daniel fühlten sich beide besser. Sie hatten einen neuen Ansatz gefunden, der nebenbei sogar ungefährlich war. Und vielleicht war das ganze Chaos dadurch doch nicht ganz umsonst. Nach einem erneuten kurzen Schweigen setzte sich Daniel zu Sarah aufs Bett: „Wir finden alles heraus, was du wissen möchtest und vor allem finden wir die Drecksäcke, die dahinterstecken."

Daniels Worte waren ruhig und mitfühlend und Sarah glaubte ihm. Sie war so dankbar, dass Daniel gesund neben ihr saß und nahm ihn nochmals in die Arme. In dem Moment durchfuhr sie ein stechender Kopfschmerz. Sie schrie auf und unzählige Bilder prasselten in Sekundenschnelle auf sie ein. Sarah wurde schwindelig, aber sie versuchte krampfhaft, bei Bewusstsein zu bleiben, und die Bilder und Worte, die auf sie einstürmten, zu verlangsamen und zu ordnen. Dass Daniel besorgt fragte, was passiert sei, bekam sie gar nicht mit. Sie krallte sich mit einer Hand an Daniels Shirt fest und biss die Zähne zusammen und dann gelang es ihr: Die Bilder wurden langsamer. Sie sah ihre Mutter, die alte Frau, den Irrgarten und all das, was sie seit nun mehr als zwei Wochen nicht mehr in ihrem Kopf gesehen hatte. Ganz zum Schluss sah sie für einen kurzen Moment eine Akte mit dem Namen Levi Gastrell und der Information „*Violette Kaste*". Dann waren die Bilder weg und Sarah erblickte allmählich wieder das Krankenzimmer um sie herum, in dem sie sich befanden.

Alex, der den Schrei vernommen hatte, stürmte herein. „Alles in Ordnung?", rief er.

Sarah sah Alex und dann Daniel an: „Sie sind wieder da – die Bilder, Träume und Visionen. Sie sind wieder da."

42. Kapitel – Abschlussbücher

Nach ein paar ernsten Worten von Alex, der betonte, dass Sarah trotzdem noch ein paar Tage warten sollte, bis sie ihre Kräfte wieder bewusst einsetzte, waren Daniel und Sarah wieder allein im Krankenzimmer. Sarah vergewisserte sich, dass Alex die Tür gut hinter sich geschlossen hatte und wandte sich mit großen Augen und einem kleinen Grinsen Daniel zu: „Die violette Kaste. Levi Gastrell ist in der violetten Kaste."

„Das hast du gerade gesehen?", fragte Daniel ungläubig.

Sarah nickte und beide sahen sich mit weit geöffneten Augen an, während sie ein Grinsen nicht zurückhalten konnten. Sie mussten gar nichts sagen. Es war völlig klar, dass sie dies nun als Erfolg verbuchen würden.

Den letzten Tag der Woche, der noch übrig war, sowie das Wochenende über sollten Daniel und Sarah noch zur Beobachtung und in erster Linie, um sich auszuruhen, im Krankenzimmer bleiben. Je besser sich beide fühlten, umso gefangener fühlten sie sich dabei. Um sich nicht völlig nutzlos vorzukommen, baten sie ihre Freunde am Wochenende, ihnen möglichst viele Abschlussbücher aus der Bibliothek auszuleihen. Ohne den Grund zu kennen oder zu hinterfragen, schnappten sich die vier Freunde jeder ein paar Bücher und schleppten sie aufs Krankenzimmer. Sarah war so überwältigt und neugierig, dass sie nicht mal traurig wurde, als Ella von der Bibliothek schwärmte, die sie selbst jetzt noch nicht sehen konnte.

„Und wonach suchen wir?“, fragte Colin und setzte sich mit einem dicken Wälzer auf den Boden.

„Wir?“, fragte Sarah irritiert. „Wollt ihr nicht lieber das Wochenende draußen genießen? Daniel und ich sitzen eh hier fest.“

Colin schüttelte den Kopf und lächelte Sarah an: „Ist doch ohne euch nur der halbe Spaß.“

Sarah spürte, wie ihr warm ums Herz wurde und auch, wie in ihr vor Freude ein paar Tränen aufstiegen. Sie wusste, dass sie besonders emotional werden konnte, wenn sie angeschlagen war. Und obwohl dieser Gefühlsausbruch darauf hinwies, dass sie noch nicht wiederhergestellt war, war er ebenso ein Zeichen dafür, dass sie sich mit ihren neugewonnen Freunden wirklich glücklich schätzte.

Während Sarah ihre Emotionen deutete, erklärte Daniel, wonach sie suchten: Nach Colins Vater, nach dem Namen Gastrell, nach Sarahs Mutter und nach überhaupt allem, das ihnen irgendwie weiterhelfen konnte.

Sarah nahm sich zuerst das Abschlussbuch von Ellas und Daniels Eltern vor. Ella setzte sich direkt neben Sarah aufs Bett und schaute erwartungsvoll mit in das Buch, das sie zu Hause schon unzählige Male durchgeblättert hatten. Ganz vorne sahen sie das Gruppenbild.

„Da ist sie“, schwärmte Ella voller Liebe und einem Hauch von Trauer und zeigte auf ihre eigene Mutter. „Ist sie nicht wunderschön?“

Sarah nickte. Ellas Mutter war wirklich äußerst hübsch, aber selbst, wenn es nicht so gewesen wäre, hätte in diesem Moment wohl kaum jemand das Gegenteil gesagt. Sarah las den entsprechenden

Namen unter dem Foto laut vor: Viktoria Wohlgemut. Daneben stand der Name Konstantin Wohlgemut.

„Sind viele Nachtgestalten in der Uni schon verheiratet?"

Ella nickte und lächelte: „Auf jeden Fall die, die schon so viele Jahrzehnte zuvor ein Paar waren."

Sarah überflog die vielen fremden Namen, bevor sie erst einen und dann direkt einen zweiten sehr wohlbekannten Namen entdeckte: Theresa Gellhorn und Otis Harling. „Die waren in demselben Jahrgang?", rief Sarah so überrascht aus, dass die anderen vier ihre Bücher ablegten und gemeinsam auf das Foto schauten.

„Das würde erklären, warum sie etwas über deine Mutter wissen", stellte Kim fest.

„Dass mir das nie aufgefallen ist", bemerkte Daniel nachdenklich. „Wahrscheinlich, weil es nicht meine direkten Professoren waren. Wer merkt sich schon alle die Namen derer, die einen gar nicht unterrichten?!"

Sarah suchte in dem Bild die beiden Gesichter, die zu den Namen gehörten und tatsächlich, da waren sie. Gellhorn war nicht nur jünger, sondern auch schlanker, aber sie hatte ihr unverkennbares Lächeln. Harling hatte sich kaum verändert. Die beiden saßen direkt nebeneinander.

„Kein Wunder, dass die sich so gut verstehen", warf Hanna ein. „Die waren anscheinend schon als Studenten befreundet."

Sarah ging die anderen Namen durch, aber ein weiterer Name kam ihr nicht bekannt vor. Sie blätterte weiter und überflog Geschichten und Anekdoten, bis ein Bild ihrer Mutter zu sehen war.

„Unsere Erstsemester–Aftershow–Party" prangte in großen Buchstaben über der Seite. Sarahs Mutter war ausgelassen lachend in einem blauen seidenen Kleid abgebildet, während Ellas Mutter ihr einen Kuss auf die Wange drückte. Unter dem Bild stand: Vicky und Jenny. Sarah hätte schon wieder losheulen können, doch Ella nahm ihre Hand, drückte sie ganz fest und schenkte ihr ein so freundliches und gleichzeitig verständnisvolles Lächeln, das Sarah stärkte und beruhigte.

Sarah blätterte weiter und entdeckte Theresa Gellhorn, die auf einem Bild eine große Schüssel mit Bowle in der Hand hielt und so tat, als tränke sie diese ganz allein aus. Mit Sicherheit hat sie zu diesem Zeitpunkt noch nicht geahnt, dass sie mal an der Uni unterrichten würde und ihre Studenten dann dieses Foto zu sehen bekämen.

„Da ist er", Colin starrte auf ein Foto in einem anderen Abschlussbuch und wurde ganz bleich um die Nase. Die anderen waren sofort zur Stelle. Sarah überflog die Namen auf der Suche nach Gastrell und merkte dann, wen Colin entdeckt hatte. Christoph Waldeck. Colin starrte das Foto ungläubig an. Es war zwar kein Semesterabschlussfoto, aber zumindest eine Zeitlang war Colins Vater definitiv auf Burg Torva. Sarah legte eine Hand auf Colins Schulter. Sie wusste, wie es sich anfühlte, dass ein Elternteil auf Burg Torva war und nie davon berichtet hatte.

„Ich versteh' es nicht", stieß Colin enttäuscht aus.

Auch Kim legte nun eine Hand auf Colins Schulter: „Wir finden die Antworten, die du suchst."

Eine Weile saßen sie schweigend da. Hanna blätterte in einem anderen Buch vor sich hin.

„Guckt mal hier", unterbrach sie die schweigende Truppe. „Salentin, wie er auf einem Tisch tanzt." Hanna hatte genau das richtige Bild zum richtigen

Zeitpunkt entdeckt. „Diese Erstsemesterparty“, hakte Kim nach. „Die bekommen wir doch auch, oder?“

„Klar“, beruhigte Daniel sie. „Die gibt’s am Semesterende.“

„Sieht aus, als hätte man dort eine Menge Spaß“, stellte Sarah fest und war erleichtert über diesen Themenwechsel.

Eine Weile schauten sich die Freunde noch ein paar Partybilder an und freuten sich über jeden Dozenten, den sie entdecken konnten. Der Name Gastrell tauchte jedoch in den Büchern, die sie ausgeliehen hatten, nicht auf, und weitere ältere Bücher zu holen, schien nicht sinnvoll zu sein. So brachten die Freunde am Ende des Wochenendes alle Bücher zurück, während Daniel und Sarah noch einmal abschließend untersucht wurden. Mit den Worten „Macht erst mal ruhig“, verabschiedete Alex sie aus dem Krankenzimmer.

Sarah war überglücklich wieder in ihrem schönen Zimmer zu sein. Colin und Kim hatten ihr einen kleinen Willkommensgruß vorbereitet. Aus dem Sehergarten hatte Colin ein paar schöne, ungiftige Blumen besorgt und Kim hatte zur Aufheiterung schräge Limonaden geordert. Den restlichen Abend blieben die drei Seher allein. Dass Sarah und Daniel es ruhig angehen lassen sollten, wollten sie diesmal berücksichtigen. Als Sarah einschlief, schien alles wieder wie vorher. Das betraf leider auch die Träume, auf die Sarah gut hätte verzichten können.

43. Kapitel – Wieder da

Am nächsten Morgen endlich wieder gemeinsam in der Mensa zu frühstücken, war ein gutes Gefühl. Die

Studenten huschten bunt durch die Reihen und auch die Erstsemester trauten sich farblich mehr zu und waren als Gruppe nicht mehr von den übrigen Studenten zu unterscheiden. Überall wurde gequatscht, der ein oder andere Stuhl verschoben oder ein Tablett laut auf den Tisch gestellt. Eine herrlich lebhafte Geräuschkulisse nach der stillen Zeit im Krankenflügel.

Daniel gesellte sich zu Sarah und den anderen. Er wollte vorerst den Fragen seiner Mitstudenten aus dem Weg gehen und sich überlegen, welche Geschichte er ihnen auftischen würde. Sarah hatte gar nicht darüber nachgedacht, dass sie andere fragen könnten, was passiert sei. Da sie allerdings im Unterricht zusammengebrochen war, würde eine andere Erklärung vielleicht gar nicht notwendig sein. Die Ersten, die beim Frühstück nachfragten, wie es den beiden ging, mussten sie ohnehin nicht anlügen, denn es waren Stephan und Julia. Stephan, der zuvor lange blonde Haare hatte, trug nun sehr kurze Haare und einen langen Bart. „Ich weiß ja, dass wir uns über eine Woche nicht gesehen haben“, äußerte Sarah sich verwundert, „aber so schnell wächst doch kein Bart.“

Stephan grinste: „Wir probieren inzwischen einige Zauber aus und seine Haare zu verändern, ist eine besonders gute Übung. Wenn etwas schiefgeht, sieht man höchstens doof aus, aber man hat sich nicht verletzt.“

„Haben die Magier deshalb oft so auffallende Frisuren?“, erkundigte sich Hanna. Julia nickte: „Tatsächlich, ja. So zeigen sie gern mal ihr Können. Ich probiere auch gelegentlich etwas aus, aber dann lande ich doch wieder bei meinen natürlichen Haaren.“

„Die sind ja auch wunderschön“, versicherte Stephan ihr mit dem gleichen verliebten Blick, den Sarah schon zuvor wahrgenommen hatte.

Während sich das Gespräch weiter um Frisuren und Magier drehte, schweiften Sarahs Gedanken wieder einmal ab. Sie war etwas neidisch auf Stephan und Julia, obwohl sie es gar nicht sein wollte. Aber seinen Partner hier an diesem besonderen Ort zu haben, musste fantastisch sein. Ihr Freund war weit entfernt und hatte keinerlei Vorstellung, wie ihr Leben zurzeit aussah. Und da ihr Leben gerade so turbulent war, hatte sie auch kaum an Michael gedacht. Er war irgendwie so weit weg von ihr und von allem. Sarah fühlte sich schlecht. Sie nahm sich vor, am selben Tag noch in der Bäckerei anzurufen und ihren Vater zu bitten, einen Termin zum Telefonieren mit Michael zu vereinbaren.

„Dann sehen wir uns ja beim Mittagessen und in der DISA-Stunde“, sagte Ella und riss Sarah aus ihren Gedanken.

Die Mensa hatte sich schon etwas geleert und die Freunde mussten sich auf den Weg ins Seminar machen, wenn sie nicht zu spät kommen wollten.

„Ja, stimmt“, antwortete Sarah, nachdem sie sich gedanklich wieder gefangen hatte. „Vielleicht haben wir ja diesmal das Glück in einer Gruppe zu landen.“

„Ich bin gespannt, was dir der Brunnen sagt“, gab Ella zurück und verabschiedete sich, um mit Hanna in ihren Flügel zu gehen.

Sarah fühlte sich unsicherer als an ihrem ersten Tag. Sie wusste gar nicht, wie einsatzfähig sie im Unterricht sein würde und schon gar nicht im DISA-Seminar.

Als sie den Raum zum Hauptseminar betrat, wurde ihr Gefühl nicht besser. Die Blicke der Studenten, die vor über einer Woche noch Bewunderung ausdrückten, schienen nun mitleidig und wurden von besorgten Fragen begleitet. Sarah versuchte zu lächeln und zu erklären, dass alles wieder in Ordnung sei. Sie war dankbar, als Gellhorn das Seminar eröffnete und sie nicht mehr im Mittelpunkt stand. In TUV hatte Sarah einiges verpasst und sie brauchte eine Weile, bis sie sich einfand. Die anderen Studenten hatten eine ganze Woche lang geübt, Traumelemente von möglichen Visionen zu trennen und hatten zahlreiche Tabellen angelegt. Sie waren bei der heutigen Zuordnung schon viel sicherer und schneller, während Sarah auf ihre einzige bisherige Tabelle starrte, statt eine neue anzulegen.

„Hollander, möchten Sie vielleicht heute über Ihre Tabelle sprechen?“, Gellhorn lächelte sie freundlich an. Es fühlte sich für Sarah inzwischen befremdlicher an, von Gellhorn gesiezt zu werden, als wenn sie wie so oft ins „du“ abrutschte.

Sarah starrte auf ihr heutiges leeres Blatt und auf die alte Tabelle und zögerte mit einer Antwort.

„Wenn Sie sich noch nicht fit genug fühlen, dann probieren wir es lieber morgen“, fügte Gellhorn schnell hinzu.

Ob sie wusste, dass Sarah nichts geschrieben hatte oder ob sie besorgt war, dass die Erlebnisse der vorigen Woche zum Vorschein kommen könnten und daher schnell einen Ausweg anbot, wusste Sarah nicht. Sie war jedoch dankbar für diese Möglichkeit, obschon sie dadurch vor dem restlichen Kurs noch schwächer wirken musste.

Sarah hörte sich die Träume und Visionen ihrer Kommilitonen an und musste sich bemühen, bei der Sache zu bleiben. Im AS-Seminar fiel ihr das wesentlich leichter, denn es ging um Krankheiten bei Nachtgestalten. Gellhorn erklärte, dass sie grundsätzlich nicht erkranken konnten, außer sie wären der Sonne zu lange ausgesetzt oder nähmen wissentlich oder unwissentlich bestimmte Gifte zu sich. Gesund würden sie nur mit ausreichend sauberem Blut. In einem geschwächten Zustand sind Nachtgestalten nicht zurechnungsfähig und könnten ihren besten Freund aussaugen, wenn der kranke Körper nach Blut verlangte.

Diese Informationen hatte Sarah in Bezug auf Daniel schon gehört und trotzdem ergriff sie diese Thematik erneut. Beim Mittagessen fragte sie Ella aus, ob sie auch schon mal so krank war, aber Ella schüttelte den Kopf: „Ich glaub', die wenigsten erleben so etwas, außer man ist mein Bruder. Der sammelt solche Erlebnisse gern." Daniel warf seiner Schwester einen ungewohnt bösen Blick zu, als habe sie etwas gesagt, das sie nicht sagen sollte.

Sarah wollte nicht weiter nachfragen, obwohl es sie brennend interessierte, was dahintersteckte. Zu ihrem Glück übernahm Kim das: „Du hast also vor letzter Woche schon mal Gift geschluckt, Daniel?"

Daniel senkte den Kopf und nun tat es Ella sichtlich leid, dass sie das angesprochen hatte.

„Alkoholvergiftung nach dem Tod unserer Eltern", gab Daniel preis.

„Oh", erwiderte Kim. „Unschön. Und wie viel muss eine Nachtgestalt trinken, damit so etwas passiert?"

„Sehr viel", erwiderte Daniel etwas weniger angespannt.

Kims lockere Art, Dinge anzugehen und zu erfragen, machte es oft leicht, ihr einfach zu antworten. Daniel berichtete von einer Party, auf der er völlig die Kontrolle verlor.

Die Mittagspause rann nur so dahin, während ihm alle gebannt zuhörten. Dann ging es zurück in die unterschiedlichen Flügel.

Gedanken zu lesen und zu bewahren – davor graute es Sarah am meisten. Sie musste im GLUB-Seminar erstmals wieder ihre Kräfte nutzen. Gellhorn schien das zu berücksichtigen: „Wir starten heute mit einem kleinen Spiel. Wir stellen uns im Kreis auf und ich sende einen Satz an die Person rechts neben mir. Diese sendet die Botschaft an den nächsten weiter, bis sie mich wieder erreicht."

Sarah, die zwischen Kim und Colin stand, war sehr erleichtert und kam einfach und spielerisch wieder in den Gebrauch ihrer Fähigkeiten. In der nächsten Runde, durfte ein Student in die Mitte und sollte versuchen, die Botschaft möglichst schnell abzufangen. Die anderen sollten versuchen, dies zu verhindern. Bei wem die Botschaft durchsickerte, der sollte als Nächstes in den Kreis. Sarah, Kim und Colin waren ein so eingespieltes Team, dass die Botschaft zwischen ihnen niemand abfangen konnte. Auch Mei kam nicht in die Mitte. Die übrigen erwischte es innerhalb des Seminars alle mal. Am Schluss durften die Studenten, die unangreifbar waren, freiwillig in die Mitte, um ihr Glück zu versuchen, eine Botschaft abzugreifen. Mei gelang dies – genau wie Kim – nach drei Studenten und Colin schaffte es beim siebten. Zum Schluss war Sarah an der Reihe. Konzentriert sah sie Gellhorn an, die die Botschaft an Mei losschickte. Sarah hatte keine Chance in Gellhorns Gedanken einzudringen, doch gelang es ihr plötzlich bei Mei. Die anderen staunten nicht schlecht und Mei ärgerte sich, dass sie doch noch versagt hatte. Sarah war etwas gelungen, dass keinem anderen gelungen war. Ein Lächeln stieg in ihr hoch und sie genoss es, dass die Blicke ihrer Mitstudenten nun wieder mit Anerkennung statt Mitleid gefüllt waren.

„Und schon wieder Kursbeste", flüsterte Kim ihr zu. „So schnell geht das."

Sarah überkam ein gutes, wohliges Gefühl: Sie war wieder da. Selbstbewusst ging sie nach GLUB mit den anderen in die Aula zum DISA-Seminar. Die Gruppenzuteilung lief wieder über den Brunnen. Sarah ging leicht aufgeregt – aber mit einem guten Gefühl – zu dem goldenen Brunnen und steckte ihren Kopf in das Waschbecken. Die Hoffnung, diesmal mit Ella in eine Gruppe zu gelangen, zerschlug sich sofort wieder. Laika von Limburg und Tina Kesse waren die Namen, die der Brunnen ausspuckte. Sarah versuchte ihre Enttäuschung zu verbergen, als sie die beiden Namen nannte. Laika und Tina schienen auch nicht gerade begeistert zu sein, stellten sich jedoch wortlos zu Sarah. Als alle Gruppen verteilt waren, sammelten sich ein weiteres Mal mehrere Magiedozenten auf der Bühne und hoben ihre Hände. In der nächsten Sekunde wurde alles dunkel. Sarah merkte, dass sie in einer anderen Umgebung war. Es fühlte sich an, als sei sie an der frischen Luft. Sie spürte einen leichten Wind und hörte Blätter rascheln. Dass sie hören konnte, war schonmal eine Erleichterung.

„Könnt ihr mich hören, Laika und Tina", rief sie laut aus.

„Klar und deutlich", antwortete Laika. „Du brauchst also nicht so zu schreien."

„Ja, da fallen einem ja die Ohren ab“, fügte Tina hinzu. Dass Tina nicht nur den Körper, sondern auch die Stimme eines Kindes hatte, war für Sarah immer noch merkwürdig. Sie war aber erleichtert, dass alle Sinne zu funktionieren schienen. Wobei, alle Sinne? Sie konnte rein gar nichts sehen.

„Seht ihr etwas?“, fragte sie deutlich leiser.

„Nein“, antwortete Laika. „Aber vielleicht ist es nur unfassbar dunkel.“ Sie murmelte etwas und plötzlich war es hell. Sarah hielt sich die Hand vor die Augen. Sie musste sich erst an das Licht gewöhnen. Nur langsam konnte sie die Umgebung wahrnehmen. Sie stand zwischen zwei Hecken, die bestimmt 20 Meter in die Höhe ragten und obwohl sie das Gefühl hatte, in einem Garten zu stehen, gab es keinen Himmel über ihnen, sondern nur Dunkelheit. Laika, die sich am schnellsten an das von ihr hergezauberte Licht gewöhnt hatte, warf einen Blick um die Ecke der Hecke. Dann kam sie zurück zu den anderen beiden: „Na toll, wir stecken in einem verfickten Irrgarten.“

44. Kapitel – Der Irrgarten

Sarahs Herz begann wie wild zu schlagen. Von einem auf den anderen Moment hatte sie das Gefühl, zu ersticken. Sie atmete immer tiefer und hektischer, doch das Gefühl, nicht genügend Luft zu bekommen, wurde stärker. Sarah geriet in zusätzliche Panik und nahm kaum etwas um sie herum wahr. Ihr wurde schwindelig, als Laika sie an der Schulter fasste und auf den Boden drückte: „Langsam atmen.“

„Ich bekomme keine Luft“, keuchte Sarah. „Doch“, erwiderte Laika. „Du bekommst Luft. Du bekommst gerade viel zu viel davon. Atme langsamer.“

Laika sprach beruhigend auf Sarah ein, setzte sich dicht neben sie und atmete gemeinsam mit ihr ein und aus, bis sich Sarahs Atmung wieder normalisiert hatte. Sarah war noch immer angsterfüllt, hatte sich jedoch vorerst wieder gefangen und drückte ein kurzes „Danke“ heraus. Laika stand unbeeindruckt auf: „Das hab’ ich nicht für dich getan. Ich will endlich eine DISA-Aufgabe schaffen.“

„Da hast du mit der Grünen aber schlechte Karten“, warf Tina abfällig ein, die neben ihnen stand und die ganze Situation beobachtet hatte.

„Die Kastenfarbe hat nichts mit der Gabe zu tun“, erwiderte Laika. „Sie soll gut sein.“ Tina zog die Augenbrauen hoch: „Sagt wer?“

„Andere Seher“, antwortete Laika kurz und bündig. Sarah folgte dem Gespräch über sich und wusste nicht, was sie davon halten sollte. So viele Gedanken schwirrten durch ihren Kopf: Sie sollte Irrgärten meiden! Nun ist sie in einem. Aber es war eine DISA-Stunde. Da kann doch nicht wirklich etwas passieren, oder? Als sie das Gefühl hatte, zu ertrinken, endete die Aufgabe. Aber der Pfeil, der sich durch ihre Kehle bohrte, und der damit verbundene Schmerz, fühlten sich so echt an.

Laika wollte die Aufgabe gewinnen. Das war der Grund, warum sie ihr half. Sie hatte die gleichen Worte benutzt wie am ersten Unitag, als sie Sarah vor Lukas Kramer verteidigt hatte. *Das hab‘ ich nicht für dich getan.* Laika wollte einen DISA-Punkt. Das bedeutete aber, dass sie aufeinander achten würden. Das war gut. Und Sarah war wirklich eine gute Seherin. Anscheinend sprach man auch außerhalb des Seminars darüber.

Sarahs Gedanken halfen ihr, sich etwas besser zu fühlen. Dann stand sie auf und atmete einmal tief ein. Sie wollte nicht das schwächste Glied der Gruppe sein, auf das man aufpassen musste.

„Also, welchen Weg nehmen wir?“, unterbrach sie das Gespräch der beiden Teammitglieder und wollte gleichzeitig die Erledigung der Aufgabe vorantreiben. Ihr Versuch, selbstbewusst aufzutreten, überzeugte die anderen beiden noch nicht und sie sahen sie nur mit großen Augen an. Sarah ignorierte die Blicke und ging einfach planlos voran: „Nehmen wir doch diesen hier.“

In dem Moment, in dem Sarah um die Ecke ging, ertönte ein lautes Tuten und eine bekannte Stimme erklang über ihnen. Es war die Stimme von Professor Harling: „Ihr habt das Spiel begonnen, Studenten. Eure Zeit läuft ab jetzt. Den DISA-Punkt gewinnt ihr, wenn ihr vor Ablauf der Zeit den Ausgang des Irrgartens erreicht. Viel Erfolg! Und denkt dran: Dreisam ist stärker als einsam.“

Als Harlings Stimme verklang, erschien eine melonengroße Sanduhr, die vor Laika und Tina in der Luft schwebte. Sarah drehte sich nach der Uhr um und der Sand begann nach unten zu laufen. Für einen Moment war Sarah so beeindruckt, dass ihre Ängste in den Hintergrund rückten.

Es war ihr gerade besonders wichtig, stark zu wirken, weshalb sie erneut vormarschierte: „Na dann los. Wie es aussieht, haben wir keine Zeit zu verlieren.“ Sarah lief weiter und Tina und Laika folgten ihr. Das war ein gutes Gefühl. Auch die Sanduhr schwebte auf magische Weise hinter ihnen her. Nachdem die Studenten ein paar Schritte in die von Sarah ausgewählte Richtung gegangen waren, standen sie vor ihrer ersten Abzweigung. Beide möglichen Wege sahen gleich aus. „Irgendwelche Wünsche?“, fragte Sarah.

Laika und Tina schüttelten den Kopf.

„Na dann nehme ich einfach diesen“, Sarah wählte den linken Weg und ging weiter. Bereits ihre ersten Schritte auf dem neuen Weg fanden nicht den erwarteten Halt. Sie sank ein. Der Versuch, wieder zurückzugehen, ließ sie noch tiefer einsinken. „Stopp“, rief sie geistesgegenwärtig. „Geht nicht weiter, hier sinkt man ein.“

„Nicht bewegen!“, befahl Laika regelrecht.

„Hatte ich nicht vor“, erwiderte Sarah und versuchte cool zu wirken, während sie langsam in den kalten, schlammigen Boden sank. Laika sah sich um und zog einen langen dicken Ast aus einer der Hecken: „Hier, halt dich daran fest.“

Sarah ergriff liebend gern den rettenden Stock und Laika zog mit aller Kraft, bis der Ast in der Mitte durchbrach. Durch den Ruck sank Sarah ein ganzes Stück tiefer und ihre Beine waren nicht mehr zu sehen. Sie wusste, wenn sie versank, war die Aufgabe vorbei und sie würde nach wenigen Sekunden wieder sicher in der Aula sein, aber der Gedanke, in diesem kalten Matsch vollständig zu versinken, war dennoch beklemmend. Auch wollte sie ihre Gruppenmitglieder nicht enttäuschen.

„So wird das nichts“, warf Tina ein, die teilnahmslos zuschaute. Laika war leicht gereizt: „Hast du eine bessere Idee?“

„Klar“, antwortete Tina grinsend. „Leg dich auf den Bauch und reiche ihr deine Hände. Ich zieh’ euch dann raus.“

Es war etwas schräg, dass Tina, die äußerlich am schwächsten und kleinsten wirkte, beide herausziehen wollte, aber da sie in der Mensa beobachtet hatten, wie Tina Lukas Kramer mit nur einer Hand hochhob, zögerten sie nicht, den Plan umzusetzen.

Sarah hielt Laikas Hände so fest sie konnte und spürte, wie sie langsam aus dem Schlamm gezogen wurde. Als sie wieder festen Boden unter den Füßen hatte, bedankte sie sich bei den beiden anderen. Ihre Beine fühlten sich eklig und kalt an. „Dann nehmen wir wohl den anderen Weg“, schlug sie vor.

„Vielleicht geh' ich besser vor“, warf Laika ein und setzte ihre Aussage direkt in die Tat um. Sarah folgte ihr wortlos. Sie war erleichtert, dass Laika voranging, sie aber selbst nicht aufgegeben hatte. Laika schien das größere Glück zu haben, denn die nächsten drei Abzweigungen beinhalteten keinerlei Gefahren. Nur auf Glück wollte sich Laika allerdings nicht verlassen. Sie testete jeden Weg an, indem sie Stöcke auf den Boden warf. An der nächsten Abzweigung gab es drei Wege zur Auswahl. Laika warf einen Stock auf den ersten Weg. Unzählige dicke schwarze Spinnen tauchten auf und zerlegten den Stock in Sekundenschnelle, bis der Stock und mit ihm die Spinnen wieder verschwunden waren. Sarah schüttelte es am ganzen Körper. Es gab kein Tier, vor dem Sarah eine größere Abscheu hatte, als vor Spinnen und gleichzeitig auch keines, das ihr in den vergangenen Wochen so häufig begegnet war. Laika warf einen Stock auf den zweiten Weg. Es passierte nichts. Laika ging ein paar Schritte nach vorne, als vor ihr ein riesiger grauer Wolf auftauchte, der seine Zähne fletschte. Er hatte struppiges Haar und war viel größer als ein normaler Wolf. Seine Augen waren rot und seine Zähne blitzen. Ganz vorsichtig und langsam ging Laika ein paar Schritte zurück, als ein weiterer Wolf aus der undurchdringbar wirkenden Hecke sprang und Laika von Sarah und Tina trennte. Blitzschnell sprang Tina auf den Wolf und dreht ihm den Hals herum. Dann verfuhr sie genauso mit dem anderen Wolf. Die Wölfe zerfielen einfach zu Staub. Tina kam neben Laika zum Stehen und hob grinsend die Augenbrauen: „Gern geschehen."

Zu ihrer Überraschung bedankte sich Laika nicht und starrte an ihr vorbei. Zwischen ihnen und Sarah erhob sich aus dem Boden ein noch größerer Wolf. Selbst Tina schluckte und ging einen Schritt zurück: „Das war's dann mit der Aufgabe."

Sarah überlegte. Diese Aufgabe musste doch irgendwie machbar sein. Wenn Magier und Nachtgestalt keine Lösung hatten, lag es vielleicht an ihr. Hätte sie die Situation vorhersehen müssen? Das wäre doch eine sinnlose Aufgabe, einen Irrgarten zu entwerfen, bei dem Seher einfach jeden richtigen Weg sehen konnten. Aber was konnte sie sonst tun? Während der Wolf seine Zähne fletschte, fiel Sarah ein, dass Gellhorn ihnen erklärt hatte, dass sie andere Menschen steuern konnten. Vielleicht galt das auch für Tiere. Mehr als versuchen, konnte sie es nicht. Konzentriert sah sie den Wolf an, der ihr leider nur den Hinterkopf zuwandte. Sarah schloss die Augen und sendete: „Dreh dich zu mir um. Dreh dich um."

Sie durchfuhr ein Zucken und sie öffnete die Augen. Der Wolf schaute sie mit seinen riesigen roten Augen an. Er war mindestens doppelt so groß wie Sarah. Ganz klar, war hier ebenfalls Magie im Spiel. Sarah hielt dem Blick des Wolfes stand. Mit Nachdruck forderte sie ihn in Gedanken auf: „Sitz!"

Zu ihrem Erstaunen setzte sich der riesige Wolf hin. „Lass die beiden vorbei“, sagte sie jetzt sogar laut. Laika und Tina schauten sie ungläubig an, als der Wolf zur Seite trat. Langsam und vorsichtig schlichen sie an ihm vorbei. Sarah war beeindruckt von dem Tier, obwohl sie gar nicht wusste, ob dies nun echt war oder nur eine Illusion. Sie wollte die Gunst der Stunde nutzen. Vorsichtig ging sie auf den Wolf zu, während sie immer noch seinen Blick hielt.

„Komm her“, sagte sie freundlich. Der Wolf neigte seinen Kopf und Sarah strich darüber: „Gut gemacht, Danke.“

„Die Sanduhr ist fast durchgelaufen“, Laikas Worte rissen Sarah aus ihrer Konzentration.

Der Wolf schnellte hoch und fletschte seine scharfen Zähne. Ruckartig zog Tina Sarah zurück auf die Abzweigung.

„Das war knapp“, stellte sie fest. „Man geht mit Monstern nicht auf Tuchfühlung.“ Sarah bedankte sich erneut.

„Danke DIR“, Laika warf ihr einen anerkennenden Blick zu.

„Ja, das war nicht schlecht“, drückte Tina heraus und klopfte Sarah sogar auf die Schulter. „Zeit, dass ich mal vorgehe“, fügte sie hinzu und nahm den dritten Weg. Dieser führte nach ein paar Schritten aus den dünnen, nur von Hecke umgebenen Wegen heraus und endete auf einer kleinen Lichtung. Der Sand in der Uhr wurde immer geringer.

Harlings Stimme erklang erneut: „Sie haben sich wacker geschlagen. Lösen Sie nun nur noch das Rätsel und finden Sie den richtigen Ausgang.“

Danach geschah alles so schnell und fast gleichzeitig, dass Sarah kaum reagieren konnte. Aus dem Boden schossen drei Türen, auf denen etwas stand, das sie von Weitem nicht erkennen konnte, während die Sanduhr drängte.

„Die rechte Tür ist gerade recht", sagte Tina und ging auf die entsprechende Tür zu. Da war es. Das Bild aus Sarahs Traum – aus ihrer Vision. Das kleine Mädchen war Tina. Sie würde durch die Tür gehen und von dem Pfeil getroffen werden. Sarah schrie laut auf: „Nein!"

Tinas Hand hatte die Türklinke bereits heruntergedrückt. Mit einem Blick zur schreienden Sarah öffnete sie irritiert weiter die Tür. Sarah musste das verhindern. Sie schnellte nach vorn, um Tina aufzuhalten, aber jemand umfasste und umklammerte sie von hinten. Tina, die so schnell nicht verstand, was vor sich ging, öffnete die Tür. Wie in Sarahs Vision, schnellte ein Pfeil heraus. Er traf Tina mitten ins Herz und sie zerfiel zu Staub. Sarah schrie und wollte die Umklammerung lösen. Laika konnte sie nicht mehr halten und Sarah fiel zu Boden auf die Stelle, an der Tina eben noch stand.

„Warum hast du mich festgehalten?", schimpfte sie voller Verzweiflung auf Laika. „Damit dir kein scheiß Pfeil die Kehle zerfetzt", brüllte Laika regelrecht zurück und erschrak im nächsten Moment über ihre Worte.

„Woher…?", Sarah konnte ihre Frage nicht zu Ende stellen. Beiden wurde schwarz vor Augen und sie tauchten in der Aula wieder auf. Hektisch sahen sie sich um. „Wo ist sie?", fragte Sarah mit Tränen in den Augen.

Auch Laika sah sich um. Die beiden drängten sich durch Studenten, die teilweise vollständig mit Matsch bedeckt waren, riesige Pflanzenteile von sich lösten, die sich um ihre Beine geschlungen hatten oder am ganzen Leib zitterten. Ella hielt Sarah fest: „Geht's dir gut? Alles in Ordnung? Das war ein Irrgarten."

„Ich suche Tina. Der Pfeil hat sie getroffen."

„Welcher Pfeil?", fragte Salentin, der die Unruhe beobachtet hatte. Plötzlich richteten sich sämtliche Blicke der anderen Professoren und Studenten gebannt auf Sarah, Laika und Ella. Sarah schnappte nach Luft: „Der Pfeil aus der ersten Tür. Er hat Tina getroffen."

Salentin warf Harling einen ernsten Blick zu, der nach einer Erklärung verlangte.

Harling wurde bleich: „Da war kein Pfeil. Ich baue doch keine Pfeile ein."

Nun schaltete sich Laika ein: „Da WAR ein Pfeil. Auf der Höhe von Tinas Herzen. Er hat sie durchbohrt und sie ist zu Staub zerfallen. Also glauben Sie ihr, wenn sie sagt, da war ein verschissener Pfeil."

Laikas letzten Satz schrie sie fast. Danach folgte eine unangenehme Stille.

Harling warf einen verzweifelten Blick in Salentins Richtung: „Ich habe keine Pfeile eingebaut."

„Was ist mit ihr?", fragte Ella, die die Stille nicht verstand. „Man kommt doch immer zurück, wenn man in den Übungen stirbt."

„Man stirbt nicht in den Übungen", erklärte Harling schmerzlich. „Man scheidet vorher aus dem Spiel aus. Die Übung ist so aufgebaut, dass man nicht stirbt."

Gellhorn, die sich der Situation genähert hatte, legte ihre Hand auf Harlings Schulter. Er sah sie an und wiederholte mit Nachdruck: „Ich habe doch keine Pfeile eingebaut." In der Aula herrschte Stille. Es war nicht nur in Harlings Augen zu lesen. Etwas ist schiefgelaufen. Tina würde nicht einfach wieder in der

Aula auftauchen. Sarah brach in Tränen aus. Sie kannte Tina kaum, aber sie war tot – vor ihren Augen gestorben. Sarah hatte es gesehen und nicht verhindert. Sie war zu langsam, zu schwach. Obwohl Tina sich mit ihrer schroffen Art nicht viele Freunde gemacht hatte, konnte Ella und zunehmend mehr andere Studenten, ihre Tränen nicht zurückhalten. Dass eine Kommilitonin starb, war zutiefst erschütternd. Vielleicht spielte auch die Angst mit, dass dieser Ort nicht länger als sicher empfunden wurde.

Die Professoren besprachen sich leise. Dann trat Salentin ans Mikrofon: „Wir bedauern zutiefst, was mit Tina Kresse geschehen ist. Die DISA-Aufgaben werden von unseren Magiedozenten unter großer Vorsicht erstellt. Wir wissen nicht, wie es zu diesem tragischen Unfall kommen konnte. Das Protokoll für solch eine Situation sieht vor, dass zunächst niemand die Aula verlassen darf, bis eine Untersuchungskommission der gelben Kaste den Vorfall geprüft hat. Wir stehen Ihnen in der Wartezeit und danach für Gespräche zur Verfügung. Bleiben Sie mit Ihren Gedanken und in Ihrer Trauer nicht allein. Nehmen Sie das Gesprächsangebot wahr und reden Sie mit dem Professor Ihres Vertrauens.“

Als Salentins Worte endeten, herrschte wieder Stille, die nur durch unterschiedlichstes Schluchzen unterbrochen wurde.

45. Kapitel – Die Untersuchungskommission

Die Tatsache, dass sich Tina Kesse mit ihrem Verhalten oft keine Freunde machte, hieß offenbar nicht, dass sie keine Freunde hatte. Ihre

Zimmernachbarin Loreley schien es am härtesten zu treffen. Zitternd brach sie vor Professor Petrow in Tränen aus. Sie war bis zu den Spitzen ihrer langen schwarzen glatten Haare mit Schlamm bedeckt. Professorin Demir legte ihr eine Decke über die Schulter. Während Kim, Colin und Hanna zu Ella und Sarah eilten, rückte Laika ein Stück weg. Sarah stand völlig aufgelöst da. Wieder einmal rasten ihre Gedanken. Sie hätte das verhindern können. Sie wollte das sogar verhindern. Laika hatte es nicht zugelassen. Vielleicht wäre sie bei dem Versuch, Tina zu retten, selbst gestorben. Das war die zweite Version ihrer Vision. Vielleicht wäre aber auch alles gut gegangen. Woher wusste Laika von dem Pfeil? Warum wussten die Professoren offensichtlich nichts davon? Sarah würde auf manche der Fragen keine Antworten mehr bekommen. Aber die Antworten, die sie bekommen könnte, würde sie sich holen. Jetzt!

„Bin gleich zurück", äußerte sie kurz und ging los. Die Freunde wunderten sich, aber Sarahs Tonart signalisierte ihnen, dass sie nicht vorhatte, ihr Vorhaben gerade näher zu erläutern oder ihre Freunde mitzunehmen.

Sie ging direkt auf Laika zu, die inzwischen recht einsam in einer Ecke der Aula auf dem Boden saß. Sarah setzte sich neben sie. Laika hielt ihr eine Kette hin: „Die hab' ich dir aus Versehen abgerissen."

Sarah fasste sich automatisch an den Hals. Die Kette ihrer Mutter war nicht mehr dort. Aus Laikas Hand schnappte sie sich eilig die Kette und betrachtete sie eingängig. Sie war an einer Stelle gerissen.

„War keine Absicht!", murmelte Laika. „Tut mir leid."

Sarah öffnete den herzförmigen Anhänger der Kette. Er war zum Glück unversehrt. Sie strich mit ihren Fingern über die zwölf farbigen Steine.

„Woher hast du die?“, flüsterte Laika mit harschem Unterton. Sarah überhörte Laikas Tonlage und antwortete niedergeschlagen: „Von meiner Mutter.“

„Weißt du überhaupt, was der Steinkreis bedeutet?“, fragte Laika.

„Nein“, Sarah horchte auf. „Was bedeutet er?“

Laika ließ sich keine Antwort entlocken: „Das sollte deine Mutter dir erklären, wenn sie dir so ein Schmuckstück gibt.“

„Ich habe mich unklar ausgedrückt“, antwortete Sarah. „Ich habe sie von meiner Mutter geerbt. Sie kann mir nichts mehr erklären.“

Laika reagierte auf diese Aussage äußerst ungewöhnlich: „Oh, wie ist sie gestorben?“

Sarah irritierte die Frage, da dieser sonst irgendeine Form der Beileidsbekundung vorausging. Dennoch wollte sie Antworten haben, also gab sie auch selbst welche preis.

„Gehirntumor“, erklärte sie kurz und knapp. Laika schien irritiert und sie wirkte genauso in Gedanken versunken wie Sarah des Öfteren. Doch Sarah war auf einer Mission und riss Laika aus den Gedanken, welcher Art sie auch sein mochten: „Warum hast du mich festgehalten?“

„Hab’ ich schon gesagt“, Laika blitzte sie mit ihren Augen scharf an. „Wollte dir das Leben retten. Gern geschehen übrigens.“

Sarah war kein undankbarer Mensch, aber irgendetwas war faul an der Sache und so ging sie auf die letzten Worte Laikas nicht ein, sondern verfolgte weiter ihr Ziel, zumindest ein Fünkchen Wahrheit zu ergattern: „Woher wusstest du, dass ein Pfeil aus der Tür kam, bevor er zu sehen war?“

Laika schaute auf den Boden: „Ich bin schnell. Er war schon zu sehen.“

„Nein", Sarah schüttelte den Kopf. „War er nicht.“

„Dann habe ich halt geglaubt, einen zu sehen“, erwiderte Laika schulterzuckend. „Glaub’ ich dir nicht“, Sarah wollte sich nicht abschütteln lassen.

„Mir egal, was du glaubst“, antwortete Laika. In dem Moment öffnete sich die große Tür der Aula und zwei Herren sowie eine Dame betraten nacheinander die Aula. Von ihnen ging eine Aura aus, die sofort alle Studenten und Professoren verstummen ließen. Die Dame kam zuerst in die Aula. Sie war ganz in Schwarz gekleidet und trug einen Hut mit einem lichtundurchlässigen Schleier, den sie erst in der Aula lüftete. Darunter erschien ein blasses Gesicht, das nicht viel älter als 30 schien, auch wenn der Dutt, den sie sich aus ihrem braunen Haar gebunden hatte, sowie ihre ernsten Gesichtszüge sie älter wirken ließen.

Hinter ihr befand sich ein kleiner, untersetzter Mann in seinen Fünfzigern, dessen Haar spärlich und grau war. Er trug eine runde Brille und einen grauen Anzug, der wenig vorteilhaft saß. Der zweite Mann, geschätzt Mitte 40, präsentierte sich in dem gleichen grauen Anzug, doch diesem stand er bedeutend besser. Seine braunen Haare waren zu einer eleganten Frisur geformt, und in seiner Hand hielt er einen schwarzen Gehstock mit einem auffälligen gelben Stein. Offensichtlich führte er diesen Stock weniger aus medizinischer Notwendigkeit, sondern vielmehr als modisches Accessoire mit sich.

Laika fluchte bei seinem Anblick: „Scheiße!“ Sie drehte sich zu Sarah, schnappte sich die Kette und versuchte, diese zunächst irgendwo in Sarahs Kleidung zu verstecken. Sarah trug jedoch ein grünes Top ohne Taschen und ihre blaue Jeanshose war so mit kaltem Matsch durchsetzt, dass Laika die Kette in ihre eigene Hosentasche steckte. Mit ernster Miene befahl sie regelrecht: „Kein Wort hierüber. Dass ich dich festgehalten habe, behältst du auch für dich.“

Sarah merkte, wie ernst es Laika war und spürte, dass sie ihr eher helfen als schaden wollte, aber sie war es leid, von allen im Dunkel gelassen zu werden und schaltete auf stur: „Warum sollte ich?“

„Kann ich nicht sagen“, flüsterte Laika.

Sarah zuckte mit den Schultern: „Dann kann ich für nichts garantieren.“

Laika schien sichtlich mit sich selbst zu ringen und stieß schließlich aus: „Gut, ich erklär’s dir nachher. Du hast mein Wort.“

Sarah willigte ein. Sie fühlte sich weniger unwissend, obwohl sie noch keinerlei neue Informationen erhalten hatte. Die drei Gestalten hatten inzwischen die Bühne erreicht und sprachen mit Salentin. Der trat nun nach vorne und stellte sie in der Reihenfolge vor, in der sie die Universität betreten hatten: „Die Untersuchungskommission aus der gelben Kaste ist soeben eingetroffen. Malorie Disey, Walther Decker und Deimos von Limburg.“

Sarah schaute Laika mit großen Augen an. „Mein Vater“, erklärte Laika kurz.

Sarah war verwundert, dass die Anwesenheit ihres Vaters Laika zu beunruhigen schien. Sie konnte die Antworten auf ihre Fragen kaum erwarten.

Salentin wollte gerade fortfahren, als Malorie Disey ihn unterbrach: „Entschuldigen Sie, Professor Salentin, aber ich denke, wir können selbst am genauesten erklären, was wir tun, da es ja *unsere* Aufgabe ist.“

Dann wandte sie sich mit einem aufgesetzten Lächeln den Studenten zu: „Wir sind hier, weil heute ein großes Unglück geschehen ist. Wir wurden informiert, dass eine Studentin bei einer DISA-Aufgabe von einem Pfeil tödlich getroffen wurde. Wir werden untersuchen, wie das geschehen konnte. Dazu werden wir zunächst den Leichnam untersuchen.“

„Es gibt keinen Leichnam“, warf Salentin ein. Die drei Regierungsmitglieder sahen ihn verwundert an. „Wie ich Ihnen eben berichten wollte, bevor Sie mich unterbrachen, handelt es sich bei der Verstorbenen um Tina Kesse, eine Nachtgestalt“, fuhr Salentin fort und kassierte verwunderte Blicke. Malorie Disey schien völlig aus dem Konzept geraten zu sein. Sie warf den beiden Kollegen einen irritierten Blick zu, setzte dann wieder ihr künstliches, fast manisches Lächeln auf und fuhr fort: „Nun, wir werden die meisten von Ihnen befragen müssen. Vermutlich sogar alle Anwesenden – Studenten sowie Professoren. Denn es ist unsere Aufgabe, herauszufinden, wer für diesen Vorfall verantwortlich ist.“

„Ich versichere Ihnen“, warf Salentin ein, „dass aus meinem Kollegium niemand verantwortlich ist.“

„Nun, das wird sich zeigen, oder?“, fuhr die Dame in Schwarz schnippisch fort. „Wessen Büro können wir für unsere“, sie unterbrach kurz, als suche sie nach einem treffenden Wort, „Gespräche nutzen?“

Die Professoren versuchten alle ihrem Blick auszuweichen, außer Professor Harling. „Sie können mein Büro nutzen“, bot er an.

„Das ist sehr passend, Otis Harling“, warf nun Deimos von Limburg ein und musterte den Professor von oben bis unten. „Es ist ohnehin unumgänglich, dass wir Ihr Büro einer Untersuchung unterziehen, da Sie die heutige DISA-Aufgabe erstellt haben, nicht wahr?“

Harling sah Laikas Vater eindringlich an: „Das wissen Sie, von Limburg. Ich habe die Aufgabe eingereicht und Sie haben sie persönlich genehmigt.“

„Nun, *so* habe ich sie sicherlich nicht genehmigt“, erwiderte von Limburg hochnäsig.

„Nun, *so* habe ich sie auch nicht entworfen“, wiederholte Harling in einem angriffslustigen Ton, den von Limburg aufgriff: „Das wird sich zeigen.“

Sarah folgte dem Schlagabtausch und versuchte zu verstehen, was da eigentlich vor sich ging. Ihre Gedanken überschlugen sich förmlich: Tina war tot. Unwiderruflich. Sie hatte es nicht verhindern können. Laika hatte sie aufgehalten. Um sie zu retten. Angeblich. Eine Untersuchungskommission war in Windeseile vor Ort. Das ist nicht verwunderlich, da die gelbe Kaste Burg Torva besonders nah ist. Die gelbe Kaste ist doch die Regierung. Die verdächtigt anscheinend Harling. Oder Teile der Regierung. Aber Harling gehörte doch zu den Guten. Oder etwa nicht? Er hat die DISA-Aufgabe entworfen und sie genehmigen lassen. Warum müssen Aufgaben der Universität von der Regierung genehmigt werden? Die Professoren scheinen die drei Gelben nicht sonderlich zu mögen. Selbst Salentin, der sie gerufen hatte, schien nicht begeistert zu sein.

„Die Studenten, die mit Tina Kesse in einer Gruppe waren, hätten wir gerne zuerst gesprochen“, die Stimme von Laikas Vater beendete Sarahs Gedankengänge und eine tiefe Nervosität stieg in Sarah auf, die sie nicht erklären konnte. Sie hatte ja nichts falsch gemacht. Laika schaute zu Sarah, dann hob sie die Hand. Sarah machte es ihr nach. Deimos Von Limburg schaute in ihre Richtung und war sichtlich überrascht bei dem Anblick seiner eigenen Tochter: „Nun dann folgen Sie beide uns bitte in Professor Harlings Büro“, forderte er die beiden auf.

Zu Harling fügte er seufzend hinzu: „Wenn Sie denn so freundlich wären.“

„Selbstverständlich", antwortete Harling mit einem sichtlich falschen Lächeln und wies den drei Regierungsmitgliedern den Weg zu seinem Büro. Laika und Sarah folgten ihnen. Keiner von ihnen – nicht einmal Harling – schaute Sarah an. Nachdem Harling sein Büro aufgeschlossen hatte, wurde er wieder in die Aula geschickt. Herr von Limburg schloss die Tür hinter sich und murmelte ein paar Worte, bis sich ein Schleier über die Tür legte: „Es soll ja niemand lauschen.“

Dann setzte er sich wie selbstverständlich auf den Stuhl von Harling und wies Sarah und Laika an, sich vor dem Tisch auf die beiden Stühle zu setzen. Walter Decker, der noch kein Wort gesagt hatte, setzte sich aufs Sofa. Malorie Disey stellte sich hinter den Schreibtisch neben Herrn von Limburg und schaute die beiden Studentinnen prüfend an. Zu Beginn sollten beide ihre Namen und ihre Kaste nennen.

Sarah begann: „Sarah Hollander, grüne Kaste.“

„Grün?“, fragte Disey dazwischen. „Das ist ungewöhnlich.“ Sarah fühlte sich zurückversetzt an den ersten Tag auf Burg Torva. Sie spürte kurz einen stechenden Schmerz im Kopf. Laika beantwortete die Frage nicht. Stattdessen schaute sie ihren Vater grimmig an: „Was soll das? Du weißt, wer ich bin."

„Laika", rief von Limburg aus, als wolle er einen Hund trainieren. „Wir gehen hier streng nach Protokoll vor, also beantworte bitte die Frage."

„Gehört es auch zum Protokoll, dass dieser Typ versucht hat, in meinen Kopf einzudringen?", Laika wies auf den kleinen Mann auf dem Sofa, der beide intensiv anschaute. Das war der Kopfschmerz. Sarah kannte dieses Gefühl doch. Das hätte sie merken müssen. Der Seher auf dem Sofa fühlte sich ertappt und lies nach, woraufhin sich Sarah sofort darauf konzentrierte, dass er nicht erneut in ihre Gedanken eindringen konnte. Sie war erleichtert, dass sie an nichts Wichtiges gedacht hatte und fühlte sich gleichzeitig schlecht. Vielleicht war sie wirklich noch nicht bereit, wichtige Informationen zu bewahren.

„Nun, wir müssen doch die Wahrheit herausfinden", erklärte Disey gespielt freundlich. „Für die Wahrheit ist doch jedes Mittel recht."

Laika ließ sich nicht einschüchtern und schüttelte den Kopf: „Nein, ist es nicht. Bei Befragungen ohne Verurteilung ist es nicht gestattet."

Malorie Disey lachte schrill auf: „Na, da kennt sich aber eine mit Gesetzen aus. Ganz der Vater."

Deimos von Limburg schien nicht gerade vor väterlichem Stolz zu platzen und wechselte schnell das Thema: „Laika von Limburg, gelbe Kaste. Überspringen wir das. Schildert uns bitte genau, was heute passiert ist!"

Obwohl ihr Vater eigentlich Sarah ansah, ergriff Laika das Wort und schilderte haarklein jedes Detail bis zu dem Moment, als die Türen aus dem Boden schossen. Ab dem Zeitpunkt ließ sie Details aus und erklärte nur: „Die Zeit war fast vorbei und die Inschriften der Türen zu lesen, hätten wir nicht mehr geschafft. Tina sagte, dass die rechte Tür gerade recht sei und öffnete sie. Ein Pfeil schnellte heraus, traf Tina ins Herz und sie zerfiel vor unseren Augen zu Staub."

Die drei Regierungsmitglieder hörten gespannt zu, obwohl sie wohl nur auf den letzten Moment gewartet hatten. Vermutlich erzählte Laika daher absichtlich bis zu diesem Punkt alles sehr ausführlich. Ihr Vater und seine Kollegin sahen sich an. Dann sah Herr von Limburg wieder zu Sarah: „Haben Sie versucht, das zu verhindern?"

Wieder war es Laika, die antwortete, als Sarah gerade ihren Mund öffnen wollte: „Wie denn? Das ging alles so schnell. Woher sollten wir wissen, dass da ein Pfeil rauskommt? Also eine echte Gefahr?"

„Sie haben das also in keinster Weise kommen sehen?", bohrte von Limburg abermals nach.

„Nein", antwortete diesmal Sarah klar und deutlich.

Laika fügte hinzu: „Sehen ist wohl nicht meine Stärke. Da komme ich ganz nach dir." Laika grinste ihren Vater hämisch an. Obwohl Sarah nicht ganz verstand, was vor sich ging, blieb sie fokussiert und konzentriert und ließ sich nicht anmerken, dass sie und Laika Informationen vorenthielten. Eine Zeit lang sagte keiner etwas. Die Regierungsmitglieder sahen sich an, als hätten sie sich etwas anderes erhofft. Dann setzte Malorie Disey erneut ein gekünsteltes Lächeln auf: „Nun, dann sind wir hier wohl fertig. Sie dürfen zurück in die Aula und diese auch wieder verlassen. Aber bleiben Sie in der Nähe, falls wir Rückfragen haben."

Herr Decker stand auf und öffnete Laika und Sarah die Tür. Die jungen Frauen bedankten sich und verließen Harlings Büro. Hinter ihnen wurde die Tür direkt wieder geschlossen, als würden sich die drei Regierungsmitglieder über das Gehörte beraten wollen. Laika und Sarah gingen schweigend zurück in die Aula. Sofort wurden sie von Ella, Kim, Colin und Hanna in Empfang genommen, die sie mit Fragen bombardierten, was in Harlings Büro vor sich gegangen war. Während Sarah zögerlich erzählte, dass sie nur wissen wollten, was genau im Irrgarten geschehen war und sie auch für die Freunde nur die zensierte Version wiederholte, zog Laika sich wieder in eine andere Ecke zurück. Sarah sah ihr kurz nach, wollte sie doch eigentlich am liebsten gerade nur mit ihr reden und endlich Antworten erhalten. Aber gerade war sie es wieder einmal, die zuerst Fragen beantworten musste. Ihren Freunden zu erklären, dass sie erst einmal allein mit Laika sprechen wollte, hätte dabei eher noch mehr Fragen aufgeworfen.

„Lisa Fischer“, hallte Malorie Diseys Stimme unnatürlich laut und schrill durch die Aula, sodass die Studenten zusammenzuckten. Lisa schien nicht begeistert, als Nächstes und noch dazu allein befragt zu werden und ging mit einem fast schon genervten Gesichtsausdruck in Harlings Büro.

„Warum ist sie die Nächste?“, Hanna sprach aus, was vermutlich alle in der Aula dachten.

„Gelbe Kaste“, nuschelte Ivan, der in ihrer Nähe stand und sich gerade ein belegtes Käsebrötchen in den Mund schob. Während Colin wissen wollte, wo er das Brötchen herbekommen hatte, ohne die Aula zu verlassen, wollte Sarah Genaueres erfahren: „Was meinst du damit?“

„Mhm“, nuschelte Ivan und schluckte den Bissen runter, um mit leerem Mund weiterzusprechen. „Gelbe vertrauen Ihresgleichen doch am meisten. Und sie ist die einzige Seherin aus der Kaste. Vielleicht wollen sie wissen, ob sie was gesehen hat.“

„Obwohl sie gar nicht dabei und nicht betroffen war?“, Sarah war nicht zu stoppen. „Wissen die ja nicht, ob sie da nicht emotional betroffen ist. Wenn sie zum Beispiel mit Tina befreundet war, kann’s sein, dass sie auch was gesehen hat“, antwortete Ivan. „Und das hier“, fügte er mit Blick zu Colin hinzu und verwies auf sein Brötchen, „hatte ich mir in die Tasche gesteckt. Mache ich immer für Notfälle. Und heute hat es sich gelohnt. Wer weiß, wann wir heute sonst was zwischen die Zähne bekommen.“ In dem Moment ertönte die Glocke. Der Seminartag war vorbei und sofort füllten sich die Treppen in den höheren Stockwerken mit Studenten, die sich auf den Weg zur Mensa machen wollten und von der bizarren Situation in der Aula überrascht wurden. „Hier ist wohl 'ne DISA-Aufgabe aus dem Ruder gelaufen“, hörten die Erstsemester jemanden aus dem zweiten Semester scherzen. Das erneute Aufheulen von Loreley ließ die Studenten verstummen und sie merkten, dass wohl wirklich etwas so richtig schiefgelaufen sein musste. Lisa Fischer tauchte geräuschlos auf und legte ihr eine Hand auf die Schulter: „Ich soll dich als Nächstes schicken.“

Loreley nickte, während Lisa sie fast schon fürsorglich aus der Masse Richtung Harlings Büro schob. Ihr Gesichtsausdruck blieb dabei unverändert. Salentin erklärte für die höheren Semester kurz, was vorgefallen war und ließ die Erstsemester, die vor ihrer Befragung die Aula nicht verlassen durften, an eine Wand rücken, sodass die höheren Semester zur Mensa hindurchgehen konnten. Die Blicke der vorbeiziehenden Studenten waren durchmischt von Neugier und Sorge. So etwas hatten sie noch nicht erlebt.

„Geht es euch gut?“, fragte Daniel im Vorbeigehen, aber da er von der Masse fast schon weitergeschoben wurde, nickten die Freunde ihm einfach nur zu. Er sollte sich keine Sorgen machen und sie wussten ja eigentlich selbst noch nicht ganz, was Sache ist.

46. Kapitel: Laika von Limburg

„Die Studenten, die bereits befragt wurden, dürfen natürlich auch in die Mensa gehen. Die anderen bitte ich um etwas Geduld. Wir sorgen für einen kleinen Imbiss in der Aula“, erklärte Salentin, während die letzten Studenten der oberen Semester die Aula Richtung Mensa verließen. Laika warf Sarah einen kurzen Blick zu und ging Richtung Mensa.

„Oh man“, Colin war nicht begeistert, „Mir knurrt der Magen.“

Ivan warf ihm einen Blick zu, der zu sagen schien: „Deshalb das Notfallbrötchen.“

Sarah nutze die Gunst der Stunde: „Ich schaue, ob ich dir was mitbringen kann.“ Dann eilte sie – ohne eine Reaktion abzuwarten – Laika nach. Die beiden Studentinnen holten sich ein Mittagessen und setzten sich beide gemeinsam an einen Tisch, an dem sonst keiner von ihnen saß. Daniel kam sofort auf Sarah zu: „Was ist genau passiert? Geht’s dir gut? War das der Irrgarten aus…“

Doch weiter kam er nicht, denn Laika wurde für sie untypisch laut und auffällig. Sie stand auf und fauchte

Daniel an: „Kann man hier nicht mal seine Ruhe haben? Wir haben genug durchgemacht und werden jetzt auch noch ausgefragt?"

Sarah wollte sie beruhigen und erklären, dass Daniel ein Freund ist, aber Laika schien einen anderen Plan zu verfolgen: „Ich weiß, wie wir unsere Ruhe bekommen." Sie hob ihre Hände und um sie und Sarah formte sich eine Blase, wie Sarah es aus Hummer oder Kummer kannte. Daniel entschuldigte sich laut, wohl wissend, dass sie ihn nicht hörten, aber mit einer leichten Ahnung, dass dies ein kleines Schauspiel sei, das vermutlich seine Berechtigung hatte. Er setzte sich auf seinen Platz und auch die übrigen Studenten in der Aula kümmerten sich nicht mehr um die beiden Frauen in der Blase.

„Daniel ist ein Freund. Er hat sich bloß Sorgen gemacht", erklärte Sarah.

„Ja, und das hat er sehr gut und zur richtigen Zeit gemacht", antwortete Laika fast mit einem Grinsen und deutete auf die Blase.

Sarah begriff, was Daniel wohl schon verstanden hatte. Durch diese kleine Szene konnte Laika ihnen ein ruhiges Gespräch ermöglichen.

„Die Blasen sind auf dem Gelände tabu. Aber jetzt wird man uns das durchgehen lassen", erläuterte Laika.

Sarah war beeindruckt. Neugierde gepaart mit einer ordentlichen Portion Aufregung stieg in ihr auf. Ihr Essen rührte Sarah nicht an. Essen war das Letzte, das sie gerade wollte und das ihr Magen verkraftete. Auch Laika schien ihr Essen nicht aufgrund eines knurrenden Magens mitgenommen zu haben.

„Ich halte mein Wort", begann sie. Dann atmete sie tief durch: „Du bist die Erste, der ich das erzähle.

Alles, was ich sage, bleibt unter uns. Ich sage dir das nicht, weil ich dir vertraue, sondern weil ich deine Verschwiegenheit vorhin brauchte und weiterhin brauchen werde."

Sarah nickte aufgeregt: „Selbstverständlich. Du kannst mir vertrauen."

„Tu' ich – wie gesagt – nicht", fuhr Laika nüchtern fort. „Aber es geht nicht anders. Und auch ich brauche Antworten."

Sarah war überrascht. Welche Antworten würde Laika wohl im Austausch gegen ihre verlangen? Einen kleinen Moment pausierte Laika, als würde sie Mut fassen müssen oder ihre Worte ganz genau planen. Dann legte sie los: „Du musst wissen, dass in der gelben Kaste hauptsächlich Arschlöcher agieren, die nur auf ihren eigenen Vorteil bedacht sind. Mein Erzeuger ist ein besonders prächtiges Exemplar und meine Mutter steht ihm in Nichts nach. Er ist Magier und sie Seher. Eine äußerst seltene Kombination. Die Ehe diente jedoch nur dem Zweck, ein Kind hervorzubringen, das beide Schwerpunkte in sich vereint."

Laika stoppte. Sarahs Gedanken rasten und sie versuchte, zu verstehen, worauf Laika eigentlich hinauswollte und warum sie so weit ausholte. Sie erinnerte sich daran, dass Gellhorn erklärte, dass höchstens die Kräfte des Vaters verspätet auftauchten. Um schneller Informationen zu erhalten, versuchte sie zu erahnen, was Laika sagen wollte: „Aber der Zweck hat sich nicht erfüllt. Du hast die Kräfte deines Vaters und die deiner Mutter hätten zuerst auftauchen müssen. Sie sind nun enttäuscht?"

Laika lachte: „Das sind sie grundsätzlich." Dann fuhr sie ernster fort: „Du musst wissen, dass mein

Vater Seher hasst. Wie er über meine Mutter spricht, wiederhole ich hier nicht."

„Das ist schrecklich", warf Sarah ein. „Deine arme Mutter."

„Die muss dir nicht leidtun", lenkte Laika ein. „Sie spricht auch nicht besser über ihn. Aber meinem Vater traue ich alles zu. Also habe ich es erst mal verschwiegen."

„Was?", Sarah war irritiert. „Ich konnte dich retten, weil ich es gesehen habe. Nicht in dem Moment, nicht mal an dem Tag, aber in mehreren Nächten davor in meinen Träumen."

Sarah schluckte: „Du bist Seher! Du bist… beides."

Laika schien die Tatsache nicht zu freuen. Sie schaute nach unten und sprach weiter: „Ich hatte Angst, nur Seher zu sein und verschwieg es. Dann hatte ich einen Traum: Eine alte verwahrloste Frau in einem weißen Kleid saß in einem fast leeren Raum, wie in einer Art Zelle. Die eine Wand war eine Glasscheibe, durch die man nur von außerhalb sehen konnte. Meine Eltern standen draußen. Jünger als zu dem Zeitpunkt – und meine Mutter mit kugelrundem Bauch. Ein schmieriger Typ im Anzug faselte etwas davon, dass er nicht wisse, wie lange sie es noch mache, woraufhin mein Vater lachend auf den Bauch meiner Mutter deutete und sagte: ‚Wir für unseren Teil versuchen Ersatz zu generieren.' Ich wusste, dass das ein Rückblick war. Ich wachte vor Schreck auf. Mein Herz schlug wie wild und meine Emotionen waren so aufgeladen, dass ich das erste Mal unbewusst Magie anwendete. Alles Porzellan im ganzen Haus zersprang im selben Moment. Meine Eltern rannten in mein Zimmer und starrten mich an. Meine Mutter sah mich abfällig an und murmelte: ‚Ein einfacher, beschränkter Magier wie mein Gemahl'. Dann verließ sie den Raum. Mein Vater sah mich abschätzig an und ging ebenfalls. Sie dürfen es nicht erfahren." Sarah starrte Laika mit großen Augen an und wusste kaum, was sie zuerst sagen sollte. Die Fragen, die ihr durch den Kopf schossen, feuerte sie einfach selbst heraus: „Die Frau, würdest du sie auf einem Foto wiedererkennen? Was ist mit ihr? Was hat man mit ihr gemacht?"

„Keine Ahnung, keine Ahnung und will ich wirklich nicht herausfinden. Deshalb ist es wichtig, dass niemand davon erfährt. Wirklich niemand." Laika sah Sarah eindringlich an.

„Von mir erfährt keiner was", versicherte Sarah. „Aber willst du das für immer geheim halten?"

„Solange es nötig ist", antwortete Laika kurz und knapp. Mit einer Hand zog sie die Kette von Sarahs Mutter hervor und legte sie auf den Tisch: „Und die solltest du geheim halten."

„Warum?", Sarah griff nach ihrer Kette, machte einen kleinen Knoten an der gerissenen Stelle, legte sie um den Hals und ließ sie unter ihrem immer noch mit Matsch beschmierten Shirt verschwinden.

„Das Kastensystem heißen nicht alle gut. Es gibt Menschen, die dagegen vorgehen wollen. Sie benutzen das Bild der zwölf Farben im Kreis, um sich gegenseitig zu erkennen zu geben."

„Und diese Menschen sind gefährlich?" Sarah zog die Kette wieder hervor und öffnete sie, um sie näher zu betrachten.

„Kommt drauf an für wen, würde ich sagen", antwortete Laika und schon wieder hatte Sarah das Gefühl, dass Laika fast schon grinste.

„Gehörte meine Mutter dazu?“, Sarah hatte das Gefühl, dass mit jeder neuen Antwort drei neue Fragen auftauchten.

„Möglich“, brachte Laika schulterzuckend vor.

Sarah war unwohl bei dem Gedanken: „Woher weißt du so viel darüber?“

„Ich bin aufmerksam. Meine Eltern sind es nicht. Ich bekomme viel mit.“

Ella stand plötzlich winkend vor der Blase.

„Die will wohl zu dir“, stellte Laika fest und wollte die Blase mit ihrem Finger platzen lassen.

„Warte“, warf Sarah ein. „Können wir uns irgendwann nochmal unterhalten? Kann ich dich unbemerkt erreichen?“

Laika zuckte mit den Schultern: „Weiß nicht.“

Dann ließ sie die Blase zerplatzen und verließ die Mensa, ohne ihr Essen angerührt zu haben.

47. Kapitel – Ein offenes Verhör

Obwohl sich Sarah sonst immer freute, Ella zu sehen, wünschte sie sich diesmal, dass sie noch etwas länger mit Laika hätte sprechen können. Dieser Gedanke verflog allerdings recht schnell, als Ella sie aufgeregt aufforderte, zurück in die Aula zu kommen: „Das musst du dir ansehen.“

Ella zog Sarah an der Hand hinter sich her. Sarah löste sich kurz von ihr, um sowohl ihr als auch Laikas unberührtes Essen mitzunehmen. In der Aula angekommen, herrschte große Aufregung. Die Studenten waren sauber und trocken und bedienten sich an einem kleinen kalten Buffet, das offensichtlich hergezaubert wurde. Währenddessen war Salentin in ein hitziges Gespräch mit Herrn von Limburg vertieft.

„Sie sollten bis zum Ende der Befragung alles so lassen wie es ist“, schimpfte von Limburg mit einem hochroten Kopf.

„Beruhigen Sie sich! Ich habe keine Beweise vernichtet oder Ähnliches. Ich habe lediglich dafür gesorgt, dass es meinen Studenten gut geht.“

Sarah verfolgte das Gespräch aufmerksam, als Colin sie mit großen Augen ansah und auf die beiden Mahlzeiten auf ihrem Tablett deutete. Sarah nickte ihm zu und reichte dem äußert dankbaren Colin die zwei Teller Spaghetti.

„Kümmern Sie sich um Ihre Angelegenheiten und ich mich um meine“, fügte Salentin hinzu.

Es war offensichtlich, dass sich die beiden Männer nicht ausstehen konnten. Dem Regierungsmitglied gingen nach einem Schlagabtausch die Argumente aus und er verzog sich widerwillig in Harlings Büro. Offensichtlich wurden die übrigen Studenten kürzer befragt und jene, welche die Untersuchungskommission für unwichtig hielt, in größeren Gruppen, sodass ein Großteil der Studenten die Befragung bereits hinter sich hatte. Auch Hanna, Kim und Colin waren kurz vor Sarah zurück in die Aula gekommen. Die Freunde begannen, sich darüber auszutauschen, was sie in Harlings Büro erlebt hatten. Offensichtlich wurden Sarahs Freunde nicht nur nach ihrer Beziehung zu Tina befragt, sondern auch nach ihrem Verhältnis zu Sarah und Laika.

„Ob uns in den vergangenen Tagen bei einem von euch etwas Verdächtiges aufgefallen ist, wollten sie wissen“, konkretisierte Kim das Ganze für Sarah.

„Ich hab’ gesagt, dass du unseren Kühlschrank dazu gebracht hast, äußerst schräge Limonaden zu erstellen. Dann habe ich einfach alles Mögliche aufgezählt, das wir schon ausprobiert haben und noch neue Sorten dazu erfunden. Natürlich wollten sie das nicht wissen, aber ich habe immer, wenn sie wissen wollten, ob uns nicht doch noch was einfällt, neue abstruse Sorten aufgezählt."

„Das war wirklich schlimm", warf Colin ein. „Ich war mit ihr im Raum und musste mich so zusammenreißen, ernst zu bleiben. Ivan hat einfach irgendwann laut losgelacht. Da ist der von Limburg an die Decke gegangen. Ob wir das Ganze nicht ernst nehmen würden. Da stimmt Kim ihm auch noch zu und sagt: ‚Also wirklich. So kann ich mich nicht konzentrieren.' Dann hat sie weitere Limonadensorten aufgezählt."

Sarah musste zum ersten Mal seit dem schrecklichen Ereignis etwas schmunzeln. Die Vorstellung, wie Kim die Regierungsmitglieder verhöhnte, tat gut.

„Was haben die anderen gesagt?", wollte Sarah wissen. „In meiner Gruppe konnte niemand etwas zu dir sagen und ich habe auch einfach den Kopf geschüttelt", antwortete Hanna.

Ella grinste: „Ich war mit Aurelie allein in der Befragung und habe gesagt, dass du in den letzten Tagen verdächtig gut aussahst. Aurelie hat das dann bestätigt. Sie nahm die drei schrägen Vögel auch nicht ernst, obwohl sie die wahrscheinlich teilweise kannte. Die gelbe Kaste ist ja nicht so groß."

Nach einer Weile war die Befragung der Studenten vorbei und Malorie Disey, Walther Decker und Deimos von Limburg standen wieder in der Aula. Ihre Gesichter sahen noch unzufriedener aus als zuvor. Offensichtlich hatten sie noch keine Spur gefunden.

„Wir machen nun mit den Dozenten weiter", erklärte Malorie Disey mit ihrem gewohnt aufgesetzten

Lächeln. Zum Erstaunen aller wurde Harling nicht als Erstes aufgerufen, obwohl er die DISA-Aufgabe vorbereitet hatte.

Professorin Gellhorn, die als Vorletztes befragt wurde, flüsterte Harling im Vorbeigehen etwas zu, bevor dieser von allen drei Mitgliedern aufgefordert wurde, mit in sein eigenes Büro zu kommen. Er schaute kurz zu Gellhorn und beide nickten sich zu.

„Ich bevorzuge ein offenes Verhör", teilte er laut und bestimmt mit und bewegte sich nicht vom Fleck.

„Bitte was?", Malorie lachte hysterisch auf. „Das ist doch kein Verhör, sondern eine Befragung."

Harling ließ sich von seinem Vorhaben nicht abbringen: „Es ist mir egal, wie Sie es nennen. Ich mache von meinem Recht auf ein offenes Verhör Gebrauch."

„Das ist doch lächerlich", stammelte von Limburg.

„Mein Kollege", mischte sich Salentin ein, „macht von seinem Recht auf ein offenes Verhör Gebrauch. Das dürfen sie ihm nicht ausschlagen."

„Sie müssen mir nicht meinen Job erklären", zischte von Limburg verbittert.

„Es machte aber gerade den Anschein", konterte Salentin.

Eine Weile sahen sich die beiden tief in die Augen und man spürte, dass ihre gegenseitige Abneigung in regelrechten Hass umschlug. Sarah verstand nicht, was vor sich ging. Sie wollte gerade bei ihren Freunden nachfragen, als Gellhorn ihr eine Nachricht in den Kopf sandte: „Dreh dich nicht zu mir um. Ich brauche deine Unterstützung. Sie werden sich die Erinnerung von Otis ansehen, wie er die Aufgabe entworfen hat. Decker, der Seher, wird versuchen, mit faulen Mitteln zu spielen, um auf andere

Informationen zuzugreifen. Das offene Verhör verhindert zwar, dass sie dies offensichtlich machen können, aber sie werden es dennoch versuchen. Wir müssen das gemeinsam blocken. Otis weiß viele Dinge, die uns gefährlich werden könnten."

„Und die wissen, dass Harling diese Dinge weiß?", fragte Sarah in Gedanken zurück.

Gellhorn sendete eine kurze, unbefriedigende Antwort: „Es ist kompliziert."

Walther Decker packte eine kleine Holzschachtel aus seiner Tasche, wie die Freunde sie bei Gellhorn kennengelernt hatten, als sie gemeinsam Colins Vision angesehen hatten. Von Limburg zauberte die schwarze Tafel in der Aula, an der am ersten Tag die Namen der Studenten mit Kaste und Schwerpunkt standen, weiß, damit sie als Leinwand dienen konnte. Disey schob Harling einen Stuhl mitten in die Aula. Die Studenten murmelten miteinander. Auch Studenten höherer Semester, tauchten nun in der Aula auf. Daniel stellte sich zu seinen Freunden: „Was geht hier vor?"

„Er hat ein offenes Verhör verlangt", erklärte ihm seine Schwester.

„Klug von ihm", stellte Daniel fest.

„Wieso? Was hat das zu bedeuten?" erkundigte sich Kim bei den beiden Geschwistern. Daniel legte seinen rechten Zeigefinger auf seine Lippen und flüsterte: „Erklär' ich später."

Eine spätere Erklärung… Diese Antwort brachte Sarah auf eine Idee. Da es bei Laika funktionierte und sie es leid war, im Dunkeln gelassen zu werden, schickte sie Gellhorn eine Botschaft: „Ich weiß nicht, warum ich das tun sollte. Ich kenne keine der Geheimnisse und weiß nicht, ob mir das hier nützt oder vielleicht sogar schadet." Natürlich glaubte Sarah nicht, dass Gellhorn ihr schaden wollte, aber hier ging es ums Prinzip. Gellhorns Botschaft folgte mit einem leicht verzweifelten Unterton: „Es geht gleich los. Ich kann sonst keinem vertrauen."

Sarah sah zu, wie Decker Harling rechts und links einen goldenen Taler auf die Schläfe setzte, die sogleich mit seinem Kopf verschmolzen. Sarah spürte, dass sie gerade die Oberhand gewann und schickte gelassen eine Botschaft zu Gellhorn zurück: „Das Vertrauen in mich schien bisher nicht besonders groß zu sein."

Decker überreichte von Limburg einen kleinen goldenen Schlüssel. Von Limburg hob seine Hand und ließ den Schlüssel zur nun weißen Tafel fliegen, während die Augen der Studenten dem winzigen Gegenstand durch die Luft folgten. Das Gemurmel wurde weniger. Es war zu spüren, dass es gleich losging. Gellhorn schien dies enorm unter Druck zu setzen. „Ich erkläre es später", ließ sie Sarah wissen. „Versprochen."

Sarah willigte ein. Gellhorn, die hinter Sarah stand, ging näher auf sie zu, um unbemerkt ihre Hand zu fassen: „So sind wir stärker."

„Erläutern Sie uns doch bitte in jeder Einzelheit den Aufbau der DISA-Aufgabe!"

Während Professor Harling zu erzählen begann, setzte Decker sich den goldenen Taler auf die Schläfe und legte Harling die Hand auf die Stirn. Dieser sackte augenblicklich in sich zusammen, während Deckers Augen weiß aufleuchteten. Er hob seine andere Hand Richtung der weißen Tafel und nach einem kurzen Augenblick sahen die Studenten den Aufbau des Irrgartens schrittweise in jedem kleinen Detail. Jede

Aufgabe, jeder Irrweg. Alles wirkte wie ein kleines Puppenhaus, das Harling liebevoll mit seinen Händen erschuf, ohne es zu berühren. Sarah fiel es schwer, sich von dem Gesehenen nicht ablenken zu lassen. Sie versuchte, nur Decker anzusehen und schließlich spürte sie einen Hauch in der Luft, der von Decker Richtung Harling flog. Gellhorn drückte Sarahs Hand. Und obwohl Sarah noch nie in dieser Situation war, konnte sie irgendwie darauf reagieren. Sie baute eine Blockade auf, die sie zwischen die beiden Männer schickte. Es kostete sie einige Kraft, sie zu halten. Decker musste merken, dass ihn jemand abhielt, aber da er sich bereits auf zwei Sachen konzentrierte, war es ihm nicht möglich, ohne selbst aufzufallen, nach dem Schuldigen zu suchen. Sarah wurde heiß und ihr Kopf begann zu stechen und zu schmerzen. Sie spürte, wie ihr Blut aus der Nase lief, aber es war Gellhorn, die plötzlich ihre Hand losließ, sich die Hand vor den Mund hielt und aus der Aula rannte. Für einen Moment drohte Sarahs Blockade einzustürzen. Da ergriff sie eine andere Hand. Laika musste irgendwie gesehen haben, was vor sich ging. Sie nickte Sarah kurz zu und gemeinsam hielten sie die Blockade, bis Harlings Aufbau des Irrgartens abgeschlossen war. Deckers Augen normalisierten sich und die Tafel färbte sich wieder schwarz. Sarah und Laika ließen blitzartig ab, damit Decker sie nicht aufspüren konnte. Nachdem Harling wieder zu sich gekommen war, stand er auf und sprach mit lauter fester Stimme: „Haben Sie nun gesehen, dass ich keinerlei Pfeile in diese Aufgabe eingebaut habe?“

Von Limburg blieb nichts anderes übrig, als dies zu bejahen. Seinem Ärger, nichts erreicht oder erfahren zu haben, machte er aber dennoch Luft: „Nun, dann hat jemand die Aufgabe im Nachhinein verändert. Bis der Schuldige gefunden ist, sind keine DISA-Stunden mehr gestattet."

„Ist das Ihr Ernst?", Salentin wurde nun richtig ungehalten. „Wir suchen jemanden, der sich einen Dreck um seine Kommilitonen kümmert und Sie wollen das einzige Seminar verwehren, das den Zusammenhalt zwischen allen Mystikern fördert?"

Deimos von Limburg fand zu seinem fiesen Lächeln zurück: „Zu euer aller Sicherheit. Und ich gehe noch weiter. Auch gemeinsame Veranstaltungen wie Feiern und Ähnliches bleiben untersagt, bis der Täter gefasst ist."

„Und was tun Sie weiter, um den Täter zu fassen?", wollte Salentin wissen.

Von Limburg schenkte ihm ein überhebliches Grinsen: „Das lassen Sie mal meine Sorge sein. Kümmern Sie sich um Ihre Angelegenheiten und ich mich um meine." Mit einer Handbewegung ließ er seine beiden Kollegen wissen, dass sie ihm folgen mögen, als er das Gebäude verließ. Für einen Moment herrschte totale Stille in der Aula der prächtigen Burg.

48. Kapitel – Duomystika

Professor Harling sah den drei Gestalten nach, als wolle er sich vergewissern, dass diese die Burg auch wirklich verlassen hatten. Dann schaute er sich in der Aula um, als suche er etwas oder jemanden. Dass der Großteil der Studenten ihn ansah, nachdem sie gerade seine Erinnerungen gesehen hatten, schien ihn dabei wenig zu interessieren. Salentin ging auf ihn zu, flüsterte ein paar Worte mit ihm und richtete sich dann an die Studenten: „Heute ist ein schrecklicher Tag für

Sie, für uns und für Burg Torva. Wir mussten miterleben, wie eine Studentin ums Leben kam, mussten Fragen über uns ergehen lassen und haben den Täter nicht ausfindig machen können. Noch nicht. Aber ich verspreche Ihnen allen, dass ich mich persönlich dieser Angelegenheit annehmen und dafür sorgen werde, dass so etwas in diesen Mauern nie wieder geschieht. Die Professoren in Ihren Flügeln werden dies morgen früh auch noch einmal mit Ihnen besprechen. Des Weiteren dient der morgige Tag dazu, sich von den Ereignissen zu erholen und mit uns das Gespräch zu suchen. Unsere Türen stehen Ihnen immer offen. Dazu bleibt der Tag morgen vorlesungsfrei."

Salentins laute Stimme wurde am Ende von leichtem Gejubel eines Teils der Studenten begleitet, bei denen der freie Tag mehr Emotionen hervorrief als das Ableben einer Studentin, die sie nicht kannten.

Während sich die Aula leerte, blieben Sarah und ihre Freunde vorerst stehen und wussten gar nicht, wohin mit sich. Harling hatte sich während der Ansprache schon aus der Aula begeben. Colin war der Erste, der das Wort ergriff und richtete es gezielt an Sarah: „Es ist schrecklich, jemanden sterben zu sehen. Können wir irgendetwas für dich tun?"

Sarah war gerührt, aber so richtig wusste sie überhaupt nicht, was ihr in dem Moment helfen würde, also schüttelte sie den Kopf.

Hanna führte Colins Vorschlag weiter: „Wenn jemand einfach zu Staub zerfällt und sich auflöst, kann man sich nicht verabschieden. Das ist ein Bild, das einen stetig begleitet. Vielleicht willst du mit einem Professor darüber sprechen? Vielleicht mit Gellhorn?"

Sarah warf Hanna einen anerkennenden und dankbaren Blick zu. Das war wirklich genau das, was sie gerade machen wollte. Mit Gellhorn sprechen.

„Ja, danke. Genau das möchte ich."

„Alleine oder mit uns?", fragte Ella und hakte sich gleich bei Sarah ein. Ihr Bruder warf ihr einen tadelnden Blick zu. Sarah dachte nach. Sie würde Ella und die anderen lieber dabeihaben, wollte aber unbedingt die Informationen von Gellhorn haben. Ihren Freunden würde sie davon allerdings ohnehin berichten und das konnte Gellhorn sich auch denken. Während Sarah überlegte, zog sie Ella einfach mit sich: „Wir bringen dich erst mal bis zum Büro und dann kannst du in Ruhe entscheiden." Dann warf Ella ihrem Bruder einen kecken Blick zu, der zu sagen schien: „Siehste, alles gut. Ich dräng' mich nicht auf."

Vor Gellhorns Büro im Hauptgebäude stand niemand. Die Seher schienen keinen seelischen Beistand zu benötigen. Sie hatten auch keine Gelegenheit, Tina näher kennenzulernen.

Kim klopfte an die verschnörkelte Tür von Gellhorns Büro. Es dauerte, bis sich die Tür einen kleinen Spalt öffnete und Otis Harlings Kopf erschien: „Wie kann ich Ihnen helfen?"

Die sechs Studenten waren nicht überrascht, ihn dort zu sehen, wohl aber, dass Harling sie wenig einladend begrüßte. Hanna schien dies besonders zu ärgern und antwortete mit leicht gereizter Tonlage: „Sarah würde gerne die von Salentin angesprochene Sprechstunde nutzen, um darüber zu sprechen, dass eine Studentin vor ihren Augen zu Staub zerfallen ist."

Harling blickte kurz zu Sarah und dann ins Büro: „Moment!"

Er verschloss die Tür.

„Ähm, wie war das noch gleich mit dem ‚Die Türen stehen Ihnen immer offen‘?“, beanstandete Hanna.

„Haben die beiden ja nicht mehr mitbekommen“, erklärte Kim in ihrer gewohnt witzigen Art, um die Situation aufzulockern.

Gellhorn öffnete die Tür und entschuldigte sich. Die Haut um ihre Augen war leicht rötlich verfärbt und sie sah blass aus. Es ging ihr unverkennbar schlecht und geweint hatte sie ebenfalls. Sarah war es unangenehm, dass sie so dringend zu ihr wollte. Offensichtlich hatte sie selbst Probleme und Sarah führte viel mehr ihre Suche nach Antworten zu Gellhorn als ihr seelisches Befinden, auch wenn beides auf gewisse Weise zusammenhing.

„Komm doch rein, Sarah!“, sagte sie mit einem freundlichen Lächeln, das ihr offenbar nicht leichtfiel.

„Wenn es jetzt nicht passt“, zögerte Sarah, „dann kann ich später nochmal wiederkommen.“

Mit einem verzweifelten Unterton antwortete Gellhorn: „Jetzt oder später macht keinen großen Unterschied.“

Dann sah sie Daniel, Ella, Hanna, Kim und Colin an: „Ich nehme an, Sie kommen wie immer mit?“

Gellhorn öffnete die Tür weit und einladend. Da Sarah sich zu der Frage nicht äußerte und sich alle nur fragend ansahen, ging Ella – die Sarah immer noch eingehakt hatte – mit ihr ins Büro, und die anderen vier folgten ihnen. Harling stand hinter der Tür und schloss sie. Das heißt, er drückte die Tür einfach nur zu, sodass sie ins Schloss fiel. Er wirbelte nicht mit den Händen umher und wand offenbar keinen Zauber an. Gellhorn setzte sich auf ihren Schreibtischstuhl, während Sarah und Ella sich auf die beiden Stühle setzten. Die übrigen vier Studenten quetschten sich auf das Sofa während Harling, der sehr niedergeschlagen dreinblickte vor dem Regal mit den Büchern stehen blieb und es vermied, die Studenten anzuschauen. Gellhorn fragte diesmal nicht nach Sarahs Befinden. Ihr war klar, weshalb Sarah gekommen war und ohne großes Hin und Her begann sie: „Ich möchte dir danken, Sarah, dass du mir in der Aula geholfen hast, eine Barriere zu errichten, auch wenn ich diese nicht ausreichend halten konnte."

Sarahs Freunde schauten sie fragend an. „Oh, ich dachte, das hätte Sarah schon berichtet. Nun, sie hatte wohl noch keine Möglichkeit gehabt. Da Oti… ich meine Professor Harling die DISA-Aufgabe konzipiert hatte, war klar, dass die Untersuchungskommission per Mentibusvide seine Erinnerungen anschauen würde." Gellhorn nahm wieder irritierte Gesichter wahr und schob die nächste Erklärung hinterher: „Mentibusvide ist nur das Fachwort für den Vorgang mit den drei goldenen Talern, den wir bei Colin durchgeführt haben. Da Professor Harling ihnen durch diese Methode mental ausgeliefert gewesen wäre, hätten sie im Anschluss jede Erinnerung durchsuchen können."

„Deshalb das offene Verhör", schlussfolgerte Sarah verständnisvoll.

Gellhorn nickte: „Dadurch konnten sie es nur noch heimlich und parallel tun. Das benötigt viel Können und Konzentration, die Walther Decker allerdings durchaus hat. Durch die Doppelbelastung war es aber mit einer starken Barriere möglich, ihn aufzuhalten. Sarah hat mir spontan geholfen, aber ich…" Gellhorn schaute auf den Boden, „musste abbrechen. Wer weiß, was er alles gesehen hat. Das werden wir vermutlich auf andere Weise herausfinden. Wir haben versucht, durch Hypnose von Professor Harling herauszufinden, wie weit Decker eindringen konnte, aber es hat nicht funktioniert. Damit sind wir alle in Gefahr."

Sarah wusste, dass sie Gellhorn mit einer Information wiederaufbauen konnte, aber in ihrem Denken, dass es keinen Unterschied mehr machte, war Gellhorn so offen und redselig, dass Sarah dieses offene Buch nicht zu früh wieder schließen wollte. „In was für einer Gefahr?", forschte sie nach.

Gellhorn sah zu Harling: „Das hängt davon ab, was sie erfahren haben über dich, über uns, über..." Gellhorn stockte kurz und sprach leise, mit Tränen in den Augen weiter, „über unser Baby."

Sie schaute nach unten und strich über ihren Bauch. Das hatte Sarah nicht erwartet und auch die übrigen Studenten sahen sich fassungslos an. Professor Harling ging zu Gellhorn und nahm sie tröstend in den Arm. Jetzt wandte er sich an die Studenten: „Kinder zwischen Magiern und Sehern sind selten. Äußerst selten. Es gibt schon kaum Beziehungen zwischen Magiern und Sehern – Kinder entsprechend noch weniger. Jede Beziehung muss man melden. Dann wird man beobachtet. Entsteht ein Kind aus der Beziehung, wird dieses genau beobachtet, ob es beide Schwerpunkte entwickelt. Das ist nochmal eine Besonderheit. Eine solche Person hat besonders viel Macht. Das kann hilfreich oder auch gefährlich sein. Wir haben unsere Beziehung nicht gemeldet. Das allein schon ist strafbar. Wir wollten nicht, dass das Kind dieser ständigen Beobachtung ausgeliefert ist und schon gar nicht, was mit ihm passieren könnte, wenn es beide Schwerpunkte besitzen sollte."

„Was könnte denn passieren?“, fragte Sarah besorgt nach.

Gellhorn holte die Kopie der 60 Jahre alten Akte der alten Frau aus Sarahs Visionen hervor: „Wir wissen es nicht genau. Aber Eva Testor war die letzte Bekannte Duomystika. Nach ihrem Abschluss auf Burg Torva wurde sie nirgends mehr gesehen. Ich dachte, man hätte sie… aus dem Verkehr gezogen. Aber seit du sie in deinen Träumen gesehen hast, gehe ich davon aus, dass man sie eingesperrt hat.“

„Die letzte Duo…Duo…“, begann Kim.

Gellhorn half ihr aus: „Duomystika.“

„Danke!“, fuhr Kim fort. „Die letzte Duomystika ist so alt? Danach gab es keine mehr?“

Harling schüttelte den Kopf: „Nicht, dass man es wüsste. Vielleicht haben Eltern ein solches Kind irgendwo versteckt, aber es ist unwahrscheinlich. Es gab alle paar Jahre mal einen Duoanwärter, aber daraus ist nichts geworden. Dieses Jahr hatten wir zwei. Das ist außergewöhnlich. Laika von Limburg hätte eine werden können. Das ist zum Glück nicht geschehen. Ihre Eltern haben nur geheiratet, um eine Duomystika zu erschaffen.“

„Lea Schwarzenberg ist auch keine geworden“, ergänzte Gellhorn. „Sie hat sich so geärgert und weiß gar nicht, wie viel Glück sie eigentlich hatte. Wenn ich mir vorstelle, dass mein Kind…“ Gellhorn begann zu weinen. Sarahs schlechtes Gewissen stieg an und sie wollte Gellhorn von ihrem Schmerz erlösen: „Das wird nicht geschehen.“

Gellhorn sah sie fragend an.

„Also, vielleicht wird das Kind ein Duomystika, aber wir helfen Ihnen, es zu beschützen. Und Decker hat nichts gesehen. Die Barriere ist nicht gebrochen.“

Gellhorn schaute Sarah ungläubig an: „Ist sie nicht, aber wie…?“

„Kann ich nicht sagen, aber sie hat gehalten. Das versichere ich Ihnen.“ Gellhorn und Harling sahen sich ungläubig an. Ihre Augen wurden lebendiger und begannen zu strahlen. Diesmal kullerten Freudentränen durch Gellhorns Gesicht und sie fiel ihrem Partner in die Arme. Dann wischte sie sich die Tränen aus dem Gesicht, lief auf die andere Seite des Pults, umarmte Sarah und bedankte sich. Ihr fiel offensichtlich ein Stein vom Herzen. Als sich die Erleichterung breitgemacht hatte, setzte Gellhorn sich wieder auf ihren Stuhl und Harling begann gleich einen Zauber über die Tür zu legen. Die Gleichgültigkeit war neuem Mut gewichen. Gellhorn wand sich noch einmal Sarah zu: „Ich wollte dich gerade fragen, warum du mir das nicht direkt gesagt hast, aber ich verstehe, warum. Ich habe dir viele Informationen vorenthalten. Das habe ich wohl verdient.“

Sarah wollte sie unterbrechen, um sich zu entschuldigen: „Es tut mir…“

Aber Gellhorn ließ sie nicht: „Nein, du brauchst dich nicht zu entschuldigen. Wirklich nicht. Mir tut es leid, dass ich dir so viel verheimlichen musste und auch noch zeitweilig muss. Das ist ein schreckliches Gefühl und ich verspreche dir, dass du nicht ewig in Ungewissheit bleiben wirst. Ich bin dir sehr dankbar für alles, was du getan hast.“

Sarah erwiderte Gellhorns Lächeln, doch zugleich breitete sich Enttäuschung in ihr aus, da sie heute nicht noch mehr erfahren würde. Gerade, was ihre Person anging, hatte sie immer noch keine neuen Informationen erhalten. Das, was ihr am wichtigsten war, fehlte. Da sie jedoch ebenfalls Informationen vorenthalten musste und von Laika nichts erzählen durfte, verstand sie Gellhorn etwas besser und hoffte darauf, dass Gellhorn genauso gute Gründe hatte, ihr noch nicht alles zu erzählen. „Und wie geht es dir mit Tinas Tod?“, fragte Gellhorn unerwartet – aus Fürsorge oder vielleicht auch, um das Thema zu wechseln.

Sarahs Gedanken waren noch ganz woanders. Sie versuchte, in sich hineinzuhorchen, wie es ihr damit ging, aber sie konnte es nicht in Worte fassen.

„Ich weiß es nicht“, antwortete sie.

Gellhorn stand auf und holte ein kleines Fläschchen aus dem Regal: „Nimm hiervon vor dem Schlafengehen drei Tropfen.“

„Was bewirken sie?“, hinterfragte Daniel den Ratschlag.

„Sie bewirken“, erklärte Gellhorn sanft, „dass sie drei Nächte keine Träume und Visionen hat. Die werden sich nach diesem Ereignis heute nämlich neu ordnen und so brennt sich das Bild nicht fest.“

„So etwas hätte ich damals gebraucht“, murmelte Hanna vor sich hin. Gellhorn sah sie mitfühlend an. Alle im Raum kannten Hannas Geschichte von ihrem Bruder.

„Es muss noch schlimmer gewesen sein, seinen eigenen Bruder zu Staub zerfallen zu sehen“, sprach sie in ruhigem Ton. „Ich habe hier ein Mittel, dass dir das Bild für immer nimmt.“ Gellhorn holte eine Tablette aus ihrer Schublade und hielt sie der überraschten Hanna entgegen.

Hanna stand vom Sofa aus, nahm die Pille aus Gellhorns Hand und betrachtete sie: „Dann ist das Bild, wie er stirbt, für immer weg?“ Gellhorn lächelte und nickte. „Der letzte Moment, in dem ich meinen Bruder sah, ist dann weg.“

„Ja!“, bestätigte Gellhorn und schüttete Hanna ein Glas Wasser ein. Hanna legte die Pille auf Gellhorns Schreibtisch: „Ich denke, ich behalte das Bild lieber.“

Gellhorn lächelte: „Ja, das dachte ich mir.“

Sie nahm die Pille selbst und spülte sie mit einem großen Schluck Wasser hinunter. Auf die erschrockenen Blicke der Studenten antwortete sie lächelnd: „Das sind nur Schwangerschaftsvitamine. Ich wusste, dass Hanna das letzte Bild von ihrem Bruder behalten wollen würde – so schrecklich es auch sein mag. Und nun weiß sie es auch.“

49. Kapitel – Eine unschöne Überraschung

Bevor die Freunde aufbrachen, mussten sie Gellhorn versprechen, am nächsten Tag noch einmal herzukommen, um den Geschehnissen auf den Grund zu gehen. Das Abendessen in der Mensa fühlte sich unwirklich ein. Nachdem die sechs Freunde ihr Essen geholt hatten, setzten sie sich zusammen an einen der mittleren Tische. Der Großteil der Studenten –gerade aus den höheren Semestern – agierte wie immer, als sei nichts gewesen. Natürlich hatten die meisten von ihnen die Ereignisse auch nur am Rande mitbekommen. Andere Studenten unterhielten sich über das Geschehene und sahen noch sehr mitgenommen aus. Laika saß wieder mit dem Studenten an einem Tisch, mit dem sie vom ersten Tag an zusammensaß und blickte nicht in Sarahs Richtung. Das war nichts Neues, aber irgendwie hatte Sarah gehofft, ein zustimmendes Nicken, einen kleinen Blick oder irgendetwas zu erhaschen. Sarah sah sich weiter um. Auffällig war die hohe Anzahl anwesender Professoren. Diejenigen, welche die Erstsemester unterrichteten, waren alle anwesend, aber auch darüber hinaus waren sehr viele, wenn nicht sogar alle anwesend. Vielleicht wollten sie so ein Gefühl von Sicherheit vermitteln, aber Sarah empfand das hohe Aufkommen an Dozenten anspannend, denn das erinnerte an die Notwendigkeit dieser Aufsicht. Professorin Gellhorn und Professor Harling saßen an unterschiedlichen Tischen. Nach dem heutigen Tage wollten sie wohl nichts riskieren, obwohl es eher seltsam wirkte, die beiden nicht zusammen zu sehen. „Dürfen wir uns zu euch setzen?", Stephan stand mit Julia plötzlich neben ihnen. Sarah nickte.

„Klar doch", fügte Kim hinzu. „Ihr seid doch Teil des Teams."

Die beiden bedankten sich und setzen sich lächelnd mit an den Tisch.

„Wie geht es dir?", wollte Julia von Sarah wissen. Es war klar, dass alle diese Frage stellen würden, aber sie war so schwierig zu beantworten. Doch bevor sie überhaupt etwas sagen konnte, mischte sich eine wohlbekannte und länger nicht wahrgenommene Stimme ein: „Wie soll es ihr schon gehen, Blauenbuhlerin?" Lukas Kramer stand mit seiner Truppe folgsamer Lemminge neben ihrem Tisch.

„Blauenbuhlerin!", lachte eine Studentin aus seiner Gruppe. „Du bist so witzig."

Lukas Kramer fühlte sich bestätigt und fuhr fort: „Ihretwegen ist eine Studentin draufgegangen. Sowas hätte jeder gute Seher vorhergesehen. Aber was will man von einer Grünen schon erwarten? Sie ist eine Gefahr für jede Gruppe. Gut, dass es erst mal keine

DISA-Seminare gibt. Ich hatte schon mal das Pech, mit ihr in einer Gruppe zu sein."

Lukas sprach so laut, dass immer mehr Studenten ihre eigenen Gespräche einstellten und auf die kleine Gruppe schauten.

„Da haben wir aber nicht ihretwegen – sondern deinetwegen – verloren", warf auf einmal Aurelie ein, die das Gespräch bereits mitverfolgt hatte.

„Hast du sie in deinen Kopf gelassen?", konterte Lukas. „Denn das hat sie dir offensichtlich eingeredet."

Dann wandte er sich an alle umstehenden Studenten: „Vor der müsst ihr euch in Acht nehmen. Kommt ihr besser nicht zu nah."

Anschließend drehte er sich zurück zu Sarah, die ihm mit voller Wucht auf die Nase schlug: „Wie wäre es dann, wenn du deinen eigenen Rat befolgst?"

Lukas schrie vor Schmerz auf und hielt sich die Nase, aus der sofort eine beeindruckende Menge Blut lief. Ein paar Professoren eilten hinzu. Der Student an Laikas Tisch lachte abschätzig über Lukas: „Und weil du so bist, wie du bist, wirst du nie in die gelbe Kaste passen."

Laika schüttelte den Kopf: „Nein, Noah, so wie er ist, passt er hervorragend da rein." Dann stand sie auf und verließ den Raum. Professor Stauf hatte inzwischen Lukas Nase geheilt und Professorin Gellhorn hatte Sarah zuerst für alle hörbar zurechtgewiesen und ihr dann privat eine Botschaft gesendet: „Ich verstehe dich, aber du musst deine Emotionen im Griff halten. Das macht dich angreifbar."

Lukas sah Sarah wütend an: „So eine sollte man von der Uni schmeißen."

„Ihr Kommentar, Kramer, war ebenso wenig angemessen wie Hollanders Reaktion darauf. Halten Sie sich also zurück mit ihren Äußerungen“, entgegnete Gellhorn ihm mit strengem Blick.

„Das wirst du bereuen, Grünschnabel“, murmelte Lukas und verließ mit seiner Gefolgschaft die Aula. Sarah setzte sich wieder hin und hielt sich ein wenig die Faust. Der Schlag hatte ihr auch weh getan. Kim begann zu jubeln und zu applaudieren, als Sarah sich wieder setzte, als hätte sie gerade ein triumphales Spiel gewonnen. Die übrigen Freunde sowie Aurelie und andere Studenten, die offensichtlich nicht viel für Lukas übrighatten, stimmten ebenfalls in den Applaus ein. Gellhorn schüttelte den Kopf und musste sich ein Lächeln verkneifen.

Nach dem Abendessen machten die Freunde eine Uhrzeit aus, um sich im Seherzimmer zu treffen. Kim übernahm abermals freiwillig die Tropfen, da Sarah, wie Kim es ausdrückte, heute schon genug Blut geleckt habe und Colin noch immer schlecht wurde bei dem Gedanken, die Tropfen auf seine Zunge zu träufeln.

Daniel, Ella und Hanna tauchten sogleich wieder auf. Hanna stellte das Fläschchen mit dem blauen Inhalt neben das mit dem roten. „Daran werde ich mich wohl nie gewöhnen“, sagte sie etwas bleich um die Nase. Die sechs Studenten setzten sich zusammen und gingen die Ereignisse des Tages durch. Sarah musste ihnen auch noch einmal genau erzählen, was im Irrgarten geschehen war. Als sie an die Stelle kam, an der Laika sie zurückhielt, stoppte sie. Sie wusste nicht, ob sie diesen Teil der Geschichte preisgeben und Laikas Geheimnis gleichzeitig bewahren konnte.

Sie entschied sich, Laikas Rolle auszusparen, indem sie nur sagte: „Ich wollte zu ihr eilen, aber ich schaffte es nicht.“ Dann schaute sie zu Boden, zum einen, weil sie sich an den schrecklichen Moment erinnerte und zum anderen, um Nachfragen zu vermeiden. Nachdem sie die Geschehnisse des Tages mehrfach durchgesprochen hatten, fragten sich die Freunde, wer hinter den Taten stecken könnte, als es plötzlich an der Tür klopfte. Überrascht sahen sich alle an. Daniel legte seinen Zeigefinger auf die Lippen und winkte Ella und Hanna zu, sie mögen ihm ins Bad folgen. Sie schlossen die Tür hinter sich, als Kim die Tür zum Flur öffnete. Es war weit und breit niemand zu sehen. Vor der Tür stand ein kleiner Geschenkkorb. Kim nahm ihn in die Hand und schloss die Tür hinter sich. „Ihr könnt wieder rauskommen“, rief sie den drei Nachtgestalten in ihrem Versteck zu.

Dann stellte sie den Korb auf den kleinen Tisch. Es war ein hübscher brauner geflochtener Korb, dessen Inhalt mit einem grünen Tuch bedeckt war. Außen hing ein Zettel: „Für S. Hollander – Eine Aufmerksamkeit von L.K.“

Die Freunde sahen sich an. Von den Sehern aus ihrem Jahrgang hatte niemand diese Initialen. Sarah, die Lukas Kramers Drohung noch im Kopf hatte, musste direkt an ihn denken. Aber wie sollte er ihr etwas vor die Tür stellen? Er konnte den Flügel der Seher nicht betreten. Die Freunde überlegten, was es mit dem Körbchen auf sich haben könnte, als Kim die Initiative ergriff: „Nun, wir werden es wohl nicht herausfinden, wenn wir nicht nachsehen, oder?“

Sie warf Sarah einen fragenden Blick zu: „Willst du nachsehen oder soll ich?“

„Wenn du willst“, antwortete Sarah, „schau gerne nach.“

Kim versuchte das grüne Tuch anzuheben, aber es war fast rundherum an dem Korb befestigt, sodass man nur an einer Stelle hineingreifen konnte. Die fünf anderen sahen sie erwartungsvoll an.

„Oh nein, das könnt ihr knicken“, entschied Kim. „Da fasse ich nicht rein.“

„Lass mich mal!“, sagte Hanna. „Ich war schon im See ganz unten, mich überrascht nichts mehr, was man im Dunkeln findet.“

Langsam griff sie hinein und zog ihre Stirn irritiert in Falten: „Was auch immer es ist, es ist trocken, warm und weich. Nicht, was ich erwartet hatte.“

„Hol es raus!“, forderte Ella sie neugierig auf und ging einen Schritt auf den Korb zu, während Colin lieber einen Schritt zurück machte. Hanna zog ihre Hand heraus. In ihr hielt sie eine tote Ratte. Dann ging alles sehr schnell. Sie erschrak, schrie auf und warf die Ratte von sich weg. Dabei stieß sie die beiden Fläschchen gleichzeitig um, mit denen sie hergekommen waren. Sofort verschwand sie mit Ella und Daniel aus dem Raum. Bevor die drei Seher wussten, was geschah, steckte eine lebendige Ratte ihren Kopf durch den Korb, in dem sie vorher unmöglich hätte drin sein können. Sie sah nicht aus, wie eine normale Ratte, sondern größer, struppiger und irgendwie bösartiger. Sie kletterte aus dem Korb heraus und ihr folgten weitere gleich aussehende Ratten. Die ruppigen Tierchen steuerten auf die drei Seher zu. Kim sprang als Erste aufs Sofa: „Ich hasse Ratten!“

Die anderen beiden folgten ihr. Obwohl Sarah keine generelle Angst vor Ratten hatte, fühlte sich diese

Situation rasch äußerst bedrohlich an. Für die Ratten war es ein Leichtes, auf das Sofa zu klettern und die Freunde versuchten sie mit allen Mitteln abzuwehren. Durch die unaufhaltsam wachsende Flut an Ratten wurde dies zunehmend schwieriger. Der Versuch, die Ratten mit den Füßen wegzutreten, führte dazu, dass sie sich in den Schuhen festbissen und versuchten, diese durchzunagen. Sarah griff nach dem Tisch und zerschmetterte ihn auf den Ratten. Dann schnappte sie sich ein Tischbein und drückte auch Kim, die vor Angst kaum selbst handeln konnte, eines in die Hand. Die Situation wurde immer bedrohlicher und die Geräusche hunderter tapsender Füße ließ den Dreien das Blut in den Adern gefrieren. Sie fingen sich immer mehr Kratzer und schmerzhafte Bisse ein.

„So geht es nicht“, rief Sarah. „Es muss einen Ring, eine Kette oder irgendetwas geben, das mitgeliefert wurde.“

„In dem Korb?“, schrie Colin schrill auf. „Da kommen wir nicht dran.“

„Das hätte Hanna bestimmt erfühlt. Es muss etwas anderes sein“, rief Sarah.

Kim begann, zu wimmern und zu jammern. So hatten die beiden anderen ihre Freundin noch nicht erlebt.

„Wo ist die tote Ratte gelandet?“, stieß Colin angespannt aus.

„Weiß nicht“, erwiderte Sarah gestresst. „Ich glaube in dieser Richtung.“

Erst als Colin vom Sofa in die von ihr gezeigte Richtung in ein Meer aus Ratten sprang, verstand Sarah, worauf er hinauswollte. Der verzauberte Gegenstand musste sich in der toten Ratte befinden. Sarah wollte Colin von seinem Vorhaben abbringen, aber der kämpfte sich bereits auf dem Boden durch unzählige lebendige Ratten auf der Suche nach der einen toten.

„Hab‘ sie!“, stöhnte Colin unter den schmerzenden Angriffen der Nagetiere. Obwohl sich die Ratten an ihm festbissen, gelangte er zur Küchenzeile und holte sich ein Messer. Er schnitt der Ratte den Bauch auf, zog einen Ring heraus, warf ihn auf den Boden und trat darauf, so fest er konnte. Dann brach Colin zusammen und die Ratten stürzten sich auf ihn und vergruben ihn unter sich.

„Colin!“, Sarah kreischte auf und wollte zum Sprung ansetzen. Kim hielt sie fest: „Der Ring ist bestimmt nicht ohne Magie zerstörbar. Das schaffst du nicht. Lass mich hier nicht allein.“

„Irgendwas müssen wir tun“, klagte Sarah. Dann nahm sie ein Klopfen an der Tür wahr. Der Lärm konnte ja nicht unbemerkt bleiben. Sarah stürzte sich in das Rattenmeer, schnappte sich den Ring, öffnete die Tür und lief auf den Flur. Dabei lief sie Benin fast um, der – wie ein paar andere Erstsemester aus Sorge und Neugierde – im Flur stand. Die Ratten folgten Sarah, während die anderen Seher schrien und zurück zu ihren Zimmern liefen. Benin erkannte, dass Sarah einen Plan hatte und rannte mit: „Was kann ich tun?“

„Wir brauchen einen Magier“, keuchte Sarah. Benin rannte vor Richtung Aula. Von Weitem sah Sarah, dass Benin Runa und Lea dazu brachte, ihm zu folgen. Benin war viel schneller als Sarah, die verletzt und Ratten abwehrend hinterherhetzte. Sie hätte ihm den Ring geben sollen, dachte sie, aber dafür war es zu spät. Nun musste sie die letzten Meter so schaffen. Den Flur mit den Seminarräumen hatte sie schon erreicht. Gellhorn kam aus ihrem Büro und sah Sarah von Weitem. „Gehen Sie zurück!“, rief Sarah.

Professorin Gellhorn verstand jedoch rasch die Situation und lief stattdessen vor Sarah in Richtung Aula. Die Holztür hielt Gellhorn weit geöffnet und Sarah erkannte, dass hinter der Tür bereits Professor Harling bereitstand. Es hatten sich auch andere Professoren und Studenten eingefunden. Sarah erkannte in der Hektik nicht alle, aber Salentin war ebenfalls dabei. Die Magier konnten den Flügel nicht betreten. Sie musste den restlichen Weg schaffen. Sarahs Füße brannten, schmerzten und fühlten sich immer schwerer an. Das Atmen wurde mühsamer und der Hals stach wie bei einer schweren Erkältung.

„Es ist nicht mehr weit“, sagte sie sich selbst. Sie kämpfte gegen Tränen, die aufsteigen wollten, Richtung Tür. Der Ring in ihrer Hand war voller Blut. Colins Blut. Sie musste sich beeilen. Für ihn, für Kim, für sich, für alle. Doch das letzte bisschen Kraft war aufgebraucht und sie brach zusammen. Kurz bevor sie auf dem Boden landete und selbst von Ratten überrannt wurde, sah sie Laika vor der Tür. Eine elektronische weibliche Stimme erklang laut hörbar für alle: „Laika von Limburg– neuer Seher ist gespeichert.“ Als Sarah auf dem Boden lag, spürte sie, wie ihr jemand den Ring aus der Hand riss. Die Ratten verschwanden. Sarah sah recht verschwommen, wie Laika und Benin sie ins Treppenhaus zogen. Professor Harling sprach ununterbrochen auf sie ein, während Professor Stauf seine Hände über ihr bewegte und begann, ihre Wunden zu heilen. Bevor er damit fertig war, sprang Sarah auf: „Colin! Wir müssen Colin helfen.“

„Warte Sarah!“, rief Professor Harling, aber Sarah rannte zurück ins Bettenhaus. Benin, Laika und Professorin Gellhorn folgten ihr. Colin lag am Boden und Kim saß weinend neben ihm. Sarah eilte hinzu. Überall war Blut. Benin und Laika hoben Colin an und trugen ihn so schnell sie konnten aus dem Seherflügel. Sarah und Kim stützten einander. Professorin Gellhorn konnte nicht viel tun. Hinter der Holztür angekommen, sah Professor Stauf erst Colin und dann Professor Harling an: „Ins Krankenzimmer mit ihm. Dringend.“

Er und Harling hoben ihre Hände und Colin schwebte nach oben. Wie auf einer unsichtbaren Trage wurde er durch die Luft in den Krankenflügel getragen. Es sammelten sich immer mehr Studenten an, die das Ereignis mit ansahen. Auch Ella, Hanna und Daniel waren vor Ort und versuchten herauszufinden, was geschehen war. Mit einigen anderen Studenten folgten sie der Gruppe zum Krankenflügel, durften dort jedoch nicht weitergehen. Nur Sarah, Kim, Laika und Benin durften Colin und den Professoren folgen. Sarah blickte noch einmal zur Tür, bevor diese sich schloss, und sah gerade noch Ellas besorgtes Gesicht.

50. Kapitel – Fragen über Fragen

Sarah hätte Ella und Daniel gerne noch eine Botschaft gesendet, aber sie war nicht mehr dazu in der Lage. Professor Stauf hatte zwar begonnen, sie zu heilen, aber sie war noch immer angeschlagen und kraftlos. Dies machte sich auch äußerlich bemerkbar. Sarah war übersät von kleinen Bissen und Kratzern und voller Blut – von dem sie teilweise nicht wusste, ob es nun ihres oder Colins war. Kim sah ähnlich aus und selbst Laika hatte einige Kratzer und Bisse abbekommen, auch wenn sie – genau wie Benin – hauptsächlich von Colins Blut durchtränkt war. Professor Stauf verschwand mit Colin und zwei weiteren Professoren, die den Erstsemestern unbekannt waren, in ein Krankenzimmer, während Harling die drei Studentinnen in ein weiteres Zimmer führte. Nur Benin durfte zurück auf sein Zimmer gehen, da er keine Verletzungen aufwies.

Professorin Gellhorn und Professor Salentin folgten Harling, Sarah, Kim und Laika auf das Krankenzimmer. Während Harling und Salentin die Wunden heilten, mussten Sarah und Kim genau berichten, was passiert war.

„Haben Sie eine Vermutung, von wem der Korb war?“, fragte Salentin. Kim und Sarah sahen sich an.

„Wenn die Initialen stimmen, kommen ja nicht so viele infrage“, sagte Kim, die immer noch ungewöhnlich blass um die Nase herum war. „Außerdem haben Sie alle ihn ja heute selbst in der Mensa erlebt und auch, wie er Sarah gedroht hat.“

„Sie verdächtigen Lukas Kramer?“, fragte Salentin mit ernster Miene.

„Wer könnte L.K. sonst sein?“, forschte Sarah nach.

„Nun, wenn es ein Student aus dem ersten Semester ist, ist die Liste nicht lang“, stellte Salentin fest. „Und Loreley Kalumni kommt wohl eher nicht infrage. Sie trauert immer noch um ihre Zimmernachbarin.“

Jetzt mischte sich Harling ein: „Meinst du, da besteht ein Zusammenhang Friedemann? Also zwischen beiden Vorfällen?“

Salentin nahm die Professoren Harling und Gellhorn für ein privates Gespräch beiseite. Seine tiefe Stimme war jedoch selbst beim Flüstern so laut und deutlich, dass die Studenten alles verstehen konnten.

„Das ist meine Hoffnung“, erklärte Salentin.

„Sonst müsste ich mich damit abfinden, dass an meiner Universität mehrere Mystiker sind, die meine Studenten absichtlich gefährden.“

„Aber Lukas Kramer?“, grübelte Harling, der nicht mal versuchte, zu flüstern. „Ich weiß, dass er nicht die hellste Kerze im Leuchter ist, aber unter so eine Tat, seine Initialen zu setzen, wäre einfach nur dämlich.“

„Otis!“, wies Gellhorn ihn für seine Ausdrucksweise zurecht und war ebenfalls gut zu verstehen. „Aber du hast Recht. Wir sollten uns nicht auf diese Buchstaben versteifen. Alle haben die Szene heute in der Mensa gesehen und hätten sich das zu Nutze machen können, um von sich selbst abzulenken.“

„Wenn es eine einzelne Person war, muss es ja auch ein Seher gewesen sein. Eine andere Person hat keinen Zugriff auf den Flügel“, fügte Salentin hinzu.

In dem Moment fiel ihm sichtbar ein, dass er eine andere Sache noch nicht geklärt hatte und ging auf Laika zu: „Sie konnten den Seherflügel betreten, von Limburg.“ Laikas Gesichtsausdruck war völlig ausdruckslos: „Sieht wohl so aus.“

„Die Seherkraft kommt von Ihrer Mutter. Sie muss also schon vorher aufgetaucht sein.“

Laika wiederholte einfach nur: „Sieht wohl so aus.“

Salentin schien weder über die Tatsache an sich noch über Laikas wortkarge Antworten sonderlich erfreut zu sein.

„Sie hätten uns dies am ersten Tag mitteilen müssen. Ich könnte Sie dafür von der Universität verweisen. War die Geheimhaltung die Idee Ihres Vaters?“

Laika schüttelte den Kopf: „Nein, mein Vater ist einer der Gründe, warum ich es für mich behalten habe."

„Wie meinen Sie das?", forschte Salentin ungeduldig nach. „Vielleicht könnten Sie sich etwas genauer ausdrücken."

Laika atmete tief durch und ihre Augen weiteten sich, sodass Sarah das Gefühl hatte, sie könne etwas sagen, das sie später bereuen würde. Also erklärte Sarah die Sache, bevor Laika es konnte: „Ihr Vater ist nicht im Bilde, weil Laika nicht weiß, was mit ihr geschieht, wenn er es erfährt."

„Ich kann für mich selbst sprechen", zischte Laika, bevorzugte es aber, dem nichts hinzuzufügen.

Salentin sah Sarah skeptisch an: „Aber SIE wussten es?"

„Ich weiß es seit heute", antwortete Sarah. Dann erklärte sie im Detail, was im Labyrinth passiert war. Auch Gellhorn und Harling staunten über die neuen Einblicke. Als Sarah alles erzählt hatte, war es Gellhorn, die zuerst das Wort ergriff: „Sie haben Sarahs… ich meine Frau Hollanders Tod gesehen und ihn verhindert?"

Laika nickte.

„Das war sehr mutig von Ihnen. Ich danke Ihnen", warf Harling ein.

„Wir alle sind Ihnen dankbar", fuhr Gellhorn fort und wandte sich dann Sarah zu: „Sie haben das nicht kommen sehen?"

Sarah wusste nicht, was sie antworten sollte.

„Aber, Sie haben etwas gesehen?", hakte Gellhorn ohne eine Antwort abzuwarten weiter nach. Sarah nickte. Dann berichtete sie davon, dass sie eine Zeit lang Tinas Tod gesehen hatte – ohne zu wissen, dass es sich dabei um Tina handelte – und dann ihren eigenen.

Gellhorn sah sie enttäuscht an: „Sie hielten es nicht für nötig, mir das zu sagen?“ Sarah schaute auf den Boden: „Ich wusste nicht, was das zu bedeuten hatte. Ich wusste nicht, dass das Mädchen Tina ist. Es gab so viel in meinen Visionen, das ich nicht verstanden habe.“

„Aber den eigenen Tod zu spüren, ist etwas, das aus dem Rahmen fällt. Damit hättest du… hätten Sie zu mir kommen müssen“, erwiderte Gellhorn vorwurfsvoll. Sarah blickte schuldbewusst zu Boden. Sie wusste nicht, was sie sagen sollte. Alles war so schrecklich. Hätte sie Tinas Tod verhindern können, wenn sie Gellhorn davon berichtet hätte? Glücklicherweise plagten Salentin ganz andere Gedanken und er wechselte das Thema: „Ich werde morgen früh Rücksprache mit Ihrem Vater halten von Limburg, bis dahin haben Sie noch die Möglichkeit, ihm selbst mitzuteilen, dass Sie zwei Schwerpunkte innehaben. Andernfalls erfährt er es von mir.“

Laika sah ihn mit großen Augen an, in denen Sarah erstmalig etwas wie Angst bemerkte: „Ist das notwendig? Kann das nicht unter uns bleiben?“

„Unter uns?“, wunderte sich Salentin. „Mehrere Studenten haben gesehen, wie Sie in den Seherflügel spaziert sind. Die werden das nicht für sich behalten haben. Wer weiß, vielleicht ist Ihr Vater bereits informiert. An ‚unter uns‘ sind wir längst vorbei. Von Limburg, Sie sind volljährig. Ich muss das nicht melden, weil es Ihr Vater ist, sondern weil das Gesetz es so verlangt.“

„Scheiße“, fluchte Laika, stand auf und trat gegen den Stuhl, auf dem sie saß, um ihrem Ärger Luft zu machen.

Bevor sie jemand zurechtweisen konnte, ergriff Sarah erneut das Wort: „Wieso konnte Laika da überhaupt reinspazieren? Ich dachte, das wäre die neuste Technik. Wenn jeder hineingehen kann und sich registrieren lassen kann, ohne dass ein Professor das anleitet, was nutzen die Sicherheitsvorkehrungen dann?“

„Es ist Technik, ja“, bestätigte Gellhorn, „aber wir sind hier auf Burg Torva. In diesen Mauern steckt überall Magie. Würden wir versuchen, einen Nichtseher zu registrieren, dann würde die Magie greifen und die Technik überschatten. Umgekehrt ist es anscheinend ebenso.“

Jetzt mischte sich Kim ein: „Anscheinend? Wussten Sie das auch nicht?“

„Nun, wir waren vorher noch nie in so einer Situation“, erklärte Gellhorn weiter. „Niemand konnte das wissen.“

Sarah hatte einen Geistesblitz: „Aber, wenn es niemand wusste, dann konnte es ja heute auch ein technischer Fehler gewesen sein oder Magie oder Sie haben Laika einfach schnell registriert, um zu helfen. Das wäre doch eine Möglichkeit, um Laikas Geheimnis noch etwas zu bewahren.“

Die drei Professoren sahen sich fragend an.

„Bitte“, flehte Laika leise vor sich hin.

Salentin atmete tief durch: „Ich bin nicht mit allem einverstanden, was aus der gelben Kaste kommt, aber sich mit der Regierung anzulegen – sie zu hintergehen…“

Laika, die erkannte, dass Salentins Gedanken tatsächlich für einen Moment diese Möglichkeit in Betracht zogen, flammte zu neuer Überzeugungsarbeit auf: „Die werden nie erfahren, dass irgendwer vorher davon wusste.“

„Sie haben noch keinerlei Unterricht für Ihren Schwerpunkt erhalten“, argumentierte Salentin, was den anderen Anwesenden indessen signalisierte, dass er sich tatsächlich auf eine Diskussion einließ. „So könnten Sie weiterhin nichts darüber lernen. Das kann für Sie und andere gefährlich werden.“

„Gefährlicher ist es für mich, wenn mein Vater erkennt, dass ich eine Duomystika bin.“

„Ich könnte Sie einmal am Tag privat unterrichten“, bot Gellhorn an.

„Wieso würdest du das auf dich nehmen?“, fragte Salentin irritiert?

„Ich habe das Gefühl, von Limburg ist in großer seelischer Not und Menschen in Not, sollte man doch helfen, nicht wahr?“

Salentin atmete erneut tief durch. Gellhorn fuhr fort: „Stell dir vor, du hättest ein Kind mit zwei Schwerpunkten. Wärst du nicht in Sorge?“

Gellhorns Frage war sehr persönlich und nur Harling, Sarah und Kim wussten, was noch dahintersteckte.

„Aber nur bis Ende des Semesters“, gab Salentin schließlich nach. Laika riss die Augen ungläubig auf und konnte nicht verhindern, dass sich ihre Mundwinkel nach oben zogen: „Danke! Danke! Sie werden das nicht bereuen.“

„Das wird sich zeigen“, murmelte Salentin. „Nun möchte ich aber noch einmal auf den Vorfall mit den Ratten und den unbekannten Täter zu sprechen kommen. Gibt es dazu noch irgendwelche Gedanken?“

Kim knüpfte, ohne nachzudenken, an das Gespräch der Professoren an, das eigentlich nicht für ihre Ohren bestimmt war: „Ich glaub’ immer noch, dass es Kramer war. Und wenn er nicht der Hellste ist, passt das doch prima dazu, dass der Täter den gleichen Zauber immer wiederholt. Also diesmal zwar mit Ratten statt Spinnen, aber ansonsten der gleiche Mist. Ein Update übrigens, auf das ich gerne verzichtet hätte.“

Alle Anwesenden starrten Kim an – Sarah, Gellhorn und Harling, weil sich Kim so verplappert hatte und Laika und Salentin, weil diese Information offensichtlich neu für sie war. Es dauerte ein paar Sekunden und dann merkte auch Kim, was sie da von sich gegeben hatte.

„Erklären Sie mir doch bitte Kim Schulte, was es mit ‚immer‘ und den Spinnen auf sich hat?“

„Ich hatte ihr erzählt, was passiert war, bevor ich die Einladung angenommen habe“, warf Sarah rettend ein. „Mir wurde ein verzaubertes Amulett gegeben und plötzlich kamen unzählige Spinnen auf mich zu.“

Kim nickte zustimmend: „Ja, das ist doch schon auffällig, dass das immer ein verzauberter Gegenstand ist, oder? Also das Amulett und jetzt der Ring.“

Salentin schien trotz des übertrieben eingesetzten Wortes ‚immer‘ keinen Verdacht zu schöpfen und forschte in eine andere Richtung weiter nach: „Dann denken Sie, der Täter könnte der Gleiche sein? Zweimal ein Versuch, Sie auszuschalten mit dem gleichen Zauber. Das spricht zumindest wirklich für einen Erstsemester, der noch nicht viele Zauber beherrscht. Oder aber – und hier sind wir wieder bei meiner Seher-Theorie – einen Seher, der nur auf solche Gegenstandszauber zurückgreifen kann. Wenn jemand über diesen Zeitraum versucht, Sie loszuwerden, dann ist es allerdings auch denkbar, dass der Pfeil heute Sie treffen sollte statt Tina Kesse."

Gellhorn, die gerade noch sichtlich erleichtert schien, dass ihr kleines Spinnengeheimnis rund um Stephan nicht aufgeflogen ist, war nun ganz gefangen von Salentins Gedanken: „Dann war es ein Seher!"

Verwirrt schauten sie alle an. Dann erklärte sie ihre rasche Schlussfolgerung: „Der Pfeil war auf einer Höhe angebracht, der niemanden außer Tina hätte töten können. Wenn nun aber jemand – genau wie Laika von Limburg – gesehen hat, dass Sarah versuchen würde, Tina zu retten und dabei selbst sterben würde…

„Dann war es ein Seher", bestätigte Harling. Sarahs Magen begann sich umzudrehen und ihr wurde leicht übel, bei dem Gedanken, dass sie tatsächlich jemand mehrfach versucht hatte, umzubringen. Nicht zu erschrecken oder zu verscheuchen, nein zu töten. Sie hätte nicht aus dem Irrgarten zurückkehren sollen.

„Aber wie", Sarah verstand den Zusammenhang noch nicht ganz, „sollte das jemand vorhersehen, bevor überhaupt ein Pfeil angebracht war? Und warum nur bei uns im Irrgarten?"

Harlings Blick verdunkelte sich: „Vielleicht wurden verschiedene Sachen ausprobiert. Das würde aber bedeuten, dass jemand mehrfach Zugang zu meinem Büro hatte. Und der Pfeil war überall. Er hat nur niemanden verletzt, da die Tür sonst niemand geöffnet hatte. Getötet hätte er auf dieser Höhe aber niemanden außer Tina oder jemand, der sich davor geworfen hätte."

„Und jemand kann so etwas über mich sehen, also eine Vision über mich haben, obwohl er selbst nicht betroffen ist?“

Gellhorn nickte: „Ja und nein. Es ist sehr unwahrscheinlich, aber wenn jemand deinen Tod wünscht – aus welchem Grund auch immer – dann betrifft dein Tod die Person persönlich.“

Eine Zeitlang schwiegen alle. Es war Salentin, der dem ganzen Frage- und Antwortspiel vorerst ein Ende setzte: „Wir werden viel Arbeit vor uns haben und müssen vorsichtig sein. Sie besonders, Hollander! Otis, wenn du hier fertig bist, komm bitte in mein Büro, um zu besprechen, wie wir weiterverfahren. Theresa, nur du kannst ihr Zimmer untersuchen. Komm danach bitte zu uns. Hollander, Schulte und von Limburg, passen Sie auf sich auf. Gute Besserung… Und passen Sie auf sich auf.“

Mit diesen Worten und dem doppelten Hinweis, dass sie auf sich aufpassen sollten, verließ Salentin das Krankenzimmer und schien sichtlich beunruhigt zu sein. Harling wandte weiter heilende Magie an und Gellhorn versorgte auch Kim und Laika mit einem Fläschchen, das ihre Träume für drei Nächte stoppen sollte. Als Harling seinen Zauber beendet hatte, fühlte sich Sarah deutlich besser, jedoch nicht vollkommen wiederhergestellt. Man sah aber keiner der drei Studentinnen äußerlich an, was geschehen war. Nur ihre Kleidung und ihre sorgenvollen Augen ließen noch Rückschlüsse auf ein schlimmes Erlebnis ziehen. „Dann wollen wir nun mal an den Ort des Schreckens zurückkehren“, seufzte Gellhorn und ging zur Tür.

„Warten Sie!“, hielt Kim sie auf. „Was ist mit Colin?“ Gellhorn und Harling warfen sich einen kurzen Blick zu.

„Meine Kollegen kümmern sich um ihn. Er ist in den besten Händen“, erklärte Harling.

„Können wir zu ihm?“, bat Sarah mit leichtem Flehen in ihrer Stimme.

„Bitte!“, fügte Kim mit Nachdruck hinzu.

Wieder sahen sich Gellhorn und Harling fragend an.

„Ich schaue, was ich machen kann“, gab Harling nach und verschwand aus dem Zimmer. Er war fünf Minuten weg, aber Sarah und Kim, kam es wie eine Ewigkeit vor.

„Ich würde echt gerne duschen. Kann ich dann schonmal auf mein Zimmer?“, wollte Laika in der Zwischenzeit wissen.

Gellhorn stimmte zu: „Natürlich. Aber wenn Sie jemand fragt…“ Doch weiter kam sie nicht, denn Laika beendete den Satz für sie: „Dann sage ich ‚Gellhorn vermutet ’nen technischen Defekt. Wird morgen geklärt.“

„Gut!“, bekräftigte Gellhorn die Vorgehensweise und verabschiedete Laika, nachdem sie noch eine feste Sprechstunde festgelegt hatten. Als Harling die Tür zum Krankenzimmer öffnete, sahen ihn Sarah und Kim erwartungsvoll an. Harling atmete tief durch: „Colin ist noch nicht bei Bewusstsein. Die schlimmsten Wunden sind geheilt. Er wird es schaffen, aber er braucht viel Ruhe. Ihr habt fünf Minuten.“

Sarah und Kim eilten zur Tür und folgten Harling zu einem anderen Krankenzimmer. Nachdem Harling kurz angeklopft hatte, öffnete er ihnen die Tür und verabschiedete sich. Kim und Sarah gingen vorsichtig in den offenen Raum. Die Professoren waren nicht mehr anwesend, aber ein altbekanntes Gesicht war da. Alex lächelte sie freundlich an und winkte sie herein. Sarah schloss die Tür hinter sich. Die Tür, die leise ins Schloss fiel, wirkte in dem sonst so stillen Szenario besonders laut. Alex flüsterte: „Hier liegt er. Braucht nach der Behandlung erst einmal Ruhe."

Sarah und Kim gingen auf das Bett zu, in dem Colin lag. Man hatte ihm ein weißes Nachthemd angezogen und ihn zugedeckt. An Haut schaute nur sein Gesicht sowie Hände und Arme heraus und diese waren kaum wiederzuerkennen. Colin war noch immer übersät von Kratzern und Bissen und sein Gesicht war zusätzlich angeschwollen. „Ich dachte, seine Verletzungen wurden geheilt?", flüsterte Kim besorgt und enttäuscht.

„Die schlimmsten, ja", bestätigte Alex. „Aber diese Mistviecher von Ratten haben versucht, sich bis zu den Knochen durchzubeißen. Die Professoren haben viel in Ordnung bringen müssen – starker Blutverlust, durchtrennte Nerven, fehlende Hautfetzen…" Sarah lief ein kalter Schauer den Rücken hinunter. Sie legte Colin die Hand auf die Schulter und strich sanft hinüber. Es war schrecklich, ihn so zu sehen und Sarah kämpfte mit den Tränen. Alex versuchte, sie zu beruhigen: „Es ist jetzt nur noch das, was ihr seht. Er wird wieder."

Sarah sah, dass sich Kims Augen begannen, mit Wasser zu füllen. Sie begann leicht zu schluchzen: „Ausgerechnet Ratten. Da habe ich vor einer Sache Angst und Colin muss dafür bezahlen. Das hat er nicht verdient."

„Du kannst doch nichts dafür", begann Sarah, doch Kim ließ sich nicht von ihren Gedanken abbringen:

„Doch. Wenn ich nicht so teilnahmslos gewesen wäre, hätte er nie versucht, an den Ring zu kommen.“

„Das weißt du nicht, Kim“, erwiderte Sarah. „Er hatte den Gedanken vor uns und er hat ihn umgesetzt. Du hast nichts falsch gemacht. Wer auch immer das getan hat, will mir schaden. Colin ist verletzt, weil ich…“

„Schluss jetzt Mädels!“, unterbrach Alex die beiden. „Das ist ja nicht mit anzuhören. Nehmt euch beide mal nicht so wichtig. Ihr habt dazu nichts beigetragen. Schuld ist nur die Person, die euch die Ratten geschickt hat. Colin braucht jetzt keine falschen Schuldeingeständnisse, sondern Ruhe. Er wird wieder. Die Professoren fahren bald mit der Behandlung fort. Ihr könnt morgen nochmal wiederkommen.“

Sarah und Kim sahen noch einmal zu Colin. Dann setzte sich Kim kurz an Colins Bett und nahm seine Hand: „Colin Waldeck, du bist der mutigste Mensch, der mir je begegnet ist. Lass dir niemals von irgendjemandem etwas anderes einreden.“ Fast unmerklich bewegte sich Colins Hand in der von Kim und drückte leicht zurück.

51. Kapitel – Bestandsaufnahme

Als Kim und Sarah das Krankenzimmer verließen, wartete Professorin Gellhorn im Flur auf sie. Wortlos liefen die drei Frauen zurück in die Aula.

„Da seid ihr ja“, rief Ella aufgeregt. „Was ist passiert?“ Sie hatte mit Hanna und Daniel die ganze Zeit im Flur gewartet.

„Was ist mit Colin?“, wollte Daniel wissen.

Bevor Sarah oder Kim antworten konnten, ergriff Gellhorn das Wort: „Ich verstehe, dass Sie sich Antworten wünschen, aber wir müssen jetzt zunächst das Zimmer inspizieren. Wenn wir dort fertig sind, schicke ich Ihnen die beiden gerne zurück und Sie können einen Ort wählen, der sich besser zum Austausch eignet als die Aula. Und was Herrn Waldeck angeht, er wird es schaffen."

Gellhorn gab Kim und Sarah mit einem Wink zu verstehen, dass sie ihr folgen sollten. Als sie den Seherflügel betraten, war der graue Fußboden noch immer mit Blut getränkt. Sarah lief ein eiskalter Schauer über den Rücken. In ihrem Kopf hörte sie das Getrappel der kleinen Rattenfüße und sie zuckte mehrmals zusammen, als sie den leeren Gang entlangliefen.

Erst als sie das Zimmer erreicht und die Tür hinter sich geschlossen hatten, stellte Gellhorn eine Frage, die sie die ganze Zeit schon zu beschäftigen schien: „Die Barriere… Das war von Limburg?"

Sarah nickte. Ihr fehlten die Worte beim Anblick der Blutlache auf dem Teppichboden, wo vor ein paar Stunden noch Colin unter einem Berg von Ratten begraben lag. Alles wirkte so unwirklich.

„Verstehe!", antwortete Gellhorn. „Dafür, dass sie noch keinerlei Unterricht in dem Schwerpunkt hatte, ist sie sehr stark. Das ist bei Duomystikas wohl so."

Gellhorn sah sich um: „Noch nichts anfassen, bitte!"

Sie zog eine Art kleinen, goldenen Papierflieger aus ihrer Tasche und warf ihn mit beiden Händen in die Luft, als wolle sie einem Vögelchen zum Fliegen verhelfen. Der kleine Flieger flog daraufhin langsam im Raum umher, als würde er sich umsehen. Dann düste er plötzlich los, begleitet von einem

Blitzlichtgewitter und landete wieder in Gellhorns Hand. Die steckte ihn wieder in die Tasche. Auf Sarahs und Kims fragende Blicke hin antwortete sie nur: „Bestandsaufnahmen!“

Gellhorn ging auf den Tisch zu, auf dem der Korb stand. Vorsichtig nahm sie ihn in die Hand und betrachtete ihn von allen Seiten: „Den nehme ich auch mit.“

„Tun Sie sich keinen Zwang an“, antwortete Kim. „Den wollen wir gar nicht hier haben. Und die Ratte dort können sie auch gleich mitnehmen.“

Gellhorn nahm ein Taschentuch aus ihrer Tasche, hob die Ratte an und legte sie in den Korb zurück, aus dem sie gekommen war. Dann ließ sie sich von Sarah und Kim berichten, was vor sich gegangen war. Gellhorn wischte mit ihrem Finger durch die Flüssigkeitsreste aus den beiden magischen Fläschchen und sah sich irritiert um: „Wo sind die zerbrochenen Fläschchen?“

Sarah und Kim schauten auf und unter dem Tisch nach.

„Die müssen in dem Chaos irgendwo hin gerollt sein“, mutmaßte Sarah.

„Nein“, Gellhorn schüttelte den Kopf, „hier ist keine einzige Scherbe zu sehen. Die hat jemand fein säuberlich entsorgt.“

„Warum sollte das jemand tun?“, wunderte sich Kim. „Ich weiß es nicht“, antwortete Gellhorn nachdenklich und in einem sehr ehrlichen Ton. „Aber jemand weiß jetzt davon. Ihr solltet euch vorerst nicht mehr auf diese Weise treffen.“

„Und wo können wir ungestört reden?“, hakte Sarah nach, die Daniel, Hanna und vor allem Ella am liebsten direkt von allem in Kenntnis setzen wollte.

„Ich weiß es nicht", wiederholte sich Gellhorn. „Ich weiß nicht mal, ob es hier wirklich ungestört war. Suchen Sie sich am besten einen Magier, der ihnen eine sichere Blase ermöglicht oder treffen Sie sich außerhalb dieser Mauern. Ich nehme an, Sie folgen mir in die Aula, um Ihre Freunde auf den neuesten Stand zu bringen. Ich veranlasse, dass Ihr Zimmer in der Zeit gereinigt wird."

Sarah und Kim folgten Gellhorn in die Aula. Auf ihrem Weg durch den Flur öffneten sich ein paar Türen, durch die sich neugierige Blicke einen Weg in den Flur bahnten. Einzelne Studenten begaben sich – wohl nicht rein zufällig – mit etwas Abstand auch auf den Weg in die Aula. Gellhorn machte sich dies zunutze und stoppte am Eingang des Seherflügels. Sie sprach Richtung Sarah und Kim, aber absichtlich so laut, dass beiden klar war, dass die Botschaft nicht ihnen galt: „Nun, wir werden hier wohl für heute mit einem Zauber vorliebnehmen müssen, da die Technik heute so kläglich versagt hat. Nichtseher haben hier nichts verloren."

Dann verabschiedete sie sich in normaler Lautstärke von den beiden Studentinnen und erinnerte sie daran, am Abend die Tropfen zu nehmen, um auf jeden Fall die Träume zu unterdrücken. Während Sarah und Kim die Treppe zur Aula hinabstiegen, hörten sie Gellhorn noch lauthals mit Professor Harling sprechen: „Es ist mir immer noch unverständlich, wie eine Studentin, die definitiv keinen Seher-Schwerpunkt hat, in unseren Flur gelangen konnte."

„Wie ich immer sage", antwortete Harling ebenfalls gut hörbar, „Wir sollten mehr auf Magie setzen als auf Technik."

„Da seid ihr ja!“, Ellas Stimme tauchte neben Sarah auf, als diese gerade die Aula betreten hatte. Ohne ein weiteres Wort umarmte Ella Sarah und ließ sie nicht mehr los. Sarah genoss die Umarmung nach dem ganzen Leid, den der heutige Tag mit sich brachte. Sie fühlte sich aufgehoben und sicher und zugleich schossen ihr die Tränen in die Augen, als hätte ihr ganzer Körper nur den passenden Moment abgepasst, um den ganzen angesammelten Kummer auf einmal loszuwerden. Erst Kims Worte bewirkten, dass sie sich wieder voneinander lösten: „Hey, und was ist mit mir?“

Ella umarmte Kim grinsend, während Hanna und Daniel erst Sarah und dann Kim umarmten. Die Blicke der übrigen Studenten wanderten in ihre Richtung. Auch sie hatten viele Fragen. Stephan und Julia fassten den Mut, auf sie zuzugehen. „Wie geht es euch?“, fragte Julia zaghaft.

Sarah wusste wieder nicht, was sie antworten sollte. Es ging ihr nicht gut und sie wusste, dass dies auch Julia klar sein musste und sie durch die Frage viel mehr ihr Mitgefühl ausdrücken wollte. Also nickte Sarah einfach nur.

„Können wir etwas für euch tun?“, wollte Stephan wissen. Sarah wollte die Frage schon verneinen, als ihr einfiel, dass gerade die beiden ihnen helfen konnten.

„Ja“, sagte sie klar und forderte alle Freunde auf, ihr in den Gruppenraum zu folgen. Dieser war komplett leer. Das verstärkte Misstrauen unter den einzelnen Schwerpunkten, für das die Mitglieder des Ministeriums gesorgt hatten, wucherte schnell und gründlich. Sarah schloss die Tür hinter sich. Gellhorn hatte ihnen empfohlen, sich von Magiern eine Blase zaubern zu lassen, um ungestört sprechen zu können. Für einen Moment überlegte Sarah, ob sie die beiden um eine Blase bitten und dann aus dem Raum schicken sollte. Natürlich hätten Stephan und Julia dies ohne Zögern getan, aber Sarah kam es ihnen gegenüber unfair vor und da sie ihnen vertraute, bat sie Stephan und Julia, sie allesamt in einer Blase einzuschließen.

Stephan, der mit großen Augen stockte, da er dies noch nie gemacht hatte, wurde von Julia an die Hand genommen: „Ich zeige dir wie und wir schaffen eine gemeinsam."

Julia und Stephan hoben jeweils ihre freie Hand. „Konzentriere dich einfach auf das, was du erschaffen willst, und gehe die Form mit der Hand nach", erklärte Julia. Während die Blasenentstehung im Hummer oder Kummer zügig vonstattenging, entstand diese Blase ausgesprochen langsam und beeindruckte nicht nur Stephan, der stolz betrachtete, was er mit seiner Freundin gemeinsam erschuf. Sowie die Blase stand, bedankte sich Sarah und begann – gemeinsam mit Kim – zu erzählen, was vorgefallen war. Laikas und Gellhorns Geheimnis sparte sie dabei vorerst aus. Obwohl die Vorkommnisse des Tages schrecklich waren, tat es gut, mit den Freunden sprechen zu können. Als sie mit ihrer Erzählung fertig waren, sagte eine ganze Zeit lang niemand etwas. Dann platzten Julia und Stephan mit Nachfragen heraus, da ihnen viele Details, wie die heimlichen Treffen im Seherzimmer noch völlig unbekannt waren.

„Wäre es möglich, da mal dabei zu sein?", fragte Stephan vorsichtig. „Ich könnte auch etwas Übung im Barrierenbauen gebrauchen."

„Vorerst werden wir uns ja gar nicht treffen können“, erklärte Sarah nochmal. „Aber, wenn wir einen Weg finden, seid ihr natürlich dabei. Ihr habt ja jetzt auch eine ganze Menge Informationen erhalten, die geheim bleiben müssen.“

Während Sarah dies aussprach, wurde ihr klar, dass es riskant war, noch weitere Personen einzuweihen, wenngleich sie die ganz pikanten Details um Laika und Gellhorn ausgespart hatte. Sie fragte sich nun, ob es eine kluge Entscheidung war, die beiden in ihre Geheimnisse einzuweihen. Julia schien zu ahnen, was ihr durch den Kopf ging. „Danke für euer Vertrauen“, sagte sie. „Ihr werdet es nicht bereuen. Jede einzelne Information von euch ist sicher bei uns.“

Stephan schaltete schnell und fügte hinzu: „Ja, danke. Aus mir bekommt niemand etwas heraus. Wir sind doch irgendwie Teil des Teams.“

Treffender hätte es Stephan nicht ausdrücken können. Ja, *irgendwie* waren sie Teil des Teams. Aber wie genau – *das* wusste Sarah selbst noch nicht. Die jungen Studenten unterhielten sich noch eine ganze Weile und konnten nach einiger Zeit etwas herunterkommen und mit ihren Gedanken und Worten in trivialere Themen abschweifen. Mit dem zunehmenden Abfall der Anspannung, holte sie die Müdigkeit ein, sodass sie beschlossen, den Abend zu beenden. Bei der Verabschiedung stellte Hanna fest: „Also, wenn der Gruppenraum weiterhin von Niemandem genutzt wird, können wir alle gemeinsam hier üben. Daran wird niemand etwas auszusetzen haben und es weiß ja auch niemand, wofür wir üben, sollten unsere Worte hier nicht sicher sein.“

Die anderen stimmten ihr zu. „Dann treffen wir uns vorerst nach dem Abendessen im Gruppenraum.“

Nachdem jeder jeden umarmt und auch Ella Sarah wieder losgelassen hatte, gingen alle auf ihre Zimmer. Sarah und Kim starrten auf den Boden, auf dem nicht mehr erkennbar war, was am heutigen Tag hier passiert war. Dennoch war das Bild in ihren Köpfen eingebrannt und die anderen Eindrücke kamen ebenfalls wieder hoch, als sie sich fertig fürs Bett machten. Gemeinsam und wortlos nahmen sie die Tropfen und legten sich hin.

Obwohl sie so müde und erschöpft war, dauerte es eine Weile, bis Sarah einschlief und auch Kim wälzte sich noch einige Zeit umher. Doch schließlich übermannte sie beide der Schlaf. Und dann kehrte eine schwarze und totenstille Ruhe ein. Kein Gedanke, keine Vision und kein Traum. Einfach einmal den Stecker von der Welt gezogen und den müden Körper und Geist zur Ruhe kommen lassen.

52. Kapitel – Es geht bergauf!

Als Sarah am nächsten Morgen aufwachte, ging es ihr besser. Kim wirkte ebenfalls gelassener. Sie war schon vor Sarah aufgestanden und hatte sich fertig gemacht, um vor dem ersten Seminar noch bei Colin im Krankenzimmer vorbeizuschauen.

„Warte auf mich, ich beeile mich und komme mit“, Sarah sprang aus dem Bett und machte sich schnell fertig. Die beiden Studentinnen verließen ihr Zimmer, als Salentins Stimme durch alle Zimmer und Flure hallte: „Zu Beginn Ihres ersten Seminars bitte ich alle Studenten aller Jahrgänge in die Aula.“ Sarah und Kim ahnten, dass es etwas mit den Geschehnissen des gestrigen Tages zu tun hatte, aber das ließ sie erst einmal unbeeindruckt. Sie liefen so schnell sie konnten in den Krankenflügel. In dem Moment, in dem sie an Colins Tür klopfen wollten, öffnete sich die Tür und Professor Stauf kam ihnen entgegen. Freundlich grüßte er die beiden und auch er sah weniger besorgt aus als am vorigen Tage.

„Es geht bergauf", munterte er die beiden Studentinnen auf. „Aber er braucht noch etwas Ruhe. Bleiben Sie also nicht so lange."

Sarah und Kim bedankten sich und nickten. Als sie den Raum betraten, hatte Colin seine Augen geöffnet. Kim stürmte auf ihn zu und drückte ihn. Tränen kullerten über ihr Gesicht. Sarah spürte, wie sich ihre Augen mit Wasser füllten und sie umarmte Colin, der in seinem Bett saß, nur etwas vorsichtiger als die stürmische Kim.

„Wie geht es dir?", fragte Sarah und merkte in dem Moment, dass sie – genau wie Julia am Tag zuvor – keine passenderen Worte fand.

Colin nickte: „Es ging mir schon mal besser. Aber es ging mir auch schonmal schlechter." Sarah lächelte. Das klang gar nicht so übel. Colin sah deutlich besser aus. Seine Haut wies nur noch kleine Schrammen und Kratzer auf. „Du warst so mutig", platzte Kim heraus.

„Hast du etwas anderes von mir erwartet?", scherzte Colin und musste kurz darauf feststellen, dass seinem gequälten Körper ein Lachen noch ziemlich zusetzen konnte.

Der Glockenschlag, der das Seminar einläutete, war im Krankenzimmer deutlich hörbar.

„Wir müssen los!", fiel Sarah auf. „Aber wir kommen spätestens heute Nachmittag wieder."

„Ich lauf' hier nicht weg", gab Colin mit einem kleinen Lächeln zurück. „Ich bin gespannt, was es in der Aula gibt. Ihr müsst mir alles berichten."

„Werden wir!“, bestätigte Kim nickend. Im Hinausgehen fragte Sie Sarah in einer Lautstärke, die Colin hören musste und sollte: „War Colin schon immer so witzig oder haben die Ratten etwas mit ihm gemacht?“

„Eindeutig die Ratten“, antwortete Sarah lächelnd.

„Ich kann euch hören“, Colins Worte, die er Sarah und Kim nachrief, ignorierten sie grinsend und liefen Richtung Aula.

Als sie dort ankamen, waren die anderen Studenten bereits da. Die Aula war deutlich voller als an ihrem ersten Tag und trotzdem zeichnete sich ab, dass die verschiedenen Schwerpunkte größtenteils in der Nähe ihrer Treppen unter sich blieben. Lediglich ein paar Wenige vermischten sich in der Mitte der Aula – darunter natürlich Ella und Hanna, die den beiden zuwinkten. Daniel stand bei Studenten aus seinem Semester und Stephan und Julia blieben in der Nähe der anderen Magier.

„Ich begrüße alle Studenten von Burg Torva und meine Kollegen“, begann Salentin. „Der gestrige Tag warf einen schweren Schatten auf unsere Universität. Tina Kesse, eine Studentin des ersten Semesters, verlor bei einer DISA-Aufgabe ihr Leben. Aber das wissen Sie natürlich bereits. Auch, dass die Aufgabe manipuliert wurde, dürfte sich herumgesprochen haben, was gut ist, denn Sie sollten wissen, dass weder von den Aufgaben noch von meinen Kollegen irgendeine Gefahr ausgeht. Die DISA-Aufgaben mögen Sie an die Grenzen bringen, aber nie darüber hinaus. Dennoch wurden sie uns zurzeit untersagt. Eine völlige Fehlentscheidung, wenn Sie mich fragen, denn gerade in solchen Zeiten, ist Zusammenarbeit und Zusammenhalt wichtiger als alles andere. Die

Studenten der anderen Schwerpunkte sind nicht Ihre Feinde. Aber es ist wahr, es wandelt ein Feind unter uns. Die Person, die die Aufgabe manipuliert hat, hat ein Leben auf dem Gewissen und der Verdacht liegt nahe, dass die gleiche Person den Rattenangriff in dem Seherzimmer verübt hat, von dem Sie – da bin ich sicher – auch bereits gehört haben. Drei Seher wurden schwer verletzt. Einer von ihnen erlangte erst heute Morgen sein Bewusstsein wieder. Das hätte schlimmer ausgehen können. Ich kann Ihnen versichern, dass der Täter nicht nur für immer von Burg Torva verbannt wird, wenn wir – ich meine – sobald wir ihn haben. Denn so viel ist sicher: Solch eine Tat bleibt nicht ungestraft. Das ist ein Versprechen. Wir wissen noch nicht, welchen Schwerpunkt der Täter hatte. Die Technik, die den Seherflügel schützen sollte, war defekt oder manipuliert. Wir wissen nicht, wie lange es Nichtsehern möglich war, ihn zu betreten. Erst als eine reine Magierin die Schwelle übertrat, um zu helfen, haben wir die Sicherheitslücke bemerkt. Mit Magie haben wir den Schutz erneuert, sodass nun niemand mehr die Schwelle überqueren kann, der dort nicht hineingehört. Auch, wenn wir Ihnen – Laika von Limburg – für Ihren Einsatz gestern natürlich sehr dankbar sind. Was den Täter angeht, kann ich Sie nur bitten, vorsichtig zu sein und die Augen offenzuhalten und gleichzeitig niemand zu verurteilen oder Gerüchte zu streuen. Misstrauen nützt dem Täter mehr als Zusammenhalt. Dreisam ist besser als einsam. Der Leitspruch von Burg Torva ist selbst jetzt oder sogar gerade jetzt der beste Ratgeber. Was uns allen guttun würde, wäre eine gemeinsame Aktivität. Aber offizielle gemeinsame Zusammenkünfte – wie Feiern

– wurden uns auch auf Burg Torva untersagt. Dies gilt sogar für Trauerfeiern. Wir werden dies umgehen, indem die Trauerfeier für Tina heute Abend in der Mensa zu Beginn des Abendessens stattfinden wird. Das mag unorthodox wirken, aber wenigstens können wir gemeinsam Abschied nehmen. Für die Erstsemesterfeier zum Jahresende habe ich solch eine Lösung nicht parat.

Sollte der Täter bis dahin gefasst sein, sieht es vielleicht anders aus. Ansonsten ist es das erste Mal in der Geschichte Burg Torvas, dass auf Burg Torva keine Feier nach dem Ende des ersten Semesters stattfindet."

Salentin machte eine kurze Pause und Sarah war leicht irritiert: „Er hat ziemlich oft Burg Torva in seine letzten Sätze eingebaut."

„Ja!", Ella freute sich und schien etwas verstanden zu haben, das in Sarahs Kopf noch keinen Sinn ergab. Sie erhob ihre Stimme und sprach beeindruckend laut: „Professor Salentin, wenn die Feier nicht auf Burg Torva stattfinden darf, heißt das, sie könnte woanders stattfinden?"

Salentin legte den Kopf kurz zur Seite, als denke er nach, aber Sarah erkannte, dass er genau diese Frage erhofft hatte: „Nun, ich nehme an, weder die Regierung noch ich könnten etwas dagegen haben, wenn jemand privat eine Feier ausrichtet und alle Studenten des Jahrgangs einladen würde."

„Wir haben ein Ferienhaus", fuhr Ella fort. „Dahin wollten wir zufällig alle Erstsemester einladen."

„Das ist sehr freundlich von Ihnen Frau Wohlgemut", erwiderte Salentin. „Was für ein schöner Zufall. Einladungen können Sie unkompliziert per Magie über das Sekretariat versenden. Das funktioniert übrigens auch für Professoren, die solchen Feierlichkeiten gerne beiwohnen."

„Geht klar!", antwortete Ella grinsend.

„Nun, wenn Sie noch Fragen haben sollten, Ängste, Sorgen, Gedanken, Hinweise, melden Sie sich bei mir oder bei meinen Kollegen. Wir sind für Sie da. Möge der heutige Tag deutlich besser sein als der gestrige. Verlieren Sie nicht den Mut und passen Sie auf sich auf – und was noch wichtiger ist – aufeinander."

Als Salentin die Bühne verließ, gingen die Studenten ausgiebig murmelnd die Treppen zu ihren Flügeln hinauf. Sarah und Kim verabschiedeten sich bis zur Mittagspause von ihren Freunden und folgten den anderen Sehern zur Treppe. Sarah dachte über die gehörten Worte nach. Es war clever, wie Salentin Laikas Geheimnis wahrte und gleichzeitig dafür sorgte, dass die Studenten sich nicht darauf einschossen, dass der Täter ein Seher sein müsse. Sarah bewunderte den Universitätsleiter und merkte, dass er ihr sympathisch wurde. Dass er den Studenten eine Alternative zum Feiern ermöglichte, unterstrich dieses Gefühl. Wenn Burg Torva von einem guten Menschen geleitet würde, konnte dies doch nur von Vorteil sein. Allerdings wurde auch erneut deutlich, dass Salentin mit den Regierungsmitgliedern – oder zumindest mit denen, die vor Ort waren – nicht harmonierte. Ob dies gut oder schlecht war, konnte Sarah noch nicht einschätzen und ihre Gedankengänge wurden durch das Ankommen im Seminarraum, wo Professorin Ankum bereits wartete, unterbrochen.

In GES (*Geschichte der Schwerpunkte*) ging es heute um die Vorteile, eines Zusammenschlusses aller

Schwerpunkte, wie es in den Kastenlanden der Fall war. Sarah fragte sich, ob Salentin seinen Kollegen aufgetragen hatte, in ihren Seminaren heute besonderen Wert auf Inhalte zu legen, die mit dem Schulmotto einhergingen. In dem Moment wurde Sarah bewusst, dass sie gesund im Seminar saß, über die Inhalte nachdachte, dass sie und ihre Freunde zwei weitere üble Angriffe überlebt hatten und dass Colin bald wieder auf den Beinen sein würde. Trotz der Gefahr, die durch eine oder vielleicht mehreren Personen ausging, fühlte sich Sarah optimistisch. Es war, wie Professor Stauf am Morgen sagte: „Es geht bergauf."

Auch die Trauerfeier für Tina am Abend stärkte Sarah und ihre Freunde. Als sie die Mensa betraten, war diese vollständig in Kerzenlicht gehüllt. Unzählige weinrote Kerzen schwebten etwas über Kopfhöhe entlang der Wände, als würde das Rauminnere von einem riesigen Kerzenring umarmt.

Professor Salentin fand rührende, Kraft gebende Worte und schloss seine Rede mit einem Appell an die Lebenden: „Trauerfeiern sind für die Hinterbliebenen. Die Person, von der wir Abschied nehmen, braucht sie nicht. Sie bekommt davon nichts mehr mit oder ist – und daran glaube ich von ganzem Herzen – an einem Ort, an dem es keine Tränen und keinen Schmerz mehr gibt. Aber *wir* brauchen diese Feier, um Abschied zu nehmen und uns daran zu erinnern, dass wir leben und unser Leben nutzen sollten, bevor es vorbei ist. Lassen Sie sich Zeit zum Abschied nehmen und zum Trauern. Diese Zeit ist jetzt, aber trauern Sie nicht Ihr Leben lang, denn dafür ist es zu kurz. Und Menschen wie Tina, die nicht mehr unter uns weilen, haben davon nichts und würden sich so etwas auch nicht wünschen. Leben Sie für sie weiter, da es ihnen nicht mehr möglich ist."

Zum Ende der Rede hatte Sarah das Gefühl, dass Salentin zu ihr sah, als wolle er besonders ihr nahelegen, die Worte zu verinnerlichen.

Sarah nickte, wenn nicht für ihn, dann für sich selbst. Sie dachte dabei an ihre Mutter. Auch sie hätte gewollt, dass Sarah ein glückliches Leben führt. Für ihre Mutter wollte sie das umso mehr tun und für Tina, deren Tod eigentlich ihr galt. Sie hatte weitere Lebenszeit gewonnen. Die sollte sie unbedingt nutzen. Sarah spürte, wie sich das Gefühl noch weiter in ihr ausbreitete: Es geht bergauf. Alles wird gut.

Und tatsächlich verstärkte sich dieses Gefühl in den nächsten Wochen und Monaten. Colin war nach fünf Tagen wieder zurück auf ihrem Zimmer und es gab keine weiteren Zwischenfälle. Der gemeinsame Gruppenraum blieb trotz Salentins Worten am Abend meist leer und so übten Sarah, Kim, Colin, Ella, Hanna, Daniel, Julia und Stephan, Gedanken zu lesen, zu senden und zu bewahren. Die wenigen Studenten, die sie dabei sahen, dachten sich, dass es sich hierbei wohl um Studenten handeln müsse, die entweder besonders fleißig waren oder aber die Übung bitter nötig hatten. Gelegentlich gesellte sich Mei Araki dazu, um mit ihnen zu üben. Natürlich hatte sie dies nicht nötig, aber sie hatte Sorge, dass Sarah, Kim und Colin im Seminar deutlich besser abschneiden könnten als sie. Auch andere Studenten fragten gelegentlich, ob sie mitmachen durften. Die Freunde nahmen jeden zum Üben auf, wodurch ihr Training keine schrägen Vermutungen aufkommen ließen. Über ihre Pläne bezüglich der Semesterferien sprachen sie jedoch nur in einer Blase, wenn sonst niemand im Raum war.

Die Erstsemesterparty geriet ebenfalls nicht in Vergessenheit. Sie würde zwar nicht am letzten Seminartag steigen, aber am letzten Tag der Ferien. Vorher wollten die Freunde auf Antwortsuche gehen. Das Geheimnis um Sarahs Mutter und Colins Vater beschäftigte die ganze Gruppe. Und auch Levi Gastrell aus der violetten Kaste, der die Einladung nicht angenommen hatte, wollten sie ausfindig machen.

In Sarahs Träumen und Visionen, die nach dem Absetzen der Tropfen wieder auftauchten, war dies wiederzufinden. Im Gegensatz zu einem Pfeil, der ihr die Kehle durchbohrte, waren diese aber aushaltbar. Es gab keine großen Überraschungen und bestimmte Elemente tauchten immer wieder auf:

Sarah steht in dem Ferienhaus, während Ella ihr die Augen zuhält. Als sie sich umdreht, sieht sie Ella in einem bezaubernden silbernen Paillettenkleid lächeln. Dann taucht ihre Mutter auf, die sie warnt, die Einladung anzunehmen. Die alte Frau bittet um Hilfe und Colins Vater öffnet eine Schublade. Meist liegt darin Levis Akte.

Diese Elemente mischten sich schon mal mit den Ereignissen, die Sarah am Tag erlebte. Alles in allem war die Zeit bis zu den Ferien – gerade im Gegensatz zu dem krassen Anfang – überraschend ereignislos. Sarah genoss mehr und mehr das Studentenleben in vollen Zügen. Man hätte die Vorfälle schon fast vergessen können. Daniel sah dieses fröhliche Treiben jedoch sehr kritisch und hielt dies für eine mögliche Taktik des Täters: „Wir sollen wahrscheinlich vergessen, dass wir in Gefahr sind, damit wir unaufmerksam werden. Das darf nicht passieren."

„Vielleicht hat der Täter auch aufgegeben", überlegte Ella, aber so richtig glaubte sie selbst nicht an diese Möglichkeit.

Also genossen die Freunde das Studieren und die Zeit miteinander, blieben aber auf der Hut, übten für den Ernstfall und konnten es kaum erwarten, die Ferien zu erreichen und Antworten zu erhalten. Und dann war es endlich so weit.

53. Kapitel – Der letzte Tag des ersten Semesters

Sarah, Kim und Colin waren schon vor dem Klingeln des Weckers wach. Sie waren ähnlich aufgeregt und nervös wie am ersten Tag des Semesters. Auch heute wussten sie nicht, was sie die nächsten Tage erwarten würde. Zuallererst würde sie ihr Plan in die orange Kaste zu Ella und Daniel führen. Von dort aus würden sie Ellas Großeltern aufsuchen, um mehr über Sarahs Mutter herauszufinden. Danach stünde die Suche nach Levi Gastrell in der violetten Kaste an. Im Anschluss würden sie in der blauen Kaste dem Geheimnis von Colins Vater auf die Spur gehen und schließlich ginge es zu Sarah nach Hause in die grüne Kaste. Die drei Seher hatten die meisten Sachen schon am Vortag gepackt. Es war ein komisches Gefühl, dieses Zimmer, das die letzten Monate ihr Zuhause war, zurückzulassen.

Sarah freute sich jedoch ebenfalls, ihr altes Zuhause wiederzusehen – ihren Vater, ihre Freunde und natürlich Michael. Als sie an ihn dachte, bekam sie Bauchweh. Es würde bestimmt komisch werden. Sie hatte ihn eine ganze Weile nicht gesprochen. Er könne sich zum Telefonieren nicht freinehmen… Sarah hatte das gar nicht hinterfragt. Sie wusste, dass er in seinem neuen Job aufging, aber er hätte in der Bäckerei ja auch nach Ladenschluss mit ihr telefonieren können. Vielleicht war er nicht auf die Idee gekommen. Ihr fiel es ja selbst jetzt erst auf.

„So, das wäre dann der Rest“, stellte Kim fest, während sie auf dem Bett auf ihrem kleinen, aber vollen Koffer saß und den Reißverschluss zuzog. „Nach dem letzten Seminar bin ich abmarschbereit.“

Die drei Seher machten sich auf den Weg ins Seminar. Sowohl auf dem Weg dorthin als auch im Seminar selbst schnatterten und plapperten die Erstsemester aufgeregt miteinander.

"Was sind eure Pläne für die Ferien?", fragte Runa mit einem Lächeln, während auch Lea und Lisa sie neugierig ansahen.

„Familie und Freunde treffen“, antwortete Sarah kurz und knapp, „wie wahrscheinlich alle.“

„Keine Reise, nichts Aufregendes?“, hakte Lisa nach.

Sarah schüttelte den Kopf, aber eine Antwort war zum Glück gar nicht mehr möglich, denn Lea berichtete ausgiebig von ihrem geplanten Ausflug in ein Land außerhalb der Kastenlande. Sarah hätte sogar gerne mehr darüber erfahren, aber Gellhorn trat ein und bat die Studenten zu Ruhe: „Ich weiß, dass Sie alle sehr aufgeregt sind, aber noch ist der letzte Seminartag nicht vorbei.“

Gellhorns TUV-Seminar war an diesem Tag wenig praktisch. Sie sprach viel darüber, dass sich die Aufregung und neue Erlebnisse in den Träumen widerspiegeln würden und dass die Studenten auch in den Ferien üben sollten, diese von den Visionen zu unterscheiden. Sie empfahl sogar, eine Traum– und Visionentabelle weiterzuführen und lenkte gegen Ende ein: „Ich kann Ihnen das wirklich nur nahelegen. Letztlich sind Sie selbst für sich verantwortlich."

Sarah merkte an der Formulierung, dass Gellhorn wohl davon ausging, dass der Großteil ihren Rat nicht befolgen würde. Sarah nahm sich in dem Moment jedoch fest vor, ihre Tabellen täglich oder zumindest, wann es möglich war, weiterzuführen. In *Gedanken lesen und Bewahren* ging es darum, sich zu Hause nicht zu überfordern, wenn man seiner Familie zeigen wollte, was man schon konnte. Dass Nichtmystiker von den Schwerpunkten ohnehin nichts erfahren sollten, sei ja selbstverständlich. Sarah musste augenblicklich an ihren Vater und an ihre Freunde zu Hause denken, die für Nichtmystiker bereits mehr wussten als sie durften. Sie hatte noch keine Idee, was sie ihnen überhaupt von Burg Torva erzählen sollte. Gellhorn riss Sarah aus ihren Gedanken, als sie ihr eine persönliche Botschaft zukommen ließ: „Kommt noch einmal in mein Büro, bevor ihr abreist."

Sarah nickte automatisch, statt eine Botschaft zurückzusenden.

Am Mittagstisch in der Mensa ging es ebenfalls äußerst lebendig zu. Die Aufregung war nicht nur bei den Erstsemestern zu spüren. Alle plapperten fröhlich vor sich hin. Stephan und Julia wollten sich schon beim Mittagessen verabschieden, weil sie nach dem letzten Seminar direkt verschwinden wollten. Sie hätten die anderen zwar gerne auf ihrer Antwortsuche unterstützt, wussten aber nicht, wie sie das unbemerkt ihren Eltern klarmachen sollten. Auch waren sie schon aufgeregt genug, weil sie planten, einander zu besuchen und die jeweilige Familie des anderen kennenzulernen. Die letzten beiden Seminare huschten schnell vorbei und Sarah, Kim und Colin holten ihre Koffer vom Zimmer und zogen mit einem leicht melancholischen Gefühl die Tür hinter sich zu.

In der Aula standen Ella, Daniel und Hanna bereits mit ihren Koffern.

„Jetzt wird's ernst", verkündete Daniel feierlich. „Wollen wir gleich los?"

„Wir sollten noch einmal in Gellhorns Büro", antwortete Sarah und war irgendwie froh, das Gebäude noch nicht zu verlassen, welches ihr trotz der schlimmen Ereignisse dennoch ein Gefühl von Sicherheit verlieh.

„Hätte ich mir denken können", entgegnete Daniel und zog tatkräftig in Richtung Gellhorns Büro.

Die anderen folgten ihm. Im Büro angekommen, wunderte es niemanden mehr, dass auch Professor Harling anwesend war. Dieser schien jedoch etwas nervös zu sein. „Ihr habt viel trainiert", begann Gellhorn, „aber wenn euch jemand gedanklich angreift, der mit Gewalt in euren Kopf eindringen möchte, ist das nochmal eine ganz andere Nummer. Ich kann euch nur raten, achtsam zu sein und wenn möglich nicht zu viel allein unterwegs zu sein. Gemeinsam seid ihr stärker. Sollte es dennoch jemandem gelingen, in eure Gedanken einzudringen, dann benachrichtigt mich sofort und kommt auf schnellstem Wege zurück nach Burg Torva. Auch wenn wir einen Feind in unseren Mauern haben, fürchte ich, lauert ein größerer dort draußen."

Gellhorn sprach noch eine Weile über Sicherheit und worauf die Freunde achten sollten, ohne genau zu erklären, was sie erwarten könnte. Vielleicht wusste sie es selbst nicht besser, vielleicht wollte sie bestimmte Informationen wieder nicht herausrücken. Sarah merkte, dass sie mit ihren Gedanken nicht ganz bei der Sache war. Sie war viel zu aufgeregt wegen dem, was vor ihr lag. Dann kam Gellhorn zum Ende: „Ich weiß nicht, wie Sie Ihre Ferien gestalten, aber ich kann Ihnen nur raten, sich nicht bewusst in Gefahr zu begeben und auf eigene Faust zu ermitteln. Nicht alles zu wissen, mag sich furchtbar anfühlen, aber es ist sicherer und fühlt sich bei Weitem nicht so schlimm an, wie bestimmte Informationen gewaltsam entrissen zu bekommen."

Daniel nickte freundlich, während die anderen gar keine Reaktion zeigten, da sie doch genau dies vorhatten.

„Professor Harling wird noch einen Schutzzauber auf euch legen", fuhr Gellhorn fort. „Der wird euch nicht vor allem schützen, aber dadurch wird es für andere zumindest unmöglich, unbemerkt in euren Kopf gelangen."

Da Professor Harling nicht reagierte, stupste Gellhorn ihn kurz an: „Otis!"

„Hm?", Harling schien mit seinen Gedanken woanders gewesen zu sein.

„Der Schutzzauber", half Gellhorn ihrem Partner auf die Sprünge.

„Ja, natürlich", räusperte sich Harling, hob seine Hände in Richtung der Studenten und murmelte etwas vor sich hin. Dann wünschte er allen *schöne Ferien* und sah niemanden dabei an. Auch Gellhorn verabschiedete sich und die sechs Freunde verließen das Büro. Sarah schloss gerade als Letzte die Tür hinter sich, als sie noch hörte, wie Gellhorn Harling etwas zuflüsterte: „Ich weiß, es fällt dir schwer, aber glaub mir, es ist besser so. Mit der Zeit wird…" Sarah schloss die Tür. Gerne hätte sie noch mehr gehört, aber die Tür langsamer zu schließen oder aufzuhalten, hätte die beiden Professoren merken lassen, dass sie die letzten Worte gehört hatte. Sarah wusste ohnehin nichts mit dem Gehörten anzufangen. Harling und Gellhorn hatten ihre eigenen Sorgen und Harling schien mit seinen Gedanken nicht bei den Studenten gewesen zu sein, weshalb es wahrscheinlich auch gar nicht um sie ging.

Sarah wurde schnell auf andere Gedanken gebracht, da sich vor dem Ausgang noch viele Studenten tummelten. Es war ein fröhliches, aufgeregtes Treiben. Man erzählte, was man so vorhatte, und verabschiedete sich einfach freundlich von allen, egal ob man sich nun kannte oder nicht. Sarah, Ella, Kim und Colin warteten mit Hanna darauf, dass Daniel das Auto holte. Der Bus, der Kim und andere Studenten hergebracht hatte, fuhr vor – sowie einige andere Autos, von denen etliche verdunkelte Scheiben besaßen. Professor Stauf erschien in der Aula und erhob seine Stimme auf laute, magische Weise: „Ich bitte die Studenten, die mit dem Bus fahren möchten, jetzt einzusteigen. Ebenfalls bitte ich die gewandelten Nachtgestalten, die vor Sonnenuntergang abreisen möchten, sich nun in Ihre Wagen zu begeben."

Dann öffnete Professor Stauf die Tür und hob seine Hände Richtung Himmel. Draußen wurde es vom Eingang bis zu den Fahrzeugen tiefste Nacht, während dahinter die Sonne weiter schien. Es war ein unglaublicher Anblick. Die Freunde gingen zum Auto. Colin setzte sich nach vorn, während sich die vier anderen nach hinten auf die Bank quetschten. Auf der Fahrt zum See schaute Sarah aus dem Fenster und sah erneut die vielen kleinen Läden, von denen sie viel zu wenige besucht hatte. Das wollte sie unbedingt im nächsten Semester ändern. Der Rückweg aus Torva war dem Hinweg sehr ähnlich, nur dass alles umgekehrt funktionierte. Die Freunde fuhren tief in den See hinein, bis das Auto vollständig mit Wasser bedeckt war. In diesem Moment blickte Sarah unweigerlich auf Daniels Torva-Schlüsselanhänger und fühlte sich deutlich sicherer als auf dem Hinweg. Als das Wasser langsam sank, befanden sie sich im Wald hinter der gelben Kaste. Hinter ihnen lag der Steg, der ins Moor führte. Daniel fuhr den Waldweg zurück, den sie vor ein paar Monaten hergekommen waren, während Sarah durch das dunkle Rückfenster sah, wie weitere Wagen im Wald vor dem Moor auftauchten.

In der orangen Kaste angekommen, schaute Sarah sich um und fragte sich bei jedem der schönen Häuschen und Läden, ob ihre Mutter dort wohl mal gewesen war. In einer Straße mit mehreren prachtvollen Häusern fuhr Daniel langsamer und hielt schließlich an. Er drückte auf eine kleine graue Fernbedienung und ein Garagentor neben einem der Häuser öffnete sich. Daniel fuhr hinein und schloss die Garagentür hinter sich. Dann stieg er aus dem Auto aus und verkündete feierlich: „Willkommen bei den Wohlgemuts.“

54. Kapitel – Die Villa der Wohlgemuts

Sarah traute ihren Augen kaum, als sie durch die Garage die prachtvolle Villa von Ella und Daniel betrat. Obwohl sie durch ihren Aufenthalt auf Burg Torva die letzten Monate viel Neues und Aufregendes gesehen hatte, war es erneut, als würde sie in eine andere Welt eintauchen – eine Welt voller Luxus und Eleganz, die sie aus der grünen Kaste nicht kannte.

Kim, Hanna und Colin liefen neben ihr durch den großen Eingangsbereich und Sarah konnte auch bei ihnen die gleiche Faszination in ihren Augen sehen. Die hohen Decken und die schiere Größe des Raumes waren überwältigend. Es gab antike Möbelstücke und Gemälde an den Wänden, die alle eine Geschichte zu erzählen schienen. Obwohl der Raum keine Fenster hatte, wirkte er hell und freundlich. Als sie weiter in die Villa hineingingen, kamen sie schließlich in das Herzstück des Anwesens – den riesigen Salon. Hier war alles noch größer und prächtiger als zuvor. Ein riesiger Kristallleuchter hing von der Decke und die Wände waren mit kostbaren Tapeten bedeckt. In der Mitte des Raumes stand ein großer Flügel.

„Wow, das ist wirklich unglaublich", sagte Sarah, als sie sich umsah.

„Ja, es ist ein bisschen überwältigend, ich weiß", sagte Ella und grinste sie an. „Aber es ist auch ein ziemlich cooler Ort, um eine Party zu schmeißen, nicht wahr?"

„Absolut!", sagte Colin und lachte.

„Wieso steigt die Erstsemesterparty eigentlich nicht hier?" Daniel setzte sich an den Flügel und begann eine wunderschöne Melodie zu spielen, dabei antwortete er beiläufig: „Nun, zum einen endet unsere Erkundungstour ja in der grünen Kaste und zum anderen haben wir alle Erstsemester eingeladen, also vielleicht auch einen Feind. Da ist das Ferienhaus besser geeignet als das eigene Zuhause." Ella nickte zustimmend: „Ja, sicher ist sicher."

„Wie funktioniert das?", fragte Hanna. Erst jetzt bemerkte Sarah, dass der Salon im Gegensatz zum

Eingangsbereich mit hohen Fenstern ausgestattet war, dass aber anscheinend keine Sonne hineinkam.

„Verzauberte Scheiben!“, erklärte Ella. „Man kann rausschauen, aber es kommt nichts rein. Keine Sonne und keine Blicke von neugierigen Nachbarn.

„Es ist fantastisch“, seufzte Hanna. „Ich wünschte, ich könnte hier wohnen.“

„Das war auch mein Gedanke“, antwortete Kim fast ein wenig traurig.

„Ja“, sagte Daniel gespielt zögerlich, „darüber haben Ella und ich gesprochen. Ihr beide habt ja kein zu Hause mehr und solange wir hier sind, wohnen wir ohnehin alle hier. Aber auch in den kommenden Ferien und nach dem Studium könnt ihr gerne bei uns bleiben, bis ihr euch etwas Eigenes aufgebaut habt.“

Hanna riss die Augen ungläubig auf und Kim fiel Ella und Daniel dankend um den Hals. Sarah war fast ein wenig neidisch. Aber sie konnte sich ja glücklich schätzen, ein zu Hause zu haben. Dennoch schien Ella ihre Gedanken zu kennen und fügte hinzu: „Wir haben hier mehr als genug Zimmer übrig. Ihr könnt euch jeder eins aussuchen.“

Colin und Sarah blickten sie ungläubig an.

„Wir sind doch jetzt sowas wie eine Familie“, erklärte Ella beiläufig.

„Die Einzige, die ich habe“, fügte Hanna hinzu.

Kim setzte noch einen obendrauf: „Die Einzige, die ich haben möchte.“

Daniel stand vom Klavier auf: „Schön, dass es euch hier gefällt. Aber ich denke, ihr habt noch nicht alles gesehen. Lasst mich euch den Rest des Anwesens zeigen.“ Und so führte Daniel die Gruppe durch die Villa, durch die gemütlichen Schlafzimmer mit Himmelbetten – von denen sich jeder eins aussuchte –

durch das elegante Esszimmer und durch die Bibliothek, die mit antiken Büchern und verzierten Schreibtischen gefüllt war. Überall gab es Gemälde und Skulpturen, die Sarah den Atem raubten.

„Also, was denkt ihr?“, fragte Daniel, als sie schließlich zum Ende ihrer Tour kamen. „Gefällt es euch hier?“

„Es ist wunderschön“, schwärmte Sarah und sah sich um. „Ich kann nicht glauben, dass es wirklich Menschen gibt, die in solchen Häusern leben.“

„Ella und ich hatten Glück, in einer Familie von Nachtgestalten geboren zu werden, die viel Zeit hatten, um erfolgreich zu werden“, erklärte Daniel. „Wir haben viele Privilegien, aber wir möchten unser Leben nicht darauf reduzieren. Wir wollen etwas Gutes tun, anderen helfen und etwas verändern, wenn wir können.“

Sarah nickte beeindruckt: „Das ist wirklich bewundernswert.“

Von Anfang an handelten Ella und Daniel selbstlos. Sie beschützten sie, obwohl sie sie gar nicht kannten, nur weil ihre Mütter befreundet waren.

„Ja und dann sind wir nicht nur so furchtbar selbstlos“, alberte Ella. „Wir sind auch leider etwas rachsüchtig und möchten herausfinden, was mit unseren Eltern passiert ist. Und falls es jemanden oder mehrere gibt, die Schuld an ihrem Tod tragen, dann lernen die unsere dunkle Seite kennen.“

Bei diesem Satz war Sarah mit ihren Gedanken wieder bei den vielen Ungereimtheiten, denen sie auf den Grund gehen wollten und auch die übrigen Freunde waren hungrig nach Antworten.

„Wenn ihr noch eine Kleinigkeit essen mögt oder euch frisch machen möchtet, dann habt ihr jetzt die

Möglichkeit“, begann Daniel den Plan in die Tat umzusetzen. „Danach statten wir Sarahs Großeltern einen kleinen Besuch ab.“

Sarah spürte, wie ein unruhiges Kribbeln in ihr aufstieg. Ihren Großeltern? Das klang so komisch, wo sie diese doch noch nie gesehen hatte und sie auch nichts von ihr wussten.

„Sollten wir nicht warten, bis die Sonne untergeht?“, fragte Colin mit Blick auf Hanna. „Oh“, sagte Ella, „das hab’ ich vergessen zu sagen. Sarahs Großeltern sind sehr misstrauisch gegenüber Fremden und gegenüber Nachtgestalten erst recht. Sie öffnen Fremden nach Sonnenuntergang nicht die Tür.“

Ella warf Hanna einen entschuldigenden Blick zu.

„Macht doch nichts“, tat Hanna das Ganze ab, „ich kenne solche Leute und bin gar nicht scharf darauf, *diese* zu treffen. Wenn ihr mir später alles erzählt, reicht mir das.“

„Ich bleib’ mit Hanna hier“, verkündete Kim fröhlich. „Wir inspizieren ein wenig unser neues Zuhause.“

Ella nickte erleichtert: „Gute Idee. Ist vielleicht auch besser, wenn wir nur zu viert auftauchen.“

55. Kapitel – Zu Besuch bei den Großeltern

Obwohl das Haus von Sarahs Großeltern nur ein paar Straßen entfernt lag, fuhren die vier Freunde mit dem Auto dorthin, damit sich Ella und Daniel nicht länger als nötig der Sonne aussetzten. Daniel hielt das Auto vor einem weißen Zaun, der einen kleinen Vorgarten mit zahlreichen gut gepflegten Blumen einrahmte. Das Haus von Sarahs Großeltern sah ähnlich luxuriös aus wie das von Ella und Daniel und somit genauso prachtvoll wie eigentlich jedes Haus der orangen Kaste. Sarah und Daniel gingen das Stück zur Haustür unter einem großen Sonnenschirm, während Sarah ihnen zögerlich folgte. Colin ergriff Sarahs Hand und drückte sie fest, als wolle er ihr sagen: „Du bist nicht allein."

Sarah, die furchtbar aufgeregt war, seit sie das Haus der Wohlgemuts verlassen hatten, war dankbar für diese kleine und doch so Kraft gebende Geste. Neben der Hausnummer 13 prangte ein großes Schild mit dem Namen „Vega" – der Geburtsname von Sarahs Mutter Jenny. Daniel betätigte den silbernen Türklopfer, der unter einem großen gemalten Auge hing. Sarahs Großeltern schienen stolz auf ihren Schwerpunkt zu sein. Eine ältere, hübsche Dame mit weinrot gefärbtem Haar, das sie zu einem Dutt hochgesteckt hatte, öffnete die Tür.

Verärgert sah sie Ella und Daniel an: „Ihr schon wieder? Ich habe euch doch bereits gesagt, dass ich nicht weiß, wo meine Tochter ist."

Noch bevor jemand antworten konnte, fragte eine tiefe Männerstimme aus dem Hausinneren, wer an der Tür sei.

„Vickys Kinder", rief die Frau zurück.

„Was wollen denn diese Vampire schon wieder von uns?", hallte es von drinnen zurück. „Hast du ihnen gesagt, dass wir nicht wissen, was aus unserer Tochter geworden ist?"

„Natürlich habe ich das", schimpfte die ältere Dame zurück.

Bevor das Ehepaar seinen lauten Dialog fortsetzen konnte, unterbrach Daniel die beiden in einem ebenfalls lauten Ton: „Deswegen sind wir nicht hier. Wir wissen, was mit ihr passiert ist."

Augenblicklich erstarrte die ältere Frau und schaute Daniel fragend an. Daniel machte etwas Platz, sodass Sarah hinter ihm zum Vorschein kam. „Ach du meine Güte!", die Frau schlug ihre Hände über dem Kopf zusammen. „Du siehst aus wie… – aber das kann nicht sein, du müsstest viel älter sein."

Der Herr des Hauses, den die plötzliche Stille seiner Frau scheinbar überrascht hatte, näherte sich der Tür.

„Das wart ihr, oder? Ihr habt unser Mädchen zu einer von euch gemacht, einem Blutsauger."

Sarah konnte weder die Beleidigungen noch die Unklarheiten, die im Raum standen, länger ertragen.

„Ich bin nicht Jenny", erklärte sie. „Jenny war meine Mutter."

Die alte Dame begann zu zittern. Sie berührte mit ihren Händen Sarahs Gesicht, fasste sich dann in ihr eigenes und begann bitterlich zu weinen.

„Dürfen wir vielleicht hereinkommen?", fragte Ella mit Blick auf die Sonne. Der ältere Mann sah seine Frau und die vier jungen Menschen an. Dann nahm er seine Frau in den Arm, zog die Tür weiter auf und nickte stumm.

Eine ganze Weile saßen die vier Freunde mit Herrn und Frau Vega in einem großen Wohnraum mit mehreren weinroten Sofas und schwiegen sich an. Daniel unterbrach das Schweigen als Erster: „Ich weiß, dass Sie uns nicht gerne hier haben, aber wir wollten, dass Sarah ihre Großeltern kennenlernt."

Nachdem Daniel den Anfang gemacht hatte, fiel es Sarahs Großmutter leichter, die Fassung zurückzuerlangen und nun wollte sie Antworten haben. Sie wandte sich freundlich Sarah zu: „Du siehst ihr so ähnlich. Wie heißt du, mein Kind?“

Sarah antwortete kurz mit ihrem Namen.

„Und du bist auch ein Sohn von unserer Jenny?“, fragte sie Colin, der daraufhin völlig perplex zu stammeln begann.

„Er ist ein Freund“, antwortete Sarah.

„Auch so ein Blutsauger?“, fragte Sarahs Großvater abschätzig.

Sarah antwortete gefasst und höflich: „Ich weiß nicht, was das für eine Rolle spielt, aber er ist Seher.“

„Wenigstens das!“, grummelte Herr Vega.

Seine Frau schien sein Verhalten entschuldigen zu wollen: „Wir haben ja nichts gegen Vampire, müsst ihr wissen. Vicky war hier immer willkommen, auch wenn wir uns für unsere Tochter eine andere beste Freundin gewünscht hätten. Aber für einen V… für eine Nachtgestalt war sie nett und höflich.“

Da waren sie also – Sarahs Großeltern, von denen sie bis vor ein paar Monaten noch nicht wusste, dass sie existierten. Familie mütterlicherseits gab es nie und nun war sie da, in Form von zwei Sehern, die ihren Schwerpunkt für etwas Besseres hielten. Sarah war enttäuscht und traurig. Sie hatte gehofft, eine Verbindung mit ihren Großeltern aufbauen zu können, aber sie merkte, wie unsympathisch beide auf sie wirkten. Dann erwischte sich Sarah sogar bei dem Gedanken, dass sie verstand, warum ihre Mutter abgehauen war.

Sarahs Großmutter, für die dies jedoch ein Rätsel war, begann Sarah auszuhorchen: „Aus welcher Kaste kommst du? Wo war unsere Jenny die ganze Zeit? Was ist mit ihr passiert? Du hast gesagt, sie *war* deine Mutter. Was ist mit ihr geschehen?“

Frau Vega brach in Tränen aus und Sarah hatte Mitleid. Also begann sie zu erzählen: „Meine Mutter hatte einen Gehirntumor. Sie ist dieses Jahr gestorben." Frau Vega reagierte erstaunlich gefasst, während man sah, dass sich ihre Augen mit Wasser füllten: „Das tut mir leid mein Kind. Wir haben unsere Jenny schon vor langer Zeit verloren und hatten keine Hoffnung mehr, aber du hast sie erst vor so kurzer Zeit verloren. Aber nun haben wir uns gefunden."

Sarah wusste nicht, was sie dazu sagen sollte, und fuhr einfach mit ihrer Erzählung fort: „Meine Mutter kam aus Gründen, die ich nicht kenne, in die hellgrüne Kaste. Dort lernte sie meinen Vater Arthur Hollander kennen. Sie verliebten sich schnell und sie wurde mit mir schwanger. Dann haben sie geheiratet und sind irgendwann in die grüne Kaste aufgestiegen."

„Deinen Vater?", Herr Vega lachte. „Nicht mal wir wissen, wer dein Vater ist. Grüne Kaste, stell dir das mal vor, Helga!"

„Was soll das bedeuten?", fragte Sarah irritiert.

Sarahs Großmutter warf ihrem Mann einen strafenden Blick zu. Dann wandte sie sich Sarah zu: „Nun, Heinrich will damit sagen, dass dieser Arthur Holl… – wie auch immer – sicher nicht dein Vater ist."

„Hollander!", verbesserte Sarah sie. „Das ist genauso *mein* Nachname. Was soll das heißen? Natürlich ist er mein Vater."

„Kindchen", fuhr Frau Vega fort, „deine Mutter war schon schwanger, bevor sie in die unteren Kasten verschwunden ist."

„Das habe ich schon erfahren", erwiderte Sarah. „Aber ich denke, sie hat ihn dort zuvor getroffen und ist für ihn abgehauen."

Sarah war verunsichert, aber je mehr Zeit sie mit ihren Großeltern verbrachte, umso wahrscheinlicher schien es ihr, dass ihre Mutter diesen beiden Menschen wohl kaum von einer Liebe in der grünen Kaste berichtet hätte.

„Deine Mutter war vorher nie in der grünen Kaste. Sie kam schwanger von Burg Torva zurück. Ich habe ihren Test am ersten Ferientag gesehen – und zwar mit meinem inneren Auge und meinem Äußeren. Sie dachte, sie könne ihn mir vorenthalten, wenn sie ihn draußen tief in der Tonne vergrub, aber ich bin eine Seherin und dumm bin ich auch nicht. Burg Torva konnte sie während des Semesters nicht verlassen, also muss es dort geschehen sein."

Sarah verschlug diese neue Information die Sprache. Ihr Vater sollte nicht ihr Vater sein.

„Sie wussten, dass Jenny schwanger war?", mischte sich nun Ella ein.

„Ja, natürlich. Jenny hat es nur deiner Mutter erzählt. Ihr war nicht klar, dass wir es wussten. Ich habe darauf gewartet, dass sie es mir selbst erzählt, aber dann ist sie verschwunden. Wir wussten nicht mal, ob sie lebt. Aber wenn sie abgehauen ist, gibt es dafür ja nur eine logische Erklärung."

„Welche?", Colin platzte mit der Frage einfach so heraus, da für ihn rein gar nichts logisch schien.

„Es ist so", räusperte sich Herr Vega, „wenn sie abgehauen ist, dann weil sie nicht wollte, dass jemand erfährt, dass sie schwanger ist. Und das ergibt nur Sinn, wenn Sarahs Vater kein Seher, sondern ein anderer Mystiker ist."

„Alles andere", ergänzte seine Frau, „wäre ja kein Problem gewesen. Aber das hätte sie sogar melden müssen, weil die Gefahr bestanden hätte, dass das

Kind…“ Frau Vega stockte und sah Sarah erschrocken an: „Du bist doch nicht etwa ein solches Doppelding?“

„Ich bin keine Duomystika, falls Sie das meinten“, sagte Sarah mit einem riesigen Kloß im Hals.

„Gott sei Dank“, entfuhr es den beiden älteren Herrschaften gleichzeitig.

„Du kannst uns aber ruhig duzen“, fügte Frau Vega hinzu. „Wir sind doch eine Familie.“

Sarah fühlte sich ihren Großeltern überhaupt nicht zugehörig. Am liebsten hätte sie das Haus direkt wieder verlassen. Ihre Gedanken rasten jedoch mit ihren Emotionen um die Wette und der Besuch, der Antworten bringen sollte, warf noch mehr Fragen auf.

„Willst du vielleicht mal ihr Zimmer sehen?“, fragte Helga Vega freundlich.

Sarah blickte erstaunt auf. Ihre Großmutter erklärte: „Wir haben alles so gelassen, wie es war, als sie verschwand. Wir hofften ja anfangs noch, dass sie heimkommt. Und dann war es irgendwann einfach so. Wir haben ja genug Zimmer.“

Sarah konnte ehrlich antworten, dass sie das Zimmer sehr gerne sehen würde und so führte ihre Großmutter sie und ihre Freunde in das Jugendzimmer ihrer Mutter.

56. Kapitel – Das Geheimnis der Jenny Vega

Es war ein seltsames Gefühl, das Zimmer ihrer Mutter zu betreten, welches diese in ungefähr Sarahs Alter genauso hinterlassen hatte. Sarah fühlte sich auf Anhieb ein Stück weit zu Hause, obwohl sie solch ein Zimmer noch nie gesehen hatte. Es war ein Ort voller Magie und Schönheit. Die Wände waren in einem weichen, sanften Fliederton gehalten, der sich perfekt mit den goldenen und silbernen Ornamenten auf den Möbeln und an der Decke ergänzte. An der Wand neben der Tür stand ein majestätischer, hölzerner Schreibtisch mit alten Runen, die in das Holz geschnitzt waren. Auf dem Schreibtisch lagen eine Kristallkugel, ein Buch über Zaubertränke für Nichtmagier, ein goldenes kleines Kästchen und ein paar Fläschchen, bei denen es sich bestimmt um Zaubertränke handelte. Das Bett von Jenny war mit weichen, blauen Kissen und Decken ausgestattet und hatte einen Baldachin aus silbernem Tüll. Über dem Bett schwebten kleine, glänzende Kristalle, die sich – wie eine Art magisches Mobilee – sanft hin und her bewegten. Es hatte etwas unglaublich Schönes und Beruhigendes.

„All dieser magische Schnickschnack!“, wetterte Sarahs Großmutter. „Aber sowas liebte deine Mutter. Sie hing ja auch ständig mit solchen Funkenpustern und Blutsaugern herum, statt mit ihresgleichen. Als sie verschwand, gab es für mich nur zwei Möglichkeiten: Entweder ihr ist etwas Schlimmes zugestoßen oder sie ist von einem dieser Gaukler schwanger – was auch nicht besser wäre. Das habe ich sogar denen aus der gelben Kaste so gesagt.“

„Sie haben Ihre Tochter an die Regierung verraten?“, fragte Daniel ungläubig. „Was heißt denn hier verraten?“, polterte die alte Frau weiter. „Sie hat uns dadurch doch verraten – den ganzen Stand der Seher. Außerdem ist die Regierung da sehr achtsam. Wenn nur der Hauch einer Möglichkeit bestünde, dass so ein Hybridkind entstanden sein könnte, dann sind die da hinterher. An die Regierung verraten? Das klingt, als wollten die uns etwas Böses, dabei tun sie doch alles, um uns zu beschützen. Die haben sogar bei der Suche geholfen, hatten aber keinen Erfolg. Daher habe ich mich damit abgefunden, dass ich meine Jenny wohl nie wiedersehe."

Sarah wusste nicht, was sie sagen sollte. So viele neuen Informationen schwirrten durch ihren Kopf. Sie sagte einfach nichts und sah sich weiter um. An der Wand, die dem Schreibtisch gegenüberlag, befand sich ein Bücherregal, das bis zur Decke reichte. Hier standen noch weitere Bücher über Magie, verschiedene Gläschen, Fläschchen und Kristalle. Sarah ließ ihre Hände über die verschiedensten Dinge wandern. Dann entdeckte sie eine weitere Tür, die zu einem begehbaren Kleiderschrank gehörte. Sie berührte die verschiedenen Stoffe und spürte, wie unterschiedlich sie sich anfühlten. Noch nie hatte sie einen so bunten und gut gefüllten Kleiderschrank gesehen. Die Stoffe und die Farben waren atemberaubend. Sarah nahm ein Kleid heraus, das in allen Regenbogenfarben schimmerte.

„Müsste deine Größe sein", sagte Sarahs Großmutter in einem freundlicheren Ton. „Wenn du willst, nimm es mit. Wenn ich so recht darüber nachdenke, nimm alles mit, was dir gefällt. Gerne auch diesen ganzen Zaubermist. Ich fühle mich sowieso unwohl damit, so etwas unter meinem Dach zu haben."

Frau Vega ging zu dem begehbaren Kleiderschrank und holte zwei riesige regenbogenfarbene Koffer heraus: „Hier kannst du reinpacken, was du willst und nimm diese beiden Dinger gleich mit."

Sarah sah sie ungläubig an. Ella legte ihren Arm um ihre Schulter: „Komm, ich helfe dir!" Sie nahm ein hübsches schwarzes Kleid heraus, auf dem in Weiß sowohl Augen als auch Hände und Herzen aufgedruckt waren.

„Das ist doch nett!“, sagte sie laut und packte es in einen der bunten, knalligen Koffer. Sarahs Großmutter verdrehte die Augen, während ihr Großvater aus dem Wohnzimmer rief, sie solle den ganzen Krempel mitnehmen. Sarah packte einen Koffer voller Kleidung ein. Dann ging sie zum Schreibtisch und hob die Kristallkugel an.

„Die hab’ ich Jenny geholt, damit sie ihre Seherfähigkeiten trainieren kann. Hat sie aber nie benutzt“, erklärte Frau Vega enttäuscht.

Sarah wickelte die Kugel vorsichtig in ein schwarzes Kleid ein und legte sie in den zweiten Koffer.

„Schön, dass du sie mitnimmst“, freute sich die Großmutter. „Eine Seherin, die zu ihrem Schwerpunkt steht.“

Während Daniel und Colin die Bücher im Regal studierten, griff Ella nach dem goldenen Kästchen, das auf dem Schreibtisch stand: „Was ist das?“

„Ach das“, würdigte Frau Vega das Kästchen herab, „das kann direkt in den Müll. Das ist so ein Kästchen, wo man geheime Dinge aufbewahrt. Man kann es nur mit einem Schlüssel öffnen und der ist natürlich weg. Wenn man versucht, es ohne Schlüssel zu öffnen, wird der Inhalt zerstört. Haben die von der gelben Kaste lange drüber geschimpft. Aber was sollte da schon so Wichtiges drin sein? Für ein Tagebuch ist es zu klein.“

Sarah nahm das Kästchen aus Ellas Hand an sich und betrachtete es. Dabei entdeckte sie das Schlüsselloch. Es hatte keine klassische Form, sondern die zweier aneinandergewachsener Herzen. Sarah strich mit ihrem Zeigefinger darüber und fühlte in dem linken Herz zwölf kleine Vertiefungen. Dann durchzuckte sie eine Ahnung – die Kette ihrer Mutter. Wenn man sie geöffnet gegen das Schloss drückte, müsste es genau passen. Sarah atmete schneller vor Aufregung, aber außer Ella schien das niemand zu merken. Ella streichelte Sarah sanft über den Arm und nahm ihr das Kästchen aus der Hand: „Dann entsorgen wir es für Sie!“, sagte sie zu Sarahs Großmutter und ließ das Kästchen in ihrer kleinen Umhängetasche verschwinden. Bevor Sarah etwas sagen konnte, schickte ihr Ella eine geheime Botschaft: „Wir finden heraus, was drinnen ist, ich verspreche es.“

Sarah sah Ella an und antwortete ihr auf gleiche Weise: „Ich denke, ich trage den Schlüssel um meinen Hals.“

Sarahs Blick war so aufgewühlt und erregt zugleich, dass Ella lachen musste.

„Was gibt's denn da zu lachen?“, fragte Frau Vega argwöhnisch.

„Oh nichts“, beruhigte sie Ella. „Mir ist gerade nur eingefallen, dass wir zu Hause Popcorn auf dem Herd haben stehenlassen. Ich habe mir gerade vorgestellt, wie jetzt wohl die Küche aussieht. Wir müssen wohl schnell wieder los.“

Mit diesen Worten schob Ella mit ihrem Arm alles von Jennys Schreibtisch in den zweiten Koffer. Sie warf Daniel einen Blick zu, der bereits ein paar Bücher ausgewählt hatte, die er hinzufügte. Colin blätterte in einem Buch mit dem Titel *„Versteckte Botschaften in Visionen“* und fragte, ob er es mitnehmen könne. Noch bevor Frau Vega antworten konnte, packte Ella es mit einem einfachen „Klar!“ ein, legte noch ein paar Kleidungsstücke dazu und schloss den Koffer: „Wir müssen dann leider wirklich los!“

Ella nahm den einen Koffer und Daniel den anderen. Colin war über die plötzliche Hektik genauso überrascht wie Frau Vega, aber beide sagten nichts. Colin erkannte wohl – genau wie Daniel –, dass etwas in der Luft lag. Und Sarahs Großmutter, die gerade einen Blick aus dem Fenster warf, war auch nicht traurig darüber, die Nachtgestalten noch vor Sonnenuntergang wieder loszuwerden. „Was du nicht mitnimmst, lasse ich hier!“, erklärte sie. „Dann kannst du es beim nächsten Mal mitnehmen oder es einfach nutzen, wenn du uns besuchen kommst.“

Sarah wusste nicht, was sie sagen sollte. Wie sollte sie ihrer Großmutter mitteilen, dass sie sich abgesehen von dem Zimmer ihrer Mutter, in einem Haus noch nie so unwohl gefühlt hatte, wie in diesem. Sie bedankte sich einfach, ohne näher auf das Gesagte einzugehen und verabschiedete sich, während Ella den Koffer in der einen Hand, Sarah mit der anderen Hand hinter sich herzog. Die Freunde stiegen ins Auto ein und Daniel fuhr los. Zunächst sagte keiner etwas. Sarah versuchte, ihre Gedanken zu sortieren.

Colin war der Erste, der etwas sagte: „Die haben aber echt ’nen krassen Hass auf andere Schwerpunkte.“ Ein unwohles Gefühl stieg in Sarah auf und sie fühlte sich für ihre Großeltern verantwortlich: „Es tut mir so leid, dass…“ Aber weiter kam sie nicht, denn Ella unterbrach sie sofort: „Nein, nein, nein, nein. Du entschuldigst dich auf gar keinen Fall für diese beiden Holzköpfe, nur weil sie deine Großeltern sind. Du hast mit ihren Ansichten nicht das Geringste zu tun.“

„Aber…“, wollte Sarah einwerfen, doch nun unterbrach sie Daniel ebenfalls: „Kein Aber. Seine

Familie sucht man sich nicht aus. Außer unsere kleine Familie…"

Mit diesen Worten fuhr er in die Garage und schloss sie hinter sich: „Nun lasst uns mal reingehen und dann berichtet ihr in aller Ruhe, weshalb ein so rascher Aufbruch nötig war."

Hanna und Kim, hatten es sich im Wohnzimmer vor dem Kamin gemütlich gemacht und aßen zu Ellas großer – für die beiden nicht nachvollziehbarer Freude – Popcorn, das sie im Schrank entdeckt hatten. Als Ella ihren Lachanfall überwunden hatte und alle gespannt auf sie und Sarah schauten, zog Ella das kleine goldene Kästchen aus ihrer Tasche. Ohne zu wissen, was es ist, bestaunten die Freunde, was vor sich ging, denn sie rechneten mit etwas Großem und sollten nicht enttäuscht werden. Ella nickte Sarah ermutigend zu. Mit zitternder Hand nahm Sarah die Kette von ihrem Hals und öffnete den goldenen Anhänger in Herzform. Innen leuchteten auf goldenem Samt die zwölf kleinen bunten Steinchen in den Farben der unterschiedlichen Kasten. Sarah drückte das geöffnete Herz in das Schloss. Es klickte einmal kurz und der Deckel sprang wie bei einer kleinen Schatztruhe auf. Sarah schaute hinein und erblickte einen fein zusammengefalteten Zettel. Ihr Herz pochte laut und schnell, als sie den Zettel mit bebenden Händen öffnete.

„Lies laut!", rief Kim neugierig.

Sarah schluckte, um ihren Kloß im Hals loszuwerden, der ihr das Sprechen vor Aufregung erschweren wollte. Doch schon bei dem Blick auf die Überschrift hätte Sarah am liebsten losgeweint. Es war ein Brief. Ein Brief ihrer verstorbenen Mutter. Ein Brief an ihr damals ungeborenes Kind – an sie, Sarah.

Sarah fühlte sich auf einmal wie in einem Film, ohne je einen gesehen zu haben – so, als passierte das gerade einfach einer anderen Person und nicht ihr. Sie fühlte sich, als hätte sie zu viel getrunken und als müsse sie nur diesen Brief vorlesen, der mit ihr gar nicht in Verbindung stand. Mit klarer Stimme las sie vor:

Mein liebes Kind,

wenn du das hier liest, lebe ich nicht mehr. Ich weiß nicht, wie alt du gerade sein magst oder wie ich verstorben bin. Ich hoffe, dass wir eine schöne Zeit zusammen hatten und ich dir eine gute Mutter war. Dass du heute hier bist, heißt, dass du auf meine Eltern getroffen bist, dass du wahrscheinlich eine Einladung von Burg Torva erhalten und angenommen hast. Vielleicht bist du gerade nicht allein hier, sondern mit Freunden. Vielleicht mit dem Kleinen von Vicky oder mit ihrem zweiten Kind. Sicherlich hast du gemerkt, dass deine Großeltern andere Schwerpunkte nicht zu schätzen wissen und warst klug genug, das Kästchen nicht in ihrer Gegenwart zu öffnen. Es tut mir so schrecklich leid, dass ich dir so viel verschwiegen habe und auch, dass du wahrscheinlich viel durchmachen musstest. Aber die Jenny, die du kennengelernt hast, hat dich nie belogen und ich werde dir jetzt auch die Wahrheit erzählen:

Als ich das erste Mal auf Burg Torva war, konnte ich nicht glücklicher sein. Ich liebte diese Welt, in der man seinen Schwerpunkt offen ausleben konnte, in der man so viel darüber lernte und in der man mit anderen Mystikern zusammenlebte. Je mehr ich lernte und erfuhr, umso mehr merkte ich, dass das Kastensystem die unteren Kasten stark benachteiligte. Das war mir vorher nicht bewusst, denn in den oberen Kasten spricht man nicht über die unteren Kasten. Auf Burg Torva sammelte sich eine kleine Gruppe junger Menschen, die sich zum Ziel setzte, das Kastensystem und seine gelbe Regierung zu stürzen. Eine junge Seherin namens Sarah hatte die Gruppe heimlich ins Leben gerufen. Sie war so tapfer und gutmütig und man ließ sich leicht von ihren Worten und Ideen mitziehen. Es gab sogar ein geheimes Erkennungszeichen: Zwölf kleine Steine in den Kastenfarben, die sich zu einem Kreis verbanden. Du kennst das Symbol aus meiner Kette. Am besten ist es, wenn du sie mit diesem Brief vernichtest. Das Symbol wird sicher nicht geheim bleiben und kann denen gefährlich werden, die es tragen. Für mich war das zu Beginn alles sehr spannend und aufregend und innerhalb der schützenden Mauern von Burg Torva eher ein Abenteuer als eine wirkliche Mission. Ich habe mir keinerlei Gedanken über Konsequenzen gemacht. Einige waren eifriger dabei als andere. Vicky und ihr Mann Konstantin setzten sich schon immer für andere Menschen ein und waren federführend dabei – wahrscheinlich sind sie es noch immer. Durch sie wurde ich auch Teil der Gruppe und lernte dort deinen Vater näher kennen – einen Magier.

Er ist so klug und so hübsch. Ich könnte ihn ewig einfach nur ansehen, ihm zuhören oder mich stundenlang mit ihm unterhalten. Es war Liebe auf den ersten Blick. Bei uns beiden. Wir hielten unsere Beziehung geheim. Wir wollten sie nicht der Regierung melden. Vor einer Woche, gegen Ende des Semesters, teilte ich ihm mit, dass ich Sorge habe, schwanger zu sein. Er reagierte jedoch überhaupt nicht besorgt. Er freute sich richtig. Dann malte er sich aus, was passieren würde, wenn du beide Schwerpunkte hättest, wie stark und mächtig du werden würdest und wie sehr du unsere kleine Gruppe anführen und für unsere Ziele kämpfen könntest. Das machte mir Angst. Das wollte ich nicht für das kleine Lebewesen, das ich möglicherweise in mir trug. Plötzlich wurde alles so real. Ich hatte Angst, dass man dich mir wegnimmt, dass man uns auf Schritt und Tritt verfolgte, dass man versuchen würde, dich loszuwerden oder dass du wirklich als Duomystika groß wirst und in den Kampf ziehen würdest. Ich weiß nicht mal, ob du ein Junge oder ein Mädchen geworden bist, aber ich wollte dich mit allen Mitteln beschützen. Als ich deinen Vater gestern auf Burg Torva verabschiedete, hatte ich schon im Gefühl, dass es vielleicht für immer sein könnte. Er wollte so gerne mit mir nach Hause, mit mir zusammen den Test machen, meine Eltern kennenlernen... Ich erklärte ihm, dass meine Eltern nicht gut auf ihn reagieren würden und ich den Test allein machen würde. Er war enttäuscht, respektierte aber meinen Wunsch. Als mein Test heute Morgen positiv war, erzählte ich es nur Vicky. Sie war überrascht, da sie nicht wusste, dass ich einen Freund hatte. Sie stellte keine Fragen und freute sich für mich. Sie vertraute mir an, dass sie das Gefühl hatte, auch wieder schwanger zu sein. Sie überlegte, wie schön es wäre, wenn unsere Kinder zusammen aufwachsen würden. Auf meinem Heimweg war ich fast davon überzeugt, deinen Vater anzurufen und ihm alles mitzuteilen. Meine Mutter empfing mich jedoch an der Tür zum

Abendessen. Sie unterhielt sich wie so oft mit meinem Vater über andere Schwerpunkte und wie gefährlich diese seien. Dann kamen sie aus irgendeinem Grund darauf zu sprechen, wie gefährlich Duomystika wären und dass es gut sei, dass man jede Beziehung zwischen Magiern und Sehern melden müsse und erst recht jedes Kind, das aus einer solchen Beziehung entstünde.

Ich war und bin so voller Angst um dich, dass ich mich entschlossen habe, dich aus all dem herauszuhalten. Ich habe viel über Magie gelesen und habe zwei verschiedene Zaubertränke gebraut. Ein Trank wird meine eigenen Kräfte unterdrücken. Ich hoffe, dass er sich auf dich überträgt und es so unmöglich wird, mich aufzuspüren. Ein anderer Trank wird meine Erinnerung an alles Mystische löschen. So kann ich dich nicht in Gefahr bringen und muss dich nie belügen. Ich werde deinem Vater nicht mitteilen, dass ich gehe. Das würde sein Herz brechen und das ertrage ich nicht. Er ist ein wundervoller Mensch und ich fühle mich furchtbar, dass ich ihm das antue, aber ich fühle mich auch verantwortlich für dich und will für dich nur das Beste. Ich werde einen anderen treuen Vater für dich finden, sobald ich ihn vergessen habe. In den unteren Kasten gibt es kaum Mystiker. Die Menschen dort sind arm, aber haben oft ein großes Herz. Ich bin mir sicher, dass wir dort glücklich werden. Und ja, trotzdem schreibe ich dir diesen Brief, falls sich die Mystik ihren Weg bahnt und dich herführt. Wenn du diese Worte liest, war meine Mühe umsonst, dich vor dieser Welt zu bewahren. Ich hoffe, du hast nur einen Schwerpunkt und kannst ein unbeschwertes Leben führen. Ich hoffe, du kannst mir eines Tages verzeihen, dass ich nicht für dich da sein konnte, um dir diese Welt zu erklären. Versprich mir, dass du auf dich aufpasst und dich nicht in Gefahr bringst. Lebe dein Leben für mich mit, mein Kind! Ich liebe dich mehr als alles andere auf der Welt. Vergiss das nie!

In Liebe, deine Mutter

Ein letztes möchte ich noch hinzufügen: Wenn ich meine Erinnerung gleich lösche, erhalte ich mir zwei Namen im Gedächtnis. Ich weiß nicht, welchen du bekommen wirst, daher erkläre ich dir beide. Wenn du ein Mädchen wirst, nenne ich dich Sarah, in der Hoffnung, dass du ein genauso gutes Herz haben wirst, wie die Anführerin unserer kleinen Gruppe, die ich nun verlasse. Wenn du ein Junge wirst, erhältst du den Namen eines ebenso großherzigen und liebevollen Menschen, den *ich jetzt verlassen muss, deinen wundervollen Vater Otis.*

57. Kapitel – Kinoabend

Sarah hielt den Brief in der Hand. Sie war nicht fähig, einen klaren Gedanken zu fassen, geschweige denn etwas zu sagen. Sie starrte auf den Brief und bewegte sich äußerlich nicht, während es in ihr nur so bebte und zitterte. Ihre Freunde sahen sich ebenfalls mit großen Augen an. Sie warfen sich etwas hilflose Blicke zu, in der Hoffnung jemanden anzublicken, der wisse, was man nun sagen oder tun sollte. Wie so oft war es Ella, die einen Weg fand: „Deine Mutter hat sich geirrt!“

Sarah sah von ihrem Brief auf und schaute verwirrt Richtung Ella. Die fuhr fort: „Ja, ich weiß, sie ist deine Mutter und wir halten ihr Andenken in Ehren, aber sie lag ganz einfach falsch. Es ist nicht möglich, einen Mystiker aus allem Mystischen herauszuhalten. Und auch wenn sie Angst um dich hatte, hätte sie nicht versuchen dürfen, dir diese Chance zu nehmen. Du bist eine starke Frau geworden und du schlägst ganz ohne ihr Zutun in die Richtung, in der sie dich nicht haben wollte. Aber das ist das, was du bist und wenn deine Mutter heute hier wäre, wäre sie stolz auf dich und würde ihren Fehler einsehen.“

„Meinst du?“, fragte Sarah, die immer noch nicht wusste, was sie überhaupt denken sollte.

„Ich weiß es. Ganz sicher“, antwortete Ella.

Sarah brach in Tränen aus. Sie weinte und wusste gar nicht genau, warum. Es war zum Teil Erleichterung, weil sie ein paar Antworten gefunden hatte, aber ebenso Überforderung aufgrund der vielen neuen Informationen. Trotz der Tränen überwog die Erleichterung, die noch verstärkt wurde, als Ella sie in den Arm nahm. Nachdem sich Sarah wieder etwas gefangen hatte, lächelte sie und wischte sich mit ihrer Hand die Tränen aus den Augen.

Colin, der zwischenzeitlich wohl daran gearbeitet hatte, auf ein anderes Thema zu lenken, ergriff nun das Gespräch: „Wenn wir bei Sarah schon so erfolgreich waren, wo wir gar nichts von einer geheimen Botschaft ihrer Mutter wussten, bin ich nun umso gespannter auf die von meinem Vater."

Sarah nickte. Sie war nicht die Einzige, die mit heftigen Informationen und Gefühlen zu kämpfen hatte. Obwohl sie Colin eine bessere Situation gewünscht hätte, fühlte sie sich dadurch gestärkter. Und auch Ella und Daniel wussten nicht, was mit ihren Eltern wirklich geschehen ist. Daniel sah Colin an: „Alles zu seiner Zeit, wir müssen erst in die violette Kaste und Levi Gastrell ausfindig machen."

„Worauf warten wir dann noch?", fragte Hanna und stand schon auf, da sie mit den Gefühlsausbrüchen der anderen offensichtlich nicht so recht umzugehen wusste und ihr eine neue Aufgabe sehr entgegenkam.

„Jetzt direkt?", fragte Kim, die sich in ihrem neuen zu Hause sehr wohlzufühlen schien.

„Wir haben zumindest schon gepackt", bestätigte Daniel Hannas Vorschlag. „In der orangen Kaste haben wir alles erledigt. Wer weiß, wie lange wir in der Violetten brauchen, bis wir diesen Levi überhaupt gefunden haben. Pause können wir immer noch machen, wenn wir alles erledigt haben."

„Ich weiß ja, dass ihr Nachtgestalten kein Problem damit habt, nachts Dinge zu erledigen", entgegnete

Kim. „Aber bis wir dort ankommen, ist es so spät, dass wir niemanden mehr befragen können oder irgendwo klingeln oder was auch immer nötig sein wird, um ihn zu finden."

„Ich gebe Kim recht", warf Ella ein, die ihren Arm immer noch um Sarah gelegt hatte. „Danke!", rief Kim.

„Wir kennen dort auch niemanden und können nirgends übernachten", fuhr Ella fort. „Lasst uns erst mal die Eindrücke von heute verarbeiten, ausschlafen und morgen früh losziehen."

Widerwillig setzte sich Hanna wieder hin, musste Ella aber recht geben.

„Und was machen wir jetzt?", fragte Colin.

„Also, wir haben eben einen Kinoraum entdeckt und Popcorn gemacht", erwähnte Kim gemächlich.

„Das ist eine tolle Idee!", freute sich Ella. „Sarah hast du schonmal einen Film gesehen?"

Sarah schüttelte den Kopf. „Dann komm mit!", rief Ella und zog Sarah an der Hand aus dem Raum. Die anderen folgten ihr. Colin überforderte dieser Themenwechsel augenscheinlich und er stand nach Kim als Letzter auf: „Ignorieren wir eigentlich die Tatsache, dass Professor Harling höchstwahrscheinlich Sarahs Vater ist?"

„Sieht so aus!", stellte Kim fest, legte einen Arm um Colin und nahm ihn mit in Richtung Kinosaal.

Bei der raschen Hausführung zuvor hatte Sarah den Kinosaal zwar bereits gesehen, aber da alles so schnell ging und jeder Raum neu und aufregend war, hatte sie nun erst die Ruhe, ihn wirklich zu bestaunen. Der Raum war riesig, mit hohen Decken und dunklen, samtigen Wänden. Der Boden war mit einem weichen Teppich bedeckt, der beim Gehen leise knirschte. Die

Sitze waren breit und bequem, mit hohen Rückenlehnen und weichen Kissen. Sie waren in einer geschwungenen Form angeordnet, die an die Flügel einer Fledermaus erinnerten. An den Wänden hingen Poster von Filmen. Sarah kannte keinen der Filme, aber die Bilder und Titel begeisterten sie. Der Raum hatte acht Reihen und in jeder Reihe waren zwölf Sitzplätze. Vor der ersten Reihe standen kleine Tische, auf denen noch mehr frisch zubereitetes Popcorn stand. In der Mitte des Raumes befand sich eine große Leinwand, die die gesamte Wand einnahm. Vor der Leinwand stand ein hochwertiger Beamer, der gestochen scharfe Bilder projizierte. Daniel erklärte begeistert, dass die Soundanlage perfekt auf den Raum abgestimmt war und jeden Soundeffekt und jedes Detail des Films kristallklar erklingen ließ. Der Raum hatte auch ein paar besondere Funktionen. So konnte man zum Beispiel auf Knopfdruck die Farbe der Wände ändern oder die Beleuchtung anpassen.

„Welchen Film schauen wir?“, fragte Ella.

„Ganz egal!“, antwortete Kim.

„Dann schauen wir meinen Lieblingsfilm“, schwärmte Ella, drückte ein paar Knöpfe und zog Sarah neben sich auf einen der weichen Sessel, die mittig in der ersten Reihe standen. Ellas Lieblingsfilm stellte sich als süße, lustige Liebeskomödie heraus, in der sich zwei Frauen in einer fantastischen Welt außerhalb der Kastenlande über viele Umwege und Verwirrungen fanden und schließlich heirateten. Der Film war fröhlich und schön. Kein Wunder, dass es Ellas Lieblingsfilm war. Sarah tat die Ablenkung durch diesen Film, der keinerlei Tränen oder Dramen hervorbrachte, richtig gut. Ella wusste scheinbar immer, wie sie es anstellte, dass es Sarah besser ging.

Sarah lehnte sich zurück in den weichen Sessel und genoss ihren ersten Film. Sie war so gebannt von den bewegten Bildern, der Handlung und der Musik, dass sie alles andere um sich vergessen konnte. So sehr sogar, dass sie zuckte, als Ella ihre Hand ergriff. Ella grinste nur und schaute dann zurück auf den Bildschirm. Ihre Nähe und Zuwendung taten Sarah gut und sie hatte das Gefühl, sich fallen lassen zu können.

Nach dem Abspann sprachen die Freunde angeregt über ihre Eindrücke des Films und lachten miteinander, sodass die Zeit nur so verflog. Dann machten sie sich auf den Weg in ihre Zimmer. Jedes Zimmer hatte sein eigenes Bad. Sarah kam gerade aus ihrem, als es an der Tür klopfte. Kim wartete gar nicht erst auf ein „Herein“ und schlich in einem dunkelblauen Pyjama ins Zimmer. Sie hatte ein dickes Kissen und eine Decke unterm Arm: „Jetzt haben wir bald ein halbes Jahr gar nicht mehr allein in einem Zimmer geschlafen und irgendwie war es komisch. Kannst du eventuell Gesellschaft gebrauchen?“

Sarah fühlte sich irgendwie erleichtert, nicht allein zu sein, denn sie empfand genauso. Ihr Zimmer verfügte neben ihrem breiten Doppelbett ebenfalls über ein geräumiges Sofa, auf dem es sich auch nochmal locker zwei Leute gemütlich machen konnten.

„Ich nehme das Sofa“, sagte Kim entschlossen. Und gerade als sie sich hinlegte, klopfte es erneut. Diesmal war es Colin. Auch er fühlte sich einsam im großen neuen Zimmer und vermisste seine Zimmernachbarinnen.

„Hier ist Platz genug“, sagte Kim fröhlich und machte Colin Platz auf dem großen Sofa. Der versorgte sich schnell noch mit einem Kissen und einer Decke und legte sich dann Kopf an Fuß dazu. Sarah fühlte sich in dem Moment wie zu Hause und ein Gefühl von Geborgenheit machte sich in ihr breit, als sie die Augen schloss. Doch dann begannen ihre Gedanken zu rasen und die Ereignisse des Tages brachen über sie hinein. Einige Stunden wälzte sie sich hin und her, bis sie endlich einschlief. Und dann träumte sie.

Sarah steht wieder in dem Ferienhaus von Ella und Daniel. Sie sieht die teuren Möbel und schaut sich um. Etwas ist anders als zuvor. Es erklingt fröhliche Musik wie aus dem Film, den sie gesehen hat. Sarah schaut an sich herunter. Sie selbst trägt das Kleid ihrer Mutter in Regenbogenfarben. Sie hört Menschen, die sich draußen im Garten unterhalten und fröhlich lachen. Bevor sie sich weiter umschauen kann, legen sich wieder die beiden Hände vor Sarahs Augen. Automatisch führt Sarah sie sanft nach unten, dreht sich um und schaut Ella an, die das silberne mit Pailletten besetzte Kleid trägt. Mit ihrem umwerfenden und mitreißenden Lächeln fragt sie erneut: „Na, wie sehe ich aus?“

„Bezaubernd!“, hört sich Sarah selbst im Traum sagen. „Und ich?“

„Bezaubernd“, antwortet die Traum–Ella und streichelt ihr mit der Hand sanft über ihre Wange. Langsam bewegen sich ihre Gesichter aufeinander zu. Im nächsten Moment schnellt ein Pfeil zwischen ihnen beiden hindurch. Sarah sieht ihre Großmutter mit einem Bogen neben ihr stehen.

„Na, da sind wir ja gerade nochmal rechtzeitig gekommen“, sagt sie zu ihrem Ehemann. „Sie wird

sich ja wohl nicht mit so einem Blutsauger zusammentun."

„Was macht sie überhaupt hier?", hört Sarah plötzlich die Stimme ihrer verstorbenen Mutter sagen. „Sie hätte die Einladung gar nicht annehmen dürfen."

„Meine Tochter ist genau da, wo sie hingehört", antwortet plötzlich Professor Harling, der wie aus dem Nichts auftaucht.

„Meine Tochter meinen sie wohl", mischt sich nun Arthur Hollander ein.

Malorie Disey, Walther Decker und Deimos von Limburg gesellen sich dazu und Malorie verkündet piepsend fröhlich: „Na, das lässt sich leicht überprüfen."

„Hauptsache sie ist keine Duomystika wie meine Tochter", fügt von Limburg hinzu und zieht eine schwere Kette herbei, deren Ende um den Hals seiner Tochter gelegt ist. Lea Schwarzenberg kommt hinzu und hängt sich wie ein Hündchen an Laikas Bein: „Ich würde so gerne mit dir tauschen."

Immer mehr Menschen tauchen auf und sprechen gleichzeitig, sodass Sarah Schwierigkeiten hat, sie zu verstehen. Hilfesuchend sieht sie sich nach Ella um: „Hilf mir hier raus!"

Ella nimmt Sarah an die Hand und zieht sie aus der immer größer werdenden Menschenmenge heraus. Sarah schaut sich kurz nach ihrer Mutter um und als sie wieder nach vorn sieht, hält sie statt Ellas Hand die der alten Frau. Sarah bleibt erschrocken stehen. Die Umgebungsgeräusche sind verschwunden und sie befinden sich an einem dunklen, kalten Ort. Eva Testor, die letzte bekannte Duomystika, steht in ihrem weißen kaputten Kleid vor ihr und blickt sie mit großen Augen an: „Hol mich hier raus, Sarah!"

Sie fasst Sarah an den Schultern, woraufhin Sarah zusammenbricht. Als sie die Augen wieder öffnet, befindet sie sich in ihrem Zimmer auf Burg Torva. Um sie herum sind Ratten und Spinnen, die auf sie zukommen. Eine riesige, abstruse, fast menschliche Gestalt mit gelbem Umhang und einem Rattenkopf steht plötzlich im Raum. Sarah hört Kim neben sich sagen: „Ein Update, auf das ich auch gerne verzichtet hätte."

Aus dem Nichts kommt Daniel angestürmt. Seine Augen leuchten rot und man sieht deutlich zwei Fangzähne aus seinem Mund ragen. Wie in Rage rast er auf die Rattengestalt zu und reißt ihr wie ein wildes Tier mithilfe seiner Zähne und Hände den Kopf ab. Während die Rattengestalt zu Boden sinkt, faucht Daniel laut auf und verschwindet. Die kleineren Ratten und Spinnen haben Sarah in der Zeit erreicht und sie versucht sie mit allen Mitteln abzuwehren. Dann hört sie Ellas Stimme: „Ich bin's, Sarah. Hörst du mich?"

Sarah wachte auf. Noch immer schlug sie mit ihren Händen nach den Ratten und Spinnen in ihrem Traum.

„Es war nur ein Traum!", flüsterte Ella und Sarah brauchte einen Moment, um zu registrieren, dass sie wach war und sich in Ellas Haus befand. Es war recht dunkel. Kim und Colin schliefen und hatten nichts von all dem bemerkt.

„Du hast mir im Schlaf eine Nachricht geschickt", erklärte Ella der verwirrten Sarah. „Du hast gesagt, ich solle dir hier raushelfen. Ich bin hergeeilt, weil ich nicht wusste, was passiert ist. Aber du hast nur geträumt und mir aus dem Traum heraus eine Botschaft geschickt."

„Ich wusste nicht, dass ich das kann“, sagte Sarah leise, „und auch nicht, dass ich das gemacht habe.“

„Du bist eben eine sehr starke Mystikerin“, antwortete Ella lächelnd und strich Sarah über ihre Wange. „Soll ich die Nacht vielleicht bleiben?“

Sarah nickte und ruckte etwas rüber, um Ella Platz zu machen. Ella machte es sich neben ihr gemütlich, griff Sarahs Hand und schloss die Augen: „Dann schlaf gut.“

„Du auch!“, Sarah brauchte einen Moment, bis sie die Augen wieder schließen konnte. Sie nahm sich fest vor, den Traum am nächsten Morgen aufzuschreiben und zu analysieren. Durch Ellas Anwesenheit beruhigte sie sich schnell wieder. Ellas Hand zu halten, tat gut und gab ihr ein Gefühl von Sicherheit, das sie so nicht kannte oder immer nur verspürte, wenn Ella da war. Vielleicht war da sogar mehr als nur Sicherheit. Sarah konnte ihre Gefühle nicht ganz einordnen. War es falsch, Ellas Hand zu halten? Es war ja nur ihre Hand. Sarah war all ihren neuen Freunden auf Burg Torva irgendwie näher, als sie es von Linda und Toni kannte, aber mit Ella fühlte es sich nochmal anders an. Während Sarah nachdachte, übermannte sie die Müdigkeit und sie schlief wieder ein. Diesmal träumte sie nichts.

58. Kapitel – Auf der Suche nach Levi Gastrell

Am nächsten Morgen weckte Daniel die anderen sehr früh. Er hatte für Sarah, Kim und Colin ein Frühstück hergerichtet und auch flüssige Nahrung für sich, Ella und Hanna besorgt. Während des Essens erläuterte er seinen Plan: „Nach dem Frühstück packen wir unsere Sachen und fahren los. Ich habe heute Morgen eine Unterkunft für uns gefunden, wo Hanna sicher aussteigen kann. Es ist nur ein Zimmer in einer kleinen Pension, aber es ist ja nicht für lange. Hoffe ich! Bis wir einen Anhaltspunkt haben, bleiben Ella und ich mit Hanna in der Pension. Sobald ihr etwas wisst, kommt ihr zurück zu uns."

„Ihr kommt erst mal nicht mit?", fragte Sarah verwirrt und blickte leicht enttäuscht zu Ella. Die schüttelte den Kopf: „Wir vertragen zwar ein bisschen Tageslicht, aber zu viel kann auch für uns gefährlich werden und wir können absolut nicht einschätzen, wo und wie lange wir suchen müssen."

„Und wo genau suchen wir? Oder wie?", wollte Colin wissen.

„Ihr fragt die Menschen auf der Straße", erklärte Daniel weiter. „Vielleicht trefft ihr jemanden, der ihn kennt."

„Puh", Kim schien wenig begeistert, „das ist unser ultimativer Plan? Also Plan A?"

„Hast du einen besseren?", entgegnete Daniel leicht gekränkt.

Kim schüttelte den Kopf.

„Dann ja! Das ist erstmal unser Plan", bestätigte Daniel und trank den letzten Schluck Blut aus seinem Becher. Die Fahrt zur violetten Kaste dauerte einige Stunden. Die Pension, die Daniel ansteuerte, lag am Kastenrand neben einer riesigen Fabrikhalle. Obwohl es helllichter Tag war, wirkte der Ort düster und wenig einladend. Ein großes Tor mündete in eine Art dunkle Höhle. Es öffnete sich automatisch und schloss sich hinter ihnen sofort wieder. Sarah hatte ein mulmiges Gefühl. Sie war zuvor noch nie in einer Pension, aber so hatte sie sich das nicht vorgestellt.

„Ist die einzige Unterkunft, die ich ausfindig machen konnte, die von Nachtgestalten geleitet wird“, erklärte Daniel, als er die entgeisterten Blicke der drei Seher wahrnahm.

„Es gibt hier nicht so viele Mystiker wie bei uns und bei Nichtmystikern können wir nicht unterkommen. Wir wissen sonst nicht, ob das Zimmer oder der Weg dorthin für Hanna sicher ist.“

Sarah nickte. Daran hatte sie gar nicht gedacht. Als sie ausstiegen, standen sie in einer kleinen Höhle, in der eine Glühbirne ohne Schirm von der Decke hing. Es gab an die zwanzig Parkplätze, von denen nun alle besetzt waren. Sarah empfand es als seltsam, dass scheinbar so viele Nachtgestalten in der violetten Kaste zu Besuch waren oder dass andere Menschen, gerade diese Pension ausgewählt hatten. An der feuchten Höhlenwand blinkte ein leuchtend violettes Schild mit einem Pfeil auf dem „Eingang“ stand. Tatsächlich war dort eine alte kleine Holztür in Pfeilrichtung, die genauso wenig einladend aussah, wie der Rest der Höhle. Daniel ging voran, klopfte an und da niemand antwortete, öffnete er die Tür und ging hindurch.

Die Pension, die Sarah und ihre Freunde betraten, hatte den Charme vergangener Zeiten, aber auch den Geruch von Moder und Verfall. Der Inhaber, der sie empfing, hatte tiefe Augenringe und wirkte wie jemand, der schon zu viele dunkle Geheimnisse mit sich herumtrug. Er brummte ein mürrisches „Hallo“ und wies den Freunden ein Zimmer zu, ohne ein weiteres Wort zu verlieren. Daniel nahm den Schlüssel an sich und ging mit den anderen einen langen Flur entlang, der mit dem Wort „Zimmer“ beschildert war.

Als sie ihr zugewiesenes Zimmer betraten, waren sie erleichtert, dass es freundlicher aussah als der Rest des Gebäudes. Es gab zwar keine Fenster, aber eine warme Beleuchtung und helle Farben sorgten für eine einladende Atmosphäre. Das Zimmer hatte sogar ein Sofa und ein gemütliches Bett. Sarah und ihre Freunde waren sich jedoch einig, dass sie den Inhaber und die Pension bald wieder verlassen würden, sobald sie Levi Gastrell gefunden hatten. Daher wollte Sarah keine Zeit verlieren. Sie zog Kim vom Bett, die es sich dort direkt gemütlich gemacht hatte. Besonders motiviert war Sarah nicht, ohne Ella, Daniel und Hanna loszuziehen und erst recht nicht, fremde Menschen in einer fremden Kaste zu befragen. Aber sie mussten wissen, ob Levi Gastrell von jemandem abgehalten wurde, die Einladung nach Burg Torva anzunehmen.

„Seid spätestens vor Sonnenuntergang zurück!“, sagte Ella besorgt. „Dann ziehen wir gemeinsam nochmal los.“

Sarah, Kim und Colin verließen die Pension und gingen in Richtung Kastenzentrum. „Hier will ich gar nicht im Dunkeln lang gehen“, bemerkte Colin, als sie sich von ihrer Unterkunft neben der düsteren Fabrik entfernten.

Je näher die drei Seher dem Zentrum der Kaste kamen, umso belebter wurden die Straßen. Die Menschen huschten hin und her. Der Großteil von ihnen trug mindestens ein violettes Kleidungsstück. Manche waren auch komplett in violett gekleidet, aber die meisten kombinierten es zumindest mit einem Accessoire in einer anderen Farbe. Es waren auch erstaunlich viele Menschen zu sehen, die zu einer höheren Kaste zu gehören schienen. Sie waren auffälliger gekleidet, schlenderten gemütlich durch die Straßen und schauten sich um, als würden sie hier Urlaub machen. Unter ihnen waren auffällig viele Rollstuhlfahrer. Sarah, Kim und Colin irrten durch die Straßen der unbekannten Stadt und suchten nach Hinweisen auf Levi Gastrell. Aber wie sollten diese aussehen? Sie fragten Passanten und bettelten um Informationen, aber die meisten antworteten, ohne stehenzubleiben, dass sie keine Zeit hätten. Manche schüttelten nur den Kopf und einzelne lachten sogar und gingen weiter.

Langsam aber sicher ließen die Kräfte sowie die Motivation der drei Seher nach und sie wussten nicht, wie sie weiter vorgehen sollten. Auch trafen sie niemanden, den sie von Burg Torva kannten, den sie hätten fragen können. Bei genauerem Nachdenken waren sie darüber ganz froh, denn es wäre wohl nicht einfach gewesen, ihre Suche zu erklären. Dass die Sonne bald unterging, kam Sarah, Kim und Colin sehr entgegen. Entmutigt und erschöpft gingen sie zurück zur Pension. Dort warteten die drei Nachtgestalten schon voller Spannung und sahen sie erwartungsvoll an.

Sarah erzählte von ihrem erfolglosen Unterfangen, wodurch sich die anderen jedoch nicht entmutigen ließen. Sie hatten den ganzen Tag in dem kleinen Zimmer der Pension gesessen und freuten sich schon darauf, es endlich zu verlassen. „Gemeinsam haben wir sicher mehr Glück!“, freute sich Ella.

Sarah kam es fast so vor, als wäre Ella ganz froh, dass sie noch keinen Erfolg hatten, da sie so auch noch einmal mitsuchen konnten.

„Wir gehen einfach in eine Taverne“, schlug Daniel vor. „Dort könnt ihr etwas essen und trinken. Die

Menschen werden oft lockerer und redseliger, wenn sie trinken. Das könnte uns in die Karten spielen.“

Gemeinsam zogen die Freunde erneut los. Die Straßen waren noch immer sehr belebt und sie brauchten mehrere Anläufe, bis sie eine Taverne fanden, die noch einen Tisch freihatte. Sarah war zwar nicht sehr optimistisch, dass sie in dieser Schenke Antworten finden würden, aber sie freute sich über das deftige Essen. Auch empfand sie die ganze Atmosphäre als spannend. In ihrer Kaste gab es zwar ein paar wenige Wirtshäuser, aber da durfte sie bis zu ihrem letzten Geburtstag noch nicht hinein und seitdem war so viel passiert, dass sie gar keine Gelegenheit fand, eines von innen zu betrachten.

Die Wirtin, eine hübsche, kräftige Frau mit schwarzen Locken, war sehr taff und fast ein wenig ruppig. Das schien hier aber zum guten Ton zu gehören. Sie stellte jedem der Freunde ein Bier hin. Daniel bedankte sich und zahlte sogleich.

„Die haben wir doch gar nicht bestellt“, flüsterte Colin seinen Freunden zu. „Anscheinend geht man hier nicht hin, wenn man nichts trinkt“, stellte Daniel fest. „So fallen wir hier zumindest nicht auf.“

Ella hob ihr Glas: „Auf einen erfolgreichen Abend!“

Kim fügte hinzu: „Und auf Levi Gastrell.“ Das sagte sie so laut, dass die Nachbartische es hörten. Plötzlich hoben mehrere Fremde ihr Glas an und riefen im Chor: „Auf Levi Gastrell.“

Die Freunde tranken einen Schluck und sahen sich mit großen irritierten Augen an. Was hatte das denn zu bedeuten? Sarah, die zuvor noch nie Bier getrunken hatte, verzog das Gesicht. Sie hatte es sich anders vorgestellt. Um den Geschmack nochmal zu erfassen, trank sie erneut ein paar Schlücke und gewöhnte sich mehr und mehr daran.

„Was war denn das gerade?“, fragte Kim leise. Daniel hob seine Schultern fragend an: „Ich weiß es nicht. Entweder wiederholen die Menschen hier alle Trinksprüche oder sie kennen ihn.“

„Das finden wir leicht raus“, grinste Kim. Sie hob ihr Glas an und rief lautstark: „Auf die Semesterferien.“

Die Freunde schauten sich um. Niemand hob sein Glas und alle waren fest in ihre Gespräche vertieft. Daniel verbuchte die Aktion als Fortschritt. Er beschloss so zu tun, als kenne er Levi Gastrell. Er schaute zu einem freundlichen jungen Mann, der am Nachbartisch in einem Rollstuhl saß und bei Kims Trinkspruch zuvor auch grinsend sein Glas gehoben hatte. Mit ihm saßen noch drei andere Männer am Tisch – einer von ihnen ebenfalls in einem Rollstuhl. Daniel hob sein Glas in die Richtung des jungen Mannes.

„Hey, weißt du, was ich mich über Levi Gastrell schon immer gefragt habe?“, begann Daniel.

Der junge Mann sah seine Freunde an, grinste und schüttelte den Kopf: „Nein, was denn?“ fragte er interessiert. „Vielleicht, warum er so erfolgreich ist oder so gut aussieht?“

Seine Freunde schmunzelten, während Daniel nicht so recht verstand, was vor sich ging. Ella hatte da die besseren Antennen. Sie grinste den jungen Mann an und fragte ihn frei heraus: „Du bist Levi Gastrell, oder?“ Die vier Männer an dem Tisch lachten und einer begann zu klatschen, als hätte Ella ein Quiz gewonnen.

Daniels sonst so bleiche Wangen nahmen etwas rote Farbe an, während die anderen Freunde sich schlagartig auf den jungen Mann im Rollstuhl fokussierten. „Und mit wem habe ich das Vergnügen?“, fragte Levi zurück.

„Ich würde ja sagen, ihr seid Fans des jährlichen violetten Rollstuhlwettstreits. Aber entweder wart zuvor noch nie bei einem oder ihr habt ein miserables Personengedächtnis.“

Sarahs Kopf ratterte. Auf einmal machte Vieles Sinn, was sie heute erlebt hatten. Levi war in seiner Kaste bekannt. Anscheinend war er gut in diesem Wettstreit, vielleicht schon fast berühmt. Das würde erklären, warum ihnen keiner eine Antwort geben wollte. Sie mussten wie Fans gewirkt haben, die ihrem Idol nachlaufen. Auch die hohe Anzahl an Rollstuhlfahrern schien nun logisch. Vermutlich waren Fans des Wettstreits darunter oder Teilnehmer aus anderen Kasten.

Der Wettstreit musste wohl bald stattfinden. Die hohe Besucheranzahl in der Kaste und die vollen Pensionen sprachen dafür. Während Sarah noch ihre Gedanken sortierte, wollte Daniel seinen holprigen Start durch Ehrlichkeit wieder geradebiegen: „Nein, wir sind Studenten von Burg Torva.“

„Aha“, antwortete Levi wenig beeindruckt und wand sich seinem Essen zu.

„Wir haben dich gesucht, weil wir dich etwas fragen wollten“, erklärte Daniel.

„Kein Interesse“, antwortete Levi, ohne ihn anzublicken. Seine zunächst freundliche und aufgeschlossene Art schien sich bei der Erwähnung von Burg Torva ins Gegenteil gekehrt zu haben.

„Es ist wirklich wichtig“, fuhr Daniel fort. „Wir würden nicht fragen, wenn…“

Doch weiter kam er nicht, denn Levi wurde richtig ungehalten: „Hör zu. Ich habe morgen einen wichtigen Tag und einen Titel zu verteidigen. Ich will diesen Abend einfach nur mit meinen Freunden verbringen und in Ruhe essen.“

Noch ehe Levi ausgesprochen hatte, stand die Wirtin bereits zwischen den beiden Tischen.

„Haben diese Leute dich belästigt, Levi?“, fragte sie, ohne einen der sechs Studenten anzuschauen. In der gesamten Taverne wurde es mucksmäuschenstill und alle blickten auf die Tische von Levi und den Studenten. Sarah wusste, dass sie ihre Chance verpassen würden, wenn sie nicht schnell reagieren würden. Sie schaute Levi an und schickte ihm eine Botschaft direkt in den Kopf: „Bitte, Levi! Es hängt vielleicht ein Leben von deiner Antwort ab. Mein Leben.“

Levi starrte sie an. Sarah formte mit ihren Lippen ein lautloses, flehendes „*Bitte!*“

Levi blickte zur Wirtin: „Nein, schon gut. Meine Nerven liegen nur etwas blank.“

Die Wirtin zog die Augenbrauen hoch und warf den Studenten kurz einen abwertenden Blick zu.

„Ein Wort von dir und ich setz‘ sie vor die Tür“, schob sie nach.

„Das wird nicht nötig sein“, entgegnete Levi. „Ich schnapp’ mal kurz frische Luft.“

Levi warf Sarah einen kurzen Blick zu und fuhr in Richtung Ausgang. So ganz hatte Sarah den Blick nicht verstanden, aber sie vermutete, dass sie ihm folgen sollte.

„Ich bin gleich zurück“, äußerte sie kurz und verließ den Tisch. Als sie nach draußen kam, war auf den Straßen deutlich weniger los. Es war angenehm still trotz der dumpfen Geräusche, die aus der Taverne hinter ihr kamen. Die Luft fühlte sich viel frischer an. Erst hier draußen wurde ihr bewusst, wie stickig es drinnen war. Das erste Bier, das Sarah je getrunken hatte, spürte sie leicht in ihrem Kopf.

„Wie hast du das gemacht?“, Levi saß rechts neben ihr dicht an der Hauswand. Sarah zuckte kurz zusammen. Dann erklärte sie ruhig und freundlich: „Ich bin Seher. Ich kann Dinge sehen, die andere nicht sehen, teilweise auch Gedanken und ich kann anderen Botschaften senden.“

„Kannst du jetzt gerade meine Gedanken lesen?“, fragte Levi.

Sarah schüttelte den Kopf: „Ich könnte, aber ich tu’ es nicht ohne deine Einwilligung.“

„Gut“, bemerkte Levi, „oder auch nicht. Sonst wüsstest du, was ich von so beschissenen Sehern halte.“

„Du weißt, was Seher sind?“, forschte Sarah nach und ignorierte die Beleidigung.

„Mir war der Begriff bis eben nicht bekannt. Aber sowas wie du, muss mein Erzeuger gewesen sein.“

Sarah schaute Levi fragend an. Dieser schien mit sich selbst zu hadern, ob er seine Geschichte preisgab. Er betrachtete Sarah eingängig und entschied sich zu ihrem Glück, ihr seine Gedanken zu offenbaren: „Ich kenne ihn nicht. Hab‘ ihn nie gesehen. Bin ich auch nicht heiß drauf. Obwohl, wenn ich ihn sehen würde, könnte ich ihm in die Fresse schlagen. Hätte er verdient. Hat meiner Mutter irgendeinen Scheiß erzählt, um sie ins Bett zu kriegen. Er wäre besonders

– ein Auserwählter. Er könne ihre Gedanken lesen. Konnte er sogar. Hat sie damit beeindruckt und dann schwanger sitzen lassen."

Sarah wollte das Gespräch in Gang halten: „Und du? Hast du seine Kräfte geerbt?"

„Ich kann keine Gedanken lesen", falls du das meinst, antwortete Levi kurz.

Sarah merkte jedoch, dass mehr dahintersteckte und ließ nicht locker: „Aber du siehst Dinge, die andere nicht sehen? Du hast Visionen, nicht wahr?"

„Möglich", erwiderte Levi.

„Dann bist du wohl selbst ein beschissener Seher", scherzte Sarah.

„Will ich aber nicht", sagte Levi in einem Ton, den Sarah nicht einschätzen konnte. Sie ging in die Offensive: „Deshalb hast du die Einladung abgelehnt?"

„Unter anderem", antwortete Levi.

„Es gab noch einen Grund?", hakte Sarah nach.

„Geht dich nichts an", antwortete Levi kurz und knapp.

„Mich hat man versucht aufzuhalten", erzählte Sarah. „Ein fremder Mann brachte ein Amulett in den Laden meines Vaters. Es war mit einem Zauber belegt. Unzählige Vogelspinnen tauchten auf und krabbelten auf mich zu. Wenn mich zwei von meinen Freunden dort drinnen nicht gerettet hätten, stände ich jetzt nicht hier."

„Ein Zauber?", staunte Levi. „Sowas gibt es also auch?"

Sarah nickte: „Ja, gibt es. Ist dir so etwas auch passiert?"

Levi verstand nicht genau, worauf Sarah hinauswollte: „Was meinst du?"

„Hat jemand versucht, dich davon abzuhalten, die Einladung anzunehmen?“, konkretisierte Sarah ihre Frage. „Hast du aus Angst abgelehnt?“

Levi schüttelte den Kopf: „Sowas ist mir nicht passiert. Ich gehöre da einfach nicht hin. Ich sitze in einem Rollstuhl. Was soll ich auf einer Burg?“

„Ich denke, die Professoren auf Burg Torva hätten dafür eine Lösung gefunden“, erklärte Sarah.

„Genau das habe ich gesehen“, deutete Levi an.

Diesmal verstand Sarah nicht, was Levi meinte: „Was hast du gesehen?“

Levi atmete tief ein und zog seine Lippe zur Seite, als wolle er selbst nicht sprechen, während seine Worte den Weg nach draußen suchten: „Ich hab‘ es im Traum gesehen oder – wie du es nennst – in einer Vision. Ich bin dort gelaufen wie jeder andere Student auch.“

„Das ist möglich“, erklärte Sarah. „Es gibt dort gute Heiler.“

„Ich muss nicht geheilt werden“, antwortete Levi schnippisch. „Kann ja sein, dass sich andere Rollstuhlfahrer wünschen, laufen zu können, aber ich nicht. Ich kam schon so zur Welt. Konnte nie einen Schritt gehen. Das bin ich. Das gehört zu mir. Ich bin geschickt im Rollstuhl. Die letzten drei Jahre habe ich den Rollstuhlwettstreit gewonnen. Ich bin schnell und begabt. Schießen, Wettrennen, jede Art von Ballsport… Ich liege überall vorne – selbst beim Reiten. Hier bin ich etwas Besonderes. Hier habe ich meine Freunde. Auf Burg Torva bin ich irgendjemand. Ein Student von Vielen.“

„Aber dein Schwerpunkt – das Sehen – gehört auch zu dir. Das bist auch du!“, entgegnete Sarah.

Levi schaute auf den Boden: „Ich wünschte, das wäre es nicht.“

Sarah wusste nicht mehr, was sie antworten sollte.

„Dein Leben hing also von dieser Information ab?“, fragte Levi abfällig. „Na, dann hoffe ich, bist du nun gerettet.“

Er drehte seinen Rollstuhl Richtung Eingang der Taverne.

„Ich dachte, du wärst vielleicht auch bedroht worden und könntest mir etwas zu dem Täter sagen.“

Levi drehte sich noch einmal zu Sarah um. „Du wirst immer noch bedroht!“, stellte Levi mehr fest, als dass der fragte.

Sarah nickte.

„Tut mir leid, dass ich dir nicht helfen kann“, sagte Levi nun freundlich und mitfühlend, „aber ich habe wirklich ganz freiwillig abgelehnt.“

Sarah reagierte ebenfalls freundlich: „Trotzdem vielen Dank Levi. Danke für deine Offenheit.“

„Wird nicht zur Gewohnheit“, grinste Levi.

Die Tür zur Taverne öffnete sich und Sarahs Freunde stießen zu ihnen. „Hier bist du!“, rief Daniel aus. „Wir haben dich gesucht.“

„Ist das einer von denen, die dich vor den Krabbeltieren gerettet haben?“, fragte Levi gespielt irritiert.

Sarah nickte.

„Kaum zu glauben“, Levi schüttelte den Kopf und wollte wieder in die Taverne rollen. „Was soll das heißen?“, fragte Daniel verdutzt, bekam aber keine Reaktion von Levi. „Warte!“, Sarah zog einen Stift und einen Zettel aus ihrer kleinen grünen Handtasche. Sie kritzelte etwas darauf und drückte es Levi in die Hand: „Falls du mal Hilfe brauchst mit deinem ungewollten Erbe. Ich bin aber nur während des Semesters erreichbar. Zu Hause hab‘ ich kein Telefon.“

„Kein Telefon?“, staunte Levi. „Kommst du aus ‘ner unteren Kaste?“

Sarah nickte und tippte auf ihre grüne Handtasche.

„Sarah Hollander“, las Levi vom Zettel ab. Dann schaute er sie an: „Grüne Kaste. Nicht schlecht. Mach’s gut, Sarah Hollander aus der grünen Kaste.“

Levi entschwand Sarahs Blick. Dafür schauten sie fünf Freunde fragend an. Während sie zurück zur Pension gingen, erklärte Sarah ihnen alles. Ella reagierte auf das Erzählte als Erste: „Tut mir leid, dass das eine Sackgasse war, aber nun wissen wir es.“

„Dann geht es wohl morgen mit mir weiter“, stellte Colin fest. In der Pension angekommen, telefonierte er mit seiner Mutter, um ihr nicht nur gleich *seinen* Besuch, sondern auch noch den von fünf Freunden anzukündigen. Die Freunde hörten bereits durchs Telefon, dass sich Colins Mutter sehr freute. Sie schien unglaublich herzlich zu sein. Sarah musste beim Einschlafen unweigerlich an ihre Mutter denken. Und dann träumte sie. Sie hatte gar keine Vision, sondern träumte einfach von ihrer Mutter, von ihrer gemeinsamen Zeit, von liebevollen Umarmungen, von ihrem Lachen und von jedem lieben Wort, an das sie sich erinnern konnte.

59. Kapitel – Nachricht von Colins Vater

Während in der violetten Kaste noch einige andere Farben vertreten waren, erinnerte die dunkelblaue Kaste schon etwas mehr an die grüne. Zwar gab es vereinzelt ein paar andere Farben und mehr Fahrzeuge auf den Straßen, aber die überwiegend vorherrschende blaue Farbe ließ erahnen, dass die Dunkelblauen, von den unteren Kasten gar nicht so weit entfernt waren. Die Häuser waren zwar insgesamt etwas prächtiger gestaltet, als es Sarah von der grünen Kaste her kannte, aber zwischen den elegantesten der grünen und den ärmlicheren Häusern der dunkelblauen Kaste, war nicht viel Unterschied. Während Sarah mit ihren Freunden in Colins Straße einbog, stach ein Haus als besonders groß und luxuriös heraus. „Da vorne ist es!", erklärte Colin und zeigte auf genau dieses Haus.

„Wow", staunte Kim. „Ich habe das Haus schon ein paar Mal gesehen und mich immer gefragt, welcher Bonze wohl in diesem Haus wohnt. Jetzt weiß ich es. Colin." Colin verdrehte die Augen.

„Kommst du aus einer reichen Familie?", fragte Hanna beim Blick durch die sonnenundurchlässigen Scheiben von Daniels Auto.

„Nicht im klassischen Sinne", erklärte Colin. „Die Familie meiner Mutter kommt aus ganz normalen Verhältnissen – also normal für die blaue Kaste. Mein Vater kommt...", Colin stockte kurz. „Mein Vater kam aus einer anderen Kaste. Ich weiß nicht mal aus welcher. Er wollte nie darüber sprechen, war dort aber nicht sehr reich. Er ist dann mit allem, was er hatte, in die blaue Kaste umgezogen. Hier gehörte er dann automatisch zu den Reicheren."

Das Garagentor neben dem Haus öffnete sich und eine winkende Frau stand darin. „Ich habe meiner Mutter gesagt, dass wir über die Garage ins Haus kommen, weil Daniel die Sonne nicht gut verträgt."

„Wieso ausgerechnet ich?", fragte Daniel irritiert.

„Du bist der Blasseste von allen", erklärte Colin.

„Verstehe!", sagte Daniel. „Clever von dir!"

Als sich das Garagentor hinter ihnen schloss, stiegen die Studenten aus. Colins Mutter umarmte Colin eine lange Zeit und schien ihn gar nicht mehr loslassen zu wollen, bis ihr auffiel, dass er ja noch Freunde mitgebracht hatte. Während sie sich ihnen mit ihrem Vornamen Elisabeth vorstellte und die Namen der anderen erfuhr, drückte Colins Mutter jeden herzlich und hieß alle willkommen. Obwohl es etwas dunkel war – da Colins Mutter auf sein Geheiß hin alle Vorhänge geschlossen hatte – fühlte sich Sarah beim Betreten des Hauses sehr wohl. Es war gemütlich eingerichtet und überall hingen Bilder an der Wand. Colins Mutter führte die kleine Gruppe ins Wohnzimmer, wo sie Tee und reichlich Gebäck bereitgestellt hatte. Sie selbst nahm sich auch eine Tasse Tee und setzte sich in einen dunkelblauen Sessel, während die Freunde sich auf zwei gemütliche Sofas verteilten.

„Dann erzählt mal!“, forderte Elisabeth Waldeck die Studenten auf. „Wie ist es denn so auf einer Uni? Colins Vater und ich waren nie auf einer.“

Colin erzählte alles, was man einer Nichtmystikerin erzählen konnte. Das war abgesehen von der Sympathie zu verschiedenen Studenten oder Professoren und dem Aussehen der Burg nicht besonders viel. Colins Mutter schienen die Informationen nicht zu genügen, zumal Colin diese Dinge schon am Telefon erzählt hatte. Sie wollte mehr erfahren: „Und was lernt ihr? Was hat es mit den Schwerpunkten auf sich?“

Die Freunde sahen sich an. Sarah hatte sich schon Gedanken gemacht, was sie zu Hause erzählen könnte und rettete Colin aus seiner misslichen Lage: „Nun, es gibt unterschiedliche Schwerpunkte nach Interessen.

Daniel, Ella und Hanna beschäftigen sich viel mit der Vergangenheit, während Kim, Colin und ich Dinge für eine mögliche Zukunft studieren. Dabei spielt auch Traumdeutung eine große Rolle. Aber alles ist streng geheim und wir dürfen keine Details preisgeben."

Mit dieser Antwort war Colins Mutter zufrieden und sie war stolz auf ihren Sohn, der an einer so wichtigen Uni studierte, dass er nicht mal darüber sprechen durfte. Dafür sprach Colins Mutter nun viel über Colin – von seinen ersten Schritten bis zur überraschenden Einladung von Burg Torva. Die Freunde hörten aufmerksam zu und mussten gelegentlich schmunzeln, während Colin so manch eine Geschichte eher unangenehm war.

Sarah fühlte sich wohl. Es war alles so herzlich. Und doch brannte es ihr unter den Nägeln, endlich den Brief von Colins Vater zu suchen. Den anderen schien es ähnlich zu gehen. Erst als Elisabeth Waldeck gegen Mitternacht selbst zu müde war, zeigte sie den Freunden, wo sie schlafen konnten. Dazu gingen sie eine schicke Holztreppe hinauf in die obere Etage. In Colins Zimmer stand ein Bett, das groß genug war für zwei Personen.

„Hier können Du und Daniel schlafen", erklärte Colins Mutter. „Und ihr Mädchen könnt euch auf das Gästezimmer und auf mein Schlafzimmer aufteilen. Ich schlafe im Wohnzimmer."

Sarah wollte gerade sagen, dass sie doch auch im Wohnzimmer schlafen könnten, als Colin ihr eine Nachricht direkt in den Kopf schickte: „Ich weiß, was du sagen willst. Lass es und nimm es einfach an. Meine Mutter macht das gerne. Wenn sie unten schläft, bekommt sie nicht mit, wenn wir auf den Dachboden gehen."

Sarah, die Colins Mutter anlächelte, während sie Colins Nachricht empfing, bedankte sich und wünschte eine gute Nacht. Die anderen taten es ihr gleich und warteten, bis Colins Mutter die Treppe wieder hinuntergestiegen war.

„So, so", alberte Kim, „die Jungs in einem Zimmer und die Mädchen in einem anderen. Strikt getrennt."

Sarah, Ella, Daniel und Hanna mussten schmunzeln. Kim fuhr fort: „Sie weiß aber schon, dass wir erwachsen sind und du auf Burg Torva mit zwei Frauen auf einem Zimmer schläfst."

Colin schüttelte den Kopf: „Zweiteres hab' ich ihr lieber nicht gesagt. Und Ersteres scheint sie gekonnt zu ignorieren." Die Freunde lachten. Es war eine komische Stimmung. Es war schön und auch lustig, aber es lag eine Aufgabe vor ihnen, von der sie nicht wussten, was auf sie zukam. Colin wartete ab, bis seine Mutter sich bettfertig gemacht hatte und die Wohnzimmertür hinter sich schloss. Dann schlichen die Freunde auf den Speicher. Colin knipste das Licht einer Glühbirne an, die mit einem schlichten weißen Schirm von der Decke hing. Alles sah so aus, wie in Colins Vision – nur mit einer leichten Staubschicht bedeckt.

Sarah überkam ein leichter Schauer, als sie den Balken sah, an dem sich Colins Vater erhängt hatte. Auch der Stuhl existierte noch, stand aber an seinem Platz vor dem Schreibtisch.

„Meine Mutter hat alles so gelassen, wie es war. Sie geht hier nicht rauf." Colins Blick wanderte auf den Fußboden. Da war sie: Die lockere Holzplatte. Sarah spürte, wie nervös sie wurde und konnte nur erahnen, wie sich wohl Colin fühlen mochte. Der hob die Holzplatte an und holte den Briefumschlag hervor, auf dem sein Name stand. „Seit der Vision habe ich die Holzplatte jede Nacht in meinen Träumen angehoben“, sagte er mit zitternder Stimme. „Jedes Mal holte ich im Traum den Umschlag heraus und sobald ich ihn öffne, endet die Traumsequenz.“

„Diesmal endet sie nicht“, sagte Hanna mitfühlend und legte ihm die Hand auf die Schulter. Colin zog den Brief heraus und schluckte. Seine Augen füllten sich mit Tränen. „Kann das jemand von euch lesen?“, fragte er Hilfe suchend. „Ich pack’ das nicht.“ Hanna nickte und nahm den Brief. Sie setzte sich neben Colin. Kim setzte sich auf die andere Seite und legte ihren Arm um Colins Schulter. Die anderen drei setzten sich ebenfalls auf den staubigen Boden, sodass sie alle in einem Kreis saßen. Hanna warf Colin einen fragenden Blick zu. Der nickte. Für Hanna war dies das Zeichen, zu beginnen:

Mein lieber Colin,

es fällt mir schwer, in Worte zu fassen, was ich dir sagen möchte. Worte können nicht entschuldigen, was ich dir und deiner Mutter gleich antun werde. Und dennoch möchte ich dir sagen, wie leid es mir tut. Ich liebe euch über alles und will euch nicht verlassen, aber ich sehe keinen Ausweg. Mein Tod wird sich für dich anfühlen, als hätte ich dich im Stich gelassen, aber er war notwendig, um dich zu schützen. Ich hoffe, du kannst mir eines Tages verzeihen. Wenn du meine Worte liest, bist du vermutlich nicht allein hier, denn die versteckte

Botschaft, die ich dir geschickt habe, konntest du nur mit Hilfe entschlüsseln. Aber ich weiß, dass du gute Freunde um dich hast. Ich habe sie gesehen in meiner immer wiederkehrenden Vision. Inzwischen wird sich dir – neben der dir bekannten Welt – eine neue Welt eröffnet haben – die der Mystiker. Wahrscheinlich gehörtest du zu der Handvoll Studenten, die ihren Schwerpunkt nicht kannten. Das tut mir leid. Es ist meine Schuld. Ich hätte dich darauf vorbereiten müssen, aber ich wollte das Ganze von dir fernhalten. Ich dachte, so könnte ich die Vision ändern. Nun weiß ich, dass es hoffnungslos ist.

Ursprünglich komme ich aus der roten Kaste. Meine Eltern – deine Großeltern, die du nie kennengelernt hast – sind beide Seher und ich konnte es schon als Kind kaum erwarten, nach Burg Torva zu gehen. Ich habe meine Fähigkeiten früh entdeckt und habe sie schon vor Studienbeginn trainiert. Mit meiner ersten Nacht auf Burg Torva kam sie dann: Die Vision von dir! Ich hatte zu dem Zeitpunkt nicht mal eine Freundin, aber eine Vision von meinem zukünftigen Sohn und wie ich ihn und seine Freunde verraten habe. Aus der Vision ging nicht hervor, wer auf der Suche nach euch war oder weshalb. Jede Nacht folterten sie mich in meiner Vision – Menschen mit gelbschwarzen Anzügen und Umhängen, deren Gesicht unter einer Art Helm oder

Kapuze verdeckt war. Jede Nacht fragten sie mich, wo du dich gerade aufhältst, und jede Nacht verriet ich es ihnen. Dann sprang die Vision zu dem Ort, den ich meinen Peinigern genannt habe. Sie stürmten herein und ließen nicht ab von euch, bis keiner mehr einen Atemzug tat. Es war schrecklich. Und ich habe es gesehen. Nacht für Nacht. Diese Vision durfte nicht wahr werden. Ich verließ Burg Torva noch vor Ende des ersten Semesters. Die Visionen folgten mir. Meinen Eltern wollte ich davon nicht berichten. Ich habe es niemandem erzählt. Ich war solch ein Schwächling in der Vision. Da wollte ich nicht auch noch um Hilfe bitten. Ich habe mich eingelesen und versucht, einen Weg zu finden, meine Fähigkeiten zu unterdrücken und sogar zu vergessen. Aber das kann schlimme Konsequenzen haben. Man kann den Verstand verlieren oder das Gehirn reagiert mit einem Tumor, wenn man zufällig wieder mit Mystik in Berührung kommt. Auch davor hatte ich Angst. Mit Geld, das ich meinen Eltern gestohlen hatte, floh ich in die blaue Kaste. Hier gibt es kaum Mystiker, weshalb ich dachte, hier hätte ich meine Ruhe. Ich kaufte mir dieses Haus und beschloss, niemals Kinder zu bekommen. Zu dem Zeitpunkt verschwanden die Visionen. Dann lernte ich deine Mutter kennen – die Liebe meines Lebens. Ich war ihr direkt verfallen. Sie erzählte in einer Bar etwas angetrunken, dass sie die jüngste von sechs Schwestern sei und ihre

Schwestern auch alle nur Töchter hätten. Sie war überzeugt, Männer lägen nicht in ihrer Familie. Und obwohl es natürlich Unsinn war, gefiel mir der Gedanke, denn die Vision durfte nicht wahr werden. Kurz nach unserer Hochzeit war deine Mutter schwanger. Sie war sich so sicher, dass du ein Mädchen wirst. Ich war auf Arbeit, als du auf die Welt kamst und die Geburt ging so schnell, dass ich sie verpasst habe. Du kennst die Geschichte. Als ich ins Krankenhaus kam, hielt dich deine Mutter im Arm und strahlte übers ganze Gesicht. Da wir keinen Jungennamen ausgewählt hatten, hatte sie dich bereits Colin genannt. Deine Mutter hat oft erzählt, wie ich in Tränen ausbrach. Und natürlich habe ich mich über dieses wunderbare kleine Wesen in ihren Armen gefreut, aber es waren nicht nur positive Gefühle, die mich übermannten. Augenblicklich nahm eine große Angst von mir Besitz. Da lag mein Sohn vor mir, mit dem Namen aus meiner Vision. Mit der Angst kamen augenblicklich die Visionen zurück. Achtzehn Jahre lang sah ich Nacht für Nacht, wie ich den kleinen Jungen, den ich über alles liebte, verriet. Ich versuchte, dich zu beschützen und alles Unheil von dir fernzuhalten – laut deiner Mutter teilweise sogar zu sehr. Zwischendurch dachte ich sogar, dass du nicht dieser junge Mann aus meiner Vision sein konntest – ein ruhiger, lieber Junge, der nicht mal Blut sehen konnte. Aber du bist stark. Stärker, als *du denkst und stärker, als ich es je sein werde. Das hat sich immer gezeigt, wenn es darum ging, für andere einzustehen. Ich bin unfassbar stolz auf den jungen Mann, der du geworden bist. Aber dieser junge Mann ist dem aus meiner Vision inzwischen so ähnlich, dass ich nicht mehr weiß, wann sie Realität wird. Über achtzehn Jahre lang war ich jede Nacht zu schwach, dich zu retten, aber heute werde ich für dich stark sein. Heute werde ich mich aus der Gleichung ziehen und dafür sorgen, dass die Vision nicht mehr Wirklichkeit werden kann. Ich liebe Dich, Colin! Pass auf dich und deine Mutter auf! Ich hoffe, du kannst mir eines Tages verzeihen, dein dich von ganzem Herzen liebender Vater*

60. Kapitel – eine Nacht und ein Tag in der blauen Kaste

Hanna legte den doppelseitigen Brief vor sich auf den Boden. Colin wischte sich die Tränen ab, während Kim ihn nicht losließ. Auch Sarah hatte einen Kloß im Hals. Den anderen schien es genauso zu gehen. Aber genauso groß wie die Betroffenheit, war die Verwirrtheit. Der Brief beantwortete einige Fragen und warf dabei völlig neue auf. Hatte Sarahs Mutter den Tumor als Folge der Zaubertränke? Wusste sie, dass dies passieren konnte? Wer waren die gelbschwarzgekleideten Menschen? Hatten sie etwas mit den bisherigen Vorfällen zu tun? Sarah wusste, dass die Situation ernst war – aber, dass definitiv mehrere Menschen ihr oder ihnen nach dem Leben trachteten, ließ sie eiskalt erschaudern. Warum trugen sie die gleiche Kleidung? Waren sie irgendeine Gruppe? Was war ihr Ziel? Warum hatten sie es auf sie abgesehen? Eine Weile sagte niemand etwas, aber den anderen mussten ähnliche Gedanken durch den Kopf gehen, denn als Daniel das Schweigen brach, sagte er: „Es gibt wohl einiges mehr, das wir aufdecken müssen."

Die anderen nickten zustimmend und auch Colin schien dadurch aus seinen Gedanken gerissen und gab ihm recht.

Sarah schaute Colin an und hatte einen schrecklichen Gedanken. Er durchfuhr sie schmerzhaft und gleichzeitig dröhnte ihr Kopf: „Bestimmt bereut er es, mich kennengelernt zu haben. Wenn ich nicht wäre und ihn nicht mithineingezogen hätte, würde sein Vater vielleicht noch Leben."

„Nein", hörte sie Colins Stimme laut und deutlich. „Es tut mir leid, dass ich gerade deine Gedanken gelesen habe, aber ich wusste bei deinem Blick, dass du so etwas denkst und die Antwort ist *‚Nein'*, das denke ich nicht. Ich hätte jedem Freund in so einer Situation geholfen und würde es wieder tun. Mein Vater hatte Unrecht. Es war nicht stark, sich das Leben zu nehmen. Es wäre stark gewesen, sich jemandem anzuvertrauen. Es hätte nicht von Schwäche gezeugt, es seinen Eltern zu sagen und er hätte es auch mir sagen können. Wir hätten eine Lösung finden können. Er hat sich entschieden, diesen Weg zu nehmen, nicht weil er stark war, sondern stolz und feige." Colin begann bei den letzten Worten bitterlich zu weinen. Seine Wut und Trauer mischten sich und er musste seinen Gefühlen freien Lauf lassen.
Es entstand wieder eine Pause, in der nicht gesprochen wurde. Diesmal war es Hanna, die das Wort ergriff,

als Colin sich etwas beruhigt hatte. „Nachdem ich gewandelt wurde, habe ich viele Bücher gelesen. Außerhalb der Kastenlande gab es nur fiktive Vampirgeschichten. Ich hoffte, ein Fünkchen Wahrheit darin zu finden und mehr über mich zu erfahren. Ein sehr bekanntes Buch bestand nur aus Tagebucheinträgen einzelner Charaktere. Jeder für sich hatte Informationen und Beobachtungen, aber zu Beginn traute sich niemand, sich darüber auszutauschen. Die ganze Zeit habe ich gedacht, wenn sie doch nur miteinander sprechen würden, dann wären sie einen ganzen Schritt weiter. Aber sie hatten Sorge, dass jemand etwas Negatives über sie denken könnte. Es war ein Fehler, den dein Vater gemacht hat, Colin. Er wusste es nicht besser und hat aus Liebe zu dir gehandelt. Wenn ich eins aus diesem Brief mitnehme – außer den ganzen fürchterlichen Details, über die wir dringend reden sollten, dann das: Er hat dich unfassbar geliebt."

„Das sehe ich genauso!", pflichtete Ella ihr bei. „Und was ich aus deiner Geschichte mitnehme, ist, dass wir uns über alles austauschen müssen und keine Details geheim halten. Gemeinsam entsteht viel schneller ein Bild, auch wenn Gellhorn und Harling meinen, wir sind noch nicht für alle Informationen bereit."

Es war seltsam für Sarah, den Namen Harling zu hören und sie zuckte leicht zusammen. Dass er ihr Vater sein könnte, damit wollte sie sich gerade noch nicht beschäftigen. Colin schienen Hannas Worte etwas getröstet zu haben. Sarah bewunderte sie dafür, dass sie so starke und treffende Worte gefunden hatte. Hanna war nicht gerade diejenige in der Gruppe, die am meisten redete und dann sagte sie plötzlich in so einem wichtigen Moment genau das Richtige. Es war ein Glück, sie in der Gruppe zu haben. Es war ein Glück, jeden einzelnen dieser wundervollen Menschen in der Gruppe zu wissen.

Die Freunde unterhielten sich noch eine ganze Weile über den Brief, darüber, was er im Einzelnen bedeuten könnte und wie wichtig es war, sich alles anzuvertrauen. Als sie ihre Augen nicht mehr offenhalten konnten, machten sie sich auf den Weg in die Betten. Da das Gästezimmer keine dicken Vorhänge besaß, erklärten sich Kim und Sarah bereit, darin zu schlafen, während Hanna und Ella in das Zimmer von Colins Mutter schlichen. Als Sarah und Kim nebeneinander im Bett lagen, gingen Sarah noch viele Dinge im Kopf herum. Sie schaute zu Kim rüber, die ebenfalls noch nicht schlafen konnte.

„Darf ich dich was fragen?“, flüsterte Sarah.

„Klar!“, antwortete Kim neugierig.

„Ich weiß, wir sollen uns alle Details erzählen und dazu zählen auch unsere Visionen, aber…“ Während Sarah noch überlegte, wie sie den Satz beenden sollte, half Kim ihr aus: „Aber Manches ist privat und du behältst es lieber für dich?“

Sarah nickte mit schlechtem Gewissen. Kim versuchte Sarah zu beruhigen: „Ich habe auch Visionen, die ich nicht teile.“

„Auch welche, die sich ständig wiederholen?“, wollte Sarah wissen.

Kim nickte: „Ja, ständig. Aber wenn sie nichts mit der Sache oder der Gruppe zu tun haben, dann sehe ich keine Notwendigkeit, sie allen zu offenbaren.“

Sarah genügte die Antwort noch nicht: „Und wenn es mit einer Person aus der Gruppe zu tun hat?“

„Oh!“, staunte Kim. „Ich glaube, ich verstehe. Aber es ist wahrscheinlich nichts Negatives, oder?“

Sarah schüttelte den Kopf und freute sich, dass es dunkel im Zimmer war, denn sie hatte das Gefühl, ein wenig rot anzulaufen.

„Ich glaube nicht, dass du es dann erzählen musst“, erklärte Kim.

„Gut!“, sagte Sarah.

„Willst du mir mehr darüber erzählen?“, fragte Kim in einem gleichermaßen frechen und neugierigen Ton. „Es handelt sich dabei nicht um mich, oder?“

Sarah musste leicht grinsen: „Nein und nein.“

„Wenn du es dir anders überlegst, ich hab’ immer ein offenes Ohr und einen verschlossenen Mund“, erwiderte Kim und machte mit ihrer Hand eine Bewegung, als schließe sie ihren Mund mit einem Schlüssel ab.

Sarah bedankte sich und wünschte Kim noch eine gute Nacht. Schlafen konnte sie nicht. Kim ging es anscheinend ähnlich. Diesmal fragte sie Sarah etwas: „Den Freund, den du in der grünen Kaste hast, ist der noch dein Freund?“

Sarah brachte die Frage etwas aus der Fassung. Dabei sollte sie doch einfach zu beantworten sein. Michael war ihr Freund, als sie nach Burg Torva abgereist war. Sie hatten sich nicht getrennt, sondern beschlossen, zusammenzubleiben. Trotzdem wusste sie nicht so recht, was sie antworten sollte.

„Ich denke ja“, sagte sie zögerlich.

„Du denkst?“, forschte Kim weiter nach.

Sarah startete einen Erklärungsversuch: „Also eigentlich ja. Es ist nur so viel passiert, dass ich kaum über die Beziehung nachgedacht habe.“

„Und kaum über ihn?“, kristallisierte Kim das eigentliche Problem heraus.

Sarah nickte beschämt.

„Deshalb musst du kein schlechtes Gewissen haben“, fuhr Kim fort. „Du hast so viel krassen Scheiß erlebt, da wird alles andere erst mal in den Hintergrund gedrängt. Bestimmt ist es ganz anders, wenn du ihn wiedersiehst.“

„Bestimmt!“, nickte Sarah – mehr, um sich selbst zu überzeugen als zuzustimmen. Kim überzeugte sie damit nicht, denn sie fügte hinzu: „Oder eben nicht. Aber dann weißt du es zumindest. Außerdem war es auch für ihn eine lange Zeit ohne dich. Sein Leben ging auch weiter. Vielleicht hat er sich in eine ganz andere Richtung entwickelt.“

„Das kann ich mir kaum vorstellen“, antwortete Sarah ehrlich und direkt. „Michael ist so zuverlässig und beständig. Ich kann mir nicht vorstellen, dass er mir untreu ist. Er ist unfassbar loyal – wie ein Fels. Ich konnte mich immer auf ihn verlassen.“ „Konnte?“, fragte Kim herausfordernd.

„Oder kann“, korrigierte Sarah sich.

„Du bist dir selbst nicht sicher“, stellte Kim fest. „Lass es einfach auf dich zukommen. So eine Fernbeziehung ist für alle Beteiligten nicht leicht. Denke ich. Ich hatte noch nie eine.“

Sarah nickte. Sie hatte etwas Angst, wie das Aufeinandertreffen laufen würde. Statt zu schlafen, jagte diese Nacht ein Gedanke den anderen. Sind die Gefühle für Michael noch genauso da wie vorher? Was, wenn nicht? Würde sie Michael das Herz brechen. Würden sie dann alle hassen? Was ist, wenn die Gefühle noch genauso da sind, wie vorher? Was ist dann mit der Vision und mit Ella? Die Aussicht, am übernächsten Tag auf Michael zu treffen, schob die unzähligen anderen Gedanken, die Sarah beschäftigten, vorerst in den Hintergrund. Sie war froh, als Colins Mutter an die Tür klopfte, um sie alle zu wecken.

„Das Frühstück steht bereit!“, sagte sie freundlich. „Macht euch in Ruhe fertig und kommt dann nach unten.“

Kim, die für die letzte Stunde doch noch eingeschlafen war, fluchte und zog sich das Kissen über den Kopf, stand dann aber mit einem lauten Stöhnen auf. Beim Frühstück waren alle Freunde etwas schweigsam. Colins Mutter sprudelte im Gegenzug dazu mit Ideen, was man die nächsten Tage alles gemeinsam unternehmen könne, nur um dann mitleidig zu Daniel zu schauen und festzustellen, dass jede einzelne Idee von ihr nicht nach Sonnenuntergang stattfinden konnte. Dennoch hinderte es sie nicht daran, weitere Pläne zu schmieden. Die Freunde sahen sich irritiert an und als seine Mutter das Esszimmer verließ, um in der Küche noch weiteren frischen Orangensaft zu pressen, fragte Daniel ihn: „Sie weiß schon, dass wir heute nach Sonnenuntergang abreisen, oder?“

Colin schüttelte den Kopf. Ella schaute ihren Bruder an und rollte mit den Augen. „Wann hätte er ihr das denn sagen sollen? Wir haben es ja selbst erst heute Nacht besprochen.“

„Sie wird auf jeden Fall sehr traurig sein“, seufzte Colin und schien auch selbst etwas niedergeschlagen zu sein.

„Warum bleibst du nicht noch ein bisschen?“, schlug Sarah vor.

Colin sah sie überrascht an.

„Die Ferien haben gerade erst begonnen“, führte Sarah ihre Gedanken weiter aus, „und wir hatten echt ein paar krasse letzte Tage. Ein bisschen Zeit mit deiner Mutter wird nicht nur ihr guttun, sondern auch dir. Bis zu unserer Feier sind es noch ein paar Wochen und in der grünen Kaste werden wir wohl keine großen Überraschungen mehr erleben. Mit meinem Vater…“, Sarah stockte einen Moment, sprach dann aber weiter, „muss ich allein sprechen. Und selbst dann bin ich mir nicht sicher, ob wir herausfinden, wer den Ring in die Bäckerei gebracht hat.“

Colin schien die Idee zu gefallen, aber ihm war noch nicht ganz klar, wie es weitergehen sollte. Daniel schrieb ein paar Zahlen auf einen Zettel: „Hier, ihr habt doch ein Telefon. Da erreichst du uns in unserem Ferienhaus. Ruf jederzeit an und ich hole dich ab.“

Colin nickte erleichtert. So konnte er mit einem ruhigen Gewissen noch etwas bleiben.

„Wer holt wen ab?“, fragte Colins Mutter erstaunt, die gerade mit einer Karaffe frischem Saft in der Hand in der Tür stand.

„Meine Freunde müssen abreisen“, erklärte Colin ihr. Elisabeth Waldeck war überrascht: „So schnell? Das ist aber schade. Aber natürlich, ihr habt ja auch Familien, die euch sehen wollen. Wie schön, dass ich euch kennenlernen durfte. Aber du bleibst noch etwas Colin?“

Colin nickte und schien damit seiner verständnisvollen Mutter eine große Freude zu machen: „Ja, ich bleibe noch etwas hier und in ein paar Tagen oder Wochen holen mich meine Freunde wieder ab.“

„Das ist so nett von euch!“, sagte Colins Mutter. „Brecht ihr jetzt gleich auf?“

„Erst nach Sonnenuntergang“, antwortete Daniel.

„Richtig“, erwiderte Colins Mutter, „du armer Junge. So eine Sonnenallergie kenne ich aus unserer Kaste gar nicht. Die Menschen in den höheren Kasten müssen sich wohl mit anderen Krankheiten herumschlagen als wir hier.“

Die anderen Freunde mussten etwas schmunzeln, während Daniel es überhaupt nicht lustig fand, bemitleidet zu werden.

„Na dann machen wir es und bis heute Abend aber noch besonders schön!“, sagte Colins Mutter und fügte hinzu: „Am besten hier drinnen.“ Zügig stellte sie den Orangensaft auf den Tisch und holte eine große Sammlung von Gesellschaftsspielen aus den Schränken. Die Freunde schauten sich unbeholfen an. Es war komisch, sich nach der letzten Nacht an einen Tisch zu setzen und Spiele zu spielen, aber Colins Mutter zuliebe wollten sie es versuchen. Und tatsächlich war es genau das Richtige. Es dauerte nur ein paar Minuten, ehe der Spielspaß auf sie übersprang. Der Tag verflog im Nu und auch nach dem Mittagessen wollten sie unbedingt noch die eine Partie eines Spiels beenden und eine neue eines anderen Spiels beginnen. Dann ging die Sonne unter. Sarah, Kim, Ella, Daniel und Hanna packten ihre Sachen und waren abfahrbereit. Sarah umarmte Colin und es fiel ihr schwer, ihn für eine kurze Zeit zu verabschieden. Wie es Colin erst gehen musste, konnte sie nur erahnen. Diese wunderbare kleine Wahlfamilie, die sie gegründet hatten, wollte man nicht mehr hergeben. Als die fünf Freunde sich ausgiebig von Colin und seiner Mutter verabschiedet hatten, stiegen sie in das Auto. Das Garagentor öffnete sich und sie fuhren in die Nacht hinaus in Richtung grüne Kaste. Sarah atmete tief ein und aus. So hatte sie sich das Gefühl, nach Hause zu kommen, nicht vorgestellt, als sie vor ein paar Monaten abgereist war. Sie blickte aus dem Fenster auf den Mond, der fast voll war. Dann schlief sie ein.

61. Kapitel – Willkommen zurück

Sarah steht wieder in dem Ferienhaus von Ella und Daniel und schaut sich um. Es erklingt fröhliche Musik und draußen im Garten feiern viele Menschen. Sarah schaut an sich herunter. Sie trägt das Kleid ihrer Mutter in Regenbogenfarben. Bevor sie sich weiter umschauen kann, legen sich wie jedes Mal die beiden Hände vor Sarahs Augen. Automatisch führt Sarah sie sanft nach unten, dreht sich um und schaut Ella an, die das silberne mit Pailletten besetzte Kleid trägt. Mit ihrem umwerfenden und mitreißenden Lächeln fragt sie erneut: „Na, wie sehe ich aus?“

„Bezaubernd“, hört sich Sarah selbst sagen. „Und ich?“

„Bezaubernd“, antwortet die Traum–Ella und streichelt ihr mit der Hand sanft über die Wange. Langsam bewegen sich ihre Gesichter aufeinander zu. Im nächsten Moment schnellt ein Pfeil zwischen ihnen beiden hindurch. Sarah sieht eine Person in einem gelbschwarzen Anzug mit Kapuze, die einen Bogen nach unten senkt.

„Wer sind sie? Was wollen sie?“ ruft Sarah.

Statt einer Antwort betreten noch mehr Personen in den gleichen Anzügen den Raum und umzingeln sie. Sarah schaut sich nach Ella um, die plötzlich verschwunden ist. Die Menschen in den Anzügen kommen immer näher auf Sarah zu, die keine

Möglichkeit hat, auszuweichen. Sarah spürt, wie die Angst in ihr hochsteigt. Sie will fliehen, aber ihre Beine sind so schwer, dass sie diese nicht anheben kann. Kurz bevor die unheimlichen Gestalten sie erreichen, stößt sie einen lauten Schrei aus. Dann hört sie Ellas Stimme: „Alles in Ordnung?“

Sarah öffnete die Augen. Sie war noch immer im Auto, das aber nicht mehr fuhr.

„Wir sind da!“, lächelte sie Ella freundlich an. „Hast du geträumt?“

Sarah nickte.

„Dem Schrei nach zu urteilen nichts Gutes“, warf Daniel ein.

Sarah sah sich um. Alle hatten wohl ihren Schrei gehört.

„Zum Ende hin nicht mehr!“, antwortete Sarah und raffte sich auf.

„Mein Traum wurde auch gerade schräg“, erzählte Kim. „Zum Glück hat mich dein Schrei geweckt.“

„Juhu!“, rief Sarah ironisch fröhlich. Sie stieg aus dem Auto aus und fröstelte etwas. Als sie zuletzt hier war, war es noch recht warm. Nun war es deutlich kälter. In der blauen Kaste hatten sie die Garage und das Haus gar nicht verlassen und in der violetten und orangen Kaste war es grundsätzlich etwas wärmer.

„Das ist also die grüne Kaste?“, fragte Hanna, als sie das Ferienhaus der Wohlgemuts im Mondlicht bewunderte.

„Glaub mir“, antwortete Sarah ihr, „dieses Haus ist nicht gerade repräsentativ für diese Kaste.“

„Das ist wohl wahr“, stimmte Daniel zu. „Wir haben lange gesucht, bis wir dieses Schmuckstück hier gefunden haben und dann haben wir es trotzdem noch ziemlich aufpolieren lassen.“

Die Freunde gingen durch die Eingangstür in den großen Wohnbereich. Es war komisch, in dem Raum zu stehen, in dem sich Sarah vor wenigen Minuten noch im Traum befunden hatte.

„Hier sind keine besonders dicken Vorhänge“, bemerkte Hanna.

„Ist das gleiche magische Glas wie in meinem Auto und wie in unserem Haus in der orangen Kaste“, erklärte Daniel und holte sich, Ella und Hanna etwas zu trinken aus dem Kühlschrank. „Die Sonne kommt nicht durch.“

„Ich dachte es mir schon“, antwortete Hanna und nahm einen Schluck aus dem undurchsichtigen Becher, „aber ich muss bei sowas auf Nummer sicher gehen.“

„Verständlich!“, sagte Kim in ihrer gewohnt direkten, aber liebenswürdigen Art. „Würde ich wohl auch, wenn ich sonst zu Staub zerfallen würde.“

„Hast du schon einen Plan für morgen?“, fragte Daniel Sarah?

Einen Augenblick musste Sarah nachdenken. Nachdem Daniel die letzten Monate für alle mitgeplant hatte, war es nun an ihr, zu überlegen, wie sie vorgehen möchte. „Ich denke, ich gehe morgen früh zu meinem Vater in die Bäckerei. Wenn es günstig ist, spreche ich dort mit ihm und sonst versuche ich morgen Abend mein Glück.“

„Ich nehme an, wir sind dabei eher im Weg?“, fragte Kim.

Sarah nickte: „Tut mir leid. Mein Vater plaudert so schon nicht gern drauflos, aber wenn andere dabei sind, werden wir noch weniger Glück haben.“

„Kein Problem“, lächelte Ella. „Wir haben viel zu tun. Wir feiern hier in ein paar Wochen eine riesige

Semesterparty. Die will geplant und vorbereitet werden. Ich brauche euch morgen alle."

Sarah lächelte. Sie erinnerte sich, wie sie ihre Geburtstagsparty gemeinsam geplant und hier gefeiert hatten – damals mit Linda und Toni. Wie es den beiden wohl gehen mag? Und natürlich Michael. Den würde sie am nächsten Tag sicher irgendwie sehen. Da es schon spät war und die Freunde die Nacht davor wenig bis gar nicht geschlafen hatten, beschlossen sie, sich schlafen zu legen. Daniel drückte noch ein *Gute Nacht* heraus und ging die Treppe rauf zu seinem Zimmer. Er musste von der vielen Fahrerei ziemlich erschöpft gewesen sein.

„Hier haben wir nur zwei Schlafzimmer", erklärte Ella.

„Kein Problem", antwortete Kim und warf sich auf das geräumige Sofa.

„Ich kann auch bei Daniel im Bett schlafen", schlug Ella vor, „falls ihr beide dann in mein Zimmer wollt."

Hanna schüttelte den Kopf: „Colins Mutter hat schon meinetwegen ihr Zimmer geräumt. Das musst du nicht auch noch. Ich schlafe bei Kim auf dem Sofa."

Kim rollte ein Stück zur Seite, als wolle sie Platz für Hanna machen, obwohl das Sofa ohnehin groß genug war.

„Dann kommst du mit zu mir", antwortete Ella zu Sarah und zog sie in ihrer fröhlichen Art hinter sich her. Sarah war froh, nicht für mehrere Wochen auf dem Sofa schlafen zu müssen und Ella als Zimmerpartner wäre sowieso ihre erste Wahl gewesen. Als sie aber neben Ella im Bett lag, wurde ihr Gedankenkarussell erneut angekurbelt. Ella, die kein Nickerchen im Auto gemacht hatte, schlief schnell ein, während Sarah an die Decke starrte. Dann blickte sie zu Ella. Sie war wunderschön und einer der liebsten und fürsorglichsten Menschen, die sie kannte. Sarah wusste nicht, ob das nur freundschaftliche Gefühle waren, oder ob da doch mehr hinter steckte. Vielleicht wollte sie es sich aber auch einfach nicht eingestehen, denn wenn sie ehrlich war, spürte sie schon eine Weile ein leichtes Kribbeln im Bauch, wenn sie in Ellas Nähe war.

Aber sie war in einer Beziehung mit Michael, der ebenfalls ein wunderbarer, lieber Mensch war. Was würde ihr Vater sagen – der Michael so ins Herz geschlossen hatte – wenn sie statt ihm plötzlich mit einer Frau zusammen wäre? Eine Person, mit der man in der grünen Kaste keine Familie gründen konnte – und das war etwas, worauf Arthur Hollander großen Wert legte.

Aber legte Sarah Wert darauf? Und wenn ja, war es in einer anderen Kaste vielleicht möglich? In der orangen? War Ella überhaupt an ihr interessiert? Arthur Hollander war nicht mal ihr richtiger Vater. Konnte ihr egal sein, was er denkt? Oder war er nicht doch ihr richtiger Vater, der seit Geburt immer für sie da war?

Sarahs Gedanken überschlugen sich, bis sie schließlich einschlief. Und zu ihrem Glück träumte sie nicht und schlief tief und fest, bis Ella sie am nächsten Morgen neben ihr anlächelte. Ein umwerfendes Gefühl. Nein, Sarah hatte definitiv nicht nur freundschaftliche Gefühle für Ella. Das musste sie sich selbst eingestehen und überlegen, wie sie damit umgehen sollte.

„Guten Morgen Schlafmütze“, alberte Ella, gab ihr einen kleinen Kuss auf die Stirn und sprang auf.

War das rein freundschaftlich? Sarah wusste überhaupt nicht, wohin mit ihren Gefühlen. Während Ella schon fix und fertig angezogen war, blickte Ella in ihren Koffer. Sie hatte so schöne verschiedenfarbige Kleidungsstücke eingepackt, die sie aus dem Kleiderschrank ihrer Mutter mitgenommen hatte, und auch jene, die Ella ihr vor Semesterbeginn geschenkt hatte. Nach kurzem Überlegen wählte sie dennoch ein grünes Kleid, um am heutigen Tage nicht aufzufallen. Im unteren Bereich des Ferienhauses angekommen, war der Tisch reichlich gedeckt und die anderen saßen bereits daran.

„Ich hab' Brötchen geholt", erklärte Kim mit vollem Mund. „Das war vielleicht schräg. Ich habe extra was Blaues angezogen, aber trotzdem haben mich alle wegen meiner Klamotten angestarrt, als wär' ich eine Violette."

Sarah musste lachen: „Naja für die Grünen sind die Blauen anscheinend das, was für die Blauen die Violetten sind!"

„Dummes Kastenkonzept", warf Ella ein und holte sich einen Becher. „Aber gut, wieder in den eigenen vier Wänden zu sein und vernünftig essen zu können."

Sarah hatte gar nicht darüber nachgedacht, dass Ella, Daniel und Hanna in der blauen Kaste gar nichts gegessen hatten – zumindest nichts, das ihren Hunger gestillt hätte.

„Ich habe gestern schon was aufgetaut", rief Daniel Ella vom Tisch aus zu.

Kim hatte ihren Bissen Brötchen heruntergeschluckt und erzählte weiter: „Ich habe eine kleine Bäckerei entdeckt. Da war eine große Schlange vor. Schien sehr beliebt zu sein. Da habe ich mich dann auch angestellt. Die Leute haben mich angesehen, als hätte ich eine ansteckende Krankheit. Aber am schlimmsten war der Bäcker selbst. Der schien mich echt nicht zu mögen."

Sarah lachte: „Nein, die Blauen kann er nicht leiden."

Kim riss ihre Augen weit auf: „Richtig. Das war dein Vater, oder? Also der, ich meine…" Kim wusste nicht, wie sie den Satz beenden sollte, also half Sarah ihr aus: „Ja, das war er sicher. Es gibt hier in der Nähe nicht so viele Bäckereien. Und seine ist die beliebteste."

Sarah roch an einem der frischen Brötchen und fühlte sich auf eine ganz andere Art zu Hause. So roch es in dem Haus, in dem sie aufgewachsen war und auch in der Bäckerei, in der sie von klein auf Arthur Hollander unterstützt hatte.

Nach dem Frühstück war es dann so weit und es fiel Sarah nicht leicht, allein loszuziehen, obwohl sie sich sehr darauf freute, Arthur Hollander in die Arme zu schließen. Ella schien dies zu merken und motivierte sie: „Also, du sprichst mit deinem Vater und wir stellen schonmal einen groben Plan für die Party auf. Und heute Abend kommst du wieder her und wir tauschen Ergebnisse aus."

Sarah nickte. Obwohl Daniel und Ella sich ein Ferienhaus in Sarahs Nähe gesucht hatten, lag es so weit im Grünen, dass Sarah ein paar Schritte durch die Natur lief, bis sie an der Bäckerei ankam. Sie versuchte, ihre Gedanken zu sortieren und den Weg etwas zu genießen. Dann stand sie vor der Bäckerei.

Durch das Schaufenster sah sie ihren Vater, der hinter dem Tresen Brötchen in die Auslage nachlegte. Der Ansturm fürs Frühstück war vorbei und bis zur Mittagszeit sollte es erfahrungsgemäß ruhig bleiben. Sarah atmete einmal tief ein und aus, setzte ein

Lächeln auf und öffnete die Tür. Die kleine Türglocke bimmelte. Arthur Hollander blickte auf und während er seine automatisierten Begrüßungsworte herausbringen wollte, stockte er bereits bei „Guten" und starrte Sarah an.

„Sarah!", rief er voller Freude. „Da ist ja meine Kleine!"

Arthur Hollander stürmte hinter dem Tresen hervor und nahm Sarah so fest in den Arm, wie er es noch nie zuvor gemacht hatte. Sarah schossen augenblicklich die Tränen in die Augen. Als sie ihn innig zurückdrückte, wusste sie, dass es egal war, ob Arthur Hollander ihr biologischer Vater war oder nicht. Er war es, der sie großgezogen hatte und der ihr so viel Liebe schenkte. Er würde für sie immer ein Vater bleiben.

„Willkommen zurück!", sagte Arthur, als er seine Tochter losließ und blickte sie an: „Du siehst großartig aus. Aber warum weinst du denn?"

„Ich bin einfach froh, dich zu sehen", antwortete Sarah und die beiden umarmten sich einen zweiten langen Moment.

Dann wollte Arthur Hollander jedoch alles über diese eigenartige Universität erfahren, die so wenige Informationen preisgab. Da Sarah ihrem Vater zu Beginn des Studiums am Telefon gesagt hatte, dass es bei ihrem Schwerpunkt um Traumdeutung ging, führte sie dies unverfänglich weiter aus und erzählte ansonsten das Gleiche, was sie schon Colins Mutter erzählt hatte. Dann berichtete Sarah nur noch über ihre wunderbaren Freunde, die sie auf Burg Torva gewonnen hatte. Arthur hörte aufmerksam zu und war – auch wenn ihm diese ganze Sache immer noch nicht ganz geheuer war – mächtig stolz auf Sarah.

„Und wie ist es dir so ergangen?“, fragte Sarah, als sie keine unverfänglichen Dinge mehr zu berichten hatte.

„Ach“, tat Arthur die Frage mit einer Handbewegung ab, „wie soll es mir hier schon ergangen sein? Ich mache brav meine Arbeit hier. Hab‘ ein paar Kosten eingespart und arbeite nachts weniger in der Anstalt.“

„Das ist gut“, antwortete Sarah. „Und weißt du, wie es Michael geht?“

Arthur Hollander wich Sarahs Blick aus: „Hast du ihn denn noch gar nicht gesprochen?“

Sarah schüttelte den Kopf.

„Na, dann fragst du ihn am besten selbst. Ich hab’ ihn kaum gesehen.“

„Ist er nicht mal vorbeigekommen?“, fragte Sarah irritiert.

„Einmal hat er mir einen Apfel vorbeigebracht“, sagte Arthur und schien nicht so recht über Michael sprechen zu wollen. Sarah wunderte sich. Die beiden hatten eigentlich ein gutes Verhältnis, aber nachdem Michael seinen neuen Job angefangen hatte, war er häufig unterwegs. Dennoch war sie enttäuscht. Sie hatte gehofft, dass Michael ihrem Vater etwas Gesellschaft geleistet hätte.

„Hattest du die Zeit sonst von niemandem Besuch?“, fragte sie besorgt.

„Doch, doch“, erwiderte Arthur Hollander, als sich die Tür zur Bäckerei wieder öffnete. „Diese beiden Klotzköpfe haben öfter vorbeigeschaut.“

„Das habe ich gehört, Arthur“, lachte ein Mann in einem weißen Ärztekittel.

Sarah wusste, dass sie sein Gesicht schon einmal gesehen hatte, aber sie kam nicht darauf, wer er war.

Dann bemerkte sie, dass Linda hinter ihm stand. Linda und Sarah riefen gegenseitig den Namen der jeweils anderen und fielen sich in die Arme. Es fühlte sich so schön an, ihre Schulfreundin wiederzusehen.

„Du erinnerst dich noch an Leon?“, fragte Linda und grinste in Richtung des Mannes, der scheinbar zu ihr gehörte.

Sarah betrachtete Linda, die einen weißen Krankenpfleger–Kittel trug und erinnerte sich: „Klar, der ehrenwerte Blaue!“

„So wurde über mich gesprochen?“, scherzte Leon weiter. „Na ja, ich will ja nicht eingebildet sein, aber das passt zu mir.“

„Habt ihr Mittagspause?“, wollte Sarah wissen.

Linda nickte: „Ja, wir sind mittags oft hier, aber seit einer Woche jeden Tag. Wir wussten nicht genau, wann das Semester endet und wann du herkommst. Wir wollten dich nicht verpassen.“

„Nein, das wollten wir nicht“, sagte Toni, der ebenfalls in einem Pfleger–Outfit die Tür hereinkam. „Willkommen zurück!“

Sarah und Toni umarmten sich.

„Du bist auch Pfleger?“, staunte Sarah.

„Sozusagen“, erwiderte Toni. „Wir sind beide noch in der Ausbildung, aber ja.“

„Wir müssen gleich weiter, Schatz“, sagte Linda zu Leon. Dann wandte sie sich Sarah zu: „Sehen wir uns heute Abend bei dir zu Hause?“

Natürlich wollten ihre alten Freunde heute den Abend mit ihr verbringen. Darüber hatte Sarah nicht nachgedacht. Wie sollte sie ihnen das ausschlagen? Linda sah sie erwartungsvoll an.

„Ich denke schon“, antwortete sie zögerlich.

„Wunderbar, dann bis heute Abend“, verabschiedete sich Linda, nachdem sie bei Arthur einen Mittagssnack gratis abgestaubt hatte. Auch Leon verabschiedete sich mit einem belegten Brötchen in der Hand. Toni stand noch einen Moment grinsend im Laden.

Sarah staunte immer noch: „Das hätte ich dir gar nicht zugetraut.“

„Ich mir ehrlich gesagt auch nicht“, antwortete Toni. „Ich bin ja eigentlich nur wegen…“ Er sprach nicht weiter. Arthur verstand, dass Toni etwas sagen wollte, das nicht für seine Ohren bestimmt war. „Ich bin mal hinten in der Backstube“, sagte er und verschwand.

Toni fuhr fort: „Ich wollte ja nur wegen des gutaussehenden Arztes hin. Den hat sich natürlich die Blondine geschnappt. Aber bis klar war, dass ich keine Chance hatte, habe ich eine Menge gelernt und der Job gefällt mir wirklich. Er ist hart, aber das sind die Jobs in unserer Kaste doch irgendwie alle, oder? Hier habe ich das Gefühl, Menschen wirklich zu helfen.“

„Wann bist du so erwachsen geworden?“, fragte Sarah ihn bewundernd.

„Oh, glaub mir, ich kann immer noch anders. Du wirst es heute Abend sehen“, lachte Toni.

Sarah schmunzelte und schlug dann wieder einen ernsteren Ton an: „Kommt Michael auch? Weißt du was von ihm?“

Toni schien Sarahs Blick ebenfalls auszuweichen: „Der hat echt viel zu tun in seinem neuen Job, aber ich versuche, ihn zu erreichen. Dann sag’ ich ihm, dass du wieder da bist. Er war vor fünf Tagen hier. Hat sich extra freigenommen. Dachte, du kämst direkt hierher.“

Sarah überkam ein furchtbar schlechtes Gewissen: „Oh nein, ich hätte anrufen sollen."

„Das wäre eine Option gewesen", antwortete Toni. „Aber mach dir keinen Kopf. Das steckt er weg."

Toni drückte Sarah noch einmal und düste dann zurück ins Krankenhaus: „Muss das Traumpaar einholen", sagte er und sprintete los. Genau in dem Moment wurde es voll im Laden. Arthur Hollander kam aus der Backstube zurück und die beiden verkauften wie früher gemeinsam die Backwaren.

62. Kapitel – Informationen von Arthur Hollander

Als sich der Mittagsansturm wieder gelegt hatte, nutzte Sarah die Gelegenheit, um an Informationen zu gelangen: „Weißt du noch – dieses Amulett mit der Spinne damals?"

„Wie kommst du denn jetzt darauf?", fragte Arthur verwundert und auch leicht grummelig.

Sarah, die sich ihre Worte im Voraus überlegt hatte, erfand eine kleine Geschichte: „Es ist so, dass jedem Studenten im Vorhinein so ein Amulett geliefert wurde und jeder hat die Aufgabe, herauszufinden, von wem. Damit wollen sie bestimmte Fähigkeiten von uns ermitteln. Das Problem ist, dass ich eine der wenigen bin, die gar keine Personenbeschreibung hatte und dadurch ziemlich weit hinten liege. Außer, dass es sich dabei um einen Mann handelt, habe ich keinerlei Anhaltspunkte." Es war nicht zu übersehen, dass Arthur ein schlechtes Gewissen bekam, dass er seiner Tochter nicht weitergeholfen hatte und obwohl Sarahs Geschichte nicht der Wahrheit entsprach, war sie ein klein wenig stolz auf ihren Einfall.

Arthur räusperte sich: „Also das war so ein komischer Typ, wie ich gesagt habe.“ Sarah blickte ihren Vater erwartungsvoll an. Dieser fuhr unweigerlich fort: „Ein junger Kerl, in deinem Alter, schätze ich. Offensichtlich aus einer der Angeberkasten. Hat versucht, sich als einer von uns auszugeben. War ganz in Grün gekleidet. Aber solche Klamotten gibt es hier nicht. Die Hose war aus einem seltsamen glänzenden Stoff und das Hemd lag eng an und hatte orange Nähte. Er hatte ein schmales Gesicht und eine neumodische Frisur, bei der die Haare auf dem Kopf etwas länger waren als an den Seiten.“

Sarah hörte aufmerksam zu. Ihr Vater, der angeblich nicht genau hingeschaut hatte, erinnerte sich an etliche Details.

„Ach und er hat es mit dem grün etwas übertrieben. Seine sonst schwarzen Haare, waren auch zu einer Hälfte grün.“

Sarah stockte der Atem. Sie musste augenblicklich an Lukas Kramer denken. Klar, er war ein Idiot, aber trachtete er ihr wirklich nach dem Leben? Oder war es jemand anders aus seiner Gruppe? Die trugen alle die Farbe Grün in den Haaren – wie kleine Doppelgänger.

Arthur Hollander war Sarahs Reaktion auf seine letzten Worte nicht entgangen: „Hat das geholfen? Hast du das Rätsel gelöst?“

„Vielleicht“, antwortete Sarah verunsichert. Dann fing sie sich wieder: „Es hat mir auf jeden Fall sehr weitergeholfen. Danke Papa!“

Sie umarmte ihn, als ein schwarzes, ihr bekanntes Auto vorfuhr. Ella sprang heraus und platze freudig in den Laden. Sarah war froh, sie zu sehen.

„An die erinnere ich mich auch", murrte Arthur. „Die Fremde, die das mit der Einladung vor mir wusste."

Ella überhörte scheinbar absichtlich Arthurs grimmigen Unterton und lächelte ihn an: „Ja, genau die, Herr Hollander. Ich bin Ella. Es freut mich, Sie richtig kennenzulernen."

Arthur, den Ellas Art eiskalt überraschte, blieb nichts anderes übrig, als ein „Freut mich auch" herauszudrücken.

„Ella ist eine sehr gute Freundin, Papa. Ich habe dir von ihr erzählt", erklärte Sarah ihrem Vater.

„Und da hast du sie gleich mitgebracht?", fragte Arthur leicht sarkastisch.

„Wir haben ein Ferienhaus hier", erklärte Ella freundlich.

Eine ältere, cyanblaue Kundin, die gerade eingetreten war, schüttelte den Kopf: „Wer will denn hier Ferien machen?"

Arthur Hollander, der stolz auf seinen Aufstieg war, ließ das nicht auf sich sitzen: „Ist doch schön hier bei uns."

„Für uns Untere vielleicht", antwortete die Frau, „aber wenn man aus den Oberen kommt?" Sie musterte Ella, dir mit ihrem weinroten Haar und ihrer bunten Kleidung nicht verheimlichen konnte, dass sie aus einer der obersten Kasten kam.

„Ich finde es fantastisch hier", erklärte Ella. „Und besonders mag ich die Menschen, die hier leben."

„Nun, jeder, wie er mag", sagte die Frau.

„Was führt *Sie* denn in unsere Kaste?", fragte Arthur Hollander freundlich hinter dem Tresen.

„Ein Notfall", erklärte die Frau. „Ich habe gehört, Sie sind der Beste dafür weit und breit. Meine Tochter hat sich in den Kopf gesetzt, morgen zu heiraten. Sie hat sich einen Blauen geangelt. Jetzt brauche ich ein Brautpaar für den Kuchen. Eine Frau in Cyan und einen Mann in Blau."

„Sie haben Glück, dass meine Tochter heute da ist", antwortete Arthur. „So schnell kann ich das neben dem normalen Geschäft nicht bewerkstelligen."

Sarah ließ sich das Brautpaar genau beschreiben und erklärte der Dame, dass sie in zwei Stunden noch einmal wiederkommen solle."

„Darf ich zuschauen?", fragte Ella begeistert.

Sarah war irritiert: „Wartet Daniel nicht im Auto auf dich?"

Ella schüttelte den Kopf: „Ich bin selbst gefahren."

„Ich wusste nicht, dass du das kannst", staunte Sarah.

„Du weißt noch so einiges nicht über mich", tat Ella geheimnisvoll.

Sarah schnappte sich die benötigten Packungen mit verschiedenfarbigem Fondant und begab sich zusammen mit Ella nach hinten in die Backstube. Dort konnten sie in Ruhe arbeiten – vor allem aber konnte Sarah Ella die Neuigkeiten ungestört mitteilen. „Das hört sich für mich auch nach Kramer an", sagte Ella, nachdem ihr Sarah alles berichtet hatte. „Sollte er die Einladung zu der Semesterparty annehmen, knöpfen wir ihn uns vor. Und falls nicht, regeln wir das gemeinsam auf Burg Torva."

Sarah nickte, obwohl sie weder wusste, wie ein „Vorknöpfen" noch ein „Regeln" unter diesen Umständen aussehen sollte.

„Da ist noch was", ergänzte Sarah. „Ich denke, ich muss heute Abend bei mir zu Hause schlafen. Alle rechnen damit, dass ich da bin."

„Hab' ich mir schon gedacht", antwortete Ella wenig überrascht. „Ist doch ganz klar. Du hast ihnen gefehlt. Da würde ich auch drauf bestehen. Deshalb habe ich unter anderem hier vorbeigeschaut."

„Und dein Plan, sich heute Abend auszutauschen?", fragte Sarah.

„Ein Vorwand, der dich motivieren sollte, loszuziehen. Das können wir immer noch morgen machen. Ganz ehrlich haben wir nur überlegt, wie wir Stephan und Julia erreichen könnten, da uns zwei Magier ziemlich viel Dekokram ersparen würde." Während Ella von den Überlegungen erzählte, die mehr witzig als hilfreich waren, formte Sarah die beiden Figuren. Die Zeit verging wie im Flug. Nachdem die Kundin ihr Fondant-Brautpaar zufrieden entgegengenommen hatte, machte sich Ella auf den Heimweg.

„Die Figuren sahen wie immer fantastisch aus", lobte Arthur Hollander seine Tochter. Sarah nutzte den Moment, um ein weiteres Gespräch zu beginnen: „Hatten du und Mama auch ein Brautpaar auf der Hochzeitstorte?"

Arthur schüttelte den Kopf: „Wir hatten nicht mal eine Torte."

Sarah warf ihrem Vater einen fragenden Blick zu, der ihn dazu brachte, mehr zu erzählen: „Deine Mutter wollte dir die Geschichte nie erzählen, wie wir uns kennengelernt haben. Aber ich denke, du bist alt genug für die Wahrheit. Ich arbeitete in der hellgrünen Kaste tagsüber auch in einer kleinen Bäckerei, die mir aber nicht gehörte. Eines Tages nach Feierabend – ich hatte die Tür schon geschlossen – klopfte eine junge Frau an die Scheibe. Ich hatte sie zuvor noch nicht gesehen. Sie war wunderschön, aber sah furchtbar heruntergekommen aus. Ihre Kleidung war zwar hellgrün, aber von einem Stoff und einem Schnitt, wie ich es in der Kaste noch nie gesehen hatte. Sie schien einiges mitgemacht zu haben. Niemand weiß, was sie erlebt hatte, aber es muss sehr traumatisch gewesen sein, denn sie hatte Teile ihres Gedächtnisses verloren. Als sie an die Bäckereitür klopfte, hatte sie großen Hunger. Ihrem Äußeren und ihrem Appetit nach zu urteilen, irrte sie tagelang durch die Straßen. Ich ließ sie sich satt essen und da sie nicht wusste, woher sie kam, nahm ich sie mit nach Hause. Es dauerte zwei Wochen, bis sie sich erholte und selbst dann kamen die Teile ihres Gedächtnisses nicht wieder. Sie beschloss, einen Neuanfang zu starten und ich half ihr dabei.

Es dauerte nicht lange, bis wir uns verliebten und deine Mutter wollte rasch heiraten. Ich hatte noch nicht viel Geld gespart und das, was ich hatte, wollte ich eigentlich für den Aufstieg sammeln. Aber das machte deiner Mutter nichts aus. Sie wollte keine große Hochzeit und keine Torte. Sie wollte mich einfach nur heiraten. Meine Mutter schenkte deiner Mutter ihr altes Brautkleid und wir heirateten im engsten Kreis. Meine Eltern waren dabei und mein Bruder mit seiner Frau. Wir haben dann in meiner kleinen Wohnung gefeiert. Es war mit Abstand der schönste Tag in meinem Leben – zumindest bis zu dem Zeitpunkt, als du das Licht der Welt erblickt hast.“ Arthur lächelte seine Tochter an und nahm sie in den Arm. Wie gerne hätte Sarah ihm gesagt, was sie wusste, doch das hätte Arthurs Erinnerungen zerstört. Aber war er nicht skeptisch? Er muss doch gewusst haben, dass eine Schwangerschaft normalerweise etwas länger dauerte. Sarah ließ der

Gedanke nicht los und sie hakte noch einmal nach: „Wie lange wart ihr zusammen, als ich zur Welt kam?“

„Was?“, fragte Arthur, als hätte er die Frage nicht verstanden.

Dann winkte er ab: „Weiß ich nicht mehr. Warum ist das wichtig?“

„Ist es nicht“, entgegnete Sarah, der kein passender Grund einfiel. „Es hat mich nur interessiert.“

Arthur Hollander atmete tief durch: „Hat meine Mutter irgendetwas Blödes zu dir gesagt? Hast du auf der Beerdigung mit ihr gesprochen? Das sähe ihr ähnlich.“ Sarah schüttelte den Kopf: „Nein, wieso?“

Arthur war leicht verärgert: „Meine Mutter liebte Jenny, aber als wir verheiratet waren, wurde deine Mutter sehr schnell schwanger und die Schwangerschaft war kürzer als üblich. Meine Mutter hat mich ständig darauf hingewiesen, wenn wir allein waren. Aber weißt du, was ich ihr gesagt habe? Es ist mir egal, was sie denkt. Und es ist mir letztlich sogar egal, ob meine Wahrheit der Wahrheit entspricht. Fest steht: Ich liebe meine Frau und ich liebe meine Tochter. Daran wird sich nie etwas ändern.“

Sarah war so gerührt, dass ihr die Tränen in die Augen schossen. Sie umarmte ihren Vater und gab ihm einen Kuss auf die Wange. Am liebsten hätte sie ihn einfach eine Weile umarmt, aber so gesprächig wie am heutigen Tag, war Arthur Hollander in ihrem ganzen Leben noch nicht gewesen. Also sprach Sarah noch einen Punkt an, von dem sie selbst nicht genau wusste, warum: „Und wie war das mit dem Aufstieg damals?“

„Da gibt es nicht viel zu erzählen“, erklärte ihr Vater. „Ich war sehr fleißig. Jedes halbe Jahr kam so ein Gelber in die Kaste und viele stürmten zu ihm hin, um prüfen zu lassen, ob sie aufsteigen könnten. Ich war einer von ihnen. Aber nie stieg einer auf. Dann vor ungefähr 15 Jahren tauchte der Gelbe zwei Monate früher auf. Wie immer legte ich ihm mein Erspartes vor und diesmal schien er beeindruckt. Er fragte mich, mit welchem Beruf ich so viel hatte ansparen können. Als ich es ihm erklärte, strahlte er vor Begeisterung und teilte mir mit, dass in der dunkelgrünen Kaste dringend ein Bäcker gesucht würde und ob ich es mir zutrauen würde, meinen eigenen Laden zu führen. Zu weiteren, besseren Aufstiegschancen könne ich auch nachts in einer Anstalt arbeiten. Ich war so begeistert, dass ich – ohne zu zögern –zustimmte. Ich hatte meine eigene Bäckerei, stieg mit meiner kleinen Familie eine Kaste auf und arbeitete in einer Anstalt. Dort erhoffte ich, Erkenntnisse darüber zu erlangen, wie man sein Gedächtnis zurückbekommt. Wir waren zwar glücklich, aber an manchen Tagen wirkte deine Mutter traurig, als fehlte ein Teil von ihr. Sie konnte es sich selbst nicht erklären und ich hätte ihr gerne geholfen. Ich habe jedoch nie eine Lösung gefunden, bis zu ihrem…“

Arthur musste schlucken und konnte den Satz nicht beenden. Aber das war auch nicht nötig. Sarah tröstete ihren Vater, wodurch sie gleichzeitig ihren eigenen Schmerz etwas stillte.

Schließlich schlossen beide die Bäckereitür hinter sich und gingen nach Hause.

63. Kapitel – Neues Leben/Altes Heim

Als Sarah und Arthur auf das Haus zugingen, standen Linda, Leon und Toni bereits davor. Toni winkte mit einer Sektflasche in der Hand: „Da seid ihr ja endlich. Wir wollen doch feiern."

„Was genau feiern wir?", fragte Sarah.

„Na, dass du dein erstes Semester hinter dir hast und wieder hier bist", antwortete Toni. „Ich bin so neugierig. Du musst uns unbedingt alles erzählen."

Die fünf setzten sich gemütlich an einen Tisch und Sarah berichtete von den gleichen unverfänglichen Sachen wie zuvor. Im Anschluss wollte Sarah etwas von der Arbeit im Krankenhaus erfahren und Linda, Leon und Toni erzählten allerlei skurrile, teilweise witzige und auch ein paar schöne sowie traurige Geschichten.

Irgendwann konnte Arthur Hollander seine Augen kaum noch offenhalten. Er verabschiedete sich und wünschte allen eine gute Nacht.

„Jetzt, wo dein Vater schläft, musst du uns unbedingt die krassen Sachen erzählen", forderte Linda sie auf.

„Was meinst du?", fragte Sarah.

„Na, irgendwas läuft doch schräg an dieser Uni. Die Einladung, die plötzlich weg war und durch Magie zur Uni geflogen ist. Diese Spinnen. Die Verrückten."

Sarah warf Linda einen ernsten Blick zu und deutete mit ihren Augen unauffällig auf Leon.

„Ach, Leon weiß über alles Bescheid. Wir erzählen uns alles", wollte Linda Sarah beruhigen. Die war jedoch eher nervös, dass ein weiterer Nichtmystiker involviert war und wollte die Freunde nicht noch tiefer in die Materie hineinziehen. Die Angst, sie könnten den Verstand verlieren, war zu groß. Sarah dachte einen Moment nach und erzählte dann, dass die alte Burg irgendwie magisch sei und Kräfte besäße und behauptete, dass Burg Torva ansonsten vermutlich wie jede andere Uni sei.

„Und was ist dort magisch?“, forschte Linda weiter.

Sarah überlegte, was sie sagen könnte: „Es gibt einen sprechenden Brunnen, der Arbeitsgruppen einteilt und an einem Tag gab es fliegende Kerzen. Die Tür öffnet und schließt von allein. Viel mehr gibt es nicht. Oder ich hab’ es noch nicht entdeckt.“ „Aber die Leute dort können nichts Magisches?“, fragte nun Leon.

Sarah lachte: „Ich bin doch jetzt auch eine von den Leuten dort und kann nichts Magisches.“

Dann lenkte Sarah auf ein anderes Thema: „Ich wollte euch noch danken, dass ihr euch um meinen Vater kümmert und gelegentlich nach ihm schaut.“

„Ach, das machen wir doch gerne“, antwortete Linda. „Irgendwie habe ich dann das Gefühl, dass du nicht so weit fort bist.“

„Außerdem macht es Spaß, sich mit deinem Vater auszutauschen“, fügte Leon hinzu. „Wir erzählen uns oft Geschichten rund um die Anstalt und das Krankenhaus.“

Sarah lächelte: „Trotzdem, danke. Das ist so lieb von euch.“

„Ich hab’ im Prinzip nichts damit zu tun“, sagte Toni. „Habe nur gelegentlich mal nach dem Rechten gesehen, weil Michael in seinem neuen Job so eingebunden war. Aber jetzt sind die beiden ja jede Woche da, manchmal sogar öfter.“

Es klopfte leise an die Tür. Sarah stand verwundert auf. Wer würde so spät noch vorbeischauen?

Vorsichtig öffnete sie die Tür. „Michael!“, rief sie aus. Und in diesem Moment war ihr Gefühlschaos für einen Moment vergessen. Sie freute sich einfach nur, Michael wiederzusehen und beide umarmten sich.

„Ich wäre früher hier gewesen“, erklärte Michael. „Aber ich wusste nicht, dass du heute zurückkommst. Toni hat mir eine Nachricht zukommen lassen. Ich hatte mir den ersten Tag der Semesterferien freigenommen.“

„Ich hätte anrufen sollen!“, sagte Sarah schuldbewusst.

„Das wäre nett gewesen“, antwortete Michael.

„Oh, ich bin auf einmal schrecklich müde“, schauspielerte Toni, „Linda und Leon, ihr seid doch auch plötzlich müde, richtig?“

Linda und Leon stiegen in das Spielchen mit ein und verabschiedeten sich, um Sarah und Michael allein zu lassen.

„Du bleibst doch eine Weile hier, oder?“, fragte Linda, bevor sie ganz aus der Tür verschwand.

Sarah nickte: „Ich bleibe bis Ferienende in der grünen Kaste.“

Sarah und Michael setzten sich nebeneinander an den Tisch. Michael wirkte etwas müde.

„Wie geht es dir?“, fragte Sarah.

Michael begann zu erzählen: „Es war nicht leicht ohne dich. Ich weiß, ich habe gesagt, du sollst nicht anrufen, da es sowieso schwierig ist, mich zu erreichen – außerdem wollte ich, dass du das Unileben voll auskostest – aber es war komisch nicht zu wissen, wie es dir geht und was du tust. Ich habe mir teilweise schräge Sachen ausgemalt. Die viele Arbeit hat da gutgetan. Hat mich etwas abgelenkt. Trotzdem hat mich diese Fernbeziehung mehr und mehr belastet.

Du hast mir so gefehlt. Ich wollte dir abends so gern von meinem Tag erzählen, von meinen Gefühlen und ich hätte dich auch so gerne in den Arm genommen.

Toni, also Antonia meine ich, hat gemerkt, dass was nicht stimmt, dass ich nicht ich selbst war. Also habe ich mich ihr anvertraut. Das hat gutgetan. Wir haben angefangen, über alles zu reden und das hat eine Zeit lang geholfen. Sie war mein Fels – so wie du früher. Und als ich das bemerkt habe, ging es mir wieder schlechter. Ich wollte, dass du der Mensch bist, dem ich alles sagen kann und den ich jeden Tag sehe. Ich wusste, dass das nicht möglich ist. Und der Gedanke, dass es noch ein paar Jahre so weitergeht, hat mich krank gemacht. Hinzu kam die Angst, was danach kommt, wenn dir vielleicht alle Türen offenstehen. Ich habe mich eigentlich rundum nur noch gesorgt.

Es fällt mir gerade echt schwer, das zu sagen, weil du mir so wichtig bist. Du bist meine erste große Liebe und das wirst du immer bleiben, aber ich kann diesen Kampf in mir drin nicht weiterkämpfen. Es hat Wochen gedauert, bis ich mir das eingestanden habe. Ich habe mir die Entscheidung nicht leicht gemacht, aber als ich den Entschluss gefasst habe, ging es mir direkt etwas besser. Ich denke, es ist besser, wenn wir beide die Möglichkeit haben, jemanden zu finden, mit dem wir physisch zusammen sein können und der uns vollständig glücklich macht. Ich möchte dich nicht verletzen und ich hoffe, dass wir uns nicht aus den Augen verlieren. Du bist mir sehr wichtig und ich werde immer für dich da sein, wenn du mich brauchst – aber nicht mehr als Partner.

Vor einer Woche habe ich dann gemerkt, dass ich Gefühle für Toni entwickelt habe. Das wollte ich gar nicht. War so nicht geplant. Ist einfach so passiert.

Plötzlich war da Liebe. Ich habe es ihr erzählt und ihr geht es schon länger genauso mit mir. Es ist noch nichts zwischen uns passiert. Ich habe ihr gesagt, dass ich erst mit dir sprechen will. So fair wollte ich sein. Ich hoffe, du verstehst mich."

Während Michael sprach, spürte Sarah, wie Tränen in ihr aufstiegen und sie kämpfte damit, sie bei sich zu behalten. Sie wusste nicht mal genau, was diesen Kloß im Hals verursachte. Es ging ihr in manchen Punkten doch genauso wie Michael und auch bei ihr hatten sich Gefühle zu Ella entwickelt, die sie weder geplant hatte noch beeinflussen konnte. Sie wusste, dass Michael recht hatte und ihre Beziehung kein weiteres Semester überdauern würde. Dennoch schmerzte es. Eine ganze Ära wurde gerade in einem Monolog beendet. Michael hatte sich genau überlegt, was er sagen wollte. Ob er es vorher geübt hatte? Vielleicht sogar mit Toni? Das war eigentlich nicht wichtig. Alles, was sie gemeinsam erlebt und durchlebt hatten, war nun einfach vorbei. Sarah wusste nicht, was sie sagen oder wie sie reagieren sollte. Ihr war klar, dass mit dem ersten Wort, das sie preisgäbe, ihren Tränen Haus und Hof geöffnet würden.

Also versuchte sie in dem Moment einfach witzig zu sein und kämpfte einen Satz heraus: „Ich habe eher mit einem ‚Es geht mir gut' gerechnet."

Dann konnte sie die Tränen nicht zurückhalten. Michael nahm sie in den Arm, um sie zu trösten. Das fühlte sich komisch an. Es war so vertraut und es waren die gleichen Arme, die sie so oft schon getröstet hatten und in denen sie sich so geborgen gefühlt hatte. Aber es war nicht mehr ihr Michael, der sie umarmte. Das spürte sie. Sarah löste sich aus der Umarmung und wischte sich die Tränen ab.

„Wenn du reden möchtest“, begann Michael, aber Sarah unterbrach ihn und schüttelte den Kopf: „Du hast recht. Du warst ehrlich und du hast recht. Aber es ist nicht leicht für mich und ich wäre jetzt lieber allein.“

„Das versteh’ ich“, antwortete Michael und stand auf. „Ich hoffe, wir können uns in ein paar Tagen unterhalten. Vielleicht am Wochenende.“

Dann verließ er das kleine Haus der Familie Hollander. Sarah ging möglichst leise die knarzende Treppe zu ihrem Zimmer hoch. Es war alles noch genau so, wie an dem Tag, als sie es verlassen hatte. Sie schaute sich um und ließ ihre Hand hier und da über einen Gegenstand streichen. Langsam machte sie sich bettfertig, während ihre Gedanken immer mal wieder ein paar Tränen hervorriefen. Sarah legte sich in ihr Bett und deckte sich zu. Alles fühlte sich so unwirklich an. All die vertrauten Sachen waren nach einer langen Pause wieder da.

Eine ganze Weile lag sie einfach nur so da. An Schlaf war nicht zu denken. Sarah fühlte sich allein. Nicht nur, dass sie in diesem Zimmer nachts fast immer Michael an ihrer Seite hatte, es war auch ewig her, dass sie überhaupt allein in einem Zimmer geschlafen hatte. Und nun sollte sie das nach so einem Abend tun. So gern wollte sie noch mit jemandem sprechen – es war fast egal, worüber. Aber in diesem Moment wollte sie nicht allein sein. Unweigerlich musste Sarah an Ella denken. In den letzten Monaten war sie so eine wichtige Bezugsperson geworden. Selbst ohne das Kribbeln im Bauch wäre sie das. Sarah dachte darüber nach, dass es grundsätzlich möglich war, Nachrichten über bestimmte Entfernungen zu schicken. Das hatte sie zwar noch nie gemacht, aber einen Versuch war es wert. Sarah schloss die Augen und konzentrierte sich. Mit jedem kleinen Detail stellte sie sich Ella vor und dann schickte sie eine kurze einfache Nachricht ab: „Bist du noch wach?“

Sarah konzentrierte sich weiter, um empfangsbereit zu bleiben. Nach einer Weile gab sie auf. Selbst wenn es geklappt hätte, wäre es gut möglich gewesen, dass Ella schon schlief. Ihr Abend war schließlich nicht so aufregend gewesen. Sarah legte sich wieder hin und versuchte erneut, einzuschlafen. Da klopfte es leise an ihr Fenster. Sarah erschrak. Wer klopfte denn im ersten Stock gegen ein Fenster? Das Haus war zwar alt und nicht ganz eben – stellenweise schaute ein Stein heraus – aber man musste schon sehr gut klettern können oder brauchte eine Leiter, um auf diese Höhe zu gelangen. Sarah lief zum Fenster und öffnete es. Da stand oder besser hing Ella lächelnd unter ihrem Fenster und kletterte das restliche Stück durchs Fenster hinein zu Sarah. „Nicht so einfach ohne Leiter“, stellte sie fest.

„Gut, dass Nachtgestalten ausgezeichnet klettern können. Ach so – und ja, ich bin auch noch wach. Das wollte ich dir zurücksenden, habe das aber bei der Entfernung nicht geschafft. Da hab’ ich gedacht, flitze ich mal rüber und geb‘ dir so Bescheid.“

Sarah sah Ella völlig irritiert an: „Du bist so schnell zu Fuß hergekommen?“

Ella nickte: „Noch so ein Vorteil bei meinem Schwerpunkt. Ich bin schnell, besonders nachts, wenn es dunkel ist. Aber du hast den Vorteil, Nachrichten über so eine Distanz zu schicken. Das ist ziemlich beeindruckend.“

Sarah wusste gar nicht, was sie sagen sollte, während sich Ella erst im Zimmer umsah und sich dann aufs Bett setzte: „Also, was lässt dich nicht schlafen?“

„So ziemlich alles“, begann Sarah und setzte sich neben Ella. Sie erzählte ihr von dem Gespräch mit ihrem Vater über ihre Mutter, von dem Austausch mit ihren alten Freunden und schließlich von dem Gespräch mit Michael. Während sie sprach, wurde sie müde. Die beiden Frauen machten es sich gemütlich und sprachen im Liegen weiter. Sarah tat es gut, dass Ella einfach nur da war. Was auch immer werden oder nicht werden würde, Ella war aus ihrem Leben nicht mehr wegzudenken. Irgendwann sprachen die beiden nur noch über dies und das. Die Pausen wurden größer und schließlich schliefen sie ein. Sarah hatte den gleichen Traum wie in der Nacht zuvor. Wieder schrie sie, als die Gestalten in gelbschwarz sie bedrängten und erneut holte Ella sie aus ihrem Albtraum wieder heraus.

64. Kapitel – Partyvorbereitungen

Am nächsten Morgen war Arthur Hollander bereits in der Bäckerei, als Sarah aufstand. Ella und sie machten sich auf den Weg zum Ferienhaus. Dort angekommen, brachten sie die anderen Freunde auf den neuesten Stand. Auch die anderen konnten nicht anders, als bei der Beschreibung des mysteriösen Fremden an Lukas Kramer zu denken. Daniels Augen blitzen rot auf: „Der soll sich auf der Party blicken lassen.“

„Wenn er es wirklich war“, meinte Hanna, „wird er nicht so dumm sein und zurück in diese Kaste kommen.“

Die Freunde diskutierten noch eine Weile und als sich keine hilfreichen neuen Gedanken mehr einstellen wollten, gingen sie in die Partyplanung über. So verbrachte Sarah in den Ferien oft einen Teil des Tages im Ferienhaus und ging abends zu ihrem Vater. Linda, Leon und Toni kamen oft dazu. Von Michael sah und hörte Sarahs seit der Trennung nichts. Wenn sie bei ihrem Vater übernachtete, schlich sich Ella durchs Fenster hinein, sodass Sarah nicht allein schlafen musste und Ella sie Nacht für Nacht aus ihren Alpträumen erlösen konnte.

An manchen Tagen blieb Sarah tagsüber im Ferienhaus und an anderen half sie ihrem Vater in der Bäckerei aus. An den Wochenenden schlug Linda vor, etwas gemeinsam mit den neuen Freunden zu unternehmen. Da es für Hanna nicht möglich war, dies tagsüber außerhalb des Ferienhauses zu tun, gingen am Wochenende irgendwann auch Linda, Leon und Toni in dem Häuschen der Wohlgemuts ein und aus. Ihnen gefiel es dort so gut, dass sie es gar nicht hinterfragten, warum sie sich immer nur dort trafen.

Drei Wochen vor Ferienende ließ sich Colin abholen und die Freunde brachten ihn auf den neuesten Stand. Nachdem auch er seine Antipathie gegen Lukas Kramer kundtat, zweifelte niemand mehr daran, dass sie ihren Schuldigen gefunden hatten – obschon allen klar war, dass er mindestens einen Komplizen haben musste. Nachdem die Studenten erneut ausreichend debattiert hatten, wurde Colin direkt ins Basteln der Dekoration eingebunden. Mit dem Aufhängen wollten sie jedoch warten, da Sarahs Nichtmystiker–Freunde noch zu Besuch kamen. Das Planen der Party bereitete allen viel Spaß und lenkte sie von den düsteren Gedanken ab. Vereinzelt sprachen Sarah und Ella noch beim Einschlafen über die Details. Sarah wusste noch immer nicht, ob Ella die gleichen Gefühle für sie hegte und nach ihrer beendeten Beziehung war das auch vorerst nichts, über das sie nachdachte. Allein die Tatsache, dass Ella für sie da war, genügte ihr. Aber dennoch kam es ihr so vor, als würden sie sich irgendwie annähern.

Sarah konnte nicht sagen, ob es Einbildung oder lediglich ein langsam anwachsendes Wunschdenken war, aber sie hatte das Gefühl, dass sich Ellas zufällige – oder vielleicht sogar absichtliche – Berührungen häuften. Die beiden Frauen bestritten noch mehr Wege als zuvor Hand in Hand und schliefen auch immer öfter so ein. Umarmungen zur Begrüßung wurden gefühlt länger – insbesondere, wenn sie allein waren. Den Abend vor dem letzten Wochenende vor der Semesterparty lagen sie wieder dicht nebeneinander im Bett und sprachen über die Details der Party.

„Wir sollten unbedingt Cocktails mixen“, rief Ella plötzlich aus.

„Cocktails?“, fragte Sarah, die zwar grob wusste, was das war, aber noch nie einen getrunken hatte.

Ella nickte: „Ja, wir können natürlich nur eine Auswahl anbieten, wir sind ja schließlich kein Kühlschrank auf Burg Torva. Also, welcher ist dein Lieblingscocktail?“

Sarah war verwirrt: „Moment, heißt das, dass man auf Burg Torva auch alkoholische Getränke nach Belieben ordern kann?“

Ella überlegte: „Weiß ich gar nicht. Ich hab's noch nicht ausprobiert. Das sollten wir unbedingt machen, wenn wir wieder da sind. Also, welcher ist dein Favorit?"

„Ich habe noch nie einen getrunken", erklärte Sarah.

„Das ist ja fantastisch!", rief Ella aus.

Sarah, die den Enthusiasmus nicht ganz nachvollziehen konnte, sah sie irritiert an: „Wieso?"

„Na, weil wir dann morgen einfach ein Cocktailtasting machen", erklärte Ella begeistert. „Das ist ein Riesenspaß!"

„Und dann probieren wir alle Cocktails?"

„Alle wohl nicht", lachte Ella. „Du willst die Party ja wohl noch erleben, oder? Außerdem brauch' ich dich noch." Sie gab Ella einen Kuss auf die Wange und widmete sich wieder ihren Überlegungen: „Am besten probieren wir die Kastencocktails. Das sind zwölf Cocktails – einer in jeder Kastenfarbe. Darunter ist auch mein Lieblingscocktail."

„Und welcher ist das?", wollte Sarah wissen.

„Ich sage dir die Zutaten und du musst raten!"

Sarah nickte und Ella begann die Bestandteile aufzuzählen: „Milch, weißes Schokoladensirup, Schlagsahne, Eiswürfel, Rum und Pfefferminzsirup."

„Mit der letzten Zutat klingt das ziemlich grün."

„Richtig!", freute sich Ella. „Die Grünen sind die besten. So süß. Die könnte ich jederzeit vernaschen."

Mit diesen Worten drehte sich Ella um und wünschte Sarah eine gute Nacht. Sarah erwiderte den Gute Nacht Gruß und fragte sich, ob sich Ella der Zweideutigkeit ihrer Aussage bewusst war und ob sie diese absichtlich eingesetzt hatte. Aber nachzufragen, traute sie sich nicht. Es lief so gut zwischen ihnen beiden, dass sie Sorge hatte, dass sich etwas zum

Negativen ändern könnte, sollte sie einen Schritt in die Richtung wagen und Ella gar nicht interessiert sein.

Am nächsten Tag besorgte Ella eine Menge Zutaten für Cocktails. Linda, Leon und Toni freuten sich ebenfalls über die Idee, obwohl sie den eigentlichen Grund dafür nicht kannten. Von jedem Cocktail wurden drei Portionen gemixt, die sich alle teilten. Allerdings wurde bereits beim Schwarzkastencocktail deutlich, dass nicht jeder von jedem Cocktail die gleiche Menge trinken würde. Während Colin die Mischung aus Wodka, Lakritzbonbons, Creme de Cacao und Kaffee bereits nach dem ersten Schluck ausspuckte, trank Daniel gerne ein wenig mehr davon, da dies sein absoluter Favorit war. Je unterschiedlicher die Geschmäcker waren, umso lustiger wurde das Tasting.

Sie mixten gerade Limettensaft, Soda, Zitronenlimonade und Absinth zusammen, um den Hellgrünkastencocktail zu verkosten, als es an der Tür klopfte. Zu ihrer großen Überraschung standen Stephan und Julia im Eingang.

„Was macht ihr denn hier?“, freute sich Sarah. Sie fiel den beiden um den Hals und auch Ella, Daniel, Hanna, Kim und Colin sprangen auf, um die beiden herzlich zu begrüßen.

„Wir dachten, wir kommen eine Woche früher und helfen euch bei den Partyvorbereitungen“, erklärte Stephan und Julia fügte hinzu: „Leute mit unseren Fähigkeiten sind da sehr gefragt.“

„Was für eine Party?“, fragte Toni und da erst sahen Stephan und Julia, dass drei unbekannte Gesichter mit im Raum waren, die vermutlich keine Mystiker waren.

„Ähm“, begann Stephan und wollte gerade eine Ausrede erfinden, als Toni weiter nachforschte: „Ihr schmeißt hier eine Party und wir sind nicht eingeladen?“

Alle schauten auf Sarah und hofften, dass sie eine Antwort parat hätte. Sarah gab ihr Bestes: „Es ist eine Semesterfeier, nur mit Studenten und sogar Professoren. Wir dachten nicht, dass ihr euch da wohlfühlt.“

„Unsinn“, sagte Toni, „ich fühle mich auf jeder Party wohl. Deine Bedenken sind völlig unbegründet. Ich bin dabei.“

Toni hob eins der drei Gläser, das er gerade fertig gemixt hatte, prostete den anderen zu und trank es mit einem Schluck aus. Das bereute er noch in der gleichen Sekunde: „Puh, der hat es in sich. Kann ich nicht empfehlen.“

„Wir sind natürlich auch gerne dabei“, fuhr nun Linda fort. „Nur weil ich selbst nicht studieren kann, heißt das doch nicht, dass ich nicht mit Studenten feiern kann.“

Dann schaute sie Sarah an und umarmte sie: „Lieb, dass du dir Sorgen machst, aber ich werde mich auf der Party sicher nicht schlecht fühlen. Ich bin in meinem Leben im Moment so glücklich, dass mir nichts fehlt.“

Sarah lächelte und wusste nicht, was sie antworten sollte. Den wahren Grund, warum es keine gute Idee war, die drei Freunde auf eine Party voller Mystiker einzuladen, konnte sie wohl kaum nennen. Klar hätte sie Toni und Linda gerne dabeigehabt, aber das war zu riskant. Sarah schickte eine Nachricht in Ellas Kopf: „Was mach’ ich denn jetzt?“

Zu ihrer Überraschung antwortete Ella laut: „Na, dann haben wir wohl drei Gäste mehr auf der Liste. Je mehr, desto besser, oder?“ Sie zwinkerte Sarah zu und gab ihr das Gefühl, dass das wohl nicht so schlimm sei. Überzeugt war Sarah nicht, aber da inzwischen der Grünkastencocktail an der Reihe war, von dem Ella so geschwärmt hatte, war sie schnell abgelenkt.

„Wenn ihr beide noch mittrinkt“, sagte Toni zu Stephan und Julia, „brauchen wir ab jetzt vier Portionen.“

Julia und Stephan schlossen sich gerne an. Nach dem gelben Cocktail waren Sarahs Bedenken fast verfolgen. Sie hatten so einen schönen Nachmittag zusammen mit Mystikern und Nichtmystikern, ohne dass es Schwierigkeiten gab. Als sich Linda, Leon und Toni auf den Heimweg machten, verabschiedeten sich auch Julia und Stephan, die sich ein kleines Hotelzimmer in der grünen Kaste genommen hatten. „Sicher werden die nächsten Tage noch ein paar Studenten anreisen und sich die Kaste einmal anschauen, wenn sie einmal hier sind“, erklärte Julia. „Die blaue Kaste war schon aufregend anders als die rote, aber die grüne ist echt krass.“

Sarah war erstaunt. So hatte sie das noch nie gesehen. Sie war von den höheren Kasten so beeindruckt, dass sie nicht darüber nachgedacht hatte, wie die niedrigeren Kasten wohl auf die obersten wirken mussten.

Die Freunde räumten noch ein wenig auf und machten sich dann auf den Weg ins Bett.

„Und welcher ist dein Favorit?“, fragte Ella Sarah, als sie nebeneinander im Bett lagen. Sarah hatte das Gefühl, als ob sich alles ein wenig drehte. So viel Alkohol hatte sie zuvor nicht getrunken. Sie erinnerte sich an Ellas zweideutige Antwort und überlegte kurz, ob sie im Gegenzug den Orangekastencocktail zu ihrem Liebling erklären sollte. Da sie aber kein großer Fan der Saftcocktails war und die sahnigen bevorzugte, dachte sie lieber ehrlich nach.

„Der Braune“, sagte sie nach einem kurzen Moment.

„Ja, der ist lecker“, schwärmte Ella. „Den mag ich am zweitliebsten.“

Dann wünschte sie Sarah mit einem Kuss auf die Wange eine gute Nacht und drehte sich auf die Seite. Sarahs Gedankenkarussell kam durch den Alkohol nicht so richtig in Fahrt und noch während sie wegdämmerte, dachte sie sich, wie leicht man wohl süchtig werden könnte, wenn das Einschlafen so gut funktionierte. Als sie in dieser Nacht von Ella aus ihrem Traum geholt wurde, verwarf sie den Gedanken schnell wieder. Der Traum war zwar genau der Gleiche, wie die Nächte davor, aber zusätzlich drehte sich alles unaufhörlich. Sarah war es richtig übel und sie stellte fest, dass sie dieses Gefühl wirklich nicht täglich haben wollte.

65. Kapitel – Der Abend vor der Party

Die Cocktails hatten auch bei den anderen Freunden ihre Spuren hinterlassen und alle starteten etwas später und träger in den Tag. Nur Julia und Stephan, die die erste Hälfte nicht mitgetrunken hatten, klopften schon vormittags fröhlich an die Tür. Mit ihrer Hilfe war es leicht, das Ferienhaus zu dekorieren und sie mussten die Party ja nicht mehr geheim halten. Durch die Zeit, die sie mit dem Einsatz von Magie gewonnen hatten, entschied sich Daniel etwas auszuspannen, während die anderen nur motivierter waren, sich noch neue Ideen einfallen zu lassen.

„Den Garten sollten wir unbedingt einbinden", schlug Julia vor.

Sarah war besorgt: „Ist das abends nicht etwas frisch?"

Hanna fand den Gedanken, dass alle im Garten Spaß hatten und sie drinnen warten müsste, bis es dunkel genug war, auch nicht so prickelnd.

„Das ist kein Problem", meinte Julia. „Es gibt ganze magische Pavillons, die schirmen Kälte und Sonne weiträumig ab, obwohl sie zu allen Seiten hin offen sind."

Ella war begeistert: „Das ist großartig. Draußen haben wir auch viel mehr Platz."

In der grünen Kaste waren natürlich keine magischen Pavillons erhältlich. Zudem standen einige der Cocktailzutaten generell oder in solch großen Mengen nicht zur Verfügung. Außerdem fehlte vereinzelt noch eine besondere Dekoration. So kam es, dass jeden Tag zwei der Freunde zum Einkaufen in eine andere Kaste fuhren.

Auf diese Weise verflog die Zeit, bis der vorletzte Tag der Semesterferien erreicht war. Sarah verabschiedete sich schon am Vorabend der Party von ihrem Vater und versprach ihm, im nächsten Semester häufiger anzurufen. Als sie am Ferienhaus ankam, war die Dekoration für den morgigen Tag bereits fertig. Sarah war beeindruckt von der unglaublichen Kulisse, die sich ihr bot: Riesige Pavillons aus leichtem fliederfarbenem, wehendem Stoff standen im Garten. Weiße Ballons mit kleinen Lichtern flogen an ihren Decken und beleuchteten die Pavillons und den Garten. In den Bäumen hingen goldene Lichterketten oder weiße und fliederfarbene Papierlaternen. Überall standen runde Stehtische verteilt, die mit weißen Hussen überzogen waren. Auf den Tischen waren Blumen, Kerzen und allerlei hübscher Kitsch wunderschön angeordnet. Die Freunde standen draußen und unterhielten sich gerade, während die letzten Sonnenstrahlen verblassten.

Sarah sah, dass Hannas Augen glänzten und sie den Tränen nahe war.

„Alles in Ordnung?“, fragte sie leise. Hanna nickte: „Mehr als das. Ich habe seit sieben Jahren keinen echten Sonnenuntergang mehr an der frischen Luft gesehen.“ Sarah legte, ohne ein Wort zu sagen, ihren Arm um Hannas Schulter. Wie fühlte es sich wohl an, wenn man sein ganzes Leben ein normaler Mensch war und dann plötzlich zu einer Nachtgestalt gewandelt wurde? Ob Hanna es vermisste, keinen Schwerpunkt zu haben? Sieben Jahre lang konnte sie sich tagsüber nicht unter freiem Himmel aufhalten.

Sarah wurde jetzt erst bewusst, dass Hanna die Älteste aus ihrer Gruppe war. Es war einerseits komisch, da sie gar nicht danach aussah, aber andererseits spielte das Alter keine wirkliche Rolle. Kim, die von dem Gespräch zwischen Hanna und Sarah nichts mitbekommen hatte, rief begeistert: „Wenn dir das gefällt, warte ab, wie es drinnen aussieht.“

Sie zog Sarah hinter sich her in das Ferienhaus. Während Ella und Colin den beiden folgten, beschlossen Hanna und Daniel, noch eine Weile den Sonnenuntergang zu genießen. Auch das Innere des Hauses war fantastisch hergerichtet. Überall standen bunte Gläser, Becher und Flaschen. Papiergirlanden und Luftballons waren großflächig aufgehängt und es gab sogar einige fliegende Kerzen.

„Das mit den Kerzen werden Linda, Leon und Toni eventuell seltsam finden", bemerkte Sarah.

Ella sah das Ganze locker: „Die sind so begeistert von allem, was aus den oberen Kasten kommt, dass wir einfach sagen, das sei dort eine spezielle Technologie."

Colin zeigte auf einen großen Stapel Lebensmittel und erklärte: „Daraus macht Julia morgen mit einem Handgriff Häppchen. Sie hat gesagt, wir dürfen zuschauen." Sarah war begeistert. Die Freunde saßen noch eine Weile beisammen und unterhielten sich über die anstehende Party. Die Frage, wer wohl alles kommen würde, führte unweigerlich zu Lukas Kramer sowie Otis Harling und bei beiden wusste Sarah nicht, wie sie reagieren würde. Sie hoffte fast, dass vorerst keiner auftauchen würde, damit sie ihre erste Semesterparty auch in Ruhe genießen könnte. Die letzten Wochen wurden von Tag zu Tag etwas unbeschwerter und sie wollte noch ein wenig in dieser Blase verweilen.

Obwohl die Party bereits am nächsten Tag stattfinden sollte, hatten sich die Ideen dafür immer noch nicht ganz eingestellt. Als Sarah und Ella nebeneinander im Bett lagen, kam Sarah ein neuer Gedanke: „So eine Band wie in dem Film, den wir gesehen habe, wäre toll."

„Eine Live–Band?", fragte Ella. „Ja, das wäre wirklich großartig. Oder einen Sänger. Aber so kurzfristig bekommen wir weder das eine noch das andere. Aber vielleicht könnten wir singen!"

„Wir?", fragte Sarah irritiert. „Wir sind doch keine Band."

Ella ließ von ihrer Idee nicht ab: „Die anderen müssten natürlich mitmachen. Und Stephan und Julia müssten ein paar Instrumente verzaubern. Daniel kann Klavier spielen. Das wird toll! Natürlich singen wir nicht den ganzen Abend, aber wir könnten ein Lied zu Beginn spielen. Einfach so als Start in die Party."

Sarah bewunderte Ellas Energie und Enthusiasmus. Sie kannte kaum Musik aus den oberen Kasten und ob sie alle so gut singen könnten, dass es sich nicht ganz schrecklich anhörte, wusste sie auch nicht, aber sie liebte die Art und Weise, wie Ella sich für Dinge begeistern konnte, sodass sie sich mitreißen ließ.

„Das ist eine großartige Idee!", sagte Sarah lächelnd. Ihr Blick glitt über Ellas Gesicht, und sie konnte die Vorfreude in ihren Augen sehen.

Ella lächelte zurück und Sarah spürte ein warmes Gefühl in ihrem Inneren. Sie war einfach nur glücklich, bei Ella zu sein. Es fühlte sich an, als ob sie in diesem Moment noch enger zusammenrückten. Ella lächelte und eine Weile schauten sie sich einfach nur an und sagten nichts. Dann strich Ella mit ihrer Hand über Sarahs Wange und sagte: „Ich würde gerade gerne wissen, was du denkst."

Sarah überlegte, was sie sagen sollte. War dies der richtige Zeitpunkt, um Ella zu sagen, dass sie sich in sie verliebt hatte? Wenn dies nicht auf Gegenseitigkeit beruhte, war es ein ganz schrecklicher Zeitpunkt. Sarah antwortete: „Das würde ich auch gern von dir wissen."

Ella lachte: „Ach, das ist ganz einfach. Lies doch einfach meine Gedanken!"

Sarah schaute Ella intensiv an. Sollte sie nun wirklich ihre Gedanken lesen? Es wäre ja nicht dasselbe, da Ella dann genau das denken würde, was sie lesen sollte und nicht das, was sie still für sich dachte. Dennoch ließ sich Sarah darauf ein. Sie schaute Ella intensiv an und las: „Ich denke darüber nach, wie sehr ich dich mag, wie wunderschön du bist und wie gern ich dich küssen würde.“

Sarah blickte Ella an und nun traute sie sich, laut zu sprechen: „Mir geht es mit dir genauso.“

Ella lächelte: „Das weiß ich schon eine ganze Weile.“

Sie strich mit ihrer Hand über Sarahs Wange, zog sie zu sich und küsste sie. Sarah fühlte sich, als flatterten tausende Schmetterlinge in ihrem Bauch. Sie legte ihre Hand um Ella und erwiderte den Kuss leidenschaftlich. Sie fühlte sich unglaublich glücklich und hoffnungsvoll. In diesem Moment wussten wohl beide, dass ihre Beziehung sich verändert hatte. Aus den besten Freundinnen wurden zwei Menschen, die bereit waren, ihre Gefühle füreinander zu erkunden und zu sehen, wohin sie diese führen würden.

66. Kapitel – Die Semesterparty

Als Sarah neben Ella aufwachte, fühlte sie sich so glücklich, wie lange nicht mehr. Es war früh morgens und sie konnte sich nicht daran erinnern, geträumt zu haben. Ella lächelte Sarah an und am liebsten wären beide einfach den ganzen Tag im Bett liegen geblieben. Es gab jedoch viel zu tun und die Idee von Ella, dass sie zu Beginn der Feier singen könnten, war nicht etwa verflogen, sondern hatte sich noch verfestigt. Sarah war bei dem Gedanken, selbst zu singen, immer noch etwas mulmig und auch die anderen Freunde waren erst mal skeptisch – bis auf

Julia. Die schlug direkt ein Lied vor, hob ihre Hände und es ertönte Musik, wie von einer richtigen Band.

Sarah war etwas erleichtert, dass keine magischen Instrumente aus dem Nichts erschienen und über ihren Köpfen schwebten oder etwas anderes sichtbar Magisches, das sie Toni, Linda und Leon hätte erklären müssen. Ella, die das Lied kannte, begann zu singen und mit einem Mal wusste Sarah, warum Ella singen wollte – sie war unglaublich gut. Sarah war tief beeindruckt und merkte, wie sich die kleinen Härchen auf ihren Armen aufrichteten. Den anderen schien es ähnlich zu gehen.

„Gänsehaut pur!“, schwärmte Colin.

Als Ella den Refrain erreichte, sangen Julia und Stephan mit. Es klang so fantastisch, dass Sarah, Kim, Colin, Hanna und Daniel am Ende des Liedes jubelten.

„DAS ist wirklich genau so, gut, wie es ist“, bemerkte Kim. „Und was mich daran besonders freut ist, dass ihr mich für diese Nummer überhaupt nicht braucht.“

Hanna und Colin stimmten ihr schnell zu und Sarah, die das Lied nicht mal kannte, meldete sich ebenfalls lieber für die Zuschauerbank. Daniel warf ein, dass die hergezauberte Musik keiner zusätzlichen Klaviermusik bedürfe und wollte eine kleine Auszeit auf seinem Zimmer nehmen.

Ella freute sich, dass ihre Idee gut ankam – wenn auch etwas anders, als gedacht. Enthusiastisch umarmte sie Sarah und küsste sie.

„Wann ist das denn passiert?“, fragte Kim mehr interessiert als überrascht.

„Gestern Abend!“, antwortete Ella ebenso stolz wie einfach.

„Wurde auch Zeit", grinste Kim. Sie und die anderen Freunde freuten sich für die beiden. Für weitere Details war laut Ella jedoch keine Zeit, denn sie mussten noch eine Party auf die Beine stellen. Für den musikalischen Auftritt müsste noch eine kleine Bühne organisiert werden, und darüber hinaus kamen Ella noch zahlreiche weitere Aufgaben in den Sinn, die sie mit Freude unter ihren Freunden aufteilte. Sarah und Kim sollten zunächst die Zutaten für die Cocktails bereitlegen. In einem ruhigen Moment fragte Kim Sarah: „Ich nehme an, Ella ist die Person aus deinen Träumen?"

Sarah nickte und konnte sich ein Lächeln nicht verkneifen.

„Und war es wie in der Vision?", wollte Kim wissen.

Sarah wurde nachdenklich: „Nein, eigentlich überhaupt nicht. Aber es hätte nicht schöner sein können."

Sarah wunderte sich in diesem Moment etwas. Vielleicht durfte man eine Vision nicht so bildlich nehmen oder sie hatte eine andere Bedeutung. Vielleicht kamen Ella und sie der Vision irgendwie zuvor und dadurch gab es in der letzten Nacht auch keine weitere mehr. Viel Zeit zum Grübeln hatte Sarah jedoch nicht, denn als sie mit den Zutaten fertig waren, sollten sie Ella und Colin dabei helfen, aus leeren Getränkekisten eine kleine Bühne in den Garten zu bauen.

„Ist mit deinem Bruder alles in Ordnung?", fragte Colin Ella. „Er war heute sehr ruhig."

„Ja, alles in Ordnung", antwortete Ella gelassen. „Er mag Partys nur nicht besonders."

„Bei der Vorbereitung schien er aber Spaß zu haben", warf Kim ein.

„Ja, Daniel plant gerne und alles, aber er hat den Tod unserer Eltern damals versucht, zu verarbeiten, indem er jede Nacht feiern war. Ich denke, das erinnert ihn daran. Oder er hat für ein Leben wirklich genug Partys gehabt.“

Ella hatte ihren Satz gerade beendet, als Julia und Stephan angerannt kamen. Aufgeregt fragte Julia: „Was haltet ihr davon, wenn Ella, Stephan und ich uns alle gleich anziehen?“

Diesmal war es Ella, die zögerte: „Eigentlich habe ich mir schon genau überlegt, was ich heute trage.“

Doch bereits im nächsten Moment hatte Ella ihren Enthusiasmus für neue Ideen zurück: „Aber ich kann mich ja danach umziehen. Vielleicht sollten wir alle etwas Grünes anziehen.“

Und schon ging es munter weiter. Die Zeit bis zum Abend verflog nur so. Eine dreiviertel Stunde, bevor es losging, war alles vorbereitet. Die Studenten mussten sich nur noch selbst in Schale werfen. Sarah schaute ihre Kleidung durch und hielt das regenbogenfarbene Kleid ihrer Mutter in den Händen, das magisch schimmerte. „Das ist genau das Richtige für dich“, sagte Ella liebevoll und umarmte ihre Freundin. „Darf ich mir vielleicht für den Start ein grünes Kleid von dir leihen?“

Sarah nickte. Die beiden waren gerade fertig, als es schon an der Tür klopfte. Linda und Toni standen draußen.

„Ich wollte vor der Party kommen, weil ich nicht bleiben kann“, erklärte Linda. „Leon ist krank und ich würde mich gerne um ihn kümmern.“

Toni schüttelte den Kopf: „Was nicht nötig wäre – also meiner Meinung nach und auch Leons Meinung nach.“

„Ach, er ist nur so rücksichtsvoll und wollte, dass ich einen schönen Abend habe“, antwortete Linda. „Aber ich will ihn nicht allein lassen. Deshalb wollte ich mich schon mal verabschieden, da ihr ja morgen alle zurück nach Burg Torva fahrt.“

Linda drückte schweren Herzens alle Freunde nacheinander und nahm zum Schluss Sarah in den Arm: „Du kommst doch in den nächsten Ferien wieder, oder?“

Sarah nickte: „Klar. Ich weiß noch nicht, wann und wie lange, aber wir sehen uns auf jeden Fall. Grüß‘ mir Leon ganz lieb und bestell‘ ihm gute Besserung.“

Es fiel Sarah auch diesmal schwer, sich von Linda zu verabschieden, aber sie war gleichzeitig erleichtert, dass bei der Party nur noch ein Nichtmystiker anwesend sein würde statt Dreien.

Kaum war Linda aus dem Haus, klopfte es schon wieder. Runa und Lea schauten neugierig durch die Tür. Die Freunde beschlossen, schon einmal in den Garten zu gehen und dort die Gäste zu empfangen. Daniel gesellte sich zu den anderen, jedoch hauptsächlich, um nach Lukas Kramer Ausschau zu halten. Sarah wurde nervös. Würde er auftauchen? Sie sah sich um und entdeckte Professor Salentin, der sich mit Professorin Ankum unterhielt. Ob Professor Harling herkommen würde? Sie wusste gar nicht, wie sie reagieren würde. Der Garten füllte sich mehr und mehr. Sarah, Ella, Hanna, Colin und Kim standen zusammen und unterhielten sich. Sie wechselten mit den ankommenden Gästen ein paar Worte. Alle bedankten sich freudig für die Einladung und lobten das schöne Ambiente.

Nach einer Weile kam Daniel zu den anderen Freunden dazu: „Kramer ist nicht aufgetaucht. Der

Großteil seiner Lemminge auch nicht. Josef Wimmer ist da, ist aber der Einzige von denen."

„Und sonst?", wollte Ella wissen. „Sind sonst alle da?"

Daniel schüttelte den Kopf: „Von den Studenten aus eurem Jahrgang fehlen ein paar einzelne, soweit ich das überblicken kann. Manche haben dafür Freunde aus älteren Jahrgängen mitgebracht. Laika von Limburg, Lisa Fischer und Noah Gessler habe ich noch nicht gesehen. Also hauptsächlich fehlen die Gelben. Von den Professoren sind nur Salentin, Ankum, Demir und Stauf aufgetaucht."

„Dann sollten wir beginnen!", sagte Ella.

Sie winkte Julia und Stephan zu sich und betrat mit ihnen die Bühne. Mit wenigen Worten hieß sie alle willkommen und bedankte sich für ihr Erscheinen. Professor Salentin betrat unaufgefordert ebenfalls die Bühne und bedankte sich bei allen, die diese inoffizielle Semesterparty möglich gemacht hatten. Zum Schluss fügte er hinzu: „Wir sollten nie damit aufhören, gemeinsam zu feiern. Dreisam ist stärker als einsam."

Er hob sein Glas und die Studenten wiederholten seinen letzten Satz lautstark und prosteten ihm und den drei Freunden auf der Bühne zu. Daraufhin legten Ella, Julia und Stephan los und stimmten mit ihrem Lied alle auf die Party ein. Das kam bei den Gästen sehr gut an. Sie brachen in tosenden Applaus aus und einzelne pfiffen sogar. Sarah fiel es schwer, ihre Augen von Ella abzuwenden, versuchte aber dennoch, Toni im Auge zu behalten. Das war gar nicht so einfach, denn Toni war stets in einer anderen Ecke zu finden. Als Sarah die Menge überblickte, sah sie ihn diesmal mit Thomas Teuber aus ihrem Schwerpunkt flirten. Um die Situation besser zu überblicken, gesellte sie sich einfach dazu. Toni hatte Thomas gerade etwas ins Ohr geflüstert. Er grinste Sarah an: „Ich wollte uns gerade einen Cocktail mixen. Darf es für dich auch etwas sein?“

Sarah, die vorerst einen kühlen Kopf bewahren wollte, lehnte dankend ab. Als Toni im Haus verschwunden war, wollte sie Thomas vorwarnen: „Du musst ein bisschen aufpassen, was du sagst. Er ist kein Mystiker.“

Zu Sarahs Erstaunen lachte Thomas: „Keine Sorge. Das habe ich nach wenigen Sekunden gemerkt.“

„Woran?“, fragte Sarah verwundert. Thomas grinste: „Nun, ich habe ihm nach seinem Schwerpunkt gefragt und er antwortete Medizin.“

„Oh!“, warf Sarah ein. „Danach hat er mir über seinen ‚Schwerpunkt‘ schmutzige Sachen ins Ohr geflüstert, die ich hier nicht wiederholen werde.“

Sarah entschuldigte sich für Toni: „Das tut mir leid.“

„Mir überhaupt nicht“, erklärte Thomas. „Er ist wirklich hinreißend.“

Sarah musste schmunzeln: „Ja, das ist er.“

In dem Moment kam Toni mit zwei violetten Cocktails in der Hand zurück.

„Passend zu deiner Kaste“, erklärte er und überreichte Thomas einen der Cocktails. „Ich zieh’ dann mal weiter“, erklärte Sarah und hielt nach Ella Ausschau. Julia und Stephan unterhielten sich gerade mit Denis Boyko.

„Habt ihr Ella gesehen?“, fragte Sarah die drei.

„Oh, die wollte sich umziehen“, erklärte Julia. „Das war ihr ganz wichtig. Sie wollte sich für dich besonders hübsch machen.“

Sarah betrat das Ferienhaus und sah sich um. Ihr Blick wanderte über die teuren Möbel. Von draußen hörte sie Musik und fröhliche Menschen. Sie drehte sich zum Fenster um und sah, wie sich ihr Kleid darin spiegelte. Plötzlich legten sich zwei Hände auf Sarahs Augen. Sarah zuckte für einen kurzen Moment zusammen. Das war er – Der Moment aus ihrem Traum. Sie spürte, wie ihr Herz bis zum Hals schlug und führte die Hände fast mechanisch mit ihren Händen sanft nach unten. Als sie sich umdrehte und Ella anschaute, stand sie dort in dem silbernen Paillettenkleid, das sie so viele Nächte zuvor in ihrer Vision gesehen hatte. Sarah wusste, was Ella nun sagen würde, und sie kam sich vor, wie in einem Film.

Mit ihrem umwerfenden und mitreißenden Lächeln fragte Ella sie: „Na, wie sehe ich aus?“

„Bezaubernd“, antwortete Sarah, als könne es nur diese eine Antwort darauf geben. „Und ich?“

„Bezaubernd“, antwortete auch Ella und streichelte ihr mit der Hand sanft über ihre Wange. Langsam bewegten sich ihre Gesichter aufeinander zu und sie küssten sich. Obwohl es nicht der erste Kuss war, war Sarah wie in einem Rausch. Der Kuss dauerte eine gefühlte Ewigkeit. Als die beiden sich trennten, lächelten sie sich einfach nur an. Sarah war überglücklich. Dann zuckte Ella schmerzverzerrt und ihr Blick wechselte von einer auf die andere Sekunde. Sie riss die Augen weit auf und schaute für einen Sekundenbruchteil auf den Pfeil, der ihr Herz durchbohrte, bevor sie vor Sarahs Augen zu Staub verfiel.

Sarah spürte, wie ihr Herz immer schneller schlug und sie sich nicht regen konnte, obgleich ihr ganzer Körper zitterte. In ihrem Kopf war nur ein Gedanke:

Ella. Ella ist fort. Sarahs Knie konnten sie nicht mehr halten und sie sackte zu Boden. Ihre Hände glitten zittrig über den dunklen Staub, den Ellas Körper hinterlassen hatte. In ihrem Schmerz hörte sie das leise Geräusch eines Bogens, der sich spannte. Sie blickte auf und vor ihr stand eine Person in einem gelb–schwarzen Anzug, mit einer Art gelbem Kapuzenhelm über dem Kopf und einem schwarzen Streifen auf Augenhöhe. Der zweite Pfeil war auf sie gerichtet. Sarah spürte, wie Trauer und Wut sich gleichzeitig ihren Weg durch den Körper bahnten und aufgewühlt und getrieben von ihrem Zorn, stand sie auf und zwang ihrem Gegenüber ihren Willen auf. Sie streckte ihre Hand aus und befahl in ihrer Verzweiflung: „Zeig dein Gesicht!“

Sarah spürte die Energie, die in ihr aufstieg, und die regelrecht auf die vermummte Person einschlug. Der blieb nichts anderes übrig, als ihre Hände zu heben – und so sehr sie sich offensichtlich dagegen zu wehren versuchte – hob sie den kapuzenartigen Helm langsam vom Kopf.

Sarah blickte Lisa Fischer an. Für einen Moment war sie so überrumpelt, dass sie von Lisa abließ.

„Warum?“, schrie Sarah unter Tränen heraus.

Lisa antwortete nicht, sondern nutzte den Moment. Sie drückte auf eine Fläche an ihrem Anzug, der einen schrillen Ton absonderte und trank einen kleinen Schluck aus einem Fläschchen. Im selben Augenblick erschienen im Halbkreis weitere Personen in den gleichen Anzügen im Raum. Die Gefahr, der Sarah ausgesetzt war, fühlte sich für sie nicht so unmittelbar an wie der Schmerz, weshalb sie Lisa Fischer erneut in die Mangel nahm.

„Warum du das getan hast, sollst du mir sagen!“, schrie sie in einer übermenschlichen Lautstärke, wie sie zuvor noch nie von ihr ausgegangen war. Daniel war der Erste, der von draußen auftauchte und starr in der Tür stehenblieb. Die anderen Personen in den Anzügen hatten auch Bögen dabei, die sie teilweise in seine und teilweise in Sarahs Richtung spannten.

„Nein“, schrie Sarah und während ihr Blut aus der Nase lief, nahmen alle gleichzeitig und offensichtlich gegen ihren Willen die Bögen herunter. Sarah fixierte Lisa mit ihrem Blick. Die versuchte dagegen anzukämpfen, aber Sarah war zu stark für sie.

„I–Ich führe nur Befehle aus“, begann sie.

Die Person neben Lisa, riss ihr das Fläschchen aus der Hand und ehe Sarah wusste, was geschah, schnitt die Person Lisa mit einem Messer die Kehle durch, zerbrach das Fläschchen gleichzeitig mit einem anderen, das sie in den Händen hielt und verschwand mit den übrigen grausigen Gestalten.

„Nein!“, schrie Sarah wütend hinterher und hob ihre Hände. Das Haus fing an mehreren Stellen gleichzeitig Feuer. Statt nach draußen zu fliehen, sackte Sarah weinend zusammen. Daniel rannte zu ihr und wollte sie nach draußen führen, aber Sarah wehrte sich. Immer wieder schrie sie aus voller Kehle Ellas Namen. Daniel packte sie und trug sie aus dem Haus.

Die Gäste waren in heller Aufregung und die Magier – insbesondere die Professoren – begannen, das Feuer zu löschen. Daniel trug Sarah durch die Menschenmenge hindurch und ließ sie abseits der aufgewühlten Gäste los. Sarah sackte weinend zusammen. Kim, Colin und Hanna, die Daniel durch die Menge gefolgt waren, wollten Sarah aufhelfen, aber sie ließ niemanden an sich ran.

„Was ist passiert?“, fragte Colin. Sarah fiel es schwer, zu sprechen. Sie blickte kurz auf: „Ella. Ella ist tot.“ Ohne ein Wort und blitzschnell verschwand Daniel in der Dunkelheit.

67. Kapitel – Rückzug

Eine gefühlte Ewigkeit saßen die Freunde in der Dunkelheit weinend im Gras. Die Geräusche, die vom Ferienhaus dumpf zu hören waren, nahmen sie nicht wahr. Auch dass der Lärm langsam abklang, registrierten sie nicht. Sarah dachte nur an Ella – wie wundervoll sie war, wie freundlich und liebevoll, wie sehr sie sie liebte – und wie grausam sie ihr entrissen wurde. Immer wieder tauchte das Bild in ihrem Kopf auf, wie Ella zu Staub zerfiel und Sarah nichts tun konnte.

Erst die tiefe Stimme Salentins, die plötzlich neben ihnen erklang, bewirkte, dass die Freunde ihre Köpfe hoben: „Wir haben euch schon überall gesucht.“

Sarah wischte mit ihrer Hand ein paar Tränen aus den Augen, um klarer sehen zu können. Neben ihnen standen Professor Salentin, Professorin Ankum, Julia und Stephan.

„Es tut mir leid, dass ich störe“, sprach Salentin weiter, „aber es ist wichtig, dass Sie mir genau schildern, was gerade vorgefallen ist. Herr Bachem hat mir bereits die Kleidung der Personen beschrieben, die Sie und Herrn Wohlgemut mit Pfeilen bedroht haben. Er hat ebenfalls erklärt, dass er, bei dem Versuch, Sie beide zu schützen, das Feuer gelegt hatte.“

Sarah schaute auf. Die Worte von Salentin drängten ihre Gefühle in den Hintergrund. Fast mechanisch erklärte sie einfach alles, was sich seit dem Kuss ereignet hatte. Hanna, Kim und Colin hörten genauso aufmerksam zu wie Salentin und Ankum, da sie die Details auch nicht kannten. Salentin wirkte noch ernster als sonst. Er sprach sein Mitgefühl aus und erklärte, dass er gemeinsam mit Professor Stauf das Feuer in den Griff bekommen und das Haus so weit wiederhergestellt hatte. Die Studenten habe er aus Sicherheitsgründen angewiesen, möglichst unverzüglich nach Burg Torva zu reisen, solange der Vorgang nicht geklärt sei. Ihnen würde er das Gleiche raten.

Sarah hörte den Worten zwar zu, aber es fühlte sich alles bedeutungslos an. Dann senkte Salentin seine typisch laute Stimme: „Ich würde eigentlich gerne selbst mehr über diesen Vorfall erfahren, bevor ich ihn melde, aber in dem Haus liegt eine tote Studentin und die Asche einer weiteren. Das Ganze wird viele unangenehme Befragungen mit sich bringen, die Ihnen wenig Zeit zum Trauern lassen – die Sie nun eigentlich bräuchten. Ich kann das Ganze noch zwei, vielleicht drei Stunden hinauszögern, bis ich es melde. Es wäre das Beste, wenn Sie dann nicht mehr hier wären. Ich werde der Untersuchungskommission mitteilen, dass ich alle Studenten aus Sicherheitsgründen angewiesen habe, nach Burg Torva zurückzukehren. Morgen werden sie aber spätestens auch dort auftauchen. Da dies nicht das erste Mal ist, dass Sie bedroht wurden, möchte ich Sie bitten, mir alles zu sagen, was Sie über diesen Vorfall oder einen anderen wissen."

Schlagartig musste Sarah an den allerersten Vorfall denken: „Ich weiß, wer damals das Amulett in die Bäckerei gebracht hat."

Salentin sah sie mit großen Augen an. Daraufhin korrigierte sich Sarah: „Also, ich weiß, wie er aussah."

„Sie haben eine Beschreibung?", fragte Salentin. Sarah nickte und begann die Beschreibung zu wiederholen, als Daniel plötzlich hinter ihr stand und sie unterbrach: „Sag doch einfach, was wir alle denken. Er sah aus wie Lukas Kramer."

Sarah drehte sich nach Daniel um. Er war noch blasser als sonst, sein Gesicht hatte jeden freundlichen Zug verloren und seine Augen blitzten bedrohlich rot.

„Das sind schwere Anschuldigungen, Herr Wohlgemut", sagte Salentin ernst und trotzdem voller Mitgefühl. „Ich möchte Ihnen raten, diese Vermutung für sich zu behalten, bis ich dem Verdacht nachgehen kann. Ich bitte Sie wirklich eindringlich, nach Burg Torva zurückzukehren. Ich verspreche Ihnen, dass ich mich der Sache annehme." Mit diesen Worten verließen Salentin und Ankum die Studenten und gingen zurück zum Ferienhaus.

Sarah sah Daniel an und – während sich die Tränen ihren Weg zurückbahnten – drückte sie ein „Danke" heraus.

„Wofür?", fragte Daniel.

„Dass du zurückgekommen bist." Sarah sah, dass Daniel mit den Tränen kämpfte, aber sie war ihm wirklich dankbar. Sie wusste, wie Daniel auf den Tod seiner Eltern reagiert hatte, und nun hatte er auch noch den Verlust seiner Schwester zu verkraften. Sarahs Schmerz war so unvorstellbar groß, dass sie sich nicht vorstellen konnte, wie er sich erst fühlen musste. In dem Moment, in dem Daniel verschwand, dachte sie für einen Moment, auch ihn zu verlieren.

Daniel haderte mit einer Antwort. Er war nicht der Typ, der über Gefühle sprach oder sie offen zeigte, aber als Sarah ihn ansah, konnte sie sehen, wie sehr er mit sich kämpfte, genau dies zu tun. Er schluckte und öffnete dann seinen Mund. Mit zitternder Stimme sagte er: „Natürlich bin ich zurückgekommen. Ihr seid doch die einzige Familie, die ich noch habe."

Mit diesen Worten konnte Daniel seine Tränen nicht mehr zurückhalten und als er sich gerade umdrehen wollte, stand Sarah schon vor ihm und nahm ihn in den Arm. Eine ganze Weile sprach wieder niemand, bis Julia eine Frage stellte, mit der keiner gerechnet hatte: „Gibst du mir deinen Autoschlüssel?"

Daniel sah sie verwirrt an.

„Ich fahre das Auto vom Haus weg, damit es aussieht, als wären wir abgereist, wenn die Untersuchungsmission kommt. Wenn es die gleichen Drei sind wie beim letzten Mal, wird sie niemand von uns heute sprechen wollen, nehme ich an."

Daniel schien sich bei dem Gedanken wieder etwas gefangen zu haben: „Ich fahre selbst, ich muss noch einiges aus meinem Zimmer holen."

Julia nickte: „Gut. Soll ich jemanden von euch beim Packen helfen oder einfach die Sachen für euch holen?"

Kim, Hanna und Colin wollten ihre Sachen ebenfalls selbst holen, aber Sarah nahm das Angebot von Julia an: „Ich kann da gerade nicht mehr reingehen." Und mit zitternden Lippen fügte sie hinzu: „Und ich kann auch nicht auf ihr Zimmer."

Daniel drehte sich um und konnte Sarah nicht anschauen. Julia nickte.

„Ich bleib' bei Sarah", erklärte Stephan, während die anderen in die Richtung des Hauses gingen. Als Sarah und Stephan allein waren, ratterten Sarahs Gedanken wieder in eine andere Richtung: „Warum hast du gesagt, dass du das Feuer gelegt hast, um uns zu retten? Es war niemand mehr da, als das Feuer ausbrach."

Stephan setzte sich ins Gras: „Ich weiß. Aber bei dem Ausbruch des Feuers waren genau fünf Personen anwesend. Du standst mitten im Raum und in der Tür standen Daniel, Julia, Professor Salentin und ich. Julia war es nicht. Daniel kann es nicht gewesen sein und Professor Salentin wird wissen, dass er es auch nicht war. Da waren nicht mehr viele Optionen übrig. Also habe ich es auf mich genommen. Außerdem kenne ich diese Art des Ausbrechens eines Feuers nur zu gut. Auf diese Weise habe ich mein Elternhaus verloren. Es ist unberechenbar, wenn man seine Kräfte noch nicht kennt."

Sarah setzte sich Stephan gegenüber ins Gras: „Du meinst, das war ich?"

„Was meinst du selbst?", entgegnete Stephan.

Sarah dachte nach. Sie hatte mitten im Geschehen das Gefühl, dass das Feuer ein Ausdruck ihrer Wut war, da es so passend erschien, aber sie hatte den Gedanken nicht weiterverfolgt. Zu viele Gefühle und Emotionen waren in ihr und diese Art von Kräften hatte sich noch nie zuvor gezeigt. Aber wenn Professor Harling tatsächlich ihr Vater war, war es nicht unmöglich. Sarah sah ihre Hand intensiv an und konzentrierte sich völlig darauf. Eine kleine Flamme loderte in ihrer Hand auf. Sarah erschrak und die Flamme verschwand. Nervös sah sie Stephan an: „Ich denke, du hast recht."

Das schwarze Auto von Daniel fuhr langsam über den holprigen Rasen auf sie zu. „Behalte es erst mal für dich, ja?“, bat Sarah ihn.

Stephan nickte. Julia stieg aus dem Auto aus und hielt Sarah die Tür auf: „Wir müssen noch auschecken und kommen nach. Wir sehen uns auf Burg Torva.“

Julia und Stephan umarmten Sarah liebevoll, während Sarah ins Auto einstieg. Sie saß hinten zwischen Kim und Colin.

Dass auf der Rückbank nun mehr Platz war, holte den Schmerz wieder hervor. Ohne sie anzuschauen oder etwas zu sagen, ergriff Colin Sarahs Hand und ließ sie nicht mehr los. Diese Zuwendung sorgte dafür, dass Sarah ihren Tränen freien Lauf ließ. Auch die Augen der anderen blieben die Fahrt über nicht trocken. Die Freunde waren sehr lange unterwegs, aber niemand sagte etwas. In der Stille der Nacht waren außer den Motorgeräuschen im Wechsel immer mal ein Schniefen zu hören oder ein nicht mehr zurückhaltbares Schluchzen, das – egal durch wen es ausgelöst wurde – die anderen wieder eine Weile mitriss.

Als die Freunde an der Burg ankamen, ging bereits die Sonne auf. Daniel fuhr einen Hintereingang an, den Sarah zuvor nicht gesehen hatte. Er befand sich in einem düsteren Tunnel seitlich der Burg, sodass Hanna aussteigen konnte. Sarah, Kim und Colin nahmen ihre Koffer und betraten die Burg ebenfalls auf diese Weise, während Daniel den Wagen parkte. Der Seiteneingang mündete in einen langen Gang, von dem viele Türen abgingen. Sarah registrierte die Büros der unterschiedlichen Professoren. Sie stand schon so häufig in dem Gang, war ihn jedoch nie bis zum Ende gegangen. Die Büros von Gellhorn und

Harling waren im vorderen Bereich. Als Sarah den Namen von Professor Harling neben seiner Tür hängen sah, überkam sie ein komisches Gefühl. Einerseits wollte sie sich gerade nicht mit ihm auseinandersetzen und anderseits fühlte sie sich so elend, dass sie sich fragte, ob ihr ein Gespräch mit ihm vielleicht helfen würde. Dass Sarah beim Vorbeigehen an seinem Büro langsamer wurde, schien Kim zu merken. Sie nahm sie an die Hand und drückte sie fest. Sarah ging mit ihren Freunden weiter, bis sie die Aula erreicht hatten. Obwohl es noch sehr früh am Morgen war, war die Aula sehr belebt. Viele Studenten, die zuvor auf der Party waren, sprachen aufgeregt miteinander und verbreiteten unter den anderen Studenten Dinge, die sie gesehen hatten – gespickt mit abstrusen Vermutungen. Als die ersten Studenten Sarah, Kim, Colin und Hanna erblickten, deren Augenpartien vom Weinen rot gefärbt waren, kamen sie direkt auf sie zu, um Informationen zu erhalten. Sarah wusste nicht, wie sie mit der Situation umgehen sollte.

Kim rief so laut sie konnte: „Professor Salentin hat uns angehalten, mit niemandem über den Vorfall zu sprechen, weshalb wir darum bitten, dass ihr Abstand zu uns haltet."

Das entsprach zwar in der Form nicht der Wahrheit, zeigte aber seine Wirkung. Sarah bemerkte, dass die Professoren Demir und Stauf in der Aula waren und das Geschehen mitverfolgten. Obwohl sie beide nicht näher kannte, fühlte sie sich in gewisser Hinsicht sicherer. Daniel kam durch die Vordertür und ging zielstrebig auf seine Freunde zu – ohne auch nur einen Blick der neugierigen Studenten zu erwidern: „Ist er schon aufgetaucht?"

„Wer?“, fragte Colin irritiert.

„Kramer“, antwortete Daniel.

„Hab‘ ihn zumindest nicht gesehen“, antwortete Colin. Sarah beschlich eine neue Angst, als sie Daniel ansah. Er war fokussiert und ungeduldig. In seiner Trauer und seiner Wut, hatte er sich ein neues Ziel gesucht und das hieß Kramer. So sehr Sarah Kramer nicht mochte – und sie auch nicht wusste, ob er wirklich etwas mit den Ereignissen zu tun hatte – hoffte sie doch fast, dass Lukas nicht auftauchte. Doch kaum hatte sie den Gedanken gefasst, betrat Lukas Kramer mit einem kleinen Koffer die Aula.

Bevor Sarah etwas sagen konnte, hatte Daniel ihn erreicht. Sie rief ihm noch ein „Nicht!“ zu, aber das führte nur dazu, dass alle Blicke der Anwesenden auf Daniel lagen, der mit roten Augen und ausgefahrenen Zähnen mit beiden Händen Lukas Kramers Hals umfasste. Noch schneller als Daniel war Professorin Demir zu Stelle, legte Daniels Hände auf seinen Rücken, stieß ihn zu Boden und stellte ihren Fuß auf seinen Rücken. Dies geschah mit einer Kraft und einer Geschwindigkeit, die man Demir nicht ansah. Sofort war auch Professor Stauf zur Stelle und kümmerte sich um Lukas Kramer, der nach Luft rang.

„Was sollte das?“, fragte Demir Daniel.

Daniel brüllte regelrecht: „Meine Schwester ist tot. Und der hängt da mit drin.“

„Schwachsinn!“, keuchte Kramer.

„Wie kommen Sie zu dieser Annahme?“, forschte Demir weiter nach und bewahrte dabei eine unglaubliche Ruhe. Daniel hatte sich jedoch noch nicht beruhigt: „Er hat versucht, Sarah auszuschalten, damit sie die Einladung nicht annimmt.“

„Hab' ich nicht", verteidigte sich Kramer mit sehr dünner Stimme.

„Und selbst wenn", ertönte plötzlich Salentins Stimme, „haben Sie nicht das Recht auf Selbstjustiz, Herr Wohlgemut. Ihre Trauer in allen Ehren."

Daniel wurde etwas ruhiger, woraufhin Professorin Demir ihren festen Griff löste und ihm aufhalf. Voller Hass blickte Daniel Kramer ins Gesicht: „Vielleicht nicht heute und vielleicht nicht hier, aber irgendwann und irgendwo wirst du mal einen Augenblick allein sein und dann bin ich da."

Salentin legte Daniel die Hand auf die Schulter: „Ihnen ist bewusst, dass eine solche Drohung Ihnen das Recht nehmen könnte, weiter auf Burg Torva zu verweilen?" Bevor Daniel antworten konnte, japste Kramer verängstigt: „Ich möchte ein offenes Verhör!"

„Junge", beruhigte ihn Professor Stauf, „du sitzt hier nicht auf der Anklagebank."

„Ist mir egal", fuhr Kramer fort. „Ich will das, was Harling hatte, als die Untersuchungskommission da war."

Die Professoren sahen sich intensiv an. Es war offensichtlich, dass sie sich berieten. Es war ebenso offensichtlich, dass Kramer um sein Leben fürchtete und durch das Verhör irgendetwas aufklären wollte. Nach wenigen Minuten entfernte sich Professor Stauf von der Gruppe und Salentin verkündete: „Wenn es dein Wille ist, werden wir dir dein Recht nicht verwehren, auch wenn ich nochmal betonen möchte, dass du nicht unter Anklage stehst."

Lukas Kramer versicherte, dass er dies sehr wohl verstanden hatte und dennoch ein Verhör wünschte. Professor Stauf kam mit Professor Harling zurück in Aula. Dieser hielt eine kleine Holzschachtel in der

Hand. Sarahs Knie wurden weich, als sie Professor Harling sah. Für einen kurzen Augenblick kreuzten sich ihre Blicke. Sarah wusste nicht, wie ihr Blick auf ihren leiblichen Vater wirkte. Sie hatte jedoch das Gefühl, dass er alles veränderte, denn auch Harlings Blick wandelte sich in dem Moment. Sarah, sah, wie sich sein Mund öffnete und er am liebsten etwas gesagt hätte. Dieser kurze Moment hatte genügt und er wusste, dass sie es wusste. Professor Salentin lenkte Harlings Aufmerksamkeit von Sarah ab, indem er ihn beiseitenahm und ihm einiges zuflüsterte.

Sarah spürte, dass es Harling nicht leichtfiel, die neuen Informationen zu verarbeiten, ohne sich nach ihr umzudrehen.

So fokussiert wie er nur konnte, begann Harling, Mentibusvide vorzubereiten.

Professorin Demir hatte Kramer einen Stuhl gebracht und Professor Salentin begann mit der Befragung: „Erklären Sie uns doch bitte in jeder Einzelheit, ob Sie etwas mit dem Amulett oder dem Ring zu tun haben, die Sarah Hollander zugestellt wurden und auch, ob Sie in Verbindung mit dem heutigen Todesfall stehen. Berichten Sie ebenfalls von jeglicher Interaktion mit Lisa Fischer."

Sarah spürte eine Nervosität in ihr aufsteigen. Nun würde sie Antworten erhalten. Salentin hätte die Fragen nicht treffender formulieren können. Professor Harling setzte Kramer die goldenen Taler auf die Schläfe. Lukas begann zu erzählen: „Ich saß mit ein paar Freunden zusammen. Nathalie hatte gehört, dass eine Grüne eine Einladung zu Burg Torva erhalten hat."

Harling setzte sich selbst den letzten Taler auf die Schläfe und legte Kramer die Hand auf die Stirn.

Dieser sackte augenblicklich in sich zusammen, während Harlings Augen weiß aufleuchteten. Er hob seine andere Hand Richtung der weißen Tafel in der Aula und nach einem kurzen Augenblick sahen die Studenten, was in Lukas Kramers Kopf vor sich ging.

68. Kapitel – Verbannt von Burg Torva

Lukas stand vor einem Sportplatz und war umgeben von fünf Freunden. Außer Josef Wimmer konnte Sarah niemanden namentlich zuordnen, aber eine der jungen Frauen war jene, die Kramer nicht von der Seite wich und ihn für besonders lustig hielt. Auch die anderen drei Freunde hatte sie schon in seiner Nähe gesehen.

Sarah wendete ihren Blick von der Leinwand ab und bemerkte, wie die Studenten in der Aula die Menge nach genau diesen fünf Studenten absuchte. Die sahen nicht glücklich darüber aus, sich dort oben auf der Leinwand zu sehen. Die junge Frau, die Kramer sonst anhimmelte, war ebenfalls neben ihm auf der Leinwand zu sehen. Das musste Nathalie sein, denn Kramer antwortete ihr gerade: „Wie ist das möglich? Das muss doch ein Fehler sein."

Nathalie schüttelte den Kopf: „Nein, ich hab' es aus einer zuverlässigen Quelle von einer Gelben."

„So eine hat doch nichts auf Burg Torva zu suchen!", antwortete Kramer abfällig. Die anderen stimmten ihm zu. Sarah sah zu, wie Kramer über die Frau aus der grünen Kaste herzog und Witze machte, während die anderen um ihn herum lachten.

„So einer müsste man eine Lektion erteilen", sagte er schließlich, kurz bevor sie sich verabschiedeten und in unterschiedliche Richtungen verschwanden.

Kramer machte sich als Letztes auf den Weg, als plötzlich Lisa Fischer vor ihm stand. Sarah spürte, wie es in ihr brodelte. In der Aula wurde es ganz still.

„Meintest du das eben ernst?“, hörten sie Lisa Fischer sagen.

„Was meinst du?“, fragte Lukas.

Lisa grinste: „Dass man der Grünen eine Lektion erteilen müsste.“

„Geht dich nichts an“, murmelte Lukas uninteressiert und zog an ihr vorbei.

„Mein Name ist Lisa Fischer“, rief sie ihm nach. Lukas blieb stehen und Lisa fuhr fort: „Ich weiß, dass dir der Name ein Begriff ist. Du hast dir alle fünf Namen derer angeschaut, die dieses Jahr aus der gelben Kaste nach Burg Torva gehen. Dein Wunsch, selbst einmal zu den Gelben zu gehören, ist so groß, dass du vorbereitet sein wolltest. Ich weiß alles über dich.“

„Dann weißt du ja, was ich von Sehern halte“, entgegnete Kramer wenig beeindruckt.

„Ist mir bewusst. Aber ich weiß auch, dass du keine Chance auf die gelbe Kaste ausschlägst“, grinste Lisa.

Lukas' Interesse war geweckt: „Wie meinst du das?“

„Zufällig weiß ich, dass die Gelben dieses Mädchen auch nicht auf Burg Torva sehen möchten und es sicherlich zu schätzen wüssten, wenn man sie davon abhielte. Überleg es dir! Wir sehen uns auf Burg Torva.“

Mit diesen Worten übergab Lisa Lukas einen Zettel und verschwand wieder. Lukas hielt den Zettel vor seine Augen. Dort stand Sarahs Name, ihre private Adresse und die Adresse der Bäckerei. Das Bild wurde schwarz und sprang zu Hummer oder Kummer, wo Lukas und Lisa zusammen in einer Blase saßen.

Lisa aß genüsslich ein Stück Kuchen: „Die Idee mit den Spinnen und dem Amulett kam sehr gut an. Leider wurde der Plan durch zwei Blutsauger vereitelt."

Lukas schien über die Wortwahl irritiert: „Wieso vereitelt? Sie hat sich einfach nicht abschrecken lassen."

„Die Sache wäre anders ausgegangen, wenn die Spinnen sie erreicht hätten", erklärte Lisa.

Kramer schüttelte den Kopf: „Wäre es nicht. Ich habe den Zauber so angelegt, dass sie dann verschwunden wären."

Lisa stockte die Kuchengabel in der Hand und sie legte sie ab: „Warum solltest du so etwas Dummes tun?"

„Ich bringe doch niemanden um."

Lisas Stimme klang verärgert: „Aber sie ist ein Niemand. Willst du, dass so jemand hier bei uns – der Elite – bleibt?"

„Das entscheidet wohl Burg Torva. Darauf haben wir keinen Einfluss", antwortete Kramer.

„Das sagst du!", entgegnete Lisa herausfordernd und aß ihren Kuchen weiter. „Aber wer sollte uns hindern? Manchmal muss man Opfer bringen für ein höheres Ziel. Ich denke, du solltest es noch einmal versuchen und diesmal richtig."

Kramer sah Lisa angewidert an: „Mach's doch selbst. So schwer ist der Zauber nicht. Mit den richtigen Tränken und Flüchen kann das auch ein Seher. Oder such' dir jemand anders Dummen."

Kramer zerstach die Blase und verließ den Tisch, ohne seinen Kuchen angerührt zu haben. Lisa rief ihm verärgert nach: „Noch dümmer, wird wohl schwer zu finden sein."

Das Bild wurde schwarz und im nächsten Moment befand sich Lukas zwischen vielen Studenten in der Aula. Seine Augen durchsuchten die quirlige Menschenmenge, bis sein Blick auf Lisa Fischer fiel, die gerade die Aula durch den Haupteingang verlassen wollte. Kramer lief ihr nach und hielt sie in der Tür fest: „Was hast du getan?“

Lisa versuchte, ihren Arm aus Kramers Umklammerung zu lösen: „Lass mich los!“ Kramer hielt sie weiter fest: „Erst will ich eine Antwort!“

Lisa blickte in die Aula und dann auf Kramer: „Okay, aber wir müssen hier raus.“

Sie zog Kramer mit sich vor die Tür und schloss sie hinter sich. Vor der Tür waren beide allein. Lukas sah Lisa vorwurfsvoll und fragend an: „Was hast du getan?“

„Nur das, wozu du zu feige warst“, antwortete Lisa hämisch.

Lukas sah Lisa eindringlich in die Augen: „Du bist geisteskrank. Dabei könnte jemand draufgehen.“

„Und das wäre so schlimm, weil?“, stellte Lisa den Anfang einer Frage.

Statt einer Antwort sagte Lukas: „Ich werde das melden.“

Lisa blieb entspannt: „Wirst du nicht. Du bist viel zu heiß darauf, in die gelbe Kaste zu kommen. Und so verspielst du dir deine Chance.“

Lukas hielt einen Moment inne: „So viel Einfluss hast du nicht. Du bist auch nur in der gelben Kaste, weil deine Eltern dort sind. Wenn du nach dem Studium dort nicht explizit aufgenommen wirst, landest du genauso bei Orange.“

„Das wird nicht passieren. Dafür sorge ich ja gerade. Was meinst du, woher ich meine Anweisungen bekomme? Warum sollte ich mir so viel Mühe machen, wenn es keinen tieferen Grund hätte?“

Lukas sah sie verwirrt an: „Ich dachte, die grüne Kaste wäre der Grund.“

Lisa lachte: „Das ist mir doch egal. Darum ging es nie.“

Man sah, wie Lukas Gedanken rasten: „Was steckt dann dahinter? Oder wer?“

„Ich kann dir so viel sagen“, antwortete Lisa, „wer dahintersteckt, kann dafür sorgen, dass ich dort bleibe, wo ich hingehöre. Das Gleiche hätten sie für dich tun können. Und die gleichen Leute können dich ebenso verschwinden lassen, wenn du deinen Mund nicht hältst.“

„Woher weiß ich, dass du die Wahrheit sagst?“, fragte Lukas sichtlich nervös.

„Weißt du nicht!“, antwortete Lisa. „Aber woher sollte ich wissen, wie man deinen kleinen Zauber nachmacht, wer Hollander ist und wo sie wohnt und auch, dass es besser ist, gerade hier vor der Tür zu stehen, während Gellhorn vermutlich das Gedächtnis aller Beteiligten löscht, um den Vorfall geheim zu halten – übrigens gern geschehen.“

Lukas' Dankbarkeit hielt sich in Grenzen. Man sah, wie er mit sich haderte: „Ich werde nichts sagen.“

„Und dafür hoffentlich ein langes glückliches Leben führen“, sagte Lisa mit einem aufgesetzten Lächeln. „Ausnahmsweise mal eine kluge Entscheidung.“

Lukas atmete tief durch und formulierte mit ruhiger Stimme eine Bitte: „Kannst du die Spinnen da rauslassen?“

Lisas Neugier war geweckt: „Warum ist dir das wichtig?“

Lukas gab sich erstaunlich offen: „Das ist das Symbol in unserem Familienwappen und ich möchte mit dem, was du tust, nicht in Verbindung gebracht werden.“

Lisa tat gespielt mitleidig: „Wie schade und dabei gibst du so einen tollen Sündenbock ab. Nun ja, ich denk’ drüber nach.“

„Was geht hier vor?“, eine laute Männerstimme durchfuhr die Aula. Die Studenten waren so konzentriert auf Lukas Erinnerungen, dass sie nicht gemerkt hatten, wann Deimos von Limburg die Aula betreten hatte. Aber da stand er wutschnaubend mit Malorie Disey und Walther Decker neben sich.

Statt einer Antwort abzuwarten, fuhr er fort und riss Kramer die Taler von der Schläfe: „Das wird Konsequenzen haben Salentin! Einen Studenten mit Mentibusvide zu verhören, gehört nicht zu Ihren Aufgabenbereichen.“

Salentin sah von Limburg scharf an: „Die gelbe Kaste bestimmt meinen Aufgabenbereich nicht. Das geben einzig und allein die Bedingungen auf Burg Torva vor. Und wenn ein Student auf das Recht eines offenen Verhörs besteht, werde ich es ihm nicht verwehren.“

„Warum sollte ein Student wollen, dass alle seine Gedanken sehen?“, fragte Malorie Disey. Von Limburg fuhr Diseys Gedanken fort: „Kramer kommt mit uns, damit wir der Sache auf den Grund gehen können.“

Kramer, der zuvor noch sehr verdattert wirkte, riss seine Augen auf: „Nein, ich bleibe hier. Ich wollte das so.“ Dann wendete er sich an Salentin: „Konnten Sie alles sehen?“

Salentin blickte erst zu Kramer und dann zu von Limburg: „Ich denke, wir haben alles gesehen, was wir sehen mussten.“

Salentin betrachtete von Limburg scharf, als wolle er prüfen, ob und wie von Limburg auf seine Aussage reagieren würde. Dieser ließ sich jedoch nicht in die Karten blicken: „Es ist nicht klug, uns die Kooperation zu verweigern. Seit mehr als hundert Jahren respektieren die Universitätsleitungen Burg Torvas die Regierung und ermöglichen uns eine gute Zusammenarbeit.“

„Dann respektieren Sie uns im Gegenzug auch“, antwortete Salentin. „Sie haben nicht die Möglichkeit, eine Leitung von Burg Torva abzusetzen. Burg Torva allein obliegt diese Entscheidung. Und da ich hier das Hausrecht habe, untersage ich Ihnen, meine Studenten gegen Ihren Willen mitzunehmen, wenn keine unentschuldbare Straftat vorliegt. Also schlage ich vor, dass Sie uns wieder verlassen oder der Aufgabe nachgehen, die Sie hergeführt hat. Zwei Studentinnen sind letzte Nacht ermordet worden und sicher haben Sie wieder Fragen.“

„Deshalb sind wir nicht hier“, antwortete von Limburg bissig. „Wir sind hier wegen unerlaubtem Einsatz von Körperkontrolle. Eine gewisse Sarah Hollander soll heute Nacht die Kontrolle über den Körper von Lisa Fischer übernommen und sie zu Antworten gezwungen haben. Dieser Sache werden wir nachgehen.“

Sarah zuckte bei der Nennung ihres Namens zusammen. Sie zitterte innerlich, als von Limburg auf sie zusteuerte, bis sich jemand zwischen die beiden schob. „Rühren Sie sie nicht an!“, warnte ihn Professor Harling. Von Limburg sah Harling prüfend an: „Es sollte mich vielleicht überraschen, wenn ein Professor sich vor eine Studentin stellt. Tut es aber in diesem Fall nicht. Sarah Hollander hat eine Straftat begangen. Aber wie die Tochter, so der Vater, nicht wahr?“

Nun blickten alle Augen perplex auf Harling und Sarah. Von Limburg fuhr fort: „Auch das wird ein Nachspiel haben, Harling. Es war Ihre Pflicht, sie zu melden.“

„Ich habe es selbst erst vor Kurzem erfahren, dass diese Möglichkeit bestünde. Die Bestätigung dafür habe ich nie erhalten. Da sind Sie mir scheinbar voraus.“

„Es scheint wohl so“, antwortete von Limburg. „Aber die Beziehung zu einer Seherin namens Jenny Vega, derer waren Sie sich doch bewusst? Nicht wahr?“

Von Limburg erwartete keine Antwort und blickte an Harling vorbei zu Sarah: „Und Sie waren sich sicher bewusst, dass man mit seinen Fähigkeiten anderen nichts aufzwingen darf.“

„Außer es geschieht, um sich selbst zu verteidigen“, warf Harling ein und streckte eine Hand nach hinten, während er von Limburg mit seinen Augen fixierte. Sarah ergriff die Hand ihres leiblichen Vaters. Es fühlte sich so seltsam an, aber es stärkte sie und gab ihr Sicherheit.

„Was sollte das für eine Art Verteidigung sein, eine junge Frau zu zwingen, ein Kleidungsstück abzulegen und Geheimnisse aussprechen zu lassen?“, fragte von Limburg.

Es klang wirklich furchtbar, wie er es formulierte, aber Sarah ließ diese Vorwürfe nicht auf sich sitzen. Für sich und für Ella trat sie einen Schritt vor und entgegnete ihm: „Ich habe lediglich einen Mörder dazu gebracht, eine Kapuze abzuziehen, um sein Gesicht zu sehen. Lisa Fischer hat Ella Wohlgemut einen Pfeil durchs Herz gejagt. Ella, einer der freundlichsten und liebevollsten Personen, die ich je kennengelernt habe. Ella, die für alle immer nur freundliche Worte übrig hatte und die mit ihrem Lachen jeden Raum erfüllte.“ Sarah merkte, wie ihr die Tränen über die Wangen liefen, aber es hinderte sie nicht daran, weiterzusprechen. Die ganze Uni sollte erfahren, was vorgefallen war: „Sie hat nie jemandem etwas Böses zugefügt und war der selbstloseste und hilfsbereiteste Mensch, den ich je kennengelernt habe.“

Sarah sah aus dem Augenwinkel, wie auch Daniel seine Tränen nicht halten konnte. Hanna hielt ihn fest und gab ihm Halt. Sarah fuhr fort: „Und dieser wunderbare Mensch wurde ohne Ankündigung in einer Sekunde hinterrücks einfach ausgelöscht von einer Person, die zu feige war, ihr Gesicht zu zeigen. Und diese Person richtete auch einen Pfeil auf mich. Ja, ich habe sie gezwungen, den Pfeil zu senken. Es tauchten später noch mehr Personen auf. Ich habe sie alle gezwungen, ihre Pfeile zu senken und niemanden mehr zu töten. Und ich habe Lisa Fischer gezwungen, ihre Kapuze abzunehmen und ihr Gesicht zu zeigen. Das Gesicht eines Mörders sollte man kennen und seine Beweggründe ebenfalls. Wenn das eine Straftat ist, sollten Sie Ihr System nochmal überdenken.“

Als Sarah ihren Satz beendet hatte, blickten hunderte Augen auf Deimos von Limburg. Manche davon waren mit Tränen und Entsetzen gefüllt. Sarah hatte von Limburg durch ihre Worte in die Enge getrieben. Sie hatte das Gefühl, ganz Burg Torva auf ihrer Seite zu haben. Von Limburg bewegte seine Lippen hin und her bevor er antwortete: „Nun, da hatten wir wohl nicht alle Informationen."

„Es scheint wohl so", antwortete Harling.

„Dennoch müssen wir Frau Hollander im Auge behalten, falls die Gefahr besteht, dass sich ein zweiter Schwerpunkt zeigen könnte. Außerdem gab es zwei Todesfälle, weshalb in den nächsten Wochen wohl zahlreiche Gespräche und Untersuchungen nötig sein werden."

„Die waren ja auch schon beim letzten Mord so erfolgreich", verhöhnte Harling Deimos von Limburg. „Lisa Fischer hatten Sie doch sogar einzeln verhört. Gab es dafür eigentlich einen besonderen Grund?"

Von Limburg blitzte Harling böse an, doch bevor er antworten konnte, mischte sich Salentin ein: „Vielleicht sollten Sie mit Ihren Untersuchungen in Ihren eigenen Reihen beginnen."

„Was wollen Sie denn damit sagen?", empörte sich nun Disey.

„Genau das, was ich gesagt habe", antwortete Salentin gelassen. „Meine Studenten brauchen keine weiteren, nicht zielführenden Befragungen. Sie brauchen jetzt Zeit und Ruhe, um zu trauern."

„Diese Entscheidung liegt wohl nicht in Ihrer Hand", sagte Disey in ihrer gewohnt gekünstelten Art.

„Sie irren sich", antwortete Salentin selbstbewusst. „Als von Burg Torva eingesetzter Schulleiter obliegt mir die Entscheidung, wer diese Mauern betreten darf und wer nicht."

„Das…, das würde ein Bruch mit der Regierung bedeuten", haspelte von Limburg. „Das würden Sie nicht wagen!"

„Würde ich nicht?“, fragte Professor Salentin. Er lächelte die drei Regierungsmitglieder böse an und hob seine beiden Hände. Ein leichter Wind kam auf und wurde langsam stärker. Von Limburg sah sich zaudernd um: „Das werden Sie bereuen, Salentin. Sie werden nie wieder einen Fuß vor die Burgmauern setzen können, ohne dass wir Sie dafür in die Verantwortung ziehen.“

Salentin achtete nicht mehr auf von Limburgs Worte. Seine laute Stimme tönte durch das gesamte Gebäude, sodass sich manche Studenten die Ohren zuhielten: „Zum Schutz meiner Studenten verbanne ich Malorie Disey, Walther Decker und Deimos von Limburg bis zum Ende meiner Lebzeiten von Burg Torva.“

Die große Eingangstür öffnete sich automatisch und ein grauer Nebel schien sich von den Wänden auf die drei Regierungsmitglieder zuzubewegen. Als er sie erreichte, wurden sie in einer Geschwindigkeit von einer unsichtbaren Macht erfasst, als wären sie von einem Fahrzeug mitgerissen worden. Sie wurden hinausgezogen und die große Tür verschloss sich hinter ihnen. Der Wind hielt noch ein paar Minuten an und die Studenten wurden langsam nervös. Dann öffnete sich die Tür erneut.

Drei Torva-Schlüsselanhänger flogen herein, blieben vor Salentin in der Luft stehen und fielen dann zu Boden, wo sie zerschellten. Die Tür schloss sich und der Wind legte sich. Salentin nahm seine Hände wieder herunter: „Auch wenn es kurzfristig ist, möchte ich die Trauerfeier für Ella Wohlgemut heute Abend abhalten. Morgen kommen die neuen Erstsemester an und ich möchte, dass die Trauerfeier genug Raum erhält. Ich bitte alle, die sie mitgestalten möchten, mir zu folgen.“ Salentin schlug die Richtung seines Büros ein. Sarah, Colin, Kim, Hanna, Daniel, Stephan, Julia und Laika machten den Anfang und es schienen sich fast alle Studenten anschließen zu wollen. Ella hatte viele Herzen berührt und auch jene, die sie nicht näher kannten, schienen von der Geschichte so bewegt, dass sie einfach nur helfen wollten. Salentin stoppte: „Wie es aussieht, folgen Sie mir besser in die Mensa.“

Als Professor Salentin und die Studenten umdrehten, fiel ihr Blick auf Lukas Kramer. Daniel hielt inne: „Was geschieht mit Kramer?“

Salentin blieb stehen und betrachtete Lukas, der ängstlich neben dem Stuhl saß, den man ihm zum offenen Verhör bereitgestellt hatte. „Er hat keine Verletzungen oder Morde zu verantworten und war auch nicht wissentlich daran beteiligt. Allerdings hat er einer Studentin vorsätzlich geschadet, um sie davon abzuhalten, ihre Einladung anzunehmen. Ein Ausschluss von Burg Torva wäre möglich, aber nicht zwingend erforderlich. Ich denke, diese Entscheidung sollte die Geschädigte selbst tragen.“ Nicht nur Salentins Augen, sondern auch die aller anderen Anwesenden waren auf Sarah gerichtet.

Sarah sah Lukas eine Weile an. Er war verängstigt, blickte immer wieder unsicher zur Tür und fasste an seinen Schlüsselanhänger in seiner Hosentasche. Sarah sah seine Angst und wusste, dass sie der Grund war, weshalb Kramer zu den Vorfällen geschwiegen hatte. Für einen Moment dachte sie, dass er es hätte verhindern können, wenn er den Mund aufgemacht hätte. Aber dann sah sie, dass er das wohl nicht konnte und es getan hätte, wenn er den Mut dazu gehabt hätte. Ihn von Burg Torva zu verbannen, käme wahrscheinlich einem Todesurteil gleich und Sarah wollte nicht Gleiches mit Gleichem vergelten. Ihr Blick fiel auf Laika und sie erinnerte sich an ihren ersten Tag auf Burg Torva. Während alle gespannt auf ihre Entscheidung warteten, sagte Sarah entschlossen: „Er kann bleiben."

Lukas sackte erleichtert in sich zusammen. Er konnte ein paar Tränen nicht verbergen und fiel Sarah um den Hals: „Danke, ich danke dir."

Sarah blieb starr stehen und schob ihn ruhig von sich weg: „Das hab' ich nicht für dich getan, Kramer. Wir sind keine Freunde. Aber Burg Torva entscheidet, wer zu Burg Torva gehört."

Mit diesen Worten ging Sarah erhobenen Hauptes Richtung Mensa und die Studenten sowie einige Professoren folgten ihr. Obwohl die Vorbereitung für die Trauerfeier die Zeit zum Trauern erneut verdrängte, taten sie den Freunden –insbesondere Sarah und Daniel – gut. Viele wollten einen Wortbeitrag bei der Feier halten und von ihren Begegnungen mit Ella berichten. Andere gingen zur Aula und schmückten diese mit unzähligen fliegenden Kerzen. Bevor die Trauerfeier begann, zog sich Sarah allein auf ihr Zimmer zurück. Sie öffnete ihren Koffer und sah, dass Julia ihr aus Ellas Zimmer nicht nur ihre Sachen eingepackt hatte, sondern auch die von Ella. Ihr fiel das gelbe T–Shirt mit den roten Herzen in die Hand, welches Ella so gerne getragen hatte. Eine kurze Weile hielt sie es einfach nur in der Hand und ließ ihrer Trauer freien Lauf. Dann zog sie das Regenbogenkleid, welches sie noch immer trug, aus, hing es vorsichtig in ihren Schrank und nahm sich einen schwarzen Rock. Dazu zog sie Ellas T–Shirt über ihren Kopf und ging in die Aula, die bereits voller Menschen war. Niemand, der zurzeit auf Burg Torva weilte, blieb der Trauerfeier fern. Unzählige Bänke waren auf die Bühne ausgerichtet. Ella setzte sich in die erste Reihe zwischen Daniel und Colin. Die Musik aus Ellas Lieblingsfilm ertönte, so wie es sich die Freunde gewünscht hatten. Sarah erinnerte sich unweigerlich an den Kinoabend, an den Moment in dem Ella ihre Hand ergriff und am meisten an das Gefühl, bei Ella ihre Sorgen vergessen und sich einfach fallen lassen zu können. Obwohl die Musik nicht traurig klang, blieb schon zu Beginn kein Auge der Freunde trocken. Nach Salentins Begrüßung und einigen lieben Worte, begann Sarah mit dem ersten Wortbeitrag. Während sie zu dem Rednerpult auf die Bühne stieg, liefen all die wunderbaren Momente vor ihren Augen ab, die sie mit Ella erleben durfte. Sie sah, wie Ella fröhlich in die Bäckerei stürmte, wie sie die rothaarige Fondant-Figur bewunderte, wie Ella Sarah mit Worten oder Taten rettete – in jeder Hinsicht. Sie erinnerte sich an liebevolle Berührungen und an ihr mitreißendes Lächeln. Sie spürte die Magie des ersten Kusses und auch die des letzten. Als Sarah vor dem Rednerpult stand, wusste sie, dass ihre Worte sie nur unter Tränen verlassen würden, aber das spielte keine Rolle. Sie holte tief Luft und begann zu erzählen: „Alles begann mit einem Traum!“

WEITERE TRÄUME WERDEN FOLGEN…

Aufbau des Wasserfarbkastens:

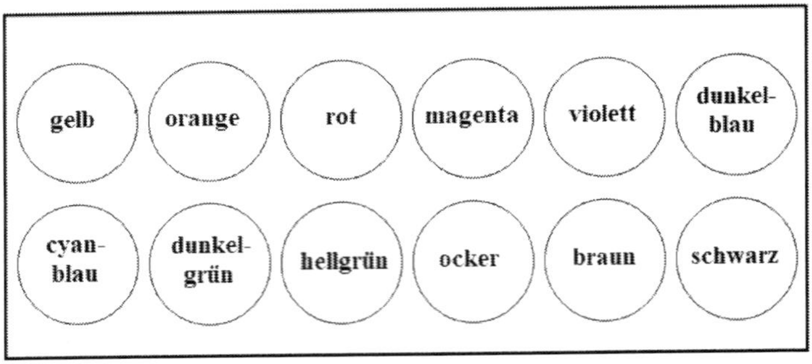

Der Stundenplan und seine Abkürzungen:

1. Tag	2. Tag	3. Tag	4. Tag	5. Tag
TUV	GES	TUV	GLUB	TUV
AS	RUG	GLUB	TUV	GLUB
GLUB	TUV	MEUA	GES	MEUA
DISA	GLUB	SPORT	RUG	AS

TUV – Träume und Visionen

AS – Andere Schwerpunkte

GLUB – Gedanken lesen und bewahren

MEUA – Magie erkennen und abwehren

GES – Geschichte der Schwerpunkte

RUG – Regeln und Gesetze

Printed in Poland
by Amazon Fulfillment
Poland Sp. z o.o., Wrocław

25037479R00298